À PROPOS DE L'AUTRICE

Bronwyn Scott s'est fait remarquer la toute première fois grâce à une nouvelle médiévale. Depuis, entre les cours qu'elle donne à l'université et les balades en famille qu'elle aime par-dessus tout, elle invente des histoires d'amour passionnantes et teintées d'humour.

La mystérieuse invitée du bal

*

L'espoir d'une Lady

BRONWYN SCOTT

La mystérieuse invitée du bal

DENTELLES ET TRAHISONS
VOLUME 2

Traduction française de
FLORENCE BELLOT

HARLEQUIN

Titre original :
TEMPTED BY HIS SECRET CINDERELLA

Ce roman a déjà été publié en 2020

HARPERCOLLINS FRANCE
83-85, boulevard Vincent-Auriol, 75646 PARIS CEDEX 13
Service Clients — www.harlequin.fr
ISBN 978-2-2805-1503-0

Édité par HarperCollins France.
Composition et mise en pages Nord Compo.
Imprimé en janvier 2025 par CPI Black Print (Barcelone)
en utilisant 100% d'électricité renouvelable.
Dépôt légal : février 2025.

FSC
www.fsc.org
MIXTE
Papier issu de sources responsables
FSC® C159065

Pour limiter l'empreinte environnementale de ses livres, HarperCollins France s'engage à n'utiliser que du papier fabriqué à partir de bois provenant de forêts gérées durablement et de manière responsable.

*Pour Brony, qui a toujours
les meilleures idées quand je suis coincée.*

*Pour Catie, qui sauve tout ce qui marche
à quatre pattes.*

*Et pour Rowan, mon roi philosophe,
qui médite sur les grandes questions.*

*Il y a de chacun de vous
dans cette histoire.*

1

Londres, vendredi 13 juillet 1855

Sutton Keynes se considérait comme un scientifique pour qui tous les événements découlaient d'une raison logique. Dans sa vie bien ordonnée, il y avait peu de place pour la superstition. Et ce qui pouvait vaguement rester comme espace pour ce genre de chose fut instantanément rempli à déborder lorsque le notaire de son oncle, un certain Mr Barnes Esquire, d'un âge vénérable, se pencha vers lui en craquant de toutes ses articulations, et dit :

— Vous avez quatre semaines pour vous marier si vous voulez entrer en possession de la fortune de votre oncle.

Pour un célibataire tout à fait heureux de son sort, les termes de cette succession étaient stupéfiants.

« Quatre semaines pour vous marier. »

Ces mots semblèrent aspirer tout l'oxygène disponible dans le petit bureau encombré de Poppins Court.

Enfer et damnation ! Il pensait avoir écarté une telle folie après sa visite à son oncle ce printemps, peu avant son décès. Il lui avait fait bien comprendre qu'il ne voulait pas de son argent. Il était même allé jusqu'à lui suggérer que s'il tenait à ce que celui-ci ne tombe pas entre les mains de son fils, il pourrait le répartir en dons annuels à diverses œuvres charitables. Et voilà qu'il le lui léguait quand même ! De toute évidence, il ne s'était pas montré aussi persuasif qu'il l'avait cru.

Regrettant qu'elle ne contienne pas quelque chose de plus fort, il prit sa tasse de thé et en but une longue gorgée. Il s'efforçait de rester impassible, comme si son monde ne venait pas d'être chamboulé. Il était un homme mû par la raison ; il lui fallait donc garder son calme jusqu'à ce qu'il ait connaissance de tous les détails. Peut-être n'était-ce là qu'une annonce de pure forme.

— Quatre semaines ? Cela me paraît extrêmement court pour trouver une épouse.

Une partenaire pour la vie. C'était là un énorme engagement, qu'il avait réussi à repousser jusqu'à cet instant en raison même de son énormité. Ces choses-là, comme toute expérience sérieusement menée, ne pouvaient se traiter à la hâte. Il fallait récolter des spécimens, tenir compte de certaines variables, procéder à des observations, rassembler et analyser des informations, tester des hypothèses et en éliminer tout en resserrant le champ d'investigation.

— Il faudrait au moins une bonne année pour trouver une épouse qui convienne, ajouta-t-il en reposant sa tasse presque vide.

Mr Barnes la lui remplit aussitôt peut-être – d'autant plus que ce n'était pas du brandy – dans l'espoir de compenser en quantité ce dont le thé manquait en qualité.

— Y a-t-il un sens quelconque à ce délai imparti ? poursuivit Sutton, faussement imperturbable.

Il n'était pas opposé au mariage, en théorie, mais à une précipitation injustifiée qui accroissait de manière exponentielle la marge d'erreur. Sauf s'il existait une raison précise à cette urgence, il pourrait certainement plaider pour une rallonge.

Il cherchait déjà quelle logique avait pu présider à la décision de son oncle. Parmi ses nombreuses excentricités, celui-ci adorait jouer avec la numérologie. Quatre… Les quatre archanges, les quatre Évangiles, les quatre points de la Nouvelle Jérusalem dans le *Livre des Révélations*… Tout cela aurait sans doute séduit son oncle, mais Sutton n'y voyait aucun rapport avec la présente situation. Quatre, dont la racine carrée était deux, songea-t-il encore. Les quatre éléments, les quatre phases de la lune, les quatre saisons, les quatre divisions de la journée.

— Ce sont tout simplement les impératifs de la banque,

monsieur Keynes, expliqua Barnes. Les fonds déposés par votre oncle à la banque sont garantis, sous la condition néanmoins que les comptes soient soldés quatre semaines au plus tard après le décès du titulaire.

L'impératif du mariage en sus était à la seule discrétion de son oncle. Afin qu'il bénéficie de ces fonds en toute légitimité, c'était son oncle, et non la banque, qui exigeait qu'il soit marié. C'était donc désormais logique. Quatre. Le carré de deux. Mari et femme. Complétude. Deux parties d'un tout.

— Et si je refuse de me plier aux exigences de mon oncle ? demanda-t-il.

Les sourcils gris broussailleux du notaire se haussèrent d'un coup. Ce n'était pas tous les jours qu'un homme envisageait de renoncer à une véritable fortune offerte sur un plateau !

— Alors la fortune reviendra à Baxter Keynes, votre cousin, répondit Mr Barnes en le regardant d'un air lourd de sous-entendus par-dessus des lunettes à montures épaisses.

— Bien sûr, Baxter...

Sutton gloussa avec dérision. Baxter était le seul facteur qui pouvait l'inciter à relever le défi de son oncle. Il était prêt à faire bien des choses pour que cet argent ne tombe pas entre les mains de son cousin.

Tout cela prenait soudain les allures d'un jeu déraisonnable.

Non seulement il était obligé de se marier, mais aussi de monter sur un ring métaphorique pour se battre contre le fils unique de son oncle.

— Connaissez-vous mon cousin, monsieur Barnes ?

Barnes lui lança un regard appuyé.

— Oui, monsieur Keynes. Il était ici ce matin, en fait. Il n'est pas resté assez longtemps pour prendre le thé.

L'homme avait pris un ton vif et le dévisageait d'un air entendu. Pour la première fois depuis que Sutton avait mis les pieds dans ce bureau exigu, le notaire lui parut plus intelligent et sensé qu'il l'avait cru au premier abord.

Ainsi, Baxter savait. Cela rendrait les choses intéressantes, bien que d'une manière dangereuse. Sutton prit sa tasse et intégra cette information.

— Était-il en colère ?

Son cousin se retrouvait sans rien, même si cela n'avait pas dû être une surprise. L'oncle de Sutton le menaçait d'agir ainsi depuis des années. Le titre de noblesse du vieil homme n'étant pas héréditaire, la seule chose qu'il pouvait transmettre à son fils était sa fortune, et il ne l'avait pas fait.

Il lui avait préféré son neveu.

— Absolument furieux, dit Barnes avec une grimace, en désignant d'un mouvement de tête la fenêtre à la vitre fêlée.

Sutton lui adressa un sourire crispé.

— Je peux vous assurer que mon oncle n'avait pas le choix en agissant de la sorte. Que je veuille ou non la fortune n'est pas la question. Je dois accepter. Baxter n'est pas le genre d'homme à qui l'on puisse confier une somme aussi considérable, et son père le savait mieux que tout autre.

Son cousin menait une vie dissolue, dépensant sans compter, et cela ne ferait qu'empirer s'il entrait en possession de l'héritage. Baxter raffolait des redingotes en soie et des chevaux rapides.

Ce n'était cependant pas ce genre de dépenses futiles qui inquiétaient Sutton. Celles qui le préoccupaient portaient bien plus à conséquence. Baxter était en affaires avec des esclavagistes, de ceux qui fournissaient des femmes blanches aux harems du Moyen-Orient afin de s'attirer les faveurs des pachas ottomans, et avec des marchands d'armes qui vendaient pour le profit uniquement, sans se soucier de la cause servie par les acheteurs, ou de leur camp.

Bref, son cousin jouait à des jeux dangereux, avec des gens puissants et sans scrupule. Bien évidemment, son implication dans ces affaires était ignorée de la plupart des gens. Dans sa vie quotidienne et avec ses relations, Baxter, fils de l'excentrique Sir Leland, était un parfait gentleman. Mais seulement en apparence. En réalité, il naviguait clandestinement dans un monde obscur et interlope.

Barnes plissa les yeux un moment par-dessus ses lunettes.

— Nous nous comprenons parfaitement, monsieur Keynes, dit-il. Je pense donc que vous allez vous marier dans peu de temps.

Ce n'était pas une question. Il prit l'un des dossiers posés sur son bureau.

— J'imagine, marmonna Sutton en soupirant.

Dans peu de temps. Rapidement. Sans l'étude préalable nécessaire à la prise d'une bonne décision. Cela allait complètement contre sa nature.

Anabeth Morely le lui avait appris dans sa jeunesse. Fou amoureux d'elle, il s'était jeté à sa tête pour ne découvrir ensuite que du vent et connaître une profonde déception. Depuis, il ne s'était plus montré aussi irréfléchi.

Le résultat en était que le mariage était bien la dernière de ses préoccupations, tout en bas de la liste de ses priorités, au même rang que la fortune de son oncle.

Quand il pensait au mariage, ce qui lui arrivait très rarement, c'était sous la forme de quelque chose de nébuleux, qui se dessinerait dans un avenir vague et flou, peut-être dans cinq ans, une fois que son élevage de chamelles serait bien lancé dans son domaine de Newmarket. Mais pas cet été. Été qui tirait d'ailleurs à sa fin. Sa jument pur-sang devait pouliner sous peu, il faudrait qu'il s'occupe du programme d'élevage pour l'année prochaine, qu'il étudie les lignées pour la suite, et poursuive ses études sur l'intérêt nutritif du lait de chamelle appliqué aux poulains nouveau-nés. Le club des éleveurs de Newmarket attendait son rapport sur le sujet pour l'assemblée du mois de septembre.

Il ne pouvait absolument pas se marier cette année, alors qu'il avait tant à faire.

C'était déjà assez ennuyeux que la mort de son oncle l'ait éloigné de Newmarket cette semaine. S'il n'y avait eu les détails des volontés de son oncle à considérer, il y serait déjà retourné. En fait, il avait pensé rentrer chez lui aussitôt après la lecture du testament, mais ce qu'il venait d'apprendre changeait tout. Signer les divers documents, et lire tous les actes notariés allait le retenir en ville quelques jours encore.

Il préférait de loin la vie simple et naturelle à Newmarket au bouillonnement et aux intrigues politiques et mondaines de la Saison londonienne. Il s'intéressait bien plus à ses animaux qu'aux perspectives de mariage alimentant les conversations de la bonne société, pressée d'offrir une foule de jeunes filles écervelées et frivoles au parti le plus intéressant.

Certains le voyaient comme un misanthrope et ne se trompaient pas tant que cela. Il aimait se considérer comme « sélectif dans ses attentions ». En fait, il n'avait tout simplement pas le temps pour ces distractions superficielles, et Londres était réputée pour en regorger. Il en avait largement eu son content lors de sa première Saison.

Aujourd'hui, cependant, les volontés de son oncle menaçaient de rendre cette attention sélective tout à fait caduque. Mais tout n'était pas perdu, se dit-il pour se rassurer. S'il n'existait pas de moyen de contourner ces volontés, il devait bien y en avoir un de s'en dépêtrer.

Son esprit scientifique se consacra aussitôt à l'examen des options possibles. Il pourrait faire de ce mariage un arrangement temporaire. Les volontés de son oncle satisfaites, et la fortune hors des mains de Baxter, il pourrait se séparer de son épouse.

— Hem, hem... Monsieur Keynes, m'écoutez-vous ?

Non, il n'écoutait pas. Il était trop occupé à chercher des échappatoires.

— Il y a des conditions inhérentes à votre mariage, reprit le notaire en haussant de nouveau les sourcils. Si j'étais à votre place, j'écouterais attentivement. Il ne sert à rien de sacrifier bêtement sa vie dans un mariage, ce n'est pas l'idée de votre oncle.

Fort conscient d'avoir désormais toute son attention, Barnes sourit de satisfaction.

— Me permettez-vous de poursuivre ? ajouta-t-il après s'être raclé la gorge. Tout d'abord, l'épousée doit être d'origine aristocratique. Ensuite, le mariage doit durer. Il ne peut être annulé, ni être sujet au divorce, ou interrompu de quelque manière que ce soit, car la jouissance de la fortune vous serait alors retirée.

Bon sang ! Sutton avait compté là-dessus : supporter le mariage pendant deux ans puis y mettre un terme. Il était certain de pouvoir trouver une femme qui accepterait ce genre de marché pour peu qu'elle soit correctement rémunérée.

Il reconsidéra ses options. Si le divorce était exclu, restait l'opportunité d'une séparation informelle, un « mariage ouvert », même si l'idée de ce concept lui répugnait. Il nourrissait quand même certaines attentes, après tout, d'où la loyauté et la fidélité n'étaient pas exclues.

Mais les exigences de son oncle balayaient toutes ces considérations, et le reste. Sutton avait à peine envisagé l'idée du mariage ouvert que le notaire reprenait la parole.

— Troisième point, pas de vies séparées, ce qui signifie pas de résidences séparées. Et vous ne devrez pas passer plus d'un tiers de l'année séparés l'un de l'autre.

Décidément, son oncle avait pensé à tout ! Cela réduisait fortement la marge de manœuvre. Le nœud coulant se resserrait sur son cou.

Sutton se tortilla sur l'inconfortable chaise en bois et croisa les jambes. Sa tasse était de nouveau vide.

— Il semblerait donc que je sois pieds et poings liés dans cette affaire.

— Certains pourraient dire que vous bénéficierez d'une large compensation pour ce sacrifice, lui fit remarquer le notaire. Tous les hommes finissent par se marier, de toute façon, ajouta-t-il dans une tentative charitable d'adoucir le choc.

— Ce n'est pas le mariage en lui-même qui me dérange, objecta Sutton. C'est la précipitation avec laquelle il doit se conclure et les exigences concernant une future épouse afin de pouvoir réclamer une fortune dont je ne veux pas, mais qui ne doit pas non plus revenir à mon cousin Baxter. Je suis déjà suffisamment riche, précisa-t-il sèchement.

C'était là toute l'ironie de la situation. Son oncle, parfaitement conscient qu'elle ne présentait aucun attrait particulier pour lui, souhaitait léguer une fortune à un homme déjà riche.

— Mon oncle me fait du chantage depuis la tombe.

Ce manipulateur obtenait ainsi tout ce qu'il désirait : sa fortune serait protégée de son fils dénué de scrupule, son neveu serait marié, s'assurant de la sorte de la meilleure façon que la lignée des Keynes ne s'éteindrait pas, puisqu'il avait officieusement déshérité Baxter.

— Je ne peux pas envisager de refuser, pour le bien de tous, comme vous ne l'ignorez pas, j'en suis certain, dit-il avec un soupir au notaire.

Et il ne pouvait pas non plus envisager d'échouer. Malin comme il l'était, son oncle n'avait pas seulement posé des conditions à l'obtention de sa fortune, mais en avait aussi fait un jeu, pour opposer les deux cousins.

Baxter récupérerait l'héritage si Sutton échouait. Et Baxter ne resterait pas assis sans rien faire en laissant le hasard décider de l'issue. Il s'en mêlerait, et ce serait dangereux, non seulement pour Sutton mais aussi pour la personne qu'il élirait en tant qu'épouse.

Son cousin ne reculerait devant rien pour l'empêcher de remplir les conditions imposées par le testament.

Barnes lui servit une troisième tasse de thé. Sutton la but pensivement, d'autres sujets tels que la question pressante de trouver une épouse lui venant en tête. Certes, il pouvait se marier sous quatre semaines, il avait une motivation pour ce faire. Mais quelle jeune aristocrate l'épouserait dans un délai aussi court ? Chaque jour qui s'écoulerait dorénavant le raccourcirait inexorablement.

Où allait-il donc pouvoir trouver une épouse ? Et, surtout, une épouse avec laquelle il pourrait passer le reste de sa vie ?

Son âme de scientifique se rappela à lui tandis qu'il réfléchissait aux critères sur lesquels faire son choix.

La Saison était déjà bien avancée, et sa femme devrait faire partie des jeunes aristocrates encore à marier à Londres. Son oncle avait-il pensé à cela ?

Il songea que cela aurait pu être pire. Le vieil homme aurait pu trépasser à la fin août, lorsque la session du Parlement est terminée et que toute l'aristocratie a déserté la capitale pour réintégrer ses domaines à la campagne avec armes, bagages et filles à marier.

Où aurait-il alors pu dénicher une épouse ?

Barnes rassembla les documents épars sur son bureau, signifiant de la sorte la fin de leur entrevue. Mais Sutton n'était pas encore prêt à partir.

— Et ces documents ? demanda-t-il. Nous n'avons pas encore tout passé en revue.

— Et nous ne le ferons que lorsque vous aurez trouvé une épouse, répondit Barnes froidement, n'appréciant pas que l'on mette en doute sa conscience professionnelle, comme s'il n'avait pas effectué tout son travail. Votre oncle a laissé des instructions très précises, qui devront être lues après l'annonce de votre engagement. Ensuite, et ensuite seulement, nous procéderons. Il a été très clair, monsieur Keynes. Quant à vous, vous avez énormément de choses auxquelles penser et à faire si vous devez arrêter rapidement votre choix d'une épouse. Faites-moi savoir si je peux vous être d'une aide quelconque.

On ne pouvait être plus clair sur la fin de ce rendez-vous : le compte à rebours avait déjà commencé. Le vieil homme aurait tout aussi bien pu retourner un sablier et se mettre à décompter les minutes de ces quatre semaines.

— Merci, j'apprécie le temps que vous m'avez consacré, monsieur Barnes, dit Sutton en se levant avant de lui tendre la main. Je vous contacterai.

Dehors le soleil était encore haut dans le ciel. On était toujours en juillet, et il faisait toujours chaud. Sutton glissa son doigt dans le col de sa chemise pour l'entrouvrir légèrement et faire passer de l'air. Il lui semblait injuste que le monde n'ait pas changé pendant l'heure qu'il venait de passer chez le notaire.

Sa vie avait changé. Pourquoi pas le monde, alors ?

Il prit la direction de Ludgate Circus, et fit une pause à l'urinoir public pour se soulager avant de prendre un cabriolet pour Mayfair. Maudit thé !

Une foule de choses lui tournaient dans la tête, revenant sans cesse en boucle vers le point crucial : trouver une épouse. Sans celle-ci, rien ne serait possible, et peu importait qu'il soit résolu à se sacrifier.

Peut-être était-ce là ce dont il avait le plus horreur dans tout cela : il fallait qu'il s'en remette à quelqu'un, ce qu'il ne faisait ni facilement ni souvent, même avec ses amis. S'engager pour toute une vie avec une femme qu'il ne connaissait pas était absurde. Il aimait être celui qui contrôlait les variables de ses expériences. Et voilà que cette variable essentielle lui échappait ! Tout reposait sur elle, sur une inconnue.

Il secoua la tête. Non ! Il ne serait pas la victime dans cette affaire ! Il ne se concentrerait pas sur ce qu'il ne contrôlait pas, mais sur ses actions futures.

Certes, il ne connaissait pas de jeune fille à marier, mais il connaissait une femme qui pouvait l'aider : sa mère.

Cependant, avant d'évoquer avec elle le sujet, il avait besoin de réfléchir encore un peu. Il fit arrêter le cabriolet et parcourut à pied les quelques rues qui le séparaient de South Audley Street. Quand il arriva devant le numéro 71A, un plan s'était esquissé dans sa tête.

Il viendrait à bout de ce problème comme il venait à bout de tous ceux auxquels il était confronté, avec logique et en raisonnant.

2

— C'est la chose la plus ridicule et la plus scandaleuse que ton oncle ait jamais faite ! Comment trouverais-tu une épouse en quatre semaines, et de surcroît à la fin de la Saison ? Les gens songent déjà à quitter Londres, pas à s'y éterniser.

Assis sur le sofa bleu glacier du salon de sa mère, Sutton écoutait celle-ci exprimer tout haut les pensées qui le tourmentaient.

— C'est exactement ce que je pensais, dit-il avec un rire qui sonnait faux. Mais vous êtes perspicace, mère. À nous deux, nous saurons mener cette tâche à bien, je n'en doute pas. J'ai un plan, mais j'ai besoin d'une assistante compétente.

Il étudia sa mère. Une femme avisée, forte, qui aimait sa famille plus que tout, si ce n'était d'une façon maternelle. Il avait toujours pensé qu'elle aurait fait une reine formidable dans le passé. Il l'imaginait fort bien louvoyant habilement entre les intrigues des cours médiévales.

Disposant de nombreuses relations, avec une grande expérience de la haute société après trente-deux ans passés en son sein, sa mère était la personne la plus qualifiée pour l'aider dans ce qu'il avait l'intention de faire.

— J'aurais dû me douter que tu avais déjà une stratégie, remarqua-t-elle en soupirant. Et j'imagine que celle-ci n'implique pas de renoncer à cette fortune. Tu n'en as pas besoin, et moi non plus, au cas où tu aurais songé à l'accepter pour moi. Je suis assez à l'aise avec ce que ton père m'a laissé. Et qui sait ? Je pourrais peut-être même me remarier un jour si l'homme adéquat se présentait. Auquel cas tu n'aurais plus du tout à te soucier de moi.

En effet, c'était là une possibilité tout à fait réaliste. À cinquante ans, sa mère était encore une très belle femme. Cet après-midi-là elle portait une robe bleue en coton léger rebrodée de fils d'argent, assortie au décor du salon, et ses cheveux, toujours couleur de miel foncé, étaient artistement coiffés en une création sophistiquée mêlant nattes et boucles. Elle se tenait toujours très droite.

Sutton se leva et traversa le salon pour aller s'adosser au manteau de cheminée en coûteux marbre de Carrare importé d'Italie. Tout ce qui l'entourait rappelait subtilement que les Keynes n'avaient pas besoin de l'argent de cette succession. Ils vivaient déjà fort bien, le père de Sutton ayant fait fortune dans le commerce en Asie du Sud.

Il fit un vigoureux signe de dénégation.

— Vous savez très bien que je ne peux pas laisser Baxter entrer en possession de cet argent.

— Ce n'est pas à toi de préserver le monde de ses mauvaises actions, répliqua sa mère, faisant écho à la tentation qui lui avait traversé l'esprit dans le bureau du notaire.

Certes, s'abstenir était possible, et cela faciliterait indubitablement les choses. Il éviterait ainsi une chasse à l'épouse précipitée et théâtrale, et pourrait reprendre le cours de sa vie tranquille. Mais, à ses yeux, ce ne serait ni socialement responsable ni honorable.

— « Tout ce dont le mal a besoin pour prospérer, c'est que les hommes de bonne volonté ne fassent rien », cita-t-il. Je dois faire ma part.

Il se passa la main dans les cheveux et se mit à faire les cent pas.

— La dernière jeune fille que Baxter a « importunée » s'est tuée la semaine dernière. On l'a retrouvée sur les bords de la Tamise, rejetée par la marée, avec des pierres dans ses poches.

— Dieu du ciel ! s'exclama sa mère, horrifiée. Et personne ne va l'empêcher de continuer ?

— Il est trop puissant. Il détient trop de secrets. Mais nous pouvons le contenir, et un jour j'agirai résolument contre lui et ses semblables. Il n'est malheureusement pas le seul à mener ses activités de corruption et se livrer à de douteuses transactions clandestines. Pour le moment, ce que je peux faire d'utile, c'est le priver d'un apport de fonds supplémentaire.

— En contractant un mariage de pacotille ? le rabroua sa mère en fronçant les sourcils. Une course vers l'autel ne peut être qu'un mauvais spectacle.

— En effet, cela ne peut être qu'un spectacle, mais cela peut aussi être plus, répliqua-t-il.

Sa mère saisit la théière en Wedgwood.

— Du thé, mon cher ? Pendant que tu m'exposes ton plan magistral ?

— Non, pas de thé, répondit vivement Sutton.

Il en avait bu assez chez Barnes pour une semaine au bas mot.

— Voilà ce que je pense, reprit-il. Si mon mariage doit être un spectacle, je veux qu'il vaille la peine d'être vu. Je le contrôlerai, qu'il fasse scandale ou non. Je veux en faire un grand événement, créer l'illusion d'une romance éclair, concluant un coup de foudre.

— Tu veux en faire un conte de fées, dit sa mère en souriant. L'idée me plaît. Cela écarte les possibilités de scandale avec doigté. J'ai une magnifique idée : tu vas inviter toutes les jeunes filles à marier convenables à une partie de campagne au domaine de Newmarket. Qu'elles aient de la sorte un avant-goût du luxe dans lequel elles pourraient vivre. Nous sortirons les plus beaux services de porcelaine et ferons reluire l'argenterie pour impressionner les mères. Nous servirons champagne et vins français pour impressionner les pères. Notre maison de Hartswood est toujours à son apogée en été. Les demoiselles pourront se promener et faire étalage de leurs jolies robes pour toi dans les jardins tandis que les pères pêcheront dans la rivière.

Sutton éclata de rire.

— Cela semble si facile avec vous !

Il aurait aimé avoir la même assurance que sa mère en ce qui concernait son mariage. Le soulagement de savoir qu'il avait une associée dont le soutien serait indéfectible dans l'affaire le délesta néanmoins d'une partie du poids de cette tâche. Sa mère ne remettait pas sa décision en question, et allait le faire bénéficier de sa considérable énergie.

— Je crains que cela ne demande un peu plus que des poses et des promenades dans les jardins, objecta-t-il. Je ne veux pas choisir une femme sur sa seule apparence. J'ai déjà essayé cela, et cette expérience a été un échec, si vous vous en souvenez bien.

Le désastre Anabeth Morely s'était produit des années plus tôt, lorsqu'il était très jeune, mais il n'avait aucun désir de recommencer.

Refusant de se laisser influencer par ces tristes souvenirs, il poursuivit.

— Il nous faut organiser des activités de toutes sortes. Je veux passer du temps avec chacune des jeunes filles, les observer dans des circonstances différentes, en compagnie de gens différents. À la fin de la partie de campagne, nous donnerons un bal et j'annoncerai mon choix à minuit, ce qui sera la parfaite conclusion du conte de fées que nous aurons créé.

— Donc cette partie de campagne sera ton laboratoire... Tu vas les scruter au microscope, conclut sa mère.

— Oui, on peut voir les choses ainsi. Mais je ne serai pas le premier à me servir du prétexte d'une partie de campagne dans ce but. Il n'y a rien de scandaleux dans le procédé que je propose. En fait, c'est tout ce qu'il a de plus traditionnel. La bonne société y a souvent recours, que je sache.

Et c'était efficace. Il pourrait rassembler toutes les participantes dans le même lieu pour les étudier.

— Un décor approprié et un heureux dénouement, tout droit sortis d'un conte de fées, acquiesça sa mère. Quand cette partie aura-t-elle lieu ?

— Dans cinq jours. Je ne pense pas pouvoir attendre plus longtemps si je veux me conformer au délai fixé par mon oncle. Pouvez-vous l'organiser ?

Il ne doutait pas du bien-fondé de cette partie de campagne, en revanche il était incertain quant à sa mise en œuvre. Il faudrait faire très vite, et il fallait du temps pour organiser toutes sortes de réjouissances raffinées.

— Pouvez-vous vous occuper des festivités, des détails, des gens à inviter ?

Il comptait sur sa mère pour ces points précis, car il serait de son côté accaparé par de la paperasserie relative à la succession. De plus, il n'avait pas la moindre idée de la façon d'organiser une réception d'une telle ampleur.

— Dans cinq jours ? s'exclama sa mère. Tu demandes l'impossible, mais je crois que nous pouvons y arriver, dit-elle les yeux brillants, stimulée par ce défi. C'est le rôle d'une mère de savoir organiser ces choses. Si tu es décidé, je ferai le nécessaire, ajouta-t-elle en souriant. Mon fils va se marier ! Dieu sait que tu m'as fait attendre déjà assez longtemps. Je vais me mettre en action sur-le-champ, puisque le délai imparti est impératif.

— Merci, mère.

Il était fils unique, par malchance.

Sa mère aurait dû avoir une troupe d'enfants à régimenter : des filles auxquelles trouver de beaux partis, des garçons à installer dans des professions prestigieuses en faisant jouer ses relations. Au lieu de cela elle n'avait que lui, un gentleman porté sur les sciences, qui préférait ses chameaux et ses chevaux au tourbillon de la vie mondaine. Sa seule aventure dans la haute société avait été catastrophique, et certaines expériences ne valaient pas selon lui d'être tentées de nouveau.

Il restait une dernière chose à considérer.

— En ce qui concerne les invités, je suis bien conscient que la Saison tire à sa fin et que bon nombre de jeunes filles sont déjà engagées.

Sutton pensa alors à Pavia Honeysett, héritière d'un magnat du commerce du thé, désormais mariée à son ami Cam Lithgow. En tant que métisse et roturière, elle n'aurait pas rempli les critères exigés par son oncle. Cela ne l'avait cependant pas empêchée, avant son mariage, de susciter jusqu'à l'intérêt d'un marquis, preuve que les jeunes filles à marier cette année n'étaient pas si nombreuses, et que la compétition pour en trouver une bien née était féroce.

— Il y a toujours quelqu'un à épouser, lui dit sa mère d'un ton léger. Les gens sont en quête de nouveauté, maintenant qu'Ascot et les régates sont terminés. Je vais faire passer une annonce dans le *Times*, et le Tout-Londres va affluer à Newmarket dans cinq jours. Ils voudront tous venir, assura-t-elle, les yeux pétillants. Et nous les laisserons le faire. Qu'ils rivalisent entre eux pour retenir ton attention ! Londres sera à tes pieds. Tu n'as pas besoin de chercher, pas avec ta belle prestance ni cette fortune. Tout viendra à toi.

C'était justement ce qui l'inquiétait.

Il ne voulait pas limiter ses choix aux laissées-pour-compte, à celles qui faisaient tapisserie, ou aux chasseuses de fortunes, mais il garda ces considérations pour lui. Il pourrait contrôler la situation, grâce aux exigences de son oncle, en fait. Ces gens ne seraient pas attirés par la partie de campagne en elle-même, mais par la fortune à la clé du séjour. Que cela se passe à Newmarket ou à Londres importait peu. Au moins, à Newmarket, il pourrait choisir avec qui il passerait du temps. À Londres, il aurait été à la merci des listes d'invités de ses hôtes.

Il se pencha pour embrasser sa mère sur la joue et prit congé. Il avait besoin de l'ambiance feutrée de son club, d'un verre, et de temps pour réfléchir. Qui voudrait de lui, de lui seul, aujourd'hui ? Qui même le verrait réellement tel qu'il était, au lieu de ne considérer que sa fortune ?

Il ne pouvait donc plus que s'en remettre à la chance et espérer que le filet serait lancé avec assez d'amplitude. Mais en tant que scientifique, il n'avait pas pour habitude de s'en remettre à la chance.

Il y avait une raison à cela. La chance était souvent absente, et elle lui avait spectaculairement fait défaut aujourd'hui.

À peine avait-il mis les pieds dans son club qu'il réalisa son erreur. Londres n'avait pas attendu une annonce dans le *Times*. D'après le brouhaha qui accompagna son arrivée, il semblait bien que toute la ville savait déjà qu'il était l'héritier de la fortune de Sir Leland Keynes.

À 4 heures de l'après-midi, la haute société avait déjà pleinement saisi l'importance de la nouvelle.

Les participants à la Saison avaient désormais un fabuleux parti à se disputer.

Sutton fut assailli par des gentlemen voulant lui serrer la main, dont certains qu'il n'avait pas revus depuis l'école. Par d'autres aussi, qu'il ne connaissait pas, mais qui prétendaient le connaître par l'intermédiaire des relations les plus tortueuses. De plus âgés souhaitaient présenter leurs condoléances ; de plus jeunes désiraient renouer, ou faire connaissance. Tous avaient des sœurs, filles, nièces, cousines, pupilles ou belles-filles.

La foule de jeunes personnes disponibles rendit risibles ses observations précédentes sur la rareté des candidates au mariage. Il semblait qu'il en pleuvait dès que l'on était en possession d'une belle fortune.

Cette soudaine popularité renforça cependant aussi ses inquiétudes.

Désormais, il n'était plus que le représentant d'un statut social, un moyen d'accès à la fortune.

Il se fraya un chemin vers un fauteuil isolé et commanda un verre. Il ne se faisait pas d'illusions, il ne resterait pas seul longtemps. Il n'était plus une personne, mais une chose qui serait utilisée et manipulée pour le profit, raison pour laquelle il avait si longtemps repoussé la perspective du mariage. Il ne voulait pas d'une alliance. Il n'avait pas besoin de la dot d'une héritière, ni des connexions politiques du père d'une débutante.

Il désirait plus.

Pas nécessairement l'amour.

Cette idée était un concept dépourvu de logique dès lors que l'on s'intéressait à la science des unions réussies. Les animaux ne s'accouplaient pas pour l'amour, ou les alliances. Ils le faisaient pour la force, la compatibilité.

Et c'était ce qu'il voulait : la compatibilité. Quelqu'un qui aimerait les animaux, qui aimerait travailler à ses côtés avec ses chameaux, ses chamelles et ses chevaux, et qui l'apprécierait, *lui*.

Ces désirs se retrouvaient désormais relégués au fin fond des impossibilités.

Deux jeunes hommes s'approchèrent et rompirent son illusoire isolement avec une bonhomie négligente, profitant de l'ambiance informelle du club pour se mettre en avant. Ils s'étaient déjà rencontrés une ou deux fois lors des très renommées ventes de chevaux de Tattersall.

— Keynes, quel plaisir de vous revoir ! J'imagine que nous allons vous voir un peu plus à Londres ces jours-ci ?

Sutton sourit et leur serra la main. Combien de temps tiendraient-ils avant de mentionner les célibataires de leur entourage ?

— Ma sœur est venue pour la Saison cette année, dit le premier, et Sutton se retint d'éclater de rire.

Évidemment ! Il n'avait fallu que trente secondes au jeune homme pour l'aborder. Un record, certainement. Si son oncle n'était pas déjà mort, Sutton l'aurait tué pour cela. Il venait de faire de sa vie un véritable enfer.

3

Bermondsey Street,
sud-est de Londres, samedi 14 juillet

Le claquement rapide de talons de bottes sur les marches de l'escalier en bois de la pension de famille avertit Elidh du retour de son père. D'après le bruit, il était excité et énergique, ce qui l'inquiéta. Cela signifiait d'ordinaire qu'il avait concocté un nouveau plan pour les sortir de la pauvreté toujours croissante de leur vie.

Elidh posa son raccommodage et se prépara à affronter ce qui lui serait annoncé dès la porte ouverte. Avec son père, elle ne savait jamais à quoi s'attendre. Parfois il revenait en compagnie d'individus bizarres, d'autres fois il rentrait avec des idées fantaisistes. Il avait même ramené un jour un singe.

Elle espéra que ce serait de l'argent, cette fois. Ils en avaient bien besoin. Elle avait économisé tout ce qu'elle avait pu, et ce n'était toujours pas assez. Oh ! comme elle aurait voulu que son père soit normal ! Qu'il se lève de bon matin pour aller faire un travail de bureau quelconque à la Banque de Londres par exemple. On pouvait y gagner une centaine de livres par an, et il y avait la sécurité de l'emploi. Un employé de banque travaillait toute sa vie, jusqu'à ce qu'il décide de prendre sa retraite.

Dans leur situation, cent livres par an lui paraissaient une véritable fortune. Ils pourraient quitter cette pension miteuse et le quartier des docks pour un cottage, peut-être à Chelsea. Et préparer leurs propres repas au lieu de se contenter de l'ordinaire servi dans la salle à manger à tous les pensionnaires.

Hélas ! son père n'était pas un employé de bureau. Il s'estimait au-dessus de ce genre de profession, et n'en faisait d'ailleurs pas mystère. Il écrivait des pièces de théâtre, dirigeait une troupe d'acteurs.

Enfin, c'était le cas trois ans plus tôt, alors que sa mère était encore vivante et que chaque jour était une nouvelle aventure.

Sa mère était morte, emportée par la tuberculose, et son père, perdu dans la vie sans celle qui était son unique amour et sa raison d'être, la suivrait peut-être bientôt. Il allait mieux par moments, soudain inspiré pour écrire ce qu'il assurait être son prochain chef-d'œuvre. Cela durait quelques jours, assez longtemps pour qu'Elidh nourrisse l'espoir que cette fois cela se terminerait différemment, qu'il achèverait son travail, et que celui-ci serait assez bon pour être vendu.

Mais cela finissait invariablement de la même façon. Des feuilles froissées en boule sur le sol, une folie furieuse durant laquelle il criait que sa création était nulle et jurait de ne plus jamais écrire.

Il fallait que les choses changent ! Ils avaient déjà été plusieurs fois au bord de la ruine, mais jamais si près de la catastrophe qu'aujourd'hui. Jusque-là, il était toujours resté quelque chose à vendre, quelque chose à faire pour joindre les deux bouts.

Seulement cette fois, Elidh ne voyait pas ce qui pourrait les sauver.

Il n'y avait plus rien à mettre en gage, aucun espoir de voir une pièce écrite jusqu'à sa fin, qu'un mécène achèterait par miracle.

Ce matin, elle avait compté ce qu'il leur restait. Avec l'argent qu'elle venait de gagner, versé par l'atelier de couture qui la faisait travailler pendant la Saison, ils avaient de quoi payer le loyer du mois suivant, et c'était tout. Malheureusement ces revenus étaient ponctuels et se tarissaient dès que la Saison se terminait, ce qui n'en rendait les hivers que plus longs. Quand leurs maigres ressources seraient épuisées cette fois, elle ignorait ce qui se passerait ensuite.

La porte de leur appartement s'ouvrit à la volée sur son père qui brandissait un journal.

— J'ai trouvé, Elidh ! Voilà qui va nous tirer d'affaire ! Lis donc ! annonça-t-il, très excité, en le lui tendant.

Elidh le prit avec hésitation. C'était la dernière édition. Elle pensa aux quelques pièces dépensées pour ce luxe, de précieux shillings qui auraient pu servir à des choses plus utiles. Elle parcourut la page sélectionnée par son père, et fronça les sourcils. C'était celle des potins mondains. Avant tout des commérages, la majorité concernant un certain Sutton Keynes et la fortune qu'il toucherait prochainement. Le montant estimé la stupéfia. Quelques instants plus tôt, elle considérait que disposer de cent livres par an serait merveilleux. Il avait de la chance !

— Je ne vois pas le rapport avec nous, dit-elle en rendant le journal à son père.

— Vraiment, ma fille ? Cet homme doit se marier, et vite, sans cela il dira adieu à sa fortune. Il organise une partie de campagne pour trouver une épouse. Est invité qui veut.

Un frisson d'angoisse parcourut Elidh. Qu'avait donc son père dans la tête ? Il ne s'imaginait quand même pas y aller ! Ou voulait-il faire d'elle une fille à marier ? L'avait-il seulement bien considérée récemment ? Elle était banale : cheveux blonds, yeux d'une couleur indéterminée entre noisette et brun. Le plus intéressant, chez elle, c'était son prénom original. Un homme ayant la possibilité de choisir ne la prendrait certainement pas. Il ne la remarquerait sans doute même pas non plus.

Elle reprit le journal, et relut l'article.

— « Quiconque remplit les conditions », père, le corrigea-t-elle, soudain rassérénée de pouvoir contrecarrer ses projets fantaisistes. Il lui faut une épouse titrée.

Et son père ne pourrait rien faire à ce propos. Il n'y avait aucun titre dans leur arbre généalogique. Il écrivait des pièces de théâtre, et sa mère avait été actrice.

— Alors nous allons en créer un, répliqua-t-il en esquissant des pas de danse dans la pièce.

Il claqua des doigts, pris d'inspiration.

— Je sais… Tu seras une *principessa* italienne ! Où est ma carte d'Italie ?

Il ouvrit l'une des malles encombrant leur petit séjour, qui servait à la fois de rangement et de sièges. Une odeur de cèdre se répandit dans l'air tandis qu'il fouillait dedans.

— Ah ! La voilà !

Il referma le couvercle et déroula la carte sur leur table, puis l'empêcha de s'enrouler de nouveau en bloquant les bords avec une chope et une assiette.

— Père, que faites-vous ? demanda Elidh en s'approchant de lui précautionneusement.

Elle espérait n'avoir pas bien compris ce qu'il venait de dire.

— Je ne peux pas être une *principessa* italienne.

Il ne s'imaginait quand même pas qu'ils allaient se faire passer pour des personnages royaux ?

Il arrêta son doigt à un endroit précis de la carte.

— Voilà ! Fossano. Tu pourras être la *principessa* di Fossano. Bien, voyons, voyons… Il te faut un nom, ajouta-t-il avant de réfléchir un moment. Chiara di Fossano. *Principessa* Chiara Balare di Fossano. Je trouve que ça sonne bien, non ?

Furieuse, Elidh s'empara de la carte et l'enroula.

— Arrêtez ! C'est de la folie ! Vous voulez que je me fasse passer pour une princesse italienne ?

Ils s'étaient déjà livrés quelques années plus tôt à de petites mascarades, des escroqueries mineures sur la route, quand la troupe était à court d'argent, mais rien de cette ampleur !

C'était pure folie, même pour un homme aussi inventif et fantaisiste que son père.

— Ce n'est pas vraiment se faire passer pour quelqu'un, Elidh. Je ne crois pas que Chiara Balare existe vraiment, déclara son père, comme si créer une fiction de toutes pièces valait mieux que d'être un imposteur.

— Là n'est pas la question, répliqua Elidh en ouvrant la malle pour y replacer la carte.

Comme elle aurait voulu pouvoir y ranger aussi les idées de son père !

— Et quelle est-elle, ma chère ? Cet homme a besoin d'une épouse pour entrer en possession de sa fortune, et nous, nous avons besoin d'une fortune.

Pendant un court instant, les yeux sombres de son père perdirent leur éclat, et toute leur tristesse habituelle reparut.

— Crois-tu que j'ignore à quel point nous sommes au bord du gouffre ? Cette fois nous risquons bel et bien d'y sombrer.

Il lui prit les mains et les retourna pour étudier ses paumes.

— Dieu merci, tu ne t'es pas abaissée à faire des lessives. Tes mains ne sont pas abîmées. Elles te trahiraient immédiatement.

Faisant appel à toute sa patience, Elidh soupira. C'était bien là son père : sérieux une minute, de retour à ses plans sur la comète l'instant suivant. C'était une qualité qui l'avait enchantée dans son enfance, qui faisait de chaque journée à la fois une aventure et un conte de fées.

Son monde avait été magique, mais il ne l'était plus aujourd'hui. L'enchantement s'était épuisé il y avait bien longtemps pour laisser place aux réalités de la pauvreté et du désespoir.

C'était à elle qu'il revenait d'être la voix de la raison.

Elle saisit les mains de son père et le conduisit vers une malle sur laquelle elle le fit s'asseoir avant de prendre place à côté de lui.

— Il faut considérer les choses avec logique, père. Tout d'abord, cette entreprise est pure folie. Vous voulez que nous nous introduisions dans une partie de campagne destinée à l'aristocratie, et que nous interprétions le rôle de personnages royaux.

Ne voyait-il donc pas à quel point cette idée était présomptueuse ? Ce qu'il proposait était impossible.

— Nous l'avons déjà fait auparavant, Elidh, répondit-il sur un ton laissant entendre que c'était elle qui avait tort. Te souviens-tu quand ta mère et moi avons prétendu être un lord anglais et son épouse dont la voiture avait eu des avaries pendant leur Grand Tour d'Europe ?

— Oui, je m'en souviens, bien sûr, dit-elle avec un sourire pour le couper poliment.

S'il se mettait à évoquer le bon vieux temps, on ne pourrait plus l'arrêter.

— Mais c'était différent, continua-t-elle. C'était pour une nuit seulement, et un repas gratuit.

Son père avait promis de payer l'aubergiste une fois qu'ils auraient récupéré leurs bagages, ce qui bien entendu ne risquait pas de se produire étant donné qu'ils n'en avaient pas, et ils avaient pris la poudre d'escampette avant l'aube pour éviter d'être pris.

— Cette fois, c'est pour faire tomber un homme dans le piège du mariage, insista-t-elle.

Cette idée lui répugnait tant qu'elle dut chercher les mots pour l'exprimer. Elle tenta malgré tout de lui démontrer l'évidence.

— Il va être assailli des attentions de jeunes filles honorables. Tout est contre nous, quand bien même nous montrerions patte blanche. Nous ne pouvons pas prendre autant de risques, parce que nous n'avons nul espoir de gagner. Il ne daignerait pas même me lancer un regard. Et quand bien même il le ferait, je ne susciterais aucunement son intérêt. Je n'ai pas la prestance requise.

— La prestance ? Allons donc ! Te souviens-tu de notre tournée en Italie, ma fille ? Nous avons joué partout : Naples, Florence, Rome, Turin, Milan...

Elle n'eut pas le cœur de le contredire. Certes, ils avaient joué dans ces lieux, mais pas sur les scènes principales de ces villes. Dans sa roulotte, la troupe avait rôdé dans leurs parages et leurs campagnes, jouant pour les divers comtes et ducs en villégiature dans leurs résidences d'été.

— Je m'en souviens, dit-elle.

Elle se rappelait la chaleur des nuits, les lumières dans l'obscurité, la nourriture, les vins. Le rire de sa mère qui charmait les aristocrates locaux. C'étaient de bons moments, quand elle était encore innocente et croyait qu'ils étaient intouchables.

Elle n'était plus aussi naïve, désormais.

— Tu as passé l'été en Italie avec tous ces aristocrates, et tu n'avais que seize ans. Tu t'en es fort bien sortie. Cela te reviendra, et si tu commets une erreur, tu hausseras les épaules en disant : « C'est différent, en Italie. » Être étrangère te fera pardonner bon nombre de faux pas.

— Mais cela n'expliquera pas l'état de ma garde-robe, rétorqua-t-elle.

Même si elle connaissait l'étiquette et les bonnes manières, ses vêtements la trahiraient immanquablement.

— Fariboles ! Nous avons les costumes de ta mère !

Il se leva et se mit ouvrir les malles les unes après les autres, pour sortir des robes de leurs housses. Dans des tourbillons de soie et de satin, dont les couleurs riches et profondes contrastaient avec les murs gris pâle, il les disposa autour d'eux.

— Celle-ci ferait une robe du soir parfaite, dit-il en en déployant une autre. Il y avait une tiare assortie, ajouta-t-il en se remettant à fouiller dans les malles.

Il sortit de l'une d'elles des pochettes de velours contenant des parures de bijoux et des tiares. Les fausses pierres scintillèrent, ravissantes vues de loin, faisant parfaitement illusion lorsqu'il les déversa sur la table.

— Rosie pourra t'aider à ajuster ces tenues à tes mesures. Elle vit toujours à Upper Clapton avec une de ses sœurs. Elle t'aidera avec ta garde-robe, et te servira volontiers de femme de chambre. Elle en a assez souvent interprété sur scène pour pouvoir encore le faire à la perfection !

Couturière habile, Rosie avait été l'habilleuse de sa mère, et avait joué les femmes de chambre, aussi bien sur scène que dans la vraie vie.

Elidh était désormais réellement inquiète. Pour que son père soit prêt à faire retailler les costumes de sa mère qu'il considérait comme sacrés, il fallait qu'il soit vraiment désespéré. Et donc d'autant plus résolu à mener à bien son nouveau projet. Quand il avait une idée, il s'y accrochait avec ténacité.

Elle allait avoir du mal à l'en détourner.

— Père, nous ne nous en sortirons jamais, l'avertit-elle.

La meilleure façon de le raisonner serait peut-être de feindre de le suivre, tout en évoquant les obstacles qui se présenteraient inévitablement.

— Je ne parle pas italien, en tout cas très peu, lui rappela-t-elle.

— Personne non plus ne le parlera. On te complimentera pour

ta maîtrise de l'anglais. Ton accent était parfait quand tu as joué Juliette sur scène en Toscane lors de notre tournée en Italie, dit son père pour l'encourager, ses yeux scintillant de nouveau à l'évocation de ce souvenir.

Il écarta les bras avec emphase et se mit à arpenter la petite pièce.

— Tout ce dont nous avons besoin est ici. Nous avons les costumes de ta mère, et ton ingénuité.

Elle fit une dernière tentative.

— Même si vous avez raison, c'est prendre énormément de risques sans même avoir la certitude que cet héritier privilégié posera les yeux sur moi.

Son père hocha la tête et se tapota la tempe d'un geste signifiant qu'il avait réfléchi.

— Il y a plus d'une manière de sortir gagnants dans cette affaire. Nous n'allons pas seulement en quête du parti qu'est ce jeune homme fortuné. Ce serait bien trop inconsidéré. Nous allons aussi à la recherche d'un mécène. Cette partie de campagne attirera exactement le genre de personnes que je dois rencontrer afin de vendre ma pièce. Si un prince italien réussit à les convaincre qu'il a déniché un Anglais capable de rivaliser avec Shakespeare, ils écouteront.

— Mais vous n'avez pas de pièce à proposer, répliqua froidement Elidh.

Tout devenait de plus en plus insensé de minute en minute.

— Mais si ! Rien de nouveau, je l'admets. J'ai doté une de mes anciennes pièces d'un nouveau titre. Elle est sortie il y a des années, et n'a été jouée que sur le continent. Je me suis dit que je n'avais tout simplement pas eu la chance de trouver le bon mécène. Après tout, quel genre d'homme achète des pièces à Bermondsey Street, dans ce quartier déshérité ? Mon plan n'est pas si risqué, n'est-ce pas ? Il y a de l'argent à gagner sur le court terme, si ce n'est rien d'autre et, qui sait, peut-être en jouant aux cartes si personne ne veut acheter une pièce de théâtre. Je pourrai toujours miser quelques-uns de nos « bijoux » lors d'une partie.

Elidh se sentit prise de vertiges. Dieu du ciel !

Se faire passer pour des personnes de haut rang, s'introduire dans une partie de campagne réservée à l'élite, essayer de séduire un héritier fortuné, ainsi qu'un mécène potentiel, tout en escroquant des gens avec de faux bijoux à des tables de jeu !

Et par-dessus le marché, son père était entièrement convaincu du bien-fondé de ses plans. Cela se lisait dans ses yeux.

Elle tenta une nouvelle stratégie. Si elle ne pouvait le convaincre de l'impossibilité de s'inviter là-bas, peut-être pourrait-elle le persuader du peu d'avantages qu'il y aurait à réussir, en imaginant qu'ils y parviennent.

Un succès éventuel apporterait son lot de fâcheuses conséquences.

— C'est extrêmement ingénieux, père, c'est évident, dit-elle posément. Mais avez-vous pensé à ce qu'il se passera si nous réussissons ? Ce serait piéger un homme, ni plus ni moins, pour qu'il m'épouse.

Son père était un incurable romantique. Il avait profondément aimé sa mère. Ce genre de sentiment se rappellerait donc sans doute à lui.

— Le piéger ? Ce ne serait certainement pas le cas ! s'exclama-t-il, indigné. Être seule avec un homme dans un jardin avec l'unique intention de se faire surprendre tandis qu'il vous embrasse, voilà qui est un piège. Et quand un homme invite des femmes chez lui dans le but avoué, et proclamé, d'en choisir une qui sera son épouse, ce n'est pas un piège, pas plus que ne l'est toute la Saison de Londres. Pourquoi à ton avis la haute société ne la nomme-elle pas le « Piège du Mariage », mais le « Marché du Mariage » ? Entre cette invitation et la Saison, il n'y a pas de différence.

Il agita un doigt sous son nez.

— Et nous ne serons pas différents, mademoiselle, de tous ceux qui assisteront à cet événement.

Il s'était exprimé comme si c'était là la conclusion sans appel de toute la démonstration.

— Nous allons nous faire passer pour ce que nous ne sommes pas, insista encore Elidh.

Il était si facile d'oublier ce léger détail dans toute cette folie extravagante !

— Si tu crois que tous les invités seront réellement qui ils sont, tu es plus naïve que je le croyais, objecta son père en fronçant les sourcils. Ces gens seront là sous leur vrai nom, certes. Mais ils se montreront sous leur meilleur jour en public, et laisseront ce qu'ils sont réellement chez eux. C'est ce qu'ils font tous. Toujours.

— Alors je plains ce pauvre Sutton Keynes, répondit Elidh. Il lui faudra choisir parmi une assemblée d'hypocrites, et ce n'est pas là un choix honnête. S'il me choisissait, je ne serais pas différente de tous ces gens : ce serait la façade d'une personne qu'il ne connaît pas vraiment.

— Tu vois ! fit son père. En effet, pas différente ! C'est ce que je te répète depuis le début. Nous serons au diapason de toute cette mise en scène. Nous ne déparerons pas dans l'assistance.

— Si vous avez raison, il tombera amoureux d'une princesse.

— Si j'ai raison, il tombera amoureux de toi, répliqua-t-il.

Elidh relut l'article du journal.

— Si vous aviez raison, père, je lui coûterais sa fortune. Il me détesterait pour cela. S'assurer une fortune en héritage, voilà l'unique raison d'être de cette partie de campagne.

Ce qui ne faisait que confirmer que le projet de son père était complètement délirant. Ce Sutton Keynes ne pourrait se permettre une telle folie.

Les traits de son père s'adoucirent, et il la regarda avec gentillesse.

— Un homme qui choisit l'argent plutôt que ma fille n'est pas l'homme qui lui convient. C'est le dilemme classique, n'est-ce pas ? L'argent ou l'amour… C'est l'argument dont on rêve pour toute bonne pièce de théâtre.

Il émit un petit soupir d'aise, imaginant certainement déjà la centaine d'intrigues qu'il n'écrirait jamais.

Les ombres commençaient à s'étirer dans la pièce. Songeuse, Elidh entreprit d'allumer leurs bouts de chandelles.

Si elle n'allait pas à cette partie de campagne avec lui, elle craignait qu'il s'y rende seul. Et Dieu seul savait dans quels ennuis il se fourrerait si elle ne le surveillait pas de près.

— Que pourrait-il arriver de pire, si nous essayons ? demanda-t-il d'un ton enjôleur alors qu'elle faisait les cent pas.

Elle s'arrêta et le dévisagea dans la lueur vacillante des flammes.

— Nous nous retrouverons à la prison de Newgate. L'escroquerie est un crime.

Et cette fois, ils en commettraient une d'importance, bien plus grave que leurs peccadilles passées.

Mains croisées sur l'estomac, son père prit un air pensif. Elle crut l'avoir enfin ébranlé.

— Nous y finirons peut-être de toute façon, ou dans un endroit similaire, si nous ne faisons rien. Si nous continuons ainsi, nous sommes condamnés, ma fille, et irons droit vers l'hospice ou la rue, dit-il en secouant la tête. Nous n'avons plus rien à perdre. Nous devons essayer. C'est tout ce qu'il nous reste. Ta mère s'attendrait à ce que nous agissions ainsi ; elle ne voudrait pas nous voir renoncer.

Sa mère ne voudrait pas non plus les voir escroquer un innocent, Elidh en était certaine. Enfin, plutôt certaine...

Il la dévisagea d'un œil sombre.

— Je n'ai plus rien à t'offrir que cette occasion unique. Je n'ai pas pu sauver ta mère, ni la troupe, mais je peux peut-être te sauver. Conquiers le cœur de cet homme, et tu seras libérée de la pauvreté. Tu vivras dans un luxe que je ne pourrai jamais t'offrir.

Il se tut, et son regard s'embruma d'une manière suspecte.

— Je ne rajeunis pas. L'hiver dernier nous l'a prouvé. Je veux te savoir établie dans la vie.

C'était un charmant petit monologue. Était-ce l'acteur qui parlait, ou son père ? C'était tellement difficile à dire ! Enfant, elle adorait regarder ses parents sur scène, en train d'interpréter l'une des dernières créations de son père – sa mère, si belle, si blonde, son père, brun ténébreux et intense. Encore aujourd'hui, il était capable de servir un discours avec assez de pathos pour amener son auditoire au bord des larmes, même si cet auditoire se résumait à sa seule personne.

— Ne dites pas cela, père !

Comment supporter la triste réalité de ces paroles ?

Elidh s'occupa en rassemblant les costumes de sa mère. Atteint d'une mauvaise toux qui l'avait tourmenté pendant des mois, son père avait failli trépasser l'hiver dernier. Que se passerait-il s'il retombait malade cet hiver ? Et si elle le perdait ? Il était tout ce qu'il lui restait. Cette idée était épouvantable.

Elle se trouvait face à un dilemme. Que ferait-elle par amour ? Prendrait-elle tous les risques pour suivre les plans insensés de son père ? Pas par amour pour un inconnu fortuné, mais pour celui de son père. Elle risquerait pour lui ce qu'elle n'oserait risquer pour elle-même. Mais comment faire au mieux ? Si sa mère était encore là, elle lui conseillerait de trouver un moyen terme, et lui rappellerait qu'il y a toujours plus de deux options à un dilemme.

Tout en pliant avec soin la dernière robe de sa mère, elle cherchait ce moyen terme éventuel.

Elle n'avait pas besoin de tenter de séduire ce célibataire. Il fallait simplement qu'elle aide son père à dénicher un mécène. S'ils y parvenaient, il n'aurait peut-être pas à miser de faux bijoux aux tables de jeu. Cela lui parut la meilleure solution. Le soutien d'un mécène leur permettrait de passer l'hiver. Elle verrait bien ce qui se passerait au printemps suivant.

Quel mal pouvait-il y avoir à cette mascarade ? Ce ne serait que pour deux semaines. Ensuite la *principessa* Chiara Balare di Fossano pourrait disparaître pour de bon, et personne n'y trouverait à redire.

Elle se tourna vers son père.

— Quand partons-nous ?

— Dans quatre jours.

Elle hocha la tête.

— Alors vous feriez bien de contacter Rosie. Nous avons beaucoup de couture à faire.

C'était un plan avec de nombreuses lacunes, et qui aurait probablement des conséquences même s'ils réussissaient, mais, le cas échéant, elle s'en soucierait le moment venu.

Dans l'immédiat, elle savait ce qu'elle devait faire par amour, et jusqu'où elle irait pour cela.

Jusqu'à Newmarket, apparemment.

4

Quatre jours plus tard, la *principessa* Chiara Balare di Fossano, accompagnée de sa femme de chambre et de son père, le prince Lorenzo, descendit du fiacre qui les avait conduits depuis la gare de Newmarket jusqu'au domaine de Hartswood.

Elidh n'avait jamais été aussi nerveuse de sa vie. Cette mascarade était la plus osée que son père ait jamais concoctée. Être nerveuse n'avait donc rien d'anormal.

Ils avaient énormément à perdre, bien plus que les autres fois.

Cette notion de « plus » la suivait d'ailleurs partout, à son corps défendant. Son père s'avérait plus audacieux que jamais. Non seulement il avait dépensé du précieux argent de leur loyer pour prendre la voiture qui les avait conduits jusqu'au domaine, mais il avait aussi acheté des places en première classe pour le trajet depuis Londres, tout en se présentant fièrement comme le prince Lorenzo dès qu'il en avait l'occasion. Il s'était dit que personne ne croirait à un prince voyageant en troisième classe.

Si quiconque remarquait leur arrivée, il voulait être préparé sur tous les fronts. Elidh espérait qu'ils ne regretteraient pas amèrement ces dépenses par la suite.

En examinant la façade en grès de Hartswood, elle constata qu'audace et luxe n'étaient pas l'apanage de son père.

Le domaine était plus opulent que tout ce qu'elle avait déjà pu visiter en Angleterre. Ce luxe sautait aux yeux depuis la première courbe de la longue allée bordée de pelouses parfaitement entretenues et d'arbres feuillus qui laissaient filtrer le soleil avec tant d'art que l'on se demandait s'ils avaient été plantés délibérément pour produire cet effet. Le cercle terminant l'allée devant l'entrée de la demeure prolongeait le même thème, accueillant les invités avec une fontaine italienne qui chantonnait en son centre tout en prodiguant sa fraîcheur. Deux escaliers, en grès comme la bâtisse, flanquaient l'entrée surélevée aux doubles portes, mêlant de la sorte baroque anglais et architecture au goût italien.

Le luxe ne s'arrêtait pas là.

Des laquais étaient apparus pour tenir les chevaux dès que le cocher avait fait halte. La main de l'un d'eux l'avait attendue pour l'aider à descendre, tandis qu'il inclinait respectueusement la tête.

Elle n'hésita pas un instant, ne trahit pas la moindre incertitude. Nerveuse ou non, peu importait, elle entra immédiatement « en scène », endossant son rôle de princesse. Personne ne douta.

Peut-être son père avait-il raison. Les gens voyaient ce qu'ils s'attendaient à voir, et aucun des domestiques n'avait vu autre chose.

Une servante les précéda dans l'escalier puis dans le vaste hall de marbre blanc où régnait une agréable fraîcheur, et leur fit traverser la demeure jusqu'à la terrasse nord à l'arrière de la maison, idéale pour la chaleur de l'après-midi.

Cette traversée était subtilement orchestrée pour bien montrer aux invités le niveau d'opulence qui les entourait. Peut-être était-ce aussi dans le but de rappeler à tous qu'en dépit de son absence de titre la famille Keynes n'était pas dans le besoin. Il semblait qu'elle n'était pas la seule à devoir prouver quelque chose. Elidh repoussa ces pensées pour plus tard.

Elle était reconnaissante à son père de sa présence à ses côtés. Quel que soit le message que cette demeure cherchait à envoyer, il était intimidant pour une jeune fille qui vivait dans un minuscule deux-pièces d'une pension de famille de Bermondsey Street. Son père, quant à lui, ne lui semblait pas dépaysé dans cet étrange pays des merveilles.

— Ne regarde pas trop ostensiblement autour de toi, lui chuchota-t-il. Une princesse s'attend à ce genre de décor. Nos hôtes essayent de séparer le bon grain de l'ivraie, ma fille.

Menton haut, dos bien droit, il jouait son rôle de prince italien à la perfection, l'air impavide en passant devant les vases en cristal taillé remplis de brassées de fleurs fraîches et les portes laissées ouvertes à dessein qui permettaient de lancer de discrets coups d'œil dans des pièces élégamment décorées avec des harmonies de couleurs pastel.

Sur la terrasse, des jeunes filles étaient plantées bouche bée sans vergogne devant les jeux d'eau en escaliers occupant le centre des jardins, les statues qui les bordaient, les topiaires variées taillées en forme d'animaux, et les parterres aux dégradés de couleurs calculés pour attirer l'œil.

Elle estima qu'elles pouvaient être excusées de regarder tout cela sans plus se soucier de leurs bonnes manières.

La vue était vraiment spectaculaire.

— J'aime à dire que c'est le chef-d'œuvre de Capability Brown, notre plus grand jardinier paysagiste, entendirent-ils dans leur dos.

Une femme vêtue avec élégance et coiffée avec raffinement venait vers eux.

— La maison est dans la famille depuis trois générations. Je suis Catherine Keynes, la mère de Mr Keynes, et l'hôtesse de cette partie de campagne. Bienvenue à Hartswood.

Elidh fut immédiatement sur ses gardes. Leur hôtesse souriait poliment, s'exprimait son un ton aimable, mais son regard était vif, froid et acéré.

— Pardonnez-moi, je ne crois pas vous avoir jamais vus à Londres. Vous n'y étiez pas pour la Saison, sans cela je vous connaîtrais. Je connais tout le monde.

C'était énoncé avec courtoisie, certes, mais l'on ne pouvait se méprendre sur l'avertissement.

Elidh déglutit péniblement. C'était leur premier test, et le dernier s'ils le rataient. Mais comme pour tous les tests, ils s'étaient préparés. Ils avaient répété un texte, comme aimait à dire son père.

Celui-ci n'hésita pas un instant et s'inclina profondément avant de prendre la main de leur hôtesse. Il ajouta des fioritures en frôlant ses doigts de ses lèvres, puis la regarda droit dans les yeux et prit la parole avec un accent italien très prononcé.

— *Buongiorno, signora* Keynes. Toutes mes excuses pour cela. Je vois que nous n'avons pas été annoncés, en dépit de tous mes efforts. Mon mot a dû vous arriver trop tard à Londres. Je suis le prince Lorenzo Balare di Fossano. Je vous en prie, permettez-moi de vous présenter ma fille, la *principessa* Chiara Balare.

Il lui relâcha la main et lui fit une autre révérence extravagante.

— Nous venions d'arriver à Londres quand votre invitation à cette partie de campagne m'est incidemment tombée sous les yeux. Je me suis dit aussitôt que ce serait une splendide occasion de vivre un événement aussi anglais et de faire des rencontres.

Il s'arrêta assez longtemps pour paraître troublé.

— J'ai écrit, bien sûr, pour solliciter votre invitation, mais vous étiez déjà partie. J'espère que nous ne vous avons pas causé le moindre désagrément !

C'était habilement mené. Son discours impliquait que leur séjour était accepté de fait, comme le voulaient les bonnes manières.

Elidh sentit le regard de Catherine Keynes la parcourir de la tête aux pieds, depuis le large bord de sa capeline de paille jusqu'à ses chaussures, teintes pour être assorties à sa robe. Elle s'était vêtue avec soin pour cette première impression, avec une robe d'après-midi bleu pâle rehaussée aux manches d'une profusion de dentelle crème, ceinturée d'un ruban en gros-grain de la même teinte. Rosie s'était surpassée. La transformation avait même réussi à étonner Elidh. Le tissu de la robe du soir de sa mère pour Lady Macbeth combiné à des mètres et des mètres de dentelle des vêtements arachnéens de Titania, la reine des fées du *Songe d'une nuit d'été* ! Les accessoires avaient été étudiés jusque dans les moindres détails : discrètes boucles d'oreilles en or à motif de fleur, éventail peint à la main au poignet, châle blanc aérien enroulé à ses bras.

Rien n'avait été oublié. Elle était à la fois raffinée et fraîche. Elidh aurait bien voulu l'être aussi intérieurement.

L'approbation se lut dans les yeux inquisiteurs de Catherine Keynes. Elidh pouvait la voir peser les avantages de disposer d'une invitée supplémentaire à la fois charmante et, espérait-elle visiblement, aussi bien élevée qu'elle le semblait.

Elle soutint son regard avec un sourire plein d'assurance, de ceux qu'afficherait une princesse, qui ne doutait pas d'être acceptée où qu'elle se rendît.

Catherine Keynes lui rendit son sourire avant de reporter son attention sur son père.

— Cela ne pose aucun problème, Votre Altesse.

— Appelez-moi prince Lorenzo, *per favore* !

Son père sourit avec grâce comme s'il accordait une faveur à son hôtesse en s'imposant chez elle au lieu de l'embarrasser et de lui infliger la tâche presque impossible de trouver deux chambres de plus dans une demeure qui devait déjà être bondée, comme le nombre de jeunes filles présentes sur la terrasse le laissait supposer.

Catherine Keynes sourit chaleureusement cette fois, charmée par son père.

— Laissez-moi vous présenter quelques-uns de nos invités. Vos chambres seront prêtes après le thé. Vous pourrez rencontrer mon fils ce soir au souper. Nous dînons à 20 heures, rafraîchissements dans le salon à 19 heures.

Ils avaient réussi le premier test.

Elidh se sentit soudain euphorique, mais cette sensation ne dura pas.

Le prix pour le ticket d'entrée à cette partie était d'être assailli de salves de noms et visages dont il fallait se souvenir.

Lord ceci, Lady cela, Miss Sarah Landon avec des bouclettes blondes dans la robe rose à fanfreluches, Lady Imogen Bettencourt en couleur pêche, Miss Lila Partridge en bleu, les jumelles Bissell, Leah et Rachel, toutes deux en mousseline citron vert rebrodée de fleurs blanches virginales. La liste continuait, et il ne s'agissait là que des prétendantes. Il fallait y ajouter les inévitables mères, mais également des hommes. Des frères, oncles, pères, cousins qui étaient aussi venus pour appuyer sans doute la légitimité des prétendantes de leurs familles. Bref, toute cette assemblée était très intimidante. Les plus beaux partis d'Angleterre étaient là, dans une demeure imposante.

Et toutes ces jeunes filles étaient prêtes à entreprendre une compétition impitoyable, où il n'y aurait qu'une seule gagnante.

Eh bien, c'était donc une bonne chose que son père et elle aient d'autres projets ici, se dit Elidh. Avec tant de jolies jeunes filles présentes, elle savait qu'elle n'avait pas la moindre chance, même si elle l'avait voulu. Son père devait également s'en être rendu compte.

Il lui faudrait bien admettre que leur priorité serait de dénicher un commanditaire féru de théâtre.

Quand leurs chambres furent préparées, Elidh était plus que prête à se retirer dans la sienne. Rosie l'y attendait, occupée à déballer les affaires.

— Alors, tu l'as vu ? demanda Rosie, surexcitée, tout en secouant une robe du soir pour la défriper.

— Non, nous ne le verrons qu'au souper, répondit Elidh en ôtant son chapeau. Espérons qu'il fera plus frais. Toutes ces robes sont si chaudes ! Aide-moi à ôter celle-ci, ajouta-t-elle avant d'examiner la pièce tandis que Rosie se débattait avec les cascades de dentelle.

Bien qu'elle ait été préparée à la hâte, la chambre offrait la même opulence que le reste de la demeure : des murs bleu pâle, des rideaux blancs vaporeux et crémeux aux hautes fenêtres, des lambris au plafond, ornés de corniches sculptées de motifs compliqués, un tapis épais et un lit de rêve. Des draps immaculés, des oreillers moelleux et une courtepointe en soie blanche, tellement facile à tacher.

Le summum du luxe.

— Il y a même pour moi une petite chambre attenante à la tienne. Rien que pour moi ! C'est tellement mieux que le lit que je partage avec mes nièces à Upper Clapton ! s'extasia Rosie. Je n'ai jamais vu une demeure aussi chic !

— Moi non plus, avoua Elidh, soudain submergée de doutes. Crois-tu que nous avons vu trop grand, Rosie ?

Ils avaient encore la possibilité de repartir, à tout moment. Ils pourraient fournir bon nombre d'excuses fantaisistes. Il n'était pas trop tard.

Rosie rassembla ses jupes et lui lança un coup d'œil espiègle.

— Voir trop grand, c'est justement ce qui est amusant. Nous réussirons, tu verras.

— Tu es bien aussi folle que mon père, conclut Elidh en s'étendant avec volupté sur son lit.

— Peut-être, mais il ne nous a jamais laissées tomber, répondit Rosie.

Elidh n'en était pas si convaincue. Mais cela devait dépendre de l'angle selon lequel on considérait les choses.

Rosie continua à défaire les bagages, et examinait chaque nouvelle tenue avec attention.

— Te souviens-tu quand la troupe était en Prusse, et que l'essieu de la voiture s'est brisé ?

Oh oui, elle s'en souvenait ! C'était en novembre, et il y avait déjà de la neige.

— Nous n'avions pas d'argent pour prendre des chambres, ni pour faire réparer. Ton père s'est arrangé pour que nous puissions jouer dans une auberge, en échange du gîte et du repas. Nous n'avons jamais eu faim, même quand nos poches étaient vides.

Ils avaient dormi dans la grange à foin, serrés les uns contre les autres. Peu de confort, et encore moins d'intimité, dans les souvenirs d'Elidh. Elle avait passé le jour suivant à ôter les brins de paille coincés dans ses vêtements.

— Nous nous sommes toujours débrouillés, reprit Rosie avec un soupir nostalgique. Bien. Qu'allons-nous porter ce soir ? Il faudra que je repasse ta tenue, et ces nouvelles jupes confectionnées avec des mètres et des mètres de tissu sont un pur enfer.

Elidh éclata de rire.

— Tu parles comme une vraie femme de chambre ! Choisis donc, tu t'y connais mieux que moi.

Elle aurait aimé partager la même nostalgie que Rosie pour le passé. Lorsqu'elle avait elle-même reconsidéré leurs dernières années, elle avait réalisé à quel point ils avaient toujours été au bord du gouffre, et les risques permanents qu'ils devaient prendre.

Il n'y avait jamais eu d'abondance, de calme. Pas un seul jour où l'on n'avait pas eu à se demander d'où viendrait le prochain repas.

Elle regrettait la fillette insouciante qu'elle avait été, qui ne craignait pas l'incertitude et ne redoutait pas l'inconnu.

Changeant de position, elle regarda par la fenêtre, écoutant les clapotis de l'eau qui s'écoulait dans les degrés de la fontaine en contrebas dans le jardin.

Quand avait-elle changé ? Quand avait-elle commencé à désirer une certaine stabilité ? Dieu savait qu'elle ne la trouverait pas ici.

Toute cette mascarade en était exactement le contraire.

— Comment t'imagines-tu Mr Keynes ? demanda Rosie. Crois-tu qu'il est séduisant ?

— Il est sans aucun doute arrogant, pour s'imaginer trouver une épouse qui va lui tomber dans les bras en deux semaines, répondit Elidh en soupirant. Audacieux également. Comment ne le serait-il pas, Rosie ? Je n'imagine pas une personne raisonnable et posée organiser un tel spectacle, même si je ne me sens pas concernée le moins du monde. Il ne daignera jamais poser les yeux sur moi, avec toutes ces jeunes filles ravissantes !

Plus vite Rosie et son père admettraient qu'elle ne pouvait pas s'aligner dans cette compétition, plus vite ils pourraient abandonner leurs idées de grandeur.

Mais Rosie ne se laissa pas décourager.

— Je ne veux pas entendre ce genre de discours désabusé. Pas avec toute cette garde-robe qui regorge de nouvelles robes prêtes à être portées. Ne t'exclus pas si vite. Bien. Maintenant, viens t'asseoir, que je m'occupe de ta coiffure pour le dîner. Laisse ta bonne vieille Rosie faire opérer sa magie, et tu verras comme tu seras surprise.

— Nous avons des invités imprévus, dit tout bas la mère de Sutton en le rejoignant dans le hall où donnait le salon, dans lequel les invités s'étaient rassemblés avant le dîner. Des Italiens, de famille royale. Je vais prendre des renseignements sur eux, bien sûr. Je vais faire mener une enquête sur-le-champ.

— Je n'aime pas les surprises, marmonna Sutton, qui en avait eu assez cette semaine pour une vie entière.

Sa mère lui lança un regard peu amène.

— Tu n'aurais pas été surpris, si tu avais été ici pour les accueillir à leur arrivée.

Il avait passé à dessein l'après-midi à sa laiterie et aux écuries, afin d'éviter jusqu'à la dernière minute les petits groupes convergeant vers Hartswood. Tout commencerait à 19 heures... Le compte à rebours de son mariage.

— Pourquoi sont-ils ici ? La *principessa* a-t-elle envie de tenter sa chance ? plaisanta-t-il sans joie en faisant un petit mouvement de tête vers le salon.

C'était étrange de penser que sa future épouse se tenait dans cette pièce en cet instant précis, et qu'il n'avait pas la moindre idée de son identité ! Cette seule idée suffisait à l'exaspérer.

— Je ne crois pas, répondit sa mère. Ils m'ont assuré qu'ils étaient là pour vivre l'expérience d'une partie de campagne anglaise. Ils ont vu l'annonce dans le *Times*.

— Comme c'est curieux ! Des invités qui ne s'intéressent pas à la fortune en jeu, murmura Sutton en offrant son bras à sa mère. Si nous y allions ? Je ne peux retarder les choses indéfiniment.

Il s'arrêta sur le seuil pour contempler la scène qui s'offrait à lui.

Le salon était bondé au point que l'on se serait cru à un bal. Impossible de servir le dîner dans la salle à manger, trop petite pour accueillir cette foule ! Il serait donc offert dans la salle de bal, par tables rondes de huit. La soudaine popularité de Sutton avait rendu impossible l'organisation d'un dîner à la grande table, selon la tradition. Il tapota la main de sa mère.

— Vous avez fait du bon travail. Je pense que toutes les jeunes aristocrates à marier de Londres sont ici.

— Il aurait même pu y en avoir davantage, ajouta sa mère en souriant. Notre majordome à l'entrée a évincé six candidates qui ne convenaient pas, dont les arbres généalogiques n'étaient pas aussi solides qu'elles le prétendaient. Des petites-filles de comtes ne conviendraient pas non plus si ton cousin décidait de contester les volontés testamentaires ou ton mariage. Il nous faut une fille avec un père titré, d'une lignée claire et directe. Nous ne pouvons nous permettre de risquer le moindre ennui à ce sujet. En parlant d'ennuis, ajouta-t-elle, as-tu eu des nouvelles de Baxter ?

— Non.

Sutton craignait cependant que Baxter ait des yeux et des oreilles à cette partie, et se contente d'attendre qu'il ait choisi une épouse pour jouer son coup, quel qu'il soit.

— Nous le verrons avant la fin de tout ceci, j'en suis certain. Il ne laissera pas l'argent lui filer sous le nez sans se battre, affirma Sutton en examinant la salle pour y scruter les jeunes filles, toutes aussi jeunes et semblables les unes aux autres.

— Qui est-elle, pourriez-vous me l'indiquer ?

— Qui cela, ton épouse ? s'esclaffa sa mère.

— Non, la *principessa* italienne.

Il se tut, et observa avec intérêt une femme qui se tenait près de la porte-fenêtre. Cheveux blonds remontés en nattes élaborées avec art, bien droite, le regard perdu dans les jardins, vêtue d'une robe rouge éblouissante, qui tranchait sur le fond de teintes pastel qu'arboraient les autres prétendantes.

Il y avait quelque chose en elle qui fit battre le cœur de Sutton un peu plus vite. Elle semblait aussi décalée que lui dans ces mondanités auxquelles il ne pouvait échapper, et il sut.

— C'est elle. C'est la *principessa*, murmura-t-il.

— Oui, et elle n'est pas pour toi, mon fils. Viens, laisse-moi te présenter aux autres.

Sutton passa la demi-heure suivante dans le salon où l'on servait les rafraîchissements, à sourire et s'incliner devant les filles de l'aristocratie, plus charmantes les unes que les autres.

Certaines étaient bien en chair, d'autres plutôt maigres, des blondes, des brunes, des rousses. Bouclées, cheveux raides, avec des tresses soyeuses. Yeux bleus, marron, robes roses, jaunes, toutes en satin, soie et dentelles.

Cette profusion était stupéfiante et accablante. Son salon se retrouvait bondé de jeunes filles impatientes de les rencontrer, lui et sa fortune.

Aucune ne retint son attention qui resta libre d'errer comme bon lui semblait. Ce qu'elle fit, s'arrêtant de temps à autre sur la jeune femme blonde et élancée qui se tenait toujours seule près de la fenêtre, à siroter un verre de sherry, resplendissante dans sa spectaculaire robe rouge.

Quand le majordome annonça le dîner, Sutton en était arrivé à une conclusion décevante. Bien que différentes les unes des autres, toutes ces jeunes filles avaient deux choses en commun. Elles gloussaient à la moindre de ses reparties, même si celles-ci n'étaient pas particulièrement spirituelles, et elles n'en voulaient qu'à son argent.

— Laisse-leur un peu de temps, Sutton, lui conseilla sa mère qui savait fort bien lire dans ses pensées, tandis qu'il la conduisait vers la salle de bal où le dîner les attendait.

Ils avaient tous deux convenu qu'il ne serait pas avisé pour lui de s'afficher d'emblée avec une cavalière pour ce premier dîner.

— Ces jeunes filles sont encore des adolescentes, et elles sont soumises à une forte pression. Leurs parents surveillent leurs moindres faits et gestes.

— Et quand je les verrai dans leur milieu naturel, jouant du piano ou à des jeux de société ou lors des pique-niques, elles se montreront telles qu'elles sont réellement ? C'est donc cela ? demanda-t-il avec plus de cynisme qu'il n'en avait eu l'intention.

— Dieu du ciel, Sutton ! « Leur milieu naturel » ! Vraiment ! Dans ta bouche cela prend les apparences d'un zoo !

— Eh bien, détrompez-moi ! répliqua-t-il, car il commençait à penser que cette partie de campagne n'était qu'une énorme erreur.

La salle de bal était encombrée de tables et de jeunes filles surexcitées.

Comme il aurait voulu pouvoir retourner à sa laiterie !

Sa mère lui tapota la manche avec son éventail tandis qu'il la conduisait à sa place.

— La crème finit toujours par remonter à la surface, mon garçon. Attends donc un peu.

Sutton aurait aimé pouvoir patienter. Mais d'après son expérience dans sa laiterie, il fallait un bon moment pour ce processus, et il était loin d'être sûr de disposer de suffisamment de temps.

Il se dirigea vers sa table, déçu de se retrouver coincé entre Miss Lila Partridge sur sa gauche et Miss Imogen Bettancourt sur sa droite, leurs parents rayonnants à leur côté, veillant à ce qu'il consacre toute son attention à leur progéniture. Un coup d'œil rapide dans la salle de bal lui révéla une situation plus décevante encore.

La jeune femme insaisissable en rouge était placée à une table près de la porte. Quelle chanceuse ! Elle pourrait s'éclipser discrètement quand elle le voudrait.

Il l'observa en train de sourire à ses compagnons de table, et de rire tout en se penchant vers le gentleman à côté d'elle. Elle semblait être celle qui se divertissait le plus dans cette assemblée, et ne s'intéressait pas le moins du monde à lui, c'était évident, ce qui la rendit soudain sans le moindre doute la femme la plus intéressante de cette soirée.

5

La première chose qu'Elidh remarqua chez Sutton Keynes fut qu'il ne s'intéressait à rien : ni au dîner, ni aux femmes qui l'entouraient, ni aux festivités.

De toute évidence, il n'avait pas envie d'être là et, contrairement à elle, il ne faisait rien pour cacher son déplaisir. Il n'était pas le personnage extraverti auquel elle s'était attendue.

Tandis qu'elle riait et badinait en émaillant ses réflexions d'exclamations en italien, feignant de passer un bon moment, il restait de marbre, encadré par de jolies poupées en quête de la moindre marque d'intérêt de sa part.

Il aurait pu tout aussi bien être une marionnette lui-même, étant donné son peu d'enthousiasme.

Une marionnette très séduisante, cependant.

Il avait les cheveux blond miel foncé de sa mère, très épais, avec de légères ondulations. La lueur des bougies dans la salle de bal accentuait leur teinte dorée, et ses mèches semblaient cligner, suscitant la même tentation que l'on éprouvait sans doute à la vue de veines d'or dans la roche d'une mine. Et un visage ouvert. Cela lui plaisait. La bouche fermement dessinée, le nez aquilin, des yeux qui exprimaient exactement la contrariété qu'il ressentait à être là, piégé. Elle ne pouvait distinguer leur couleur à cette distance, mais y lisait très bien l'impatience.

Il passait son temps à parcourir la salle du regard, comme s'il cherchait une issue par laquelle s'enfuir. C'était une attitude étrange, tout à fait illogique. Pourquoi voudrait-il échapper à cette partie de campagne qu'il avait organisée dans le but clairement exprimé de trouver une épouse ? S'il ne cherchait pas par où s'éclipser, peut-être cherchait-il une femme précise ?

Il scruta de nouveau la salle et Elidh sentit un frisson courir sur son échine, car elle sut instinctivement qu'il la cherchait, elle. Il lui fallut toute sa maîtrise pour ne pas perdre contenance et continuer à accorder toute son attention aux convives à sa table, car tous pouvaient être des clients potentiels pour la pièce de son père.

Dans le salon, quand elle se tenait près de la fenêtre, elle avait déjà senti son regard posé sur elle à plusieurs reprises. Elle avait bien veillé à ne pas se retourner ou attirer son attention, tout comme elle s'appliquait en cet instant à sembler passionnée par les échanges avec ses voisins de table. S'il regardait dans sa direction, il verrait une jeune femme en train de savourer un délicieux repas dans un magnifique décor, heureuse de son succès auprès des convives, et qui ne se souciait pas de son hôte en quête d'épouse.

Hélas ! Il semblait que ses tentatives de rester à l'écart de la troupe de jeunes filles qui papillonnait autour de lui suscitaient le contraire de l'effet recherché.

Il regardait de nouveau vers sa table.

Il fallait qu'elle se mette hors de son atteinte.

Si elle était ailleurs, entouré comme il l'était par cette profusion de prétendantes, il l'oublierait bien assez vite.

Elle décida de s'éclipser.

Le dîner touchait à sa fin, et elle ressentait le besoin pressant d'échapper aux coups d'œil de son hôte, au risque de faire fi des convenances. Une lady respectueuse de l'étiquette n'oserait pas quitter la table avant que l'hôtesse n'en ait donné le signal. Mais peut-être l'organisation peu conventionnelle de ce dîner et sa table proche de la porte lui permettraient-elles de sortir en toute discrétion.

— Messieurs, je vous prie de bien vouloir m'excuser, dit-elle, déterminée à courir le risque. Je me sens un peu étourdie, et j'ai besoin de prendre l'air un instant après ce délicieux dîner.

Huit plats ! Son père et elle n'avaient jamais aussi bien mangé. Parfois ils se contentaient de huit plats, certes, mais pour une semaine entière.

Une fois sortie, elle chercha une porte donnant sur l'extérieur afin d'avoir un peu d'air frais et d'intimité. N'en trouvant pas, elle alla s'asseoir sur une banquette en velours placée devant une grande fenêtre, tout au bout du hall plongé dans la pénombre. Personne ne la remarquerait ici, à moins de la chercher.

Elle avait besoin d'un moment de solitude pour réfléchir, avant les activités prévues pour la soirée.

Les regards insistants de Sutton Keynes l'avaient troublée. Peut-être dramatisait-elle. Peut-être les avait-elle seulement imaginés parce que c'était ce qu'elle voulait éviter à tout prix. C'était ce qu'elle avait décidé, en dépit des souhaits de son père. Elle était là pour l'aider à trouver un mécène, rien de plus. En tant que prince et *principessa*, ils pourraient vanter incognito les œuvres de son père, harponner un riche commanditaire puis disparaître, avant de refaire surface un peu plus tard, sous leurs vraies identités. Le mécène n'avait nul besoin de revoir ces Italiens.

Les attentions de Sutton Keynes compliquaient ce scénario. S'il s'intéressait à elle, disparaître ne serait pas seulement difficile, mais potentiellement dangereux.

Peut-être était-ce la faute de la robe rouge et de la coiffure sophistiquée créée par Rosie. Elle s'était à peine reconnue quand elle s'était regardée dans le miroir. Cette femme-là était stupéfiante, raffinée, pleine d'assurance. Elle pouvait séduire un mécène sans difficulté, et elle allait d'ailleurs le faire. Cela n'aurait pas été possible autrement. Il lui fallait la robe, la coiffure et le maquillage pour charmer à table, remplir son devoir envers son père et envers elle-même. Leur survie cet hiver dépendait de leur succès ici. La robe avait extrêmement bien joué son rôle à cet égard ; les hommes avaient eu beaucoup de mal à la quitter des yeux.

Sutton Keynes aussi, apparemment, même s'il était placé à l'extrémité de la salle, très loin d'elle.

Oui, c'était logique. Tout ce qui s'était passé ce soir était dû à la robe. Sans celle-ci, elle aurait été invisible. Demain, vêtue d'une tenue pastel comme les autres, elle ne se distinguerait pas et Keynes l'oublierait.

Commençant à se sentir mieux, elle ferma les yeux et inspira profondément. Encore quelques minutes de solitude, puis elle retournerait se joindre aux autres. Elle voyait des complications là où il n'y en avait pas, et imaginait un problème alors que cet homme n'avait pas cherché à faire sa connaissance. Il ne lui avait même pas adressé la parole, et cela resterait ainsi.

— Je pensais bien vous trouver ici.

Elidh se raidit en entendant la voix basse dans la pénombre. Elle n'était plus seule.

Elle ouvrit lentement les yeux, veillant à ne pas sursauter ou montrer le moindre signe de surprise, afin de gagner un peu de temps aussi, de se replonger dans son rôle et dissimuler sa peur.

Une princesse n'était jamais surprise. Une princesse avait le droit de se trouver là où elle en avait envie. Seuls les coupables sursautaient quand on les découvrait dans des endroits où ils n'étaient pas censés être.

Malgré tous ses efforts, elle ne put dissimuler sa surprise lorsqu'elle reconnut qui se tenait devant elle : Sutton Keynes.

— Vous avez choisi une excellente place pour vous cacher. La vue est magnifique le soir, au clair de lune, avec les lanternes allumées dehors.

Il était bien plus grand vu de près qu'elle l'aurait cru. Les épaules plus larges, plus séduisant, l'expression de sa bouche plus amicale. Toute son impassibilité avait disparu, peut-être parce qu'il souriait désormais. Il lui souriait, à elle seule, et c'était enivrant.

Il se pencha vers elle avec une petite révérence.

— Une rose, pour une rose, dit-il galamment en lui en offrant une manifestement prélevée dans un centre de table. Vous êtes une véritable rose, ce soir. Excusez-moi de ne pas m'être présenté plus tôt.

C'était à elle. À son tour d'entrer en scène.

Dieu du ciel ! C'était l'heure du spectacle, le rideau se levait sur la scène suivante de cette pièce stupide concoctée par son père, et elle n'était pas prête ! Pas pour ces yeux azur qui scintillaient dans l'ombre, ni pour cette haute stature ou ce sourire. Elle s'était attendue à un homme arrogant, auquel elle ne trouverait rien d'attirant ; elle n'était pas là pour lui, de toute façon. Son but était de dénicher un mécène quelconque pour son père, puis de s'en aller. Elle ne jouait pas le même jeu que son hôte, et n'était donc pas préparée à cela. Elle était une illusion prévue pour durer deux semaines, rien de plus.

Cependant, elle ne pouvait nier le trouble qu'elle éprouva en acceptant sa rose. Peut-être était-ce ce que Cendrillon avait ressenti quand le prince était venu vers elle au bal : ravie, tout en sachant que cet instant serait fugace, et excitée malgré tout.

Elle reprit ses esprits. La situation n'avait rien d'un conte de fées. Plus tard, quand toute leur affaire serait terminée, elle se remémorerait cette rencontre et se laisserait aller à son charme. Mais pas maintenant. Maintenant, elle devait penser et agir en princesse.

Une princesse ne resterait pas plantée là bouche bée, comme si aucun homme ne lui avait jamais adressé la parole.

Une vraie princesse prendrait cette attention comme un dû.

— Ne devriez-vous pas être dans la salle de bal avec les autres, au lieu de faire l'école buissonnière dans le hall ? le taquina-t-elle, redevenant aussitôt la jeune femme mutine pleine de vivacité qu'elle venait d'interpréter au dîner.

— Et vous ? répliqua-t-il, ses yeux bleus intenses se teintant d'une lueur joyeuse. Je pense que votre table doit être bien plus ennuyeuse sans votre compagnie.

Ainsi il avait tout remarqué, et l'avait observée. Elle n'avait pas été le jouet de son imagination.

Le hall lui sembla soudain surchauffé. Elle ouvrit son éventail. Peut-être réussirait-elle à paraître froide si elle avait moins chaud.

— Ma table s'en remettra. Mais vous manquerez à la vôtre, pas moi. Je crois pouvoir affirmer que les dames dans cette salle de bal seront heureuses d'en compter une de moins.

— Elles comprendront que je suis l'hôte, et qu'il est de mon devoir d'accueillir tous mes invités. Si je suis dans le hall à votre poursuite, est-ce parce que vous m'avez snobé, ou parce que vous cherchez à m'éviter, *principessa* ?

Elidh agita son éventail, et réussit à se composer une expression d'amusement sophistiqué.

— *Allora*, les présentations sont donc superflues. Vous savez déjà qui je suis, tout comme je sais déjà qui vous êtes.

— Vous n'avez pas répondu à ma question, *principessa*. Cherchez-vous à m'éviter ?

— Vous êtes déjà entouré de tant d'admiratrices que vous n'avez nul besoin d'en ajouter une.

Elidh referma son éventail d'un coup sec et lui lança un regard hautain, royal à souhait.

— Bien, je vais supposer une autre raison à votre présence dans ce hall, reprit-elle. Vous n'avez pas envie d'être ici. Cela s'est lu sur votre visage toute la soirée. Vous cherchiez une occasion de vous échapper, et je vous en ai fourni une.

Peut-être l'impudence le pousserait-elle à faire marche arrière… Au lieu de cela, il éclata de rire.

— Vous êtes à la fois belle et perspicace, *principessa*. Je comprends maintenant pourquoi ma mère a estimé que vous seriez une addition délectable à notre partie de campagne.

Il lui offrit son bras.

— Venez marcher avec moi, et faites-moi part de vos observations sur notre monde. En échange, je vous montrerai notre galerie de portraits, elle est juste là. Si vous étiez allée un peu plus loin dans le hall, vous l'auriez découverte par vous-même.

Sa requête la laissa la bouche sèche. Toutes les prétendantes rassemblées dans la salle de bal rêvaient d'une telle invitation. Mais pour Elidh, c'était la preuve que ce jeu était devenu réel, et trop vite.

— Êtes-vous certain que ce soit avisé ? lui demanda-t-elle, mais elle avait déjà passé son bras sous le sien et s'éloignait avec lui des cliquetis de vaisselle et du brouhaha des conversations.

Il haussa un sourcil.

— Je ne sais pas. Avez-vous dans l'idée de me compromettre ?

Amusé par sa propre plaisanterie, il baissa la voix pour prendre un ton de conspirateur, afin de se tourner volontairement en ridicule.

— Je soupçonne que certaines jeunes filles désespérées pourraient le tenter. Mais pas le premier soir, quand tout le monde s'estime encore en compétition, ajouta-t-il.

C'était là une preuve supplémentaire qu'il n'avait aucune envie d'être là et cherchait un moyen de tirer sa révérence. Comme il était étrange d'avoir échafaudé un scénario auquel on répugnait, et de se forcer ensuite à en suivre les lignes !

Il se pencha vers son oreille, et elle inhala ainsi une fragrance plaisante où se mêlaient bois de santal et basilic, masculine et estivale à la fois. Cela aurait suffi à faire tourner la tête à n'importe qui.

Même elle, craignit Elidh.

— Peut-être devrais-je vous le révéler, *principessa*, nous avons pris toutes les mesures de sécurité nécessaires pour que ce fâcheux événement ne se produise pas. Il y a des gardes postés devant la porte de ma chambre, pour empêcher toute intrusion féminine. Je ne souhaite pas me faire surprendre, et que l'on prétende ensuite que je me suis livré à une quelconque tentative de séduction. Heureusement, ce genre de situation se produit rarement dans les parties de campagne anglaises.

Cette confession chuchotée la fit éclater de rire.

— Une précaution malheureuse mais nécessaire cette fois, étant donné les circonstances, je le crains, ajouta-t-il.

Elidh resta un instant silencieuse, se remémorant un incident survenu lors d'une de leurs tournées.

— Oh ! pas aussi exceptionnelle que vous pourriez le croire, si cela peut vous consoler ! dit-elle. Nous connaissions un duc qui avait fait poster des gardes jour et nuit devant la porte de la chambre de sa fille durant la semaine précédant son mariage, de crainte d'un enlèvement manigancé par son rival.

L'histoire était vraie, mais elle se garda de préciser que son père et elle n'avaient pas été des invités de la noce, mais des employés, engagés pour divertir l'aristocratie présente.

Elle émit un petit rire cristallin, appréciant trop l'effronterie rafraîchissante de son rôle. La *principessa* était une jeune femme vive et charmante, très amusante à interpréter, à l'opposé de l'image qu'offrait la très banale Elidh dans la vie réelle. C'était comme si ce qu'elle avait au plus profond d'elle-même s'exprimait enfin.

Néanmoins, elle devait rester prudente. Il fallait rappeler à Mr Keynes qu'elle ne lui convenait pas.

Elle lui lança un regard destiné à le rasséréner et à lui inspirer confiance.

— Soyez tranquille, monsieur Keynes. Ne craignez rien de tel de ma part. Je ne ferai rien pour vous compromettre.

Il lui sourit, chaleureux et charmant, si charmant qu'elle en oublia sa nervosité. Après la froideur qu'il avait affichée durant le dîner, il était surprenant de constater qu'il pouvait mettre une jeune fille à l'aise.

— Non, pas venant de vous, certes. Peut-être est-ce pour cela que nous nous promenons dans la galerie des portraits. Je n'ai rien à craindre de vous. Ma mère m'a dit que vous étiez ici pour découvrir une authentique partie de campagne anglaise, et rien de plus. Est-ce exact ?

Elidh sentit qu'il la testait à son tour. Il la regardait droit dans les yeux, à la recherche de sa confirmation, en poursuivant.

— Vous, *principessa*, êtes un havre de paix dans ce tourbillon de sollicitations féminines.

Son ton était un peu triste, soudain, comme s'il regrettait cette situation la concernant, et qu'elle ne représente pas un plus grand danger pour lui. Il n'avait pas la moindre idée du danger qu'elle constituait pour lui, pour sa fortune. Un danger bien plus grand que ce qu'il désirait, en fait, s'il choisissait de lui faire la cour. Mais elle n'avait pas l'intention d'encourager ce genre de comportement.

Elle assurerait leur sécurité à tous deux, en gardant ses distances.

Afin de rendre ses propos rassurants et non cruels, elle lui adressa un nouveau sourire très doux.

— Il semble donc que nous soyons d'accord. Nous ne représentons aucun risque l'un pour l'autre, affirma-t-elle.

Sutton Keynes comprendrait certainement ce qu'elle lui

expliquait implicitement : un titre aussi prestigieux que le sien ne pouvait être acheté par un homme qui n'avait qu'une fortune à offrir. Les Keynes étaient très aisés, certes, et le seraient bientôt plus encore, mais ils n'étaient pas titrés, et encore moins italiens.

Son père s'arracherait les cheveux s'il apprenait que la ruse qu'il avait conçue pour attirer le célibataire fortuné était désormais celle-là même utilisée pour le repousser.

La subtilité ne sembla pas fonctionner. Si Sutton Keynes avait saisi le message, il n'en laissa rien paraître. Pire, il soutint son regard de ses yeux bleu azur qui la firent tressaillir.

— Qu'entendez-vous par là, *principessa* ?

Il faudrait qu'elle soit brutale et directe, dès que la grosse boule qui venait de se former dans sa gorge aurait disparu.

Elle baissa les yeux sur sa main gantée posée sur la manche noire de la veste de son hôte. Il n'était pas difficile de feindre un instant de maladresse ou d'égarement. Mis à part sur scène, avec des gens qui étaient comme sa famille, elle ne s'était jamais retrouvée si proche d'un homme, et n'avait jamais badiné. Elle avait toujours disposé d'un texte lui dictant ses paroles.

Cette fois, elle était livrée à elle-même.

— Vous l'avez certainement déjà compris. Je ne pourrais jamais prendre en considération une offre telle que celle que vous serez contraint de faire à la fin de cette partie de campagne.

Voilà, c'était dit. Gentiment, et avec toutes les implications non dites et plutôt sordides qui y étaient associées : indépendamment de leurs différences de position, sa recherche d'une épouse de cette manière était scandaleuse pour une jeune fille de haute naissance telle qu'elle, et le fait que l'obtention de la fortune soit conditionnée par ce mariage l'était plus encore. Elle l'éconduisait sans ambages, sachant que les jeunes filles dans la salle de bal seraient suffoquées de voir l'opulent Mr Keynes traité de la sorte. Mais elles étaient venues en acceptant les règles du jeu. Pas elle.

À son crédit, Mr Keynes prit la rebuffade avec calme, comme il semblait prendre tout le reste, d'ailleurs, à l'exception des salles de bal bondées de filles à marier qu'il avait invitées à son corps défendant apparemment.

— Bien entendu. Je ne l'aurais d'ailleurs aucunement présumé. J'apprécie votre franchise, dit-il en se raclant la gorge. Puis-je vous demander, *principessa*, si vous êtes toujours aussi directe ?

Elle leva les yeux vers lui avec un sourire coquet.

— C'est nécessaire pour une personne de mon rang, monsieur Keynes. J'ai découvert que cela préserve des surprises déplaisantes, comme les gardes à la porte de votre chambre vous en préservent.

— *Touché* ! s'exclama-t-il en français.

Il porta sa main à son cœur dans un geste théâtral, les yeux toujours rieurs cependant, comme pour lui assurer qu'elle ne l'avait pas vexé ni réellement blessé.

— Maintenant que tout est bien clair entre nous, nous pouvons poursuivre cette soirée. Puis-je vous prier de m'appeler Sutton ?

— La familiarité est dangereuse, monsieur Keynes. Je croyais que nous l'avions bien compris, l'avertit Elidh.

— Nous avons déjà établi qu'il n'y a ici aucun danger. Nous n'avons pas parlé de l'usage de nos prénoms, que je sache, répliqua-t-il du tac au tac. De plus, je suis sur le point de vous montrer... mes ancêtres. On ne peut être plus familier que cela dans cette activité.

De toute évidence, il adorait taquiner et le faisait redoutablement bien. Pour un homme qui semblait préférer éviter la compagnie, il était extraordinairement sûr de lui et drôle quand il était seul. Voilà encore une chose qu'elle pouvait ajouter à la liste de ce qu'elle savait de Sutton Keynes.

C'était un homme charmant, doté du sens de l'humour, qui avait organisé une partie de campagne dont il ne voulait pas. Il y avait là un mystère.

Si elle était intelligente, elle ne creuserait pas dans cette direction. Chercher à résoudre ce mystère l'amènerait à le connaître, et conduirait à d'autres choses, qui n'étaient pas la raison pour laquelle elle était venue ici. Mieux valait oublier tout cela, s'excuser et regagner la salle de bal. Mais ce n'était pas ce qu'avait fait Cendrillon, ni ce qu'elle ferait. Ce moment entre eux était unique. Et, si elle le prolongeait un petit peu, cela ne mettrait sûrement pas en danger toute la mascarade.

Elidh éclata de rire.

— Eh bien, si nous nous apprêtons à voir vos ancêtres, vous pouvez m'appeler Chiara.

Elle avait choisi le compromis. Elle savourerait cet interlude maintenant, et s'en soucierait plus tard.

Il la fit avancer dans la galerie, en lui donnant des explications avec un humour décapant.

— Commençons-nous avec mon oncle, celui qui est à l'origine de cette partie de campagne qui défie l'imagination ? C'est lui, ici sur la gauche. Sir Leland Keynes, le frère de mon père. Il a été anobli pour avoir établi la présence britannique au Cachemire, dans la très lucrative et fertile vallée de Soojam connue pour ses saphirs. Dommage qu'il n'en ait pas trouvé davantage. Il aurait été fait baron, et tout ce fiasco aurait pu être évité.

— Comment cela ? demanda Elidh en fronçant les sourcils.

Il sembla surpris un moment, et elle s'inquiéta. Aurait-elle commis une bourde ? Aurait-elle dû savoir ? La raison était-elle évidente pour tous, sauf elle ?

— Parce que toute la fortune serait revenue automatiquement à l'héritier légitime du titre, selon nos lois de succession, expliqua-t-il. Rien n'aurait pu empêcher mon cousin de mettre la main dessus. Pas même si j'avais épousé la reine elle-même.

Il ne pouvait cacher son amertume. Elle ne comprenait pas exactement pourquoi ; l'article du journal sur la partie de campagne ne révélait pas tous les détails.

Ils continuèrent jusqu'au portrait suivant, celui d'un arrière-grand-père du côté de sa mère.

— À vous entendre, on dirait que vous ne voulez pas de cet argent, dit Elidh en lui coulant un regard de biais.

Elle n'arrivait pas à imaginer que l'on puisse refuser une telle fortune, et la sécurité qui allait avec.

— À moins que vous soyez opposé au fait de vous marier ? reprit-elle.

— Vous avez raison sur l'un et l'autre points, mais surtout sur le deuxième. Je doute qu'aucune de ces jeunes filles s'intéresse à moi. Je ne suis que l'incarnation vivante de livres anglaises en billets neufs bien crissants.

Il eut un petit rire désabusé, mais elle sentit que cette idée le touchait.

— Je suis certain que vous comprenez, ajouta-t-il.

Il soupira et son regard intense se riva au sien. Oh ! ce regard ! Il la transperçait littéralement, lui laissant entrevoir une partie de son âme qu'il ne cherchait aucunement à dissimuler. Son ton resta calme, pensif, lorsqu'il reprit.

— Quelle ironie ! Vous êtes pour moi une parfaite étrangère, mais vous êtes la seule en ces lieux à qui je puisse l'avouer, et qui soit susceptible de comprendre ce que l'on ressent à perdre son humanité, à devenir la représentation d'une chose que l'on n'est pas réellement.

Elidh resta silencieuse. Pendant un instant elle se méprit sur son discours et crut qu'il avait deviné la supercherie et percé à jour qui elle était. Puis elle comprit, et sa culpabilité la tortura un peu plus encore. Elle n'était pas venue ici pour tromper cet homme. Elle n'avait pas l'aplomb et la force de son père pour des mascarades allant aussi loin. Face à cet homme séduisant qui la couvrait d'attentions, elle essaya de repousser sa culpabilité.

Mais cela ne fit qu'empirer les choses. C'était à la *principessa* qu'il se consacrait. Sutton Keynes ne jetterait pas même un regard à Elidh Easton, banale et maigrichonne, une fille qui ne connaissait rien aux titres de noblesse, aux lois régissant les successions ni à la vie des gens fortunés, et qui était en fait l'incarnation de ce qu'il proclamait détester : la représentation de quelqu'un d'autre, bien loin de sa vraie personnalité.

6

Elle valait bien qu'il ait quitté la soirée pour elle.

La promesse de cette robe rouge ne l'avait pas déçu. Il avait envisagé la possibilité qu'elle ne soit que la magnifique enveloppe d'une coquille vide et rien d'autre. Une illusion de soie rouge qu'il était préférable d'apprécier à distance, comme les autres filles qui étaient complètement superficielles, ou pire, comme Anabeth Morely, toujours douce et magnifique extérieurement, et si cruelle à l'intérieur. Et qui n'avait eu aucun scrupule à briser le cœur d'un jeune homme.

Ils s'arrêtèrent devant un autre portrait, celui d'un gentleman à l'allure comique, avec un grand nez, de gros yeux globuleux et une perruque poudrée, semblable à un petit crapaud aussi bien dans son apparence que son attitude. Mais qui avait été extrêmement ambitieux et plein de ressources, comme il l'expliqua aussitôt.

— Randolph Sutton Keynes, mon homonyme en quelque sorte. Ses services rendus au roi George Ier lui ont rapporté cette demeure. De toute évidence, c'était sans rapport avec sa beauté.

Il s'interrompit. Il essayait de se montrer léger, mais depuis sa remarque sur le fait d'être pris pour un objet elle s'était refermée, et il ne pouvait le lui reprocher. Ce n'était pas le genre de conversation à avoir avec une inconnue pendant une soirée, ni avec d'autres, d'ailleurs. Il avait pour règle habituelle de ne pas se livrer.

— Pardonnez-moi, je vous ai mise mal à l'aise. J'ai profité de votre écoute pour déverser mes sombres pensées.

Il recommençait à se livrer...

— Voyez-vous, continua-t-il, tout s'est passé si vite. La semaine dernière je pouvais encore me réfugier en paix à mon club, comme n'importe quel gentleman. Puis cette annonce est parue dans la presse, et je ne peux plus mettre les pieds nulle part, y compris mon club, sans que l'on m'aborde pour être présenté, ou que l'on m'annonce l'existence d'une jeune fille à marier de plus.

Que lui arrivait-il ? Il mit cela sur le compte de la pénombre du hall propice à l'intimité, des émotions de la semaine, ainsi que sur celui de la franchise bienvenue de cette femme, même si un vrai gentleman ne devait pas en tirer avantage. Elle avait été ouverte avec lui, et il l'avait été aussi. Elle lui avait donné l'impression qu'il pouvait tout lui dire. Peut-être était-ce parce qu'elle lui avait clairement dit qu'elle ne s'intéressait pas aux enjeux de cette partie de campagne. À moins que ce ne soit parce qu'elle était étrangère, et qu'il ne la reverrait jamais. Sans doute était-il plus facile de s'épancher dans ces conditions.

Il sentait qu'elle ne profiterait jamais de ces confidences, ni ne les répéterait.

Alors que s'il disait quoi que ce soit dans la salle de bal, il était certain que toute l'assemblée le saurait en quelques minutes à peine. Personne à Londres n'était incapable de garder un secret, même si sa survie en dépendait.

— Cela ne me gêne pas, vraiment. Rassurez-vous, vous ne m'avez pas mise mal à l'aise. Vous avez à peine eu le temps de faire le deuil de votre oncle, et cependant vous devez immédiatement prendre des mesures aux conséquences incalculables.

Sutton haussa les épaules.

— J'imagine que vous avez l'habitude de cela, en permanence. Dites-moi… Satisfaire les exigences qu'ont les gens envers vous devient-il plus facile avec le temps ? demanda-t-il.

Elle prit un air pensif pendant un long moment.

— Non, certainement pas, surtout si vous voulez plaire à tout le monde. Vous jouez toujours un rôle, et vous êtes toujours seul. Il est facile de se perdre, et d'oublier qui l'on est.

Le simple fait de l'écouter allégea son fardeau ; elle le comprenait. Cette femme superbe savait exactement ce qu'il endurait.

— Jusqu'à cette dernière semaine, j'étais parfaitement heureux d'être un gentilhomme campagnard. Et je le serais toujours, si le monde me le permettait.

Que penserait-elle de sa laiterie produisant du lait de chamelle et de son élevage de chevaux, de ses belles juments ? Se moquerait-elle de lui ? Trouverait-elle d'aussi humbles ambitions ridicules, comme l'avait fait Anabeth, ou le comprendrait-elle, parce qu'elle-même n'avait pas de hautes ambitions, et qu'elle avait dû laisser de côté ce qui lui tenait à cœur parce que le monde l'exigeait d'elle ? Il voulut soudain le savoir.

— Que feriez-vous, si vous pouviez tout faire ? Et être n'importe qui ? demanda-t-il d'une voix rauque, laissant à dessein la semi-obscurité de la galerie opérer son charme autour d'eux.

Il la vit se perdre dans ses pensées, comme si on ne lui avait jamais posé ces questions auparavant.

Peut-être était-ce le cas. Peut-être ne posait-on pas ces questions aux princesses. Il ne méritait peut-être pas non plus de réponse.

De toute façon, il n'en aurait pas. Sa mère venait de faire irruption dans la galerie.

— Ah ! te voilà ! Je te cherchais ! s'exclama-t-elle.

Elle souriait, mais son regard dévia vers Elidh, critique et empli de spéculations, avant de revenir sur son fils.

— Le dîner s'est étiré en longueur bien plus que prévu. Tout le monde attend que tu donnes le signal de la suite des festivités de la soirée. Certaines jeunes filles ont apporté leurs instruments, et joueront pendant que nous ferons visiter les jardins.

Sutton la regarda en hochant la tête, lui signifiant de la sorte qu'il ne contestait aucunement son autorité.

— Je vous rejoindrai très vite, répondit-il. Dès que nous aurons terminé de visiter la galerie.

Il était évident que sa mère n'appréciait ni son départ de la salle de bal, ni la raison de ce départ. Mais il n'était plus un jeune garçon qui avait besoin de l'assentiment maternel pour chacun de ses actes.

La *principessa* fut plus avenante que lui. Elle s'écarta et alla au-devant de sa mère en souriant.

— Ah ! Une soirée à l'italienne, exactement comme chez moi ! C'est magnifique ! dit-elle avec enthousiasme et un déploiement de grâce.

Sutton l'applaudit intérieurement. Voilà une femme qui ne se laissait pas intimider par sa mère, quelles que soient l'intensité et la dureté de son regard.

— J'aime par-dessus tout une belle soirée d'été dans un jardin, avec des musiciens en plein air. Veuillez m'excuser, monsieur Keynes. Peut-être pourrons-nous terminer de visiter la galerie une autre fois ? Mon père va se demander où je suis. Cela était très généreux de votre part de consacrer tout ce temps exclusivement à ma personne.

— Ce fut un plaisir.

Il s'inclina alors que le seul plaisir probable de cette soirée disparaissait dans la salle de bal.

— Je vois que tu as rencontré notre invitée italienne, dit sa mère avec froideur quand les jupes rouges de la *principessa* furent hors de leur vue, et qu'elle ne fut plus non plus à portée de voix.

— Elle est tout à fait charmante… Rafraîchissante, même, répondit Sutton avec la même froideur, contrarié par l'arrivée inopinée de sa mère.

Elle avait mis un terme à la meilleure partie de cette soirée, le renvoyant à l'enfer de la salle de bal, et à une réalité qui serait plus difficile à supporter après cette petite parenthèse de paradis en la compagnie de la *principessa*.

— Charmante ? Eh bien, je suppose qu'elle est aussi charmante que peut l'être une femme en robe rouge dans une salle toute en tonalités pastel, répliqua-t-elle sèchement.

— Qu'est-ce que cela est censé signifier ? demanda Sutton, se sentant sur la défensive.

— Cela signifie qu'elle n'est pas pour toi, comme je te l'ai déjà dit.

— Elle serait d'accord avec vous. En fait, elle a passé la majeure partie de notre conversation à l'affirmer.

Ce qui ne l'avait en rien détourné de ce qu'il pensait : il la trouvait fascinante. Elle lui avait montré de l'empathie, et ne manquait pas d'humour. Le souvenir de l'histoire du duc fit renaître son sourire.

— Et elle a néanmoins capté toute ton attention, alors qu'une salle de bal bondée de jeunes filles ne le fait pas, continua sa mère, radoucie. Les autres seront jalouses. Il leur sera difficile de croire que tu n'y mets aucune intention.

C'était là à la fois un avertissement, et des instructions pour la suite.

— Lui consacrer mes attentions contribuera peut-être à placer la barre plus haut, dit-il, formulant sa pensée. Si ces filles veulent susciter mon intérêt, elles doivent agir. Peut-être suis-je allé vers la *principessa* parce qu'elle sait comment captiver un homme. Les autres ne sont que des oies blanches, mère. Si je suis de mauvaise humeur, c'est parce que j'ai découvert que je n'ai pas besoin d'une partie de campagne de deux semaines pour le comprendre.

Il ne lui avait fallu que deux heures. Ces jeunes filles étaient aussi fades que les teintes de leurs robes.

Alors que la *principessa*, Chiara, était aussi vivante, chatoyante et intense que sa robe et ses lèvres rouges. Le rouge, couleur du danger et de la passion. La couleur de la vie.

— Je ne t'ai jamais vu être injuste, Sutton, le réprimanda sa mère. Laisse-leur du temps. Elles vont s'améliorer et, en tant qu'homme d'expérience, tu dois les aider. C'est le devoir d'un gentleman de montrer à une jeune fille comment avancer dans le monde, et prendre confiance en elle à la sortie de son pensionnat pour plonger dans la vie mondaine. Tu ne peux pas t'attendre à ce qu'elles soient éblouissantes quand tu ne fais que les toiser froidement, insista-t-elle. Essaye de comprendre la pression qu'elles subissent. Elles veulent toutes gagner, et il n'y a que toi, seul et unique.

« Gagner ». Quel horrible mot ! Elles voulaient le gagner, lui. Le grand prix. Pas un homme, mais une chose convoitée.

— La pression qu'elles subissent ? s'exclama-t-il. Et moi, quelle est la mienne ? Personne ici ne le comprend.

— Mais la *principessa* le comprend, elle ? C'est cela ? le pressa sa mère. Comme c'est pratique pour elle ! Penses-y, mon fils, la prochaine fois qu'elle se retrouvera seule avec toi par quelque ingénieux artifice, en dépit des explications données par son père sur leur présence ici. Et tu as tort, continua-t-elle d'un ton plus doux. J'ai tout à fait conscience de la pression que tu subis. Ton oncle t'a demandé de prendre une décision difficile, avec un délai déraisonnable, si tu veux agir correctement et protéger cette fortune. Mais je suis là pour t'épauler.

Elle plongea la main dans la petite poche de sa robe du soir.

— J'ai établi une liste sélective des jeunes filles qui conviendraient le mieux, comme tu l'as demandé. Peut-être cela t'aidera-t-il à éviter quelques-unes de ces oies blanches que tu redoutes tant. J'ai également veillé, selon tes instructions, à les faire placer près de toi aux repas et pendant les diverses activités, afin que tu puisses les connaître mieux.

Dieu du ciel, la liste ! Cela aussi lui parut désormais une bien piètre idée, puisque le nom de Chiara Balare n'y figurait sans doute pas.

Elle la déplia devant lui.

— Isabelle Bradley, fille de baron, Eliza Fenworth, fille de vicomte – elle est venue avec son frère. Virginia Peckworth, la cadette de Southmore, Alexandra Darnley, l'aînée d'Eagerly, Ellen Hines, la fille de Wharton, qui en est à sa troisième Saison infructueuse – Wharton est désespéré. Philomena Whitely, la fille du vicomte Sheraton, et Imogen Bettencourt, la fille du marquis, termina-t-elle en fronçant le nez. Elle est jeune…

— Oui, très jeune, la coupa Sutton. J'ai déjà rencontré Lady Imogen au dîner. C'est tout juste si ses parents ne lui coupent pas encore sa viande dans son assiette.

Il soupira en guise d'excuse. Il était rarement caustique, mais toute cette affaire le mettait sur les nerfs. Il n'avait qu'une envie, retourner à sa laiterie. Il lui était de plus en plus pénible d'être là.

— Je suis désolé d'être brusque, mère. Je sais que vous essayez de m'aider. Je vous remercie.

Il prit la liste et la replia, puis décida de complaire à sa mère.

— Je vais passer du temps avec ces jeunes filles. Et je voudrais ajouter la *principessa* à la liste.

Sa mère lui lança un regard sur lequel on ne pouvait se méprendre, et qui signifiait « Je croyais que cette question était réglée ».

— Et pourquoi ? Certes, ton oncle exige que ta future épouse soit titrée, mais en plus du titre, tu pourras aussi tirer de grands avantages de l'aristocratie britannique. Certaines prétendantes, comme Imogen Bettencourt, peuvent te donner accès à un siège au Parlement, à utiliser à ta guise, si tu veux t'assurer un appui législatif pour entreprendre une action contre Baxter.

La véhémence de sa mère lui faisait comprendre qu'il l'avait contrariée.

— Mère, je n'ai pas oublié.

Ce mariage n'était pas uniquement destiné à empêcher son cousin de mettre la main sur la fortune, mais aussi à servir à mettre une bonne fois pour toutes un terme aux activités douteuses de Baxter. Quant à lui, cette fortune lui permettrait d'organiser son élection, puis de faire campagne pour édicter des lois réprimant les trafics du marché noir où s'illustraient Baxter et ses semblables. Des lois qui ne voyaient jamais le jour parce que les plus riches, qui n'en étaient pas affectés, les repoussaient. Les plus pauvres, qui subissaient ces trafics, ne pouvaient se protéger eux-mêmes et n'avaient aucun moyen de protester.

— Bien. Alors tu dois aller au jardin et emmener Lady Imogen faire une petite promenade pendant que les musiciens joueront. Tout est déjà organisé.

Sa mère aussi semblait sur les nerfs. Sur ce point, ils se ressemblaient, tous deux. Mais elle allait devoir enfin comprendre qu'il n'avait plus cinq ans. Il fallait définir des limites bien précises avant que les choses n'aillent plus loin. Qu'elle l'aide était une chose, certes, mais qu'elle lui dicte son comportement en était une tout autre.

— Merci, mère. J'apprécie le programme prévu ce soir, mais je suis adulte. Et je ne veux pas donner l'impression que ce n'est pas le cas.

Et surtout pas à elle ! Il n'avait peut-être rien à dire en ce qui concernait les dernières volontés de son oncle, mais qu'il soit damné s'il laissait sa mère lui servir une épouse sur un plateau.

Peut-être les regards appuyés de sa mère avaient-ils éveillé en lui le sens de la rébellion ou peut-être ne s'agissait-il que des lois naturelles de l'attirance... Quelle que soit la raison, Sutton ne pouvait plus quitter Chiara des yeux. Plus Imogen Bettencourt babillait tandis qu'ils se promenaient dans le jardin illuminé, plus il regardait la *principessa* à la dérobée.

Il faisait vraiment de son mieux pour se consacrer à cette malheureuse Imogen. Il la questionnait, mais elle avait pour technique de répondre invariablement par une question de son cru. S'il lui demandait ce qu'elle aimait lire, elle répondait : « J'aime me tenir au courant de l'actualité. Et vous-même ? », jusqu'à ce qu'il en fasse un petit jeu personnel en comptant le nombre de fois où elle disait « Et vous-même ? ».

Pendant ce temps, près de la fontaine, Chiara était entourée d'une cour d'admirateurs – le haut du panier des gentlemen présents. Que pouvait-elle bien dire à ces hommes pour les faire sourire de la sorte ? Et même les faire rire ! Leur racontait-elle aussi des histoires de chambres surveillées par des gardes ?

— Et vous-même, monsieur Keynes ? demanda Imogen Bettencourt en levant vers lui de grands yeux marron interrogateurs, d'une manière qui lui rappela son chien préféré.

Elle serait tout aussi loyale et obéissante que cet animal, il n'en doutait pas. Elle ne saurait pas se comporter autrement, et ce ne serait même pas par choix : elle avait été élevée pour obéir. Ce genre de dévotion était censé inspirer la réciproque, mais il ne l'avait pas écoutée. Que lui avait-elle demandé ?

Il se tira de ce pas délicat en lui proposant de s'éloigner de la foule. Elle ne manquerait pas de se faire des idées, même si elle se méprenait sur ses motivations.

— Je pensais, Lady Imogen, qu'il vous plairait de découvrir nos topiaires. Elles sont magnifiques, éclairées de nuit par les lanternes. Et même fantasques et étranges, si je peux vous donner mon avis.

Il espérait qu'elle serait du même avis. Loin de la foule, sans l'animation qui régnait près de la fontaine, il réussirait peut-être à découvrir les charmes de Lady Imogen.

En dépit de toutes ses résolutions, il lança un dernier regard vers Chiara avant de s'éloigner.

— Il ne pouvait pas te quitter des yeux ! s'exclama le père d'Elidh en entrant dans sa chambre alors que l'horloge du hall sonnait 1 heure.

Toute la maisonnée s'était officiellement retirée une heure auparavant, mais Elidh était certaine que personne ne dormait déjà. Elle imaginait que bien plus d'une conversation de ce genre se tenait derrière les portes closes, parents et filles réunis pour analyser la soirée, comploter et élaborer une stratégie maintenant qu'ils avaient découvert la configuration du terrain. Les Bettencourt étaient certainement sur le pied de guerre, puisque leur fille avait été distinguée pour une promenade individuelle.

— Il me regardait peut-être, mais il s'est promené avec Imogen, lui rappela Elidh avant que son père ne commence à se réjouir trop vite.

Elle ne voulait pas qu'il se berce d'illusions, d'autant plus que ce serait en vain. Si Sutton Keynes s'obstinait à la poursuivre de ses assiduités, elle continuerait à le décourager. Le voir avec Lady Imogen aurait dû la rasséréner. Après tout, elle ne voulait pas de ses attentions. Pourtant, elle ne pouvait nier qu'elle avait ressenti un petit pincement de jalousie en les voyant presque tête contre tête, consciente du fait que Lady Imogen respirait son odeur de basilic et de bois de santal. Lady Imogen avait-elle aussi ressenti ce petit frisson d'excitation quand il avait chuchoté près de son oreille ?

— Il t'a offert une rose ! s'exclama Rosie qui rangeait la robe rouge. Est-il séduisant ? Arrogant comme tu le pensais ?

— Oui et non. Il est séduisant, mais pas arrogant. Je m'étais trompée.

Elidh tripota la rose sur ses genoux avant de la placer dans un petit vase sur sa table de toilette.

Elle regarda Rosie et son père. Ils étaient tous deux en vêtements de nuit, Rosie dans une grosse chemise en coton sous un peignoir, son père dans une veste d'intérieur damassée au col de soie roulotté et des pantoufles pointues brodées de perles qui avaient servi pour des représentations du *Roi Lear*. Chacun était vêtu selon sa position sociale, et jouait son rôle jusque dans les moindres détails.

Cela rappela à Elidh à quel point leur mascarade allait loin. Même dans l'intimité de la nuit, ils ne pouvaient se permettre de baisser la garde. Il était hors de question que le prince Lorenzo di Fossano, s'il venait à trépasser dans son sommeil, soit découvert affublé de la chemise de nuit élimée à rayures grises qu'il portait chez eux.

Non. Pas chez eux, en fait. Ils n'avaient plus de chez eux. Ils avaient dit adieu à leur pension lorsqu'ils étaient partis pour Hartswood. Ils ne pouvaient revenir en arrière, parce qu'il n'y avait plus rien là-bas.

Elle espérait qu'ils ne commettaient pas une folie en visant trop haut. Après cette soirée, elle était encore plus inquiète.

— Comment s'est passée la recherche d'un commanditaire ? J'ai trouvé quelques-uns des convives à notre table très prometteurs, dit-elle.

C'était là le genre de conversation qu'elle voulait tenir, plutôt que parler de Sutton Keynes. Ce n'était qu'illusion d'imaginer quoi que ce soit avec lui, et elle était heureuse que son père ait d'autres raisons d'être là.

Cette soirée le lui avait clairement démontré : elle n'avait aucun espoir de gagner Sutton, et rien pour le séduire. C'était encore plus évident à ses yeux après une soirée passée à écouter des hommes qui se donnaient des airs et voir des femmes intriguer pour se placer. Tout le monde ici avait quelque chose à offrir en échange de la considération de Sutton : des connexions avec le pouvoir, au Parlement, des investissements, des domaines, des terres et des montagnes d'argent.

— Eh bien, je pense que certains seraient favorables à faire donner une pièce pour la nuit des Rois, pour égayer leurs fêtes de Noël, répondit son père. Mais nous n'aurons peut-être pas besoin de cela. Pas si Keynes continue à te regarder comme il le fait.

— Je doute que cela continue. Le père de Lady Imogen est marquis. Il dispose également d'un pouvoir politique, lui fit remarquer Elidh.

— Et cela intéresse-t-il Keynes ? répliqua son père. Nous devons découvrir ce qui est important pour lui. Ensuite, nous nous chargerons de le satisfaire. Ces gens lui lancent leurs mérites à la figure sans discernement, en espérant le captiver. Nous serons plus avisés, ma fille. Nous découvririons ce qu'il préfère, et nous le lui offrirons, assura-t-il avec un sourire confiant.

Elidh estima que la perspective de s'enfoncer plus loin dans le mensonge était alarmante.

— Nous n'avons ni domaines ni sièges au Parlement. Et d'ailleurs nous n'y aurions pas droit, puisque nous sommes censés être italiens.

Ils avaient aussi de faux bijoux et des malles de costumes retouchés, de bien maigres atouts pour une entreprise de séduction.

— Ce qu'il désire le plus n'est peut-être pas quelque chose de matériel, s'obstina son père sans se laisser démonter. Il s'est promené avec Imogen Bettencourt, mais pas parce qu'il apprécie sa compagnie comme il semble apprécier la tienne.

Était-ce exact ? Les sonnettes d'alarme résonnaient maintenant avec insistance dans sa tête. Elle avait eu la sensation de voir en effet ce genre d'homme dans la galerie, quelqu'un qui semblait convoiter autre chose que des biens matériels. Qu'avait-il dit ? « Je doute qu'aucune de ces jeunes filles s'intéresse à moi. » Elles n'en voulaient qu'à son argent.

Cet homme avait laissé entendre qu'il avait des attentes et des espoirs différents concernant le mariage, qu'il voyait comme l'association de deux personnes et de deux personnalités, non comme des regroupements de comptes en banque ou un moyen d'ascension sociale. Cet homme avait toute sa sympathie et sa commisération.

Et il fallait qu'elle se tienne aussi loin de lui que possible. Elle ne pouvait lui donner ce qu'il voulait. Elle le ferait souffrir, et elle n'était pas venue pour cela. Certes, elle était d'accord pour un petit jeu théâtral qui ferait tomber un commanditaire ou un mécène dans leurs filets, mais il était hors de question de déroger à la ligne de conduite qu'elle s'était fixée et de nuire à un homme qui ne le méritait aucunement.

— En ce qui concerne des domaines, on peut en créer de toutes pièces, continua son père en agitant la main en l'air, comme s'il pouvait les obtenir en claquant des doigts. Nous avons déjà une villa d'été en Sardaigne. Rafraîchie par une délicieuse brise marine. Je crois que je l'ai mentionnée auprès de Mrs Keynes au moment du dessert, dit-il avec un clin d'œil. Elle semble captivée par le prince Lorenzo.

Son père aussi d'ailleurs. Elidh espéra qu'il n'oublierait pas que ce personnage était pure fiction.

— N'en faites pas trop, l'avertit-elle. Et souvenez-vous de nous dire ce que vous inventez, afin que nous ne commettions pas de bourdes.

Son père fabulait avec insouciance, sans s'inquiéter d'être confondu. Il se frotta les mains, très guilleret.

— Rosie, qu'y a-t-il au programme demain ? demanda-t-il.

— Tir à l'arc le matin, puis lunch, et un tournoi de croquet sur le parterre sud dans l'après-midi, annonça Rosie. J'ai déjà préparé la robe blanche en lin avec les ganses vert olive pour demain.

— Parfait, approuva son père. La *principessa* a fait du tir à l'arc dans notre villa du lac Majeur.

— Hum... Je suis toujours là, l'interrompit Elidh.

Ils la dirigeaient telle une actrice sur scène, lui déniant toute liberté de mouvement.

— Ce n'était pas notre villa, au lac Majeur ! C'était celle du duc, je vous le rappelle. Et nous avions simplement été invités pour regarder tirer ses jeunes garçons, corrigea-t-elle.

Parfois elle se demandait si son père prenait même la peine de séparer fiction et réalité. Broder était si facile pour lui ! Peut-être parce que la fiction était tellement plus plaisante...

— Et ils t'ont appris à tirer ensuite, insista son père.

— J'ai tiré précisément dix flèches en tout et pour tout dans ma vie. Cela ne fait pas de moi un Guillaume Tell.

Pas plus que le fait d'avoir interprété un rôle de princesse sur scène ne faisait d'elle une princesse dans la vraie vie.

— Alors cela te fournira l'occasion idéale de demander de l'aide, renchérit Rosie, se liguant avec son père contre elle. C'est une chance pour un gentleman d'avoir une raison légitime d'entourer une lady de ses bras, sa bouche tout près de son oreille tandis qu'il lui murmure des instructions. Finalement, c'est très bien que tu ne sois pas experte au tir à l'arc !

Rosie gloussa comme une gamine, et son père se joignit à elle. Tous deux se divertissaient bien trop à ses dépens.

Jamais elle n'admettrait que l'idée d'être dans les bras de Sutton lui chauffait les joues. Elle n'osait pas laisser ces rêveries aller plus loin. Cette soirée avait suffi.

Son père sourit d'un air satisfait.

— Fais l'impasse sur le tir à l'arc, si tu veux. Tu te rattraperas au croquet. Nul besoin d'avoir un quelconque talent pour y jouer. Il te suffira de frapper la boule avec le maillet, en restant aussi près de Keynes que tu le pourras.

7

Elles trichaient toutes !

Il devint vite évident, à mi-chemin du parcours de croquet en neuf arceaux à traverser, que les joueuses cherchaient plus à garder leurs boules à proximité de Sutton qu'à réussir à passer les arceaux. Les joueurs, quant à eux, faisaient exprès d'ignorer ces ruses flagrantes, dans l'espoir d'impressionner eux-mêmes une quelconque lady qui les intéressait.

Si cette conspiration générale facilitait la tâche d'Elidh pour éviter Sutton, elle ne créait en rien une compétition respectueuse des règles. Le jeu n'était plus qu'un prétexte pour que jeunes gens et jeunes filles passent un moment ensemble, sans chaperon sur les talons en permanence.

Elle n'était pas la seule à avoir été encouragée par un parent à utiliser le jeu à son avantage. Il semblait que chaque jeune fille présente avait reçu le même conseil.

Les participants avaient été répartis en quatre équipes, chacune identifiée par un ruban de couleur différente noué au bras. Elidh était dans l'équipe rouge avec Louie, le frère d'Eliza Fenworth, Michael Peckworth, et la charmante mais très timide Ellen Hines, fille de Lord Wharton. Le père d'Elidh faisait partie de l'équipe orange, et Lady Imogen avait été reléguée dans la verte après avoir monopolisé l'attention de Sutton à la séance de tir à l'arc de la matinée. Sutton pour sa part se trouvait dans l'équipe bleue avec Philomena Whitely et Virginia Peckworth, dont c'était sans doute le tour de susciter l'intérêt de Sutton, selon

Elidh. Cela ne semblait cependant lui conférer aucun avantage, les filles des autres équipes n'étant manifestement pas décidées à baisser les bras.

Elidh plissa les yeux. Il y avait à peine un instant, Lila Partridge se tenait sous l'arbre à la fin du parcours, solitaire, alors que sa boule était pratiquement hors jeu. Et voilà qu'elle se retrouvait à la gauche de Sutton, de nouveau sur le terrain, tout près de lui.

Du coin de l'œil, Elidh aperçut un subtil tournoiement de jupe, et le bas de la robe d'Isabelle Bradley vint discrètement recouvrir la boule d'Alexandra Darnley. À l'instant où celle-ci tourna le dos, sa boule fut expédiée hors jeu d'un vif coup de pied, ce qui valut à Isabelle un regard venimeux. Les représailles ne tardèrent pas. D'un coup de maillet ferme et décidé, Alexandra envoya la boule d'Isabelle vers le début du parcours, loin de Sutton. Isabelle se retrouva bel et bien hors jeu, avec la monnaie de sa pièce.

Cela sembla donner des idées aux autres filles.

La pelouse autour de Sutton devint un véritable champ de bataille tandis que les jeunes filles, très poliment et sans se départir de leurs bonnes manières, se mirent à envoyer les boules de leurs adversaires en tous sens et le plus loin possible.

Pauvre Sutton ! Elidh compatissait sincèrement. Il était obligé de rester planté là à attendre son tour tout en bavardant avec Virginia Peckworth, et en faisant mine de ne pas comprendre ce qu'il se passait.

Pendant tout ce temps, les joueuses se ridiculisaient à qui mieux mieux. Ridicule qui n'épargnait pas non plus Miss Peckworth qui, sans la moindre finesse, minaudait devant Sutton pour être remarquée. Elle quémandait des conseils, fronçant coquettement les sourcils alors qu'elle envisageait les options de jeu qui s'offraient à elle. À un moment donné, elle supplia Sutton de l'aider à frapper son coup, sachant très bien que cela l'obligerait à se tenir juste derrière elle et à placer ses mains sur les siennes pour l'aider à manier son maillet. Elidh songea que c'était là une requête plutôt osée de la part de Miss Peckworth, mais peut-être estimait-elle que c'était un risque qui valait la peine d'être pris s'il donnait ensuite aux invités l'occasion de faire des commentaires sur le joli couple qu'ils formaient, ou les beaux enfants qu'ils auraient ensemble.

Et cela serait exact. Sutton, avec sa haute stature, ses cheveux couleur de miel, et Miss Peckworth, longiligne et aux cheveux sombres, étaient bien assortis.

C'était aussi une façon magistrale de rappeler aux autres compétitrices à quoi elles se mesuraient quand il s'agissait de pure beauté.

Virginia Peckworth susurra quelque chose à Sutton par-dessus son épaule, assorti d'un sourire. Elle se permit même un déhanché suggestif très subtil quand Sutton l'aida à ajuster son coup. C'était un mouvement plein d'assurance, destiné à prendre l'avantage de la situation. Elidh ne pouvait l'en blâmer. Miss Peckworth ne serait pas la première à se servir du croquet pour arriver à ses fins.

C'était un jeu de plein air que pouvaient pratiquer ensemble hommes et femmes, afin de profiter de la compagnie des uns et des autres, sans les artifices des conversations de salon.

Qui savait quand Miss Peckworth bénéficierait de nouveau de l'attention de Sutton ? Toutes les jeunes filles étaient impatientes d'avoir leur tour et, en dépit des efforts de Catherine Keynes pour les canaliser, susciter l'intérêt de Sutton était devenu une vraie foire d'empoigne. Il semblait que les prétendantes ne souhaitaient ni partager ni attendre leur tour. Elles prenaient elles-mêmes leurs affaires en main, ou plutôt leurs maillets dans ce cas précis. C'était là une des raisons de plus pour lesquelles Elidh était heureuse de ne pas être en compétition. Elle n'aurait pu rivaliser de beauté avec Virginia Peckworth, et n'était pas assez mesquine pour évincer une autre fille avec un sabotage délibéré.

Son père finirait bien par admettre que le mieux à faire pendant cette partie de campagne était tout simplement de trouver un commanditaire puis de s'en aller. Elle ne pouvait s'aligner avec des jeunes filles qui avaient été élevées dans l'idée de faire un beau mariage par tous les moyens.

Même si Rosie réussissait à la rendre charmante à coups de belles robes et de magnifiques coiffures, elle n'avait ni les « talents » d'une Lila Partridge ni la « ténacité » d'une Alexandra Darnley.

Miss Peckworth joua son coup, puis applaudit avec vigueur à son succès tout en roucoulant sur la part essentielle prise par Sutton à cette réussite. Celui-ci esquissa un sourire un peu contraint, mal à l'aise ou contrarié de ces compliments exagérés, Elidh n'aurait su le dire.

Alors qu'elle l'observait, le regard de Sutton croisa le sien. Il afficha une mimique suppliante. De toute évidence, il se sentait fort mal. Elle lui adressa en retour un sourire plein de compassion.

C'était son tour de jouer. Elidh prit son maillet et étudia le terrain. Elle avait bien joué jusqu'à présent, sans doute parce qu'elle s'était concentrée sur la partie, non sur l'homme. Le résultat était qu'elle était en tête. Elle pouvait soit rejoindre le champ de bataille autour de Sutton et risquer de se faire éjecter de la partie, soit conserver son avance et atteindre l'arceau final sans encombre.

Elle sourit intérieurement. Peut-être pouvait-elle tenter quelque chose pour libérer Sutton...

Sa décision prise, elle ajusta son coup tout en jetant un coup d'œil discret à Lord Wharton, dont la boule était placée derrière l'arceau qu'elle visait, seul obstacle entre elle et sa victoire assurée.

— Lord Wharton, je vous prie de m'excuser, mais vous êtes sur mon chemin.

Elle passa l'arceau, envoya valser la boule de Wharton et de la sorte put rejouer un coup supplémentaire en bonus. Elle franchit l'arceau suivant, puis rejoua pour traverser le double arceau indiquant la fin du parcours.

Elle sentit les yeux de Sutton sur elle tandis que Freddie Darnley l'apostrophait.

— Qu'allez-vous faire, Votre Altesse ? Vous retirer, ou rester dans le jeu pour aider votre équipe ?

— Je reste ! répondit-elle tout en défiant Sutton d'un sourire. On ne dira jamais de moi que je laisse mon équipe seule aux prises avec les difficultés.

Elle venait en découdre avec son équipe. Avec un tel sourire aux lèvres, c'était l'unique conclusion qu'un homme pouvait tirer. La *principessa* était sur le sentier de la guerre, d'une manière charmante d'ailleurs, et flirtait avec chaque gentleman avant de l'éjecter du jeu, traçant son chemin impitoyablement vers Sutton avec un sourire éblouissant et des yeux rieurs.

Ce sourire lui était-il destiné personnellement, ou s'adressait-il à lui en tant que joueur, parce qu'il était celui qui représentait le plus grand danger pour l'équipe de Chiara ? Après la soirée de la veille, Sutton ne pouvait en être sûr. Elle avait exprimé très clairement ce qu'elle pensait de cette partie de campagne insensée, et sa position à cet égard.

Même s'ils avaient posé des limites très nettes à leur association, il y avait eu entre eux une affinité immédiate. Et les étincelles étaient encore là, même si la robe rouge avait disparu.

Aujourd'hui, elle était vêtue de lin blanc, gansé d'un ruban vert olive, une tenue de plein air semblable à celle des autres jeunes filles. Pourtant, il l'avait remarquée. Elle ne se fondait pas dans le décor, preuve que ce n'était pas la robe seule qui avait attiré son regard la veille, et que son attirance pour Chiara Balare était plus que seulement superficielle. Preuve qu'elle était différente.

— Vous n'oseriez pas ! s'exclama-t-il avec spontanéité quand il vit sa boule approcher, dans l'intention évidente de causer des dégâts sur son passage.

— Oh que si, monsieur Keynes ! Votre boule menace mon équipe.

Elle indiqua en riant la boule de Louie Fenworth, toute proche.

— Notre équipe a besoin que Mr Fenworth fasse un coup gagnant, et il ne le pourra pas si vous lui bloquez le passage, ou si vous le visez vous-même pour le déloger.

Elle était dotée d'un solide sens de la stratégie, et avait rapidement analysé l'ensemble du jeu. L'idée qu'elle serait excellente aux échecs lui vint soudain de manière inattendue.

Autour de lui, quelques jeunes filles gloussaient nerveusement en observant l'audacieuse *principessa*. Alors qu'elles avaient toutes sournoisement tenté d'éliminer leurs concurrentes, aucune d'elles n'avait osé s'en prendre directement à lui, même si cela aurait été dans l'intérêt de leur équipe. Sutton savait fort bien pourquoi, évidemment. Elles ne voulaient pas prendre le risque de le froisser ou de sembler ne pas se comporter en ladies dignes de ce nom.

La *principessa* n'avait pas besoin de se soucier de ce genre de choses. Elle était libre d'agir à sa guise.

Le prince Lorenzo fit son apparition alors qu'il suivait sa boule qui vint s'arrêter à côté de Sutton.

— Peut-être voudriez-vous repenser votre stratégie. Si vous le délogez maintenant, ma fille, je vous mettrai en grand danger, annonça-t-il.

La *principessa* répondit à cette menace non dénuée d'un trait d'humour par un rire cristallin.

— Je vais saisir ma chance, père.

Elle le regarda une dernière fois, avec une expression qui signifiait « attention » et envoya résolument sa boule frapper la sienne, applaudie ensuite par son équipe.

— Bien joué, Votre Altesse ! s'exclama Louie Fenworth, assuré d'obtenir la victoire.

— Bien joué, en effet, grommela Sutton pour lui-même.

Alors que Louie Fenworth s'élançait vers le dernier arceau de l'arrivée, Sutton regarda sa boule rouler… non, naviguer, en fait, vers le bois qui bordait la pelouse et disparaître dans les taillis.

— Je crois que vous m'avez mis hors jeu, *principessa,* dit-il en s'inclinant avec courtoisie. Si vous voulez bien m'excuser, je dois aller récupérer ma boule.

Et, si Dieu le veut, j'en aurai peut-être jusqu'à l'heure du dîner, ajouta-t-il intérieurement avant de se rendre compte que c'était peut-être l'intention qu'elle avait eue depuis le début.

Elle l'avait libéré. Mais pourquoi ? Était-ce seulement pour gagner la partie, ou pour une autre raison ? Interprétait-il son acte bien au-delà de son objectif premier, tout simplement parce que c'était ce qu'il avait envie de croire ?

C'était pour cela qu'il évitait les jeux de société. Ils pouvaient troubler sa réflexion, avec ce besoin qu'il avait de toujours supputer et de chercher des sous-entendus, de décrypter des non-dits. L'homme qui ne les cherchait pas se rendait vulnérable. Les animaux étaient bien plus directs, bien plus lisibles. Quand un étalon choisissait sa jument, c'était sans nuances.

Il s'était déjà aventuré d'une vingtaine de pas dans le sous-bois, assez loin pour être hors de vue, quand un éclat de rire général s'éleva derrière lui en provenance du terrain de jeu.

Quelques secondes plus tard, une boule roula à côté de lui, s'arrêtant à quelques centimètres de sa cheville. Une boule rouge. De l'équipe rouge. Il se sourit à lui-même. La *principessa* arrivait ! Les menaces de son père avaient eu du bon. Elle serait là d'un instant à l'autre.

Il s'adossa à un arbre pour attendre et coinça la boule errante sous son pied.

Elle traversa le rideau d'arbres en riant, essoufflée, absolument charmante, sans le moindre artifice.

— Chercheriez-vous quelque chose ? lui demanda-t-il en souriant, avant de pousser la boule vers elle.

— Merci, dit-elle en la ramassant avant de la frotter pour la nettoyer. Il semblerait que je sois également hors jeu.

— Est-ce là si terrible ? J'étais en train de me dire que je devrais vous remercier. Vous m'avez accordé un répit.

Elle sourit.

— Je pensais que cela vous serait utile. Ces jeunes filles se tournent en ridicule. J'en ai vu une qui faisait avancer sa boule en la cachant sous ses jupes.

— Alors elles devraient elles aussi vous remercier. Vous les avez empêchées de se ridiculiser plus encore.

Sutton doutait cependant que ces jeunes personnes l'apprécient, alors que les efforts de Chiara tendaient à le soustraire à la vue de tous et à se réserver l'exclusivité de sa compagnie. N'importe laquelle d'entre elles aurait donné beaucoup pour une promenade en forêt avec lui.

Comme il était étrange que la seule femme qui proclamait ne pas désirer tel privilège soit celle qui en bénéficiait !

Le silence tomba entre eux quand ils prirent conscience de l'ironie de cette situation.

— Eh bien, merci d'avoir retrouvé ma boule. Il faut que j'y

retourne. Dieu seul sait dans quel pétrin va se retrouver Mr Fenworth si je ne suis pas là pour le soutenir, dit-elle en réussissant à rire.

— Ne partez pas. Restez.

Il avait prononcé ces mots avant même d'avoir réfléchi.

— Fenworth peut se débrouiller seul pendant un moment, ajouta-t-il en s'écartant de l'arbre auquel il était adossé. Mais moi, je n'en suis pas sûr. Ma boule est toujours perdue quelque part dans la nature. Vous n'y êtes pour rien, certes. La vôtre a également disparu.

— Que voulez-vous dire ? La mienne est...

Le mot « ici » resta en suspens sur ses lèvres quand Sutton, en souriant, s'empara vivement de la boule qu'elle tenait puis la lança au plus profond du taillis.

— Sutton, que faites-vous ? Il va me falloir une éternité pour la récupérer, maintenant ! s'exclama-t-elle.

— C'est bien là l'idée. Je vous fournis une raison de rester ! s'esclaffa-t-il. Si vous le voulez...

Il se sentait jeune et insouciant, comme un garçon qui se retrouverait dans les bois avec une fille pour la première fois. Cela faisait une éternité qu'il n'avait pas éprouvé cela.

— Allez, venez. Allons à la chasse aux boules, dit-il en lui tendant sa main, qu'elle prit avec un sourire résolu. Vous venez de m'appeler Sutton. Puis-je espérer que vous avez décidé que la familiarité n'est finalement pas si dangereuse ?

Se trouver avec elle était enivrant. Il n'imaginait aucune autre des jeunes filles l'appeler par son prénom, ou le taquiner, ou encore envoyer sa boule hors jeu. C'est-à-dire être elles-mêmes et le laisser être lui-même.

Jusqu'à maintenant, l'avertit la voix de la raison, *que lui as-tu vraiment montré de toi-même ? Et que dira-t-elle quand tu le feras ?*

— Vous ne ressemblez en rien à ce que j'aurais cru, dit-il en l'aidant à enjamber un tronc d'arbre à terre. Je pensais qu'une *principessa* italienne serait imbue d'elle-même et arrogante. Et je vous vois là, en train d'errer dans les taillis à la recherche de boules de croquet.

Que sais-tu d'elle ? recommença sa petite voix intérieure. *Tu en sais plus sur ce qu'elle n'est pas que sur ce qu'elle est. C'est un début, rien de plus.*

Elle s'arrêta et le dévisagea avec une expression indéchiffrable.

— Êtes-vous déçu ?

— Non, au contraire, répondit-il précipitamment pour la rassurer. Je trouve très rafraîchissant d'être en compagnie de quelqu'un qui se comporte avec naturel. C'est si rare, et ce n'est le cas de personne ici ! Ces gens sont tous trop occupés à essayer de se conformer à ce qu'ils croient que je voudrais qu'ils soient.

Une ombre traversa son visage et elle se détourna, préférant observer un écureuil dans un arbre.

— Me connaissez-vous si bien que cela après une journée seulement ? Il reste encore du temps, je vais peut-être vous décevoir par la suite.

— J'en doute, Chiara. Pour me décevoir, il aurait fallu qu'il y ait certaines attentes de ma part, et de la vôtre. Nous avons clairement établi hier soir qu'il n'y en a pas entre nous, si ce n'est la possibilité d'une amitié passagère... Si je ne suis pas trop présomptueux de suggérer que ce ne soit que cela.

Il se tenait tout près d'elle, fasciné comme elle par les acrobaties de l'écureuil qui passait de branche en branche.

Il était environné de sa fragrance unique, fraîche et acidulée, comme des senteurs mêlées de linge frais et de pommes. Cela le changeait agréablement des lourdes bouffées florales envahissantes de roses et de lilas qui émanaient des jeunes filles qui s'imaginaient manifestement que mieux valait en faire trop que pas assez.

— Vous n'êtes pas trop présomptueux, lui assura-t-elle.

Pas encore. Elle avait répondu avec un calme qui suggérait qu'il était aux limites mêmes de le devenir, et qu'ils badinaient avec quelque chose qui pourrait les mener au-delà des frontières de l'amitié.

Que se passerait-il ensuite ? Il sentit son pouls s'accélérer quand il en envisagea la possibilité : la prendre dans ses bras et l'embrasser, ôter une par une les pinces qui maintenaient ses jolies nattes, puis laisser ses cheveux cascader sur son bras, son corps pressé contre le sien.

— Mais si j'étais trop présomptueux ? lui demanda-t-il sur le même ton.

La quiétude qui régnait dans le bois renforçait la sensation d'intimité qu'il éprouvait. Ils étaient seuls au monde, la partie de campagne momentanément oubliée.

— Pourquoi le seriez-vous ? Il n'y aurait aucune raison pour cela, répliqua-t-elle d'une voix ferme, dénuée de toute naïveté.

Elle ne jouait pas les coquettes comme Virginia Peckworth, qui cherchait à lui extorquer une déclaration d'amour. Chiara était directe, en princesse habituée à donner des ordres et être obéie.

— Nous avons déjà établi qu'il n'y a pas lieu d'être « présomptueux », comme vous le dites, lui rappela-t-elle.

— Peut-être n'y a-t-il pas de raison, en effet. Peut-être parce que nous sommes au-delà de cela, et n'avons nul besoin d'attendre quoi que ce soit. Je croyais que les Italiens n'étaient pas réputés pour être directs, ajouta-t-il après un instant de réflexion.

— Peut-être pas en général, mais moi j'estime que cela fait gagner du temps, dit-elle.

Elle coula un regard vers lui. Bien qu'elle ait assuré ne pas être là pour jouer à ce jeu du mariage, la curiosité étincelait dans ses yeux en réaction à ses non-dits, et il comprit qu'elle se posait certainement les mêmes questions que lui. *Qu'est-ce que cela lui ferait d'embrasser cet homme ? Et d'être dans ses bras ?* L'attirance qui vibrait entre eux le prouvait amplement. Était-ce simplement la réponse aux pressions de cette partie de campagne, puisqu'ils étaient tous deux persuadés que ces pressions n'existaient pas en ce qui les concernait ? Le fait qu'elle pouvait être une échappatoire pour lui, et lui pour elle ?

Ou alors y avait-il plus que cela ? Quelque chose qui n'appartenait qu'à eux ? Ils se devaient de l'explorer l'un comme l'autre.

Il avait les mains prêtes à se poser sur ses épaules pour l'attirer vers lui, mais elle se détourna et s'écarta.

— Non, Sutton, cela ruinerait notre « amitié passagère ».

Il gloussa, en partie pour cacher son embarras d'être ainsi poliment repoussé.

— Je crois que vous êtes peut-être la seule femme de toutes celles présentes ici qui ne souhaite pas m'embrasser.

Elle éclata de rire et lui prit les mains.

— Ce n'est pas que je n'en ai pas l'envie. C'est seulement que nous n'avons pas envie d'être fixés. Pas encore, de toute façon.

« Pas encore ». Il y avait donc de l'espoir.

Elle avait raison. Il appréciait sa compagnie, et s'il l'embrassait et que rien ne s'enflamme entre eux, ce serait décevant. Dans le cas contraire, cela créerait d'autres difficultés, puisque rien ne pourrait se passer entre elle et lui. Sa décision était particulièrement intelligente. Elle créait des possibilités et prolongeait l'attente, le rejetant tout en lui donnant de l'espoir.

Il y aurait un baiser. Mais quand ?

Demain ? Ou plus tard ? Dans trois jours ?

— Jouez-vous aux échecs, par hasard ? lui demanda-t-il.

— Non. Pourquoi me posez-vous la question ?

— Parce que je pense que vous y seriez excellente. Vous êtes un formidable stratège.

Il donna un coup de pied à quelque chose près de la racine exposée d'un arbre.

— Ah, j'ai retrouvé votre boule !

Elle se baissa pour la ramasser, mais il fut plus rapide et la prit avant elle.

— Vous me devez un gage, si vous voulez la récupérer.

Elle le scruta avec méfiance.

— N'attendez pas que je vous embrasse pour cela.

— Je ne vous demande pas un baiser, mais de répondre à une question. Et je veux votre réponse en toute franchise. Avez-vous manigancé tout ceci pour vous retrouver seule avec moi ?

Elle éclata de rire.

— Vous disposez d'une seule question, et vous la gaspillez, puisque vous connaissez déjà la réponse ! Je l'ai fait pour vous sauver, dit-elle en lui prenant sa boule.

— Et pourquoi êtes-vous ici avec moi dans ce bois ? ajouta-t-il en la regardant droit dans les yeux, à la recherche du moindre signe qui révélerait une manipulation.

Il songea que cette *principessa* italienne surgie de nulle part pour s'inviter à cette partie de campagne était trop belle pour être vraie. Était-il exact qu'elle ne s'intéressait pas à lui, à la différence des autres jeunes filles ? Pourquoi trouvait-il cela à la fois rafraîchissant et décevant ?

Sans paraître le moins du monde gênée par son insistance, elle soutint son regard.

— Posez-vous la question à vous-même. Car c'est vous qui m'avez demandé de rester ici.

Elle le frôla pour passer devant lui, caressant sa jambe de ses jupes, et l'odeur de linge frais et de pommes continua de flotter dans l'air après son départ.

Elle avait raison. Ses soupçons lui rendaient un mauvais service. Il ne pouvait lui en vouloir de ce qu'elle avait fait jusqu'à présent, ni y voir la moindre manigance.

Et quand il s'était fait insistant en évoquant la possibilité d'un baiser, donc en lui donnant une chance d'avancer ses pions si elle avait réellement l'intention de le prendre dans ses filets, elle avait passé son tour. Cela le rendait soucieux et le rassurait à la fois. Si elle ne le voulait pas lui, que voulait-elle donc ? Anabeth Morely l'avait-elle détruit au point qu'il ne pouvait plus reconnaître la vérité quand elle se présentait à lui ?

8

Il ne voulait pas cela.

L'après-midi avait confiné au désastre, avec toutes ces jeunes filles trichant sans vergogne dans le simple but de s'approcher de lui. Dieu merci, la séance de tir à l'arc s'était déroulée dans la matinée, avant que toutes soient sur les nerfs. Sutton ne voulait même pas penser à ce qui aurait pu se passer plus tard, avec des flèches disponibles à volonté !

Il fallait prendre des mesures drastiques avant que cette partie de campagne dégénère en anarchie totale.

Sutton faisait les cent pas dans le boudoir tout en rose pâle de sa mère. Il devait prendre le contrôle de la situation, avant qu'elle lui échappe complètement. Quand il avait été question de partie de campagne, il avait vu des thés paisibles et des pique-niques bucoliques, des parties de bateau sur le lac. À présent, il redoutait que quelqu'un s'y noie si les choses suivaient le même cours qu'aujourd'hui.

Tricher au croquet n'était que la partie émergée de l'iceberg de la guerre féroce qui s'était déclenchée.

Sa mère entra dans la pièce, manifestement contrariée, et referma soigneusement la porte derrière elle.

— Lord Bradley vient de me proposer cinquante livres pour qu'Isabelle soit placée à côté de toi au dîner. J'oserai dire que nous avons peut-être sous-estimé la détermination de nos invités à décrocher un riche époux pour leur progéniture.

Elle se laissa aller sur une chaise près de la fenêtre, l'air fatigué, ce qui ne lui ressemblait pas.

— Et nous n'en sommes qu'au deuxième jour. Je suis certaine que les enchères vont augmenter au fil des jours.

— C'est précisément de cela que nous devons nous entretenir, dit Sutton qui tripotait machinalement un presse-papiers en cristal sur le bureau, en tentant de ressembler ses idées.

Le résultat de sa cogitation fut plutôt radical.

— Il y a trop de jeunes filles pour que je fasse leur connaissance au hasard de nos activités et de nos réjouissances, quels que soient leur qualité et leur raffinement.

— Je le comprends fort bien, dit sa mère avec un long soupir. Mais là, je n'ai plus d'idées, Sutton.

— Eh bien, moi j'en ai. Ces demoiselles ont fait de ce séjour une compétition, en refusant d'attendre leur tour, comme leurs actes l'ont démontré aujourd'hui. Aussi ai-je l'intention de poursuivre sur cette lancée. Je propose de nous servir de nos futurs loisirs, tels que le pique-nique, le lunch en extérieur, la sortie en bateau, etc., pour me consacrer chaque fois à une jeune fille en particulier. La demoiselle qui passera la journée suivante en ma compagnie recevra la veille au soir dans sa chambre un bouquet et une invitation personnelle.

Cette idée lui était venue après sa conversation plutôt franche avec Chiara dans le bois. Gagner du temps, comme elle l'avait dit. Ce plan le lui permettrait aussi.

Il pourrait se concentrer sur la recherche d'une femme avec qui il pourrait partager sa vie, au lieu d'être assiégé de tous côtés en permanence.

Sa mère évita de se prononcer directement.

— Je ne sais pas, Sutton… Ça me paraît tellement calculé, dit-elle avec un geste de la main comme pour repousser cette idée.

— Cela paraît calculé, dites-vous ? Mais toute cette partie n'est qu'un vaste calcul, et tout le monde le sait !

Sutton ne tolérerait aucune hésitation.

— Mère, il y a des gardes devant la porte de ma chambre. Comment s'attendre à ce que je me consacre au choix d'une épouse alors que je dois en permanence veiller à me protéger de toute manœuvre visant à me compromettre irrémédiablement ? Ce n'est pas là de l'exagération. Vous avez déjà déjoué les manigances de fraudeuses essayant de s'introduire ici. Les gens sont prêts à tout !

Elle hocha la tête en signe d'assentiment, ce qui le fit sourire.

— J'annoncerai cette décision ce soir au dîner, conclut-il. Les premiers bouquets seront portés dans les chambres à l'occasion du service des plateaux pour le dernier thé du soir. Bien, voulez-vous bien m'excuser maintenant ? Je dois aller rédiger quelques courriers.

Dans la fraîcheur et la pénombre des boiseries foncées, porte bien fermée, Sutton se détendait derrière son grand bureau d'acajou, avec la sensation de reprendre le contrôle de la situation. Son nouveau plan ne changeait pas grand-chose à son avenir, mais le rendait plus prédictible. Il était impératif pour toutes les parties en présence qu'il prenne la bonne décision en choisissant une épouse. Pas en raison des impératifs du testament de son oncle, ni de l'insistance des mères, mais parce que son code de l'honneur le lui imposait.

Et maintenant, qui allait-il mettre sur la liste ? Avec qui avait-il réellement envie de passer du temps ? Et qui aurait des affinités avec lui ?

S'il s'agissait de ses chevaux, ce serait tellement plus simple ! L'historique de leurs lignées l'aiderait à prendre sa décision. Mais quant à choisir l'épouse idéale... Cela lui serait utile d'avoir à ses côtés une personne neutre pour le guider, ce qui signifiait que sa mère était exclue. Elle avait ses propres idées sur la question, et des préférences, notamment Imogen Bettencourt, qui était fort loin d'emporter ses propres suffrages.

Il sourit en songeant à un autre nom. Celui de quelqu'un qui n'avait aucun intérêt dans l'affaire, si ce n'était d'observer les événements. Accepterait-elle ? Il ouvrit un tiroir, en sortit une feuille vierge qu'il posa devant lui puis il prit de quoi écrire.

Tout en haut de la liste, il inscrivit le nom de Chiara Balare di Fossano.

Elle ne voulait pas de cela. Rien ne se passait comme prévu ! Elidh contemplait la feuille qu'elle tenait tandis que son père et Rosie s'extasiaient sur le bouquet de marguerites déposé sur sa table de toilette. Plus exactement, Rosie s'extasiait sur le bouquet lui-même, et son père sur ce qu'il signifiait.

— Je savais que nous pouvions réussir ! Cela doit être en raison de tout ce temps que tu as passé à ratisser les sous-bois avec lui cet après-midi à la recherche de cette fameuse boule de croquet, et de votre rencontre dans le hall hier soir.

Il lui donna un grand coup de coude en s'esclaffant.

— Ma manœuvre au croquet aujourd'hui était inspirée, n'est-ce pas ? J'ai réussi à te faire aller seule dans la forêt avec lui. Je suis un génie !

— Vous m'avez pratiquement jetée à sa tête ! le rabroua Elidh. C'était cousu de fil blanc.

Et c'était bien là la dernière chose qu'elle désirait.

Elle n'avait pas voulu se retrouver seule dans le bois avec Sutton. C'était trop tentant. Il avait eu envie de l'embrasser. Elle l'avait lu dans ses yeux, et pendant un moment elle l'avait désiré également.

Il lui était difficile de ne pas oublier que quoi qu'il puisse désirer la concernant, c'était uniquement parce qu'il la prenait pour une princesse. Il n'avait eu aucune envie d'embrasser Elidh Easton. En fait, il désirait embrasser une femme qui n'existait pas.

Et maintenant, voilà ce qu'il avait organisé : il voulait mettre de l'ordre dans tout le processus, et elle se retrouvait au centre de la manœuvre. Il voulait la revoir officiellement, ce que justement elle souhaitait éviter.

Plus elle essayait de repousser Sutton, plus il semblait attiré. C'était tout le contraire de ses objectifs !

Encore sous le coup du ravissement, son père ne s'attarda pas et partit fêter cette opportunité avec les autres pères.

— Que dit le petit mot ? demanda Rosie en regardant par-dessus son épaule lorsqu'elles furent seules.

Elidh n'était pas contrariée par la curiosité de Rosie, car celle-ci ne savait pas lire. Aucun de ses rôles sur scène n'avait été assorti de texte à dire.

— Il aimerait savoir quel est mon livre préféré, et il dit qu'il aime lire quand il ne peut pas trouver le sommeil.

Terre à terre comme toujours, Rosie arbora un air perplexe et commença à préparer sa tenue de nuit.

— J'imagine qu'il est bien de connaître quelques éléments personnels concernant l'homme, dit-elle enfin.

— Oui, approuva Elidh en repliant la feuille.

C'était là plus qu'une information. C'était une invitation.

Sutton voulait la retrouver dans la bibliothèque après que tout le monde se fut retiré. Avait-il convié d'autres personnes ? Si elle refusait, ne lui enverrait-il pas de bouquet demain ? Connaissant sa chance, un refus l'amènerait devant sa porte en pleine nuit ! Et Dieu savait qu'elle ne voulait pas cela.

De plus, les jeunes filles bien élevées n'erraient pas dans les couloirs des grandes demeures après minuit pour se rendre à des entrevues secrètes avec des hommes.

Rosie l'aida à ôter sa robe de soirée et à revêtir un délicieux peignoir en voile de coton et soie. Sa mère l'avait porté quand elle avait interprété le rôle de Titania dans *Le Songe d'une nuit d'été*. Rosie l'avait transformé en une élégante tenue de nuit vaporeuse, posée tel un souffle sur une robe d'intérieur en coton léger qui descendait avec grâce sur ses épaules.

— Je voudrais aller à la bibliothèque et choisir un livre avant de me coucher. Au cas où Mr Keynes me demanderait demain ce que j'ai lu.

Mais elle était convaincue qu'elle trouverait plus que des livres dans la bibliothèque.

En dépit de ses fermes résolutions de se tenir sur ses gardes, elle ne pouvait s'empêcher d'en être excitée. Quand Sutton l'avait effleurée dans le sous-bois cet après-midi, elle en avait été émue. Il ne s'exprimait pas à tort et à travers. Tout était réfléchi, chez lui. Et quand il se trouvait seul avec elle il était sincère, comme il ne l'était pas en public. Il était lui-même, en fait, et représentait ainsi une plus grande tentation, à laquelle elle avait bien du mal à résister.

Peut-être n'avait-elle pas à le faire...

Elle resta impassible tandis que Rosie lui rassemblait les cheveux en une longue natte soyeuse. Quoi qu'il puisse se passer avec Sutton, Rosie, son père et elle seraient partis dans deux semaines, qu'ils aient ou non trouvé un commanditaire.

Bien sûr, elle avait affirmé à Sutton qu'elle ne s'intéressait pas à cette course au mari, mais cela signifiait-il pour autant qu'elle ne pouvait se laisser aller à quelque badinage ? S'il voulait lui voler un baiser, en étant conscient que cela n'irait pas plus loin, peut-être devrait-elle l'autoriser à le faire. Cela ne lui ferait aucun mal, et à elle non plus, tant qu'ils garderaient leur marché tacite en mémoire.

Après tout, ce ne serait là qu'un petit manquement bien naturel à leurs premières résolutions.

Ses cheveux nattés, elle se rendit à la bibliothèque peu après 1 heure du matin.

Les couloirs étaient déserts, mais elle ne se faisait pas d'illusions sur ce calme factice. Il y avait des drames, des déceptions derrière toutes ces portes ce soir. *Le monde n'est qu'une vaste scène de théâtre*, se dit-elle en songeant à Shakespeare, qui avait bien raison.

Il n'y avait personne dans la bibliothèque quand elle y entra. Parfait. Cela ôtait à sa venue son caractère de convocation. Et pourquoi ne pas réellement chercher un livre ? Mieux valait qu'elle en rapporte un dans sa chambre, afin de ne pas éveiller les soupçons de Rosie.

Elle laissa courir le bout de ses doigts sur les tranches des livres, admirant les lettres dorées, les luxueuses reliures en cuir. Quel privilège de posséder une telle bibliothèque ! Elle avait entendu parler de gens qui se faisaient livrer des livres tous les mois.

Elle avait bien du mal à imaginer pouvoir disposer un jour d'assez d'argent pour cela !

Elle était consciente d'avoir la chance de savoir lire. Sa mère le lui avait appris, et son père avait partagé avec elle son amour de la lecture. Ils possédaient une dizaine de livres, qui les accompagnaient partout dans leurs voyages, et qui en avaient bien souffert. Ils étaient abîmés, leurs reliures démembrées, et certaines pages étaient maculées de taches diverses. Virgile, Homère, Esope, Shakespeare, Eschyle, Aristophane, Socrate. « Tous les classiques », aimait à dire son père.

Dans les belles demeures où ils se produisaient il y avait parfois la possibilité d'emprunter un livre ou deux, et ainsi la chance d'acquérir de précieuses connaissances, qui venaient s'ajouter à sa culture hétéroclite. Elle avait aussi pris des leçons d'escrime, de musique, de chant, de danse, tout ce qui pouvait être mis à profit dans des rôles sur scène. Avant que cette mascarade soit terminée, elle aurait besoin de faire appel à tous ces talents.

La porte s'ouvrit soudain, et elle sursauta. Elle avait été perdue bien plus loin dans ses pensées qu'elle ne l'aurait cru.

— Je pensais bien vous trouver ici, dit Sutton tout bas.

— Vous m'y avez invitée à mots couverts, répondit-elle en tournant le dos aux étagères. J'étais en train de choisir un livre, si cela ne vous gêne pas.

Tout comme elle, Sutton était en tenue de nuit, complétée par une veste d'intérieur vert forêt. Plus de redingote ni de gilet. Sa chemise désormais sans cravate était ouverte, révélant son cou hâlé, ce qui suggérait du temps passé à l'extérieur. Que faisait-il ? Et que portait-il, ou plutôt ne portait-il pas, pour acquérir ce hâle ?

— Merci d'être venue, dit-il en allant vers une desserte où étaient posées plusieurs carafes en cristal, afin de se servir un verre. Aimeriez-vous quelque chose ? lui demanda-t-il.

— Non, merci.

Sutton lui indiqua une paire de fauteuils près de la cheminée éteinte. Il serait agréable d'y être installé en hiver à côté du feu, à lire au chaud. Il n'y aurait pas à lutter contre les courants d'air, ni à se soucier d'un toit qui fuyait. Cette pièce exprimait le luxe dans tous ses éléments : des livres, de la chaleur, du confort, des sièges prêts à vous accueillir pour une journée entière de lecture sans être interrompu par une quelconque tâche ménagère.

— Puisque vous préférez ce qui est direct, j'irai droit au but. Il y a une chose dont j'aimerais parler avec vous, Chiara. J'ai besoin de votre aide.

— Je m'en doute un peu, après ce que vous avez annoncé ce soir.

Mais en quoi pourrait-elle donc bien l'aider ? se demanda-t-elle en prenant place dans l'un des profonds fauteuils.

— J'ai besoin d'une personne neutre, à qui je pourrais me confier, et qui me conseillerait.

— Vous voulez que je vous aide à choisir votre épouse ? s'exclama-t-elle.

Elle était heureuse de ne rien avoir à boire, car elle se serait probablement étranglée. Le pouvoir que lui octroierait cette position était inimaginable. Son père serait exalté ! Elle le voyait déjà comploter pour évincer toutes les meilleures options afin que Sutton finisse par la supplier de l'épouser. Mais cela n'arriverait pas.

Elle plissa les yeux. S'il s'attendait à ce qu'elle accepte sur-le-champ, il allait être déçu.

— Pourquoi me confieriez-vous pareille tâche ? Vous me connaissez à peine. Nous ne nous étions jamais vus il y a deux jours. Comptez-vous laisser une étrangère choisir votre épouse ?

Sutton gloussa.

— J'ai dit « Conseillez-moi », et non « Choisissez pour moi ». Je déciderai moi-même, rassurez-vous.

Il s'assit à son tour et la dévisagea avec attention.

— Et sachez-le, Chiara, j'ajouterai que nous ne sommes pas des étrangers l'un pour l'autre. Nous nous entendons très bien lorsque nous sommes ensemble.

— Vous ne savez rien de moi, si ce n'est que je suis une joueuse de croquet intrépide.

— J'en sais plus que cela. Vous seriez surprise.

Il posa son verre et se pencha, les mains sur les genoux.

— Je sais que vous êtes loyale et honnête. Vous avez joué au croquet sans artifice. Pour gagner, pas pour vous attirer mes faveurs. Vous m'avez envoyé dans les bois, bon sang ! Personne d'autre n'a eu le cran de le faire, même quand c'était le meilleur choix pour son équipe.

Il se tut, la caressant des yeux, et elle éprouva la même sensation que lorsqu'elle avait goûté du chocolat chaud à Venise : c'était délicieux, velouté, et étonnamment apaisant.

Quand il la regardait de la sorte, le monde devenait flou et lointain. Plus d'ennuis, ni de rôles à jouer, de tromperies à mener à bien. Il n'y avait plus que lui et elle, comme dans la galerie lors de leur rencontre.

— Cela fait beaucoup de déductions, sur la simple base d'un jeu de plein air, répliqua-t-elle avant de se détourner, de crainte de se trahir.

Elle était d'ailleurs réellement ainsi, avant – honnête, loyale, bonne. Mais à partir du moment où elle avait revêtu ses atours de princesse et endossé son rôle, impossible de le prétendre encore. Elle l'était certainement toujours en ce qui concernait son père. C'était la loyauté qui l'avait conduite jusqu'ici, ainsi que l'honnêteté. Elle était réellement inquiète de ce qui leur arriverait, à son père et à elle, s'ils ne réussissaient pas à intéresser un commanditaire.

Et réussir signifiait qu'elle ne pourrait pas utiliser ces qualités pour Sutton Keynes. Il ignorerait son honnêteté. Elle commençait à peine à entrevoir les implications du plan de son père.

Sutton lui prit la main, l'obligeant de la sorte à le regarder, puis entrelaça leurs doigts.

— Certainement, je vous l'accorde volontiers. Conclure tant de choses d'une unique observation est faire un pauvre usage de la science et du raisonnement. Mais il y en a plus, vous l'oubliez. Quand vous avez eu l'occasion de m'embrasser dans le bois cet après-midi, vous avez été très sage en prenant votre décision parce que je crois que vous saviez que ce n'était pas bien pour nous. En dépit de la grande envie que nous en avions tous les deux.

Il caressa sa main de son pouce, la faisant respirer avec précipitation.

— J'admire cela, Chiara… La capacité d'envisager les choses au-delà de ses propres envies. C'est là-dessus que je compte. Et c'est pour cela que je vous demande ce service. Restez pendant toute la partie de campagne. Soyez ma conseillère, mes yeux et mes oreilles. Je veux savoir quelles jeunes filles présentes ici ont des espoirs ailleurs – je ne voudrais pas les leur voler en demandant leur main. Quelles sont celles qui s'intéressent sincèrement à moi en tant que personne, et celles qui ne sont venues que pour l'argent ? Laquelle pourrais-je rendre heureuse, si j'en avais l'occasion ? Le mariage ne doit pas être pour elle une forme d'esclavage légalisé.

Elidh laissa échapper un petit soupir.

— Et en ce qui vous concerne ? Il me semble que vous êtes généreux de penser à votre future partenaire.

— Le mariage n'est qu'une partie de ce qui va me lier. Mes vraies entraves sont mon attachement familial. Alors, m'aiderez-vous à choisir parmi elles toutes ?

Sutton sourit, rendu plus séduisant encore par sa tenue décontractée qui conférait toute son intimité à leur entrevue.

Son offre la tentait. Peut-être avait-elle là un aperçu de ce que serait la vie conjugale de Sutton. Elle l'imagina demandant conseil à son épouse pour les événements de la vie quotidienne, ou prenant des décisions à deux, assis côte à côte tard le soir, et devisant à voix basse. Cela serait-il avec la ravissante Virginia Peckworth ? La tapageuse Isabelle Bradley avec sa splendide chevelure châtaine si brillante ? La sœur de Fenworth ? Qui devrait-elle l'aider à choisir ?

— M'aiderez-vous, Chiara ? insista-t-il.

— Bien sûr, j'en serais ravie et honorée.

C'était ce qu'aurait répondu une amie, sans même réfléchir.

Cela ranima cependant la pointe de jalousie qui l'avait aiguillonnée la veille quand elle l'avait vu se promener avec Lady Imogen juste après avoir visité la galerie des portraits avec elle. Et cette jalousie la titillait de nouveau, plus durement cette fois, et sans raison. Pourquoi jalouser ces filles ? Elle ne jouait pas le même jeu qu'elles ; elle ne le pouvait pas. Comme le disait Sutton, elle était neutre. Elle n'avait pas le choix et commençait tout juste à s'en rendre compte. Il n'était pas seulement question de protéger Sutton, mais aussi de se protéger elle-même de lui.

La *principessa* devait disparaître dans douze jours, peu importaient les événements.

Aucune ruse ne pouvait durer indéfiniment, et celle-ci pas plus que les autres.

9

Au quatrième jour, en raison de la stratégie des bouquets de Sutton, l'atmosphère vibrait d'une tension palpable. Les invités harcelaient sans vergogne les valets chargés d'apporter fleurs et invitations.

Accorder du temps à ces jeunes filles devenait plus aisé, même si cela ne faisait qu'exacerber le caractère de compétition de cette partie de campagne.

Les gardes postés devant sa chambre avaient intercepté la veille une invitée qui tentait de s'y faufiler.

Sutton nourrissait de grands espoirs au sujet de la promenade en bateaux prévue sur le lac. Le ciel était bleu, le temps s'annonçait magnifique, et il pourrait passer toute la journée en plein air.

Puisqu'il ne pouvait se rendre à sa laiterie, ce serait un pis-aller tout à fait acceptable.

Il avait décidé d'aller à pied jusqu'au lac, ce qui avait naturellement amené beaucoup d'invités à faire de même, dont Isabelle Bradley, qui s'était cramponnée à son bras, bien décidée à ne pas le lâcher pendant le trajet de deux kilomètres. Il souriait, et tentait de s'intéresser à son récit de promenade en bateau qui avait mal tourné. Elle semblait penser que son histoire de bateau chaviré apporterait une note d'humour à leur conversation avant cette excursion.

— Personne ne s'est noyé, bien sûr, conclut-elle avec un haussement d'épaules et un sourire pour justifier ce récit inapproprié aux circonstances. C'est pour cela que je préfère les rames aux voiles, ajouta-t-elle avec un rire de gorge.

Ceux qui les accompagnaient rirent comme si elle avait fait un bon mot.

Sutton ne voyait pas en quoi cela était comique. Il ne put s'empêcher d'être un peu pervers.

— Quant à moi, je préfère la voile. J'aime la science que cela implique, et le challenge d'adapter mes capacités au gré des vents.

Il aperçut devant lui le chapeau de paille orné d'un ruban bleu vif de Chiara, qui marchait en compagnie de Michael, le frère de Virginia Peckworth. Sutton était certain que Peckworth ne racontait pas d'histoires de bateaux de plaisance qui chaviraient. Dommage. Il ne voulait pas qu'elle trouve Peckworth trop intéressant.

— Je suis certaine que vous êtes aussi un bon nageur, monsieur Keynes. Cela renforce la confiance en soi, roucoula l'une des jumelles Bissell, Leah pensa-t-il, mais sans en avoir la certitude.

Il était incapable de distinguer l'une de l'autre les deux sœurs, qui de plus tenaient à se vêtir en permanence de manière identique.

— Il est plus facile de braver les éléments quand on contrôle la situation, continua-t-elle, tout en agitant son ombrelle. Moi, je me noierais aussitôt, si personne ne venait à mon secours.

— Oh ! Miss Bissell, je ne vous laisserais jamais vous noyer ! Venez donc naviguer avec moi aujourd'hui, intervint Louie Fenworth, avec toute l'arrogance de sa jeunesse. Vous serez parfaitement en sécurité, votre sœur également.

Sutton se retint de s'esclaffer. Avait-il jamais été aussi effronté quand il avait le même âge ? Fenworth respirait la suffisance de l'inexpérience. Il espérait que le jeune homme savait où il mettait les pieds ; les jumelles Bissell n'étaient pas faites pour les petites natures.

Miss Bissell rougit et se composa une attitude enchantée si artificielle qu'il fut évident que ce n'était pas ce qu'elle avait eu dans l'idée.

— Quelle charmante proposition ! minauda-t-elle. Nous sommes ravies, n'est-ce pas, ma chère sœur ?

Elle semblait s'être dit qu'elle pouvait aussi bien se rabattre sur le jeune héritier d'un comte si elle ne pouvait gagner le maître des lieux. Les jumelles encadrèrent un Louie instantanément rayonnant et passèrent chacune un bras sous les siens.

— Je ne saurais dire laquelle de vous deux est la plus ravissante, bredouilla-t-il.

Le rire de Chiara arriva jusqu'à Sutton qui fut assailli par ce qu'il définit vaille que vaille comme de la… curiosité. Qu'avait bien pu dire Peckworth de si drôle ? Non, ce qu'il ressentait n'était pas de la jalousie. De quoi aurait-il été jaloux ? La jalousie signifierait qu'il convoitait la *principessa*, qu'il la voulait pour lui.

En fait, il l'avait déjà.

Il la retrouvait chaque soir dans l'intimité de la bibliothèque afin d'évoquer les candidates éventuellement intéressantes, et bien sûr pour tout simplement passer du temps en sa compagnie. Elle occupait la partie la plus honnête, la plus vraie et la plus agréable de ses journées. Elle n'attendait rien de lui, si ce n'était son amitié. Il était heureux de la lui offrir, et lui offrirait même plus si elle le désirait. Elle l'intriguait.

Hélas ! Elle lui avait dit à plusieurs reprises, et très clairement, qu'elle ne désirait pas davantage. Peut-être était-ce elle la plus intelligente. Il n'avait pas le temps de mener des intrigues, ni d'ailleurs peut-être pas non plus le tempérament pour cela. Étant donné sa situation, il ne pouvait se permettre de trop s'investir vis-à-vis d'elle en cherchant à découvrir tous ses mystères.

C'était pour le mieux, songea-t-il. Elle ne le connaissait pas vraiment. Elle voyait un gentleman fortuné évoluer dans le luxe de son domaine à la campagne. Mais pas l'éleveur de chameaux, l'homme qui aimait les animaux et la science.

En temps normal, il rentrait imprégné de l'odeur des chameaux, des chevaux et du fumier, des bouts de paille dans les cheveux.

Il ne pouvait imaginer une créature raffinée telle que la *principessa* trouvant cela séduisant. Et quand bien même ce serait le cas et si elle répondait aux exigences testamentaires de son oncle concernant ses origines, il se poserait la question pratique du choix de leur résidence. Il doutait fort qu'elle quitte son foyer en

Italie pour lui, et lui ne se voyait pas quitter Newmarket. Toute sa vie se trouvait ici.

La situation en elle seule rendait le choix de cette femme irréaliste.

Pourtant, il n'arrivait pas à lui résister.

Le scintillement du lac apparut et il accéléra le pas, désireux de rattraper le groupe qui le précédait et d'intercepter Chiara avant leur arrivée.

Ils entretiendraient leur amitié encore pendant une dizaine de jours, après quoi elle quitterait son univers. Il avait la ferme intention de profiter au maximum de ces journées, et ce dès à présent.

Des tonnelles avaient été installées pour le lunch. Des canots à rames et de petits voiliers étaient alignés sur le rivage, attendant les sportifs et leurs passagers.

Les invités s'esclaffaient joyeusement, tandis qu'ils formaient les équipages. Sutton ne perdit pas de temps à organiser le sien. Il se dirigea vers la *principessa* et l'apostropha sans détour avant que Peckworth ne puisse formuler d'invitation.

— Votre Altesse, voudriez-vous naviguer avec moi ?

Elle se retourna, un grand sourire aux lèvres, l'air agréablement et sincèrement surpris, comme si naviguer avec lui était un réel privilège.

— Cela me plairait beaucoup, monsieur Keynes.

Puis elle se reprit et se tourna vers Michael Peckworth, qu'elle avait presque oublié.

— Si cela ne vous gêne pas, monsieur, lui dit-elle.

Peckworth s'inclina avec grâce devant elle.

— Bien sûr que non, Votre Altesse. Je vous reverrai plus tard, je n'en doute pas.

— Êtes-vous certain de vouloir naviguer avec moi ? insista la *principessa* en souriant tandis que Sutton la conduisait vers le frêle esquif et l'aidait à monter à bord. Les autres filles vont être jalouses, et vous perdez une occasion de passer un moment en tête à tête avec l'une d'elles.

— Précisément. Je perdrais une occasion unique de passer un moment seul avec vous, répliqua-t-il.

Il se baissa pour ôter ses chaussures et roula les jambes de son pantalon avant de pousser l'embarcation à l'eau et de monter à bord.

— Si nous ramions un peu ? proposa-t-il en saisissant les rames, ravi de pouvoir enfin faire un peu d'exercice et de se dérouiller. J'ai l'impression que nous avons été cloîtrés pendant des jours, soupira-t-il.

Il se mit à ramer vigoureusement, et leur canot s'éloigna de plus en vite de la rive et des autres embarcations des invités.

Assise à l'avant, face à lui, sa passagère laissait la brise lacustre malmener quelque peu son chapeau.

— Je crois que Miss Ellen Hines a dû être un peu froissée en vous voyant embarquer avec moi, dit-elle après quelques instants de silence. J'ai des raisons de penser qu'elle avait l'impression que c'était son tour de passer du temps avec vous.

Elle défit le nœud du ruban de son chapeau qu'elle ôta et déposa à côté d'elle. Elle était ravissante ainsi, le visage offert au soleil, avec la brise qui la décoiffait. Sutton faillit en oublier de ramer. Quelle avait été la dernière fois où il avait été aussi pétrifié face à une femme ? Sans pouvoir l'obtenir.

— Cette journée est trop précieuse pour que nous la perdions avec tous les faux-semblants de cette partie de campagne, décréta Sutton.

Il tira sur les rames, et dirigea le canot vers une île au milieu du lac. Il sourit en se sentant si vivant, avec le vent qui lui caressait le visage et gonflait sa chemise.

— De plus, il y a quelque chose que je veux vous montrer, et à vous seulement.

« Vous seulement », cette idée était aussi enivrante et excitante que le sourire de Sutton. Trop excitante. Elle n'aurait pas dû monter dans le canot avec lui, ni ôter son chapeau et s'abandonner au plaisir de cette journée.

Si elle avait réellement été la princesse Chiara Balare, et

réellement sa conseillère, elle aurait insisté pour qu'il passe sagement du temps avec une jeune fille qu'il pourrait éventuellement épouser. Mais elle n'avait rien fait de tel, elle s'était contentée d'en faire vaguement la remarque. Elle avait été ravie qu'il l'ait invitée à venir avec lui, et était désormais sur une pente glissante.

Ils accostèrent sur une petite grève à une extrémité de l'île, un endroit où on ne pouvait les voir, et Sutton sauta à l'eau pour aller amarrer le bateau à une grosse pierre. Puis il revint vers le canot pour la chercher. Elle finissait d'ôter ses chaussures et ses bas, qu'elle déposa à côté de son chapeau.

— Attention ! s'exclama Sutton en riant alors qu'elle se levait et faisait tanguer le bateau en remontant ses jupes. Je peux vous porter, si vous voulez.

Elle lui adressa un petit sourire joueur et sauta dans l'eau à côté de lui.

— Je n'ai pas peur d'un peu d'eau.

Celle-ci lui arrivait au-dessus des chevilles, elle était agréablement fraîche par cette chaleur. De petits galets roulèrent sous ses pieds.

— Une princesse qui patauge ? Je suis surpris une fois de plus, dit Sutton en lui tendant la main. Je croyais que les princesses étaient des créatures d'intérieur !

— Connaissez-vous beaucoup de princesses ? répliqua-t-elle en pouffant, mais peut-être venait-elle de commettre une bévue.

— Non, admit-il. Vous seulement.

Ils atteignirent le rivage, dont le sable fut plus doux sous ses pieds que les galets du lac.

— Eh bien, une princesse est une personne comme une autre, expliqua-t-elle.

Le moment était délicieux. Cela faisait une éternité qu'elle n'était pas sortie en plein air, en pleine nature. Londres était emplie de suie et de vacarme. Ici c'était calme et verdoyant.

— Moi aussi je ne suis qu'une personne comme une autre. Ne l'oubliez pas, Chiara.

Il avait parlé d'une voix basse, sur un ton intime, assorti au silence qui les entourait. On n'entendait que le léger clapotis des vaguelettes sur le rivage, et cela lui rappela qu'ils étaient seuls tous les deux. Elle constata qu'il la scrutait, et son pouls s'accéléra.

— Ici, Chiara, sur cette île, vous et moi ne sommes que deux personnes ensemble.

— Et quand nous ne sommes pas sur l'île ? répliqua-t-elle.

Qu'est-ce qui lui prenait ? Elle cherchait les complications !

— Ne parlons pas de cela maintenant. Je ne veux pas penser à tous ces gens. Saviez-vous que Lila Partridge a essayé de se faufiler dans ma chambre hier soir ?

Il lui prit la main et la conduisit vers l'intérieur de l'île.

Non, elle l'ignorait. Elle se dit que ce n'était pas le genre de chose que les gens voudraient voir s'ébruiter.

— Vos gardes ont remédié à la situation ?

— Oui, mais c'est le désespoir de cet acte qui me frappe. Les expédients extrêmes auxquels les gens sont prêts à recourir sont stupéfiants, quand ils ont le sentiment de ne plus rien avoir à perdre. C'est ce que cette pauvre fille a vécu hier soir. Elle a dû se dire que c'était là le seul moyen d'arriver à ses fins.

Elidh sentit sa gorge se serrer.

Oh ! vous n'imaginez même pas ce que cela peut être ! Certains d'entre nous se font passer pour des membres d'une famille princière pour participer à votre partie de campagne.

Mais le reste était réel. Elle ne jouait pas la comédie en ce qui concernait leur amitié. Il pouvait se fier à ses conseils, lui confier ses secrets, qu'elle soit la *principessa* Chiara ou Elidh Easton.

— Soyez prudente, il est facile de se tordre une cheville, dit-il en lui reprenant la main tandis qu'ils contournaient des rochers et des amas de pierres, jusqu'à atteindre une caverne. Voilà ce que je voulais vous montrer, ajouta-t-il.

Il sourit et y entra en se baissant. Quelques instants plus tard, une lanterne s'éclaira. Elle entra à son tour et eut le souffle coupé.

— C'est stupéfiant !

Les murs étaient couverts de dessins visiblement très anciens, représentant des hommes armés de lances, et des animaux énormes ressemblant à des éléphants.

— Ils sont authentiques. Ils ont été réalisés par des hommes qui ont vécu ici bien avant nous.

Sutton chuchotait désormais. Elle partageait sa révérence, et tourna lentement sur elle-même afin de tout regarder. C'était extraordinaire ! Ces dessins avaient été exécutés des millénaires plus tôt.

— Je crois que c'est une chasse au mammouth, lui expliqua Sutton en déplaçant lentement la lanterne le long des parois. La fin en est heureuse pour les chasseurs, enfin la plupart d'entre eux.

La lanterne s'arrêta sur l'image d'un chasseur à terre.

— Pour le mammouth, la fin a été différente, ainsi que pour l'un des chasseurs, fit remarquer Elidh, se sentant soudain reliée à ces hommes depuis longtemps disparus.

« Je ne suis qu'une personne comme une autre. » Ces gens-là l'étaient aussi. Ordinaires comme elle, faisant de leur mieux pour traverser la vie.

— Je me demande si quelqu'un a pleuré sa mort. S'il a laissé une femme derrière lui. Une famille..., continua-t-elle.

Elle suivit le contour de la silhouette représentée allongée par terre de son doigt, très doucement.

— Que penseraient-ils de notre monde ? reprit-elle. De nos trains ? De nos villes et de nos routes ? Nous pouvons aller très loin en quelques heures, il leur aurait fallu des jours pour parcourir les mêmes distances.

— Je me demande si des choses telles que le mariage étaient aussi compliquées pour eux que pour nous. Ou si nous avons délibérément tout compliqué au fil des siècles, renchérit Sutton.

— Si l'amour était facile, tout le monde se perdrait. Est-ce cela ? Croyez-vous que nous nous soyons placés au-delà de l'amour aujourd'hui ? demanda-t-elle tout bas.

Que se passait-il derrière ces yeux bleus, tandis qu'il contemplait les décors de la caverne ? songea-t-elle. Contre quoi se débattait-il ? Son propre choix imminent ? Était-ce le risque à prendre avec ce choix, ou ce qu'il lui coûterait qui le troublait ainsi ?

Elle ferait mieux d'être moins curieuse et de ne pas chercher à connaître son opinion sur l'amour et le mariage. Cela ne ferait que renforcer cet intérêt vain pour un homme qu'elle devait éviter.

— Les princesses sont-elles « au-delà de l'amour », comme vous le dites ? Êtes-vous promise à quelqu'un, Chiara ? Un mariage de raison pour allier des dynasties vous attend-il quand vous serez de retour de voyage ?

Sutton ne plaisantait qu'à moitié. Elle perçut à quel point il était intrigué par elle. Apparemment, elle n'était pas la seule à vouloir satisfaire une curiosité grandissante. Mais ni lui ni elle ne devaient s'aventurer sur ce terrain-là. Elle ne pouvait toutefois pas plus se soustraire à cette conversation qu'à sa compagnie. Toutes deux étaient captivantes. Que pensait de ces choses un homme tel que Sutton Keynes, un homme qui avait le monde à ses pieds ?

— Pas pour le moment, répondit-elle.

Si elle avait de la chance, il accepterait l'idée qu'une *principessa* était destinée à ce genre d'alliance, inévitable dans le monde de la haute aristocratie.

— Mais ce sera dans un proche avenir ? insista-t-il, choisissant d'ignorer ce que la réponse qu'elle lui avait faite impliquait.

Elle ne croyait pas une minute qu'il était assez obtus pour ne pas le comprendre.

— Votre père a-t-il prévu pour vous une alliance prestigieuse ?

— Oui.

Il y avait une certaine vérité à cela. Une alliance prestigieuse, en effet ! Avec l'homme qui se tenait devant elle. Mais elle ne le permettrait pas.

— Et y aura-t-il de l'amour dans cette union ? continua-t-il en la scrutant avec intensité.

— On ne peut le savoir. C'est possible. Il faut toujours espérer.

Elle avait passé sa vie à espérer. Et jusqu'à présent, cela ne lui avait fait aucun bien.

— J'ai cru connaître l'amour naguère, dit-il. Aujourd'hui, je n'en suis plus si sûr. Le monde, la vie ont modifié mon point de vue au fil des ans. Et les volontés de mon oncle ont changé tout cela, m'ont privé de cette possibilité, même si la probabilité n'avait jamais existé.

Elle perçut la résignation dans l'inflexion de sa voix, ce qui l'intrigua, mais elle s'abstint de poser des questions. Insister serait inconvenant, et le pousserait par ailleurs à spéculer, ce qu'elle voulait éviter. Tout ce qu'elle pouvait faire, c'était lui ouvrir son cœur avec sympathie. Quels qu'aient été ses espoirs ou ses idées sur l'amour autrefois, il n'était pas responsable de cette situation, même si l'idée de la partie de campagne lui revenait.

— Quand je vous ai rencontré dans la galerie, le premier soir, je me suis demandé pourquoi un homme qui ne voulait pas de partie de campagne en avait néanmoins organisé une. Avez-vous pensé à renoncer à cette fortune ? Vous pourriez alors épouser qui bon vous semblera, quand bon vous semblera.

— Je ne peux pas, c'est compliqué. Si je refuse la fortune, elle ira à mon cousin. Et on ne peut pas lui faire confiance pour bien utiliser cet argent. Mais je dois avouer que je suis par moments très tenté de le faire.

Il s'approcha d'elle, lui prit la tête entre ses mains, lui coupant le souffle. Elle ne pouvait soudain plus penser à rien. Dieu du ciel, il allait l'embrasser !

— Sutton..., le supplia-t-elle dans un murmure, sans plus savoir si elle voulait le dissuader ou céder.

Peut-être leva-t-elle le menton en signe d'invitation, peut-être s'inclina-t-il imperceptiblement... Toujours est-il que sa bouche prit la sienne pour un baiser qui commença très doucement, puis évolua pour s'attarder, goûter et boire lentement à ses lèvres, patiemment, comme s'ils avaient tout leur temps.

Elle sentait sa main dans ses cheveux, tandis qu'il l'attirait vers lui jusqu'à ce que leurs corps se touchent. Il lui sourit et lui caressa doucement la joue avec un regard tendre.

— J'ai eu envie de faire cela dès l'instant où je vous ai vue.

Elle baissa les yeux, afin de ne pas trahir l'émotion qui la submergeait.

— Je croyais que nous avions décidé d'un commun accord de ne pas essayer.

— C'est vrai, convint Sutton. Mais j'ai depuis réalisé ce que signifiait une amitié passagère. Dans dix jours, vous serez partie, et moi j'aurai une épouse. Je me suis rendu compte que je ne pouvais plus exclure plus longtemps l'idée de vous embrasser.

Il l'embrassa de nouveau, avidement cette fois, la main pressée fermement contre sa nuque pour la plaquer contre lui. Elle lui répondit avec la même faim dévorante. Qu'importaient les plans de son père, et que le temps et le destin soient contre eux. Ils partageaient ce moment, elle et Sutton. Plus tard, elle aurait bien le temps de se reprendre, de se souvenir qu'elle n'était pas la personne qu'il croyait être en train d'embrasser.

Mais dans l'immédiat, seul comptait l'instant présent.

Un petit caquètement se faisant entendre près de la caverne les interrompit. Il y eut un moment de silence, puis cela recommença. Elidh s'écarta et prit le visage de Sutton entre ses mains.

— Avez-vous entendu ?

Le bruit se fit entendre une troisième fois. Ce n'était pas exactement un caquètement, plutôt un appel plaintif, très particulier.

— Y a-t-il des oiseaux sur l'île ? demanda-t-elle alors qu'elle se précipitait déjà hors de la caverne.

— Oui, il y a des oies, parfois des faucons.

Sutton éteignit la lanterne, qu'il laissa sur place. Pour la prochaine fois, peut-être ? Elle ne voulait pas penser à la personne qu'il amènerait dans cette caverne, et qu'il embrasserait dans ses profondeurs. Était-ce là encore un des interludes qu'il avait prévus ? Elle n'y avait pas pensé au début, puisqu'ils avaient établi leurs règles. Et elle n'était pas là pour jouer au jeu du mariage.

Elle se mit à quatre pattes et fouilla les hautes herbes, tout en explorant les anfractuosités des rochers. Elle se déplaçait d'une manière tout à fait incongrue pour une lady, à la recherche de l'origine du bruit.

— Je l'ai trouvé ! Regardez, Sutton, c'est un oison.

Le bébé pépiait et sautillait, effrayé car il était pris au piège.

— C'est sa patte, elle est coincée sous un rocher.

Sutton vint aussitôt la rejoindre, et déplaça le rocher avec précaution tandis qu'elle prenait l'oison dans ses mains en coupe.

— Il s'est blessé, dit-elle en l'examinant de près, tout en essayant de l'apaiser. La pauvre créature est affolée. Où est sa mère ?

Sutton se releva, et essuya ses mains sur son pantalon en fronçant les sourcils.

— Sans doute sur le lac avec les autres petits. Les oies peuvent nager presque immédiatement après leur naissance.

Elle compléta la phrase pour elle-même : *mais pas celui-ci.* Avec sa patte abîmée, il ne pourrait ni nager ni plonger pour attraper des insectes et des escargots. Les créatures imparfaites et diminuées ne faisaient pas long feu dans la nature sauvage.

Elle se releva, l'oison serré contre elle.

— Il faut le prendre avec nous. Sans cela il va mourir de faim. Nous le ramènerons quand il sera guéri et qu'il pourra se débrouiller seul.

D'un pas décidé, défiant Sutton de la contredire, elle reprit le chemin en direction du canot. Un autre homme aurait protesté et lui aurait expliqué que c'était une cause perdue, que les choses se passaient ainsi dans la nature, qui éliminait les faibles. Au lieu de cela, Sutton la rejoignit, l'aida à monter à bord, puis improvisa avec sa veste un nid de fortune pour l'oiseau.

— Merci, dit Elidh en s'installant à côté de l'animal, au cas où il aurait besoin d'aide.

— Nous pouvons prendre notre temps pour rentrer, dit Sutton en montant à bord après avoir détaché l'embarcation.

Délaissant cette fois les rames, il hissa la petite voile du bateau.

— Croyez-vous que nous allons leur manquer ? demanda Elidh en mettant sa main en visière devant ses yeux pour se protéger du soleil afin de tenter de distinguer la rive.

Elle n'était pas pressée de rentrer, alors que cela aurait dû être le contraire. Quand ils n'étaient que tous les deux, elle avait de plus en plus de mal à se rappeler qui elle était, et que la *principessa* était une fiction.

— Sans doute. On remarque mon absence même quand je me rends aux toilettes, ces jours-ci ! s'exclama Sutton en gloussant. Si nous manquons à tous ces gens, autant que ça en vaille vraiment la peine.

Il s'installa sur le banc à côté d'elle et de l'oison, laissant le canot voguer à sa propre allure. Il sourit, ce qui fit apparaître de petites rides aux coins de ses yeux alors qu'il caressait l'oison du bout des doigts.

— Vous avez bon cœur, Chiara.

— Je ne supporte pas de voir des créatures en détresse, dit-elle en haussant les épaules. Pas quand je peux y remédier.

— Cela m'inclut-il ? demanda-t-il avec un petit rire sans joie, son regard encore brûlant.

— Avez-vous besoin d'être secouru ?

Elle n'aurait pas dû dire cela, ni badiner ni le pousser à lui faire des confidences. Le connaître l'amènerait inévitablement à éprouver des sentiments pour lui. Partir serait déjà assez difficile sans cela en plus.

— Bien plus que vous ne l'imaginez, murmura-t-il sur un ton où perçait une dangereuse intensité.

Ils étaient donc deux… Si elle ne le repoussait pas rapidement, ils seraient très vite complètement épris l'un de l'autre.

10

— Vous n'auriez pas dû m'embrasser, dit calmement Elidh.

— Cela ne vous a pas plu ?

— La question n'est pas là.

Lorsqu'il la touchait, elle se sentait fondre comme du chocolat chaud. Et son baiser lui avait donné l'impression de se transformer en lave incandescente.

— Nous avons convenu que ce n'était pas une chose à faire, ajouta-t-elle. Que ce ne serait pas pratique.

Sentir son désir impérieux tout contre elle avait été réellement enivrant, mais il croyait embrasser quelqu'un d'autre. Elle ne susciterait jamais ce genre de réaction chez lui avec sa vraie identité.

— « Pas pratique » ? répéta-t-il avec un sourire désabusé.

— Parce que maintenant, nous savons.

Ils savaient désormais ce qui existait entre eux, et ce qu'ils pourraient se faire mutuellement. Se dévorer de baisers brûlants qui ne pouvaient conduire nulle part.

Sutton lui prit la main.

— Oui, maintenant nous savons. La question est : qu'allons-nous faire de cela ?

Elidh comprit soudain que le danger était à présent bien réel. Il ne s'agissait plus de pensées, de vagues avertissements, de « et si » qui n'empêchaient pas ensuite son imagination fertile de vagabonder. Sutton la testait-il pour obtenir la confirmation qu'elle s'intéressait à lui ? Et que ferait-il si elle la lui apportait ? Lui proposerait-il de l'épouser ? Cela ne devait pas se produire.

C'était la dernière chose qu'elle voulait et, pour le salut de Sutton, elle s'y tiendrait.

— Nous ne pouvons rien en faire, si ce n'est profiter de l'instant présent, vous l'avez dit vous-même, répondit-elle.

— Mais si je me trompais ? Si nous avions la possibilité de profiter de plus que de quelques moments ? insista-t-il.

— Non, Sutton, vous vous trompez, je le confirme. Vous ne me connaissez que depuis quelques jours, et votre situation, si l'on y réfléchit bien, est tout aussi désespérée que celle de Miss Partridge. Vous recherchez ma compagnie simplement parce que vous pensez que je ne représente aucune menace, que je ne suis pas dans la course au mariage, et que cela me rend d'une certaine manière plus honnête et réelle que les autres.

Elle lui sourit doucement pour atténuer la dureté de ses propos.

— Vous avez pris ma neutralité pour autre chose, je pense, continua-t-elle. Il vaudrait mieux que vous ne le fassiez pas.

Elle poussait le bouchon très loin maintenant, pour l'obliger à recouvrer la raison. Il fallait que cela cesse. Elle commençait à apprécier son personnage, à oublier qui elle était réellement et ce qu'elle était venue faire ici. Quand elle se trouvait avec lui, elle était une personne différente, ni tout à fait Chiara ni tout à fait Elidh, ce qui la rendait très dangereuse.

La personne dans le miroir était prête pour le dîner, les cheveux remontés en une nouvelle création élaborée, ses jupes bleu pâle repassées à la perfection, son maquillage discret délicatement appliqué. Mais la jeune femme assise devant sa table de toilette n'était absolument pas prête, elle, bouleversée par un tourment intérieur parfaitement caché sous des apparences de calme.

Rosie attacha un ruban assorti au cou d'Elidh et l'observa, satisfaite de son travail.

— Tu ressembles à ta mère. Le bleu était aussi la couleur qui lui allait le mieux.

C'était là le problème. Deux problèmes, à vrai dire. Qu'elle ressemble à sa mère ou à la *principessa* Chiara, elle n'était en fait ni l'une ni l'autre, et était en train d'oublier sa véritable identité. D'où le second problème : la femme dans le miroir devenait bien trop réelle. Elidh s'habituait trop à l'illusion d'être belle. Si elle ne se souvenait pas de qui elle était, il serait très difficile de revenir sur terre une fois la mascarade terminée. Elle se mit à tripoter le ruban.

— Je ne serai jamais aussi ravissante que ma mère.

Rosie émit des claquements de langue de désapprobation.

— Ta mère était jolie, mais ce qui la distinguait, c'était ce qu'elle était à l'intérieur. Elle était bonne, et gentille avec tout son entourage, exactement comme toi. Certaines des filles qui sont ici auraient intérêt à se rappeler que la beauté vient de l'intérieur. La mère d'Isabelle Bradley ferait bien de la reprendre en main, avant qu'il ne soit trop tard.

— Qu'est-ce qui est trop tard ? demanda son père en entrant dans la pièce, paré pour le dîner d'une redingote élégante couleur vert olive et d'un gilet rose, qu'elle se souvenait avoir vus dans *Hamlet*.

Ses cheveux grisonnants indisciplinés d'ordinaire avaient été bien aplatis, et il était fringant et de bonne humeur.

— J'ai joué aux cartes, annonça-t-il en brandissant une bourse pleine de pièces qui tintèrent. Je n'ai perdu qu'une fois, et ça ne m'a coûté que la broche en or rose.

Elidh cilla. Cela signifiait donc qu'il n'avait rien perdu. La broche était de la pacotille en vague plaqué or et n'avait aucune valeur. Elle était assez jolie, et faisait son petit effet de loin. Restait à espérer que la fine couche d'or ne s'écaillerait pas avant qu'ils soient bien loin de cette demeure.

— Je me demandais s'il n'était pas trop tard pour envisager un départ avant la fin de cette partie de campagne, dit-elle en dévisageant son père.

— Et pourquoi ferions-nous cela ? Tu as passé la journée au lac avec Keynes. J'ai gagné aux cartes, et j'ai presque décroché un commanditaire. Nous sommes tout près de parvenir à nos fins, assura-t-il, rayonnant. Rosie devrait commencer à travailler sur ta robe de mariée, d'après ce que j'ai entendu aux tables, ajouta-t-il avec un sourire.

— C'est ce que je crains. Je ne peux pas l'épouser, père, même s'il demandait ma main.

À aucun moment elle n'avait imaginé qu'elle aurait cette discussion, ni que les choses iraient si loin. Elle avait eu l'intention de garder ses distances, d'aider son père à trouver un commanditaire, rien de plus. Tous ses plans étaient en train de tomber à l'eau.

— Avez-vous pensé à ce qui arriverait si nous réussissions ?

Au début de cette aventure, elle avait compté sur le côté irréalisable du plan de son père, qui la protégerait de fait. Or, cette improbabilité devenait de jour en jour de plus en plus mince. Et voilà qu'elle se retrouvait obligée d'envisager les conséquences qu'entraînerait une réussite.

Son père lui pinça la joue, emporté par sa bonne humeur.

— Nous serons tous heureux pour toujours, sans le moindre souci financier.

— Mais avec bien d'autres soucis, répliqua-t-elle.

Elle se devait d'être ferme.

— Si nous obtenons l'aval d'un commanditaire, nous partons sur-le-champ, et les Balare di Fossano se perdront aussitôt dans la nature. Personne n'aura besoin de nous revoir. Mais si la *principessa* épouse Sutton Keynes, les Balare di Fossano seront contraints d'exister toute notre vie durant. Nous ne pourrons jamais mettre fin à cette mascarade. Il faudra la continuer, jour et nuit.

Comment lui faire comprendre l'horreur d'une telle situation ?

— Je serais contrainte de vivre dans le mensonge. Et de mentir à mon mari. Quel genre de mariage pourrait survivre alors qu'il est fondé sur des mensonges ?

Ce n'était plus l'improbabilité de la réussite de cette mascarade qui la dérangeait, mais la morale implicite de tout cela.

Dans leur logis de Bermondsey Street, peu avant leur départ, l'argument qu'elle avait invoqué pour ne pas se lancer dans cette entreprise était son impossibilité à feindre d'être une princesse.

Aujourd'hui, c'était tout autre chose, de bien plus sérieux.

— Si mon mari venait à découvrir la vérité, ce serait un désastre.

Il serait contraint de divorcer, sous peine d'être complice de ce mensonge. Et s'il ne le faisait pas, ce serait tout aussi catastrophique.

S'il divorçait, Sutton perdrait la fortune qu'il voulait protéger en se mariant. Mais s'il choisissait d'accepter son mensonge, elle le perdrait. Tous leurs espoirs de bonheur ou de partage de sentiments seraient vains. Rien de cela ne pouvait exister sans confiance ni honnêteté.

— Nous ne pouvons pas continuer cette mascarade indéfiniment. Nous serons immanquablement démasqués si nous la faisons durer trop longtemps, reprit-elle.

Et deux semaines, c'était amplement suffisant.

— Eh bien, nous n'avons pas de demande en mariage pour le moment. Alors disons que nous continuons notre petit bonhomme de chemin dans cette affaire, répliqua son père en souriant avant de lui prendre le bras. Tout ce que nous avons à faire, dans l'immédiat, c'est descendre dîner et charmer Lord Wharton pour qu'il nous finance.

Il n'avait pas entièrement tort, mais elle n'était pas dupe de ses manœuvres : ce n'était que de l'atermoiement. Il voulait croire que l'amour véritable pouvait tout conquérir, qu'elle gagnerait Sutton et que le coup de foudre de celui-ci pour elle vaincrait tout ce qui pourrait se mettre en travers de leur chemin.

Malheureusement, le monde ne fonctionnait pas de la sorte.

Elidh prit son père par le bras et résolut de faire ce qu'elle avait en tête. Les choses avaient été hors de contrôle, aujourd'hui. Elle avait eu sa petite aventure. Le moment était venu d'y mettre un terme.

Continuer serait trop dangereux.

Il n'y avait personne de plus dangereux que Baxter Keynes quand il se lançait dans une vendetta, et cette fois c'était contre son maudit cousin.

Il entrecroisa ses doigts sur son ventre, qu'une alimentation trop riche commençait à arrondir impitoyablement, et écouta avec attention le rapport de son informateur.

À tous égards, il semblait que Sutton soit déterminé à suivre les volontés de son père, jusqu'à leur désastreuse conclusion à l'opposé de ses intérêts.

Il enrageait d'être à deux miles à peine de la demeure où se tenait la partie de campagne et de ne pas y assister. Au lieu de cela, il en avait été réduit à séjourner sous un faux nom dans une auberge médiocre pour espionner. Et même cela, il ne pouvait le faire lui-même. Il avait dû verser une somme rondelette pour soudoyer un invité et obtenir des informations. Le jeune homme termina son récit et Baxter se pencha en avant, en tapotant la table au plateau tout éraflé.

— Qui sont les favorites ? demanda-t-il.

Il pourrait peut-être aider son cousin à raccourcir la liste plus encore...

S'il réussissait à se débarrasser des jeunes filles que son cousin préférait, celui-ci perdrait peut-être de son intérêt pour cette compétition en se retrouvant dans l'éventualité d'épouser une jeune fille qui lui déplaisait.

Ce genre d'obstacle ne l'aurait quant à lui pas dérangé. Il épouserait même un cheval, si cela lui permettait de mettre la main sur une fortune. Mais ces choses importaient à Sutton, comme lui importaient ses semblables. Sutton était un protecteur. S'il pensait que les jeunes filles étaient en danger, il annulerait tout.

Son informateur, élégamment vêtu, était le frère d'une des jeunes filles en bonne position. D'après sa mise très coûteuse, on pouvait facilement déduire que ses dépenses devaient dépasser de beaucoup le montant de ses rentes.

Soudain préoccupé par les conséquences de ses révélations, le jeune homme se tortilla nerveusement sur son siège.

— Qu'allez-vous leur faire ? Je ne veux de mal à personne, assura-t-il.

La conscience de ce garçon se réveillait trop tard. Il avait déjà prouvé qu'il pouvait être acheté.

— Mais qui a jamais parlé de faire du mal à quiconque ? répliqua doucement Baxter, avant de faire signe à une servante qui se tenait à l'autre bout de la salle.

— Une bouteille de brandy, si toutefois vous en avez.

Les gens partageaient bien plus volontiers leurs informations après un verre ou deux. Ce garçon était suffisamment inexpérimenté pour être impressionné en se voyant offrir un alcool de prix par ce nouvel ami. La bouteille servie, Baxter versa deux généreuses rasades dans les verres.

— Je veux tout simplement savoir ce qu'il en est aujourd'hui, reprit-il en se penchant sur la table pour parler à voix basse. On peut se faire de l'argent, si l'on devine le nom de l'heureuse élue. Les paris ouverts au White's offrent de belles opportunités.

C'était exact. Les paris concernant le nom de la future épouse de Sutton étaient ouverts un peu partout à Londres, et pas seulement dans ce club de gentlemen très exclusif dont Baxter se targuait d'être un habitué.

— Je pourrais parier pour vous quand je serai de retour en ville, proposa-t-il.

Il avait offert au garçon brandy et argent, et cela fit son effet

Le jeune homme sembla aussitôt intéressé à la perspective d'un nouveau gain éventuel.

— Eh bien, si vous ne voulez les noms que dans ce but...

— C'est cela même, assura Baxter en souriant. Pour quelle raison pensiez-vous que je les voulais ? Pour les tuer l'une après l'autre ? Fenworth, vous avez vraiment des idées très noires !

Il gloussa à cette idée. Vraiment, ce jeune Fenworth était inspiré. Était-ce une si mauvaise idée, tout compte fait ? Tuer la compétition dans l'œuf... Personne ne voudrait plus épouser Sutton. Mais comment en être certain ? Cela représentait toujours beaucoup d'argent.

Baxter ne doutait pas qu'il y aurait toujours quelqu'un prêt à jouer avec le diable, puisque lui l'était.

Mais s'il devait y avoir un meurtre, il le garderait pour le grand final. Si une épouse s'interposait entre lui et la fortune de son père, il prendrait les mesures nécessaires. À mesures extrêmes, moyens extrêmes. Mais il fallait toujours être certain de leur nécessité avant de les engager.

Le problème, avec l'assassinat, était qu'il ne s'agissait pas d'un procédé particulièrement sophistiqué. Pourquoi tuer quelqu'un, ce qui était si définitif, si irrévocable, alors qu'un simple enlèvement s'avérait souvent plus efficace ? On ne mourait qu'une fois, alors qu'un enlèvement impliquait un marché qui pouvait se conclure sous les meilleurs auspices si l'on était intelligent.

Et Baxter était intelligent.

— Alors, qui sont ces jeunes filles, Fenworth ? reprit-il en souriant et en faisant glisser quelques billets sur la table.

Fenworth fit prestement disparaître les billets dans sa poche et tendit une feuille de papier en échange, tout en jetant subrepticement un coup d'œil inquiet aux quelques clients présents dans le pub.

Ce coup d'œil n'échappa pas à Baxter.

— Je vais vous donner un conseil, Fenworth, dit-il très sèchement. Si vous ne vous comportez pas comme si vous étiez coupable de quelque chose, personne ne le pensera.

Fenworth était hautement corruptible, certes, mais Dieu qu'il était naïf ! Ce ne serait que plus amusant de le conduire à sa perte.

Baxter cacha sa joie alors qu'il parcourait la liste. Il aimait par-dessus tout voir les puissants tomber de leur piédestal. Il pourrait faire de Fenworth un ivrogne, un joueur, peut-être même un esclave de l'opium en quelques semaines à peine. Et le faire jouer bien plus d'argent que celui engagé pour parier sur la gagnante d'une liste de pauvres filles innocentes, afin d'éponger ses pertes ou pour payer ses prochaines pipes d'opium.

Baxter haussa les sourcils.

— Le nom de votre sœur est sur la liste, dit-il en souriant d'un air entendu, tel un grand frère protecteur. Eliza, c'est cela ? Mes félicitations. Je suis certain que votre père sera impressionné par ce résultat. J'imagine qu'il vous a envoyé pour veiller sur elle. La guider...

Eliza Fenworth était l'unique fille du vicomte Weston, charmante et timide, très jolie, mais ennuyeuse à mourir. Elle ne parlait que de musique et de compositeurs, jusqu'à ce que son interlocuteur exaspéré ait envie de fracasser le violon qui ne la quittait jamais.

Fenworth se rengorgea.

— Oui, en effet. On ne peut pas laisser sa sœur épouser un roturier sans un examen sérieux de la situation. Pour elle, s'unir à Keynes serait déchoir de son rang, et notre famille également.

— Mais l'argent de Keynes ne la ferait pas déchoir financièrement, répliqua sèchement Baxter.

Le vicomte Weston avait besoin de cet argent, ce n'était un secret pour personne. Qui d'ailleurs n'en avait pas besoin ? La plupart des gens auraient accepté de déchoir, de plusieurs marches à la fois, et même du plus haut piédestal, la tête la première, pour une somme pareille !

Il sourit d'une manière débonnaire pour atténuer la portée de son propos acerbe, afin que Fenworth oublie cette saillie insultante pour lui également.

— Votre sœur a-t-elle une chance ? Avec quoi votre père graisse-t-il la patte de Keynes ?

Les filles en tête de liste y figuraient sans nul doute parce qu'elles offraient un avantage quelconque à son cousin en échange de l'accès à sa fortune.

Baxter poussa de nouveau quelques billets vers Fenworth, le laissant constater à quel point il pouvait être lucratif de vendre des informations.

— Père a des sièges qui lui sont acquis au Parlement.

— Pas autant que le père de Lady Imogen Bettencourt, qui de plus est marquis. Son titre est donc de plus haut rang, fit remarquer Baxter. Ainsi, votre père et Bettencourt ont des sièges, tout comme d'autres sur la liste.

Il tapota la feuille pour indiquer un autre nom.

— Ellen Hines, la fille de Wharton. Aucun siège à espérer ici. Quel est son intérêt ?

— Les terres. Wharton possède des domaines un peu partout.

Bien. Le garçon avait soigneusement étudié la question.

— Miss Peckworth, la cadette de Southmore, poursuivit Baxter.

— Il a des relations au Foreign Office. Donc des ouvertures possibles dans la diplomatie.

— Et Miss Whitely ?

— Des connexions avec la Compagnie des Indes, expliqua

Fenworth, prouvant de la sorte à quel point sa diligence était facile à acheter.

En un quart d'heure, Fenworth était passé de sa préoccupation de savoir comment les informations qu'il fournissait seraient utilisées à la livraison non seulement d'une liste de noms, mais aussi spontanément de leurs biographies exhaustives. Tout cela pour quelques livres ! La question de la loyauté de Fenworth restait cependant posée. Les gens qui se laissaient acheter aisément pouvaient en effet l'être par quiconque. Baxter voulait être sûr d'avoir l'exclusivité des informations du jeune homme.

Il servit une nouvelle tournée de brandy.

— Il faut que votre sœur reste en course, pour notre bien à tous deux, dit-il.

Cela semblait peu probable. Eliza était jolie, mais Weston avait peu à offrir en matière d'avantages.

— Franchement, si c'était moi, je choisirais la fille du marquis, et l'affaire serait bouclée.

Pourquoi diable son cousin traînait-il ? Certes, il restait encore plusieurs prétendantes, mais suffisamment peu pour que l'on commence à distinguer le bon grain de l'ivraie.

Fenworth gloussa d'un air entendu, lui fournissant une explication dont il se moquait bien.

— Vous n'avez pas vu la *principessa* italienne ! Si vous voulez savoir pourquoi votre cousin n'arrive pas à se décider, en voilà la raison.

C'était le nom pour lequel Baxter n'avait posé aucune question, parce qu'il n'y avait pas de raison pour cela. Une étrangère aurait peu à offrir à Sutton, à part un titre purement théorique, et Dieu savait à quel point tous ces titres européens étaient d'une légitimité parfois douteuse, ainsi que d'un intérêt tout relatif. Les princes italiens et les comtes français pullulaient aujourd'hui, bon nombre complètement désargentés, ou accrochés à leurs titres en raison du nationalisme qui s'éveillait un peu partout, mais sans le sou. Ce n'était pas une bonne époque pour être un aristocrate européen. Jusque-là, Fenworth n'avait pas fait le moindre commentaire au sujet de cette Italienne.

— Très bien, je cède, racontez-moi, dit-il en s'enfonçant dans son siège.

Fenworth lui avait donc caché quelque chose. Peut-être avait-il méjugé ce garçon. Chien fou, peut-être, mais pas aussi naïf qu'il le croyait.

— Parlez-moi de cette princesse.

— Eh bien, mon ami, cette fois cela vous coûtera cher, lança Fenworth, les yeux brillants.

11

— Parlez-moi encore de votre violon, Miss Fenworth, dit Sutton, installé sur le sofa à côté d'une jolie jeune fille blonde.

Il agissait plus par culpabilité que par réel désir d'entendre parler davantage de ce violon.

Chiara l'avait informé que la jeune fille était extrêmement réservée, à moins qu'on ne la lance sur le sujet de la musique. Elle déployait alors toute sa vivacité, et c'était bien ce qu'il désirait en cet instant, car il était très facile de la négliger en raison de son mutisme habituel. Mais c'était également ce qui la rendait aussi plaisante.

Il était aisé de la maintenir en tête de liste, parce qu'il n'aurait pas à se soucier de la voir tenter de se faufiler dans sa chambre ou se cramponner à son bras dès qu'il allait quelque part.

Dieu du ciel, que lui arrivait-il ? Évaluer ces femmes comme s'il s'agissait de marchandises ! En fait, c'était bien ce qu'elles étaient, lui rappela son esprit pétri de logique. Une épouse était un moyen d'obtenir des choses, tout comme il l'était lui-même pour chacune des femmes présentes.

Sauf une, lui rappela sa petite voix intérieure : Chiara. Mais elle ne comptait pas, comme elle l'avait clairement dit. Malgré tout, il mourait d'envie de la faire changer d'avis, de plus en plus, de jour en jour.

— C'est mon nouveau violon. Il vient de chez le luthier Jacob Diehl, à Hambourg.

Eliza Fenworth lui tendit le précieux instrument. Il le prit avec un sourire, en essayant de se monter humain et attentionné, ou peut-être pour s'excuser de ne pas l'avoir été.

Cette partie de campagne le transformait en une personne qu'il reconnaissait à peine, et tout cela pour une fortune dont il ne voulait même pas, mais qu'il se sentait moralement obligé de protéger. Peut-être était-ce vrai. L'argent changeait un homme, même quand il essayait de faire le bien.

— Voyez-vous les grandes ouïes, et la façon dont Diehl place le chevalet ? Ses violons sont célèbres pour leurs coins très prononcés et leurs chevalets très bas, expliqua-t-elle, soudain pleine de vivacité.

Chiara avait raison. La jeune fille timide était soudain débordante de vitalité. Ses yeux brillaient et elle semblait rayonner d'une beauté intérieure.

Il ne l'en épouserait pas pour autant.

Mais il connaissait quelqu'un qui le devrait : Quentin Burbage, fils cadet d'un baron, qui passait ses journées dans le Strand à Londres à fabriquer des instruments tandis que son père s'occupait des affaires familiales à Newmarket. Quentin était venu y passer quelques longs week-ends l'année précédente pour voir les chevaux en vue d'un achat, et Sutton avait apprécié sa compagnie. C'était un homme très doux, gentil et intelligent. Peut-être lui écrirait-il pour lui parler de Miss Fenworth quand toute cette affaire serait terminée.

Eliza Fenworth avait été l'une des rares personnes à se tenir correctement cette semaine. Elle n'avait pas cherché à obtenir ses attentions, et en agissant de la sorte elle s'était poliment préservée. Il avait le sentiment qu'elle n'avait pas plus envie de se marier avec lui que lui avec elle, ni d'ailleurs avec aucun des jeunes gens présents au domaine, comme lui n'avait envie d'épouser aucune de ces jeunes filles.

Chiara exceptée. Cette pensée fugace revenait avec insistance. Il rendit avec précaution l'instrument à Miss Fenworth.

Il semblait que Chiara était devenue une exception en tout, depuis qu'il l'avait embrassée dans la caverne. Il ne se sentait pleinement lui-même qu'en sa présence. Il ne jouait aucun rôle, ne flattait ni les parents ni hypocritement leurs filles. Cependant il lui en avait si peu livré sur lui-même que tirer des conclusions aurait été céder à la précipitation.

Sa mère postée près du piano demanda l'attention générale, et tout le monde prit son siège.

Ce soir, les jeunes filles les divertiraient avec leurs talents musicaux.

Sutton examina la brochette d'aspirantes musiciennes, une grosse boule se formant déjà dans son ventre. Elles étaient toutes charmantes, non dénuées de talent pour certaines, ou totalement dépourvues pour d'autres, lancées dans cette farce ridicule par leurs parents ou leur propre vanité.

Mais qui pouvait-il épouser parmi elles ? Avec laquelle se voyait-il passer le reste de sa vie ? Isabelle Bradley, bavarde comme une pie ? Lui arrivait-il parfois de se taire ? Eliza Fenworth, qui était son exact opposé ? Virginia Peckworth, qui passait son temps à se regarder dans tous les miroirs à sa portée ? Chacune avait ses défauts. Avec lesquels pourrait-il vivre ? Et, en ce cas, pourrait-il préserver son intégrité ou se perdrait-il complètement, achevant ainsi le processus déjà lancé par la partie de campagne ?

Comme toujours, son regard revint sur Chiara. Ce soir, elle était assise parmi les jeunes filles en robe pastel, vêtue de nouveau de sa robe rouge. Ce soir, elle était de nouveau une rose parmi les marguerites, une guitare à la main, instrument plutôt inhabituel et non conventionnel comparé aux traditionnels piano, violons et à la flûte de Miss Peckworth.

Cela ne fit que décupler son intérêt déjà considérable pour elle.

Virginia Peckworth se produisit la première. Sutton prit soin de se montrer attentif, mais ses pensées restaient tournées vers Chiara. Cela faisait une journée déjà qu'elle avait remonté ses jupes et pataugé dans l'eau, puis marché pieds nus dans l'île, que ses yeux s'étaient écarquillés de stupéfaction dans la caverne, qu'elle avait serré l'oison contre elle, déterminée à le sauver.

Une journée depuis qu'il l'avait embrassée.

Alexandra Darnley prit la suite avec son violon. Sutton revint à la réalité juste à temps pour comprendre qu'elle jouait un air folklorique très simple.

Puis il s'évada de nouveau, se demandant s'il avait bien fait d'embrasser Chiara ou non. Il refusait de le regretter. Ils l'avaient apprécié tous deux, désiré tous deux, après avoir débattu de la question sous tous ses angles. Ils avaient refréné leur curiosité mutuelle depuis leur rencontre, et celle-ci avait été enfin satisfaite. Mais d'autres curiosités, d'autres appétits avaient pris sa place.

Le baiser n'avait rien résolu.

D'autres musiciennes paradèrent au piano, et la soirée devint un brouillard de sons qui s'enchaînaient mécaniquement.

La seule prestation qui suscitait son intérêt était celle de Chiara. Eliza et elle devaient être les deux dernières à jouer. Eliza se présenta aux invités vêtue de rose pâle, montrant une assurance qu'il ne lui avait encore jamais vue. Il comprit. Ce soir, elle allait lui offrir ce dont elle était le plus fière. Qu'importait si elle était plus réservée que les autres jeunes filles, et ne souhaitait pas l'épouser. Ce n'était pas son choix. Elle connaissait l'enjeu pour sa famille, et savait que cette soirée serait sa meilleure chance. Pour une fois, elle surpasserait toutes les autres.

Cela renforça la résolution de Sutton d'écrire à Burbage. Une jeune fille ne devrait pas être ainsi utilisée par sa famille contre sa volonté.

Elle leva son archet et commença à jouer, brillamment, sans la moindre fausse note, le *Concerto pour violon en mi bémol* de Vivaldi avec une telle perfection qu'à la fin les invités se levèrent à l'unanimité.

Sa mère le regarda alors en haussant un sourcil inquisiteur. *Peut-être est-ce celle-ci. Il y a de la passion en elle, finalement.*

Soudain, Sutton regretta que Chiara n'ait pas joué avant elle. Il craignait que son morceau fasse retomber l'atmosphère. Comment se comparer à un tel talent ? Mais Chiara se leva avec sa guitare, attirant tous les regards de par sa robe rouge, nullement impressionnée par la performance d'Eliza Fenworth. Pourquoi l'aurait-elle été, d'ailleurs ? Elle était la seule parmi ces jeunes filles qui n'avait rien à perdre.

Elidh n'avait en effet plus rien à perdre. Elle pinça les cordes pour produire les accords plaintifs de l'ouverture d'une autre pièce de Vivaldi, l'*Adagio en ré mineur*. Elle laissa les notes captiver le public qui ne regardait plus qu'elle, provocante dans cette simplicité, l'invitant à se perdre dans le charme rêveur de la mélodie, invitant Sutton à s'y perdre aussi.

Il était au supplice, ce soir. Elle l'avait vu au sourire plaqué sur son visage tandis qu'il bavardait avec Miss Fenworth. Mais Eliza Fenworth n'était pas la raison de ce supplice. Cette partie de campagne lui pesait, et elle éprouvait de la compassion pour lui.

Elle n'était pas à l'aise elle non plus. Elle payait pour un baiser auquel elle aurait dû se dérober, une sortie en bateau qu'elle n'aurait pas dû faire, une promenade dans la galerie qu'elle n'aurait pas dû accepter, une incursion dans les bois à laquelle elle aurait dû se refuser.

La neutralité qu'elle avait espéré conserver pendant ce projet insensé de son père s'était lentement et inexorablement dissoute durant ces derniers jours, jusqu'à laisser apparaître la vérité, dépouillée de ses oripeaux : Sutton Keynes lui plaisait. Et peut-être même un peu plus que cela.

C'était la dernière et pire chose qu'elle voulait voir se produire. Elle n'avait pas voulu qu'il lui plaise, le connaître encore moins. « Je ne suis qu'un homme comme les autres », avait-il dit. Ces paroles lui tournaient sans cesse dans la tête. Et quel homme ! Un homme qui sauvait les oisons et marchait pieds nus dans le sable, empli de révérence devant des dessins rupestres, un homme socialement bien au-dessus de la fille d'une actrice et d'un dramaturge sans le sou, qui pouvait à peine payer une pension de Bermondsey Street, où ils côtoyaient les dockers du port.

Elle lança à Sutton un coup d'œil volontairement appuyé, jusqu'à ce que leurs regards se croisent. La magie de la musique opérait, les tonalités langoureuses développaient leurs volutes séductrices, exprimant le désir à chaque caresse des cordes. Elle en lisait l'effet sur son visage. C'était ce qu'elle aimait dans cet adagio. Il pouvait séduire un amant, être une berceuse fredonnée par une mère ou un adieu poignant selon la manière dont on l'interprétait, et la manière dont on le recevait en fonction de l'état d'esprit dans lequel on se trouvait. Elle avait eu besoin de tous ces aspects, après la mort de sa mère.

Cette pièce ne nécessitait peut-être pas la virtuosité qu'Eliza avait démontrée avec brio, mais elle suscitait une émotion profonde.

La tonalité changea et la teneur de la mélodie devint plus sombre, plus mystérieuse. Elle se permit un autre regard vers Sutton, et ce qu'elle vit faillit avoir raison d'elle. Impossible de ne pas remarquer son extrême fascination. Il avait fermé les yeux, sourcils légèrement froncés, comme s'il absorbait la musique à la fois avec délectation et souffrance et ne pouvait y résister. Elle le comprenait fort bien, car elle non plus ne pouvait résister quand il s'agissait de lui. Peut-être gardait-il les yeux fermés parce que ce serait trop dangereux de faire autrement.

Que verrait-elle, s'il les ouvrait ? Et lui, que verrait-il ?

Elle laissa filer les dernières notes de l'adagio et enchaîna sur le rythme ouvertement provocateur d'un air gitan, rapide et exubérant, suggérant des visions de feux de camp et de séduction à la belle étoile. Puis elle commença à danser tout en jouant. Comment faire autrement ? Il était impossible de rester immobile en écoutant cet air, conçu pour des déhanchements lascifs et des claquements de talons rythmés.

Sutton avait rouvert les yeux et la regardait. En fait, tous les regards étaient rivés sur elle. Elle s'abandonna complètement à l'émotion de la danse, la laissant balayer ses soucis et ses ennuis. Pendant quelques instants, elle fut libre. Était-ce ce que sa mère éprouvait sur scène, telle une reine dans ses somptueuses robes ? Comme si le monde ne pouvait l'y atteindre ?

Elle se livra corps et âme à la musique, de plus en plus vite, jusqu'à un rythme effréné.

Le silence fut absolu quand elle s'arrêta. L'assistance était hypnotisée, choquée peut-être, mais elle adressa un sourire radieux au public, essoufflée, échauffée, une goutte de sueur perlant à sa tempe, des mèches s'échappant un peu partout de la savante coiffure de Rosie.

Sutton se leva alors et les applaudissements commencèrent,

pour ne se terminer que lorsque le chariot du thé arriva, signifiant la fin de l'intermède musical.

Profitant du mouvement et de la légère presse que le service du thé occasionnait, Elidh sortit sur le balcon pour s'échapper et respirer un peu d'air frais. C'était désormais à son tour de fermer les yeux, de s'abandonner à la réflexion et de savourer les bribes d'exaltation qui lui restaient, tout en se rafraîchissant.

Elle n'entendit pas les portes-fenêtres s'ouvrir derrière elle et ne remarqua la présence de Sutton que lorsque sa manche de redingote effleura la sienne alors qu'il s'accoudait à la rambarde.

— Si jamais vous êtes fatiguée d'être princesse, vous pourrez toujours être un troubadour ambulant.

Pendant un instant, elle ne perçut pas l'humour dans sa voix. La remarque était trop proche de la réalité. Sa première réaction fut la peur, car elle pensa qu'il savait, d'une manière ou d'une autre.

— Désolé, ce n'est pas drôle, je pense, dit-il, se méprenant sur son expression. Vous ne pouvez pas plus abandonner vos charges que moi les miennes. Je l'ai pourtant fait pendant un moment quand vous avez joué, et je crois que vous également.

Il lui prit la main. Se toucher et bavarder étaient presque devenus pour eux une seconde nature. Comment en étaient-ils arrivés là ? Comment avait-elle laissé cela se produire ?

— Sutton, vous devriez être à l'intérieur, en train de faire du charme aux autres jeunes filles, lui rappela-t-elle, trop consciente de s'être attribué la part du lion de ses attentions ces deux derniers jours. Vos invités ne vont plus croire que mon père et moi ne sommes ici que pour observer les mœurs anglaises. Ils vont penser que je suis déterminée à vous séduire.

Il était trop facile pour le moment de se laisser entraîner par lui, d'oublier sa décision de rester en dehors de ce jeu.

— Ils se sentiraient menacés par vous ? gloussa Sutton, sans lui lâcher la main pour autant.

— Je comprends comment ils voient les choses. Pour une femme censée ne pas chercher la fortune, j'ai eu plus d'occasions d'y prétendre que toutes les autres. Elles gardent tout en mémoire, et elles n'apprécient pas.

Sa performance de ce soir n'arrangerait rien.

— Vous ne voulez pas leur donner une mauvaise impression, insista-t-elle.

— Je crains de l'avoir déjà fait, répondit Sutton en regardant dans le jardin au loin, l'air pensif. Pas en ce qui vous concerne, bien sûr, précisa-t-il d'un ton voilé de regret. Je ne voulais pas dire cela, mais que je leur ai donné une fausse image de moi.

Il serra sa main un peu plus fort.

— Parfois, j'ai l'impression que la fortune de mon oncle va m'engloutir tout entier, et que si elle ne le fait pas, c'est le mariage avec l'une de ces filles qui s'en chargera. L'ironie de cette affaire, c'est que je ne peux en vouloir à personne, sinon à moi-même.

Elidh lui serra la main à son tour, en un geste de sympathie muette. Elle comprenait parfaitement ce qu'il ressentait.

12

Sutton était sérieux. Il se considérait comme entièrement responsable de cette situation.

Elidh pouvait déchiffrer la tension de la frustration sur son séduisant visage. Si la musique lui avait apporté un peu de paix, il n'en restait plus rien, à présent.

— Comment pouvez-vous vous en vouloir ? Vous n'avez pas rédigé les dernières volontés de votre oncle.

— Non, mais j'ai organisé cette partie de campagne. J'ai énoncé très clairement les conditions de mon mariage. Tout se tenait, logiquement. J'avais besoin de réunir toutes les jeunes filles disponibles au même endroit pour être efficace. Je savais qu'elles viendraient. Que l'argent les ferait venir. Tout comme je savais que c'était l'argent qui les attirerait, pas l'homme. Comment aurait-il pu en être autrement ? Rationnellement, je le comprends. Je les ai invitées en étant très conscient de tout cela, et maintenant je leur en veux d'avoir adhéré à mon plan.

Il s'appuya à la balustrade.

— Je ne serai pas le premier à me marier pour des considérations matérielles, et sans amour. Cependant je me retrouve confronté à une énigme. Je suis un scientifique, un homme de logique, du moins en étais-je persuadé. Mais cette semaine, je me suis découvert homme de contradictions. J'ai échafaudé un plan basé sur la logique, mais il m'a échappé.

— Pourquoi ? demanda-t-elle avec précaution, excitée à la perspective de sa réponse éventuelle, mais la redoutant aussi.

— Quand je vous regarde, Chiara, je m'aperçois que je veux plus que ce que la simple logique peut m'offrir.

— Vous me connaissez à peine, répliqua-t-elle en guise de bien piètre défense.

Elle était bouleversée, et frissonna quand elle se rendit soudain compte qu'il était épris d'elle, et bouleversé lui aussi de l'être. Elle n'avait imaginé un tel moment que dans ses rêves, et resta trop longtemps silencieuse à le savourer. Sutton en tira avantage.

— C'est vrai, mais j'aimerais vous connaître quand même.

C'était là une proposition enivrante, mais dangereuse.

— Je veux que vous me disiez catégoriquement, Chiara, que ce qui se passe entre nous n'est pas un jeu.

Il la défiait, l'obligeant à lui confesser que cette attirance n'était pas à sens unique. Elle tâtonna, optant pour un compromis. Impossible de nier cette attirance. Il en déduirait aussitôt que c'était un mensonge et insisterait.

Mais elle ne pouvait pas non plus l'encourager et le laisser se nourrir de faux espoirs.

— Pourquoi ? Dans quel but, Sutton ? Rien ne peut en résulter. Vous aurez toujours à choisir une épouse, et moi je repartirai en voyage.

— Peut-être est-ce justement pour cette raison. Peut-être ai-je envie d'engranger des souvenirs pour mon avenir. Vous aussi, qui sait ? Sans cela il faudra que vous m'expliquiez pourquoi vous me regardiez comme vous l'avez fait quand vous jouiez, tout à l'heure.

— Suggérez-vous une *affaire*, comme on dit en français ? rétorqua-t-elle, jetant ces mots comme un seau d'eau glacée, dans l'espoir de le scandaliser pour le faire revenir à la raison.

Mais le simple fait de prononcer ces paroles les parait d'un attrait pervers. Pourquoi ne pas dire oui ? Éprouverait-elle cela de nouveau un jour pour un homme ? Et rencontrerait-elle jamais un homme tel que lui ?

Il avait sans doute raison... Il leur resterait quelque chose à quoi se raccrocher, de beaux souvenirs. Une liaison impliquait une fin, et donc son départ, comme prévu.

— Je crois que c'est vous qui venez de le suggérer, répliqua Sutton d'une voix rauque en baissant le ton.

L'atmosphère entre eux s'était chargée d'une tension vibrante. Envisageait-elle réellement cette éventualité ?

Il fallait qu'elle arrête tout, notamment de fixer des règles qu'elle enfreignait aussitôt avec de piètres justifications pour obtenir ce qu'elle voulait sur l'instant, oubliant que rien n'était réel. Cette partie de campagne était fabriquée, artificielle, conçue pour faire naître des sentiments romantiques et le pousser à prendre rapidement une décision.

— Je répondrai néanmoins à votre question hypothétique pour le plaisir d'argumenter, ou par curiosité, roucoula Sutton à son oreille, ce qui la fit frissonner. Une liaison est plutôt sordide. Vous devriez savoir maintenant que je suis un homme discret, Chiara, et respectueux. Je ne songerais jamais à vous déshonorer.

— Et cependant, ce que vous proposez n'est pas si différent : qu'il y a une façon d'être ensemble, sans vraiment l'être. Mais je ne vois pas comment, Sutton. Étant donné les circonstances, nous ne pouvons pas être simplement amis. Vous êtes un homme fortuné, en quête d'une épouse, et moi je suis une princesse.

Serait-il aussi mortifié à l'idée de la déshonorer s'il savait qu'elle était la banale Elidh Easton, tout en bas de l'échelle sociale ?

— Je crains d'être devenue pour vous une distraction à vos devoirs.

Il lui caressa les doigts du pouce.

— J'oublie parfois nos positions. Pour moi, vous êtes simplement Chiara. Je préfère vous voir sans votre titre. Peut-être parce que je préfère aussi que les gens me voient sans ma fortune, même si je découvre chaque jour à quel point ça leur est difficile.

S'il y avait jamais eu un moment idéal pour se confesser, c'était celui-ci.

Oh ! Comme elle était tentée de quitter ses oripeaux et de lui avouer son secret ! Lui dire : « Je m'appelle Elidh Easton et je ne suis pas une aristocrate » résoudrait tous ses problèmes avec lui.

Elle pourrait laisser Sutton Keynes derrière elle, et la tentation disparaîtrait enfin. Il ne pourrait plus envisager quoi que ce soit avec elle, et ne le voudrait d'ailleurs plus.

En fait, il l'aiderait même sans doute à faire ses bagages.

Au moins le danger qu'elle représentait par rapport à sa fortune serait-il écarté. Mais pas celui que Sutton représentait pour son cœur. Enfin, ce serait trop tard de toute façon.

— Y a-t-il donc une chance ? Pour que je puisse vous connaître ? insista-t-il.

Sutton ramenait la conversation au point de départ. Elle devrait donc lui opposer un non définitif et trouver le moyen de l'éviter ensuite, mais il lui caressait la joue. Il lui leva le menton pour qu'elle le regarde dans les yeux, posa le regard sur ses lèvres, et tout devint flou.

— Tout ce que je vous demande, c'est un peu de votre temps. Ce n'est pas là une trop grande menace vis-à-vis de ce que vous essayez de protéger, quoi que cela puisse être.

Il se tut, la dévisagea un long moment et prit un air pensif qui assombrit son regard. Elle sentit son cœur s'emballer aussitôt dans sa poitrine.

— Mais peut-être résistez-vous pour des raisons liées à la morale ? Est-ce cela, Chiara ? Résistez-vous à ce qui se passe entre nous parce que vous vous sentez déloyale vis-à-vis de quelqu'un ? Un amour secret chez vous, à Fossano ? Je sais très bien que je vous ai demandé sur l'île si vous étiez destinée à faire un mariage de raison. Depuis lors, je me suis rendu compte que je ne vous avais peut-être pas posé la bonne question.

Elle fit un signe de dénégation. Là, elle pouvait au moins dire la vérité.

— Non, je n'ai aucun engagement, officiellement ou autrement. Ni aucune affection ailleurs, à moins que vous ne comptiez l'oison dans ma chambre.

Elle avait tenté l'humour. Mais un mensonge n'aurait-il pas été plus utile ? Des fiançailles de fiction lui auraient garanti la distance dont elle avait besoin.

— Alors pourquoi sens-je chez vous une résistance, Chiara ? J'avoue que je me suis creusé la tête pour en trouver la raison.

— Parce que rien ici n'est réel ! Peut-être même pas ce que vous trouvez si mystérieux chez moi. Pendant deux semaines, le monde de tous vos invités se réduit à la chasse au mari, et le vôtre au choix d'une épouse. Chaque activité, chaque interaction est conçue dans ce but. Chaque promenade, chaque jeu, tir à l'arc, croquet, ou démonstrations de talents musicaux... Tout tend vers la même chose. Rien n'est réel, vous l'avez dit vous-même.

— Je suis réel. Vous êtes réelle. Nous sommes réels, du moins l'un pour l'autre, répliqua Sutton posément, mais avec fermeté. Ça, c'est réel, ajouta-t-il en l'attirant vers lui, avant de tourner son visage vers le sien dans une intention évidente.

— Sutton..., soupira-t-elle quand sa bouche prit la sienne pour un long et doux baiser qui rappelait l'adagio et ses notes mélancoliques.

Mais c'était plus que cela. Il y avait là la volonté d'imprimer sa marque, de la revendiquer comme sienne. Elidh frissonna en dépit de la chaleur du corps de Sutton pressé contre le sien.

Il bacio della morte – le baiser de la mort. Un baiser de Judas. Un baiser qui changeait tout.

L'expression des convives trahissait désapprobation et défiance quand Elidh revint dans le salon, suivie par Sutton. Elle comprit, trop tard, l'illusion d'intimité derrière ces portes-fenêtres. Les vitres bloquaient les conversations, certes, mais pas la vue. Tout ce qui s'était passé avait été visible pour qui avait eu envie de regarder. Et, apparemment, cela avait été le cas de tout le monde.

Elidh se sentit devenir cramoisie, ce qui apporta la confirmation définitive à quiconque aurait eu le moindre doute. Elle fut horrifiée à la pensée qu'un instant aussi privé, aussi parfait, ait pu avoir des spectateurs.

Cependant la sensation de la pression de la bouche de Sutton sur la sienne s'éternisait. Il lui fallut toute sa volonté pour ne pas passer les doigts sur ses lèvres et toucher ce qu'il avait touché.

Quand elle se dirigea vers le chariot du thé, Isabelle Bradley la fusilla d'un regard qui criait « Menteuse ! ». Elle était en proie à des réactions contradictoires. Une partie d'elle-même avait envie de s'enfuir en courant, tandis que l'autre refusait d'avoir honte. Elle se redressa.

En aucun cas une princesse ne se laisserait intimider par la fille d'un membre de la petite noblesse.

Mais tu n'es pas une princesse, pas vraiment... Pas plus que tu n'es jolie. Les deux sont des illusions. Enlève les pinces à cheveux, les soieries, et que reste-t-il ?

Refoulant ces pensées, elle garda la tête haute et prit une tasse sur le chariot, rendant ainsi bien clair pour tout le monde qu'elle allait rester, et savourer son thé.

Elle n'était pas seule. Son père vint la rejoindre et lui sourit, ses yeux pétillant d'affection.

— Tu ressembles tellement à ta mère, ce soir ! Elle pouvait tenir un salon entier sous sa coupe comme personne. Je crois que tu viens de le faire.

Le compliment la déçut. Elle ne voulait être ni sa mère ni une princesse que l'on remarquait, que l'on aimait, que ce fût son père ou Sutton. Elle voulait simplement être elle-même.

Son père salua Lord Wharton en passant devant lui. Celui-ci lui rendit son salut avec une politesse froide. À son grand regret, elle constata que la guerre était ouvertement déclarée.

Elle savait ce que pensait son père : qu'elle était la première en lice, et qu'ils étaient proches de toucher le gros lot.

— Bien, bois donc ton thé, ma chère, et souris comme si tu n'étais pas morte de peur. C'est ce que je fais.

— Vous ? Le prince Lorenzo Balare di Fossano ? Vous avez peur ? chuchota-t-elle.

Peut-être pourrait-elle le convaincre de partir sur-le-champ, mais elle n'avait pas le cœur à cela. Il était trop occupé à savourer les instants mémorables de cette soirée et à vouloir oublier les risques qu'ils prenaient.

Ils restèrent tous deux silencieux jusqu'à ce qu'ils aient regagné la chambre d'Elidh et refermé soigneusement la porte derrière eux.

Ils prirent alors leurs places habituelles : son père sur la chaise rembourrée devant la table de toilette, et elle assise en tailleur sur son lit, l'oison au creux de ses jupes, Rosie sur la banquette sous la fenêtre.

Tous trois se dévisagèrent longuement, rassemblant leurs pensées.

— Alors, mauvaises nouvelles ? finit par demander Rosie. La démonstration de guitare ne s'est pas bien passée ?

— Au contraire. Chiara s'est attiré ses faveurs, annonça solennellement son père. Ce soir, elle a été spectaculaire.

Rosie les considéra l'un après l'autre, incertaine.

— Alors devons-nous fêter cela ? Nous allons être riches !

— Nous allons être des menteurs pour toujours, dit Elidh tout bas. Ça ne s'arrêtera jamais. Si nous sommes démasqués, cela nous détruira tous les trois, et détruira Sutton aussi. Il perdra la fortune s'il n'épouse pas une aristocrate, ou s'il soutient notre mensonge.

Comment les choses avaient-elles pu en arriver là ? Elle n'était même pas engagée dans cette course au mariage, et voilà qu'elle apparaissait comme la favorite.

— Alors nous veillerons à ce qu'il ne le découvre jamais. Après un moment, il sera tellement épris de sa nouvelle épouse que cela n'aura plus d'importance ! Dans l'immédiat, il ne soupçonne rien, la rassura Rosie.

— Ce n'est pas lui qui me préoccupe le plus, intervint son père. Les autres vont essayer de nous nuire, maintenant qu'il a publiquement marqué sa préférence. Je suis certain que bien des parents vont veiller très tard pour envoyer des courriers à Londres afin de se renseigner sur cette *principessa* qui représente une menace pour leurs filles. Rosie, il va nous falloir tous les commérages des domestiques que tu pourras récupérer. Je vais personnellement m'attacher à suivre le moindre pas de Catherine Keynes pour éviter tout problème qui viendrait de ce côté-là.

Il les scruta avec un regard de général passant ses troupes en revue, celui-là même qu'il affichait dans *Jules César*.

— Le vrai combat commence maintenant. Nous devons être plus vigilants que jamais pour nous assurer que personne ne percera nos défenses.

— Je peux intercepter les courriers, proposa Rosie. C'est plutôt facile. Ils sont tous déposés sur un plateau, puis un valet se charge de les oblitérer et de les envoyer.

— Ou nous pourrions partir maintenant, trancha Elidh avec fermeté.

Rosie et son père s'enferraient de plus en plus dans leurs plans, et ils en étaient maintenant à envisager de subtiliser le courrier ! Il suffisait qu'une seule lettre quitte le domaine pour que le risque qu'ils soient démasqués reste entier.

— Et que vont trouver les gens à Londres, père, si des enquêtes sont menées ?

— Rien, si ce n'est une lettre arrivée trop tard, répondit son père tout en réfléchissant. Celle que j'ai dit avoir envoyée à Catherine Keynes, pour solliciter son invitation à sa partie de campagne. Et qui est précisément arrivée trop tard comme prévu, ce qui confirme notre histoire. Nous n'avons rien à craindre de Londres, parce qu'il n'y a rien là-bas. Pourquoi partirions-nous maintenant, alors que nous sommes si près de la victoire ?

Parce qu'ils ne pouvaient pas la remporter, songea Elidh avec désespoir. Et même s'ils gagnaient, ils perdraient tout aussitôt.

Cette mascarade ne pouvait plus durer, et ne devait pas être encouragée. Elidh soupira. C'était donc à elle qu'il revenait de mettre un terme à toute cette folie, et il n'y avait que deux façons de le faire : partir, ou dire la vérité à Sutton.

Il approchait de la vérité, et voilà que la piste se perdait, au moment précis où il avait parié une coquette somme sur le mariage de son cousin, qui avait fixé son choix sur une femme qui n'existait pas. Les meilleurs limiers de Londres ne trouvaient aucune trace d'elle, et aucun gentleman digne de ce nom n'avait entendu parler de la *principessa* Chiara Balare di Fossano.

Baxter commanda un autre brandy.

Quelque chose se mijotait, et il espérait que cela justifierait son retour à Londres. Avant la partie de campagne de son cousin, il semblait bien que personne à Londres, que ce soit dans la haute société ou les bas-fonds, n'avait entendu parler de la *principessa* ni ne l'avait rencontrée, excepté un jeune employé des chemins de fer qui avait vendu au prince Lorenzo Balare di Fossano des billets de première classe le jour du lancement de la partie de campagne.

Enfer et damnation ! Baxter consulta de nouveau le maigre dossier, espérant y découvrir quelque chose de plus, qui lui aurait échappé. Mais non, les informations étaient insuffisantes. Il ne contenait qu'une seule feuille, sur laquelle étaient inscrites deux lignes. Il s'attarda sur celle qui l'intéressait.

C'est la conclusion de cette enquête qu'au-delà de la vente des billets de train il n'existe aucune trace de la personne sur laquelle vous avez demandé des informations.

Pas de trace. Rien.

Le limier avait essayé de lui expliquer que « aucune trace » signifiait simplement qu'il n'existait aucun casier judiciaire. La police ne s'intéressait pas aux citoyens ordinaires qui ne commettaient aucun délit, et encore moins aux étrangers séjournant momentanément dans le pays.

Il avait donc congédié le limier, et s'était rendu à son club de prédilection pour réfléchir. Pas au White's, Dieu l'en garde ! Le White's, fréquenté par des gens qui se donnaient des airs, était trop impeccable, trop irréprochable pour lui.

Il préférait les clubs d'un genre tout différent. Par exemple le Tartarus, situé à Covent Garden, où l'éventail des origines des gentlemen que l'on rencontrait était un peu plus large. On voyait déambuler dans la rue toutes sortes de gens pittoresques quand on regardait par les fenêtres, et il y avait aussi de petites salles au fond, sans fenêtres. Peut-être y avait-il des trous dans les murs pour observer ce qu'il se passait dans ces pièces. En fait, c'était très probable. Le Tartarus ne lésinait pas en matière de dépravations et de goûts pervers.

Ce n'était pas le genre d'endroit que fréquenterait Sutton. Certainement pas ! Son cousin parfait allait épouser une princesse. Sutton était incroyablement chanceux, semblait-il. Obligé d'épouser une aristocrate dans un délai de quatre semaines, et voilà qu'une superbe princesse italienne atterrissait dans ses bras.

Mais si Baxter pouvait l'empêcher, ce mariage n'aurait pas lieu. Il croyait fermement à l'idée selon laquelle si quelque chose paraissait trop beau pour être vrai, c'est qu'en effet c'était trop beau.

D'ordinaire, les gens avaient plutôt tendance à se volatiliser dans les moments délicats. Mais la princesse avait fait le contraire, elle était sortie de nulle part. Et, ce qui était des plus surprenant, au moment précis où l'on pouvait gagner une fortune.

Comme c'était intéressant ! On n'imaginait pas en règle générale que des princesses puissent courir après des fortunes. D'ordinaire, elles disposaient de la leur. Bien évidemment, Fenworth lui avait raconté qu'elle n'était venue à la partie de campagne que dans le but d'observer le mode de vie anglais. L'explication était peut-être là, mais Baxter n'y croyait pas.

Il but une gorgée de brandy, laissant l'alcool lui brûler la gorge. Il était de moins bonne qualité que celui du White's, mais il appréciait sa rusticité, qui le stimulait. Il avait des affaires à mener, et il fallait qu'il reste efficace.

Mais avant tout, il voulait creuser un peu ce mystère.

Les gredins des bas-fonds ne connaissaient pas cette princesse. Et la bonne société ? La classe supérieure n'avait-elle pas ses propres informations ? La police constituait certes des dossiers sur les criminels, mais la haute société ne laisserait au grand jamais une princesse passer inaperçue. Et ses propres dossiers, même informels, n'avaient rien à envier à ceux de la police.

Cette femme aurait dû très vite attirer l'attention des arbitres du bon goût et des commères à la langue bien pendue. Belle comme elle l'était, elle aurait été mentionnée dans les carnets mondains. C'était cela qui l'intriguait le plus, et non l'absence d'un casier judiciaire.

Il était vrai cependant que les escrocs de haut vol ne laissaient de trace nulle part. Ces gens-là en particulier devaient être extrêmement doués, puisqu'ils avaient échappé à la perspicacité de sa tante en lui montrant patte blanche, et avaient été dûment invités.

Mais comment prouver qu'il s'agissait d'escrocs ? Peut-être ne serait-ce pas nécessaire. Une jolie petite trahison, un soupçon de menaces et un peu de chantage suffiraient peut-être pour les faire décamper avec armes et bagages.

Il était donc grand temps de faire une apparition à cette partie de campagne et d'y aller à la pêche aux informations. Il pourrait quitter Londres par le premier train du matin.

Un homme s'approcha de la table, bien vêtu, mais avec les allures de quelqu'un de mal dégrossi. Les origines se trahissaient toujours, quel que soit le luxe de la tenue, se dit Baxter. Il avait enrichi cet homme, mais sans pouvoir pour autant en faire un gentleman.

— La cargaison est prête. Voulez-vous l'inspecter une dernière fois ?

Baxter termina son verre et se leva.

— Sont-elles saines ? Le médecin qui certifiera qu'elles n'ont pas la vérole les a-t-il vues ?

Contaminer un pacha d'Orient serait une erreur qu'il ne pouvait se permettre ! Ce serait l'équivalent d'une déclaration de guerre, et l'Angleterre ne le remercierait pas si l'Empire ottoman l'accusait d'infecter les membres de la famille royale. Cela exposerait tout son commerce au grand jour, et lui-même qui en tirait les ficelles dans l'ombre.

— Oui, monsieur, et toutes ont apposé leur marque sur les documents indiquant qu'elles ont accepté ce contrat de leur plein gré.

C'était là la seule chose qu'il pourrait produire en tant que preuve si on l'accusait d'esclavage : il ne s'agissait pas là d'un trafic d'êtres humains, et ces femmes, dont la plupart étaient des prostituées, avaient librement accepté son offre de se rendre en Turquie. Sa façon de présenter les choses était fort alléchante : vivre au cœur d'un harem, être vêtues, nourries, logées, sans le moindre souci. Elles n'avaient qu'une seule chose à faire : continuer les activités habituelles de leur commerce quand elles vendaient leur corps, mais elles n'auraient plus besoin de racoler les marins sur le port. Elles seraient au service d'un roi. Ce n'était pas tout à fait vrai, mais les subtilités de l'étiquette dans l'Empire ottoman leur échapperaient de toute façon.

Baxter n'essayait même pas de la leur expliquer.

— J'espère que cela n'a pas été trop compliqué, dit-il en suivant l'homme vers l'une des arrière-salles.

— Pas plus que d'habitude. Il y en a toujours une ou deux qui résistent, mais nous savons comment faire, lui assura son homme de main.

Il fallait s'y attendre. C'était un peu comme pêcher au filet : quelques prises inattendues se retrouvaient dans le lot habituel, mais la fin justifiait les moyens.

Et si Baxter envoyait quelques filles au Moyen-Orient contre leur gré, il s'en souciait comme d'une guigne.

13

Sa mère paraissait inquiète.

Sutton leva le nez de sa correspondance. Il s'était isolé un moment après le petit déjeuner pour lire la pile de lettres qui s'était accumulée depuis le début de la partie de campagne.

— Qu'y a-t-il, mère ? Les gardes ont-ils expulsé une autre jeune fille de ma chambre ? demanda-t-il en souriant.

Elle ne fut pas amusée par cette plaisanterie.

— Je voudrais te parler de la princesse Chiara. Tu as manqué de discrétion, hier, pendant la soirée musicale. J'ai eu droit ce matin à un concert de récriminations de parents inquiets et courroucés. Lord Wharton a été le plus vindicatif.

Elle s'assit sur la chaise en face du bureau et le regarda droit dans les yeux, son air préoccupé prouvant qu'elle n'exagérait pas ses propos.

— Elle n'a rien à t'offrir, Sutton, si ce n'est une distraction par rapport à la tâche réelle qui nous occupe. Cela est insultant pour les autres invités.

Sutton se redressa dans son siège, prêt à défendre sa position.

— Si j'étais dans l'idée de demander sa main, sachez que c'est une aristocrate, et c'est tout ce qu'elle a besoin d'offrir. Il semblerait que les gens soient trop prompts à admettre leur défaite, s'ils pensent déjà que je vais épouser la *principessa* italienne.

Le marquis et Lord Wharton ne seraient que trop heureux de savoir que Chiara lui résistait. Et bien plus soulagés encore s'ils avaient entendu leur conversation de la veille sur la terrasse, plutôt que de l'avoir seulement regardée.

— Cependant, à titre d'information, vous vous trompez également sur l'autre point, reprit-il. Elle m'offre plus qu'un titre qui satisferait les volontés de mon oncle.

Comment décrire ce qu'elle offrait ? Il était en paix en sa présence, il pouvait être lui-même, et s'exprimer comme il ne le faisait avec personne d'autre. Il tenta de s'expliquer.

— Nous avons des choses en commun. Des choses surprenantes. Elle me fait rire, elle est franche. C'est la seule jeune fille ici qui semble s'intéresser à moi, non à mon argent.

Une idée très tentante commença à poindre dans son esprit, sous la forme vague et indéfinissable de ce qui l'avait frappé dès l'instant de leur rencontre. *Je pourrais être heureux avec elle. Nous pourrions bâtir une belle vie ensemble.*

Sa mère suivit manifestement le cheminement de ses pensées.

— Imagines-tu réellement une princesse jouant à la bergère avec les chameaux de ta laiterie ?

Il n'eut pas un instant d'hésitation.

— Oui. Pas n'importe quelle princesse, mais elle, certainement. Lors de notre sortie en bateau, elle a sauvé un oison qui s'était blessé à la patte. Elle l'a serré contre sa poitrine, refusant de l'abandonner à son sort, et l'a ramené ici pour le soigner.

Plus il se défendait, plus son idée prenait forme.

Sa mère leva un sourcil perplexe.

— Un oison n'est pas une étable pleine de chameaux, Sutton. Cela ne te ressemble pas, d'être aussi irrationnel. Réfléchis à quel point ce serait inutilement compliqué. Comment vivriez-vous ensemble, pour satisfaire les exigences de ton oncle ? Il a spécifié que vous ne devriez pas vous séparer plus de trois mois par an durant votre vie conjugale. Renoncera-t-elle à vivre en Italie ? Et s'attend-elle à ce que tu passes une partie de l'année dans l'une de leurs nombreuses villas ? Tu ne peux même pas t'éloigner plus de deux semaines de tes écuries ! Et tu trépignes en ce moment même de ne pouvoir y être, je le sens bien. Comment ferais-tu, plusieurs mois d'affilée ?

Son regard exprimait de la compassion.

La question n'était pas que les écuries et la laiterie avaient besoin de lui ; un régisseur pourrait très bien s'en occuper. C'était lui qui avait besoin des écuries. Il lui était impossible de s'en éloigner, et il y était toujours irrémédiablement attiré. Ces derniers jours, le fait d'en être si près et pourtant dans l'impossibilité de s'y rendre à sa guise avait été très difficile à supporter pour lui.

Il resta coi. Sa mère commençait à semer le doute dans son esprit. Et il était certain que telle était bien son intention.

Les questions que Chiara lui avait posées la veille lui tournaient dans la tête.

« Pourquoi ? Que pourrait-il en résulter ? » avait-elle murmuré. Peut-être voyait-elle aussi, comme sa mère, l'impossibilité de vivre quoi que ce soit au-delà de l'instant présent, en dépit de leur attirance mutuelle évidente. De par son esprit scientifique, et à la lumière de son passé, il aurait dû être le premier à le comprendre.

— Peut-être devrais-tu réfléchir à tout cela si tu persistes à la distinguer et à l'embrasser devant tout le monde, l'avertit sa mère.

— Je ne l'ai pas distinguée, grommela-t-il. Pas plus que je ne l'ai embrassée devant tout le monde. Les gens feraient mieux de s'occuper de leurs propres affaires. C'était une conversation privée. Les voyeurs n'étaient pas conviés.

— Peut-être, mais cela ne change pas le fait que, en d'autres circonstances, la situation aurait été au bord de devenir compromettante, rétorqua sa mère qui ne lâchait pas prise. Si cela s'était produit à un bal londonien, tu aurais été obligé de régulariser rapidement devant l'autel. La seule chose qui te protège est qu'aucun des invités ne souhaite que tu l'épouses. Ils veulent que tu choisisses une de leurs filles, et tu ne le pourras pas si tu es compromis avec la *principessa*, dit-elle avec un regard flamboyant. Sutton, tu ne sais rien d'elle, de ses origines, de sa famille. Elle te fait rire ? Ça ne suffit pas.

— C'était cependant suffisant pour père et vous, répliqua Sutton. Pourquoi mon mariage ne serait-il pas soumis aux mêmes règles et exigences de bonheur ainsi que de respect mutuel ? Et même de l'amour, si jamais il se déclarait ?

Et voilà qu'elle revenait, cette contradiction qu'il avait tenté d'expliquer à Chiara. La logique présidant au choix d'un partenaire lui avait échappé. Qui se ressemble s'assemble, c'était ainsi que cela fonctionnait dans le monde animal. Il existait des indicateurs guidant les choix que l'on effectuait, et ces indicateurs étaient d'une fiabilité absolue.

Mais pas pour lui. Les méthodes directes du monde animal s'étaient refusées à lui, supplantées par une émotion illogique, à laquelle il pensait avoir renoncé après le désastre Anabeth Morely. S'il lui restait un peu de bon sens, il devrait le mettre à profit pour ne pas risquer de revivre une telle situation. Les sentiments l'avaient mené dans l'impasse, naguère. Il n'y avait pas de raison de croire que ce serait mieux une seconde fois. De plus, étant donné l'enjeu, il ne pouvait se permettre de perdre la tête pour Chiara Balare. Il en était parfaitement conscient, même s'il éprouvait de grandes difficultés à se refréner, preuve en était que le savoir n'était pas suffisamment dissuasif.

— Tu as d'autres impératifs, Sutton. Ton oncle semble s'en être occupé, dit-elle en baissant les yeux. Depuis la mort de Leland, je me suis demandé s'il se vengeait enfin de moi, qui ne l'ai pas choisi, en faisant porter sur le fils le péché du père, murmura-t-elle.

Sutton connaissait l'histoire de ce triangle amoureux entre les deux frères et la ravissante Catherine Allwise lors de la Saison de 1829. Elle avait choisi le fils cadet, au grand désarroi de l'aîné, un désarroi qui avait terni l'éclat du mariage de celui-ci un an plus tard avec Rose Hampton, la riche héritière de la Compagnie des Indes.

L'idée de sa mère n'était pas si fantaisiste que cela. Son oncle avait toujours été enclin à la rancune, et ses dernières volontés semblaient le prouver. De plus, dans cette course à la fortune, il montait immanquablement les deux cousins l'un contre l'autre.

— Non, mère, je ne crois pas que ce soit une vengeance à votre égard, assura-t-il.

Sa mère ne cherchait pas l'approbation, mais l'absolution, et il la lui donnerait. Il avait cherché sensiblement la même chose sur la terrasse la veille.

Était-il réellement responsable de toute cette débâcle ?

— L'amour ne fonctionne pas comme cela, continua-t-il. Si oncle Leland vous avait aimée, il n'aurait souhaité que votre bonheur, même si ce n'était pas avec lui.

— J'apprécie ta façon de penser, dit-elle en souriant. Je veux la même chose pour toi, mais je ne suis pas certaine que la princesse soit la personne idéale pour cela.

Elle se retenait visiblement de poursuivre son discours. Pour une femme qui d'ordinaire n'hésitait pas à être directe, c'était plutôt inquiétant.

— Qu'y a-t-il, mère ? Vous avez des réserves, je le perçois à vos non-dits. Savez-vous quelque chose ?

Il sentit une boule se former dans sa gorge, une horrible hypothèse lui venant à l'esprit. Et s'il ne pouvait choisir Chiara ? S'il existait un quelconque élément l'empêchant de remplir les conditions imposées par son oncle ? Il se les récapitula pour la millième fois. Aucune clause ne stipulait que l'épouse devait être anglaise. Être aristocrate suffisait. Mais il allait avoir besoin de plus que son habituel pouvoir de persuasion. Que Chiara soit éligible importerait peu s'il ne parvenait pas au préalable à vaincre sa résistance.

— Je crains qu'elle ne soit pas qui elle prétend être, finit par dire sa mère.

— Avez-vous eu des résultats de votre enquête ?

Il comptait se laisser désormais guider par sa logique et non par ses émotions, mais son estomac se noua, lui faisant regretter son copieux petit déjeuner.

Sa mère fit un signe de dénégation.

— Non, rien encore. Mais je ne suis pas la seule à enquêter. Wharton a écrit à des amis et je ne serais pas étonnée que d'autres fassent de même, après hier soir.

— Donc il n'y a aucune preuve, remarqua-t-il.

Il commença à se détendre. Tout cela n'était que suppositions dictées par la jalousie !

— Pas encore. Je veux simplement que tu sois préparé, et que tu aies un second choix en tête. Ne néglige pas les autres jeunes filles. Tu vas perdre Imogen Bettencourt. Le marquis ne se satisfera pas que sa fille ne soit qu'un pis-aller si elle est ton élue. D'ailleurs, il ne serait peut-être pas mécontent qu'elle n'épouse pas un roturier, en fin de compte. Si riche soit-il. Son orgueil l'empêchera de te donner la main de sa fille. D'autres réagiront de la même façon. Si tu les contraries trop, ils pourraient s'allier et te laisser l'escarcelle vide, t'obligeant à renoncer à ton héritage parce que tu auras sous-estimé leurs filles alors que toutes les opportunités s'offraient à toi.

Ainsi, sa mère était décidée à lui présenter son lot de soucis et d'avertissements ce matin ! Et si Chiara refusait ? Et si quelqu'un érigeait un obstacle qui lui interdirait de la choisir ? Il était soudain devenu dangereux de le faire, aussi bien pour lui que pour elle.

— Ainsi ces messieurs sont passés du pot-de-vin pour faire pencher la balance à la menace pure et simple, constata-t-il en évaluant cette nouvelle stratégie.

C'était la réponse directe à ses actes de la veille. Dieu du ciel, ils auraient tout aussi bien pu afficher un panneau tels ceux du champ de courses de Newmarket indiquant les cotes des paris ! Il imaginait d'ailleurs très bien d'où venait la menace principale : de Wharton, et du marquis, le père d'Imogen Bettencourt.

— Il est donc temps pour nous de diviser pour mieux régner, marmonna-t-il.

Il passa en revue ceux dont il aurait le plus besoin en tant qu'alliés, et ceux qui pourraient être écartés. En d'autres termes, à quelles jeunes filles devait-il encore laisser des espoirs ? Louie Fenworth n'avait pas la carrure pour les confrontations, et était très occupé à essayer d'impressionner les jumelles Bissell, au détriment de sa pauvre sœur Eliza. Il ne les exclurait toutefois pas, tout simplement parce qu'ils ne présentaient aucun danger. Alexandra Darnley et Virginia Peckworth protesteraient mollement, tout comme leurs parents, mais trouveraient facilement des candidats au mariage en rentrant à Londres. Et leurs familles en tireraient meilleur parti qu'avec lui. En les éliminant de sa liste, il satisferait Wharton et sa petite coterie, leur suggérant ainsi que leurs filles s'élevaient dans le classement des prétendantes.

— Informons Wharton et le marquis que leurs filles sont toujours en compétition. Je leur consacrerai du temps à toutes deux aujourd'hui, lors de la visite des boutiques du village. Elles et moi prendrons la voiture à quatre places, sans autre passager.

Évaluant tous les aspects de cette nouvelle stratégie, sa mère hocha la tête en signe d'approbation.

Il prit la lettre suivante sur sa pile et la parcourut d'un œil distrait. Puis il la relut, cette fois beaucoup plus attentivement. Elle provenait des écuries.

— Que se passe-t-il ? demanda sa mère, aussitôt soucieuse.

— C'est la jument qui va pouliner.

Sa grossesse s'était rapidement avérée à haut risque. Elle n'avait que huit ans, et avait été saillie deux fois sans résultat. Cette fois, il semblait que cela n'avait que trop bien fonctionné.

— Je crois qu'elle va avoir des jumeaux, dit-il.

Cela arrivait très rarement, mais il aurait juré avoir palpé deux corps, et la jument était énorme.

— Elle ne devait pas leur donner naissance avant fin août, expliqua-t-il.

Après toute cette satanée partie de campagne, quand il aurait été enfin marié. Ainsi, en août, il aurait la consolation de retrouver une vie normale. Et voilà que la jument était en travail trois semaines trop tôt.

— Il faut que j'y aille, reprit-il en se levant. Je pars immédiatement. Veuillez m'excuser auprès de tous. Je reviendrai quand elle ira mieux.

Il savait fort bien que ce n'était pas là une explication suffisante pour ses invités. Son absence pourrait durer de quelques heures à plusieurs jours.

— Sutton ! Tu ne peux pas t'absenter de ta partie de campagne ! s'exclama sa mère, abasourdie. Cela ne se fait pas ! Wharton et les autres ne le toléreront pas. Ils chercheront à te nuire ensuite.

— Je ne peux faire autrement. La jument a besoin de mon aide. Elle ne s'en sortira pas sans moi.

Et s'il y avait des complications, elle ne survivrait pas. Sutton s'arrêta à la porte.

— Expliquez posément à Wharton, au marquis, aux Bradley et aux Fenworth qu'ils sont en haut de ma liste. Cela devrait les calmer.

— Mais l'excursion au village ! insista sa mère. Wharton va être furieux.

— Vous avez organisé cette fabuleuse partie de campagne en cinq jours, et y avez attiré la fine fleur de l'aristocratie, répliqua Sutton en souriant. J'ai entièrement confiance en vous, mère, pour lisser les plumes de Wharton.

Il quitta la pièce, car le temps pressait, et il n'en avait pas à perdre pour les récriminations.

Il ne lui fallait pas plus d'une demi-heure pour se changer et se rendre à l'écurie.

Elidh avait tellement envie d'être ailleurs !

Elle s'adossa au mur du couloir, dans l'espoir de se rendre invisible et serra contre sa poitrine le panier où était blotti son oison.

Il était inconvenant d'écouter aux portes, elle le savait, mais une fois les premières paroles entendues, elle n'avait pu s'en empêcher, même si c'était absolument horrible. Elle était censée rejoindre les autres jeunes filles dans le salon bleu, pour une matinée consacrée à la correspondance, mais quand elle était arrivée devant la porte, les commérages l'avaient arrêtée net. On parlait d'elle.

— C'est une coureuse de dot et une menteuse, à prétendre qu'elle est seulement venue ici pour découvrir ce qu'est une partie de campagne anglaise.

C'était la voix d'Isabelle Bradley, Elidh aurait reconnu ses intonations geignardes d'enfant gâtée n'importe où.

— Mais elle n'est en rien différente de nous, ajouta-t-elle.

— Peut-être même pire.

Cette pique venait d'Imogen Bettencourt, qui était toujours heureuse de faire chorus aux opinions des autres, puisqu'elle semblait n'en avoir aucune elle-même.

— Que voulez-vous dire ? demanda quelqu'un avec une surprise feinte afin d'inciter aux précisions.

Ravie d'être cette fois au centre de l'attention pour elle-même et non grâce aux mérites de son père, Imogen ne se fit pas prier. Même Elidh, mourant d'envie d'entendre ce qu'elle allait dire, tendit l'oreille.

— Vous connaissez ce genre d'étrangères. L'aristocratie du continent est en lambeaux. Un comte européen n'arrive pas même à la cheville d'un baron anglais, par exemple. Tout le monde sait très bien que les titres anglais sont les seuls à représenter un certain poids. La princesse et son père sont sans doute impécunieux, ce que l'on constaterait vite si l'on se penchait sur leurs finances, et ils n'ont que leur titre pour s'introduire en société.

Oh ! que cette fille était cruelle ! Elidh en frémit de tout son être.

— C'est peut-être exact, renchérit Isabelle. Elle a porté deux fois sa robe rouge.

— J'ai trouvé cette robe ravissante, lança une voix timide.

Eliza Fenworth, pensa Elidh.

— De plus, elle est en voyage. Elle n'a pas emporté toute sa garde-robe, continua Eliza. Cela prouve simplement qu'elle n'avait pas prévu de venir ici. Si j'avais l'autorisation de porter une robe rouge comme elle, je la mettrais tous les jours. Je trouve que la princesse possède des vêtements magnifiques, très hauts en couleur.

Elidh sourit en songeant à la gentillesse d'Eliza. Mais son sourire ne dura pas.

— Très hauts en couleur ! Comme sa moralité, sans doute !

C'était l'une des jumelles Bissell, Leah. Elle avait une voix plus grave que celle de sa sœur. Cela se remarquait à peine, mais Elidh l'avait perçu, ce qui était pratique pour les différencier.

— L'Italie est un pays de passion, et j'oserai dire qu'elle s'y laisse aller. Cela se voit. Cet air qu'elle a joué hier soir, sa danse… La façon dont elle a embrassé Mr Keynes sur la terrasse…

Elle, l'avoir embrassé ? C'était Sutton qui avait pris l'initiative ! Elles se trompaient là-dessus.

— Elle se jette sans cesse à sa tête, c'est indécent, vraiment.

Elle est allée dans les bois avec lui pendant la partie de croquet, et hier soir…

— N'oubliez pas la sortie en bateau ! s'exclama Rachel, d'une voix plus haut perchée que celle de sa sœur jumelle.

Elidh se mit à trépigner. Ne se souvenaient-elles pas que c'était lui qui l'avait invitée à son bord ? Et qu'elle n'était même pas allée jusqu'au lac avec elles, mais s'y était rendue en compagnie de Michael Peckworth ?

— Ils sont restés sur le lac pendant des heures, continua Rachel d'un ton scandalisé. Ils ont même disparu un long moment.

— Quelle traînée ! lança Isabelle Bradley.

Ces simples mots furent comme un coup de poignard.

— Je ne vois pas ce qu'il lui trouve.

— Ne soyez pas naïve, Isabelle ! s'esclaffa Leah. Tous les hommes veulent la même chose. Je vois très exactement ce qu'il lui trouve. Une opportunité de se distraire tandis qu'il fait son choix. C'est une fille facile, et il est… plus dur, gloussa-t-elle à cette juxtaposition osée et inconvenante.

Virginia Peckworth prit la parole pour la fustiger, arborant sans doute l'expression de bigote qu'Elidh lui avait déjà vue.

— Faites attention, Leah. Vous ne valez guère mieux, Rachel et vous, qui tournicotez autour de Louie Fenworth. Vous allez finir compromises toutes deux par le même homme !

Leah émit un ricanement cynique.

— Vous avez fait les yeux doux à Louie pendant des mois, et il ne vous a jamais remarquée. Vous êtes jalouse, voilà tout.

— Eh bien, tout le monde sait que les Anglais badineront avec des filles faciles telle la princesse, mais qu'ils épouseront une Anglaise vierge et respectable, répliqua Virginia.

Elidh aurait pu jurer qu'elle venait de se redresser sur sa chaise, tout en agitant ses jolies boucles châtaines lustrées.

— Même votre frère, semble-t-il, lança Leah, qui n'était pas prête à laisser le dernier mot à Virginia. Il était tout à fait charmé par la traînée italienne avant qu'elle le délaisse pour Keynes, expliqua-t-elle avec un rire mesquin. J'imagine que le montant des fortunes a de l'importance. La, euh… fortune de votre frère, si l'on peut qualifier ainsi l'argent qu'il possède, ne saurait être comparée à celle de Keynes.

Un silence de plomb s'abattit aussitôt. Elidh retint son souffle, espérant que personne ne sortirait en trombe du salon. Elle serait immanquablement découverte et tout le monde saurait qu'elle avait tout entendu, mais peut-être ces filles s'en moquaient-elles.

Elle imagina les yeux noisette de Virginia lançant des éclairs à Leah, regrettant presque que Virginia se contente d'un simple regard méprisant plutôt que de la poignarder avec un coupe-papier. Mais c'était là une pensée mesquine, indigne d'elle.

C'était surtout le signe que cette mascarade commençait à l'affecter profondément, et que la situation avec Sutton échappait à son contrôle, exacerbant des émotions qu'elle se refusait à s'autoriser.

— Mesdemoiselles, nous ne devrions pas nous quereller, intervint Alexandra Darnley, amie commune des jumelles Bissell et de Virginia. Nous devrions nous unir contre un ennemi commun. Quoi qu'elle ait pu faire jusqu'ici, cela a fonctionné pour elle. Elle a désormais toute l'attention de Mr Keynes, et nous pas. Il nous faut la neutraliser, si nous voulons avoir notre chance. Regardez-nous donc ! Nous nous chamaillons entre nous, et elle n'est même pas présente. Savons-nous où elle est ? A-t-elle encore réussi à accaparer Mr Keynes tandis que nous sommes plantées là à écrire des lettres à nos tantes, en bonnes nièces que nous sommes ? C'est la guerre, mes amies, et nous sommes en train de la perdre. La princesse doit être éliminée.

14

« Éliminée » quel horrible mot ! L'oison commença à pépier et à s'agiter dans son panier. Elle devait vite s'éloigner, sous peine d'être découverte.

— Nous ne pouvons pas la tuer, Alexandra ! s'exclama quelqu'un.

Elidh était trop bouleversée pour tenter d'identifier la voix.

— Dieu du ciel, bien sûr que non ! se récria Alexandra sans se démonter pour autant. Mais nous pouvons la neutraliser. J'ai un plan.

Les voix se firent murmures, et Elidh serra les paupières pour retenir ses larmes. Elle ne pouvait plus aller dans cette pièce. Ces jeunes filles la haïssaient. C'était là la violence féminine dans toute sa splendeur. Éliminer, neutraliser, réduire… Elle était fatiguée de se montrer courageuse, de prétendre qu'elle pouvait rabattre leur superbe et gagner. Elles étaient tout simplement trop nombreuses.

Elle fit demi-tour et se mit à courir, espérant pouvoir regagner sa chambre avant de commencer à pleurer. Les princesses ne pleuraient pas. Elles n'étaient pas intimidées par des personnes telles qu'Alexandra Darnley.

Mais elle ne pouvait pas être une princesse pour le moment. Elle avait la sensation d'être assiégée de toutes parts : par des filles qui la pensaient en compétition avec elles, son père qui jouait la comédie à tous, même à elle, en la poussant dans cette course à laquelle elle ne voulait pas participer. Jusqu'à Sutton qui était contre elle de la manière irrésistible qui n'appartenait qu'à lui, avec son insistance à passer tout son temps avec elle, avec ce baiser malvenu qu'il avait volé la veille.

Elle se battait sur tous les fronts, et n'y arrivait plus, voilà tout.

En tournant dans le couloir, elle heurta un mur, un mur vivant et chaud avec des bras, et qui lui aussi se déplaçait très vite sans faire attention où il allait.

— Où allez-vous donc aussi vite ? s'exclama Sutton en l'attrapant pour l'empêcher de perdre l'équilibre. Chiara, que s'est-il passé ? ajouta-t-il, frappé par son air bouleversé

Elle resta un instant le souffle coupé après leur collision, mais cela lui suffit pour reprendre ses esprits et comprendre que lui aussi était en train de se hâter.

— Et vous, où allez-vous ? préféra-t-elle demander, plutôt que de lui répondre.

— Aux écuries. Je dois partir sur-le-champ. Une jument est en détresse.

Lui aussi, semblait-il. Elle remarqua alors qu'il s'était changé, et portait une chemise de travail ainsi qu'un vieux pantalon. Elle oublia ses problèmes et se concentra sur les siens.

Elle ne l'avait encore jamais vu dans un tel état, mais il était évident qu'il était très soucieux.

— Il faut que je la sauve, ainsi que ses poulains.

Elidh prit sa décision en une fraction de seconde.

— Je viens avec vous, dit-elle.

Ce serait une façon de s'évader, et peut-être pourrait-elle de plus se rendre utile.

— Chiara, il n'y a pas de temps à perdre. Je ne peux pas attendre que vous soyez prête.

En raison de l'urgence de la situation, il la congédiait sans ménagement.

Elle lui tendit le panier avec l'oison.

— Alors cessez de discuter. J'ai tout ce qu'il me faut. Allons-y.

C'était la décision la plus impulsive qu'elle ait jamais prise. Le genre de celles que prendrait son père : spontanée, fondée sur de bonnes intentions, mais irréfléchie quant aux conséquences. Elle se retrouva hissée sans ménagement sur le grand hongre de Sutton, le corps de celui-ci pressé contre son dos, ses bras l'entourant tandis qu'il prenait les rênes et talonnait l'animal avec à peine un marmonnement d'avertissement se résumant à : « Tenez-vous bien » – plus facile à dire qu'à faire quand on tenait un panier avec un oison dedans.

Quelques instants plus tard, ils galopaient vers des étables et des écuries dont elle ignorait jusqu'à l'existence.

Elle avait cru qu'ils se rendraient à pied aux écuries proches de la demeure, là où le cheval de Sutton et les montures des invités étaient installés, leurs voitures remisées, afin de pouvoir y accéder rapidement. Celles où ils se rendaient étaient d'un genre différent, destinées à l'élevage et au dressage, au cœur des terres de cet immense domaine. Cela avait été sa première erreur.

Sa mauvaise évaluation de la distance fut donc sa seconde erreur. Sa décision impulsive de l'accompagner lui aurait certes permis d'échapper à la meute des jeunes filles, mais elle allait vite être à l'origine de plus de commérages encore.

Elle se trouvait sans chaperon, seule avec leur hôte, galopant à travers champs, à califourchon entre les jambes de Sutton. La chevauchée avait beau être terrifiante, car elle était piètre écuyère, elle ne pouvait ignorer l'intimité de cette expérience. Les cuisses musclées de Sutton plaquées contre elle ne le lui rappelaient que trop, contractées en permanence pour les maintenir tous deux en selle.

Les jeunes filles avaient raison de l'accuser de toutes les manigances possibles et imaginables. Après tout, elle apportait une fois encore de l'eau à leur moulin ! Elle savait exactement ce que l'on penserait si l'on découvrait qu'elle était partie avec lui. Personne n'imaginerait que c'était par altruisme, ni ne croirait qu'elle avait voulu se rendre aux écuries pour surveiller l'état de santé d'une jument.

Elle vit les écuries se profiler avec soulagement et, bientôt, Sutton tira sur les rênes pour arrêter son cheval dans la cour.

Il mit pied à terre avec aisance et l'aida à faire de même, ce qui fut bien moins aisé pour elle. Un homme se précipita à leur rencontre, et Sutton se mit aussitôt à discuter avec lui, tout en se dirigeant vers les bâtiments. Elle les suivit tandis qu'un palefrenier venait se charger du cheval de Sutton.

La première chose qu'Elidh remarqua en entrant dans l'écurie fut l'odeur puissante de fumier et d'urine, étonnante car le sol était parfaitement propre. Des chameaux occupaient les boxes, leurs longs cous dépassant des demi-portes. Par réflexe, pour se protéger des effluves nauséabonds, elle sortit son mouchoir. Devant elle, Sutton avançait d'un pas décidé, visiblement indifférent à cette puanteur. Des chameaux ! Elle n'en avait jamais vu d'aussi près, mais si elle voulait rester dans les pas de Sutton qui arrivait au bout de l'allée, elle n'avait pas le temps de s'extasier sur cette découverte. Là où Sutton s'arrêta, l'odeur était moins désagréable. Les chameaux avaient laissé la place aux chevaux dans les boxes, jusqu'au tout dernier où une jument était allongée sur la paille.

— Depuis combien de temps est-elle dans cet état ? demanda Sutton au palefrenier avant de s'agenouiller près de la tête de la jument et de lui parler avec douceur.

— Depuis ce matin, quand nous avons apporté le fourrage. Elle a transpiré pendant un moment et j'ai cru qu'elle allait pouliner, mais rien ne s'est passé, et elle a cessé de transpirer.

— Il serait inhabituel de pouliner le matin, dit Sutton en se penchant pour lui palper le ventre, tout en veillant à rester hors d'atteinte de ses sabots.

Elidh le regarda procéder à son examen.

— Qu'est-ce qui ne va pas ? demanda-t-elle tout bas une fois celui-ci terminé.

— Si elle était en travail, elle aurait des contractions. Cela ne me plaît pas qu'elles se soient arrêtées.

Sutton prit une expression soucieuse. Ses cheveux habituellement impeccablement peignés lui retombant sur le front, il les repoussa vivement et se frotta la mâchoire en réfléchissant.

— Je crois qu'elle pourrait porter des jumeaux, dit-il.

Partageant son inquiétude, Elidh se mordit la lèvre. Inutile de s'y connaître en chevaux pour savoir que des naissances gémellaires étaient risquées.

— Si nous la faisions se lever et marcher, cela pourrait réveiller les bébés, suggéra-t-elle. Peut-être les palefreniers ont-ils confondu coups de pied et contractions.

Ils avaient possédé une chèvre autrefois, que la troupe avait tout d'abord utilisée comme « figurante » dans *Le Songe d'une nuit d'été*, puis gardée ensuite pour son lait. Cette chèvre avait été l'un des achats les plus impulsifs de son père, mais elle avait adoré l'animal. Surprise, la troupe avait découvert que la chèvre attendait un chevreau. Un fermier qui les avait autorisés à camper sur ses terres leur avait conseillé de la faire marcher quand la mise bas commencerait.

Sutton hocha la tête.

— Placez-vous à sa tête, et aidez-moi à la relever. Quand je vous donnerai le signal, tirez sur son licou.

Les chevaux étaient plus gros que les chèvres. Bien plus gros. Pourtant, elle n'hésita pas. La détresse de la jument lui fit oublier ses propres craintes ; ce n'était pas le moment d'avoir peur. La jument allait visiblement mal, avait besoin d'aide, et Elidh eut un élan de compassion envers l'animal, exactement comme avec la chèvre autrefois, et l'oison blotti dans son panier. Ils parvinrent à la faire se relever au troisième essai, Elidh tirant sur le licou et Sutton la poussant par la croupe. La jument se redressa en vacillant, énorme et disgracieuse. Sutton vint à ses côtés et attacha une longe au licou, avant de lui flatter doucement l'encolure.

— Nous allons la faire sortir et marcher, très lentement.

L'air frais eut un effet positif. La jument semblait plus détendue, et Sutton également. Ils marchèrent lentement, la jument entre eux.

En d'autres circonstances, cette sortie aurait été idéale. Il faisait chaud, le ciel était bleu : une parfaite journée de juillet. Mais Sutton était inquiet pour la jument, et Elidh se doutait qu'il avait aussi d'autres préoccupations en tête.

— Parlez-moi des chameaux, demanda-t-elle dans l'espoir de lui faire oublier ses soucis pendant quelques instants.

— C'est mon grand projet, dit-il en souriant, passant la tête devant les naseaux de la jument. J'étudie les propriétés de leur lait donné à d'autres animaux. Je suis fervent partisan de nourrir les poulains pur-sang avec un supplément de lait de chamelle, en plus de leur alimentation habituelle, dès l'âge d'un mois, afin de l'enrichir et permettre ainsi à leurs os d'être plus solides. Et peut-être même les aider à grandir plus vite, et devenir plus vigoureux. Il n'était pas inhabituel dans certains pays de nourrir des poulains avec du lait de chamelle si la jument manquait de lait, mais j'aimerais étudier si ses propriétés peuvent aller au-delà d'un usage de substitution. Je pense que le lait de chamelle pourrait aussi être excellent pour les humains.

Elidh fronça le nez, d'un air faussement dégoûté.

— Ils sentent mauvais !

Elle n'imaginait pas boire un lait qui proviendrait de créatures aussi nauséabondes.

— C'est parce qu'ils recyclent leur urine dans leur circulation interne. Cela entraîne cette odeur, car elle s'infiltre dans leur pelage.

— De l'urine recyclée ? C'est charmant ! s'exclama Elidh. Eh bien, cela explique donc cette odeur puissante dans les écuries.

Sutton éclata de rire.

— Vous devriez voir votre tête ! Je suis désolé, je vous ai choquée, se reprit-il aussitôt en redevenant sérieux. Enfin, j'ai au moins trouvé les limites de la tolérance de la princesse Chiara.

Il s'était rembruni.

— Oh non ! Ne croyez pas cela, se récria-t-elle. C'est simplement très nouveau pour moi.

Elle lui sourit, embarrassée de ne pas avoir réfléchi davantage avant de répondre. Il s'était illuminé quand il avait commencé à parler de ses chameaux. Elle aurait dû le comprendre.

— Ainsi vous buvez du lait de chamelle ? lança-t-elle, ce sujet lui semblant moins risqué à aborder.

— Oui, absolument, répondit-il, sa joie et son sourire aussitôt retrouvés, toujours aussi contagieux.

— Quel goût cela a-t-il ? demanda-t-elle, curieuse mais circonspecte. J'aimerais bien en goûter un jour.

Elle aurait bu n'importe quoi pour le voir sourire, tant elle était éprise de cet homme, pour lequel elle n'était pas censée éprouver de sentiments, et qu'elle était encore moins censée avoir remarqué.

— Le goût du lait, bien sûr ! s'esclaffa-t-il. Crémeux comme du lait de vache, peut-être un peu plus salé et plus nourrissant.

Ils s'arrêtèrent devant une barrière peinte en blanc et laissèrent la jument se reposer.

Sutton s'y adossa, posant le pied sur la planche du bas. Il était beau, en dépit de son expression soucieuse. Il émanait de lui une impression d'assurance, celle que dégageait naturellement une personne qui savait avoir trouvé sa place dans le monde.

— Votre vie est ici, laissa-t-elle échapper sans même y avoir réfléchi.

C'était aussi évident que le fait de respirer. Sa place était là, avec les chevaux et les chameaux, dans les paddocks et les étables. Il y avait ici en lui une aisance qui était absente chez l'homme remplissant ses obligations mondaines à la partie de campagne.

— Je crois n'avoir entraperçu qu'une infime partie de vous jusqu'à maintenant, ajouta-t-elle doucement, toujours sous le choc de cette découverte.

Et elle découvrit aussitôt autre chose encore.

— Cela doit être pénible pour voir d'être éloigné de tout cela. Je ne m'étonne plus que vous ayez été en permanence contrarié par cette partie de campagne, et réticent à y participer.

— Plus que vous l'imaginez, répondit-il. Parfois je me dis que je suis plus doué avec les animaux qu'avec les humains.

— Ce n'est pas vrai ! protesta-t-elle avec spontanéité. Vous êtes très attentionné avec les gens, quand vous le voulez. Vous avez été si gentil avec Eliza hier soir !

Elidh se souvint qu'il avait vraiment pris le temps de lui tenir compagnie quand il l'avait vue seule sur le sofa avant le début de la soirée musicale.

— Mais j'étais bien plus heureux d'être à la recherche d'une boule de croquet dans les bois que de retourner parmi les invités, corrigea-t-il en riant. Quand j'ai l'occasion d'être en compagnie, je choisis toujours celle des animaux avant celle des gens.

— Et pourquoi, à votre avis ?

C'était là un nouvel aspect de sa personnalité qu'il n'avait pas encore dévoilé, qu'elle creuserait dès qu'elle le pourrait. Certes, il n'avait pas caché que les conditions régissant cette partie de campagne lui déplaisaient, ni sa déception après avoir rencontré les jeunes filles.

Mais c'était là quelque chose de nouveau, qui pourrait expliquer sa réticence à se montrer sociable, bien que, séduisant et parfaitement au fait de l'étiquette comme il l'était, il n'avait aucune raison de ne pas l'être.

Il la dévisagea et secoua la tête avec un sourire triste.

— Je suppose que c'est parce que les animaux sont plus honnêtes. On sait toujours à quoi s'en tenir avec eux, même s'ils ne vous aiment pas. Au moins vous le savez clairement ! J'ai eu une déception amoureuse, autrefois. Une jeune fille s'est avérée être bien en dessous de ce que j'espérais. Ce fut une leçon pénible sur la vie en société. Je n'avais jamais ressenti une telle attirance pour personne, et j'en ai longtemps souffert par la suite. C'était une raison suffisante pour que je me tienne en retrait. Plus tard, quand j'ai cessé de lécher mes blessures, je n'ai tout simplement pas trouvé de raison qui me pousserait à y reprendre part. Pourquoi passerais-je mon temps parmi des menteurs et des hypocrites, quand tout le monde s'évertue à se faire passer pour ce qu'il n'est pas ?

Il se mit à glousser tout bas.

— Vous comprenez maintenant pourquoi cette partie de campagne m'horripile. Comme si j'avais fait le tour du marché, et que je devais maintenant faire mon choix parmi ce qui est proposé... Je dois jouer à des jeux que je méprise. Et le pire est que cela m'oblige à devenir ce que je hais par-dessus tout.

Oh ! elle comprenait maintenant non seulement la source de son mécontentement, mais aussi tellement plus !

Elle ne pourrait jamais lui avouer la vérité. Jamais ! Cette option était hors de question. Définitivement.

Quels qu'aient été les tourments que cette jeune fille lui avait infligés autrefois, sa trahison à elle serait bien pire, parce que ce serait la seconde fois. Il ne s'autoriserait peut-être plus jamais à aimer de toute sa vie. Et elle ne pouvait être responsable de cela. Sutton Keynes était un homme de bien, prisonnier d'une position intenable. Il méritait mieux. Il méritait une chance de trouver l'amour. Ses paroles avaient porté. « Pourquoi passerais-je mon temps parmi des menteurs et des hypocrites ? » venait-il de lui dire.

Il y avait ce genre de personne juste à côté de lui, et il venait de lui dévoiler son âme.

Elle était touchée qu'il ait partagé une chose aussi personnelle, et en même temps paniquée par cette confession. Sutton n'était pas le genre d'homme à se confier à n'importe qui. C'était le signe de son estime croissante pour elle, comme si elle avait besoin d'un autre rappel douloureux ! Il y avait eu des baisers entre eux, et maintenant il y avait des secrets, des confessions intimes.

— Je suis désolée que vous ayez été blessé, dit-elle avec gentillesse.

Qu'aurait-elle pu dire d'autre ?

Il haussa les épaules.

— J'ai survécu. Mais assez parlé de moi. Et vous ? demanda-t-il, l'éclat revenant dans ses yeux. Avez-vous déjà été amoureuse, Chiara ?

Elle se mit à rire pour cacher sa gêne.

— Voilà une question bien hardie !

Il poussa légèrement son pied du bout de sa botte, comme on donnerait un coup de coude.

— Allez, dites-le-moi. Je vous ai confié un secret, ce n'est que justice que vous fassiez de même.

— Non, je n'ai jamais été amoureuse.

— C'est tout ? Votre réponse est non, tout court ? Sans explication ? Ce n'est pas juste, la taquina-t-il. Je me suis épanché avec vous. Pourquoi pas vous ? Personne n'a suscité votre intérêt jusqu'à aujourd'hui ?

Personne, sauf vous. Vous, avec votre honnêteté sans faille, et vos merveilleux yeux bleus, se dit-elle.

Mais c'était là une vérité qu'elle ne pouvait exprimer tout haut.

15

— Il n'y a pas eu de temps pour cela, bredouilla Elidh, à la recherche d'une réponse plausible.

Et celle-ci était vraie, d'ailleurs.

Qui aurait-elle bien pu rencontrer ? Qui aurait pu ravir son cœur, comme Sutton venait de le faire, en si peu de temps ?

— Du temps ? s'exclama-t-il avec un sourire interrogateur très insistant, pour la pousser à en dire plus.

Elle lui adressa un sourire nerveux. Tout comme lui, elle parlait très rarement d'elle. Son temps était consacré à bien d'autres choses : trouver l'argent pour le loyer, combattre l'angoisse créée par la précarité de leurs maigres revenus. Sans compter le fait que la vie sociale de Bermondsey Street était loin d'être des plus plaisantes.

— Comme vous l'avez remarqué, les gens demandent beaucoup de travail, dit-elle tandis qu'il l'encourageait d'un petit rire complice.

Ils recommencèrent à marcher, le long de la barrière.

— Mon père, par exemple, demande beaucoup de travail. Depuis la mort de ma mère, je comprends mieux comment elle le disciplinait. Elle nous manque à tous les deux. Elle apportait l'équilibre à notre petite famille. J'ai fait de mon mieux, mais je ne peux pas rivaliser. Je ne suis pas comme elle.

Ni par le tempérament, ni par l'apparence, d'ailleurs, songea-t-elle.

— Mon père me manque aussi. Cet automne, cela fera cinq

ans qu'il est mort. Il est mort en Inde. Il a contracté une mauvaise fièvre pendant un voyage d'affaires. Aujourd'hui j'ai le sentiment de devoir être présent pour ma mère, et de devoir prendre soin d'elle comme il le faisait.

— Je ne pense pas que votre mère ait besoin que l'on veille sur elle, remarqua Elidh.

Catherine Keynes semblait toujours tout parfaitement maîtriser et diriger. Elle était même parfois très intimidante, en fait.

— Non, en effet, pas à première vue, concéda Sutton. Mais je n'aime pas qu'elle se fasse du souci. Je ne veux pas non plus qu'elle soit seule. Elle aura toujours une place auprès de moi à Hartswood. C'est ce que père aurait voulu. Mais je ne suis pas comme lui. Il adorait l'aventure, les risques des investissements dans ses affaires, mais cela ne me ressemble pas du tout.

Il fit un grand geste pour désigner le paysage autour d'eux.

— Moi, j'aime cet endroit. Je serais heureux de rester à Newmarket pour toujours, et de ne jamais en repartir.

Il se laissa alors aller à un rire amer pour tourner son propre enthousiasme en dérision.

— Cela doit vous paraître ennuyeux, à vous qui voyagez tant, ajouta-t-il.

— Seulement parce que les circonstances l'exigent, se récria-t-elle, sans mentir d'ailleurs. Mon père avait besoin de s'éloigner, et je ne peux imaginer le laisser seul. Ce serait un désastre.

Sutton fit faire demi-tour à la jument pour la ramener à l'écurie.

— Votre père, ma mère, votre oison, ma jument, mes chameaux..., dit-il en lui lançant un regard chaleureux qui faillit la faire fondre. Nous voilà affublés de toute une ménagerie, vous et moi !

Ils avaient plus que cela, songea-t-elle. C'était un homme qui partageait son amour d'un foyer, de la stabilité, de gens dont on se souciait par-dessus tout. Tous deux savaient fort bien à qui accorder leurs attentions et leur affection.

— C'est ainsi que nous sommes. Nous recueillons ceux qui en ont besoin, murmura-t-elle.

La jument s'arrêta et souffla, en se dandinant d'un pied sur l'autre alors qu'elle était enfin prise d'une contraction.

— Comment saviez-vous qu'il fallait la faire marcher ? demanda Sutton avec un sourire plein de gratitude.

— Nous avions une chèvre, quand j'étais petite.

Elle l'avait dit sans même réfléchir. Son soulagement lui avait fait baisser sa garde, et Sutton le remarqua. Il haussa un sourcil.

— Vraiment ? Une princesse pouvait avoir une chèvre comme animal de compagnie ?

— Pourquoi ne le pourrait-elle pas ? Vous avez bien des chameaux, vous, répliqua-t-elle avec un esprit de repartie qui devenait sa seconde nature.

Peut-être garderait-elle cette qualité fort précieuse une fois la mascarade terminée.

— Je vous ai dit que mon père était un personnage hors du commun, ajouta-t-elle. Il l'a toujours été. Une fois, il nous a rapporté un singe.

Ils réinstallèrent la jument dans son box, en veillant à ce qu'elle reste debout, de crainte que les poulains ne s'endorment à nouveau et que le travail cesse.

Sutton s'adossa à la porte.

— Merci d'être ici, et d'avoir insisté pour que je vous emmène. Mais les choses vont prendre un certain temps… Le travail peut durer jusqu'à huit heures, et les juments préfèrent donner naissance la nuit, le plus tard possible, semblerait-il. Voulez-vous retourner à la maison ? Je peux vous faire conduire avec le cabriolet.

— Si vous restez ici, je reste aussi, décréta Elidh en caressant la tête de la jument tout en lui chuchotant des paroles apaisantes. Tout va bien se passer. Tu vas bientôt être maman, et je n'irai nulle part avant que ça n'arrive.

Sutton toussota, visiblement mal à l'aise.

— J'apprécie votre choix, mais rester n'est peut-être pas la meilleure des idées. Vous allez ruiner votre…

— Ma réputation ? le coupa Elidh.

— J'allais dire « votre robe », mais votre réputation aussi, dit-il, soudain très sérieux. Nous sommes seuls ici.

— Entourés de tous vos palefreniers et garçons d'écurie, répliqua Elidh.

En réalité, elle répugnait à s'en aller, réputation en jeu ou non. Elle avait le sentiment de venir enfin de découvrir le vrai Sutton.

— Certes, mais nous sommes seuls, sans les invités, précisa-t-il.

— Je crois qu'il est trop tard pour se soucier de ma réputation, remarqua Elidh avec honnêteté. Je l'ai définitivement assise hier soir. Les filles n'ont pas beaucoup aimé ma prestation, ni la vôtre.

— Est-ce pour cela que vous étiez contrariée, tout à l'heure ? lui demanda Sutton.

Elle lui relata les conversations qu'elle avait surprises, et il haussa les épaules en manière d'excuse.

— J'imagine que vous m'en voulez, dit-il.

— Je le devrais, mais ce n'est pas le cas. Sincèrement.

Elle ne pouvait aucunement en vouloir à cet homme qui se trouvait dans une situation inextricable contre son gré, cet homme qui aimait sa mère comme elle aimait son père, et qui offrait son cœur à ceux qui en avaient besoin.

En ce qui concernait le fait d'offrir son cœur, elle était elle-même en grave danger de donner le sien.

Alors qu'ils se tenaient là à caresser la jument, Elidh comprit qu'elle allait repartir le cœur brisé quand tout serait terminé, car tout se terminerait inéluctablement. La fin approchait ; la partie de campagne serait bientôt achevée.

Que lui arriverait-il alors ? Comment survivrait-elle, si elle quittait Sutton ?

La jument fut secouée par une autre contraction.

— Tout ira bien, lui chuchota Elidh.

Mais elle se rendit compte qu'elle prononçait ces paroles aussi pour elle-même.

Tout alla bien, d'ailleurs. Pendant un moment. Pendant ce long après-midi d'attente, ils s'assirent sur des ballots de foin devant le box de la jument et bavardèrent. Sutton lui parla de ses chameaux et de ses chevaux, chevaux qui avaient peur des chameaux seulement s'ils n'étaient pas élevés avec eux. Il lui raconta quantité de petites histoires et anecdotes. Cela ne la dérangeait pas ; il pouvait disserter sur ses chameaux tant qu'il voulait. Il lui apparaissait de plus en plus évident que s'il était heureux, elle l'était aussi. Elle le laissa donc s'épancher avec plaisir.

De plus, mieux valait qu'ils ne parlent pas d'elle, afin de lui éviter de dévider des mensonges sur une vie qu'elle ne vivait pas.

Ils s'occupèrent de l'oison, et le firent marcher dans l'écurie en début de soirée. Sa patte allait beaucoup mieux.

— Il pourra bientôt retourner au lac, dit-elle.

Ils se regardèrent fugitivement, car cela évoquait d'autres retours et d'autres départs. L'oison n'était pas le seul à devoir repartir. Sutton devrait bientôt prendre des décisions ; elle partirait avant. Elle ne se pensait pas capable de rester et de le regarder choisir une jeune fille, sachant ce que cela leur coûterait à tous deux.

— Qui allez-vous choisir ? demanda-t-elle, reprenant le sujet resté sous silence qui occupait leurs pensées.

Après aujourd'hui, après l'avoir vu aux écuries, elle ne l'imaginait avec aucune des jeunes invitées. Pas pour toute une vie.

— Je ne sais pas… Vraiment, je ne sais pas, répondit-il, la résignation assombrissant son regard, ce qui la fit aussitôt souffrir. Chiara, et si…

Redoutant ce qu'il risquait de lui demander, elle le coupa vivement.

— Vous pourriez renoncer à la fortune. Le mariage est peut-être un prix trop élevé à payer pour protéger votre cousin de son irresponsabilité vis-à-vis de l'argent. Il faudra bien qu'il devienne adulte, un jour ou l'autre, vous ne trouvez pas ?

Elle ne pouvait se sauver elle-même, mais peut-être sauverait-elle Sutton, en le persuadant qu'il n'avait pas à se soumettre aux conditions du testament.

— Laissez-le dépenser son argent en beaux vêtements et luxes divers, si cela vous achète votre liberté et votre bonheur.

Sutton secoua la tête en soupirant.

— S'il ne s'agissait que de cela ! C'est plus qu'une question de vie de luxe. Si je l'exprime avec délicatesse, je dirai que mon cousin est entièrement dépourvu de morale. Il utilisera cet argent pour continuer ses méfaits dans un système de corruptions, à un niveau dont j'hésite à discuter ouvertement. Mon oncle le savait.

Il essayait de rester délicat, elle le comprenait à ses termes soigneusement choisis.

— Je suis obligé de m'engager, je n'ai pas vraiment le choix.

La jument hennit derrière eux. Sutton se leva d'un bond et alla près d'elle. La jument s'agenouilla, puis se coucha sur le flanc. Sutton posa la main sur son ventre et le palpa.

— Elle transpire, dit-il, avec de l'excitation dans la voix. Je crois que ça y est. Ce ne sera plus très long.

— Dois-je aller chercher quoi que ce soit ? demanda Elidh.

— Non, les juments n'ont pas besoin d'aide, à moins que quelque chose se passe mal, dit-il en lui flattant le cou. Elle s'en sortira très bien. Les juments font des poulains depuis des milliers d'années.

Mais la jument n'allait pas bien. Une heure plus tard, il n'y avait eu aucun progrès, alors qu'elle poussait visiblement.

— Tenez-lui la tête, demanda-t-il avant d'aller vers la croupe.

Il poussa quelques jurons un instant plus tard.

— Le placenta est en première position. Le poulain ne peut pas respirer. Il me faut des ciseaux.

— Je vais les chercher, dit Elidh.

Elle se précipita vers la sellerie et les trouva accrochés au mur. Quand elle revint, Sutton massait le ventre de la jument de ses mains expertes et puissantes, en suivant les contours des poulains, tout en lui murmurant des paroles rassurantes.

Elle observa cette scène emplie de douceur et d'amour en espérant la garder toujours dans ses souvenirs. Peut-être fut-ce là le moment où elle comprit la dure vérité, en le regardant prodiguer soins et attentions à la jument.

Elle aimait cet homme qui buvait du lait de chamelle et dédaignait la bonne société.

Cette longue journée lui avait confirmé ses sentiments. Le perdre allait être un véritable enfer.

Mais, avant cela, elle voulait qu'il lui appartienne, une fois seulement.

Il ne la perdrait pas ! Dieu du ciel, il sauverait la jument et les poulains aussi. Sans un mot, Sutton prit les ciseaux et se mit au travail. Les minutes à venir allaient être cruciales : s'il ne réussissait pas à le libérer, le poulain suffoquerait. Il entreprit de découper le placenta, en faisant attention à ne pas blesser le poulain. Puis vint le moment de le saisir, et de l'attirer vers l'extérieur pour qu'il puisse respirer. Il ferma les yeux, et laissa son toucher le guider.

Il entendait la voix apaisante de Chiara qui se tenait près de la tête de la jument, son accent charmant rassurant l'animal en détresse. Elle l'avait plus aidé aujourd'hui qu'elle le croyait. Sa seule présence lui avait apporté la paix intérieure alors qu'il attendait que la jument pouline. Il était heureux qu'elle soit toujours là, même dans cette situation peu confortable. Elle ne s'était dérobée à aucun moment.

Enfin ! Il sentit la jambe du poulain. Il était en bonne position. Sutton sortit une première jambe, puis l'autre et, quelques instants plus tard, le poulain était là.

— Chiara, prenez-le et installez-le près de la tête de sa mère, pour qu'elle le nettoie, dit-il.

Ce n'était pas encore le moment de se réjouir, alors qu'il restait à sauver l'autre poulain, qui n'avait d'autre choix que de survivre un peu plus longtemps sans oxygène que son frère.

Il ferma les yeux et tâta de nouveau le ventre de la jument, tandis que Chiara prenait le poulain et l'installait à côté de sa mère dans un bruissement de paille. Il trouva une jambe, et la position ne lui plut pas. C'était comme si le poulain ne s'était pas retourné. Ce n'était pas réellement inhabituel, étant donné que les deux petits avaient partagé un espace prévu pour un seul. Cela compliquait cependant la naissance. Il prit les deux jambes et déplaça le petit animal tout doucement, partagé entre les précautions nécessaires et l'urgence de la situation. Trop de prudence signifiait plus de temps sans oxygène pour le poulain, et trop de précipitation mettrait la jument en danger.

— Tiens bon, tiens bon, juste encore un peu. Tiens bon ! marmonnait-il en litanie, pour encourager le poulain et lui-même.

Il sentait que Chiara était avec lui, juste à ses côtés.

— Vous pouvez y arriver, Sutton, dit-elle doucement. Tout va bien se passer.

Il espérait qu'elle avait raison. Le poulain apparut enfin, plus petit que son frère, et plus calme. Non, il n'était pas trop tard, il n'avait pas été trop lent. Ce poulain devait vivre ! Il l'apporta près de la tête de la jument, et l'aida à le nettoyer, dans l'espoir que cela l'aiderait à respirer. De précieuses secondes lui parurent se transformer en minutes, puis la poitrine du petit se souleva, d'abord de manière irrégulière et hachée, avant de devenir bien rythmée.

— Il respire, Sutton, il est vivant ! s'exclama Chiara en éclatant en sanglots, submergée d'émotion. Vous avez réussi, Sutton, vous les avez sauvés !

Elle se jeta dans ses bras et ils rirent tous deux, pleurèrent ensemble.

Les poulains étaient là, vivants, et ce qu'il y avait entre elle et lui était bien vivant aussi, quel que soit le nom que cela portait.

Cette sensation pulsa avec violence dans ses veines. Elle était celle qu'il voulait, celle avec laquelle il pourrait construire sa vie. Même au moment le plus dramatique du poulinage, elle avait cru en lui, n'avait jamais douté de lui, et cela l'emplit d'une euphorie qui balayait tout, depuis le sens commun jusqu'aux cicatrices laissées par la trahison d'Anabeth Morely et sa crainte d'offrir de nouveau son cœur. S'il le pouvait, il la choisirait.

Et elle, accepterait-elle ? En cet instant, ce paramètre de l'équation lui sembla hors de propos. Il lui suffisait de la tenir dans ses bras, et de se réjouir avec elle de ces naissances.

Le premier poulain se leva maladroitement et tituba pour aller téter. Pas le second. Sutton sentit Chiara le serrer plus fort, dans l'appréhension de la suite. La jument poussa le petit à coups de tête, pour l'inciter à bouger et se lever, et un petit miracle se produisit. Le premier poulain se tourna vers son frère et le poussa lui aussi du bout des naseaux, tandis que leur mère insistait. Le petit essaya de se dresser une fois, deux fois, trois fois, puis se mit enfin sur ses jambes flageolantes, son frère lui montrant ensuite le chemin pour téter.

L'éclat du regard que Chiara posa sur lui n'avait rien à voir avec le montant de son compte en banque, songea Sutton, mais avec l'événement exceptionnel auquel ils venaient de participer.

Il en fut bouleversé. Elle avait passé les bras autour de son cou et levé la tête vers lui, avec un sourire plein de vie et d'amour sur ses lèvres magnifiques qui se posèrent sur sa bouche avec avidité.

Elle était irrésistible ainsi, cheveux défaits, avec sa robe dans un état indescriptible, et certainement bonne à être jetée. Elle n'avait jamais moins ressemblé à une princesse qu'en cet instant, ni été plus ravissante.

Elle se plaqua contre lui et il prit sa tête entre ses mains, leur baiser devenant plus intense, sans doute parce que les émotions qu'ils venaient de vivre au cours des dernières heures avaient raison d'eux.

Il aurait dû s'arrêter là, être plus avisé, mais il ne le fit pas. Peut-être était-ce l'excitation d'avoir sauvé des vies, ou le sentiment de puissance qui en découlait qui le poussait à cette audace.

Ou alors quelque chose de plus, qu'il ne voulait pas encore nommer, et Chiara non plus d'ailleurs.

Quand elle lui souffla à l'oreille : « Je ne veux pas rentrer ce soir », il n'insista pas pour la détourner de cette idée. Il savait ce qu'elle demandait, et ce qu'elle voulait. Ils étaient à l'unisson là-dessus. Après cet après-midi, il semblait inévitable que leur journée se termine ainsi.

Sans un mot, il la conduisit dans les petits appartements qu'il se réservait au-dessus des écuries pour toutes ces nuits où lui non plus n'avait pas envie de rentrer.

16

Sutton alluma la lampe qui projeta dans la petite pièce des ombres sur les murs, illumina le lit et la commode, unique meuble de la chambre. Il en baissa l'intensité et Chiara lui toucha le bras avant de prendre la parole d'une voix rauque.

— Je vais être très claire. Je veux que vous restiez avec moi, Sutton.

Que Dieu bénisse sa franchise ! Elle avait cru qu'il avait l'intention de repartir au domaine, après avoir obéi à sa requête de ne pas rentrer et l'avoir installée dans les appartements des écuries.

— Je sais, répondit-il sur le même ton.

Le chemin jusqu'aux appartements n'avait pas atténué son ardeur, mais lui avait permis de retrouver son sens de l'honneur. Son propre désir ne suffisait pas. Il fallait que Chiara le partage aussi.

— J'ai l'intention de rester, si vous êtes sûre de vous.

— Je n'ai jamais été plus sûre de moi qu'en cet instant, répondit-elle en hochant la tête.

— Parfait. Moi aussi, dit-il en souriant.

Puis, comme pour le démontrer, il fit passer sa chemise maculée par-dessus sa tête et la lança dans un coin. Il se tint devant elle, torse nu.

Elle s'approcha et suivit les contours de sa poitrine de son doigt, lui envoyant des vagues brûlantes dans tout le corps.

— Vous êtes hâlé. Je me demandais pourquoi, souffla-t-elle.

Elle le touchait avec déférence et admiration, comme si elle le trouvait beau. Il ne s'était jamais considéré selon ces critères. Attirant, certes. Mais beau ? Digne de l'admiration d'une femme ? C'était enivrant de se voir à travers les yeux de Chiara qui, en dépit de ses protestations de n'avoir jamais rencontré l'amour, avait sans doute été courtisée par les meilleurs partis d'Italie.

Il était extrêmement flatté d'être le premier homme qu'elle voyait nu.

Son premier amant, voilà tout.

Il ne lui échappait pas qu'en dépit de toute sa franchise et de son absence d'afféteries et de minauderies, elle était tout aussi virginale que les autres.

Une jeune *principessa* de la si catholique Italie se devait d'être vierge. C'était la condition requise absolue à son mariage à un prince italien. Il était donc fort conscient qu'il n'y aurait désormais plus de prince italien pour elle.

Il y aurait lui. Lui seulement. Il serait son premier et son dernier amant. Le seul homme dans son lit.

Il était sûr d'eux. Et sûr que c'était une décision que ni l'un ni l'autre n'avait prise à la légère. Il y avait trop d'enjeux, aussi bien pour lui que pour elle.

Certes, Chiara était novice, mais elle n'était pas dépourvue de curiosité. Une lueur malicieuse scintilla dans son regard quand elle posa les mains sur son torse.

— Et êtes-vous hâlé partout ?

Il lui répondit sur le même mode malicieux.

— Voyons cela ensemble...

Il était hâlé partout.

Et il était beau, cet homme qui apaisait les juments et sauvait des poulains, qui la regardait avec dans les yeux amusement et passion alors qu'il se tenait nu devant elle, bottes et pantalon jetés au hasard dans la pièce.

Son imagination déroulait déjà une centaine de scénarios exotiques tandis qu'elle le dévorait des yeux : ses bras musclés, sa poitrine sculptée, ses hanches fines, ses cuisses puissantes et ce qu'il y avait entre elles, cette partie hautement masculine de son anatomie, si rigide et vigoureuse. Le mot « robuste » lui vint à l'esprit, comme « beau » un peu plus tôt.

Une beauté rustique, contrastant avec sa beauté élégante, lui rappelant que finalement, une fois le raffinement mis de côté, Sutton était un terrien.

— Comment faites-vous cela ? Pour être hâlé partout ?

— Pour commencer, je ne passe pas mes étés à Londres, répondit-il en souriant.

Même son sourire semblait différent, maintenant qu'il était nu.

— Je nage dans le lac, je navigue torse nu. Il y a une source chaude que j'aime beaucoup près des écuries. Je vais m'y plonger après les longues journées.

— Bref, vous vous promenez dans votre domaine dans le plus simple appareil, résuma-t-elle en riant.

Qu'il se dépouillât de ses atours de gentleman lui plaisait beaucoup. C'était un homme de plein air, qui aimait la nature, les animaux. Et en dépit de sa force et de ses qualités, il était également vulnérable.

— Oui, j'imagine que l'on pourrait dire ça, concéda-t-il, amusé. D'habitude il n'y a personne. Alors pourquoi pas ?

Elle imaginait sans peine à quel point il devait détester cette partie de campagne et le fait de voir son domaine envahi. Cela le privait de tout ce qui faisait sa vie, depuis son orientation générale jusqu'au moindre de ses gestes quotidiens.

— Certaines femmes estiment que les hommes hâlés sont vulgaires, indignes du statut de gentleman, continua-t-il.

Elle s'avança vers lui, désireuse de sentir sous ses mains cette peau au hâle doré.

— Je ne suis pas de celles-là.

Derrière sa belle apparence, ses vêtements élégants et ses bonnes manières, il lui ressemblait beaucoup.

Quand elle avait accepté de se lancer dans cette aventure, elle n'avait pas pensé rencontrer de telles qualités chez un homme. Et pourtant, jour après jour, tandis qu'il se révélait peu à peu à elle, elle découvrait qu'ils étaient plus proches par leur façon de penser et leur tempérament qu'elle l'aurait cru possible.

Elle le toucha, laissant courir ses doigts sur sa poitrine, suivant les contours de ses muscles avec fascination. C'était là un nouveau territoire. Le corps des femmes, le sien, n'était pas aussi nettement sculpté.

Une crainte soudaine l'assaillit. Elle n'était pas aussi séduisante que sa mère. Serait-il déçu ? Toutes ses incertitudes revinrent la tourmenter. Il était facile de les oublier quand elle était en sa compagnie. Avec lui, elle se sentait belle, si belle en fait qu'elle avait presque oublié de déplorer sa maigreur et son manque de formes comme elle le faisait en général.

Il posa la main sur le ruban de son corsage, et reprit la parole d'une voix basse et rauque séductrice, tout en gloussant doucement.

— À votre tour, je crois. L'un de nous deux est trop vêtu pour l'occasion.

En proie à un accès de timidité, elle recouvrit sa main de la sienne et l'enleva du ruban. Elle n'avait pas réfléchi ! Il y avait peu de chances que son absence de poitrine lui échappe, maintenant.

— Pensiez-vous que nous ferions l'amour habillés ?

Il l'avait dit avec gentillesse. Elle savait intuitivement que Sutton ne serait jamais cruel en ce qui concernait l'intimité. C'était exactement ce qu'elle s'était imaginé pendant ce long après-midi, durant lequel elle s'était décidée à se donner à lui. Elle s'était dit qu'il lui appartiendrait une fois, avant qu'elle le perde.

Elle avait pensé à bien des choses, mais pas au fait qu'elle se retrouverait dans des appartements isolés, avec toute l'intimité voulue, et la perspective d'une nuit entière avec Sutton. C'était là un luxe, qu'elle n'avait imaginé que dans ses fantaisies les plus osées. Et voilà que ses fantaisies étaient devenues réalité, allant au-delà de son imagination.

Son expression la trahit. Elle avait bel et bien pensé que cela pourrait se faire habillé.

— Ce n'est pas si rare de le penser, reprit Sutton en souriant. Bien des gens le font, en particulier ceux de notre classe sociale. Cependant, je ne le recommande pas.

Bien sûr que non ! Il se promène tout nu dans son domaine ! se dit-elle.

— Je ne crois pas que ce genre de moment soit agréable avec des vêtements. Les garder est certes efficace et rapide, mais moi je n'aime pas appliquer ce genre d'adjectifs aux ébats amoureux, expliqua-t-il.

Il l'embrassait de nouveau, avec de petits baisers tendres qui commencèrent à son oreille pour finir sur sa gorge, tous destinés à lui faire perdre la tête.

Mais lui ne la perdait pas. Il restait un vrai gentleman, même nu devant elle, et avec son désir flagrant.

— Voulez-vous cela, Chiara ?

En cet instant, elle détesta ce nom. Il en était venu à représenter tous les mensonges accumulés entre eux, et qui un jour les sépareraient. Elle avait envie d'entendre son vrai nom sur ses lèvres. Il n'allait pas coucher avec celle qu'il croyait. Mais c'était là le compromis qu'elle devait faire, le prix à payer si elle voulait le posséder.

Elle ne pouvait le faire qu'en tant que *principessa*... et même cette ruse ne la protégerait pas longtemps.

Elle recula et tripota le ruban de son corsage avec nervosité.

— Je ne veux pas que vous soyez déçu.

À défaut du reste, elle serait honnête sur ce point.

Il s'approcha d'elle et dénoua le ruban, puis la débarrassa de sa robe endommagée.

— Vous êtes une belle femme, Chiara, si élégante chaque jour avec vos jolies coiffures, vos parfums, vos vêtements et vos bijoux raffinés. Vous faites tourner la tête aux hommes sans effort, rien qu'avec cela. Mais je plains celui qui vous aimera pour vos coiffures et vos vêtements. Cet homme-là ne verra pas votre vraie beauté, votre grand cœur, votre vitalité. Il passera à côté du pétillement dans vos yeux quand vous taquinez gentiment, quand vous jouez de la guitare.

Ses doigts vinrent habilement à bout du laçage de son corset puis du reste de ses sous-vêtements, jusqu'à ce qu'elle se retrouve devant lui dans le plus simple appareil.

— Non, ne vous couvrez pas ! s'exclama-t-il quand elle tenta de dissimuler ce qu'elle avait de plus intime. Laissez-moi vous regarder.

Il ôta alors les quelques épingles qui restaient dans ses cheveux, les libérant totalement. Ils avaient échappé au désordre causé par les épreuves de la journée, et ils n'étaient ni tout à fait coiffés, ni tout à fait décoiffés.

— Vos cheveux me font penser à de la soie, dit-il lorsque, sa dernière tresse défaite, sa chevelure lui recouvrit les épaules.

Il la regardait intensément, de ses yeux bleus brûlants qui trahissaient son désir bien avant les mots.

— Venez vous allonger à côté de moi, Chiara.

Ces simples paroles la firent trembler de désir. Elle glissa sa main dans la sienne et le laissa la conduire jusqu'au lit. Cette chambre, cet homme et cet instant étaient tout son monde. Plus rien n'avait d'importance. Elle ne penserait à rien d'autre qu'à ce moment, et ne laisserait rien le gâcher. Cette nuit, ils ne pourraient se faire aucun mal l'un à l'autre.

En fait, ce n'était pas s'allonger à côté de lui, plutôt se faire envelopper par ses bras musclés qui vinrent entourer sa tête, tandis qu'il plaquait son corps contre le sien. Elle se sentit en sécurité de la sorte. Rien ne pouvait l'atteindre, pas même la vérité.

La bouche, les mains de Sutton caressaient la moindre parcelle de son corps – oreilles, lèvres, gorge et cou, puis ses seins.

Les réactions provoquées en elle par ces caresses la surprirent. Elle sentait son pouls s'emballer, tandis que son corps en demandait plus encore, que chaque halètement appelait plus de baisers, de caresses, et encore sa bouche, ses mains. Tout de lui.

Sutton lui embrassa le nombril et leva vers elle ses yeux d'un bleu intense. C'était un regard ardent, destiné à faire succomber une femme. Elidh ne s'était jamais embrasée de la sorte et, malgré certaines évocations de ses lectures, n'avait jamais, jusqu'à cet instant, compris de quoi il s'agissait. Elle laissa échapper un gémissement mêlant plaisir et frustration.

Tout ce qu'elle savait, c'était qu'elle le désirait, lui. Lui et aucun autre.

Chiara se tortilla sous lui, soudain impatiente, alors qu'il se plaquait de nouveau contre elle. Ils étaient tous deux plus que prêts. Cette fois elle s'offrit sans plus attendre, écartant les jambes, tandis qu'il prenait appui sur ses coudes pour la soulager de son poids. Ils étaient en tout point le miroir l'un de l'autre, leurs corps avides l'un de l'autre. Il se plaça tout au-dessus d'elle, lui faisant éprouver la force de son désir contre ses cuisses, tout en caressant son intimité.

Il serait un amant attentionné, elle le savait, depuis son confort jusqu'à son plaisir.

— Êtes-vous prête pour moi ? demanda-t-il, afin d'obtenir son consentement sans la moindre ambiguïté.

— Plus que prête, chuchota-t-elle.

Il s'écarta alors légèrement et cette fois la prit, entrant doucement en elle. Quand il la sentit l'accueillir, son désir à l'unisson du sien, il ferma les yeux sous l'effet de cette délicieuse torture. C'était un paradis subtil, et aussi un enfer subtil. Il devait se contrôler car il ne voulait pas la brusquer, alors qu'il mourait d'envie de se laisser aller.

Il se retira, puis revint en elle à plusieurs reprises, chaque fois un peu plus loin. Et quand il fut enfin pleinement en elle, elle s'arqua pour l'accueillir sans retenue. Elle gémit, puis enroula les jambes autour de sa taille, le retenant tandis qu'elle s'accordait à son rythme.

Elle sourit après que la douleur de cette nouveauté en elle se fut transformée en plaisir.

Plus rien ne le retenant désormais, il accéléra, et la sentit crisper tous ses muscles autour de lui. La jouissance l'emporta en une vague puissante qui les balaya tous deux, Chiara cramponnée à lui, bras autour de son cou, ses cris étouffés contre son épaule pendant ces secondes extraordinaires.

Fermant les yeux, il prit une profonde inspiration. Il aurait voulu que le temps ralentisse et s'étire indéfiniment pour pouvoir savourer leur plaisir tandis qu'il la serrait dans ses bras. Il avait une conscience aiguë de tout en ces instants, comme si son monde était un kaléidoscope vibrant de sensations. Il sentait la respiration haletante de Chiara, la vitesse de son pouls, puis comment il ralentit peu à peu tandis qu'elle reprenait ses esprits. Il huma l'odeur de l'excitation sur sa peau, mêlée à celle de sa sueur. C'était extraordinaire, d'une manière différente d'un accouplement purement physique.

Elle lui appartenait, serait toujours sienne, dès qu'il pourrait l'épouser.

Il se laissa rouler sur le dos et attira Chiara contre son épaule.

Il était l'homme le plus heureux du monde. Il tenait une princesse dans ses bras, une femme qu'il devait épouser pour des considérations matérielles, et qu'il désirait finalement épouser par amour. Jamais il n'avait imaginé qu'il aurait une telle chance. Et pourtant, elle était bien là, cette invitée imprévue, venue par hasard, sans la moindre intention de participer à la compétition.

Cela semblait trop beau pour être vrai. Il ne croyait pas à la félicité, auparavant. Il était un scientifique. Mais après ce soir il lui fallait reconsidérer cela.

17

Le mot l'attendait quand Elidh rentra dans sa chambre le lendemain matin, l'esprit délicieusement embrumé, encore perdu dans les délices de la nuit et de la veille.

S'agissait-il d'ailleurs bien d'une seule journée ? D'un rapide trajet jusqu'aux écuries au fond du domaine ? Elle avait l'impression d'avoir voyagé jusqu'aux confins de la terre.

Tout avait changé, et pourtant rien n'avait changé, et ne le pourrait pas. Une douceur teintée d'amertume enveloppait ces moments.

Elidh chantonna tout en prenant le mot, étonnée et admirative que Sutton ait réussi à le lui faire parvenir sans qu'elle s'en rende compte. Peut-être l'avait-il écrit pendant la nuit, tandis qu'elle somnolait.

Rosie émergea de sa chambrette, encore ensommeillée.

— Je vois que tu es rentrée. Cela signifie-t-il que Mr Keynes t'a demandée en mariage ? Je l'espère, puisque tu as été absente toute la nuit, lui dit-elle d'un ton protecteur.

— Je t'ai envoyé un mot pour te dire où j'étais, lui rappela Elidh. Une jument était en train de donner naissance à des jumeaux.

Elle sourit en songeant aux poulains qu'ils avaient quittés ce matin, paisibles et blottis contre leur mère, le ventre rempli de lait. Elle était allée les voir avec Sutton avant de prendre le chemin du retour. Cette fois le trajet avait été plus calme, et elle n'avait eu aucune hâte à le voir se terminer. Elle avait aimé le balancement lent du cheval, la chaleur du corps de Sutton contre le sien dans l'air vif de ce matin d'été. Elle était déterminée à savourer la sensation d'être avec lui aussi longtemps que possible avant de retrouver le monde réel, ce qui n'arriverait que trop vite.

— Ne t'imagine pas que je vais croire que c'est tout ce que vous avez fait ! Pas avec la façon dont il te regarde et se débrouille pour passer le plus de temps possible avec toi dans la journée… Et pas seulement dans la journée, d'ailleurs.

Rosie la détailla avec l'air entendu d'une mère poule.

— J'imagine que ça n'a plus d'importance, puisqu'il va t'épouser.

— Nous n'avons pas parlé mariage, coupa Elidh.

Plus vite elle détromperait son père et Rosie, mieux cela vaudrait-il.

— Il va en choisir une autre. Il y est obligé. Une *principessa* italienne ne serait pas pratique pour lui.

— Et depuis quand l'amour est-il une question de choses pratiques ou pas ? s'indigna Rosie en lui déboutonnant sa robe désormais importable. Il va falloir la jeter, je crois que je ne pourrai jamais la détacher.

— Depuis maintenant, Rosie. Ce n'est pratique ni pour lui ni pour moi. Père va devoir admettre que nous ne pouvons plus continuer cette mascarade indéfiniment.

Sutton serait trop blessé s'ils s'obstinaient dans leur scénario. Il valait mieux pour tous qu'ils s'en aillent.

Pendant que Rosie allait lui chercher une robe de matinée, Elidh décacheta l'enveloppe, un sourire dansant déjà sur ses lèvres. Que ferait-elle avec Sutton aujourd'hui ? Elle espérait que le programme comprendrait une visite aux écuries.

Elle déplia la feuille et se figea aussitôt, toute idée de plaisir envolée. Le message était tellement à l'opposé de ses attentes qu'elle ne le comprit pas tout d'abord. Elle l'étudia, le relut. La feuille voleta jusqu'à sol et elle recula inconsciemment, tant c'était humiliant et angoissant.

— Rosie, Rosie ! s'écria-t-elle d'une voix étranglée avant de se réfugier sur son lit à la recherche d'une vaine sécurité.

— Qu'y a-t-il, ma petite poulette ? s'exclama Rosie en arrivant, une robe sur les bras.

— Va chercher père. Quelqu'un sait tout.

Le mot disait simplement « Je sais ».

Deux mots inoffensifs pris séparément. Mais assemblés et dans le contexte actuel, ils devenaient une arme redoutable en de mauvaises mains.

Que Dieu empêche Sutton d'apprendre sa duplicité de la bouche de quelqu'un d'autre, ou de l'apprendre tout simplement ! Il serait anéanti. Et elle aussi. Il ne fallait pas qu'il découvre la vérité. Pas maintenant, alors que leur temps ensemble était tellement compté ! Il ne lui restait que quelques jours, et c'était tout ce qu'elle voulait. Et même cela, elle risquait de ne pas l'avoir et ne pourrait rien y faire.

— Il faut que nous partions, dit Elidh tandis que son père examinait le mot.

Ce message ne venait pas de Sutton. Elle avait trouvé le courage de l'examiner de nouveau, et elle était certaine que ce n'était pas son écriture. La sienne était décidée et ferme, bien droite, tandis que celle-ci penchait vers la gauche.

Son père leva le nez de la feuille et lui lança un regard perçant.

— Certainement pas.

Elle le dévisagea, incrédule. Il ne pouvait quand même pas envisager de rester alors que le risque d'être démasqués était de plus en plus grand !

— Nous n'avons pas le choix, répliqua-t-elle. Nous allons tout perdre. Vous avez désormais votre commanditaire, Lord Wharton, qui est désireux d'engager un dramaturge pour égayer ses fêtes de Noël en famille.

— Nous n'en sommes pas encore certains. Et les enjeux sont trop importants ici.

Des enjeux qu'elle n'avait jamais souhaités. Que les choses soient allées aussi loin en dépit de tous ses efforts était un mystère pour elle, et une énorme source d'inquiétude. Si Sutton était sur le point de se déclarer, c'était une raison supplémentaire pour s'enfuir tant qu'ils le pouvaient encore.

Son père vint vers elle, s'agenouilla et lui prit les mains.

— Ma fille, qu'aurons-nous obtenu si nous partons maintenant ? Un commanditaire, peut-être. Nous avons ce qui reste de l'argent du dernier loyer que nous n'avons pas payé, et nulle part où aller. Combien de temps crois-tu que cela va durer ? Ensuite nous nous retrouverons au point de départ : la recherche d'un mécène.

— Je ne sais pas, répondit-elle honnêtement tout en réfléchissant aux options qui s'offraient à eux. Nous pourrions chercher du travail et rester à la campagne. Je pourrais être serveuse dans un pub, et nous logerions au-dessus d'une étable jusqu'à avoir assez pour nous offrir un cottage. Rosie pourrait retourner à Upper Clapton.

Vivre à la campagne était plus simple et moins cher qu'en ville, mais il n'y aurait aucun espoir de trouver un riche mécène au fond d'un pub perdu.

Et il n'y aurait aucune chance non plus que Sutton l'y retrouve.

— Certainement pas ! s'exclama Rosie. Moi aussi je pourrais chercher du travail dans un pub, ou chez une couturière dans une petite ville.

— Nous pourrions vendre quelques-unes des robes, et les faux bijoux. Cela nous donnerait un peu de temps jusqu'à ce que nous nous installions et trouvions du travail, suggéra Elidh.

Ce n'était pas un plan bien solide ; elle se contentait de replâtrer à la hâte.

— Vendre les robes de ta mère ? se récria son père en se relevant vivement, offensé. S'installer ? Ah oui, c'est bien là le mot ! C'est là ce que tu veux ? Disparaître au fin fond de la campagne, économiser sou par sou pour vivre dans un petit cottage, et travailler ? Te rends-tu compte de ce que tu suggères là ? Serveuse ? Coudre pour les autres ? Cela n'a rien à voir avec la vie sur scène, quand nous répétons le jour et devenons des divinités le soir. Tu parles de tâches subalternes, tout au plus.

— C'est honnête. Cela ne fait de mal à personne, et ne trompe personne ! rétorqua-t-elle en le foudroyant du regard, exaspérée de constater qu'il ne voulait pas entendre raison.

— Une princesse ne s'enfuirait jamais, s'obstina-t-il en faisant les cent pas tout en cogitant. Cela équivaut à admettre sa culpabilité, et que nous avons quelque chose à cacher.

— Je ne suis pas une princesse, et nous avons en effet quelque chose à cacher ! répliqua-t-elle.

Quelque chose qui pouvait les mettre en difficulté avec la loi, sans personne pour les protéger. La loi ne protégeait que les puissants.

Elle, elle n'était rien. Juste une jeune fille de Bermondsey Street qui avait pour toutes possessions un père fantasque et des malles pleines de costumes de scène et de faux bijoux.

C'était une véritable douche froide, après la nuit dernière. Elle avait tout eu. Dans les bras de Sutton, elle avait été quelqu'un. Elle avait été chérie, vénérée, et belle, sans le moindre artifice. Il n'y avait eu aucun jeu théâtral, aucun mensonge.

— Nous pouvons gagner ! insista son père. Nous n'allons pas nous coucher parce que quelqu'un croit pouvoir nous menacer.

Il agita la feuille incriminée devant lui.

— C'est très vague, si on y réfléchit. Que savent-ils ? Comment le savent-ils ? Peuvent-ils le prouver ? Qui les croira ? Sutton Keynes, qui est follement amoureux de toi ? Qui va-t-il croire ? Toi, ou une famille furieuse que sa fille n'ait pas été choisie ? Je te le dis, nous sommes toujours en sécurité.

Elidh resta assise, silencieuse, laissant les arguments étonnamment pragmatiques de son père la convaincre. Mais ce n'était pas le pragmatisme qui la troublait, c'était ce dont elle prenait conscience à travers ce discours : Sutton l'aimait. Ou en tout cas, s'il ne l'aimait pas encore, il était en train de tomber amoureux d'elle, assez pour la défendre. C'était là une vérité dérangeante qu'elle serait coupable d'éviter ou d'ignorer en raison du danger auquel cela l'exposait. Un danger ayant peu de rapport avec le fait de voir leur imposture découverte, mais tout à voir avec son cœur.

Elle ne voulait pas plus blesser Sutton que se blesser elle-même. Reconnaître la profondeur des sentiments de Sutton l'obligeait à admettre que les siens étaient tout aussi profonds. Sutton n'était pas seul à éprouver de plus en plus d'attachement.

Rester ne ferait que donner la possibilité à ces sentiments de s'approfondir plus encore, de devenir plus dangereux, et plus destructeurs pour finir.

Mais son père avait probablement raison...

Elle était arrivée à la pire des conclusions. Et bien qu'elle ne soit sûre de rien, ils ne devaient pas non plus s'affoler.

Quoi qu'il en soit, cela ne changeait pas la nécessité de partir au plus vite. Enfin, au moins n'auraient-ils pas à s'en aller aujourd'hui. Elle pourrait avoir encore une nuit, deux peut-être.

— Bien, concéda-t-elle avec réticence. Nous pouvons rester, à une condition : si les choses prennent un tour plus dangereux, nous partons sur-le-champ.

Il était plus simple de rester encore un peu. C'était ce que lui dictait son cœur : rester avec Sutton le plus longtemps possible.

Elle voulait que son père ait raison, que tout cela ne soit rien de plus que l'expression de la rancœur d'une jeune fille dédaignée qui avait trouvé une chose à révéler pour faire scandale. Elidh avait entendu en primeur les ragots d'un salon rempli de coupables potentielles. N'importe laquelle d'entre elles pouvait être à l'origine de cette menace.

Son père quitta la chambre avec le sentiment évident que la situation était réglée.

Elidh laissa Rosie la coiffer et lui faire revêtir la robe lavande, confectionnée d'après l'un de ses costumes de Juliette. Loin des modèles corsetés, elle respirait la jeunesse, l'innocence et la quiétude, qui s'accordaient parfaitement à l'image qu'elle avait besoin d'offrir dans un salon.

Elle aurait voulu d'ailleurs être aussi calme que le suggérait son apparence, et être dotée de la confiance en soi imperturbable de son père, persuadé que ce mot n'était que la manifestation de la tentative de vengeance d'une jeune fille.

Une chose cependant contredisait cette hypothèse. Si une invitée voulait insinuer qu'elle s'était déshonorée, elle ne pouvait pas pour autant le révéler publiquement sans courir le risque de perdre également Sutton. Impliquer la *principessa* Chiara reviendrait à l'impliquer aussi.

Un gentleman compromis se voyait contraint de proposer le mariage afin de sauver l'honneur de la jeune fille compromise. L'auteur anonyme de ce mot ne pouvait souhaiter cela. Cette pensée ne fit que la renvoyer à ses soucis originels.

Ce n'étaient pas des enfantillages de jeune fille jalouse. Quelqu'un savait qui ils étaient ou, pire, qui ils n'étaient pas.

Baxter avait fini par arriver, comme Sutton s'y attendait.

Il aurait simplement préféré que ce ne soit pas maintenant. À part le plaisir de s'être réveillé avec Chiara dans ses bras, il ne passait pas une matinée agréable. Les choses n'avaient fait qu'empirer d'instant en instant depuis son retour à la demeure.

Après lui avoir demandé de prendre le petit déjeuner avec lui en privé, Lord Wharton avait suggéré qu'en l'absence d'un père à ses côtés, Sutton avait besoin de conseils. Il lui avait aussitôt répondu qu'il ne le considérait pas comme l'homme indiqué pour cela, et Wharton l'avait très mal pris.

Et voilà qu'il devait maintenant affronter son cousin ! Il observa Baxter en train de se servir parmi les carafes déposées sur la console au fond de son bureau, alors qu'il était à peine 11 heures du matin. Bonté divine, cet homme était un dépravé !

— Puis-je te servir quelque chose ? lui proposa Baxter en lui montrant un verre vide.

— Non, je préfère boire après 5 heures du soir, répondit-il sèchement.

La générosité avec laquelle son cousin remplit son verre suggéra que l'heure indiquée par la pendule avait depuis longtemps cessé de compter quand il en venait à l'alcool. Et bien des choses d'ailleurs avaient cessé de présenter une quelconque importance pour lui. Sutton supposa que boire avant midi était le cadet de ses soucis.

— Comme tu voudras, dit Baxter en prenant la chaise face au bureau. C'est une belle maison que tu as là. J'ai toujours admiré Hartswood. Très bien situé, surtout maintenant que le train peut amener les gens pour passer une journée aux courses à Newmarket.

— Merci. Bien, pourquoi ne me dis-tu pas maintenant pourquoi tu es venu ? J'imagine que ce doit être important, si cela t'a fait abandonner les divertissements de la Saison.

— Je pensais que tu étais plus malin que ça, cousin. Tu sais exactement pourquoi je suis ici. Je ne peux pas te laisser cette fortune. Je contesterai ton mariage, par tous les moyens.

Sutton émit un reniflement de mépris.

— Il te sera difficile de passer par-dessus un testament légal, et les dernières volontés d'un pair du royaume.

C'était exactement ce qu'avait voulu son oncle, sans le moindre doute. Sutton tâta le terrain.

— Je ne peux pas imaginer le père d'Imogen Bettencourt tolérer la moindre contestation. Son titre est légitime… Sa fille est légitime. Il te provoquerait en duel si tu traînais sa fille et sa femme dans la boue.

Baxter, en insupportable vaurien qu'il était, fit mine de prendre cette information avec une grande considération.

— J'imagine qu'il le ferait, en effet. Wharton, le vicomte et le marquis seraient tous des adversaires de première force, avec en plus la loi de leur côté. Mais tu ne t'intéresses pas à leurs filles, poursuivit-il en plissant ses yeux noirs. Pendant que tu étais ici à batifoler en jouant au gentleman-farmer avec toutes ces jouvencelles, à Londres nous avons dû nous contenter de nous amuser dans les clubs avec les registres des paris. En ville, on dit que tu t'intéresses beaucoup à la *principessa* italienne.

Sutton fit un effort pour rester impassible. La nuit dernière, il avait pris la vertu de Chiara. Dans son esprit, ils s'étaient engagés l'un avec l'autre, même si ce n'était pas officiel.

Cependant, si cela se savait trop tôt, cela pourrait se retourner contre eux, et allumer l'étincelle de la rébellion des pères outragés dont sa mère avait parlé. Si des pairs du royaume se liguaient avec Baxter, cela créerait assez de complications pour l'éloigner de la fortune de son oncle et la voir revenir à Baxter.

— Si tel était le cas, cela ne changerait rien, rétorqua Sutton. Elle est d'origine aristocratique, et c'est tout ce que je dois prouver.

— Mais ce serait bien dommage si tu ne pouvais le faire à temps, répondit Baxter, lui laissant entrevoir sa stratégie. Je pense que Lord Wharton et les autres, tout comme moi d'ailleurs, voudront avoir la preuve de son sang royal, pour la simple raison que c'est une étrangère. Cela pourrait prendre du temps. Peut-être pas énormément de temps, mais peut-être plus que celui dont tu disposes.

Sutton savait comment la menace de Baxter se terminerait.

Ces hommes demanderaient simplement la confirmation des origines de la *principessa*, sachant très bien qu'elle satisferait à leur requête. Il était ridicule de penser qu'elle ne le ferait pas.

Envoyer des courriers en Italie pour procéder aux vérifications prendrait toutefois du temps. Le délai de quatre semaines risquait fort d'être dépassé, et la fortune serait alors versée à Baxter. Après cela, peu importait quand la confirmation des origines de Chiara arriverait. Il serait trop tard.

Mais pas pour Chiara et lui. Rien ne les empêchait d'être ensemble.

Malheureusement, il serait trop tard pour empêcher Baxter de faire main basse sur la fortune de son père, ce qui était la raison essentielle pour laquelle il s'était lancé dans cette course au mariage. S'il y renonçait, il manquerait à sa parole vis-à-vis de son oncle et, dans une certaine mesure, de la société.

Baxter termina son verre.

— Je te laisse réfléchir aux options qui s'offrent à toi. Si tu n'y vois pas d'objection, je vais me mêler aux invités. Voilà un bon moment que je n'ai pas eu le plaisir de participer à une bonne vieille partie de campagne. Et je vais aller saluer ma chère tante.

Sutton avait envie de lui tirer dessus, mais une balle entre les yeux, ce n'était pas encore assez. C'était bien là le genre de dilemme que Baxter adorait créer, de ceux avec des choix impossibles : la fille ou l'argent, mais pas les deux si Baxter pouvait l'empêcher.

Certes, son cœur désirait Chiara, mais le coût était énorme. Tant de gens souffriraient s'il ne réussissait pas à mettre Baxter à genoux ! Comment pouvait-il en toute conscience faire un choix qui permettrait à un monstre de se livrer à ses méfaits alors qu'il avait été expressément désigné pour y mettre fin ?

C'était comme si Baxter lui faisait du chantage en utilisant son propre cœur. À moins que...

À moins qu'il ne trouve un moyen de court-circuiter Baxter. Et si la confirmation des origines de Chiara pouvait provenir d'un endroit plus proche que l'Italie ? Pour la première fois depuis qu'il avait quitté Chiara, il s'autorisa à sourire. Il avait peut-être un atout dans sa manche, finalement. Son ami Conall Everard, le génie de l'alpaga, qui avait révolutionné la production de la laine à Taunton, avait épousé la marquise de Crémone il y avait un peu plus d'un an. Crémone se trouvait dans le Piémont. Il alla consulter ses cartes, et en déplia une avec excitation. Voilà ! Crémone localisée, il laissa courir son doigt en suivant la direction des quatre points cardinaux jusqu'à ce qu'il trouve Fossano. À trois jours de cheval de Crémone, et moins s'il y avait une voie ferrée.

Il retourna à son bureau et prit une feuille de papier à lettres. Ce courrier partirait aujourd'hui même. Il lui faudrait deux jours pour parvenir à Taunton, et deux autres jours pour que la réponse arrive. La lettre devrait voyager de Taunton à Londres, puis de Londres à Cambridge, et de là vers Newmarket. Il ne s'attendait pas à ce que Sofia et Conall viennent en personne au domaine pour identifier Chiara, mais Sofia pouvait tout à fait répondre par courrier. Si sa présence était nécessaire, elle aurait tout le temps de venir un peu plus tard.

Un mot de Sofia, vicomtesse Taunton, anciennement marquise de Crémone, et Baxter serait neutralisé.

18

Si Baxter n'aimait rien tant que faire échouer les plans bien établis, il aimait peut-être plus encore nuire aux gens vertueux et bien faits de leur personne.

Et s'il pouvait concilier les deux, ce serait délicieux.

Ce fut sa première pensée tandis qu'il observait Chiara Balare, assise seule dans le jardin, vêtue d'une robe couleur lavande et entourée de fleurs. La parfaite image de la parfaite vierge, ses cheveux blonds et sa robe lavande servant de faire-valoir idéal aux myriades colorées des fleurs d'été de sa tante. Un peintre n'aurait pu choisir meilleur décor.

C'était l'occasion idéale de l'approcher. Elle était assise seule, certes, mais sans être réellement seule. Les invités étaient sortis dans le jardin pour un lunch champêtre et une partie de jeu de quilles. Elle était à la vue de tous, exactement ce sur quoi il comptait. Il voulait que tous les voient ensemble. Il voulait que Sutton sorte et les voie ensemble. Il ne renoncerait pas sans se battre à la fortune de son père. Il menacerait Sutton de toutes les manières possibles.

Après avoir tiré sur sa redingote, il se dirigea vers elle. C'était le moment d'être charmant.

— Je comprends pourquoi mon cousin est épris de vous, dit-il en arrivant sans bruit à côté d'elle.

Il avait tenu à la surprendre et à l'obliger à se tourner pour le regarder, à ne pas lui laisser le temps de réfléchir en le voyant arriver car il voulait contrôler tous les points de la conversation, dès le début.

— Et il n'y a pas que lui. Louie Fenworth ne tarit pas d'éloges sur vous. Il semblerait que vous ayez ravi tous les cœurs à prendre de cette partie de campagne, la flatta-t-il sans vergogne.

Combien de femmes avait-il flattées de la sorte pour les amener à faire exactement ce qu'il voulait ? C'était facile. Les gens désespéraient d'être aimés, surtout les solitaires.

Mais la *principessa* n'était pas une proie si facile. Elle se tourna, mit sa main en visière sur ses yeux pour le regarder et se leva, visiblement peu désireuse d'être physiquement en position d'infériorité.

— Votre cousin, dites-vous ? Vous devez donc être Baxter Keynes, présuma-t-elle avec perspicacité.

Il lui accorderait sans conteste des points pour sa vivacité d'esprit.

— Vous avez entendu parler de moi, j'imagine, dit-il avec un sourire charmant, tout en lui prenant la main pour l'effleurer de ses lèvres. *Enchanté*, ajouta-t-il en français. Je suis ravi de faire enfin votre connaissance.

Il ne lui lâcha pas la main.

— Voudriez-vous marcher un peu avec moi ?

Comme elle hésitait, il éclata d'un rire conspirateur, très bas.

— Ne croyez pas tout ce que mon cousin vous a raconté sur moi. Personne ne peut être aussi mauvais que cela.

— C'est simplement que je pensais attendre Mr Keynes, répondit-elle poliment, éludant la remarque, mais sans prendre de détours.

Il se rapprocha d'elle.

— Alors vous pourriez attendre encore un bon moment. Il était débordé de paperasses, quand je l'ai vu. Venez marcher avec moi jusqu'à son arrivée.

Ce serait la dernière fois qu'il le lui demanderait gentiment ; il aurait son moment seul avec elle.

Décidant pour eux deux, il lui prit le bras et la conduisit sur un chemin qui descendait jusqu'à une tonnelle fleurie dans des harmonies couleur lilas de la nuance de sa robe. Il aurait adoré la posséder là, contre les arbustes, son corsage baissé, ses jupes relevées, la prendre avec ardeur jusqu'à ce qu'elle crie de plaisir en s'arquant contre lui. Elle résisterait d'abord. Les femmes telles que la *principessa*, bonnes et vertueuses, le faisaient toujours, convaincues que c'était de leur devoir. Mais elles étaient toujours heureuses d'avoir cédé, à la fin.

— Je voudrais mieux vous connaître, puisqu'il semble que vous serez bientôt ma cousine par alliance, si je ne me trompe, dit-il en lui coulant un regard fraternel et chaleureux destiné à la détendre et lui inspirer confiance.

Elle ne se laissa pas leurrer pour autant.

— Rien n'est décidé, répliqua-t-elle. C'est pourquoi j'insiste pour que nous retournions rejoindre les autres. Il n'est pas convenable que nous nous éloignions seuls.

Elle fit demi-tour pour repartir, mais il l'arrêta en lui saisissant fermement le bras.

Oh ! ce serait délectable de la faire chanter ! Elle paierait facilement. Peut-être exigerait-il d'ailleurs un paiement d'une autre nature, quelque chose de moins simple pour ce parangon de vertu que son cousin était persuadé d'avoir déniché.

Quelles chances avait-il de la posséder le premier ? S'il pouvait lui faire un enfant avant son cousin, afin qu'elle se demande toute sa vie qui était le père, ce serait le bonheur de disposer d'un moyen de chantage éternel s'il échouait à empêcher le mariage. Ou de précipiter ce mariage, afin de manœuvrer Sutton pour qu'il renonce à ses prétentions à la fortune. Si elle était enceinte, Sutton ne l'abandonnerait pas, même si elle n'était pas titrée. Son cousin avait le sens du devoir et une grande noblesse d'âme.

Il l'attira vers lui, approchant son visage du sien.

— Tout Londres parle de vous. Tous les registres de paris, dans tous les clubs, sont remplis de votre nom en tant que choix le plus probable de mon cousin. Cependant, personne ne se souvient de vous avant cette partie de campagne. C'est comme si vous étiez apparue par magie, créée dans l'unique but d'épouser mon cousin, dit-il avec un sourire narquois. Est-ce vrai, Chiara Balare ? Êtes-vous le produit de l'imagination de mon cousin ?

Elle se débattit vivement pour dégager son bras, et prit un air indigné.

— Qu'insinuez-vous exactement, monsieur ?

Il la relâcha. Elle ne partirait pas, il en était convaincu : elle attendrait qu'il lui en dise plus.

— Simplement que je trouve intéressant qu'il n'y ait aucune trace de votre vie sociale à Londres. Regardez-vous... Princesse, ravissante de surcroît... Pourtant les pages des carnets mondains des journaux, alors que nous sommes au pic de la Saison, semblent avoir négligé de commenter votre présence, expliqua-t-il en hochant la tête, tout en la scrutant pour déceler si son expression la trahirait.

— C'est facile à expliquer, répliqua-t-elle. Nous venons d'arriver à Londres. Nous n'avons pas eu le temps de nous y installer et de fréquenter la société.

— Où avez-vous séjourné ?

— Je ne m'en souviens pas. Le secrétaire de mon père s'est occupé de tout. Je me suis contentée de suivre.

Ou elle disait la vérité, ou elle avait de la repartie.

— Votre père n'est inscrit sur aucun registre d'hôtel.

Il en était sûr, ses enquêteurs avaient vérifié.

— Nous voyageons sous un nom d'emprunt. C'est plus discret, répondit-elle aussitôt.

— Je vous demande pardon, dit-il avec une petite inclination de la tête pour s'excuser.

Mais il n'était pas le moins du monde contrit. Elle avait peut-être commis ici une petite erreur.

— Il semblerait que je voie des fantômes là où il n'y en a pas. C'est uniquement parce que je ne voudrais pas que mon cousin soit dupé.

Elle plissa les yeux, dubitative.

— Vraiment ? Vous auriez pourtant tout à y gagner, s'il l'était. J'ai cru comprendre que la fortune vous reviendrait si votre cousin ne se mariait pas selon les volontés de son oncle, et selon le délai imparti.

— Ah, ce que c'est que d'avoir l'esprit tordu comme moi ! Alors que je n'aurai même pas à lever le petit doigt pour la récupérer.

Il s'avança pour la coincer entre lui et la tonnelle, tandis qu'elle reculait d'un pas en réponse. Il prit son visage dans sa main.

— Voudriez-vous vous joindre à moi ? Ne serait-ce pas ironique, après toutes ces simagrées, si vous pouviez tout simplement m'épouser et mettre la main sur la fortune, que vous soyez *principessa* ou non ? Vous pourriez tout bonnement être vous-même, qui que vous soyez, *miss*.

Il était désormais certain qu'elle mentait.

L'employé du guichet à la gare avait raconté que le prince avait décliné son identité très clairement quand il avait acheté ses billets, et le nom prince Lorenzo Balare di Fossano était celui qu'il avait inscrit dans le registre des voyageurs. Il n'y avait eu aucune ambiguïté sur le fait que sa fille et lui étaient dans le train.

Cela ne ressemblait pas aux agissements d'un homme qui recherchait la discrétion ou utilisait un pseudonyme.

Elle le repoussa, cherchant à l'écarter.

— Que vous imaginez-vous ?

— Je réclame mon paiement, ma chère, murmura-t-il en résistant facilement à ses efforts.

Elle n'était pas de taille à se dégager. Il avait maîtrisé des femmes plus fortes qu'elle pour les soumettre.

— Un paiement pour quoi ? Je n'ai rien à cacher ! asséna-t-elle, en se débattant plus violemment.

— Pour garder vos secrets. Ce n'est pas si cher payé, n'est-ce pas ? Quelques baisers volés, de la part d'un homme expérimenté. Plus tard, un peu plus que cela, peut-être. Les baisers ne sont satisfaisants que pour un temps. Et vous pourriez en venir à les apprécier.

Il lui saisit les bras avec agressivité. Mieux valait qu'elle sache dès le départ qui était le patron.

— Avec un petit avant-goût de ce que vous me donnerez, ma chère, je pourrais me calmer tout de suite. Après, je serai moins généreux. Il n'y aura pas d'autre avertissement. Ne cherchez pas à me doubler. Je n'hésiterai pas à faire part de mes soupçons à mon cousin, ou à quiconque voudra bien m'écouter.

— Et quel genre de soupçons cela serait-il ? Quelle preuve avez-vous ? Sutton se moquera de vous.

— Le soupçon que vous êtes une aventurière, ma chère. Un ravissant minois mis en valeur dans son écrin de soie et de satin. Je n'ai pas besoin de preuve, la simple logique suffit. Je crois que les lords présents ici, dont les filles sont dédaignées à cause de vous, se raccrocheraient au moindre soupçon de doute si cela leur laissait de l'espoir.

Il l'embrassa violemment, un baiser destiné à faire mal et punir, pour montrer sa domination et son emprise, et rappeler aux femmes qu'elles n'avaient aucun pouvoir. Enfin, il décela un vacillement craintif dans ses yeux. Mais était-ce la peur de lui, ou de ce qu'il pourrait révéler ? Quoi qu'il en soit, elle n'était pas entièrement vaincue. Pas encore. Mais elle le serait, le temps venu.

Il s'écarta d'elle, hors de portée d'un coup de pied éventuel, et ajusta sa redingote.

— Très bien, ma chère. Voilà un premier acompte satisfaisant. Je crois que nous nous comprenons, maintenant. Je vais retourner avec les invités, et vous laisser un moment pour réfléchir.

Il s'inclina de façon moqueuse.

— Souvenez-vous, Chiara. *Je sais*. Et je le dirai.

Comme la journée s'annonçait plaisante ! Son cousin menacé, une femme soumise au gré de son chantage, et Louie Fenworth dont la sœur était si jolie qui attendait de se faire plumer aux cartes. Combien de temps cela lui prendrait-il pour mettre Eliza Fenworth dans son lit en paiement des dettes de jeu de Louie ?

Une journée déjà fabuleuse, vraiment, et il était à peine midi.

Tremblante, Elidh s'effondra sur la banquette de la tonnelle. C'était donc lui ! Le maître chanteur qui avait envoyé le mot était Baxter Keynes, pas une jeune fille jalouse !

Et, d'une manière ou d'une autre, il avait trouvé quelque chose qui lui permettait de proférer ses menaces.

Son père en conclurait que cela n'était fondé sur rien de tangible – que savait-il ? Que pouvait-il prouver ? Mais son père n'avait pas vu la lueur mauvaise dans ses yeux sombres quand il l'avait rudoyée, ni senti la menace implicite de son corps tendu pressé contre le sien !

L'incident terminé, elle ne savait plus ce qui l'effrayait le plus : ce que Baxter menaçait de révéler, ou ce qu'il exigerait d'elle pour garder le silence.

Elle palpa prudemment ses lèvres meurtries. Elle n'aurait pu qualifier cela de baiser. Il n'y avait rien eu de doux dans cet acte, mais la volonté de lui donner une leçon : elle ne pourrait jamais rivaliser en virilité et puissance, et devait s'avouer vaincue. Si elle ne payait pas le prix qu'il demandait pour son silence, il ferait part de ses soupçons sur son identité à qui voudrait bien lui prêter l'oreille, et les gens écouteraient.

Il n'était pas le seul à faire son enquête. Il était simplement le seul à ne pas s'en tenir là.

Elle serra ses mains sur ses genoux, afin de les contraindre à cesser de trembler. Elle ne pouvait pas rejoindre les invités dans cet état, sans quoi Sutton comprendrait que quelque chose n'allait pas. Et cela, il ne devait pas le savoir. Ni que son cousin l'avait menacée. Il avait déjà tant d'autres personnes sur les bras, tous ces pères mortifiés qui avaient espéré que leurs filles obtiendraient la première place tant convoitée. Il n'était pas surprenant qu'il préfère travailler avec les animaux plutôt qu'avec les gens.

Elle ferma les yeux. Tout ce qui arrivait était sa faute. Et elle allait le trahir. Le quitter serait également une trahison, juste plus clémente.

Plus clémente ? Et que le laisserait-elle affronter ? Un mariage sans amour ? Lié pour la vie à une partenaire qui ne le comprendrait pas ? Cela aussi, c'était injuste.

Sutton Keynes était un homme bien. Pourquoi sa vie devrait-elle être sacrifiée pour le bien de cette fortune ? Maintenant qu'elle avait fait la connaissance de son cousin, elle comprenait mieux que Sutton ne veuille pas la lui abandonner.

Cela n'en rendait pas la perspective plus satisfaisante pour autant.

Sentant qu'elle recouvrait ses esprits et que l'effroi suscité par cette rencontre s'atténuait, elle se força à respirer calmement.

Jusqu'à aujourd'hui, rien n'avait été entrepris qui ne puisse être défait. Baxter n'avait fait que la menacer, et l'avait simplement embrassée sauvagement. Rien de fâcheux n'avait été exposé au grand jour, et bien qu'elle ait eu très peur, elle n'avait pas été violentée.

Il lui fallait tout remettre en perspective, et établir ses priorités. Ce qui importait le plus était de protéger Sutton. Mais elle ne pouvait le faire que de manière très limitée, elle le comprenait maintenant. Partir ne ferait qu'atténuer la souffrance.

Elle se leva et secoua ses jupes pour leur rendre leur belle apparence.

Les dés étaient jetés. C'était à elle de jouer.

Elle trouva Sutton en train de discuter avec un valet près de la porte-fenêtre donnant sur le jardin. Le valet semblait se retenir d'exprimer son inquiétude, et Sutton paraissait tendu. Dès l'instant où leurs regards se croisèrent, elle comprit que quelque chose n'allait pas et accéléra le pas.

— Qu'y a-t-il ? demanda-t-elle en lui prenant les mains instinctivement, sans se soucier de l'effet que cela pourrait avoir autour d'eux.

— C'est le poulain. Il ne tète pas. Ou peut-être la jument n'a-t-elle pas assez de lait pour deux. Si c'est le cas, le deuxième est aussi en danger, s'ils partagent le lait prévu pour un seul. Cependant, c'est difficile de savoir.

Difficile de savoir, parce qu'il n'était pas là-bas mais ici, à ménager des pères irascibles, à la protéger en jouant la montre jusqu'à ce qu'il puisse annoncer honnêtement et ouvertement son choix d'épouse à la soirée du bal.

Elle vit dans ses yeux la souffrance que lui causait l'idée de perdre le poulain.

— Oh ! Sutton, je suis tellement désolée !

Elle comprenait son dilemme, et à quel point il aurait préféré être auprès de sa jument.

— Allez-y, Sutton, vous les avez déjà sauvés une fois.

Il fit un signe de dénégation.

— Je ne peux pas partir si vite. Il y a eu des conflits avec les pères. Vous aviez raison ; je n'aurais pas dû vous embrasser devant tout le monde. Certains d'entre eux me poussent à faire une déclaration, que je ne suis pas prêt à faire alors que mon cousin est ici. L'avez-vous rencontré ? J'espère que non. Évitez-le si vous le pouvez. Il est là pour causer des ennuis, et nous devons parler.

— Ces poulains sont importants aussi, rétorqua-t-elle, le cœur serré.

Qu'avait donc pu déjà insinuer Baxter ?

Il était hors de question que Sutton renonce à ces adorables poulains pour elle. Elle ne voulait pas non plus les avoir sur la conscience. Elle avait bien peu à offrir à Sutton, mais elle pouvait lui donner cela, et peut-être les protéger, elle et lui, encore un peu plus longtemps.

— Je vais aller demander que l'on selle votre cheval. Retrouvez-moi dehors dans vingt minutes. Que ces hommes et leurs filles mesquines se déchaînent comme bon leur semble ! Je préfère être traînée dans la boue plutôt que voir mourir ces petits alors que vous pouviez les sauver.

Quand tout serait terminé, elle ne pourrait sans doute pas se préserver des révélations la concernant, ni de l'amour qu'elle portait à Sutton, ni d'avoir le cœur brisé ensuite.

Elle ne pourrait peut-être pas sauver Sutton des conséquences de ses mensonges, même s'ils n'étaient pas dévoilés au grand jour, mais elle pourrait au moins donner une chance à ses chevaux bien-aimés.

Vingt minutes plus tard, Sutton se mit en selle derrière elle et ils partirent en hâte, sa robe lavande toute froissée remontée jusqu'aux genoux, dévoilant ses jambes nues.

— Merci, lui dit-il. Pour votre altruisme, votre courage de faire passer les besoins des autres avant les vôtres. C'est pour cela que je vous aime, Chiara.

Elle s'appuya contre sa poitrine et ferma les yeux, savourant ces paroles. Si seulement c'était vrai ! Si seulement il pouvait ne pas la haïr à la fin !

19

Sutton ne regrettait pas d'être venu aux écuries.

Il était convaincu qu'il y avait certains moments qui définissaient la vie d'un homme, lorsqu'une vie et ce qu'il en adviendrait dépendaient des décisions prises à un instant crucial. C'était l'un de ces moments, et il l'avait presque manqué. Il avait failli laisser plusieurs vies filer entre ses doigts cet après-midi, y compris la sienne.

Mais Chiara l'avait remis sur le bon chemin, lui avait fait reprendre ses esprits et lui avait montré ce qui était réellement important.

La jument épuisée se reposa pendant qu'ils prenaient les choses en main.

Chiara lui passa une bouteille de lait de chamelle et sourit tendrement tandis qu'il faisait boire le poulain le plus faible. Elle s'assit sur une botte de paille à côté de lui, et proposa une bouteille à l'autre poulain, qui n'avait pas tété suffisamment, puisqu'il avait partagé avec son frère.

Sutton savoura la vision de Chiara avec le poulain, son amour pour la petite créature illuminant son visage, comme si c'était la chose la plus naturelle du monde pour elle de passer ses après-midi dans les écuries, assise sur des bottes de foin dans de jolies robes lavande. Celle-ci ne résisterait pas bien longtemps non plus. C'était la deuxième qu'elle gâchait à cause de lui. L'étoffe très fine serait abîmée par les brins de paille piquants.

Manifestement, elle s'en moquait. En fait, elle avait insisté pour l'aider.

« C'est pour cela que je vous aime. »

Il était bouleversé en prononçant ces mots, mais ils n'en restaient pas moins vrais maintenant que la situation était plus calme.

Et il ne pouvait s'empêcher d'y penser sans cesse. Il avait une raison de l'aimer pour chaque chose qu'ils avaient faite ensemble. La principale étant qu'elle l'avait sauvé aujourd'hui, avec son insistance à venir ici.

Les poulains avaient désespérément besoin de lui. Il avait même craint d'être arrivé trop tard. Le premier poulain était agité et affamé, son appétit dépassant les capacités de sa mère à le nourrir, mais au moins il se tenait debout. Le plus petit était roulé en boule et apathique. Les palefreniers lui avaient expliqué qu'il ne bougeait pas et n'avait pas essayé de téter depuis deux heures. Pour une créature censée se nourrir plusieurs fois par heure, c'était un laps de temps très alarmant passé sans nourriture. Sutton s'était installé à côté de lui, avait introduit le goulot de la bouteille dans sa bouche et lui avait massé la mâchoire pour stimuler l'action de téter. C'était lent, frustrant, et il avait eu l'impression qu'il y avait plus de lait dans la paille de la litière que dans la bouche du poulain. Ils s'y étaient finalement mis à deux pour aider le petit, qui commença enfin à boire.

Ce simple fait aurait suffi à rendre utile sa venue aux écuries.

Il caressa la tête très douce du poulain qui s'était endormi, repu, le ventre plein peut-être pour la première fois depuis sa naissance. C'était ce qui importait.

Mais il y avait plus que cela : ce qu'il était lui. Sutton Keynes, propriétaire d'une laiterie de lait de chamelle et éleveur de pur-sang. Un homme simple, quand on lui en laissait la possibilité.

Il avait perdu cela de vue depuis cette journée dans le bureau du notaire. L'argent changeait les gens, même quand ils ne le voulaient pas. « Avez-vous déjà songé à renoncer à cette fortune ? » Ces paroles murmurées par Chiara lui revinrent en mémoire tandis qu'il la contemplait.

Cette satanée fortune avait failli lui coûter cela.

Que Baxter récupère cet argent ou non n'avait peut-être pas d'importance, finalement. Avec ou sans, son cousin continuerait ses méfaits jusqu'à ce que quelqu'un y mette un terme d'une manière définitive et expéditive. Peut-être plaçait-il la barre trop haut pour lui-même quand il pensait contribuer à sauver le monde.

Il sourit, s'imaginant un petit scénario à son goût : il entrait dans le bureau de Barnes, et annonçait au notaire qu'il épousait Chiara. Si cela assurait la remise de la fortune, parfait. Et dans le cas contraire, eh bien, c'était parfait aussi.

Bien évidemment, le grain de sable dans cette histoire ce n'était pas lui, mais elle. Il ne suffisait pas qu'il ait envie de l'épouser. Il fallait qu'elle veuille aussi l'épouser, lui.

— Qu'y a-t-il ? Vous souriez, dit Chiara en rougissant, sans doute gênée par son regard insistant.

Cette rougeur la rendait incroyablement innocente, et provocante à la fois.

Il lui tendit la main.

— Venez avec moi. Les chevaux n'auront pas besoin de nous avant une bonne heure. Je voudrais vous montrer les sources chaudes.

Et je veux vous montrer à quel point je vous aime, et ce que seront nos vies quand toute cette comédie sera terminée, ajouta-t-il pour lui-même.

Elle se leva et prit sa main, mais resta hésitante.

— Sutton, où allons-nous ? Il faut que nous parlions.

Il hocha la tête. En effet, ils avaient de nombreux sujets à aborder : Baxter, le mariage, ce que cela signifierait...

— Venez avec moi. Pas ici, dit-il.

Pas dans un lieu où l'on pourrait surprendre leur conversation.

Il garda le silence jusqu'à ce qu'ils soient sur le chemin des sources chaudes, loin de toute oreille indiscrète.

— Depuis la nuit dernière, j'ai réfléchi à la fin de toute cette affaire, et à la personne avec qui je souhaite qu'elle se termine. J'en ai assez de cette partie de campagne, et de chercher une épouse. Je l'ai trouvée et je me moque de tout le reste, entendez-vous ? Je me moque plus encore de ce qu'un marquis ou un baron trouverait à y redire. Qu'ils protestent, qu'ils menacent, ça m'est égal. J'ai consacré trop de mon temps au petit jeu de mon oncle et me suis fait assez de souci comme cela.

Chiara était devenue toute pâle. Ce n'était pas la réaction qu'il attendait.

— Pour qui vous êtes-vous décidé ? demanda-t-elle d'une voix blanche.

Croyait-elle qu'il s'agissait de quelqu'un d'autre ?

— Vous, Chiara. C'est vous que je choisis. J'imagine que ce n'est pas une surprise.

Comment, après la nuit précédente, pouvait-elle penser qu'il en choisirait une autre ?

Ou était-ce parce qu'elle savait qu'il la choisirait, et qu'elle ne souhaitait pas accepter ?

Une anxiété soudaine remplaça le bien-être et le bonheur qu'il éprouvait quelques instants plus tôt. Il se prépara à lui exposer ses arguments et toute la logique de son raisonnement. Elle refuserait sa première demande, évidemment ; il y avait de nombreux détails pratiques à régler auparavant. Mais il insisterait, et elle finirait par accepter, parce qu'elle savait dans son cœur, comme lui dans le sien, qu'ils s'étaient choisis l'un l'autre bien longtemps avant ce moment. Il ne s'était pas trompé sur elle, elle n'était pas Anabeth Morely.

— Oh ! Sutton !

Il y avait tout dans cette exclamation. L'espoir qu'il avait voulu entendre, du regret, et quelque chose qu'il ne comprit pas, de la peur. De la peur, mais pour lui. De quoi aurait-il dû avoir peur ?

Puis il comprit.

Il fallait qu'il craigne des yeux noisette baignés de larmes, et des mots murmurés qui le rejetaient.

— Vous savez que je ne peux pas accepter, quelle que soit mon inclination.

— Si ce ne sont que des considérations matérielles, nous les résoudrons, tenta-t-il de plaider en essayant de donner l'impression qu'il ne la suppliait pas.

— Ce ne sont pas que des considérations matérielles, objecta-t-elle en secouant la tête, sans toutefois en dire plus.

— Dites-moi ce que c'est. Quels obstacles devons-nous surmonter ? Je trouverai un moyen.

— Si je vous le dis, vous réagirez sans pitié, et cela va à l'encontre de votre nature telle que je la connais désormais, Sutton. Il y a des choses que je ne peux vous dire, sauf ceci : je n'en vaux pas la peine.

Ils étaient arrivés aux sources chaudes, et la légère odeur de soufre qui en émanait était particulièrement appropriée à cet enfer qui venait de lui apparaître. Il ne comprenait rien, si ce n'était qu'elle refusait.

— Comment pourriez-vous ne pas être digne de tous les efforts que je déploierais ? Chiara, je vous aime, et vous m'aimez. Je le vois dans vos yeux quand vous me regardez. Je le sens sous vos doigts quand vous me touchez, je l'ai senti lorsque votre corps a tremblé contre le mien la nuit dernière. Nous sommes faits l'un pour l'autre. Peu importe que vous veniez d'Italie, et que je sois anglais. Peu importe que vous soyez princesse, et moi roturier.

Il se tut, le cauchemar d'Anabeth Morely revenant le hanter une dernière fois, réveillant ses anciennes craintes.

— Est-ce cela ? Est-ce le fait que je ne sois pas titré qui vous soucie ?

Elle se devait de lui dire oui : elle ne se verrait pas offrir meilleure occasion de prendre congé. Et que représentait un mensonge de plus après tous ceux déjà proférés ?

Son père n'aurait pu écrire meilleure situation dramatique. Mais elle ne ferait pas cela à Sutton.

La colère et la souffrance dans son regard étaient bien au-delà de cette conversation. Elle comprenait, maintenant. Cela lui était déjà arrivé. Elle choisit donc de lui répondre par une autre question.

— Est-ce pour cette raison que l'autre femme vous a repoussé ? demanda-t-elle doucement.

Il semblait que tous leurs fantômes s'étaient invités pour venir les tourmenter dans ce petit val : ses propres mensonges, le passé de Sutton, tous conspirant à dicter leur réponse à ce moment, tout étant indissolublement lié.

— Elle s'appelait Anabeth. Anabeth Morely. Et oui, en effet, c'est pour cela qu'elle m'a froidement éconduit.

La voix de Sutton avait pris des intonations inflexibles, tandis qu'il essayait visiblement de se protéger. Se protéger d'elle !

C'était épouvantable pour elle, mais il fallait qu'elle l'oblige à se forger une carapace.

— C'était une fille de comte, destinée à un avenir plus brillant que celui d'épouse d'un gentleman simplement fortuné.

— Je ne suis pas comme elle, murmura Elidh.

Sutton lui suffirait toujours tel qu'en lui-même. Mais elle ne pouvait l'avoir.

— Alors pourquoi refusez-vous ? insista-t-il.

Il n'abandonnerait pas. Elle comprenait qu'elle ne devait pas en attendre moins de lui ; il n'avait pas abandonné la jument et ses poulains. Elle savait d'expérience qu'il ne renoncerait pas à elle, pas tant qu'il n'aurait pas admis que tout était perdu.

Elle avança une parcelle de vérité.

— Cela vous coûtera tout. Votre cousin...

Elle hésita, cherchant les mots pour expliquer les menaces de Baxter sans se trahir. La trahison d'Anabeth Morely n'était rien comparée à la sienne, si cet homme la découvrait. Il serait fou de rage, et chercherait à lui nuire. Il exercerait des représailles. Il fallait qu'elle l'en empêche. Et si elle ne le pouvait pas, il fallait qu'elle se protège et protège son père.

Sutton posa un doigt sur ses lèvres.

— Mon cousin ? C'est tout ? Baxter ne peut pas nous faire de mal. Pourquoi pensez-vous qu'il le pourrait ?

Il réfléchit un instant puis s'assombrit.

— Vous a-t-il parlé aujourd'hui ? Oh oui, je le vois à votre expression, Chiara ! J'imagine bien ce qu'il vous a dit. Moi aussi, je l'ai vu. Nous n'avons rien à craindre de lui.

Sutton sourit, semblant se détendre, et cela l'inquiéta. C'était le signe qu'il pensait que le sujet était clos, qu'il avait résolu le problème alors que rien ne pouvait être plus faux.

— J'ai eu une conversation assez déplaisante avec lui dans mon bureau ce matin, expliqua-t-il. Il veut que nous prouvions vos origines aristocratiques. Il n'a aucune preuve du contraire de son côté, et son exigence est ridicule, il le sait fort bien. Son véritable espoir est de faire jouer le temps pour lui. Mais j'ai l'affaire bien en main.

Il fronça les sourcils.

— Est-ce là l'argument dont il a usé avec vous aussi ? Je ne vois pas ce qu'il pensait avoir à y gagner. Vous êtes de toute évidence encore moins concernée par ce genre de menace que moi. Il n'aurait aucun moyen de pression sur vous, puisque vous savez fort bien qui vous êtes et n'avez donc aucune raison d'être inquiète.

— Je ne veux pas vous voir perdre cette fortune, Sutton. Votre cousin a raison. Obtenir des preuves prendra du temps. L'acheminement du courrier n'est pas chose fiable, répondit-elle vivement, réfléchissant à toute allure.

Elle avait passé trop de temps ces jours-ci à se raccrocher aux moindres bribes d'arguments pour poursuivre toute cette mascarade, ce qui prouvait d'ailleurs très clairement qu'elle tirait à sa fin. Le sable était presque écoulé dans le sablier, comme pour Cendrillon. La fin approchait, et cela la faisait bien plus souffrir qu'elle l'aurait cru, parce qu'elle avait eu plus que tout ce qu'elle aurait imaginé avec cet homme.

— Je suis certaine qu'il pense que si je vous aime vraiment, je voudrai vous protéger, vous et la fortune, et m'effacerai. Peut-être pense-t-il que je renoncerai à vous dans ce but.

Et peut-être Sutton se souviendrait-il de ce raisonnement après avoir découvert qu'elle était partie. Elle ne pouvait pas lui avouer que son cousin connaissait la vérité et avait tenté de la faire chanter en exigeant ses faveurs, afin de garder le secret.

Il lui prit la main pour la rassurer.

— Cela se tient. Cela ressemble bien à Baxter d'essayer de se servir même d'une chose aussi merveilleuse que l'amour pour nous diviser. Mais il ne gagnera pas. Ne vous encombrez plus l'esprit avec cela, ce n'est pas la peine.

Des nuages de vapeur s'élevaient des sources, comme pour les inviter, et Sutton sourit.

— Ceci étant réglé, si nous allions nous baigner, pendant que nous sommes là ?

Apparemment ce n'était pour lui qu'une question de pure forme. Il ôta sa chemise et la jeta au loin, rendant la réponse évidente.

Et pourquoi pas ? Ce serait un adieu parfait, le dernier bon moment issu de tout ce désastre à savourer.

Il se pencha pour ôter ses bottes, et elle sentit le désir la gagner, pour la dernière fois. Dieu du ciel, comme elle aimait contempler son corps, tout en muscles, d'une santé insolente, si joliment hâlé ! Elle aurait voulu en mémoriser chaque courbe et contour.

Quand il eut ôté ses vêtements, elle lui tourna le dos.

— Voudriez-vous m'aider à me délacer ? Je n'avais pas prévu de me déshabiller quand j'ai choisi cette robe ce matin.

Sutton vint se placer derrière elle, balaya sa chevelure sur l'une de ses épaules et lui embrassa le cou avant de défaire les cordons de la robe.

— Je suis désolé qu'elle soit abîmée. Elle était jolie, pareille à une journée d'été, murmura-t-il. Mais je vous trouve bien plus belle comme ceci.

Il laissa la robe choir dans l'herbe et l'aida à retirer ce qui la couvrait encore.

Bien qu'ils soient en juillet, le fond de l'air lui parut frais quand la légère brise frôla sa peau nue. Elle frissonna à cette nouveauté, à celle d'être nue dans la nature, de sentir le vent doux sur sa peau, des mains de Sutton sur son corps.

Elle se laissa aller contre lui, son dos contre son torse musclé, ses mains puissantes sur ses seins.

— J'ai l'impression d'être Ève elle-même, chuchota-t-elle, et que ceci est notre jardin.

Et il était son Adam, dans toute sa superbe nudité, tel le premier homme. Il leur restait une dernière soirée avant qu'ils soient chassés du paradis.

— Les sources d'abord, murmura-t-il d'un ton taquin. Ensuite, nous ferons l'amour dans l'herbe.

Les sources chaudes furent une révélation. La chaleur agréable de l'eau la détendit rapidement. Les doigts de Sutton sur son cou et ses épaules qui la massaient pour la débarrasser des angoisses de la journée étaient une sensation exquise. Avait-elle déjà ressenti un tel bien-être ? Elle était tellement heureuse d'être contre lui, entourée de ses bras. Elle voulait savourer chaque instant.

Il lui était difficile d'admettre que son père et elle n'auraient jamais dû venir. Comment regretter d'avoir rencontré Sutton, après le trésor qu'il lui avait offert ? Elle ne regrettait que la souffrance qui allait s'ensuivre, pour laquelle ils paieraient tous les deux. *Plus tard*.

Mais ce « plus tard » approchait bien trop vite à son gré.

Quand ils eurent terminé leur baignade, Sutton la prit dans ses bras et la déposa sur l'herbe.

— Tout ce que je veux, c'est vous faire l'amour, ici même. Le faire dans la nature est incomparable.

Il était enjoué et avide, ignorant tout des pensées qui l'agitaient. Elle l'entoura de ses bras et de ses jambes et le serra très fort. Elle le protégerait, de tout son être.

Il avait raison. S'unir dans la nature procurait toutes sortes de sensations : le chatouillis de l'herbe dans son dos, une brise occasionnelle sur sa peau, la chaleur du corps de Sutton sur le sien, son odeur de propre mêlée aux senteurs de l'été… C'était enivrant.

Il lui fit l'amour avec une certaine langueur, laissant traîner chaque baiser, chaque caresse, s'attardant à chaque regard, puis il la prit très lentement, comme s'ils avaient tout leur temps, comme si les poulains n'attendaient pas leur repas, comme si elle n'allait pas s'éclipser à minuit et disparaître pour toujours.

Mais il restait encore quelques heures.

Elle s'abandonna à ce moment. Tout ce qui importait était qu'ils pouvaient oublier leurs soucis, et que Sutton Keynes l'aimait. Ces paroles prononcées un peu plus tôt avaient été comme une lance plantée dans son cœur. Ces mots ne rendraient sa trahison que plus douloureuse encore. Elle se réconforterait en se disant que sa fuite serait moins terrible pour lui que la découverte de ses mensonges.

Peut-être un jour comprendrait-il qu'elle avait choisi de le quitter afin de le protéger.

20

Ils étaient allongés dans l'herbe, s'étreignant encore alors qu'ils avaient pris leur plaisir depuis longtemps déjà, et que la lune commençait à se lever.

Elle dégagea les cheveux que Sutton avait sur le visage.

— Vous êtes si beau… Chaque fois que je vous regarde, cela me coupe le souffle.

Elle n'imaginait pas plus bel homme au monde que celui allongé nu à ses côtés en cet instant.

— Vous aussi, répondit-il en souriant tout en s'appuyant sur un coude, la dévisageant pendant qu'il laissait courir sa main sur la courbe de ses hanches. Vous sentez-vous mieux maintenant, Chiara ? Êtes-vous convaincue que Baxter ne peut en rien nous inquiéter ? Que nous pouvons décider de nous marier sans aucune pression de l'extérieur ? murmura-t-il en se rapprochant d'elle, sa bouche tout contre son oreille.

La boucle était bouclée. Cette fois, cependant, elle ne se sentait pas affolée, mais accablée par le poids croissant de l'inéluctable. Il n'y avait rien à ajouter, car aucun argument n'influencerait Sutton. Cela ne ferait que l'inciter plus encore à discuter.

Parfois la seule façon de remporter un conflit était de quitter la place et, dans ce cas précis, de quitter la partie de campagne.

— Vous ne m'avez pas raconté comment vous avez tué dans l'œuf les tentatives de votre cousin pour vous nuire, lui dit-elle tout en couvrant de petits baisers la ligne de sa mâchoire.

— J'ai un ami, le vicomte Taunton. Il a épousé une Anglaise

qui vivait en Italie. Son histoire est assez compliquée. Elle a divorcé de son premier mari, qui était le marquis de Crémone.

Elle cessa aussitôt ses petits baisers. Crémone ! La carte du nord de l'Italie de son père lui revint à l'esprit, avec son réseau de villes reliées par des routes tortueuses serpentant entre collines et vallées. Asti, Milan, Turin la capitale, Gênes, Pavie, Fossano, et Crémone, à peine à quelques journées de cheval.

Elle se sentit glacée de terreur, l'estomac noué, alors que Sutton continuait ses explications.

— Vous ne la connaissez probablement pas. C'était une union difficile, son mari ne l'autorisait pas à mener une vie sociale satisfaisante, ni à entretenir des relations. Elle est plus âgée que vous, assez pour que vous ayez encore été une écolière lorsqu'elle vivait là-bas. Mais elle a certainement entendu parler de vous. Et son mari et elle ont dû connaître votre père. Le prince Lorenzo et le marquis ont dû se croiser à la capitale ou à la cour, ou encore lors de réceptions dans la région.

Elle n'était plus seulement transie ; elle avait l'impression que son sang se figeait dans ses veines.

Son père avait imaginé cette imposture précisément pour éviter tout risque de ce genre, en choisissant un lieu reculé d'Italie. Mais ils avaient épuisé leur capital chance. Elle était tombée amoureuse de l'unique éleveur de chameaux d'Angleterre dont l'ami avait épousé une aristocrate du Piémont. Quelles étaient les probabilités d'une telle malchance ?

Sutton n'avait pas terminé.

— Je lui ai écrit pour lui demander de m'envoyer la confirmation de vos origines, au cas où Baxter voudrait s'enferrer dans ses menaces. J'ai envoyé la lettre ce matin. Elle arrivera à Taunton après-demain, et je pourrai avoir une réponse dans quatre jours. Ainsi il me restera largement le temps de satisfaire aux volontés de mon oncle, et de calmer quiconque prétendrait protester. Les pairs du royaume ne peuvent mettre en doute la parole d'un autre pair sans s'avilir. Si l'un d'eux remet en question la parole d'un autre, que signifie alors l'honneur ?

Il lui adressa un grand sourire, très détendu.

— Vous voyez, il n'y a aucune raison de s'inquiéter. Baxter peut protester tant qu'il voudra, mais il ne peut nous atteindre. J'ai pensé à tout.

Mais pas elle. Ni son père. Jamais dans ses spéculations les plus folles celui-ci n'aurait imaginé que Sutton Keynes pouvait avoir des amis originaires de Crémone.

Elle avait déjà décidé de partir. Même si ce qu'elle venait d'apprendre ne changeait rien à sa décision, cela importait, d'une manière différente.

Le relatif réconfort qu'elle avait trouvé à se persuader que partir était une trahison moins terrible que d'être démasquée avait disparu. Dans quelques jours, Sutton connaîtrait toute l'horrible vérité sur l'étendue de sa tromperie. Il serait brisé. Il ne comprendrait pas qu'elle n'avait jamais voulu cela, et qu'elle n'était pas venue dans le but de le prendre dans ses filets.

La vicomtesse répondrait qu'elle n'avait jamais entendu parler du prince Lorenzo Balare di Fossano, et Sutton saurait à quel point il avait été dupé. Rien chez elle n'était réel : ni son nom, ni son histoire, ni son titre.

Il valait d'ailleurs probablement mieux qu'il ne sache rien de vrai sur elle. S'il savait quoi que ce soit, il serait capable de la retrouver, et serait fou de rage en se mettant à sa poursuite. Ou peut-être ne se donnerait-il pas cette peine car son désespoir serait si profond que plus rien n'aurait d'importance. Il aurait d'autres choses en tête, comme trouver qui choisir après elle, et comment protéger sa fortune au mieux.

Elle devait espérer cela, en dépit de la souffrance que lui causait le fait d'envisager un tel dénouement.

Les adieux étaient imminents. Elle se les représenta : ils feraient l'amour ici une dernière fois, ils nourriraient les poulains, puis il la raccompagnerait à la demeure. Elle l'embrasserait une dernière fois en espérant qu'il comprendrait un jour.

Et, en aucun cas, elle ne devait pleurer. Pas avant d'être seule dans sa chambre, ses malles faites et son départ discret assuré.

Se rapprochant de lui, elle entoura de sa main son membre dressé et le caressa, s'émerveillant de sa fermeté et de sa douceur conjuguées. Son corps était un fascinant ensemble de mystères qu'elle venait à peine de découvrir. Il poussa un gémissement de plaisir, et elle l'embrassa en riant.

— Laissez-moi vous donner du plaisir. Cette fois, je serai au-dessus.

Il gloussa lorsqu'elle l'enfourcha et la guida en posant les mains sur ses hanches.

C'était donc là ce que l'on éprouvait quand on tombait amoureux.

Elle le prit profondément en elle. En dépit des risques et inquiétudes, elle n'éprouvait aucun regret et savait que si c'était à refaire, elle le referait exactement de la même manière, pour vivre ces instants uniques avec lui.

— Souvenez-vous de cela, Sutton. Je vous aime, murmura-t-elle en se penchant pour trouver sa bouche.

Elle voulait qu'il s'en souvienne autant qu'elle, qu'il se souvienne d'eux ainsi.

Lors de ce moment parfait.

Quelque chose n'allait pas. Quand Sutton entra dans la salle à manger pour le petit déjeuner, il le sentit, comme l'on sent une tempête imminente en mettant le nez dehors.

La pièce était bondée. Nombre d'invités prenaient un petit déjeuner plus matinal que d'ordinaire. D'habitude il y était seul, en compagnie parfois de quelques gentlemen levés de bon matin eux aussi, qui préféraient le calme pour leur premier repas de la journée.

Mais ce n'était pas le cas aujourd'hui. Des jeunes filles et leurs mères occupaient la place, et les conversations lui parurent anormalement bruyantes – une véritable cacophonie nourrie par de petits groupes installés dans la salle à manger et sur la terrasse, dont on avait ouvert les portes-fenêtres pour que les invités en surnombre puissent être à leur aise.

— Bonjour, monsieur Keynes, dit Wharton en le rejoignant près de la console où il se composait son assiette.

L'homme débordait visiblement d'énergie et irradiait la bonne humeur. Étant donné les derniers événements, c'était plutôt une surprise. Jusqu'à la veille, Wharton n'avait pas caché son mécontentement.

— Bonjour, Lord Wharton. Quelle belle matinée ! Je pensais emmener ces messieurs à la pêche avec moi ce matin pendant que les dames iront faire leurs emplettes.

Un beuglement de rire s'éleva du brouhaha des conversations. Sutton en chercha la provenance, et la trouva vite : Baxter.

Il était extraordinaire qu'il soit debout si tôt, et de plus assis à côté d'Eliza Fenworth. Où était le jeune Fenworth ? Louie aurait dû mettre un terme à cela sur-le-champ. Miss Fenworth n'aurait pas dû frayer avec Baxter. En tout cas, elle n'aurait pas dû se trouver assise seule avec lui. C'était une situation qui pouvait mener au désastre. Voir Baxter là était comme voir un renard lâché dans un poulailler. Fenworth n'était visible nulle part, Chiara non plus. Il semblait d'ailleurs qu'ils soient les deux seuls absents.

— Si vous voulez bien m'excuser, Lord Wharton... Je crois que je vois une demoiselle qui a besoin que l'on aille à sa rescousse.

Sutton se dirigea vers le coin de la pièce où Baxter était attablé en compagnie d'Eliza.

— Tout le monde est matinal, dit-il en plaquant un sourire sur son visage à l'intention d'Eliza. Même toi, cousin, ce qui t'arrive rarement, m'a-t-on dit, ajouta-t-il sèchement, espérant de la sorte faire comprendre à Eliza que Baxter n'était pas de bonne compagnie. Où est votre frère, Miss Fenworth ?

Tandis qu'il s'asseyait, Eliza baissa le nez sur son assiette en rougissant.

— Il dort encore. Il a veillé très tard, hier soir.

Baxter intervint aussitôt avec un air débonnaire pour un *mea culpa* qui ne trompa pas Sutton.

— C'est entièrement ma faute, dit-il. Nous avons été accaparés par les cartes.

Il plongea la main dans sa poche et en sortit une broche en filigrane d'or.

— J'ai gagné ceci au jeune Fenworth, un joli petit bijou, me suis-je dit. Et je crois qu'il le pensait aussi quand il l'a accepté en paiement la semaine dernière.

Baxter lui lança un regard appuyé avant de poursuivre.

— Fenworth l'a gagnée au prince Lorenzo. Celui-ci lui a affirmé qu'elle était en or. Fenworth m'a donc répété la même chose.

Il gratta légèrement le bijou, révélant du plomb sous la fine couche de surface.

— Ce n'en est pas, comme tu peux le constater. C'est une imitation. On se demande donc en toute logique ce qu'il peut y avoir d'autre qui soit faux chez son propriétaire.

Sutton ne releva pas le sous-entendu. Son cousin était on ne pouvait plus clair dans ses insinuations qui, s'il en faisait part autour de lui, renforceraient la mutinerie contre Chiara qui grondait. Il imaginait à quel point les accusations proférées à l'instant en privé par Baxter échaufferaient les sangs des aristocrates présents s'il ne choisissait pas l'une de leurs filles.

— J'espère que tout s'est bien terminé, dit-il avec une indifférence feinte.

— Oh ! pour moi, oui ! répondit Baxter en souriant à Eliza. Grâce à cette broche de pacotille, j'ai fait la connaissance d'une charmante jeune femme, que je trouve bien plus divertissante qu'un vague bijou. Comment s'est passée ta soirée, cousin ? On a remarqué ton absence.

Il le semblait, en effet. Baxter en avait profité pour vider les poches de Louie Fenworth dès qu'il avait eu le dos tourné. Et maintenant la vertu d'Eliza Fenworth semblait en grand danger. Sutton savait qu'il lui incombait de mettre un terme à cette situation inconvenante, puisque Louie était incapable de s'en charger.

Mais impossible de remettre Baxter à sa place pour le moment, ils étaient en public. De plus, Isabelle Bradley et son père s'approchaient de leur table, et occupèrent les deux places restantes. Sutton aurait préféré que ce soit n'importe qui plutôt qu'eux. De toutes les jeunes filles présentes, c'était Isabelle qu'il appréciait le moins. Non seulement elle s'était montrée méprisante à l'égard de Chiara, mais elle avait tendance à se cramponner indûment à lui et à minauder en faisant mine de boire chacune de ses paroles.

Il jeta un regard autour de lui. La salle à manger était comble, la terrasse aussi.

— Je suis surpris de voir que tout le monde s'est levé de bon matin, dit-il, à la recherche d'un sujet de conversation anodin après l'échange d'usage de quelques plaisanteries et bons mots superficiels.

— Avec le bal qui aura lieu dans quelques jours seulement, l'excitation est croissante concernant votre choix définitif, expliqua Isabelle. Et je crois que toutes les demoiselles sont impatientes d'aller faire des emplettes avant qu'il fasse trop chaud cet après-midi.

Elle se pencha vers lui, avec une expression de ravissement stupide très exagérée.

— Vous avez rendu le rêve réalité pour nous toutes ces deux dernières semaines, monsieur Keynes. Nous avons été somptueusement accueillies dans cette magnifique propriété, servies avec une diligence exemplaire par un personnel impeccablement stylé, et vous avez généreusement payé de votre personne. Je ne crois pas qu'il y ait une seule jeune fille qui ne soit tombée amoureuse de vous, y compris moi-même, poursuivit-elle. J'espère que vous ne me trouvez pas trop directe si je m'exprime ainsi.

Non, mais elle mentait. Il n'avait pas généreusement payé de sa personne.

— Pas du tout, Miss Bradley. J'apprécie le compliment.

Il prétexta devoir terminer son petit déjeuner et avala une pleine bouchée d'œufs brouillés, coupant ainsi court à la conversation. Cela lui épargnait de chercher vainement autre chose à dire, sans paraître mufle pour autant.

Il balaya de nouveau la pièce du regard, à la recherche de Chiara.

— Nous sommes tous tellement impatients de savoir qui vous choisirez ! C'est comme un conte de fées ! Le prince organise un bal et choisit son épouse au douzième coup de minuit.

Miss Bradley commençait à broder avec un peu trop d'enthousiasme.

— Je ne suis pas prince, Miss Bradley, objecta Sutton. Juste un homme.

Un homme qui n'avait pas de titre non plus. C'était amusant à quel point ces aristocrates l'oubliaient volontiers quand la somme en jeu était d'un montant suffisant.

— Eh bien, c'est quand même un conte de fées, insista Isabelle. N'importe laquelle d'entre nous pourrait être choisie, maintenant que la *principessa* a renoncé aux festivités.

Les yeux d'Isabelle brillaient de la lueur sournoise qu'allumaient les commérages.

— Elle a renoncé aux festivités ? Je ne suis pas certain de comprendre ce que vous voulez dire, Miss Bradley, s'étonna Sutton en essayant de paraître calme, alors qu'il s'était mis à bouillir intérieurement.

« Souvenez-vous de cela, Sutton. Je vous aime. » Quand elle l'avait dit, la veille, il n'avait pas relevé ses propos. À présent, leur formulation lui apparaissait dans toute leur étrangeté.

Isabelle ouvrit de grands yeux en feignant l'étonnement. Sutton sentit sa main se poser sur la sienne, en un geste trop familier.

— Vous ne le saviez donc pas ? Elle est partie. En pleine nuit, apparemment. Personne ne l'a vue quitter les lieux, mais ma femme de chambre m'a dit que celle de la *principessa* n'était plus là. Et sa chambre est vide.

Partie ? Chiara était partie ? Ce n'était pas possible !

La veille, ils avaient fait l'amour à la belle étoile, s'étaient baignés dans les sources. C'était même elle qui lui avait fait l'amour. Il réglerait la question des menaces de Baxter, et elle l'avait bien entendu, sans ambiguïté aucune. La vicomtesse Taunton mettrait une fois pour toutes un terme à ses soupçons. Quelque chose d'autre lui avait-il échappé ? Mais quoi ? Y avait-il une autre raison que la compagnie d'Eliza Fenworth pour que Baxter soit si jovial et plein d'entrain ce matin ? Il le scruta attentivement.

— Puis-je te parler seul à seul, cousin ? demanda-t-il en se levant d'un bond, sans même s'excuser de quitter la table comme l'aurait exigé l'étiquette.

Il s'engouffra dans le hall, et s'arrêta au premier recoin tranquille qu'il y trouva, certain que Baxter lui avait emboîté le pas.

Faisant volte-face, il saisit son cousin par le col de sa chemise et le plaqua contre le mur.

— Qu'as-tu fait ? Pour la première fois de ta vie, tu vas me dire la vérité ! Je sais que tu l'as menacée, hier. Qu'as-tu fait d'autre ?

Chiara ne lui aurait-elle pas confié l'intégralité des menaces que Baxter aurait proférées contre elle ? S'il découvrait que son cousin était l'instigateur de toute cette histoire, il le tuerait. Un duel suffirait. Il bouillonnait de rage.

— Ce conflit ne regarde que nous, toi et moi. Des innocents n'ont pas à y être mêlés.

Baxter eut l'audace d'éclater de rire.

— Ta princesse n'était pas une innocente, Sutton, comme je t'en ai averti hier. J'ai bien vu que tu ne me prenais pas au sérieux, aussi suis-je remonté jusqu'à la source. Tu devrais me remercier. Je t'ai épargné une terrible erreur, et une humiliation publique. Bref, j'ai sauvé tes espoirs de récupérer la fortune de mon père, si tu veux bien y réfléchir. Car si tu choisis l'une de tes invitées, je ne pourrai rien faire du tout pour te contrer.

Sutton le secoua violemment.

— Tu ne ferais jamais rien d'aussi altruiste ! Tu sais que je l'aime, et tu l'as contrainte à partir. Nous n'avions rien à craindre de tes menaces. La vicomtesse Taunton se portera garante pour elle. Je lui ai déjà écrit.

Il était absolument fou de rage. Chiara, partie ! Enfuie en pleine nuit sans un adieu, sans raison. Non, il y avait eu un adieu, se dit-il aussitôt. Leur dernière fois avait eu un goût très différent du reste. Il aurait dû savoir, se montrer suspicieux. Il se remémora leurs conversations, ce qu'ils avaient fait. Il lui avait parlé de la vicomtesse Taunton. Elle s'était enfuie à cause de lui... Il sentit quelque chose se briser en lui, et des ombres l'engloutir comme un épais brouillard noir. Il relâcha Baxter. Il ne voulait pas lui donner raison, mais son cousin était sans pitié.

— Réfléchis bien, cousin, lança Baxter. Une *principessa* qui s'éclipse en pleine nuit... Quelle est la logique de cela ? Elle n'a aucune raison de le faire. Elle peut s'en aller quand bon lui semble. En fait, ce serait tellement plus facile en plein jour ! Elle n'est pas arrivée dans sa voiture personnelle, et les trains ne circulent pas vraiment avant l'aube. De plus, elle n'avait apparemment pas d'engagement pressant à tenir. À moins, bien sûr, qu'elle n'ait eu un impératif particulier impliquant qu'elle devait être partie avant l'arrivée de la lettre de la vicomtesse Taunton. Il y a aussi autre chose. Personne à Londres n'a entendu parler d'elle avant qu'elle n'arrive ici. Elle est tout bonnement tombée du ciel, Sutton. J'ai engagé des enquêteurs. Ils n'ont pas trouvé la moindre trace de son existence. Ouvre les yeux : la *principessa* est un imposteur. Tout est faux dans son histoire, à l'image de la broche de son père.

Tout cela était faux, complètement faux ! Chiara n'était pas un imposteur. Les importuns avaient tous été refoulés dès le début. Aucun n'avait pu s'immiscer dans la partie de campagne. Il n'y avait ici aucun de ces charlatans égoïstes qui s'en prenaient à d'innocentes victimes, les dupaient et pour finir les escroquaient.

— Je n'y crois pas, répondit Sutton avec fermeté. Elle est comme moi.

Chiara était bonne, et elle aimait les animaux.

— Bien sûr ! Ne sois pas naïf, Sutton. Dieu du ciel, cousin, tu es resté trop longtemps dans ta ferme ! s'esclaffa Baxter. Elle est la seule à avoir compris comment jouer la partie. Elle savait que ce n'était pas elle qui comptait, mais toi, et elle a entrepris de te connaître mieux que quiconque ici. Elle a compris ce que tu désirais, et te l'a donné.

Non, ça ne pouvait pas être vrai ! Impossible ! Il ne l'accepterait pas. Baxter était vil, il ne lui voulait que du mal, et se délectait à détruire quelque chose qui n'était que beauté et lumière. Rien d'étonnant donc à ce qu'il tienne ce genre de propos.

— Il faut que je la retrouve, laissa échapper Sutton, réfléchissant à toute vitesse.

Il ne voulait rien entendre de plus de la bouche de Baxter. S'il pouvait retrouver Chiara, elle rétablirait toute la vérité. Tout cela n'était qu'une vaste méprise. Comment en serait-il autrement ?

— Pourquoi ? s'exclama Baxter avec un rire cruel. Elle est partie, elle ne veut plus jouer. Elle a choisi de mettre un terme au jeu. Tu devrais lui être reconnaissant qu'elle se soit assez souciée de toi pour te protéger, finalement. Elle est partie avant que tu puisses la choisir et te couvrir de ridicule, avant que tu perdes la fortune de mon père à cause d'elle. Imagines-tu les titres des journaux ? « L'héritier de milliers de livres abandonne une fortune pour poursuivre une fausse princesse ! » Console-toi en te disant qu'elle t'a libéré. C'est plutôt généreux de sa part. Il n'y a pas eu de dégâts.

Baxter se trompait.

Les dégâts étaient considérables, à commencer par ceux infligés à son cœur, son pauvre cœur de scientifique si épris de logique.

— Sois donc furieux, cousin. Tu devrais l'être, grommela Baxter.

— Pourquoi ? s'exclama Sutton en le foudroyant du regard. Parce que tu le serais, toi ? Parce que tu voudrais que je fasse quelque chose d'irréfléchi ? Parce que ma colère te servirait plus que ma souffrance ?

— Parce que tout homme normal le serait, bon Dieu ! éructa Baxter. Tu as toujours pensé que tu valais mieux que tout le monde. Plus intelligent, plus avisé, au-dessus des conventions sociales dans lesquelles nous sommes tous englués. Mon propre père te préférait à son propre fils.

Il toisa Baxter et recula en prenant une profonde inspiration pour se ressaisir.

Il serait facile d'être furieux, en effet. De lancer contre un mur un de ces vases pleins de fleurs qui décoraient le hall, de le voir se briser en mille morceaux, comme son cœur.

Hélas ! Cela ne résoudrait rien. Cela ferait plaisir à Baxter, c'est tout. Sutton refusait de céder à ce genre de comportement. Il n'y avait là aucune logique, et il avait plus que jamais besoin de logique s'il voulait comprendre la situation.

Un valet portant un panier toussota pour avertir de son arrivée.

— Monsieur, les gentlemen sont prêts pour la partie de pêche. Dois-je leur dire que vous les retrouverez à la rivière ? Oh ! et on vous a laissé ceci ! L'oison de la *principessa*. Il y a un mot qui l'accompagne.

— Merci, dites à ces messieurs que je les rejoins tout de suite.

Sutton prit le panier, le cœur battant à la pensée du message, mais il aurait préféré aller en enfer plutôt que de le lire devant Baxter.

— Si tu veux bien m'excuser, j'aime lire mon courrier en privé, dit-il en se dirigeant vers son bureau.

L'oison pépia quand Sutton posa le panier sur une chaise. Il tourna et retourna le message entre ses mains, hésitant. Et si, après l'avoir ouvert, il se rendait compte que Baxter avait raison ? Ou s'il découvrait qu'elle était simplement partie avec l'idée erronée de le protéger ?

Il sut une chose avant même de l'ouvrir. Quel que soit le contenu de cette missive, cela ne changerait pas ses sentiments pour Chiara. Cela ne changerait que l'intensité de sa souffrance.

Avait-il été trahi ?

21

Le tremblement de ses mains, quand il déplia la feuille, trahissait à quel point le contenu de ce message lui importait. Il avait bien fait de ne pas vouloir le lire en présence de Baxter. Ses sentiments le rendaient vulnérable.

Le message était court, donc décevant, mais non dépourvu de sens pour un homme qui savait lire entre les lignes.

Veuillez je vous prie rendre l'oison à son habitat naturel, et le laisser rejoindre sa famille.

Sutton froissa le papier dans sa main.

Il était censé la laisser partir, lui rendre sa liberté. C'était ce qu'elle voulait. Ce qui signifiait des choses horribles. Tout d'abord que Baxter avait raison : elle avait quelque chose à cacher. Ensuite, qu'elle avait menti sur son identité.

La colère qu'il avait réussi à contenir jusqu'ici le taraudait, et menaçait d'exploser maintenant qu'il était seul, sans témoin. Sa logique se moquait de lui : si un homme furieux fracassait une carafe et que personne ne l'entendait se briser, l'avait-il vraiment lancée ?

Il était fou de rage contre lui-même, pour avoir été une fois encore la proie d'une autre Anabeth Morely, contre Chiara pour être partie et de ne lui avoir rien dit, et fou de rage aussi pour ce qui avait été perdu quand elle avait fait son choix.

Il y avait eu quelque chose de beau et de rare entre eux, désormais disparu.

On frappa doucement à la porte et sa mère entra, l'air soucieux.

— Ton bon à rien de cousin m'a dit que tu étais ici. Le départ de la *principessa* est-il de son fait ?

Sutton fit un signe de dénégation.

— Pas entièrement.

Ironiquement, c'était son œuvre. S'il n'avait pas dit à Chiara qu'il avait écrit à la vicomtesse, elle serait toujours là. Mais pour combien de temps encore ? Si elle était un imposteur, la lettre de la vicomtesse l'aurait démasquée. Même si lui avait été prêt à tolérer son mensonge, la menace que Baxter faisait peser sur elle l'aurait effrayée et poussée à s'enfuir. Et si elle était effectivement un imposteur, il s'était trompé la veille en supposant que Baxter n'avait aucun moyen de pression sur elle. La perspective d'être démasquée l'aurait terrifiée, jusqu'au désespoir.

Pourtant, même si tout cela était vrai, il ne pouvait s'empêcher de sentir naître en lui un besoin impérieux de la protéger. Si Baxter l'avait menacée physiquement, il le provoquerait en duel, rien que pour cela. Il y avait tant de « si ».

À quoi bon tourner et retourner toutes ces pensées dans sa tête ? Chiara était partie. Il saurait bien assez tôt pourquoi. Si elle avait ignoré l'envoi de cette lettre à Taunton, cela ne lui aurait en fait permis de la garder auprès de lui qu'un jour ou deux de plus, ce qui lui paraissait une éternité aujourd'hui.

Il aurait donné n'importe quoi pour avoir Chiara un ou deux jours de plus dans ses bras, pour la félicité aveugle de croire qu'elle était réelle. Dieu du ciel, se mettait-il à penser qu'elle ne l'était pas ? Qu'elle était l'imposteur que Baxter l'accusait d'être ?

Qu'était-il censé croire ? Elle l'avait quitté en pleine nuit !

— Je suis désolée, mon fils, dit sa mère, cherchant manifestement ses mots pour ne pas le blesser davantage. Je sais qu'elle t'a charmé. Ça passera. Ça doit passer. Il te reste une épouse à choisir.

— Je ne suis pas plus d'humeur à écouter des platitudes qu'à choisir une épouse, mère ! grommela-t-il.

Pourquoi n'avait-il pas écouté ? Combien de fois Chiara lui avait-elle dit qu'elle n'était pas ce qu'il croyait ? Avait-elle tenté de l'avertir ?

Mais cela n'avait pas de sens !

Si elle avait voulu gagner la compétition, pourquoi le repousser sans cesse ? Y avait-il eu une autre raison à sa présence ? Le fait qu'elle soit tombée amoureuse de lui avait-il été une conséquence imprévue ?

Il se remémora cette première soirée dans la galerie, quand il lui avait demandé si elle l'évitait. Peut-être était-ce réellement le cas. Mais cela soulevait d'autres questions. Il repensa au faux bijou que lui avait montré Baxter. N'y avait-il pas eu vol ? Et tricherie aux cartes ?

Il détestait la direction vers laquelle le menaient ses pensées.

— Alors peut-être seras-tu d'humeur pour un peu de bon sens, répliqua sèchement sa mère. Je comprends que tu souffres, mais tu n'as pas le temps d'aller lécher tes blessures. La partie de campagne se termine dans trois jours. Il te reste très peu d'un temps précieux pour satisfaire les dernières volontés de ton oncle avec un mariage, et ton cousin essaye de séduire chaque vierge dans cette maison. Il faut conclure cette affaire, pour le bien de tous.

— Ce ne sera jamais conclu pour moi, mère, ne le voyez-vous pas ? Ce qui se passera ici conditionnera le reste de ma vie. Tout le monde va rentrer chez soi, et reprendre le cours de sa vie normale. Mais moi pas. Il faudra que je vive avec, pour toujours.

Avec... Sans... Peu importait sa décision, elle lui collerait à la peau.

— Oui, précisément ! lança vivement sa mère. Dieu merci, cette jeune femme a eu la décence de s'en aller. Te rends-tu compte de ce que cela aurait signifié de la choisir ? Une humiliation publique. Les gens auraient peut-être fini par compatir, désolés pour toi quand la vérité aurait éclaté, et une fois que tu aurais officiellement pris tes distances avec elle.

— C'est ce que j'aurais fait, mère ? rétorqua Sutton en tournant son coupe-papier à manche d'obsidienne entre ses doigts.

Que se serait-il passé ? Qu'aurait-il fait si les aristocrates et Baxter avaient mis leurs menaces à exécution et obtenu des preuves ? Si Chiara avait été démasquée ? Était-ce même seulement son vrai nom ?

Il se serait senti trahi, comme en ce moment.

Mais aurait-il pris ses distances ? L'aurait-il évitée ? Désirait-il s'éloigner d'elle, même maintenant ?

— Comment aurais-tu pu faire autrement ?

Et si personne n'avait rien découvert ? Si toutes les accusations contre elle avaient été démenties ? Ou passées sous silence ?

Baxter n'était pas le seul à pouvoir jouer à ce genre de jeu. Il avait peu de crédibilité dans la bonne société, et il en aurait encore moins une fois que Sutton aurait fini d'en découdre avec lui.

— Tu ne te compromettrais quand même pas pour elle ? Pour vivre dans le mensonge et le chantage afin de protéger son secret ? Ce ne serait pas une vie, Sutton ! Cela te ferait descendre au niveau de Baxter. J'ai toujours cru que j'avais élevé un fils supérieur à la plupart des autres hommes.

Elle le dévisagea en plissant les yeux.

— Tu devrais être reconnaissant à Chiara d'être partie au moment où elle l'a fait. Si tu l'avais épousée, tu n'aurais pas eu le choix. Tu aurais été forcé d'être son complice pour protéger ta réputation, la fortune, et protéger les enfants que vous auriez peut-être eus ensemble. Les Everard, le vicomte et la vicomtesse Taunton auraient également été priés de valider ce mensonge. Il ne serait plus resté que le divorce comme solution. Et cela aurait déclenché un autre scandale, qui t'aurait coûté la fortune de ton oncle, après tout ce que tu aurais mis en œuvre pour l'obtenir.

Sa mère avait raison. Une vie de mensonges n'était pas une vie, mais un château de cartes qui s'écroulerait à la moindre pichenette et consumerait le bonheur qu'ils auraient pu y trouver. Cela les détruirait aussi sûrement que le départ de Chiara l'avait détruit aujourd'hui. Un mariage avait besoin d'honnêteté par-dessus tout. Et c'était ce que Chiara ne pouvait lui donner.

Logiquement, il n'y avait rien à faire, sinon renoncer à elle. Mais son cœur lui dictait déjà le contraire. La logique n'avait jamais autant échoué à lui apporter la paix de l'esprit que ce matin.

Sutton parvint à traverser la journée. Dieu merci, la pêche était une activité solitaire, même en compagnie d'autres personnes sur la rivière.

Il réussit aussi tant bien que mal à survivre au thé sur la terrasse, et trouva la force d'écouter les jeunes filles qui papotaient sur leurs emplettes de la journée, et ne tarissaient pas d'éloges sur les boutiques de la grand-rue de Newmarket.

Il s'assura de garder Eliza Fenworth bien en vue au cas où Baxter tenterait quoi que ce soit d'inconvenant. Il trouva en lui les ressources nécessaires pour fournir des réponses appropriées aux conversations du dîner, danser ensuite avec la fille de Wharton, Miss Hines, et gagner aux cartes pour finir. Il put en revanche à peine se concentrer quand Wharton s'étendit en long et en large sur la déception que lui causait le départ du prince Lorenzo, avant que celui-ci ait pu arranger une rencontre avec un dramaturge qu'il prisait fort.

Il se sentait engourdi, tel un automate effectuant mécaniquement les opérations nécessaires à la vie. Il avait l'impression que la lumière avait quitté ce monde. Incapable de se concentrer vraiment, il n'avait que Chiara en tête.

Cela ne s'améliora pas le jour suivant. En fait, c'était pire.

Le bal approchait. Qui choisirait-il à la place de Chiara ?

Il souffrait à la seule pensée de ce qui l'attendait, et plus encore de passer son temps à comparer les autres à Chiara. Aucune n'était aussi drôle qu'elle, aussi directe, aussi audacieuse.

Il réussit à s'éclipser pendant deux heures dans l'après-midi et se rendit aux écuries, pensant y trouver la paix. À peine arrivé, il se rendit compte que ce ne serait pas le cas. C'était là qu'il avait le plus de souvenirs d'elle.

— Elle nous a quittés, murmura-t-il aux poulains.

Il aurait préféré que ce soit vrai car, bien qu'absente physiquement, elle ne les avait pas quittés. Elle était présente dans tout ce qui l'entourait. Pour une femme qui n'existait pas, elle occupait une place considérable dans ses pensées.

Ces sombres ruminations dans la solitude des écuries lui firent apparaître une évidence : il aurait donné n'importe quoi pour qu'elle lui revienne, qui qu'elle soit.

Et c'était là le problème. Les gens qui sortaient de nulle part y retournaient de même. Chiara Balare était bel et bien partie. Pour un homme de logique, c'était extrêmement difficile à accepter. Pourquoi avait-elle fait cela ? Était-elle en sécurité, maintenant ? Avait-elle autant souffert de le quitter que lui souffrait de son départ ? Qui était-elle ? Où était-elle ? Et s'il le savait, que ferait-il ?

Chiara Balare n'existait plus. Elidh ne s'était jamais sentie moins princesse qu'en cet instant, bringuebalée sur une route de campagne poussiéreuse dans la charrette d'un fermier, sous l'écrasant soleil de juillet qui ajoutait à son accablement. Elle était assise entre son père et Rosie, tous vêtus de nouveau de leurs vieux vêtements gris, marron et ternes.

Leurs beaux habits étaient remisés dans une malle, et le reste de leurs possessions avait été envoyé chez la sœur de Rosie à Upper Clapton afin qu'elle les leur garde en sécurité.

Elidh chassa une mouche d'un geste de la main.

Oh ! quelle déchéance pour les tout-puissants qu'ils avaient incarnés ! Un jour à peine plus tôt, elle disposait de tout le luxe imaginable, dont un éventail en dentelle pour chasser ces insectes importuns. Il y avait un jour à peine, les repas lui étaient servis sans même qu'elle ait à lever le petit doigt. Les tables de Hartswood pliaient presque sous le poids de leur abondance trois fois par jour, sans compter les deux thés quotidiens qui s'y ajoutaient. Quant aux commodités, c'était entre autres une profusion de parasols et d'auvents sur les pelouses pour protéger les invités du soleil, une vaste chambre magnifiquement meublée, avec une courtepointe blanche qu'elle avait par miracle réussi à ne pas tacher.

Désormais chaque repas ressortirait d'un véritable calcul, et l'hébergement au sec et au chaud pour la nuit dépendrait de la capacité de son père à convaincre et séduire un aubergiste.

Elle ne méritait pas autre chose ; elle avait visé trop haut. Et plus haut l'on s'élevait, plus dure était la chute.

Elle n'était pas seulement tombée, elle s'était littéralement écrasée !

Le luxe et la sécurité du cocon de Hartswood étaient bien derrière eux, et la réalité était sinistre. Leur monde se résumait à ce qui se trouvait dans cette pauvre charrette : son père, Rosie, et une malle. Et ce n'était même pas leur charrette. Ils en bénéficiaient grâce au bon vouloir d'un étranger, tout comme en dépendait leur destination. Ils iraient tout simplement là où cet homme devait se rendre.

Les mendiants ne pouvaient se permettre de choisir, et c'était bien ce qu'ils étaient désormais.

Elle avait gaspillé leur dernier espoir, et ils ne pouvaient donc plus dilapider le peu qui leur restait en billets de train ou diligence. Qu'importaient leur moyen de transport, leur destination ou le temps que prendrait leur trajet, tant qu'ils restaient hors de portée des conséquences de la lettre de la vicomtesse Taunton ! Même son père l'avait compris. Il fallait qu'ils disparaissent avant que Sutton reçoive la missive, afin qu'il ne puisse la retrouver.

Malgré cela, elle ne pouvait s'empêcher de scruter l'horizon chaque fois qu'elle entendait des bruits de sabots sur la route, jusqu'à ce qu'elle soit rabrouée par son père.

— Ne rêve pas, ma fille. L'homme qui viendra te chercher ne sera pas celui que tu crois, l'avertit-il.

Il avait raison. Comme c'était stupide de croire autre chose ! Si Sutton se donnait la peine de la retrouver, ce ne serait pas par amour.

Rosie, qui l'avait prise en pitié, foudroya son père du regard.

— Les hommes sont bien stupides ! Ils ne voient pas ce qui est bien vrai et réel sous leur nez !

Le bras que Rosie lui passa autour des épaules pour la réconforter ne fit que déclencher ses larmes.

Tout n'avait plus été qu'un vaste brouillard depuis qu'elle avait embrassé Sutton pour lui faire ses adieux. Son père avait raison. Sutton serait peut-être furieux avant même l'arrivée de la lettre de la vicomtesse, fou d'inquiétude aussi. Mais après avoir lu la lettre ? À ce moment-là, il serait assurément furieux. Il penserait…

Elle essuya ses larmes avec autant d'inefficacité qu'elle avait tenté de chasser la mouche. Elle ne savait que trop bien ce qu'il penserait, pendant que Baxter distillerait son fiel à son oreille, vérité et mensonges mêlés. Mais Sutton n'aurait pas le luxe de tout trier, de faire la part de ce qui était vrai, sincère et authentique. Il penserait qu'elle avait menti sur tout : son identité, ce qu'elle éprouvait pour lui. Pire que tout, il penserait qu'elle était partie parce qu'elle ne l'aimait pas.

Il se tromperait, s'il croyait cela. Elle était partie justement parce qu'elle l'aimait, parce que c'était ce qu'il était juste de faire pour lui. Il ne saurait jamais à quel point cela lui avait coûté. C'était donc aussi de l'amour, cette souffrance, cette douleur chaque fois qu'elle pensait à lui, convaincue de ne jamais le revoir. Faire ce qu'il fallait n'aurait pas dû être si douloureux. Elle aurait dû y trouver un réconfort, quelque chose qui allégerait sa peine.

La charrette s'arrêta dans une cour d'auberge animée, et son père sauta au sol, l'air guilleret. On aurait pu croire que tout n'était que bagatelle pour lui.

— Je vais voir si l'aubergiste nous laissera interpréter quelques saynètes en échange du souper et de l'hébergement pour la nuit.

S'il lui en voulait, il ne le montrait pas. Elle lui avait pourtant coûté la perte d'un commanditaire pratiquement acquis. Dorénavant, ils ne pouvaient plus entretenir aucune relation avec Sutton ou quelque invité que ce soit de cette partie de campagne.

Après tous les risques qu'ils avaient pris, il ne leur restait qu'un petit sac de piécettes gagnées aux cartes comme résultat tangible de leur séjour.

Il fit un clin d'œil à Rosie.

— Comme au bon vieux temps, hein ? lança-t-il.

Son père ne tarda pas à revenir, la mine réjouie, se frottant les mains et concoctant manifestement déjà de nouveaux plans.

— Nous pouvons avoir le souper et dormir dans la grange à foin. Et même faire passer une sébile pour tous les pourboires que nous pourrions récolter. C'est jour de marché, et la taverne sera pleine. Elidh, tu pourras porter la robe bleue. Rosie va te coiffer. Tu interpréteras le monologue de Juliette. Moi, je ferai Macbeth.

Peu importait qu'elle ne l'ait pas joué depuis des années. Son père déclarerait qu'il lui restait deux heures pour rafraîchir sa mémoire, et que de toute façon personne ne le remarquerait si elle commettait des erreurs et trébuchait sur son texte.

Elle enviait la façon qu'il avait d'aller de l'avant sans complexe, ignorant le fait que le monde s'écroulait autour d'eux.

M'aimes-tu ? Je sais que tu vas dire oui. Et je te croirai sur parole. Ne le jure pas : tu pourrais trahir ton serment. Les parjures des amoureux font, dit-on, rire Jupiter.

Elle n'y arriverait pas !

Elidh faisait les cent pas derrière la couverture de flanelle grise qui faisait office de rideau de scène et de décor. Elle ne pouvait se lancer devant l'auditoire et dire ces mots. Comment penser à l'amour sans l'associer à Sutton ? Son père s'approcha d'elle, majestueux dans la tenue qu'il avait arborée en tant que prince Lorenzo.

— Es-tu prête ? Nous avons un beau public, Elidh. Nous allons pouvoir gagner un peu d'argent, ce soir. Tu es superbe. Rosie s'est surpassée avec ta coiffure.

Combien de fois l'avait-elle entendu servir ce genre de discours en coulisses aux membres de sa troupe avant une représentation ? Pendant un instant, elle le revit tel qu'il était autrefois : plus jeune, plus énergique, le ventre un peu plus plat, un homme qui en menait d'autres, qui serait roi pour un soir, se nourrirait de l'adulation d'un public et de sa troupe, dont tous les membres étaient persuadés qu'il usait de magie.

Comme il avait décliné depuis ! Vieillissant, sans troupe désormais, si ce n'était une fille réticente sans talent particulier pour la scène, incapable de rivaliser avec sa brillante épouse décédée, un homme sans foyer, sans renommée… Voyait-il cet homme, ou croyait-il encore être le roi des acteurs et que le prochain triomphe était au coin de la rue ?

— Je ne peux pas, père, lui dit-elle.

— Si, tu le peux. Parce que tu le dois, répliqua-t-il avec un regard sévère. Aucune importance si tu cafouilles sur ton texte. Ces villageois n'y verront rien. De plus, ils seront trop fascinés par ta personne pour y prêter attention. Envoûte-les, et ils te suivront n'importe où.

— Non, je ne peux pas, répéta-t-elle. Je ne suis pas comme vous, père. Je ne peux pas me lancer tête baissée comme si le monde n'était pas en train de devenir pur enfer, comme si mon cœur n'était pas brisé. Vous devez affronter la réalité ! s'exclama-t-elle d'un ton qui trahissait sa colère et son ressentiment.

Il la saisit par le bras, réclamant toute son attention.

— Affronter la réalité ? Crois-tu que je ne le fais pas ? J'y fais face chaque jour, du mieux que je peux. Quand ta mère est morte, elle a emporté le meilleur de moi-même. Foncer dans l'inconnu, c'est tout ce qu'il me reste.

Son expression sévère disparut soudain de ses traits.

— Que puis-je faire d'autre ? Je ne suis pas bon à grand-chose dans ce monde, à part jouer la comédie, et écrire un peu. Je fais du mieux que je peux, avec ce que j'ai : un modeste talent d'acteur, pour charmer un public, avec un cœur brisé à jamais. Ce ne sont pas là des atouts bien fabuleux. Mais de temps à autre j'ai de la chance, et la magie opère. Pendant quelques instants cela me permet d'oublier mes soucis, comme le public oublie les siens. C'est là tout ce que je peux demander.

Elle entendit également ces propos comme une leçon pour elle-même. Aller de l'avant, trouver du bonheur dans l'instant présent, si ce n'était possible dans la durée. Être reconnaissant des petits bienfaits apportés par la vie : un repas, un toit, un endroit où donner une représentation, une chance de trouver sa voie.

Il faudrait que cela soit suffisant. Il fallait qu'elle ait la force d'avancer, parce qu'elle n'avait d'autre choix. Elle ne pouvait revenir en arrière.

Son père avait raison. Si jamais elle revoyait Sutton, ce ne serait pas l'homme qui, une nuit d'été, l'avait serrée dans ses bras sous les étoiles en lui murmurant des mots d'amour. Il n'y aurait pas d'amour pour elle dans ses yeux bleus, seulement de l'aversion. Il était impossible qu'il lui pardonne ce qu'il pensait qu'elle avait fait, et il n'aurait aucune raison de comprendre la vérité.

Un homme tel que Sutton Keynes, qui possédait tout, ne pouvait comprendre ce que cela signifiait d'être désespéré.

Sutton était désespéré. Il refusait de croire ce qu'il avait sous les yeux. Mais impossible de ne pas le faire, puisque la vérité objective, empirique, se trouvait sous son nez. Il parcourut une fois encore la lettre de Sofia, regardant au-delà des mots. Il avait déjà tout mémorisé.

Sutton,

Je regrette de vous dire qu'il n'y a personne du nom de Balare parmi mes anciennes connaissances au royaume du Piémont. Je ne crois même pas qu'il existe une principauté du nom de Fossano, même si Fossano est une grande bourgade, la quatrième d'importance dans la région.

Si je ne me trompe, Fossano faisait autrefois partie de la principauté d'Achaea.

Je suis désolée, car je sens que votre cœur est pris, et que cette information risque d'affecter cet engagement.

Sincèrement,

Vicomtesse Taunton

Chiara lui avait menti. Elle s'était servie de lui.

Non, pas Chiara. Elle n'existait pas plus que sa principauté. Tout ce qui la concernait n'était que fiction, depuis son nom jusqu'à son titre.

Cependant, au plus profond de lui, ces mensonges avaient cessé d'avoir de l'importance. Ce qui lui importait, tandis qu'il contemplait fixement la lettre de Sofia, c'était de savoir le pourquoi de tout cela.

Pourquoi avait-elle agi ainsi ? À quel événement insurmontable s'était-elle trouvée confrontée pour que se faire passer pour une princesse lui soit apparu comme un bon choix ? Elle devait certainement savoir depuis le début que tout jouerait contre elle et que l'échec était inéluctable ! Apparemment, ce risque était moins important à ses yeux que ce à quoi elle voulait échapper. Il sentit l'inquiétude le gagner. Avait-elle des ennuis ? Était-elle en danger ? Avait-elle des dettes ? Peut-être n'était-ce même pas elle qui était en danger, mais son père. Elle n'avait pas été la seule à participer à cette mascarade.

Qu'est-ce qui avait bien pu les pousser à de telles extrémités ? À prendre de tels risques ?

Il aurait donné n'importe quoi pour parler avec elle une fois encore, et lui poser les questions qui le taraudaient. Pour l'aider.

Baxter se moquerait de lui, le traiterait de mauviette et d'idiot pour vouloir aider une femme qui lui avait menti et qui avait failli ruiner sa réputation. Le scientifique en lui ne trouvait bien sûr aucune logique à ce désir, mais l'homme le pouvait. Il avait vu ces yeux noisette le regarder avec amour. Il savait qu'elle ne s'était offerte qu'à lui seul. Elle avait choisi de le connaître intimement, l'âme aussi nue que le corps.

Il n'y avait eu là aucun mensonge. Cette pensée fit surgir une deuxième question. Il y avait eu des mensonges entre eux, il ne pouvait le nier. Mais combien, et sur quels sujets ? Si ses sentiments avaient été sincères, ces mensonges comptaient-ils ? Mentir sur un nom et un titre semblait de moindre importance, comparé à des vérités plus essentielles. Il ne connaissait pas son nom, ignorait d'où elle venait et où elle était allée. Il savait en revanche qu'elle aimait les animaux, qu'elle avait un cœur débordant de gentillesse pour les plus faibles d'entre eux. Et qu'elle l'aimait. Cela ne pouvait se feindre, quoi que puisse en dire Baxter.

Quoi qu'il en soit, il pouvait passer son temps à se persuader qu'elle l'aimait, sans preuve ce n'étaient que des mots creux. Il fallait des preuves.

Elles étaient dans ses souvenirs, dans la façon dont elle avait agi la nuit de la naissance des poulains. Elle n'avait pas hésité à endommager irrémédiablement sa robe, à participer au rude processus du poulinage. Il avait vu son visage quand elle avait nourri le poulain qui avait failli mourir. Il l'avait vue serrer le petit oison contre sa poitrine, déterminée à soigner sa patte. Il l'avait vue patauger dans l'eau, s'enfoncer résolument dans les bois à la recherche de la boule de croquet. Il avait vu tant de choses chez elle en ces instants dépouillés de toutes conventions sociales !

Une jeune femme qui riait, qui disait ce qu'elle pensait sans détour, mais de manière réfléchie, avec tact, à l'opposé d'une Isabelle Bradley ou d'une Imogen Bettencourt.

Et puis il y avait ses baisers. Elle les avait prodigués après réflexion, eux aussi ; elle ne l'avait pas embrassé sur un coup de tête ou un caprice. De plus, elle l'avait sans cesse prévenu contre elle. Il ne s'était pas trompé en étant convaincu qu'elle faisait passer les autres avant elle-même. Son esprit s'arrêta à cette constatation. D'autres paroles lui revinrent de leur conversation lorsqu'ils avaient fait marcher la jument en souffrance. « Nous sommes ainsi. Nous aidons ceux qui en ont besoin. »

Il comprenait tout, désormais. Elle était partie pour le protéger, et non parce qu'elle avait échoué dans cette ridicule compétition.

Baxter avait tort. Chiara n'avait pas essayé de le piéger pour qu'il l'épouse. C'était en fait la seule jeune fille de cette partie de campagne à ne pas l'avoir tenté.

Mais il ne voulait pas être protégé, pas si cela la faisait souffrir, parce qu'il était ainsi. Il prenait soin de ceux qu'il aimait, et il l'aimait. Au-delà de la fortune ou de l'infortune. Au-delà de la peur engendrée par ses échecs du passé et ses souffrances. Elle n'était pas Anabeth Morely. Elle habitait désormais son cœur, et s'il voulait jamais se retrouver, il fallait qu'il la retrouve.

L'horloge tinta sur le manteau de la cheminée. Il ne lui restait pas beaucoup de temps avant le déjeuner. Il devait agir. Il sortit de son bureau et héla un valet qui passait, sa détermination le rendant impérieux.

— Allez chercher les meilleurs palefreniers aux écuries, j'ai besoin de bons cavaliers, rapides. Ensuite, allez chercher ma mère.

Son esprit bouillonnait de listes à établir. Il fallait qu'il trouve un avocat à Londres et qu'il trouve une épouse. Si Londres voulait du spectacle, il allait lui en donner. Il l'espérait, en tout cas. Il s'en remettait en effet beaucoup à l'espoir et à la chance, deux choses que la logique détestait.

Ce n'était pas une position dans laquelle il avait l'habitude de se trouver.

22

Enfin, un peu de chance !

Sutton sauta à bas de son cheval et tendit les rênes au jeune garçon qui attendait dans la cour de l'auberge à Wicken. Il regarda le ciel. C'était la fin de l'après-midi et la soirée s'annonçait belle. Avec encore un peu de chance elle serait là, et il la ramènerait chez lui. Sinon… Eh bien, il ne voulait même pas y penser. C'était la première piste crédible dont il disposait.

Quand le vendeur de billets du guichet de la gare d'All Saints lui avait assuré ne pas se souvenir avoir vu quiconque correspondant à la description de Chiara acheter de billet, Sutton avait déployé ses palefreniers pour ratisser les villages du Suffolk à sa recherche. Chippenham, Barrow, Dalham, Icklingham, Kirtling, Lidgate, Burwell et autres, tous dans un rayon de huit miles. Tous ses cavaliers étaient revenus bredouilles. Aucun signe d'elle, de son père ou de sa femme de chambre. Jusqu'au début de l'après-midi.

Son dernier cavalier était revenu de Fordham, et lui avait rapporté qu'une femme blonde et son père avaient donné une « représentation théâtrale » dans le pub la veille au soir. Ils étaient repartis en fin de matinée.

Sutton était immédiatement parti. Fordham se trouvait à cinq miles de Newmarket et Wicken, le village suivant, quatre miles plus loin. Il avait fait vite. La journée tirait à sa fin, mais c'était l'été et la lumière du jour s'attardait. Il était même possible qu'ils puissent rentrer avant qu'il fasse nuit. S'il avait de la chance.

Il le fallait !

Le bal aurait lieu le lendemain soir.

Sutton entra dans la salle du pub. L'endroit était bondé, autant d'hommes que de femmes, et il y faisait chaud. À la vue d'un rideau de flanelle grise accroché derrière une plate-forme surélevée improvisée en guise de scène, il sentit ses espoirs grandir.

— Y aura-t-il un divertissement ce soir ? demanda-t-il en s'approchant de l'aubergiste, qui détailla attentivement sa mise élégante, sans doute pour s'assurer que celle-ci garantissait sa solvabilité.

— Oui. Une troupe de comédiens ambulants s'est arrêtée pour la nuit et a proposé de jouer. Ils vont commencer dans une minute. Peut-être voudriez-vous manger, et profiter du spectacle ? Nous avons de la tourte au poulet et aux petits pois, ainsi qu'une très bonne bière. À moins que vous ne préfériez du vin ?

Une troupe de comédiens ambulants ? Sutton estima la description de l'aubergiste quelque peu exagérée. S'il s'agissait de Chiara, de son père et de sa bonne, trois personnes ne suffisaient pas à former une troupe.

Son estomac gargouillait, aussi accepta-t-il la proposition de l'aubergiste. Avant de faire quoi que ce soit, il devait s'assurer qu'il s'agissait bien d'elle. Serait-ce le cas ? Sa princesse Chiara était-elle une actrice ?

Il ne put empêcher cette idée de s'insinuer dans son esprit, essayant de démolir les arguments qu'il avait soigneusement étayés, entre autres qu'elle l'aimait, qu'il ne se l'était pas imaginé. Le doute commença à le ronger. Avait-il été entièrement roulé dans la farine ? Avait-il fait tout ce chemin pour rien, quand bien même ce serait elle ?

Ce ne serait pas la première fois que son obstination à s'accrocher à une romance le desservirait.

Il trouva une place libre dans un coin et s'attabla. Une servante lui apporta une portion de tourte au poulet et une chope de bière.

Il repoussa ses doutes. Il ne pouvait vivre éternellement dans le passé, et devait surmonter les dégâts causés par Anabeth Morely. Il venait de commencer à manger lorsque le rideau de flanelle bougea. En voyant l'homme qu'il connaissait en tant que prince

Lorenzo s'avancer et s'incliner profondément devant l'audience, il en oublia son appétit.

Ils étaient là ! Elle était là ! Le « prince Lorenzo » débita un petit discours que, trop occupé à savourer son soulagement, il n'entendit pas. Il l'avait retrouvée.

Le « prince Lorenzo » fit un large geste devant le rideau et Chiara fit son apparition, vêtue d'une robe de soirée bleue, les cheveux relevés, subtilement maquillée, comme si elle s'apprêtait à charmer tous les convives à Hartswood. Le public siffla bruyamment son approbation.

Pas Sutton. Il se contentait de regarder. Elle était comme toujours magnifique. Mais loin du luxe ambiant de Hartswood au sein duquel ils paraissaient authentiques, il voyait désormais les artifices, les bijoux de pacotille à son cou.

Eh bien, cela confirmait une chose : les gens ne voyaient réellement que ce qu'ils avaient envie de voir. Parmi ces débutantes fortunées, fières de leurs titres, personne n'avait vu chez elle autre chose que ce qu'elle prétendait être. Personne n'avait donc remis en question ses bijoux, ses robes.

La « *principessa* » était ravissante, certes, mais ce n'était pas elle qu'il voulait. Il voulait la femme qui avait été avec lui dans les écuries, qui s'était baignée nue avec lui dans les sources chaudes. Cette femme-là n'avait nul besoin de bijoux, de coiffures compliquées ou de maquillage.

Sur scène, elle commença à déclamer le monologue qu'il reconnut comme celui tiré de *Roméo et Juliette*. La scène du balcon, se remémora-t-il.

Il se retrouva suspendu à l'interprétation comme le reste du public, à l'affût de chacun de ses mots, comme si elle ne les disait que pour lui. Il se sentit transpercé de jalousie. Les autres hommes présents dans la salle éprouvaient-ils la même chose ?

Elle le découvrit soudain dans la foule. Son regard s'attarda sur lui, et sa voix faiblit légèrement sous l'effet de la surprise. Elle ne s'attendait pas à le voir. Il vit ses yeux exprimer d'abord de l'émotion, puis de l'effroi. Peut-être craignait-elle qu'il soit venu là par colère. Il nota le tremblotement de sa lèvre inférieure, et comprit que ce n'était pas de la comédie. Avant qu'elle ait eu peur, elle avait été émue.

Son périple n'avait donc pas été vain. Son instinct ne l'avait pas trompé. Elle n'était pas partie parce qu'elle ne l'aimait pas, mais justement parce qu'elle l'aimait. Il avait eu raison de venir ! Pour la première fois depuis qu'elle s'était enfuie, il sentit le rideau de ténèbres se relever.

La représentation se termina et les comédiens saluèrent. Il voulut se diriger vers le rideau mais fut bloqué par un mur d'admirateurs bruyants déterminés à présenter leurs hommages à la ravissante comédienne.

S'il était allé à Londres, il aurait eu en main un bouquet de roses et quelques belles pièces destinées à soudoyer le gardien devant sa loge. Et il l'aurait eue toute à lui. Pour l'heure, il avait les mains vides et devait attendre dans une salle de pub encombrée.

Il était arrivé jusqu'ici, l'avait retrouvée. Il pouvait bien patienter encore un peu. Certes, il n'avait pas de roses, mais il y avait quelque chose qui lui plairait probablement davantage.

Il fit un signe à l'aubergiste et lui glissa quelques pièces dans la main.

— Un salon privé et un souper, je vous prie, ainsi que votre meilleur vin. Dites à la jeune dame et à son père qu'ils sont mes invités, quand ils en auront terminé avec leurs admirateurs.

Sutton était là ! Elidh ne pouvait penser qu'à cela tandis qu'elle se tenait sur le seuil du salon privé. Mais son émotion ne s'arrêtait pas là, et l'exaltation se mêlait en elle à la crainte. Il se tenait face à la fenêtre, fermement campé sur ses jambes, les mains serrées dans le dos. Très droit et crispé.

Était-il là mû par la colère ? Pour la punir ? Ou pour autre chose ? Dans la foule il ne lui avait pas paru en colère, mais désespéré et blessé.

Son cœur commença à s'emballer avec un espoir ridicule. Était-il venu pour une raison différente, une meilleure raison ?

Était-il venu parce qu'il l'aimait et qu'il avait trouvé une manière de lui pardonner ce qu'elle avait fait ?

— Sutton, je suis tellement désolée..., dit-elle en s'avançant vers lui dans un bruissement de tissu. Je ne voulais pas...

Il se retourna et elle ne parvint plus à parler. Il était si séduisant, si irrésistible quand il la regarda qu'elle ne put continuer. Cela faisait quelques jours à peine, mais elle avait l'impression de ne pas l'avoir vu depuis une éternité. Elle resta pétrifiée, et le laissa simplement faire opérer son charme sur elle : ses yeux bleus, son sourire, sa voix chaude quand il lui dit :

— Bonjour, Chiara.

— Elidh, souffla-t-elle. Je m'appelle Elidh.

Son sourire s'agrandit.

— Elidh. C'est un beau prénom. Je me demandais... Elidh comment ?

— Easton.

L'estomac noué, elle se mordilla la lèvre.

— Vous êtes furieux, évidemment. Vous avez toutes les raisons de l'être, dit-elle précipitamment, estimant préférable de vider toute la querelle sur-le-champ.

Il vint à elle et lui prit les mains.

— Elidh, je ne suis pas furieux. Je suis blessé. Troublé. Je ne connais qu'une partie de la vérité, et j'ai besoin de comprendre. Certes, je suis bouleversé par cette foule d'émotions, mais je ne suis pas furieux.

Pas encore. Mais il pourrait fort bien l'être sous peu. Elle scruta son visage, cherchant la contradiction à ses propos. Qu'il soit là était trop beau pour être vrai.

— Vous le devriez. Je vous ai menti. Je me suis fait passer pour quelqu'un d'autre. Mais pas pour vous piéger. Jamais pour cela, ni pour gagner votre main. Je n'ai pas menti là-dessus. Je n'ai jamais cherché à ce que vous me choisissiez, expliqua-t-elle d'une voix étranglée.

— Chut... Nous avons tout notre temps pour en discuter. Venez, asseyez-vous et mangez. Dites-moi : pourquoi toute cette mascarade ? Quand j'ai découvert votre disparition, c'était l'unique question que je me posais. Pourquoi avez-vous pensé que c'était votre meilleure solution ? Qu'espériez-vous obtenir ?

Il la conduisit vers la table, lui servit un verre de vin et s'assit en face d'elle.

— Dites-moi tout, Elidh.

Et là, à la lueur des chandelles, elle lui raconta toute l'histoire. Comment son père avait découvert l'entrefilet pour la partie de campagne dans le *Times*, comment ils avaient retouché les robes de sa mère, pris le train pour Newmarket dans l'espoir de trouver un commanditaire, tout en sachant qu'ils n'avaient plus le moindre sou. Elle lui fit part des espoirs de son père pour qu'elle soit choisie, de son vœu à elle de l'éviter et de ne pas participer à cette course au mari.

— Et voilà que je me suis retrouvé dans la galerie cette première soirée, à presque vous contraindre à me tenir compagnie, murmura Sutton avec un petit rire honteux. Vous avez dû me détester pour cela.

— Non, j'ai tout d'abord été charmée. J'étais convaincue qu'il n'y aurait aucun mal à cela. À aucun moment je n'ai pensé que vous tomberiez amoureux de moi. Il y avait tant de jeunes filles plus charmantes, qui offraient bien plus de perspectives ! Mais voilà, c'est arrivé. Et maintenant tout est catastrophique.

Elle baissa les yeux sur son assiette, tentant vainement de cacher ses larmes.

Il la prit par le menton et l'obligea à relever la tête pour croiser son regard.

— Pourquoi souriez-vous, Sutton ? Je vous ai fait du mal, alors que j'essayais de vous protéger. À présent vous savez tout, mais cela ne change rien. Nous ne pouvons pas être ensemble, surtout maintenant.

— Je souris, parce que vous avez tort. Ce que j'aime chez vous, Elidh, ce n'était pas des mensonges. La vie que vous et moi désirons ensemble, nous pouvons l'avoir. Je suis venu ici pour vous, parce que j'ai l'intention de vous épouser. Et, pendant le bal, je vais annoncer à tous que je vais épouser Elidh Easton.

Elidh resta silencieuse, observant le vacillement de la lueur des bougies dans les yeux de Sutton.

— Et qu'en sera-t-il de la fortune de votre oncle ? Je ne suis pas une aristocrate, je n'ai aucun titre.

— Cela m'est égal. J'ai passé trop de temps à me demander ce dont les autres avaient besoin, et pas à ce dont moi, j'ai besoin. J'ai besoin de vous.

Il lui prit la main.

— Je vous le redemande, Elidh, si j'appelle votre nom dans la salle de bal, me répondrez-vous oui ?

— Sutton, trop de choses se sont mal passées. Tout le monde va vous détester, la fortune reviendra à Baxter, et tous sauront que j'ai menti.

— Nous pouvons négliger ce dernier point. Je ne prétends pas épouser la princesse Chiara. Je ne mentirai aucunement. Les contes de fées sont remplis de tromperies inoffensives : *Cendrillon*, *La Princesse au petit pois*, *La Princesse et la Grenouille*... Ce petit mensonge sur votre identité ne fera qu'ajouter à la romance de notre propre conte de fées s'il est correctement raconté, et nous pouvons compter sur ma mère pour cela. Quant aux autres objections, je choisis simplement de ne pas les considérer, si cela doit me coûter de vous perdre. Votre départ m'a plongé dans le désespoir. Je me suis demandé où vous étiez, si vous étiez en sécurité, et pourquoi vous aviez fait tout cela.

Il lui embrassa la main.

— Je trouverai d'autres moyens de contrer Baxter, ajouta-t-il. Et...

Elle l'interrompit. Au-delà de cette situation, il y avait des conséquences qu'il devait considérer.

— Non, vous ne pouvez pas vous contenter de dire cela. Quand je vous ai rencontré, et vous ai demandé si vous aviez songé à renoncer à cette fortune, vous avez été catégorique sur le fait que vous ne pouviez l'envisager. Vous qui ne vouliez pas être contraint à vous marier, y étiez néanmoins résolu afin d'assurer votre position pour empêcher votre cousin de mettre la main sur cet argent. Le mariage n'est pas quelque chose d'insignifiant, et vous avez une conscience aiguë du sacrifice qui vous est demandé.

C'était il y a deux semaines à peine. Donc, non, Sutton. Vous ne pouvez pas être là ce soir et déclarer allègrement que vous allez trouver une autre solution. S'il y en avait eu une autre, vous auriez opté pour elle d'emblée. Cela a-t-il changé ?

— Tout a changé, Elidh, dit-il posément, ce qui prouvait qu'il avait longuement réfléchi.

Si elle avait cru le prendre par surprise, ou pensé qu'il avait oublié cette pièce du puzzle, elle était déçue. Cependant, dans la petite partie d'elle-même qui espérait encore l'impossible, une minuscule flamme commençait à s'éveiller lentement à la vie.

— Il y a deux semaines, je ne vous avais pas encore rencontrée. Je ne connaissais pas l'amour, Elidh. L'amour change tout et vaut bien plus que tout ! Plus que l'argent, plus qu'une fortune. Je n'avais pas la moindre idée de ce que je sacrifiais. Quand j'ai commencé cette quête, il s'agissait d'une question d'argent. Et ce n'est plus ça, aujourd'hui. C'est une équation toute nouvelle. Il s'agit désormais d'amour, de vous, et je ne vous échangerai pas contre Baxter. Mon cousin ne vous vaut en rien, il ne vous arrive pas même à la cheville. Voilà ce qui a changé.

Sutton était magnifique dans son éloquence, son assurance contagieuse, et l'enthousiasme brillait dans ses yeux d'un bleu intense.

— Donc il ne nous manque que votre réponse. Elidh ?

— Vous voulez épouser une femme dont vous ignoriez le nom jusqu'à ce soir ? demanda-t-elle.

Le plaidoyer de Sutton avait beau être bien mené, ce n'en était pas moins impossible. Elle était tellement inférieure à lui socialement ! Ce serait prendre tant de risques pour ses futures relations !

— Oui, si cette femme, c'est vous, dit-il tout bas pour elle seule.

— Vous en viendrez à me détester.

— Je ne crois pas, murmura-t-il, les yeux soudain moins brillants. Elidh, reviendrez-vous ?

Elle se leva. Il fallait qu'elle soit forte une dernière fois, et le laisse derrière elle à jamais.

— Non, Sutton, je ne peux pas vous faire cela.

Cette fois, elle le perdrait irrémédiablement et il ne partirait plus à sa recherche. Tout serait clairement établi, expliqué. Elle continuerait son chemin, sachant qu'elle avait fait ce qu'il fallait. Et lui poursuivrait le sien, sachant qu'elle l'avait sincèrement aimé. Cela suffirait.

Il se leva en même temps qu'elle.

— Pouvez-vous me dire pourquoi ? Pourquoi l'amour ne suffit-il pas ?

— Parce que je vous aime aussi. L'amour est tout, Sutton. Je ne pourrais pas supporter de perdre le vôtre. Je vous aime assez pour renoncer à vous, et savoir qu'il est égoïste de vous garder pour moi seule. Le monde ne nous laissera jamais être heureux.

De toute façon, elle ne serait sans doute plus jamais heureuse. Elle sentait littéralement son cœur se briser au fur et à mesure de son discours.

— Le pensez-vous vraiment ?

Résignation et choc se peignirent sur son séduisant visage, peut-être les signes qu'il comprenait enfin que la bataille était perdue, espéra-t-elle.

— Où irez-vous ? Qu'allez-vous faire ? insista-t-il.

— Je ne sais pas, répondit-elle en lissant nerveusement ses jupes. Nous nous débrouillerons, d'une manière ou d'une autre. Nous y arrivons toujours, ajouta-t-elle avec plus d'assurance qu'elle n'en éprouvait.

Elle commençait à ressembler de plus en plus à son père. Ces jours-ci, elle le comprenait mieux. Elle l'avait mal jugé.

Sutton mit la main dans sa poche.

— Accepteriez-vous un peu d'argent ?

Il lui tendit une liasse de billets pliés, qu'elle repoussa. Elle le regretterait sans nul doute très vite, mais elle n'accepterait pas sa pitié alors que c'était elle qui le faisait souffrir.

— Non, ce ne serait pas bien, Sutton. Je suis désolée.

Désolée pour tant de choses ! songea-t-elle.

— Ne le soyez pas. Je ne le suis pas. Je ne regrette pas cette mascarade. Sans elle, je ne vous aurais pas rencontrée. Je suis simplement désolé que vous ne vouliez pas rentrer avec moi.

Il aurait dû la détester, pas lui donner l'absolution. Cela ne rendait la chose que plus douloureuse. C'était son tour de poser des questions, et d'écrire l'épilogue de cette romance à la triste fin.

— Qu'allez-vous faire, Sutton ? Qui allez-vous choisir ?

Qui terminerait l'histoire à sa place ?

Il secoua la tête.

— Je ne sais pas. Je ne pensais pas devoir choisir.

Il resta un instant silencieux.

— Elidh, si vous ne venez pas avec moi maintenant, peut-être viendrez-vous seule. Il n'est pas encore trop tard.

Il se pencha pour l'embrasser sur la joue, puis quitta la pièce. Et quitta sa vie. Cette fois pour toujours.

Elle s'effondra sur sa chaise, enfouit sa tête entre ses bras croisés sur la table et se mit à sangloter.

Toutes les bougies étaient consumées. La pièce était plongée dans l'obscurité, mais elle restait assise sur sa chaise sans bouger, sa tête vide toujours dans ses bras.

Rosie finit par faire son apparition, s'assit à côté d'elle, puis lui caressa les cheveux d'une main maternelle.

— Allons, ma fille, allons nous coucher. Tout ira mieux demain.

Elidh releva la tête.

— Il m'a demandé de rentrer avec lui. Il veut m'épouser.

Elle ! Pas la *principessa* avec ses belles robes et ses coiffures raffinées. Elidh Easton qui, à part son amour, avait si peu à offrir. Et la seule chose qu'il lui avait demandée ce soir, elle la lui avait refusée. Elle lui avait offert repentir et excuses, ainsi que l'honnêteté la plus sincère quand elle lui avait dévoilé son histoire. Mais quand il lui avait demandé son cœur, elle ne le lui avait pas offert. Elle avait voulu le protéger. Ou avait-elle voulu se protéger elle-même ? Avait-elle trop peur d'affronter les derniers obstacles ? La peur paralysait et empêchait grandement l'action.

— Me suis-je trompée, Rosie ? demanda-t-elle.

— Tu es la seule à pouvoir le décider, lui répondit doucement celle-ci.

De nouvelles angoisses saisirent Elidh. Avait-elle renoncé au bonheur par crainte, pas seulement cette fois, mais à deux reprises ? Pour aimer passionnément, il fallait vivre passionnément. Mais elle ne l'avait pas fait. Bien qu'elle n'ait rien à perdre et nulle part où aller, elle avait encore pris des risques ce soir.

Elle avait choisi de ne rien avoir plutôt que de se lancer vers un avenir incertain.

Quant à Sutton, sachant qu'il perdrait tout, il avait tout risqué dans l'espoir d'obtenir plus important à ses yeux que ce à quoi il renonçait – fortune, prestige social, influence, pouvoir. Il était désireux d'échanger tout cela contre elle, car elle comptait plus pour lui que fortune et pouvoir. Parce que Sutton Keynes, scientifique, éleveur de chamelles et amoureux des chevaux, croyait que l'amour prévalait sur tout. C'était pour cela qu'il avait abhorré cette partie de campagne, où il était présenté tel un animal de concours, un étalon disponible, un beau jeton à placer pour gagner une fortune, quelle que soit la définition que l'on veuille appliquer à cette foire au mariage. Il n'y avait aucun amour dans tout cela. Ce n'était qu'une transaction d'affaires enveloppée de satin et de dentelles, et Sutton n'en voulait pas. Il n'y trouverait pas l'amour.

Mais il l'avait trouvé avec elle, et elle l'avait repoussé.

— Rosie..., commença-t-elle d'une voix tremblante. Je crois que nous avons commis une erreur.

Une grave erreur. L'amour n'avait pas flanché, c'était elle qui avait flanché. Elle les avait condamnés tous deux à un avenir lugubre. Sutton avec son argent et marié sans amour à une femme qu'il n'avait jamais désirée, et elle-même à la misère et à d'éternels regrets.

— Rien qui ne puisse s'arranger dès demain matin, ma chérie, lui dit Rosie avec un sourire réconfortant. Il reste encore du temps.

C'était ce que Sutton avait dit. Mais très peu de temps, cependant.

— Il va me falloir une robe de bal, Rosie.

Il était venu à sa recherche. Désormais, c'était à elle de partir à sa rencontre.

23

L'amour ne mourait jamais, ne trompait jamais.

Sutton s'accrochait à cette simple croyance tandis que s'égrenaient les heures. Elidh viendrait. Il ne savait comment, mais elle viendrait. Neuf miles n'étaient pas une distance insurmontable. Elle changerait d'avis, et viendrait. Elle comprendrait que ses préoccupations ne comptaient pas, que l'amour suffisait, et que jamais il ne la détesterait.

Il commença à la guetter vers midi. Son pouls s'accéléra quand il vit un nuage de poussière se former aux grilles de la demeure, annonciateur de l'arrivée d'une voiture. Mais ce n'était que la sienne qui était allée quérir Mr Barnes, le notaire, à la gare. Mr Barnes avait insisté pour qu'il lui envoie un véhicule aux sièges bien rembourrés.

— Je ne peux plus malmener mes vieilles articulations sur les chemins de campagne dans des voitures de fortune, bougonna-t-il en descendant de la calèche. Je me briserais un os quelconque, à mon âge, et cela pourrait m'être fatal. J'ai tous vos documents là-dedans, ajouta-t-il en tapotant son porte-documents gonflé à exploser. Tout sera bien en ordre ce soir.

D'autres voitures arrivèrent dans le courant de l'après-midi. Hartswood se para d'une atmosphère de fête tandis que les invités affluaient pour le souper et le bal qui s'ensuivrait.

Les rumeurs étaient allées bon train ces derniers jours et, ce soir, tout le monde voulait être aux premières loges pour sa déclaration et le point d'orgue de ce conte de fées. Sutton les accueillit tous personnellement, car cela lui fournissait un prétexte pour garder un œil sur l'allée et voir Elidh arriver.

Mais Elidh n'arrivait pas. Les voitures se succédaient, déversant femmes de chambre avec leurs cartons de robes de soirée, et jeunes filles en fleur. Mais aucune n'était Elidh.

Le souper sur les pelouses derrière la maison fut parfait, avec une profusion de lanternes et d'auvents d'un blanc immaculé, sous lesquels circulait avec discrétion le personnel impeccablement stylé de Hartswood, occupé à servir un dîner léger, agrémenté d'un vin blanc français servi glacé dans des verres en cristal.

— Superbe soirée, Keynes !

Lord Wharton, rendu expansif par un probable excès de vin et la conviction que sa fille Ellen serait celle appelée par Sutton ce soir, rejoignit sa table pour lui serrer la main.

Sutton avait passé la matinée en compagnie des quatre familles en tête de liste afin d'oublier le temps qui filait. Et peut-être aussi pour trouver une solution de secours comme le lui dictait son côté rationnel.

Si l'amour l'abandonnait, si Elidh ne venait pas, il lui fallait un second choix.

Il y eut des toasts, assortis de nombreux vœux et souhaits. Le dîner terminé, les invitées se retirèrent dans leurs chambres pour revêtir leurs robes de bal, tandis que les hommes allaient boire leur porto et jouer au billard pour une heure environ.

Sa mère le traîna vers l'entrée pour accueillir encore quelques arrivants. C'était ceux qui n'avaient pu venir pour le dîner, mais qui n'auraient voulu pour rien au monde rater la grande annonce que Londres attendait depuis deux semaines.

Recevoir les invités à l'entrée était une véritable torture, car son espoir renaissait à chaque voiture qui s'arrêtait, pour être chaque fois déçu. Il y avait parfois une certaine nuance de couleur, un mouvement particulier qu'il décelait du coin de l'œil et qui lui rappelait un souvenir d'Elidh. Il se tournait alors vivement, et son cœur vacillait de nouveau.

— Elle ne viendra pas, lui chuchota sa mère tandis que la dernière voiture se vidait de ses passagers.

L'orchestre était en train de s'accorder dans la salle de bal.

— Elle viendra, répliqua-t-il fermement.

Mais il avait pour ainsi dire épuisé toutes les raisons de le croire. Il faisait déjà presque nuit. Voyager de nuit pour une personne sans l'équipage adéquat était risqué. Elidh ne se lancerait pas à pied sur les routes et les chemins du Suffolk.

Vu l'heure, il restait peu de chances qu'elle arrive. Il devait l'accepter.

Non ! Accepter revenait à se résigner et à admettre la défaite, l'échec. L'amour n'échouait jamais. Il n'y avait certes dans tout cela aucune logique sur laquelle s'appuyer, mais il devait y croire, jusqu'au dernier instant. Même si ses convictions n'étaient pas inébranlables, et si ses expériences passées lui dictaient le contraire. Le délai imparti jouait contre lui, la logique plus encore.

— Le moment est venu de la valse d'ouverture, lui dit sa mère. Les jeunes filles ont voulu tirer à la courte paille.

Voilà qu'il était réduit à un objet que l'on s'arrachait après un tirage au sort !

— Lady Imogen a gagné, continua sa mère. Joli hasard, en fait. Les gens vont penser qu'elle est la favorite, en raison du rang de son père.

Elle essayait de l'encourager.

Ce serait donc Imogen. À la fin de leur danse, il serait littéralement soûlé de « Et vous-même ? ». Mais s'il voulait être positif, cela signifierait qu'il serait débarrassé d'elle pour toute autre danse jusqu'à la fin de la soirée. Et il devait rester optimiste.

Ce n'était qu'une petite épreuve à supporter avant l'arrivée d'Elidh.

Il dansa avec Imogen, Isabelle, puis Eliza Fenworth pour la tenir à distance de Baxter, qui rôdait avec un sourire de prédateur parmi les jeunes filles attendant sur leurs chaises, comme si la salle de bal de Hartswood était devenue son terrain de chasse. Qui savait combien de pauvres innocentes Baxter tenterait de séduire dans l'ombre des buissons du jardin ? « Tenterait » était d'ailleurs le mot de circonstance, ce soir, car cela n'irait pas plus loin. Sutton avait donné pour instruction à ses valets de surveiller Baxter attentivement, de très près.

Il avait également demandé à un valet de garder un œil sur l'allée devant la maison, et de le prévenir sur-le-champ dans le cas où il y aurait une arrivée tardive. Son regard était donc sans cesse attiré vers l'entrée de la salle de bal, dans l'espoir de voir le valet surgir avec des nouvelles.

Mais il ne voyait ni valet, ni Elidh. Les contes de fées n'étaient pas censés se terminer de la sorte, avec le triomphe de la réalité. Car dans le vrai monde, les filles de dramaturges impécunieux n'épousaient pas des gentlemen.

L'excitation dans la salle de bal allait crescendo. Tous les yeux étaient braqués sur lui afin d'observer avec qui il dansait, et les éventails s'agitaient furieusement devant les visages des femmes qui commentaient et spéculaient sur son choix.

Son cousin vint le narguer, triomphant.

— Tu peux cesser de regarder l'entrée de la salle. Elle ne viendra pas.

Baxter vida sa coupe de champagne d'un trait et la reposa sur le plateau d'un valet qui passait parmi la foule.

Sutton ouvrit sa montre gousset, cadeau de son père pour ses dix-huit ans.

— Il est très exactement 11 h 30, et te voilà, cousin, répondit-il en s'efforçant de ne pas se laisser atteindre par les propos venimeux de Baxter.

Il s'attendait à une ultime tentative de celui-ci, et ne fut donc pas surpris outre mesure qu'il vienne le tourmenter au dernier moment.

— Mon père nous a vraiment mis dans de beaux draps tous les deux, n'est-ce pas ? ironisa Baxter.

Il affectait une posture nonchalante. À moins de savoir ce que Baxter risquait de perdre ce soir, quiconque les observant de loin les aurait trouvés amicaux l'un envers l'autre, buvant un dernier verre entre cousins avant la grande annonce et les félicitations d'usage.

Refusant d'alimenter la conversation, Sutton resta silencieux, avec l'espoir que Baxter se tairait. Mais il n'eut pas cette chance. Baxter continua imperturbablement à déverser son fiel.

— Son argent est une malédiction. Ni toi ni moi ne gagnerons, ce soir. Si tu te maries, je perds une fortune. Et toi, en te mariant, tu perds l'espoir de trouver l'amour, qui finalement semble très important pour toi, même s'il t'a peu apporté jusqu'ici.

Il éclata de rire.

— Je ne te comprends pas, cousin. Tu as trente des plus belles vierges d'Angleterre à ta disposition, chacune d'elles sans exception prête à écarter obligeamment les jambes pour toi, et une fortune à portée de main pour te convaincre d'accepter leur offre. Et pourtant, tu hésites.

— Surveille ton langage quand tu es dans ma maison ! lui intima Sutton.

Après les émotions de ces deux dernières semaines, sa patience avait atteint ses limites. Ce soir, une très légère provocation suffirait pour qu'il se batte avec son cousin dans sa propre salle de bal.

Baxter haussa les épaules en guise d'excuses dépourvues de sincérité.

— Mais je surestime peut-être tes idées en ce qui concerne l'amour ! Peut-être en es-tu une fois de plus fatigué... Tu n'as vraiment pas de chance avec les femmes, cousin. D'abord avec Anabeth Morely, qui t'a évincé pour te préférer l'héritier d'un duc, et voilà maintenant que ton cœur est pris par une menteuse passée maître dans l'art de l'imposture. Tu aurais tout intérêt à prendre une de ces vierges en robe blanche qui foisonnent ici. Pourtant, tu t'obstines à regarder l'entrée. Espères-tu que ta menteuse va arriver ici comme si de rien n'était ? Quel homme pourrait bien désirer une femme qui l'a trompé ? Et qui va lui coûter une fortune !

— As-tu terminé ? demanda Sutton en affichant une posture trahissant l'ennui.

Il n'avait aucune envie de passer ces dernières minutes avant minuit à parler avec Baxter.

— Oui. Je voulais simplement dire qu'elle ne viendra pas.

Baxter saisit sur le plateau d'un valet qui passait une nouvelle coupe de champagne qu'il vida avant de reprendre avec un air suffisant :

— Et je le répète, cela vaut peut-être mieux. Que choisirais-tu ? L'amour ou l'argent ? Mon père t'a infligé un sacré dilemme. Je crois d'ailleurs que c'est le même qu'a vécu ta mère, non ? Cependant tu penses que si cette fille t'aimait vraiment, elle serait là. Peut-être est-ce elle la plus intelligente. Elle a décidé que l'amour n'en valait pas la peine, ou alors elle a décidé que c'était toi qui n'en valais pas la peine, sans la fortune que tu vas décrocher.

Il lui fit une petite inclination moqueuse de la tête.

— L'argent est la seule chose qui compte à la fin, Sutton. Toujours.

Non. Baxter se trompait. Elidh l'aimait. Trop, semblait-il. L'amour jouait contre lui, en fait, mais Baxter ne le comprendrait jamais. L'argent… L'amour… Rien n'avait d'importance en cet instant.

La seule chose qui lui importait, c'était qu'Elidh n'était pas là.

Un quart d'heure avant minuit, les valets commencèrent à faire circuler les coupes de champagne pour le toast. Mr Barnes s'installa au pied de l'estrade surmontée d'un dais dressée pour l'occasion, sa serviette bourrée de documents à ses côtés. Comme un bourreau avec ses instruments, l'estrade le surplombant semblable à un échafaud, se dit Sutton.

Il allait à la mort, et Elidh serait sa seule chance de l'éviter. Sa seule consolation était que tout cela serait très bientôt terminé.

La décision prise et annoncée, les invités repartis, il pourrait retourner à ses chameaux et ses chevaux. Sa mère s'occuperait des préparatifs du mariage. Il se contenterait d'y faire une apparition, le temps nécessaire. Cela deviendrait le schéma directeur de sa vie. Sa mère et son épouse organiseraient bals, soupers, fêtes, et il y ferait chaque fois une brève apparition. C'était tout ce qu'il aurait à faire. Le reste du temps, il pourrait être à la laiterie, à se souvenir de ce qu'il y avait vécu, et rêver à ce que sa vie aurait pu être, si Elidh était venue.

Si elle avait cru en lui.

C'était ce qui l'irritait le plus : elle ne croyait pas qu'il pouvait tout résoudre pour elle, pour eux. Qu'il affronterait quiconque remettrait en cause leur mariage et sa place à ses côtés. Elle pensait que l'aimer signifiait renoncer à lui et ainsi le protéger, et il avait été incapable de la convaincre du contraire.

Sa mère le rejoignit et passa le bras sous le sien.

— Es-tu prêt ? Après cette danse, tu pourras faire ton annonce. T'es-tu décidé ?

Elle était tout sourire, ce soir. Mais ils étaient trop appuyés.

— Je suis désolée qu'elle ne soit pas venue, mon fils.

Il attendit qu'elle poursuive avec une platitude du genre « Cela vaut mieux », mais elle s'en abstint. Elle était trop subtile pour cela. Qu'elle approuve son choix ou non, elle le soutiendrait.

— Quand vous avez choisi père au lieu d'oncle Leland, cela a-t-il été une décision difficile ? lui demanda-t-il. Mon oncle était l'aîné, celui qui avait les plus belles perspectives d'avenir à l'époque. Il avait tout ce que l'on pouvait offrir à une future épouse.

Le sourire de sa mère se fit plus doux.

— Non, cela n'a pas été difficile du tout. Cette aisance matérielle qui m'était assurée n'avait pas d'importance. Quand j'étais avec ton père, j'avais le sentiment de faire ce qu'il fallait, que j'étais faite pour lui, et que cela ne pourrait jamais être imité ou remplacé par Leland ou un quelconque autre gentilhomme fortuné. Quand on est avec la bonne personne, on le sait intuitivement, tout de suite.

Certes. On le savait. Mais comment convaincre cette personne que c'était suffisant ? Et quand fallait-il cesser de le tenter ?

L'orchestre s'arrêta. Sa mère lui tapota le bras, dans un geste d'affection et de soutien, peut-être avec le regret que les choses en soient arrivées là. Il prit une coupe de champagne et monta sur l'estrade. Campé sous le dais, il contempla l'assemblée qui s'était tournée vers lui.

Les quatre prétendantes en tête de liste se rassemblèrent à la droite de l'estrade, formant un joli bouquet de robes pastel, gloussant avec nervosité, faussement modestes, et feignant de se soutenir mutuellement.

Non loin de là, Baxter s'apprêtait à exulter de son échec. Il perdrait certes une fortune, mais il se délectait de ce que cela coûterait à son cousin. Et il en tirerait une jouissance perverse.

Sutton supposait que, comme lui-même, Baxter continuerait à espérer jusqu'à la toute dernière minute. Peut-être son cousin croyait-il aussi qu'il renoncerait à la fois à la fortune et au mariage. Mais il ne le ferait pas, bien sûr ! Il ne perdrait pas à la fois Elidh et une chance de faire le bien, de mettre un terme aux entreprises néfastes de son cousin.

La bataille entre eux continuerait.

Sutton fit tinter sa coupe avec un couteau pour demander l'attention et les conversations cessèrent aussitôt.

— Mesdames et messieurs, bienvenue à cette dernière soirée de notre partie de campagne d'été, commença-t-il. Il y a trois semaines, Mr Barnes ici présent m'a dévoilé les dernières volontés de mon oncle, très particulières, qui ont donné lieu à cette partie de campagne, jusqu'à sa conclusion ce soir. Pour prétendre à la fortune de mon oncle, je dois choisir une épouse. Vous avez tous été très généreux de m'y aider.

L'assemblée partit d'un éclat de rire général.

— J'apprécie la courtoisie de tous ceux qui n'ont épargné ni leur temps ni leurs efforts et n'ont pas hésité à quitter Londres alors que la Saison n'est pas encore tout à fait terminée, et je les en remercie chaleureusement.

Il redescendit de l'estrade et prit le temps de remercier personnellement le plus d'invités possible, serrant la main des hommes et prodiguant des baisemains aux dames, complimentant les jeunes filles. Si toutes avaient leur petit moment de gloire, cela atténuerait la déception de ne pas être choisies. S'il pouvait continuer à les faire rire, cela ralentirait l'arrivée de l'inéluctable.

Minuit approchait. Il ne pouvait plus atermoyer.

Il observa les jeunes filles. Pas Isabelle. Elle était trop chipie et malveillante. Pas Imogen. Trop timide, trop jeune. Il ne pourrait pas supporter un « Et vous-même ? » de plus. Il les transformerait en un jeu à boire, où chaque « Et vous-même ? » donnerait lieu à l'absorption d'un verre, et il finirait très vite ivrogne. Pas Eliza Fenworth, même si c'était la plus douce, la plus talentueuse et la plus charmante. Il nourrissait pour elle de grands espoirs de bonheur avec le luthier à qui il avait écrit. Il ne la priverait pas de cela. Cela laissait Ellen Hines, la fille de Wharton, qui avait été présentée à trois Saisons sans succès, son seul défaut étant d'être trop terne pour s'être fait remarquer. Ce manque d'éclat excepté, elle était par ailleurs sans reproche. Wharton serait satisfait que sa fille soit choisie, mais Sutton détestait l'idée qu'il puisse croire que ce choix était dû à l'insistance confinant au harcèlement dont il avait fait preuve. Il n'oubliait pas que Wharton avait tenté de soudoyer sa mère. Et quand cela avait échoué, il avait essayé de le menacer.

Le silence qui régnait dans la salle de bal fut soudain rompu par des éclats de voix en provenance du rez-de-chaussée.

Le cœur de Sutton fit des bonds, comme il n'avait cessé d'en faire toute la journée, chaque fois qu'il avait eu l'espoir de voir apparaître Elidh. Il reprit la parole. Il fallait qu'il donne à la personne qui arrivait, qui qu'elle soit, le temps d'entrer dans la salle de bal. Au cas où...

— Nous avons voulu créer un conte de fées ces dernières semaines, et je crois que nous y avons admirablement réussi.

Dans le hall, l'horloge commença à sonner minuit.

Un. Deux.

— Comme vous le savez, les contes de fées commencent par « Il était une fois... » et se terminent par « Et ils vécurent heureux jusqu'à la fin des temps ».

Trois. Quatre.

— Pas parce qu'un homme a organisé un bal et trouvé une épouse répondant à certains critères. Ni parce que son père est riche et titré, même si cela commence souvent ainsi.

Cinq. Six.

Baxter haussa un sourcil démoniaque. Son visage exprimait clairement ses pensées. *Tu n'as plus de temps, cousin. Vas-tu risquer de tout perdre pour une inconnue dans le hall ?*

Sept. Huit.

L'assistance retenait son souffle. Sutton poursuivit, le souffle court lui aussi.

— Mais parce qu'un homme a trouvé le véritable amour.

Une petite vague discrète de « ah ! » traversa la salle.

Neuf.

— Entre le début et la fin, cependant, les contes de fées réservent souvent nombre de surprises et d'épreuves.

Dix.

Dépêche-toi ! hurla-t-il intérieurement.

— Le prince et la princesse, dans ces histoires, ne sont pas toujours ceux que l'on croit. Ils sont trompés, dupés, le chemin est jalonné de fausses identités, semé de diverses embûches conçues pour égarer les véritables élans du cœur. Cela a été le cas ici. Mais comme dans toutes les belles histoires, l'amour a vaincu et déchiré les voiles qui, s'ils étaient restés baissés, auraient pu conduire à de fatales erreurs.

Onze.

Elle était sur le seuil ! Essoufflée, une main pressée sur la taille très ajustée de sa robe, elle était là ! Elle avait couru. Sa coiffure laissait échapper des mèches folles. Le bas de sa robe était poussiéreux, mais elle était là. Elidh était là ! Sutton sentit sa gorge se nouer, et eut besoin d'un moment pour reprendre contenance.

Douze.

— Mon choix est le suivant : j'épouserai Elidh Easton et, au nom de l'amour, je renonce donc à mes prétentions sur la fortune de mon oncle.

Il lui tendit la main tandis que s'évanouissait dans l'air le dernier coup du carillon de minuit.

La stupéfaction se traduisit dans la salle par un brouhaha de murmures d'incrédulité tandis qu'Elidh fendait la foule, coupant court aux rumeurs et aux spéculations. Personne ne reconnut d'emblée la *principessa*, évidemment. Qui était cette femme ? Avait-elle assisté à la partie de campagne ? D'où venait-elle ? Elle n'avait pas été là de toute la soirée.

Échevelée, couverte de poussière, tête haute et les yeux fixés sur lui seul, elle ne lui était jamais apparue aussi ravissante.

Sutton sourit. Cette réflexion lui deviendrait sans doute familière. Il se souvint se l'être déjà faite, aux écuries, et il se la referait sans doute. Peut-être demain déjà, puis le jour de leur mariage, lors de leur nuit de noces, le lendemain, et chaque jour qui suivrait, le jour où naîtrait leur premier enfant, puis le second… et à l'infini.

Il lui prit la main et la fit monter sur l'estrade avec lui, là où était sa place.

— Je n'étais pas certaine d'y arriver, chuchota-t-elle.

— Vous êtes pile à l'heure, c'est tout ce qui compte, lui répondit-il, rayonnant.

Baxter était rayonnant lui aussi. Il récupérait la fortune qu'il estimait lui revenir de droit. Mais pas pour longtemps, souhaita Sutton. Un jour, d'une manière ou d'une autre, il mettrait un terme aux manœuvres de corruption de son cousin. Tout était possible, avec Elidh à ses côtés. Il se tourna vers le notaire qui, après le tour qu'avaient pris les événements, fouillait frénétiquement dans sa serviette.

— Monsieur Barnes, si vous voulez bien nous faire l'honneur de nous lire les documents légaux, devant témoins…

— Oui, ça y est, j'ai la lettre, répondit Barnes en brandissant le document, avant de monter sur l'estrade en s'éclaircissant la voix.

— Sir Leland Keynes a laissé deux enveloppes. L'une d'elles devait être ouverte si M. Sutton Keynes, son héritier désigné, remplissait les conditions exigées dans ses dernières volontés. Et une autre, à ouvrir s'il ne présentait pas une épouse titrée dans le délai imparti.

Il montra l'enveloppe à la ronde puis l'ouvrit avec force gestes théâtraux. Il en sortit une lettre qu'il déplia et en entreprit la lecture.

— « Cher neveu, si tu lis ceci, je t'adresse toutes mes félicitations. Tu as réussi l'épreuve. »

Barnes leva les yeux, constatant les murmures de confusion dans la salle, et de déception également. Sutton était très conscient que quelques-uns des pères se seraient réjouis de le voir déshérité pour ne pas avoir choisi leur fille.

Juste devant lui, au pied de l'estrade, Baxter avait d'abord pâli, avant de devenir franchement livide. Mais Sutton n'avait pas le temps de s'attarder sur son cousin. Il écoutait lui aussi très attentivement, aussi perplexe que les invités, et redoutait la suite. La main d'Elidh serra plus fort la sienne, et il se crispa, dans l'attente d'un autre des petits jeux de son oncle.

Qu'avait-il pu encore concocter ?

Barnes reprit sa lecture.

— « Si tu as renoncé à ma fortune afin de faire tes propres choix, cela ne peut que signifier que tu as préféré l'amour à l'argent. Une très sage décision, que j'approuve du haut de l'expérience que m'a donnée mon grand âge. En agissant ainsi, tu as démontré la force de tes convictions et ton courage à les défendre. La femme que tu as choisie devrait être fière de savoir qu'elle va épouser un tel homme, et être rassurée car elle sera chérie pour ce qu'elle est, et non pour son statut social ou celui de sa famille. Je suis certain que bon nombre de prétendantes ont dû être exhibées sous ton nez sans vergogne, simplement pour leur richesse et leur position. »

On entendit certains bruits dans la salle, les toussotements gênés et les raclements de semelles de ceux qui changeaient nerveusement de position, embarrassés par ces vérités qu'on leur assénait. Son oncle venait de faire honte à ceux qui transformaient le mariage en foire aux enchères, pour celui qui proposerait le plus.

— « En raison de cette décision, je t'accorde pleine possession de ma fortune sans tenir compte des origines de ton épouse. J'y ajoute ma maison de Londres et des fonds de placements pour chacun de tes futurs enfants. Je te souhaite aussi ce qui m'a manqué toute ma vie : un bonheur sans nuages pour toujours, jusqu'à ce que la mort vous sépare. »

La salle resta silencieuse. Sur les visages, on pouvait lire de l'émotion, mais aussi de la désapprobation chez les pères dont les filles ne rentreraient pas ce soir avec la fortune escomptée. La mère de Sutton monta sur l'estrade, et leva sa coupe de champagne.

— Portons un toast à l'heureux couple ! Il est évident qu'ils seront heureux ensemble jusqu'à la fin des temps, comme le veut un véritable conte de fées. À votre santé à tous !

Elle fit signe à l'orchestre qui commença à jouer une valse.

— Danse avec ta future épouse, Sutton, dit-elle. Montre-leur à quoi ressemble le bonheur.

Mais Baxter n'était pas prêt à abandonner. Il arrêta Sutton qui venait de descendre de l'estrade en lui saisissant fermement le bras.

— Tu prétends avoir à la fois amour et argent ? Jusqu'à ce que la mort vous sépare, hein ? grogna-t-il. Combien de temps crois-tu que ça durera, si je m'en occupe à ma façon ?

— Très longtemps, cousin, répondit posément Sutton sans se laisser impressionner. Si quoi que ce soit de fâcheux devait arriver à l'un de nous, qui ne soit pas de cause naturelle, tu seras bien évidemment le premier suspecté. Tu es donc toi-même notre meilleure assurance, pour une très longue vie. Impossible de dépenser des fortunes, de se vautrer dans le luxe et la luxure comme tu aimes tant le faire lorsque l'on est mort, songes-y bien. Car tu serais immanquablement pendu pour meurtre. Maintenant, si tu veux bien m'excuser, ajouta-t-il avec une inclinaison de la tête, je vais danser avec mon épouse.

— Ce n'est pas terminé, espèce de sale voleur ! fulmina Baxter avant de disparaître dans la foule.

Non, ce n'était pas terminé, en effet, et Sutton y veillerait, mais pas dans le sens où l'entendait Baxter. Il finirait par neutraliser son cousin et l'empêcherait de nuire.

Pour le moment, Sutton avait plus important à faire. Il conduisit Elidh sur la piste de danse et l'entraîna dans la valse, rayonnant de bonheur.

— Je croyais que vous ne viendriez pas, lui dit-il.

D'autres danseurs les rejoignirent, mais il les remarqua à peine.

— J'ai compris après votre départ que j'avais commis une énorme erreur. Pas une seule d'ailleurs, mais deux. Je redoutais l'arrivée de la lettre de la vicomtesse Taunton, qui vous aurait révélé la vérité sur mon identité sans que j'aie pu m'expliquer avant.

Elidh avait le visage rosi par la joie. Il aurait aimé qu'elle reste toujours ainsi et se promit de faire de son mieux pour s'en assurer, chaque jour.

— J'ai failli ne pas arriver à temps, reprit-elle. Un essieu de la carriole qui a bien voulu nous conduire s'est cassé à la sortie de Fordham.

— Alors qu'avez-vous fait ? lui demanda Sutton en souriant.

— Nous avons cherché une autre carriole. Mais comme nous n'en avons pas trouvé, nous avons marché.

— Depuis Fordham ? s'exclama Sutton, stupéfait. Cela fait six miles ! C'est dangereux, de nuit !

— Nous avons marché cinq miles seulement. J'ai fait le dernier mile en courant. J'aurais marché bien plus que cela pour vous, Sutton.

Elidh leva vers lui des yeux emplis d'amour.

— Vous avez couru pendant tout un mile ? reprit-il, incrédule. Dans l'obscurité ?

— Oui. Quel autre choix avais-je ? Et j'ai failli arriver trop tard.

— Avez-vous une autre robe ?

— Oui. Dois-je me changer ? demanda-t-elle, inquiète, soudain consciente de sa piètre apparence.

— Non, vous êtes parfaite comme vous êtes. Je me demandais simplement combien de temps il vous faudrait pour en avoir une qui soit prête.

— Pour quoi faire ?

— Pour notre mariage. Je veux vous épouser dès que possible. Pour commencer notre « heureux jusqu'à la fin des temps ».

Elidh rayonna, et ses yeux scintillèrent de malice.

— Oh ! ça ? Je croyais que cela avait commencé le soir où je vous ai rencontré.

Sutton éclata de rire.

— Êtes-vous sûre que ce n'était pas plutôt le jour où vous avez propulsé ma boule de croquet dans les bois ?

Les sourcils froncés, elle fit mine de réfléchir.

— Hum... Tout bien considéré, je n'en suis pas certaine. C'était peut-être le jour où vous m'avez fait découvrir la grotte sur l'île, ou celui où nous avons aidé à la naissance des poulains.

Elle émit un petit soupir de prétendue exaspération.

— Votre hypothèse mériterait d'être étudiée avec plus de soin, monsieur Keynes.

Il l'embrassa alors, sa magnifique Elidh, sa jeune fille à l'oison, sa princesse. Celle qui était tout son monde, enfin dans ses bras.

Il se moquait bien de qui les regardait, ou de ce que pensaient les gens.

Il savait ce qu'il pensait, lui, ce en quoi il croyait : que l'amour ne vous décevait jamais. C'était empiriquement vrai. Ils l'avaient prouvé, ensemble.

Épilogue

Londres, huit mois plus tard

Les chandeliers s'éteignirent progressivement. Les éclairages de scène prirent le relais. À l'intérieur de L'Italien, le tout dernier nouveau théâtre de Covent Garden, la foule fit silence, attendant que la pièce commence. Dans la luxueuse loge sur la droite de la scène, Elidh et Sutton étaient assis main dans la main, échangeant des regards affectueux, eux aussi impatients de voir le spectacle commencer.

— Pensez-vous que la pièce de votre père sera bonne ? lui demanda Sutton après avoir parcouru le programme. Je suis quelque peu dubitatif. *La Mariée frauduleuse...*

Il avait lu le titre en feignant d'être soucieux, pour la taquiner.

Elidh éclata de rire.

— Je sais de source sûre qu'elle est basée sur des événements réels. Une jeune fille se rend à une partie de campagne à laquelle elle n'est pas invitée, en se faisant passer pour une princesse, et finit par épouser son hôte fortuné.

— Après de nombreuses péripéties, bien sûr, précisa Sutton avec un clin d'œil complice.

— Bien sûr, après de nombreuses péripéties. Le chemin vers l'amour véritable n'est jamais rectiligne.

Ces huit derniers mois avaient été son propre conte de fées devenu réalité. Le mariage avait été un vrai tourbillon, magnifique et somptueux. Assez somptueux pour convaincre les mauvaises langues de la bonne société qu'il était tout à fait légitime, et désiré. Et assez beau pour satisfaire Sutton, qui insistait pour la gâter. Ils avaient depuis passé leurs journées à Hartswood avec les animaux et visité les moindres recoins du domaine. Sutton lui avait appris à monter après lui avoir offert, entre autres cadeaux de mariage, un cheval placide. Ils s'étaient baignés dans les sources chaudes. Et avaient passé l'hiver dans la chaleur des écuries avec les jeunes poulains.

C'était une vie heureuse, idyllique.

Mais tout le monde n'avait pas les mêmes goûts. Comme la mère de Sutton, le père d'Elidh préférait l'animation de Londres, et ne fut pas déçu sur ce point. Sutton était devenu propriétaire et mécène d'un théâtre où son père, qui s'était remis à écrire, pouvait diriger des acteurs à sa guise, et où Rosie pouvait habiller à son gré une nouvelle génération d'actrices.

Elidh était venue avec Sutton pour assister à la première de la nouvelle pièce, la deuxième écrite par son père depuis l'ouverture du théâtre en décembre.

— Aimeriez-vous rester en ville pour la Saison ? Nous avons désormais la maison de Londres, et tout y sera aménagé correctement dans deux semaines, lui proposa Sutton en caressant sa main gantée. Nous pourrions vous faire confectionner toute une nouvelle garde-robe à cette occasion.

Elidh lui glissa un sourire.

— Je suis prête à rentrer à Hartswood. Et nous n'aurons ainsi qu'à faire retoucher mes robes.

Sutton fronça les sourcils. Elle adorait le prendre par surprise, il le savait bien maintenant.

— Et pourquoi cela ? N'aimez-vous pas la couturière ? Nous pouvons en trouver une autre. Ma mère vous recommandera quelqu'un.

— Non, dit-elle en secouant la tête, son sourire de plus en plus épanoui. Il n'y a aucun problème avec la couturière. C'est plutôt avec moi. J'ai l'intention de devenir bien plus grosse.

Sutton commença à comprendre.

— Êtes-vous en train de me dire…

Elle hocha la tête.

— Oui. Je… Nous attendons un enfant.

Sutton se pencha vers elle et l'embrassa avec fougue, sans se soucier de qui pouvait les voir. Et elle aussi s'en moquait. Elle était bien au-delà désormais de se préoccuper de l'opinion des autres. Elle savait qu'elle était la femme la plus chanceuse du monde, parce qu'elle était aimée.

— Êtes-vous heureux ? lui demanda-t-elle en riant doucement entre deux baisers.

— Que croyez-vous ? répliqua Sutton. Puisque nous savons déjà comment la pièce va se terminer, pourquoi ne partirions-nous pas un peu plus tôt ?

Elidh fit un signe d'assentiment. Ils le feraient certainement. Le rideau se levait sur un tout nouveau chapitre de leur vie, et elle n'avait aucune inquiétude. L'amour ne se trompait jamais.

BRONWYN SCOTT

L'espoir d'une Lady

DENTELLES ET TRAHISONS
VOLUME 2

Traduction française de
ANNIE LEGENDRE

HARLEQUIN

Titre original :
CAPTIVATED BY HER CONVENIENT HUSBAND

Ce roman a déjà été publié en 2020.

1

Indigo Hall, Sussex – vendredi 26 octobre 1855

Avaline Panshawe-Tresham ne pouvait différer davantage son apparition au bal. Elle allait devoir descendre de son tilbury, entrer dans l'imposante demeure devant laquelle il était stationné depuis maintenant dix bonnes minutes, et tenir son rôle aussi convenablement que possible dans la comédie mondaine qui s'y jouait : saluer les hommes d'une courte révérence, ajouter un sourire poli à l'intention des dames, se laisser embrasser par les plus âgées ou les plus intimes, supporter les bienveillantes attentions de sa famille, dont la plupart des membres devaient être déjà arrivés...

Et, pis que tout, subir les assiduités de leur hôte, Tobin Hayworth, tout en feignant d'ignorer ses intentions, comme elle feignait d'ignorer son propre statut de vilain petit canard aux yeux du clan Tresham depuis l'échec de son mariage, il y avait de cela maintenant sept ans, trois semaines et un jour.

Aussi gentils et polis les Tresham fussent-ils à son égard, elle était parfaitement consciente de la déception qu'elle leur avait infligée en laissant partir son jeune époux au bout de trois semaines de mariage, sans même avoir été capable de concevoir un enfant.

Avaline lissa les plis de sa robe de satin bleu glacier. Puis, après avoir vérifié pour la dixième fois au moins l'attache de sécurité de ses boucles d'oreilles et de son collier de perles, s'être assurée que ses peignes d'écaille de tortue étaient bien fixés dans ses cheveux, qu'elle n'avait pas oublié de glisser la bague héritée de sa chère maman à son doigt, elle respira un grand coup et posa une main tremblante sur la poignée de la portière.

Il fallait y aller, maintenant.

Elle faisait tout pour retarder l'échéance, bien sûr. Comme elle l'avait fait chez elle, à Blandford Hall, tergiversant longuement sur la couleur de sa toilette. Rose ou bleue, qui s'en soucierait, après tout ? Mais il n'était plus temps de différer. Elle n'avait plus d'excuses. Elle était parfaite, elle le savait.

Et surtout, elle était en retard.

Cette année, c'était avec un cruel à-propos que Tobin Hayworth avait choisi la date du bal qu'il donnait tous les ans à la fin de la moisson. Il connaissait l'importance qu'avait pour Avaline la journée du 26 octobre, lendemain du premier anniversaire de la bataille de Balaklava, un an et un jour après que son mari, Fortis Tresham, a été porté disparu. Le corps du jeune homme n'avait pas été retrouvé mais on n'avait plus jamais entendu parler de lui, comme s'il s'était mystérieusement volatilisé dans l'immense forêt de Russie.

Et c'était maintenant comme s'il n'avait jamais existé.

Comme si Avaline avait épousé un fantôme.

Mais son mari avait été un être de chair et de sang. Et peut-être même existait-il encore quelque part sur le continent. Du moins, Avaline se berçait-elle de cet espoir, même si les chances qu'il avait de se concrétiser fondaient au fil des jours comme neige au soleil.

Cela faisait un an que son époux avait disparu, et sept ans en tout depuis leur mariage expéditif qu'il lui avait fait ses adieux pour quitter l'Angleterre.

Sept ans… C'était bien long pour une toute jeune femme.

Sept ans d'absence dont elle subissait toutes les conséquences jour après jour. Aux yeux de la société, elle n'était plus désormais qu'une épouse abandonnée. Une femme qui avait été incapable de retenir son mari au foyer. Outre les avantages matériels indéniables d'une telle union, c'était aussi, et peut-être surtout, cela que le duc et la duchesse avaient attendu d'elle. Qu'elle soit capable de retenir le jeune et turbulent Fortis au foyer conjugal, par tous les moyens possibles.

Dans leur milieu, le mariage avait toujours été considéré comme le meilleur moyen de domestiquer les jeunes gens impulsifs et aventuriers, ne rêvant que plaies, bosses et horizons lointains. Une fois casé, il y avait de bonnes chances pour qu'un fils de famille s'installe dans sa demeure, s'occupe de ses terres, de sa femme et de sa progéniture. Quelques bonnes journées de chasse dans la campagne en compagnie des hobereaux des environs, une partie de billard les jours de pluie, les longues soirées d'hiver passées au coin du feu à jouer au whist ou au trictrac devaient lui tenir lieu d'aventures.

C'est ainsi que tout aurait dû fonctionner. Toutes les dispositions avaient été prises par leurs parents réciproques pour que cette union soit un succès. Quoi de plus parfait qu'un mariage entre les rejetons de deux gentilshommes voisins, chacun apportant quelques avantages dans la corbeille de noces : l'héritage du titre de duc de Cowden pour l'un et pour l'autre, bien que modeste baron, un vaste domaine limitrophe de la propriété du premier ? Sans compter que ledit baron, déjà âgé, n'aspirait qu'à faire faire un bon mariage à sa fille unique dans les meilleurs délais.

Le mariage d'Avaline et de Fortis avait donc été célébré tambour battant pendant l'une des permissions du jeune homme, alors élève officier au Collège militaire de Sandhurst. Et il avait tourné court trois semaines plus tard sans « sommation » préalable sans qu'Avaline ait eu le temps de se faire apprécier de son époux ni de concevoir un héritier. Chose qui, à dire vrai, eût été difficile, Fortis passant plus de temps en incessantes parties de chasse, de pêche, de cricket et autres divertissements qu'en sa compagnie.

Bien qu'ils aient eu la délicatesse de le garder pour eux, le jugement du duc et de la duchesse avait dû être sans appel. Non seulement leur belle-fille s'était montrée incapable de domestiquer le jeune Fortis mais elle l'avait probablement rendu encore plus indomptable.

Avaline s'était malgré tout appliquée à jouer le rôle qu'on attendait d'elle. Une fois son mari parti se battre sur le front de la lointaine Crimée, elle lui avait écrit chaque mois, comme il convenait à une bonne épouse, lui adressant son courrier là où il était en garnison. Elle lui donnait des nouvelles du domaine, de sa famille, lui racontant des anecdotes susceptibles, du moins elle l'espérait, d'éveiller en lui la nostalgie du pays natal. Mais Fortis ne lui avait jamais répondu. Pas une seule fois. Et il était probable désormais qu'il ne lui répondrait plus jamais. Malgré l'espoir toujours persistant chez les Tresham qu'il réapparaisse un jour sans crier gare, l'évidence s'imposait un peu plus chaque jour qu'il devait être mort au combat.

Jusqu'à ce beau matin de septembre où, comme un coup de tonnerre dans un ciel bleu, était arrivée par le canal diplomatique la nouvelle qu'un jeune officier, en piètre état, avait été retrouvé errant aux abords de la forêt, sous les murs de Sébastopol. Recueilli par la garde montée, il avait déclaré qu'il était Fortis Tresham, troisième fils du duc de Cowden, et qu'il était tombé sous le feu de l'ennemi lors du siège de la ville. Apprenant la nouvelle, le vieux gentilhomme, réagissant avec le plus grand sang-froid, avait envoyé sur place pour enquêter sur cette mystérieuse résurrection le meilleur ami de son fils, le major Camden Lithgow, un ancien condisciple de Sandhurst.

Cette nouvelle avait jeté Avaline dans le plus grand désarroi. Le retour de Fortis résoudrait bien des problèmes, mettant notamment fin à l'ambiguïté de son statut d'épouse sans mari. Mais il en susciterait probablement bien d'autres. Comment, après toutes ces années de séparation, deux jeunes gens qui se connaissaient à peine pourraient-ils prétendre à jouer le rôle délicat de mari et femme aux yeux du monde ? Et surtout, à leurs propres yeux ?

Bien sûr, ils pouvaient se contenter d'un mariage de convenance, comme il en existait beaucoup dans leur milieu, chacun des deux époux vivant librement de son côté. Mais à cela, sans savoir pourquoi, Avaline préférait encore la perspective d'endosser le statut de veuve.

Voilà encore un poids qu'elle portait désormais sur les épaules. Tandis que les Tresham espéraient follement le retour de leur troisième fils, elle-même souhaitait presque que cette soudaine réapparition soit une erreur. Ou une imposture, qui serait rapidement dévoilée.

Avec les années, l'image qu'elle avait de son fugitif époux s'était estompée et elle ne se souvenait plus de lui qu'à grands traits. Un jeune homme d'aspect agréable, grand, brun, les yeux bleus, les traits réguliers. Mais n'embellissait-elle pas son portrait ? Avait-il les yeux aussi bleus et les épaules aussi larges ? Et s'était-il montré aussi indifférent, aussi discourtois ? Ou bien était-ce elle qui n'avait pas su s'y prendre ?

Bah ! Cela avait-il une réelle importance ? Les souvenirs qu'elle avait pu conserver du jeune homme que Fortis Tresham avait été sept ans plus tôt n'avaient sans doute plus grand rapport avec la réalité. La guerre changeait un homme. Qui pouvait dire à quoi ressemblait maintenant l'individu qui venait de sortir de la forêt ?

Cela dit, arguait le côté pratique d'Avaline, peu importait de savoir si oui ou non Fortis Tresham avait changé. L'essentiel n'était-il pas qu'il la protège de la concupiscence de Tobin Hayworth ? Depuis sa disparition, elle n'avait plus pour la protéger que le nom que Fortis lui avait donné en l'épousant. Et s'il voulait bien se réincarner, elle devait admettre que cela ferait tout à fait son affaire. Il était même plus que temps.

Un coup sec fut frappé à la vitre de son carrosse et la portière s'ouvrit inopinément.

Hayworth l'avait dénichée dans son repaire.

— Ma chère, ne feriez-vous pas mieux de sortir de là avant d'attraper la mort ?

Il se tenait en effet dans l'encadrement de la porte, resplendissant dans son habit de soirée, sa cravate blanche impeccablement nouée sur le gilet de soie bleue qui soulignait sa taille vigoureuse, son regard d'un gris d'acier la transperçant jusqu'à l'âme. Cet homme très droit, figé dans la haute estime qu'il avait de soi, était l'incarnation même du self-control. Croiser son regard donnait à Avaline l'impression d'être exposée dans un courant d'air glacé. Il lui tendit la main pour l'aider à descendre sans manifester le moindre doute sur sa conviction d'être obéi.

Ce genre d'hommes savait tout mettre en œuvre pour faire plier le monde à ses volontés.

— Je me vois contraint de vous demander de vous presser, Avaline. Je ne puis laisser ma vieille mère piétiner indéfiniment dans le hall, à accueillir nos invités.

Ce qui sous-entendait qu'elle avait été tout à fait discourtoise en ne faisant pas son entrée en même temps que ses beaux-parents.

— Je dois vous dire, ma chère, ajouta-t-il avec un pli contrarié de ses lèvres minces, qu'en ne vous voyant pas arriver avec Cowden et la duchesse, je me suis inquiété.

— J'avais besoin d'un peu de calme pour me ressaisir, expliqua-t-elle froidement. Cette journée n'a pas été facile. J'ai bien failli me décommander, figurez-vous.

Et c'est ce qu'elle aurait fait, si elle n'avait pas craint de voir surgir l'importun à Blandford et de devoir l'y accueillir seule. Autant le rencontrer ici, en public et au milieu de la famille Tresham, qui ne manquerait pas de la soutenir.

— Du reste, ajouta-t-elle d'un ton pincé en posant le pied sur le trottoir, ne m'en veuillez pas de m'éclipser assez tôt. Cela ne me paraît pas du meilleur goût que d'apparaître en public un jour comme celui-ci. Un an déjà que Fortis est porté disparu...

Elle ne prenait même pas la peine de dissimuler la contrariété qui rendait sa voix plus aiguë.

Une flamme sombre durcit le regard de son interlocuteur. Il y avait beau temps qu'il s'était fait son opinion sur l'éventualité que Fortis Tresham réapparaisse un jour sain et sauf. Impossible ! rétorquait-il d'un ton catégorique à chaque fois qu'on émettait cette hypothèse devant lui. Il ajoutait parfois avec un petit rire moqueur : « Décidément, l'imagination féminine n'a pas de limites ! »

— Eh bien ! Sa disparition est-elle enfin officielle ? s'enquit-il d'une voix brève, avec une sollicitude qui, à l'évidence, n'avait d'autre but que de s'assurer que plus rien, désormais, ne dérangerait ses plans.

— Non, nous n'avons encore reçu aucune nouvelle.

Avaline savait que cette réponse contrarierait Hayworth. Tant que la mort de Fortis n'était pas officiellement reconnue, il ne pouvait rien faire. Elle avait au moins encore ce pouvoir-là sur lui. Et puis, il y avait cet homme, mystérieusement réapparu...

Hayworth lui tapota l'avant-bras.

— Votre loyauté est louable, certes. Mais en théorie seulement. En pratique, elle vous dessert. Comme je vous l'ai déjà fait remarquer, votre domaine a besoin d'une main ferme pour le mener. Et vos finances également. Vous ne pouvez compter éternellement sur la bonne volonté de votre beau-père, le duc de Cowden. Pas plus que vous ne pouvez continuer longtemps à attendre cet époux fantôme. Cela fait sept ans que vous n'avez aucune nouvelle de Fortis Tresham, pas même une lettre de sa main. Et le voilà maintenant porté disparu. Il faudrait être aveugle et sourd pour ne pas comprendre qu'un homme qui ne donne pas signe de vie depuis tout ce temps est mort ou souhaite passer pour tel. Vous êtes en droit de porter plainte pour abandon de domicile. Vous serez ainsi libérée de vos liens.

De nouveau, il lui tapota le bras avec un rictus qui se voulait bienveillant et ajouta :

—Croyez-moi, mon petit. Il est grand temps de refaire votre vie. Nous n'allons pas attendre encore des siècles.

Avaline ne put réprimer un frisson.

Nous. Hayworth feignait de croire qu'elle désirait autant que lui se retrouver libre pour l'épouser alors que rien n'était plus contraire à la vérité. Décidément, ce soir, il avait décidé de brûler les étapes. D'ordinaire, il avançait ses pions plus tard dans la soirée, quand il espérait que sa proie avait été adoucie par les friandises et le bon vin. Mais pourquoi la ménagerait-il plus longtemps, après tout ? Ce n'était un secret pour personne et encore moins pour elle que Tobin Hayworth désirait être cette « main ferme » à laquelle il faisait allusion. Une main qui gérerait ses revenus autant que ses terres, les confondant très vite, par le droit du mariage, avec ses propres biens. Il n'était pas loin de demander officiellement Avaline en mariage, prétention d'autant plus audacieuse et choquante qu'elle avait déjà un mari.

À l'intérieur d'Indigo hall, l'opulence gagnée dans les divers commerces au sein de la Compagnie des Indes orientales[1] ruisselait littéralement sur les murs, s'étalait dans les moindres recoins. Rappelant à tous que l'heureux propriétaire de cette demeure était un habile homme d'affaires et une étoile montante du règne de la reine Victoria. Certes, Tobin Hayworth n'avait pas encore de titre mais ce n'était qu'une question de temps. Le mariage avec la fille d'un baron ne pouvait que favoriser son accès à la Chambre des lords. Et, en échange, il se chargerait de prendre les rênes de Blandford Home, qui retrouverait grâce à lui son ancienne splendeur. Le marché était aussi clair que s'il l'avait rédigé sur une feuille de papier glacé, comme on en rédige pour un faire-part chez les gens du monde.

Son hôte lui prit d'autorité le bras pour l'ascension de l'escalier, fait du même marbre blanc que les dalles du vaste hall d'entrée et les élégantes colonnes qui encadraient la porte à double battant. D'énormes vases de cristal remplis de luxueuses fleurs de serre ornaient les niches aménagées à intervalles réguliers dans les murs et devant chaque niche se tenait un valet en livrée couleur d'automne, qui était le thème de la fête, prêts à répondre au moindre souhait des invités.

— Songez, ma chère, que bientôt tout ceci pourrait être à votre entière disposition. Tous vos besoins satisfaits d'un battement de cils, tout ce luxe à profusion..., murmura Hayworth à son oreille, dans un chuchotement tentateur. Ce soir, vous allez pouvoir constater de vos propres yeux tout ce que je peux vous offrir. À vous de prendre ensuite la bonne décision.

Les narines d'Avaline frémirent de dégoût. Quelle vulgarité ! Il vantait ses biens comme un marchand le ferait de ses bestiaux aux comices agricoles. Le raffinement de l'éducation d'un gentilhomme

1. La Compagnie britannique des Indes orientales a été créée en 1600 par la reine Élisabeth Ire. Destinée à exercer un monopole sur le commerce dans l'océan Indien, elle ruine rapidement la Compagnie française des Indes orientales et devient la compagnie commerciale la plus puissante de son époque, asseyant la construction politique du royaume britannique sur une source de richesses qui paraissait alors inépuisable. C'est seulement en 1858, avec la révolte des Cipayes, qu'elle va commencer à décliner pour disparaître complètement en 1874. (NdT)

lui faisait terriblement défaut. Quelles que soient sa richesse et l'élégance dispendieuse de sa toilette, Tobin Hayworth sentirait le *nouveau riche*[1] jusqu'à son dernier soupir.

— Je ne vois pas quelle décision j'aurais à prendre, Mr Hayworth. Je suis une femme mariée et j'ai déjà un foyer.

Il gloussa aimablement contre son oreille. En les voyant ainsi gravir les degrés côte à côte, Avaline gracieusement appuyée sur le bras de son cavalier, on aurait pu croire à un aimable flirt.

— En êtes-vous si sûre ? À ma connaissance, l'état du mariage ne supporte pas de demi-mesure. Soit on est marié, soit on ne l'est pas. Vous vous raccrochez désespérément à des principes abstraits, alors que vous devriez vous faire enfin à l'idée que, selon toutes probabilités, vous êtes veuve depuis un an. Quand on vous a annoncé la disparition de votre mari, si vous aviez bien voulu regarder la réalité en face, à l'heure d'aujourd'hui vous auriez quitté le deuil, et tous ces tracas seraient derrière nous.

— Vous outrepassez la bienséance, MR Hayworth.

Avaline s'écarta imperceptiblement. À chaque fois qu'elle rencontrait son riche voisin, sa grossièreté et son impudence lui paraissaient un peu plus insupportables. Il fallait bien admettre qu'elle ne pouvait contester cette dernière affirmation. Sa situation aux yeux de la société et vis-à-vis de la loi s'avérait chaque jour plus fragile.

— Allons, ma chère enfant, ne faites pas cette triste figure, susurra Hayworth entre ses dents tandis qu'ils atteignaient les salons du premier étage. N'avez-vous pas la solution à tous vos problèmes à votre bras ?

Et, sur ces mots, il s'inclina très bas devant la duchesse de Cowden qui s'avançait vers eux.

— Votre Grâce, quel plaisir de vous voir ! Vous voyez qu'il m'a fallu chercher dans sa voiture votre belle-fille…

Ces derniers mots étaient chargés d'une ironie discrète, comme s'il se moquait de lui-même… ou de la personne dont il parlait.

La duchesse, élégante et fraîche dans sa robe de soie lilas, le salua d'un bref signe de tête.

1. En français dans le texte. (NdT)

— Quelle jolie petite fête, MR Hayworth. Comme c'est aimable de nous avoir invités ! Vous voici enfin, Avaline. Allons, venez, mon petit. Nous avons des gens à saluer.

Sur ces mots, qui excluaient d'office leur hôte éberlué, la duchesse passa son bras sous celui de sa belle-fille et l'entraîna. Hayworth se doutait-il que cette réception campagnarde n'était rien pour elle qui recevait à Londres, dans leur vaste hôtel particulier, toute la fine fleur de l'aristocratie, les politiciens, les artistes et les hommes d'affaires les plus éminents ?

— Cet individu est toujours aussi détestable, chuchota-t-elle à l'intention d'Avaline tandis que les deux femmes s'enfonçaient dans la masse serrée des invités.

Certes, il l'était, songea la jeune femme. Mais Tobin Hayworth était plus que cela. C'était aussi un homme dangereux. Ce n'était pas avec de beaux discours qu'il avait fait fortune en Inde orientale dans le commerce de l'indigo. Mais avec des actes. Toute son attitude péremptoire, toute sa fortune étalée laissaient clairement entendre qu'il faisait toujours ce qu'il disait. S'il estimait que le mariage d'Avaline pouvait être annulé et qu'il avait des chances de la convaincre de l'épouser ensuite, il mettrait tout en œuvre pour réussir.

Elle se tourna vers la duchesse avec un sourire reconnaissant.

— Je vous remercie infiniment d'être venus ce soir, le duc et vous, Mère.

Il aurait été certainement plus confortable et plus plaisant pour les Tresham de rester à Londres pour attendre le retour du major Lithgow, chargé d'enquêter sur Fortis.

La duchesse balaya ses propos d'une main légère.

— Le major Lithgow sait parfaitement où nous trouver. Nous n'aurons peut-être pas de nouvelles avant plusieurs jours, avec les tempêtes qui secouent le Channel à cette époque de l'année. Nous sommes bien mieux ici, à vous soutenir. Aujourd'hui est un bien pénible anniversaire pour nous tous, rendu encore plus pénible par cette réception. Ce lamentable Hayworth a choisi la date à propos, bien sûr de vous blesser.

Avaline sourit, reconnaissante de ces quelques mots de

réconfort. La famille de Fortis lui avait manifesté un soutien inébranlable pendant toutes ces années, la traitant comme leur propre fille, surtout après la mort de ses parents qui l'avaient laissée avec Blandford et ses dettes. Si la mort de Fortis se confirmait, continueraient-ils à l'entourer de leur affection ? à l'aider dans la gestion du domaine ? Encore un point sur lequel il faudrait statuer au retour du major Lithgow. L'avenir d'Avaline dépendait maintenant des nouvelles qu'apporterait le major. Son avenir... et sa liberté. Elle serait épouse ou veuve. C'est-à-dire, selon les normes de la société dans laquelle elle vivait, elle aurait un mari, ou serait à marier.

— Essaie de t'amuser un peu, ma chérie, l'encouragea la duchesse, comme si elle lisait dans ses pensées. Ce ne sont pas les cavaliers qui manquent. Il n'y a rien de mieux à faire en attendant le retour du major.

Elle s'interrompit une fraction de seconde puis ajouta avec un sourire :

— Tiens, voici justement Sir Edmund...

Sir Edmund Banbridge venait en effet l'inviter pour la première danse, suivi ensuite par un autre ami de la famille pour la seconde. La duchesse avait accompli sa mission, se chargeant de remplir le carnet de bal d'Avaline de noms de gentilshommes qui savaient combien cette soirée était pour elle chargée d'émotions.

Pourtant, la liste de ses cavaliers finit par s'épuiser et il devenait difficile d'échapper aux assiduités d'Hayworth. Après tout, c'était le maître de maison.

— Eh bien, ma chère ! dit-il avec un mince sourire en s'emparant de son bras tandis que les derniers accords d'une valse s'éteignaient. Il me semble que c'est mon tour. Vous serez ma cavalière pour le souper !

La trêve était finie. Avaline ne pouvait refuser. Mais, par principe, il lui fallait au moins essayer. Pas question de lui laisser croire un seul instant qu'elle se réjouissait de sa compagnie.

— À dire vrai, je n'ai pas grand appétit, ce soir.

Le sourire de Tobin Hayworth s'élargit, se faisant presque carnassier.

— Dans ce cas, allons nous promener dans le parc. Un peu d'air frais vous fera le plus grand bien. Vous êtes très pâle, ce soir.

Pivotant sur lui-même, il l'entraîna à contre-courant de la foule des invités qui se dirigeaient vers le buffet dressé dans la grande galerie.

Avaline comprit immédiatement son erreur. Il la punissait. Puisqu'elle ne voulait pas s'afficher à ses côtés en public, il lui imposerait sa présence, très intime, en privé. Les portes-fenêtres qui s'ouvraient sur la terrasse en surplomb furent refermées sur eux par un valet empressé et elle contempla les sombres pelouses du jardin maintenant déserté.

Tout son être se révulsa à l'idée du tête-à-tête qui l'attendait.

Les mains d'Hayworth se refermèrent sur ses deux poignets.

— Enfin seuls ! s'exclama-t-il d'une voix sourde. Peut-être allez-vous pouvoir m'expliquer pourquoi vous me refusez avec une telle obstination ? Ou bien faut-il que j'emploie d'autres moyens pour vous convaincre ?

Une lueur menaçante luisait maintenant dans ses froids yeux gris. Son corps dur se rapprocha du sien sans qu'il la quitte du regard, comme un serpent guettant sa proie. Avaline ne put réprimer un tremblement.

— Acculer une femme dans un endroit isolé ? Croyez-vous que ce soit le meilleur moyen de la convaincre de vos bonnes intentions ? articula-t-elle d'une voix étranglée, s'efforçant d'ignorer le contact glacé du marbre de la balustrade qui lui pénétrait dans les reins.

Physiquement, il lui était impossible d'aller plus loin.

Son interlocuteur lui caressa la joue de ses doigts secs et osseux et le cerveau affolé d'Avaline se mit à fonctionner à grande vitesse. Que pouvait-il oser dans la pénombre ? Jusqu'où Tobin Hayworth était-il capable d'aller pour l'avoir pour femme ? La forcerait-il, comme un soudard le faisait d'une pauvre fille dans le foin d'une grange ? Non, il était peu probable qu'il aille jusque-là. Sa réputation risquait par trop d'en pâtir et c'était au contraire le meilleur moyen de ne pas arriver à ses fins.

Mais ce regard luisant, ses mains qui étreignaient maintenant sa taille…

— Vous êtes une très jolie femme, Avaline. Et cela fait bien trop longtemps que vous êtes seule. Vous devez avoir oublié certains plaisirs… que je suis tout disposé à vous rappeler…

Son souffle chaud, lourd des vapeurs d'alcool, fit frémir Avaline de dégoût.

— Je vous remercie, monsieur, mais j'ai un époux pour cela.

Il eut un rire bref.

— Dites plutôt que vous avez le souvenir d'un mari. Ou mieux encore son fantôme. Comme ce doit être intéressant, toute seule, dans votre lit…

La bouche d' Hayworth plongea soudain sur la sienne, dans le but évident de la prendre par surprise. Avaline l'esquiva au dernier moment. Si elle lui donnait le moindre avantage, elle était perdue. Pour lui, ce serait comme une reddition. Elle se faufila dans l'espace qu'elle avait gagné en le repoussant et atteignit la porte. Elle avait réussi à se glisser dans l'entrebâillement mais son poursuivant parvint à la rattraper et lui planta dans le bras des doigts cruels.

— Ne soyez pas sotte, Avaline. J'aime la lutte, vous savez. Cela m'excite. Et je gagne toujours.

Pour le lui prouver, il la poussa contre le mur, où il l'emprisonna de ses deux bras. Sa bouche était à quelques millimètres, son corps se pressait contre le sien.

— Alors, souffla-t-il contre ses lèvres, à quoi bon me résister ?

Puis, tout à coup, Hayworth ne fut plus là.

Quelqu'un, miraculeusement, venait de la libérer de la menace de son agresseur. Il titubait devant elle, les yeux exorbités sous l'effet de la surprise, quand, s'abattant sur sa mâchoire, un poing l'envoya s'écraser sur un ravissant fauteuil Chippendale qui céda sous son poids. Un homme s'acharnait maintenant sur lui comme un loup sur sa proie, l'immobilisant d'une main par le col de son habit, l'autre main déjà refermée en un poing menaçant pour achever son travail. Non, pas un homme. Plutôt un archange vengeur, se dit Avaline qui regardait la scène, les yeux exorbités, notant machinalement la chevelure sombre, les larges épaules tirant l'étoffe de l'uniforme bleu, les longues cuisses musclées. Un autre coup de poing s'abattit sur la mâchoire d' Hayworth, mettant Avaline en action. Archange vengeur ou non, l'inconnu n'avait pas le droit de massacrer son prochain. Même si, en l'occurrence, c'était bien mérité.

Se précipitant sur lui, elle saisit l'inconnu par le bras.

— Stop ! Arrêtez immédiatement.

Elle sentit des muscles puissants se tendre sous ses doigts, aussi denses et rigides que du métal.

L'homme tourna vers elle un regard d'un bleu profond.

— Êtes-vous sûre, ma chère Avaline ? Je ne m'arrêterai que si vous l'exigez.

Avaline le dévisageait, figée par la surprise.

— Je l'exige, articula-t-elle enfin d'une voix rauque.

L'homme ouvrit la main et Hayworth roula sur le sol où il resta assis, se massant la mâchoire.

L'ange vengeur se pencha sur lui, le regard meurtrier.

— Milady Tresham n'a pas eu le temps de vous répondre. Peut-être m'autoriserez-vous à le faire à sa place, Hayworth ? Si elle vous résiste, c'est peut-être parce qu'elle a déjà un mari ? À supposer qu'un homme comme vous puisse lui plaire…

Son ton était celui de la possession primitive, quasi animale, et Avaline sentit un frisson d'excitation lui remonter le long de la colonne vertébrale.

— On dirait bien que je suis rentré à temps à la maison, conclut-il avec un rire bref.

La jeune femme retint son souffle. Elle ne reconnaissait pas cette voix, son timbre riche et mélodieux, son ton énergique. Pas davantage la manière dont l'homme prononçait son nom. Mais ces cheveux, ces épaules, cette stature, ce regard bleu…

Tout se mit à tourner autour d'elle. Son cerveau commençait à rassembler les pièces du puzzle. Voilà l'effet que cela devait faire, quand on rencontrait un fantôme. Quand l'impossible devenait réel.

Instinctivement, elle tendit la main vers le fantôme, comme pour se rattraper.

— Fortis ? Mon Dieu ! Vous êtes revenu. Enfin.

2

Blandford Hall – Lendemain après-midi

Fortis était assis sur un sofa de soie rose, le dos bien droit, le regard fixé sur la large double porte du salon. Sa vision périphérique l'informait que, sur sa gauche, une porte-fenêtre s'ouvrait sur un jardin explosant des ors et des pourpres de l'automne. Il avait également enregistré le luxe suranné du décor qui l'entourait, l'affection que lui témoignaient tous les gens rassemblés autour de lui et l'intense impression de sécurité qui se dégageait de la scène. À côté de lui, sur le sofa, était assise Avaline. Elle avait pris soin de maintenir un espace entre eux. Par respect ? Ou par crainte ? Peut-être ne savait-elle pas comment réagir devant un retour si soudain ?

À sa droite, sur une ravissante bergère de satin brodée d'oiseaux multicolores, avait pris place Sa Grâce, la duchesse de Cowden. Sa mère, à dire vrai. Elle étreignait la main de son père, le duc de Cowden, comme pour se rattacher à quelque chose de bien réel au milieu de tant de bouleversements. Mais son regard bleu brillait de joie et de tendresse pour ce fils qu'elle commençait à désespérer de revoir un jour.

En face de lui, sur un sofa jumeau du sien, se tenaient Frederick, son frère aîné, et son épouse Helena.

Le dernier siège, un large canapé de cuir fauve qui sentait les bons retours de chasse au coin du feu, les chiens étalés sur le tapis aux pieds du maître de maison, était occupé par sa toute nouvelle belle-sœur, Anne, et son autre frère, Ferris, qui la tenait lui aussi par la main.

Partout où les yeux de Fortis se posaient, il ne voyait qu'affection et réconfort. Il avait enfin regagné le havre de paix qu'avait toujours représenté pour lui sa chère famille.

Pourtant, son esprit rétif avait du mal à l'accepter. Ainsi, c'était donc cela, sa vie d'antan ? Blandford Hall, la maison de son épouse, leur maison maintenant et le lieu où ils avaient passé les quinze premiers jours de leur mariage. Et cette famille, sa famille, pleine d'une exquise courtoisie et d'une débordante affection, dont tous les membres l'avaient serré dans leurs bras en pleurant sans vergogne quand, faisant son apparition dans la salle à manger d'Indigo Hall au bras d'Avaline, il avait été présenté publiquement par son ami le major pour ce qu'il était : Fortis Tresham, le fils prodigue du duc et de la duchesse de Cowden.

Rétrospectivement, il devait bien s'avouer que l'entrée du petit groupe devait avoir fait l'effet d'une scène de tragi-comédie.

Et lui, qui n'aspirait qu'à un paisible retour dans sa famille, avait appris par Anne et Ferris, à leur arrivée, que le récit rocambolesque de la réapparition du héros disparu circulait déjà dans toute la contrée. Son retour était bien loin de l'événement privé dont il avait confié à Cam Lithgow le secret désir pendant leur voyage de Sébastopol jusqu'en Angleterre.

Cependant, aujourd'hui, ils étaient enfin en famille, tous les huit. Cam lui manquerait, bien sûr. Il n'avait pas réalisé à quel point il comptait sur son vieux camarade pour aplanir les difficultés, pour faire le lien entre sa longue absence et sa réapparition inopinée. La veille au soir, son ami et condisciple de l'école militaire avait été parfait, écartant avec autant de fermeté que de courtoisie les gens qui assaillaient de questions le héros du jour, se battant presque pour lui serrer la main ou tenter d'au moins le toucher. C'était Cameron encore qui avait reconduit toute la famille Tresham à ses voitures respectives et les avait renvoyés chez eux, Avaline et lui à Blandford et le reste au hameau de Bramble, où le duc et la duchesse avaient leur manoir familial.

Mais il ne pouvait compter sur Cam jusqu'à la fin de ses

jours. Son camarade avait sa propre famille et ses obligations personnelles. Et voilà comment Fortis se retrouvait à servir le thé, un sourire crispé sur les lèvres, tandis qu'un silence gêné s'installait sur l'assemblée.

C'était certainement à lui, Fortis, de nourrir la conversation. Mais que pouvait-on bien raconter quand on avait été absent pendant sept ans ? « Comment allez-vous ? Qu'avez-vous fait pendant tout ce temps ? » Cela ne manquerait pas de paraître un peu trop banal. Voire un peu trop direct. Du reste, même si, par une exceptionnelle tolérance des bienséances, ce genre de question pouvait être posé, il eût été impossible d'y répondre sans disposer de suffisamment de temps. Dans ce type de visite, même entre gens de la même famille, il n'était pas question de laisser l'un des invités monopoliser la conversation.

Il aurait bien fallu une heure à Frederick pour lui parler de ses cinq fils et à Ferris une autre heure pour évoquer son histoire d'amour avec Anne et le mariage qui s'était ensuivi. Sans compter tous les événements marquants qui étaient survenus dans le comté pendant qu'il était en Crimée.

L'immensité de tout ce qu'il avait manqué submergea soudain Fortis. Tellement d'événements s'étaient succédé pendant son absence : des mariages, des naissances, des deuils. À commencer par les parents d'Avaline, morts tous les deux d'une virulente influenza quelques années plus tôt. Et dire qu'il ne parvenait pas à se souvenir d'eux ! C'était assez embarrassant. Impossible de se souvenir de leur visage, des conversations qu'ils avaient pu avoir ensemble, de leur manière d'être. Il connaissait leur existence, bien sûr. Mais connaître n'est pas se souvenir. Ce n'était qu'un état de fait, pas un souvenir. Et Fortis commençait à penser que, décidément, les faits ne suffisaient pas. Sa propre famille éprouvait-elle les mêmes sentiments à son égard ? Ses parents, frères et belles-sœurs, sa femme même, songeaient-ils eux aussi qu'après tout ils ne le connaissaient plus ? Ou du moins que ce dont ils se souvenaient à son propos ne parvenait pas à faire de lui autre chose qu'un étranger, assis là, en face d'eux, autour d'une table à thé ? Après tout, il n'était certainement pas le seul à se sentir quelque peu mal à l'aise. Eux non plus ne devaient pas trop savoir quoi lui dire.

Il comprit soudain qu'il ne s'agissait pas pour lui de raconter ce qui lui était arrivé tout au long de ces sept années, comme dans un journal de bord, mais de répondre à leurs questions. Il fallait leur faire comprendre qu'ils devaient se sentir libres de poser toutes les questions qui leur passaient par la tête.

Fortis s'éclaircit la gorge.

— Vous devez avoir des tas de choses à me demander, dit-il enfin.

Après tout, son retour les avait plutôt pris par surprise. Il n'y avait pas eu de faire-part, comme pour une naissance ou un décès. Ils brûlaient probablement d'avoir quelques explications. Peut-être même, maintenant que le moment d'euphorie était passé, commençaient-ils à éprouver quelques doutes. Il espérait que ses réponses pourraient les satisfaire. Son cerveau était encore envahi de tant de zones d'ombre. Ce n'était pas sans peine qu'il avait tenté de les dissiper avec Cam pendant leur voyage de retour.

Sa gêne, à la perspective de subir un feu roulant de questions, avait dû se lire sur son visage. Ferris, son frère médecin qui avait décidé de consacrer sa vie à la recherche d'un côté et à la médecine des pauvres de l'autre se pencha vers lui pour lui tapoter le genou.

— Fort, ne te sens pas obligé de revenir sur tout cela maintenant. Cam nous a fait un bref compte rendu et nous comprenons très bien que tu aies besoin de temps.

Fortis percevait très bien le sous-entendu. La famille savait maintenant, grâce à Cam, qu'il n'était pas sorti indemne de cette longue période d'isolement dans la forêt. Le médecin militaire avait immédiatement diagnostiqué des symptômes de confusion mentale et de troubles de la personnalité. C'était grâce au témoignage de Cam et à une lettre d'Avaline, datée d'un jour avant la bataille de Balaklava, il y avait de cela un an, que Fortis avait conservée dans la poche intérieure de son manteau, accompagnée du portrait de la jeune femme en médaillon, grâce aussi à la plaque militaire qui prouvait son grade et son identité, qu'on avait pu le reconnaître. Aujourd'hui encore, Fortis portait ses cheveux bruns, qu'il avait refusé de couper, rassemblés en un catogan noué sur la nuque comme les gentilshommes du temps de la reine Anne.

— Je te remercie, Ferris, mais je ne veux pas de ta pitié.

Il était hors de question qu'on le traite comme un être diminué. Comme un malade. « Pauvre Fortis… La guerre l'a bien changé… ». Croyaient-ils vraiment qu'il n'était plus que l'ombre de ce qu'il avait été ? Qu'il ne serait plus capable de tenir sa place dans le monde ? Il sentit Avaline bouger à côté de lui, sans doute dérangée par l'âpreté de sa repartie. Sa jeune et si jolie épouse, qui s'était quasiment évanouie de bonheur dans ses bras, pensait-elle, elle aussi, qu'il n'était plus qu'un invalide ? Redoutait-elle que son mari ne puisse tenir son rôle à la tête du domaine ? Tout cela à cause de ce qu'avait dit Cam, toujours si honnête et si dévoué, qui avait cru de son devoir de rapporter les propos du médecin militaire ? Bien sûr, Fortis avait l'esprit confus. Il serait absurde de le nier. Et se retrouver plongé soudain dans le confort et la chaleur humaine d'un salon aristocratique après avoir vécu les horreurs de la guerre et les privations d'une vie d'ermite en forêt pendant de longs mois aurait de quoi brouiller plus d'une cervelle.

Mais il aurait préféré que son état reste confidentiel. Qu'on le laisse s'en débrouiller tout seul. Il avait l'habitude de porter ses fardeaux sans faire appel à quiconque et il saurait bien s'en tirer sans qu'on l'entoure d'une sollicitude débilitante.

Frederick intervint avec un bon sourire.

— Ce n'est pas de la pitié, Fort. Tu n'en as pas besoin, nous le savons. Sache simplement que nous ne te demandons pas de tout nous raconter maintenant. L'essentiel, c'est que tu sois revenu parmi nous. Tout le reste viendra petit à petit. Cela fait si longtemps… Nous savons bien, tous autant que nous sommes, que tout ne peut pas reprendre comme avant, comme si rien ne s'était passé. Nous avons tous changé, notre vie a changé. Mais, avec de la patience, nos liens vont se renouer.

Fortis, consentant enfin à saisir le rameau d'olivier qu'on lui tendait, opina du chef avec un sourire un peu forcé.

Il choisit d'aborder un terrain de conversation plus léger.

— Helena, il va falloir que tu me parles des garçons. Ils sont cinq, maintenant ? Vous avez bien occupé votre temps.

Cette remarque suscita un rire général et l'atmosphère se détendit. La gêne avait soudain disparu comme par magie. Il ne connaissait pas les garçons, en effet. Lors de son mariage avec Avaline, Helena était enceinte du premier et seules les lettres de sa femme lui avaient permis d'apprendre leur naissance, année après année. Il était facile de rire et de plaisanter avec tout le monde, de se sentir revenu à la maison. Et pourtant, ce sentiment n'était pas tout à fait à sa place, comme un vêtement trop ajusté, un habit étroit aux épaules qui vous rappelait à chaque mouvement qu'il n'était pas fait pour vous.

Après quelques minutes d'aimable conversation, Ferris se leva.

— Fort, voudrais-tu te promener un peu avec moi ? Il fait vraiment un temps magnifique.

— Toujours ton idée de venir à ma rescousse ? demanda Fortis quand la porte-fenêtre se fut refermée derrière eux. Si c'est le cas, je te répète que je n'ai besoin de rien.

Ferris, insensible au ton acerbe de son frère, secoua la tête.

— Je sais, mon cher frère. Excuse cet accès d'égoïsme. Je souhaitais seulement t'avoir un instant pour moi tout seul. Tu veux bien ?

— En tant que frère ou en tant que médecin ?

La tension était revenue. Fortis était de nouveau sur le qui-vive, prêt à sauver sa peau, comme sur le champ de bataille.

— Les deux, je l'espère. La guerre change un homme, Fort. Et tu n'échappes pas à la règle.

Fortis haussa un sourcil, l'œil provocateur.

— Vraiment ? Cela fait sept ans que nous ne nous sommes pas vus. Tout le monde change, après tant d'années ! À quoi bon perdre ton temps sur la question ?

Ferris opina du chef.

— Oui, en effet, je peux le constater à l'œil nu. Tes cheveux sont plus longs, ton corps s'est musclé. Tu es devenu un homme. Il ne reste plus grand-chose du petit frère que j'ai connu. Au lieu de te parler comme à mon cadet, il va falloir que je m'habitue à l'homme que tu es devenu, reconnut Ferris avec son regard de physicien. Mais d'autres changements encore sont survenus. Dans ta tête.

Fortis serra les mâchoires. Personne n'aime qu'on remette en question sa santé mentale.

— Que veux-tu dire ?

— Je t'en prie, Fort. Inutile de te mettre sur la défensive. J'ai beaucoup travaillé avec des soldats revenant des Indes, de Crimée, partout où la Grande-Bretagne est en guerre ces dernières années. Là où les hommes ont vu et vécu des scènes de grande violence, les chocs psychiques ne sont pas rares, loin de là. Nous commençons tout juste à entrevoir les dégâts qu'ils peuvent occasionner. Et nous sommes encore bien loin de comprendre comment cela fonctionne, et surtout comment les soigner. Mais j'espère que nous y arriverons. Et que je pourrai y contribuer.

Fortis se rembrunit.

— Et de quels dégâts parles-tu, en ce qui me concerne ?

Ferris parut réfléchir un instant.

— Tout d'abord, j'ai remarqué que, lorsque tu t'assois dans une pièce, tu fais en sorte d'avoir toujours le dos au mur, à proximité d'une issue. Et que tu parcours sans cesse les participants des yeux, comme prêt à réagir à un danger imminent.

Fortis aurait bien voulu contrecarrer les hypothèses de son frère mais il aurait été bien en peine de le faire. Ce qu'il se rappelait de la guerre, le bruit du canon, la fumée, la mêlée des corps, l'odeur du sang, ses compagnons éventrés ou mutilés dans la boue… La seule évocation de tout cela lui tordait les organes dans une convulsion atroce.

Mais Ferris n'en avait pas terminé.

— Nous avons aussi découvert que ces hommes souffrent d'amnésie partielle et qu'ils sont incapables d'évoquer certaines périodes de leur vie. Une fois revenus chez eux, ils ont du mal à réintégrer le milieu familial, à se sentir à l'aise avec les leurs. Nous avons dressé une liste d'autres symptômes. Si tu voulais bien répondre à quelques questions ?

— Je ne suis pas certain d'apprécier d'être un insecte sous le microscope, mon vieux…

Il n'avait pas la moindre envie de répondre à des questions sur lui-même. Il se sentait ridiculement vulnérable, à se promener là, dans le jardin, à pas comptés avec son frère. À se laisser mettre à nu.

— Pas un insecte, Ferris, ni un objet. Mais un homme que j'aimerais pouvoir aider s'il considère qu'il en a besoin et s'il m'y autorise. Le rapport de Cam laisse supposer que…

— Maudit soit ce fichu rapport ! s'emporta Fortis en gesticulant en direction de la maison. À cause de ce maudit document, tu as déjà décidé que j'avais besoin d'aide. Vous êtes convaincus, tous autant que vous êtes, que je suis à moitié fou. C'est pour cela que vous ne posiez pas de questions. Vous aviez bien trop peur de ce que je pourrais répondre. Le silence, c'est plus rassurant, n'est-ce pas ? Quitte à dire n'importe quoi derrière mon dos. Ou à préférer faire semblant que tout va bien.

Une sombre pensée grossissait en lui, comme une pieuvre montant des gouffres marins. Et si c'était lui qui prétendait que tout allait bien, qu'il était parfaitement normal ? Tout au fond de lui, n'avait-il pas le sentiment que cela n'allait pas depuis longtemps ? Des mois, des années peut-être… C'était quelque chose qu'il aurait préféré garder pour lui-même. Mais son frère avait révélé tout cela au grand jour avec une telle facilité ! En était-il de même pour les autres ? Avaline avait-elle lu aussi facilement en lui ?

— Donc, je commence, décréta Ferris d'une voix qui n'admettait pas d'objection, ni d'esquive. Souffres-tu d'insomnies ? De cauchemars ? T'arrive-t-il de perdre la notion du temps ? De ne plus maîtriser le fil de tes pensées ? Confonds-tu parfois les souvenirs et le monde réel ?

Fortis secoua négativement la tête.

— Il m'arrive de rêver, comme tout le monde… Je ne vois rien d'autre.

Ferris paraissait vouloir presser son cerveau comme un citron. Son esprit scientifique, tel un vampire, avait soif d'informations aptes à nourrir l'immense hydre à mille têtes qu'était en train de devenir la science. Mais il n'avait pas l'intention de lui en dire davantage. Il était hors de question de raconter à Ferris les cauchemars qui le réveillaient en sueur, avec l'atroce sensation de n'être plus rien, nulle part. Incapable de se raccrocher à quoi que ce soit si ce n'étaient de vagues images qu'il ne parvenait jamais à identifier clairement, des rêves dans lesquels il se voyait agir au travers du regard d'un autre, ou au cours desquels parfois un inconnu prenait sa place.

Peut-être était-il préférable qu'il n'ait aucun souvenir précis ? Sans doute son esprit voulait-il le protéger de ce qu'il pourrait découvrir ?

Le visage de son frère retrouva son bon sourire. L'interrogatoire était terminé pour aujourd'hui.

— En tout cas, mon cher, déclara-t-il en lui administrant une tape affectueuse sur l'épaule, si ce genre d'expérience se reproduit, rêves, hallucinations, tu ne dois ni les redouter ni les cacher. Pas à moi, en tout cas. Ce sont là des phénomènes tout à fait normaux quand on a vécu des situations aussi traumatisantes. Il n'y a pas de quoi en avoir honte. Viens m'en parler aussi souvent que tu voudras. Je suis prêt à t'écouter et à t'aider.

Il s'interrompit, comme s'il cherchait les termes appropriés.

— Parfois, reprit-il enfin, un homme considère qu'il y a certaines choses qu'il ne peut dire à sa femme. Mais à un frère, on peut tout dire, tu le sais bien.

— Comment ? le taquina Fortis en lui administrant une claque amicale sur l'épaule. Cela ne fait pas un an que tu es marié et tu as déjà des secrets pour Anne ?

Plaisanter était parfois plus facile que d'être sérieux, et infiniment plus confortable que de laisser Ferris scruter son âme de son regard clair.

Son frère sourit.

— Non, je n'ai nul besoin de cacher quoi que ce soit à ma chère épouse. Je crains qu'elle m'ait déjà vu sous mon jour le plus obscur, par exemple quand j'ai perdu un jeune patient au cours d'une opération relativement bénigne, pour la seule raison que la misère ne lui permettait pas de se nourrir correctement. Trop faible, il n'a pas survécu. J'ai passé des nuits sans sommeil, à me tourner et me retourner dans mon lit…

Une expression amère traversa fugitivement le regard de Ferris.

— Alors, nous sommes doublement frères, mon cher Ferris, dit Fortis en lui serrant spontanément la main. J'apprécie sincèrement que tu te sois confié à moi.

Ferris opina du chef.

— N'est-ce pas à cela que sert un frère ? Nous devrions rentrer, maintenant. Helena désire certainement retrouver ses enfants avant l'heure du coucher.

Dans la maison, tout le monde était occupé à réclamer manteaux et voitures, transformant le hall en un chaleureux chaos familial. La scène n'aurait pas échappé à sa sympathique banalité si le duc, prenant soudain la parole, n'avait fait taire tous les bavardages d'un regard impérieux.

— Vous trois, décréta-t-il en désignant ses fils, attendez-moi un instant dans le salon.

Les trois hommes obtempérèrent sans discuter, autant Frederick, du haut de ses trente-huit ans, et père de cinq garçons, que Ferris, médecin déjà reconnu pour ses compétences, et lui-même, Fortis, lourd, malgré son jeune âge, d'une expérience de soldat. Apparemment, un homme n'était jamais assez âgé pour ne plus obéir à son père.

Son père… Quelque chose de chaud et d'inattendu s'épanouit dans le cœur de Fortis, faisant fondre la glace qui le retenait prisonnier. Il y avait longtemps qu'il n'avait pas pensé à son père sous ce jour. Ses yeux se remplirent de larmes.

Le duc de Cowden, imposant avec sa haute taille et ses cheveux blancs, les dévisagea une longue minute tous les trois sans mot dire. Puis son regard s'attarda longuement sur Fortis. S'étonnait-il de la longueur anormale de ses cheveux ? Ou de leur teinte, d'un brun légèrement mordoré alors que ses frères avaient des cheveux d'un brun presque noir ? Il avait aussi remarqué sans doute sa carrure plus large, ses bras musclés et son teint hâlé, autres conséquences de la vie au grand air et de l'exercice incessant qu'imposait le rude métier de soldat. Perspicace comme il l'était, le duc percevait-il aussi la fêlure intérieure dont souffrait Fortis ? Le jeune homme se surprit à redresser les épaules, comme si le fait de se tenir plus droit pouvait compenser cette blessure secrète.

Quoi que le duc vît ou ne vît pas en chacun de ses trois fils, les larmes voilaient son regard tandis qu'il les passait lentement en revue l'un après l'autre.

— Je dois avouer que je n'espérais plus voir de nouveau réunis sous le même toit mes trois chers garçons, dit-il enfin d'une voix forte.

Il les regarda encore, poussa un soupir heureux puis fit signe aux dames qui attendaient dans le hall.

— Épouses, rejoignez vos maris, je vous prie, que je voie toute ma chère famille rassemblée… Quel dommage, Helena, que les garçons ne soient pas ici.

Helena rit tandis que les femmes regagnaient le salon :

— S'ils étaient là, vous les feriez sortir à coups de torchon, comme des mouches importunes. Ils sont incapables de rester en place plus d'une seconde.

Avaline vint se mettre au côté de Fortis mais il remarqua qu'elle laissait un petit espace entre eux, contrairement à Anna et Helena qui avaient pris la main de leur époux. Excepté la veille, quand il l'avait portée dans la salle du souper, Fortis n'avait pas touché sa femme. Il percevait en elle une hésitation, presque une réticence, qui le mettait mal à l'aise.

Il fallait s'y attendre. Ils se connaissaient à peine. Sans doute Avaline se demandait-elle comment se comporter avec un époux qu'elle n'avait pas vu depuis sept ans ? Pourtant, tout au fond de lui, il aspirait à sentir la main fine de sa femme se glisser dans la sienne, comme l'avait fait Anne avec Frederick. Il aurait aimé qu'Avaline le regarde avec cette même expression de tendresse attentive qu'on pouvait lire dans le beau regard brun d'Anne quand elle se tournait vers Ferris. C'était une question de temps et de patience, certainement. Qu'avait dit Frederick un moment plus tôt ? Qu'ils avaient tous changé. Qu'il fallait se réhabituer les uns aux autres ?

Il y eut des embrassades, des adieux chaleureux, tandis que

les femmes échafaudaient des projets de séances de couture collective pour les jours à venir. Frederick serra encore une fois le fils prodigue dans ses bras.

— Il va falloir que nous ayons bientôt une bonne conversation à propos du domaine, n'est-ce pas, mon vieux ? Je te laisse le temps de reprendre tes marques…

Puis, après de nouvelles embrassades et de nouveaux adieux, la famille partit enfin et le silence retomba sur la maison.

Avaline suivit des yeux l'élégant coupé du duc qui s'éloignait dans l'allée puis, refermant la porte, se tourna vers son mari. Elle le dévisageait avec un sourire trop grand, paraissant soudain si menue dans le grand hall désert.

Blandford Hall… Leur foyer… Une grande demeure pour eux deux, qui paraissait plus grande encore avec tout ce silence qui les entourait. Ils étaient vraiment seuls pour la première fois depuis la réapparition de Fortis.

Bien sûr, ils s'étaient déjà retrouvés en tête à tête la veille au soir, quand on les avait ramenés chez eux après le coup de théâtre chez Tobin Hayworth. Mais il y avait eu l'excuse de l'heure tardive, de la fatigue et du trop-plein d'émotion. On parlerait le lendemain. Il serait bien temps de reprendre contact, de retrouver ses repères… Et demain était venu. La famille était repartie, il n'y avait plus personne derrière qui se cacher, plus d'obligations à remplir pour occuper le temps qui s'était écoulé inexorablement jusqu'à cette terrible minute où ils se regardaient enfin, les yeux dans les yeux, prenant leur juste mesure. Lord et Lady Tresham. Mari et femme. Avec toutes ces années vides entre eux, comme un gouffre.

— Cela s'est plutôt bien passé, remarqua Avaline.

— La fin m'a paru… plutôt étrange, remarqua Fortis.

Et terriblement émouvante.

Le sourire un peu forcé d'Avaline s'adoucit, la faisant paraître encore plus belle.

— Votre père a beaucoup vieilli, depuis votre disparition. Vous n'imaginez pas ce que représente votre retour pour vos parents. Pour Sa Grâce, surtout. Il me semble qu'on peut admettre sa propre mort, quand vient le temps de la vieillesse. Mais la mort de son enfant, on ne peut jamais s'y faire. En vous perdant, votre père a perdu sa propre immortalité.

Rougissant, elle ajouta dans un souffle :

— Pourquoi me regardez-vous comme cela ?

C'était vrai. Il la dévorait littéralement du regard. Mais, grand Dieu, il avait des excuses. Il avait pour épouse la plus jolie femme de toute l'Angleterre !

— Parce que vous êtes belle. Je ne me souvenais pas à quel point… Honnêtement, le portrait du médaillon ne vous rend pas hommage.

Plongeant la main dans la poche intérieure de son gilet, il en sortit le médaillon en question qu'il brandit devant elle. Puis, faisant sauter de l'ongle le couvercle, il lui montra la délicate miniature.

Avaline le regarda, bouche bée.

— L'avez-vous toujours avec vous ?

— Oui, toujours. Il ne quitte jamais l'une de mes poches, sauf, bien sûr, quand je le regarde.

Il sentit qu'il rougissait. Il devait avoir l'air aussi stupide qu'un collégien.

— Bien sûr, ajouta-t-il en détournant le regard, maintenant que je vous ai sous les yeux tous les jours, ce n'est plus nécessaire.

Il remit le médaillon à sa place et, de nouveau, la dévisagea avec ravissement.

— Mais vous ne me regardiez pas comme ça, auparavant, protesta Avaline, qui rougissait à son tour, gênée.

Il sourit.

— C'est sans doute pour rattraper le temps perdu.

— Sourire aussi ne vous était pas habituel, commenta encore Avaline, un petit sourire naissant sur les lèvres.

Il avait étudié longuement cette jolie bouche depuis ce matin. Et il ne s'en lassait pas. Il connaissait maintenant intimement le doux renflement de sa lèvre inférieure, la parfaite symétrie de sa lèvre supérieure, et leur teinte d'un rose pourpre. À moins que ce ne soit framboise, avait-il fini par décider. C'était une bouche qui invitait au baiser et, à dire vrai, Fortis aurait bien voulu s'y risquer. Mais il ne savait pas comment il serait accueilli, ce qui rendait la situation plutôt délicate.

Avaline lui avait fait bon accueil, la veille au soir. Mais, depuis ce matin, elle semblait s'être ressaisie.

— Je vais sans doute faire un bon nombre de choses qui ne m'étaient pas habituelles, remarqua-t-il. Puisque Dieu ou les hommes m'ont accordé une seconde chance, j'ai bien l'intention de tout mettre en œuvre pour me montrer sous un meilleur jour, en tant qu'époux et en tant qu'homme.

Quels que soient ses accidents de mémoire, Fortis était certain au moins d'une chose. Il avait eu beaucoup de chance. Qu'il ait pu sortir de cette forêt en bonne santé et sain d'esprit tenait du miracle. Avaline paraissait surprise. Sans doute ne savait-elle pas quoi faire de ces dernières informations. Ni de lui, par la même occasion. Mais ils ne pouvaient décemment pas en discuter au milieu du hall, où les serviteurs pouvaient les entendre.

— Prenez mon bras, ma chère, et faisons quelques pas. Un peu d'air frais nous fera le plus grand bien. Je suis sûr que vous avez apporté une quantité d'améliorations dans ce jardin.

Il adressa à sa jeune épouse un sourire qu'il espérait calme et rassurant, bien que son cœur batte à se rompre.

Pourtant, Avaline hésitait.

— Je suis votre époux, Avaline, et vous êtes ma femme, ajouta-t-il avec un sourire taquin. Je suis certain que notre bonne reine[1] elle-même ne verrait rien à redire à ce que nos deux corps entrent en contact. Une main sur une manche n'a rien de bien compromettant. Et je ne risque pas non plus de me volatiliser dans les airs, comme un génie oriental. Je suis revenu pour de bon, vous savez.

1. Sous le règne de la reine Victoria (1837-1901), les valeurs dominantes, empruntées au puritanisme britannique, sont le sens du devoir et une moralité très stricte se manifestant entre autres par une grande pudeur. (NdT)

Lentement, précautionneusement, Avaline posa sa main sur son bras. Une main si légère qu'on eut eût dit un oiseau perché sur une branche.

C'était un début.

3

Le bras de Fortis était aussi solide, aussi réel sous ses doigts que la veille, dans la maison d' Hayworth. Pourtant, qu'il se volatilise tout soudain était exactement ce qu'Avaline redoutait. Non pas qu'il disparaisse physiquement, en tant qu'être de chair et de sang. Mais dans cette partie de lui-même qu'elle venait de découvrir. Cet autre Fortis qui, tel un héros de roman, était venu à son secours et l'avait sauvée des entreprises de Tobin Hayworth en envoyant ce dernier rouler sur le sol. Qui l'avait soulevée dans ses bras, l'avait emportée comme son plus beau trophée dans la salle du dîner. Cet homme qui, une fois regagné leur domicile, avait montré assez de délicatesse pour ne pas s'imposer dans son lit. Ce qui, il fallait bien l'avouer, n'avait guère surpris Avaline. Une fois accompli le devoir conjugal lors de leur nuit de noces, le jeune Fortis n'avait jamais manifesté beaucoup d'intérêt pour cet exercice.

Par contre, avant de la quitter pour regagner sa chambre, Fortis s'était enquis de son bien-être, craignant les conséquences d'une soirée si riche en événements. Et c'était cet homme-là, plus mûr, moins égocentrique qu'elle ne voulait pas voir disparaître. Même s'il la mettait mal à l'aise, la déconcertait plutôt, tandis qu'ils se promenaient dans les allées sans mot dire.

Il aurait fallu parler, bien sûr. Rompre ce silence de plus en plus inconfortable. Mais par où commencer ? Il y avait tellement de choses à dire.

— Voulez-vous que nous revenions sur ce qui s'est passé hier soir ? suggéra Fortis tandis qu'ils s'engageaient dans une allée bordée de vieux chênes dont les épais feuillages formaient une voûte majestueuse au-dessus de leur tête. Une fois de plus, c'était lui qui prenait l'initiative, comme tout à l'heure, dans le salon. C'était courageux de sa part de se livrer en pâture aux questions de sa famille, et cela n'avait pas été facile pour lui, Avaline l'avait bien vu.

Elle aurait voulu le soutenir d'une manière quelconque. Lui faire savoir qu'il n'était pas seul. En lui prenant la main, par exemple. Mais le Fortis qu'elle avait épousé sept ans plus tôt n'aurait pas apprécié cette intimité. Il aurait pris cela comme une remise en question de sa force mentale, presque comme une insulte. Elle ne pouvait se permettre ce genre de démonstration, malgré l'admiration et la reconnaissance qu'elle avait éprouvées pour l'homme qui avait eu le courage d'affronter physiquement Hayworth sur son propre territoire.

Avant son départ pour la guerre, Fortis avait été très clair sur sa position quant à la nature de leur mariage. Si clair que les paroles qu'il avait prononcées étaient encore gravées en lettres de feu dans la mémoire de la jeune femme.

« Nous sommes bien d'accord sur le fait qu'il s'agit d'un mariage de convenance, Avaline. D'une union destinée à protéger l'intégrité du domaine de votre père, et, éventuellement, plus tard, de le joindre à celui du mien. J'ai respecté ma part du contrat. Votre propriété est en sécurité. Maintenant, si vous voulez bien m'excuser, j'ai promis à quelques amis de passer la soirée avec eux ce soir. Ne m'attendez pas. Je ne suis pas certain de rentrer. »

Le lendemain matin, il partait pour la guerre de Crimée. Pas question, donc, d'oublier la place qu'il lui avait attribuée. Celle d'une fille à marier à qui on avait rendu service.

Et pas question non plus de se laisser attendrir. Fortis ne s'attendait tout de même pas à être accueilli à bras ouverts, après sept ans d'absence et sans jamais avoir répondu à ses lettres ? Avaline se sentait plus forte maintenant. C'était une femme faite. Elle n'avait plus rien de commun avec la jeune ingénue sortie tout droit de l'Académie de Miss Finlay pour tomber dans le lit d'un mari. Pourtant, l'homme qui marchait à côté d'elle dans l'allée ne semblait pas conscient de ses tourments. Il se souciait davantage du présent que du passé.

— Est-ce que je me trompe si j'affirme qu'Hayworth s'est rendu parfaitement ridicule ?

Avaline ne put retenir un petit rire amusé.

— Il n'a pas cessé de l'être depuis que nous avons reçu ces nouvelles de Balaklava, il y a un an. Ridicule et terriblement intrusif.

Elle marqua une pause, émue par le souvenir de cet horrible jour où Cam Lithgow leur avait rendu visite dans l'hôtel particulier londonien des Cowden pour leur annoncer la disparition de leur fils. Elle se souvenait de sa peur et de son désarroi. Tout ce que Fortis lui avait laissé en partant, c'était son nom, agrémenté du statut de femme mariée ; statut quasi indispensable pour une jeune femme si elle voulait qu'on la respecte. En mourant, il lui retirait même cela. Elle se sentait désormais exposée à toutes les convoitises, et en particulier à celles de leur grossier voisin.

Et soudain, comme par miracle, grâce au retour du fils prodigue, elle était sauvée. Le hasard lui offrait une seconde chance pour réussir son mariage et de donner satisfaction à ses vieux parents.

— Hayworth désire... ou plutôt désirait, se corrigea-t-elle, qu'on officialise votre mort. Sinon, il parlait de vous dénoncer aux tribunaux pour abandon du foyer conjugal.

Mais Dieu merci, tout cela était derrière eux, maintenant. Fortis était là, à son côté, qui marchait d'un pas vigoureux et plein d'entrain. Le retour de son mari suffisait à remettre Avaline sous la protection légale de son mari. Le seul fait qu'il ait démontré qu'il était toujours en vie était suffisant, du reste. Il n'était même pas obligé de rester là. Et sans doute n'en avait-il pas l'intention. Raison suffisante pour qu'elle montre de la retenue à son égard. Elle n'avait pas besoin de faire étalage de sentiments pour obtenir de lui ce à quoi elle avait droit d'office : un statut social et la protection d'un époux.

Fortis éclata de rire.

— Pour abandon de domicile ? Mais c'est ridicule. Jamais il n'aurait eu gain de cause.

— Croyez-vous ? Après tout, il y a eu six ans de lettres restées sans réponse, argumenta Avaline d'une voix calme.

Non pas pour défendre Hayworth, mais pour mieux se convaincre elle-même du peu de cas que le jeune Fortis faisait d'elle.

— Eh bien, je suis là, maintenant, rétorqua son mari d'un ton brusque.

Avaline s'en voulut aussitôt d'avoir pu paraître l'accuser. Pourtant, elle ne put s'empêcher de laisser sa rancune aller son train. Après tout, à sa manière, elle aussi était entrée en guerre. Contre une société qui murmurait Dieu sait quelles médisances dès qu'elle avait le dos tourné. Contre le richissime Hayworth qui avait jeté son dévolu sur elle et était bien décidé, depuis de longues années, à mettre tout en œuvre pour l'obtenir. Qui savait parmi ses proches, excepté ses défunts parents, que c'était pour échapper à ses griffes qu'elle avait accepté d'épouser Fortis Tresham ? Ce n'était pas par amour, comme l'avaient prétendu les parents du jeune homme, mais par raison, qu'elle s'était laissé unir à un homme qu'elle ne connaissait pas.

Mais maintenant, Fortis était de retour et il était grand temps de parler vrai.

— Oui, vous êtes là, en effet. Mais pour combien de temps ?

La question avait fait irruption, brutale. En dehors d'avoir mis en échec les intentions d'Hayworth, que signifiait le retour de Fortis pour elle ? Pour tous les deux, en fait. Avait-il l'intention de rester à ses côtés ? De s'occuper du domaine ? Ou simplement, mû par le remords, de rassurer sa femme et ses vieux parents avant de repartir vers de nouvelles aventures ?

Fortis fronça les sourcils, perplexe ou choqué.

— Je suis rentré pour de bon, Avaline. J'ai démissionné de l'armée, naturellement. J'ai bien l'intention de tenir mon rôle dans la direction du domaine, bien que vous en sachiez beaucoup plus que moi sur la question. L'armée n'est pas l'endroit idéal pour apprendre à élever du bétail et à faire pousser du blé, il faut bien le dire.

Il rit, mais son rire était sans joie, et il conclut sombrement :

— La guerre ne verse dans les sillons que du sang et des larmes.

Et ce n'est pas avec ça qu'on nourrit tout un peuple. Oui, Avaline, je suis revenu pour être votre mari. Un vrai mari, cette fois.

Avaline hocha lentement la tête, émue. Fortis venait de la libérer d'un grand poids. Il reconnaissait les torts de sa conduite et il était prêt à y remédier. Mais c'était à son tour de le dévisager avec étonnement, tandis que ses espoirs romanesques resurgissaient tout à coup. Mon Dieu ! Qu'aurait-elle donné pour entendre ces mots-là sept ans plus tôt ? Aujourd'hui, elle ne savait plus trop qu'en faire. Un vrai mariage ? Avec cet homme superbe qui ressemblait sans lui ressembler tout à fait au jeune homme jouisseur et égoïste qui l'avait quittée sept ans plus tôt. ?

Qu'entendait-il par un « vrai mari » ? Qu'ils auraient des relations sexuelles ? Qu'il lui ferait des enfants ? Qu'ils fonderaient une famille ? Et qu'ils travailleraient côte à côte ici, à Blandford House, jusqu'à la nuit des temps ?

Avaline se tenait là, debout dans le grand parc envahi par l'automne dans l'air frais déjà piquant. Et, devant tant de beauté, elle sentit qu'il était facile de croire à une telle déclaration. De commencer à rêver. Le mariage auquel elle aspirait depuis toujours, fondé sur l'amour et le respect mutuel était-il vraiment à portée de main ? C'était une perspective bien tentante. Une perspective effrayante, aussi. Il lui faudrait prendre de grands risques, si elle voulait réussir. Mais cette fois, elle ne se lancerait pas dans l'aventure les yeux fermés. Fortis mesurait-il les implications de ses propos ? Elle, en tout cas, n'était pas prête à payer deux fois le prix de son erreur.

Fortis parut percevoir ses hésitations. Une lueur de souffrance traversa son regard clair.

— Avaline, regrettez-vous que je sois revenu ?

Elle ne répondit pas immédiatement. Fortis aurait pourtant aimé qu'elle le fasse. Il comprit qu'il aurait aimé beaucoup de choses, en ce moment critique. Qu'elle se jette dans ses bras, par exemple, et qu'elle l'embrasse avec assez de conviction pour chasser tous ses doutes. Qu'elle lui murmure de rassurantes paroles. Non, non, Fortis. Comment pouvez-vous dire une chose pareille ?

Mais elle ne fit rien de tout ceci. Au contraire, elle s'écarta de lui, et ces quelques centimètres qu'elle mettait entre eux en disaient plus long que bien des paroles.

Puis elle répondit enfin.

— Je ne sais pas.

Bien sûr, comprit-il encore, la réponse aurait pu être bien différente. Ne serait-ce que s'il avait répondu à ces lettres magnifiques qu'il avait trouvées dans son sac à dos militaire. Quel goujat il avait été ! Quel lamentable égoïste !

Mais Avaline aurait pu aussi le rejeter complètement. Après tout, il ne faisait plus partie de sa vie depuis des années. Et si Tobin Hayworth ne l'avait pas harcelée de ses prétentions, peut-être aurait-elle préféré refaire sa vie avec quelqu'un d'autre ?

— J'apprécie votre franchise, se contenta-t-il de répondre platement.

Mais Dieu que cela faisait mal ! À peu près comme de rouvrir une vieille blessure pour en retirer un corps étranger. Métaphore tout à fait appropriée, songea Fortis avec un sourire amer. Maintenant que leurs invités étaient rentrés chez eux et que l'émotion des retrouvailles s'était apaisée, l'heure du parler vrai avait sonné. Et la première des vérités était indéniable. Il avait blessé cette adorable créature par son abandon et son indifférence. Son attitude était impardonnable. Il n'y avait pas à revenir là-dessus. La seule question qui se posait, c'était : Pourquoi avait-il agi ainsi ? Et pourquoi ne s'en était-il pas inquiété, ne serait-ce qu'une seule fois ?

La force de cette réalisation le fit s'asseoir sur le banc le plus proche. Il rencontra le regard fermé d'Avaline, scrutateur et méfiant. Alors que ce qu'il désirait, il en prenait conscience maintenant, c'était de lire dans les yeux de cette jolie femme tout l'amour, toute la sollicitude et toute la joie qu'éprouve une jeune épouse quand elle retrouve son mari après une longue absence.

Il désirait ardemment, il avait un besoin quasi vital, de l'estime de sa femme.

— Je suis désolée, Fortis. Je n'aurais pas dû dire cela. Pas comme ça, en tout cas.

Avaline avait en effet l'air aussi confuse que la situation

le requérait. C'était une forme de consolation, d'une certaine manière. Mais il n'en voulait pas. Du moins, pas au prix d'un mensonge. Pas question qu'elle travestisse ses propres sentiments pour l'épargner.

— Mais si, vous avez bien fait de le dire ! Il aurait été bien plus ennuyeux que vous vous sentiez obligée de prétendre que tout était parfait. De feindre que ces sept années d'absence n'avaient finalement pas compté, qu'elles n'avaient laissé aucune trace. Tout comme il ne serait pas juste de ma part de m'absoudre de toutes mes fautes, au prétexte que nous n'avions simplement pas eu le temps de nous connaître.

Il se passa la main sur le front avec un soupir. Ç'aurait été tellement plus facile, s'ils avaient pu prendre un nouveau départ en faisant table rase du passé.

— Acceptez mes excuses, ma chère Avaline, conclut-il en la regardant droit dans les yeux. S'il en est encore temps, bien sûr. Je suis sincèrement navré de vous avoir fait du mal... Je vous propose que nous prenions notre temps pour refaire connaissance. Nous chercherons ensemble ce qui peut faire de notre union une réussite. À condition que vous acceptiez de me redonner ma chance, bien sûr.

Il lui adressa un sourire plein d'espoir.

Pour qui diable se prenait Fortis Tresham pour faire irruption dans une réception sans y être invité et provoquer un pareil scandale ?

Un vrai sauvage ! maugréa Tobin Hayworth en pressant sur sa mâchoire douloureuse une escalope de veau tandis que, de l'autre main, il portait un verre de cognac à ses lèvres tuméfiées. Déjeuner s'était avéré impossible. Sa mâchoire lui faisait deux fois plus mal que la veille au soir et il n'avait pratiquement pas dormi de la nuit. Il souffrait probablement d'une fracture, bien que le médecin, qu'il avait fait réveiller en pleine nuit, lui eût assuré le contraire.

Le seul avantage de la douleur, c'était qu'elle éclairait crûment la situation, et en particulier tout ce qu'impliquait la soudaine réapparition de Fortis Tresham. Blandford House et sa propriétaire venaient de lui échapper. Un mari en chair et en os, et au sommet de sa forme, songea Hayworth en se palpant précautionneusement la mâchoire, était plus difficile à gérer qu'un fantôme. Rien n'aurait pu être plus opportun pour Avaline et ses beaux-parents. Une vraie scène de vaudeville, cette manière qu'avait eue le jeune Tresham de surgir au moment où lui-même pressait son avantage, si on peut dire, à l'encontre de la belle Avaline.

Et dire qu'il n'y avait pas quarante-huit heures qu'il avait entrepris les formalités pour faire déclarer Fortis Tresham disparu corps et biens !

L'estomac de Tobin gronda, protestant énergiquement contre le fait de ne pas avoir été rempli mis à part un bol de soupe depuis le déjeuner de la veille. Et maintenant, il ne lui restait plus qu'à attendre piteusement sa ration du soir, une malheureuse purée de légumes, comme un malade sur son lit d'hôpital. Il rajusta son escalope avec une grimace. Pour sûr, sa mâchoire faisait un meilleur dîner que lui. Il était tout de même un peu trop beau qu'après avoir été porté disparu depuis un an, qu'après que le major Lithgow, ami de la famille, fut revenu bredouille de Sébastopol au bout d'un long mois d'enquête, un homme surgisse sans crier gare de la forêt russe pour revendiquer l'identité du fils prodigue.

Non, tout cela sentait le coup monté. Un coup monté dont l'auteur ne pouvait être que le duc de Cowden. Et Hayworth savait pourquoi. En tant que proches voisins, on aurait pu s'attendre à ce qu'ils soient de bons amis ; tous deux avaient fait fortune dans le négoce, n'hésitant pas à investir leurs capitaux dans des entreprises hasardeuses et lointaines. Cowden présidait un groupe d'investissement qu'il avait nommé symboliquement le Club Prométhée, sans doute pour signifier que, tel le dieu grec du même nom, il allait apporter la lumière à ses clients sous forme d'espèces sonnantes et trébuchantes. Ou Dieu sait quelle autre faribole prétendument littéraire. La littérature, Tobin n'en faisait pas sa tasse de thé. Il avait d'autres chats à fouetter. Lui, la seule chose qui l'intéressait, c'était l'argent. Et les gens qui contribuaient à lui en faire gagner.

Là était la différence. Il était bien conscient que le duc ne partageait pas ses valeurs, surtout quand il s'agissait de la manière dont il gagnait cet argent. Il le considérait comme un homme sans scrupules. Eh bien ! Qu'il en soit ainsi. Les scrupules ne nourrissaient pas son homme.

Tobin battait la mesure de ses doigts minces sur la surface polie de la petite table disposée à côté de son fauteuil devant la cheminée. Les pieds confortablement posés sur un tabouret bas, il poussa un soupir d'aise. Pour l'heure, c'était bien la seule partie de sa personne qui fût confortable.

Mais il était grand temps de revenir à son plan. Voyons... Un homme qui avait été absent du foyer conjugal pendant de longues années revenait soudain chez lui sans crier gare. On était en droit de s'en étonner, même si Cowden ne semblait pas avoir été surpris outre mesure la veille au soir. En tout cas, on pouvait s'attendre à ce qu'il se pose quelques questions. Le fils d'un duc, même venant en troisième position, bénéficiait d'avantages considérables. Par son mariage, déjà, puisqu'il disposait par sa femme d'un vaste et riche domaine, à quoi s'ajoutait la fort jolie épouse qui allait avec. Par sa naissance, ensuite, qui lui offrait, outre des facilités financières, l'accès au plus haut niveau de la société. Quels que soient ses projets, il pouvait les réaliser sans se donner trop de peine. Diplomatie, politique, magistrature, tout lui était ouvert.

Cowden ne pouvait ignorer que la tentation était forte pour un imposteur de se faufiler à la table familiale en jouant les fils prodigues. Mais si le duc s'estimait de trop haut lignage pour être victime de telles manigances, s'il était par trop convaincu de son invulnérabilité, ce n'était pas le cas de Tobin.

Mettre le nez dans les affaires les plus sales ne lui répugnait pas pourvu qu'il y trouve son intérêt.

Après tout, tel le serpent perfide de la Bible, il lui suffisait de susurrer cette éventualité à l'oreille du duc. Et c'est ce qu'il ferait, dès que sa mâchoire lui permettrait de faire une visite à son honorable voisin. On pouvait comprendre qu'il lui répugne que quelqu'un abuse de la crédulité du duc, n'est-ce pas ? Il allait lui rendre là un fier service. Et en attendant de pouvoir sortir de son repaire, il pouvait toujours écrire. Rien ne lui interdisait de mener une enquête discrète. Bien sûr, Tobin ne pouvait interroger directement le principal intéressé. Il n'était pas de la famille. Mais il ne manquait pas de relations, des gens qui savaient se faufiler dans tous les milieux et qui seraient ravis d'obtenir pour lui des renseignements. Contre espèces sonnantes et trébuchantes, évidemment.

Tobin eut un mince sourire. À n'en pas douter, ce serait le scandale de la Saison[1]. Le Duc ne s'en relèverait pas. Surtout si lui, Tobin, parvenait à prouver que Cowden avait tout manigancé délibérément, pour conserver les avantages qu'avait acquis son fils en se mariant avec la fille du voisin. Et même si l'individu était un imposteur, et qu'il avait délibérément abusé de la crédulité du duc, celui-ci passerait pour un imbécile. Ce qui ferait le plus grand tort à sa réputation et donc à ses affaires. Les gens penseraient qu'il commençait à perdre la main... ou la tête.

Le sourire de Tobin s'élargit tandis qu'il se resservait de cognac. Bien sûr, tout cela supposait que cette regrettable machination soit rendue publique. Mais il avait déjà décidé par-devers lui qu'il donnerait une chance à Cowden de garder l'affaire secrète. Tobin savait très bien garder les secrets, à condition d'y mettre le prix. Et cette affaire-là, si elle pouvait se vérifier, valait beaucoup d'argent.

Il leva son verre et porta un toast à sa propre victoire. Puis reposant son verre sur la table, non sans en avoir bu une large rasade, il claqua la langue avec satisfaction. Maintenant, il allait falloir se mettre au travail. Tout cela n'était encore que simple conjoncture et il devait trouver des preuves. Mais là, il était tranquille. Un chien cherchant son os n'aurait pu rivaliser avec lui.

Tobin Hayworth était tenace. Redoutablement tenace.

1. La *Saison* londonienne bat son plein entre avril et juillet. L'aristocratie et la gentry quittent leur résidence campagnarde pour rejoindre Londres et participer à de nombreuses mondanités publiques et privées : fêtes, bals, garden-parties, concerts, sorties au théâtre ou à l'opéra, courses hippiques, comme le fameux derby d'Epson. C'est également l'occasion pour les jeunes filles des meilleures familles d'être présentées à la reine. (NdT)

4

Il était redoutablement tenace. Tout le monde le lui avait toujours dit. Et il avait bien l'intention de sortir de ce champ de bataille vivant. Pas question de mourir là, dans la boue et le sang qui baignaient les remparts de Balaklava. Il n'avait pas tenu jusque-là pour se laisser mourir de découragement. Il se mit à ramper sur les coudes, le ventre collé au sol en une maladroite reptation, le regard fixé vers la lisière de la forêt, là où, du moins il l'espérait, se trouvait la sécurité. Son bras lui faisait terriblement mal, sa jambe aussi, et il dut bien admettre, le moral au plus bas, que la plus grande quantité de tout le sang dans lequel il rampait était à lui. Il était blessé mais toujours vivant, ce qui tenait du miracle. La balle du mousquet qui avait sifflé à son oreille aurait pu lui exploser en plein crâne. Le sabre qui lui avait atteint le bras aurait pu le lui trancher, la baïonnette qui avait déchiré son pantalon aurait pu se planter dans sa chair. Oui, il avait beaucoup de chance et il le savait. Mais il fallait que sa bonne étoile, si elle existait, le protège jusqu'au bout. Il fallait traverser ce champ jusqu'à la lisière en affrontant le spectacle de la mort, les yeux dans les yeux, en refoulant la peur de mourir à son tour, ce qui était de l'ordre du probable tant qu'il serait dans ce champ, et que la tache sanglante du soleil s'attarderait sur l'horizon.

Il fut pris d'une soudaine panique. Il tenta de la combattre, avec la même énergie qu'il mettait pour avancer. S'il se laissait faire, la peur anéantirait le peu de volonté qu'il lui restait. Il faisait presque nuit, maintenant. Les pilleurs de cadavres sortiraient bientôt de la pénombre pour tomber comme un vol de charognards sur le champ des morts. Ils n'hésiteraient pas à le tuer pour ses bottes, ou sa redingote, qui avait encore, par miracle, tous ses boutons. Pour ces miséreux qui crevaient de faim dans les cabanes alentour, il était une proie facile et, s'il fallait se battre, il n'aurait aucune force pour résister.

Il se traîna encore en avant, pouce après pouce, chaque mouvement déclenchant une horrible douleur dans son bras blessé. Il essaya d'ignorer la douleur lancinante dans sa jambe. Il avait presque atteint le bord du champ, maintenant. Le soleil avait quasiment disparu derrière la ligne d'un bleu sombre de l'horizon.

Et soudain, il l'entendit. Un cri faible, là tout près de lui. Un appel à l'aide.

— S'il vous plaît ! Aidez-moi !

Pas question de s'arrêter. Il était blessé et à peine capable de sauver lui-même sa peau. Cela faisait assez longtemps qu'il se traînait dans ce champ. Déjà, il entendait dans la nuit tombante les voix des pilleurs de cadavres. Un soldat anglais, loin de chez lui… Ils ne l'épargneraient pas. Mais justement. Un camarade appelait à l'aide, tout près de lui. Il ne pouvait pas l'abandonner. Alors, il se retourna. Il se sentait incapable de condamner à une mort certaine un de ses semblables. Un Anglais, lui aussi. Il commença à ramper vers le cri… Mais déjà quelqu'un le saisissait par les épaules. Ça y est ! Les détrousseurs de cadavre l'avaient trouvé ! Mais il ne se laisserait pas faire. Il se mit à battre l'air de ses bras et de ses jambes, cherchant à atteindre ses assaillants de ses lourdes bottes cloutées.

Il était prêt… Ce serait un combat jusqu'à la mort.

— Fortis ! Réveillez-vous. Vous êtes chez vous, en sécurité.

La voix affolée pénétra les brumes de son cerveau. Pourtant, il se débattait encore, redoutant que le champ de bataille ne reprenne possession de la chambre. L'erreur lui serait fatale. Il sentait ses doigts se refermer sur les vêtements de ses assaillants…

— Fortis ! Réveillez-vous, je vous en supplie. C'est moi, Avaline.

Devant ce cri désespéré, le cauchemar s'évapora dans l'air nocturne et il écarquilla les paupières. Avaline, penchée sur lui, le dévisageait de ses grands yeux sombres. La pauvre créature ne savait pas ce qui l'attendait en entreprenant de le sortir de son rêve !

La relâchant aussitôt, il se laissa tomber sur le dos, haletant et en sueur. Mais il était chez lui, en effet. Et vivant !

Malheureusement, il avait attaqué sa propre femme. Dieu du ciel ! Qu'allait-elle penser de lui ?

— Avaline, je suis navré…

Avaline, allongée à son côté, tâchait de reprendre son souffle, les yeux au plafond. Ce n'était pas le meilleur moyen de rentrer dans ses grâces. Maintenant, elle allait prendre au pied de la lettre le portrait de l'homme à la cervelle fragile que Cam leur avait rapporté. Dès qu'elle se serait remise, cette idée allait lui pénétrer l'esprit et elle quitterait la chambre en courant.

Pourtant, se dressant sur un coude, Avaline se tourna vers lui, le regard plein de sollicitude.

— C'est à moi de m'excuser, Fortis. Je n'aurais pas dû intervenir. Votre frère m'avait prévenue de ce qui pouvait arriver. Que vous risquiez de faire des cauchemars, de vous montrer brutal, pour vous défendre. Mais quand je vous ai entendu crier… j'ai tout simplement été incapable de rester dans mon lit.

— J'ai crié, dites-vous ? Ai-je dit quelque chose ?

Il espérait au moins s'être comporté avec dignité. Ne pas avoir pleuré comme un gamin. C'était arrivé avec Cam, dans leur compartiment de train, sur le chemin du retour. Il était touché aussi par le courage d'Avaline. Un homme surpris en plein cauchemar, surtout dans un contexte de champ de bataille, pouvait réagir de manière très violente. Elle avait malgré tout eu le courage de venir le réconforter. Ce geste le bouleversait par sa générosité. Peut-être ne lui était-il pas si indifférent qu'elle l'avait prétendu dans le jardin ? À ce moment-là, Avaline était sur ses gardes. Elle se méfiait un peu de ce mari surgi de nulle part.

— Au secours. Voilà tout ce que vous avez dit, expliqua-t-elle d'une voix apaisante. Au secours. C'est tout.

Mais il n'avait pas dû se contenter de le dire. Il l'avait hurlé à pleins poumons. Assez fort en tout cas pour que son cri traverse la petite antichambre qui séparait leurs deux appartements. Dieu du ciel ! Cam lui avait dit que, dans ses cauchemars, il criait et pleurait comme un enfant terrorisé. À cette seule pensée, il sentait la panique renaître en lui comme une vague menaçante. Qui d'autre avait pu l'entendre ? Des domestiques, peut-être, qu'il aurait réveillés ? Le regarderaient-ils d'un air étrange demain matin, au petit déjeuner, chuchotant derrière son dos que le maître était de retour, certes, mais qu'il n'avait plus toute sa tête ?

Avaline lui caressa la joue du dos de sa main fraîche, un doux sourire aux lèvres. C'était bon. Bon et infiniment réconfortant. Il aurait voulu qu'elle continue. Avait-elle conscience de cette caresse ? Se rendait-elle compte qu'ils étaient allongés côte à côte dans le même lit, vêtus de leurs seuls vêtements de nuit ? Les gestes d'affection n'étaient-ils dictés que par la pitié ? Mais Fortis ne voulait pas de la pitié de sa femme. Refermant la main sur le poignet si mince, à la peau si douce, il la repoussa doucement.

— Merci, Avaline. Mais je ne suis pas malade. Ni fou.

Elle se raidit. Il la rejetait, poliment, certes, mais fermement. Et cela faisait mal.

— Je sais, Fortis. Mais vous êtes un soldat de retour de la guerre après une expérience traumatisante. Vous n'êtes pas redevenu tout à fait vous-même. Il faudra encore un peu de temps.

Fortis secoua la tête, dubitatif. Du temps ? Certes, mais combien ? Cela faisait trois mois qu'il était sorti de la forêt, en juillet dernier. Et trois semaines qu'il avait quitté la Crimée avec Cam. Mais il sentait son cerveau aussi confus que ce fameux jour où il avait fait irruption dans le poste militaire, incapable de raconter clairement son histoire. Toutes les pièces manquantes qu'on lui avait apportées n'avaient fait qu'ajouter encore davantage à sa confusion.

— Laissez-moi vous aider, souffla Avaline en lui posant la main sur le front.

Et il se laissa faire, idiot qu'il était. Sans doute parce qu'il y avait longtemps qu'il n'avait pas bénéficié de la douceur d'une compagnie féminine.

Mais Avaline insista encore, voulant aller plus loin.

— Racontez-moi votre rêve.

Non, ça, il se refusait à le faire. Pas question de l'accabler des images atroces qui hantaient son cerveau. On ne parlait pas de l'enfer à un ange. Et c'est bien à un ange que sa femme ressemblait, en ce moment, dans sa longue chemise blanche, sa chevelure blonde répandue sur ses épaules comme un voile de lumière. Et, par quel miracle, il n'aurait su le dire, mais cet ange lui appartenait, même s'il ne le méritait pas.

Alors, pas question de la souiller avec de sordides récits de souffrance et d'agonie.

— Non, Avaline. Je ne vous parlerai jamais de tout ça. Ce que j'ai vu n'est pas fait pour les oreilles d'une femme.

Elle hocha la tête, l'air grave, comme si elle comprenait ce qu'il avait pu voir.

— Dans ce cas, peut-être accepterez-vous d'en parler à Ferris ? Ou de le lui coucher par écrit ?

— Peut-être, oui. C'est une bonne idée... Je me sens mieux, maintenant. Vous pouvez regagner votre lit.

Il ne se rendormirait probablement pas cette nuit. C'était ce qui se passait, d'ordinaire, quand il faisait ses cauchemars. Il avait passé plus d'une nuit d'insomnie, assis contre ses oreillers, dans la cabine du bateau qui traversait la mer Noire, regardant les étoiles s'effacer lentement dans le ciel nocturne. Parfois, Cam venait le rejoindre. Il lui arrivait lui aussi de faire de mauvais rêves. Sa femme, Pavia, connaissait des herbes qui le soulageaient.

Mais Fortis ne voulait pas d'un sommeil artificiel. Il se croyait assez fort pour affronter ses fantômes. Pourtant, maintenant qu'il était rentré chez lui, il lui fallait prendre son épouse en considération. Sans doute vaudrait-il mieux reconsidérer favorablement l'offre de Pavia. Pas question de terroriser Avaline, ou d'aller l'agresser dans son lit. Cette nuit, il n'avait fait que crier et s'agiter. Mais Dieu le garde qu'un jour une arme lui tombe sous la main !

Avaline quitta le lit conjugal sans protester. Elle lissa sa chemise de nuit, en referma plus étroitement le col, comme soudain consciente de l'intimité de leur situation.

— Si vous avez besoin de moi, Fortis, vous n'avez que le couloir à traverser. Il ne faut pas hésiter.

— Bonne nuit, dit Fortis d'une voix ferme. Je vais beaucoup

mieux. C'est à cause de toutes ces émotions, sans doute… Je vais dormir, me reposer et bientôt, tout ira mieux.

Il était conscient de sa chance. De son bonheur, même. Après tout, tous les soldats n'avaient pas la chance de pouvoir rentrer chez eux et d'y retrouver leur femme et leurs chers parents, tous en bonne santé et heureux de le voir.

Le travail qui l'attendait au domaine suffirait à occuper son esprit. Frederick avait raison. Il fallait retourner à la vie de tous les jours, à la bonne vieille réalité de la terre et des saisons. Dès demain matin, il se choisirait un cheval dans les écuries et ferait le tour du domaine. À moins qu'il n'ait déjà un cheval attitré ? Ah mais non, puisqu'il était mort sur le champ de bataille… Mais était-ce possible ? Mon Dieu, que de confusion ! Il demanderait à Avaline de l'accompagner et de le présenter à leurs gens. Un homme qui travaillait jusqu'à l'épuisement n'avait ni le temps ni l'énergie de faire des cauchemars. Pas question de devenir un fardeau pour sa femme. Il allait lui montrer sa force de résilience.

Et surtout, il allait faire en sorte qu'elle ne regrette pas qu'il soit rentré.

Il l'avait renvoyée ! Avaline se laissa tomber sur le bord de son lit, le cœur serré. Elle regrettait déjà d'avoir volé au secours de son mari, mais comment faire autrement ? Des cris terribles l'avaient brutalement tirée de son sommeil. Les cris de désespoir et d'effroi d'un homme qui avait atteint les limites de la santé mentale. Que la terreur allait faire basculer du côté de la folie. Dans sa hâte à aller le réconforter, elle avait tout oublié, y compris la mise en garde de Ferris. Elle ne pensait qu'à une chose : nul n'avait le droit de laisser quelqu'un souffrir à ce point.

Mais elle n'était pas préparée à la scène qui l'attendait. Elle avait à peine touché Fortis qu'il avait bondi sur elle comme un chat sauvage. Impossible de rivaliser avec ce corps aux muscles bandés, durs comme du métal. Avaline s'était retrouvée écrasée sous lui et, quand elle était parvenue à le réveiller, Fortis n'avait paru ni soulagé ni reconnaissant de la voir. Il l'avait renvoyée sitôt qu'il l'avait pu.

Avaline alluma la lampe à huile posée sur sa table de nuit et prit un livre. Elle ne se rendormirait probablement pas avant l'aube. Son cœur battait à se rompre, encore sous le coup de l'émotion, et son âme était en peine. Elle n'avait pas réalisé combien elle avait mis d'espérance dans la conversation que Fortis et elle avaient eue dans le jardin cet après-midi. Il avait affirmé qu'il désirait un vrai mariage et, en dépit de ses efforts, elle avait fini par le croire.

Mais, dans un vrai mariage, l'homme et la femme se partageaient tout, le bon comme le mauvais, leurs espoirs comme leurs craintes. Cette nuit, son mari n'avait pas su lui parler de ses cauchemars. Il l'avait rejetée quand elle avait voulu le réconforter. Et ce qui s'était passé dans cette pièce, la manière dont il lui avait parlé, n'avait rien de bien différent de leur dernière entrevue, sept ans plus tôt...

— Vous sortez ?

Avaline se tenait sur le seuil de la chambre de son mari. Elle n'avait pas pénétré dans cette pièce depuis que Fortis s'y était installé. L'endroit paraissait vide, impersonnel, alors que son occupant l'habitait encore. Mais Fortis avait déjà fait ses bagages. Solidement bouclée par des sangles de cuir, sa malle attendait près de la porte. L'idée effleura Avaline qu'il ne l'avait probablement pas même vidée depuis son arrivée dans la demeure de son épouse.

Fortis, campé devant la psyché devant laquelle il ajustait le col de son habit, se retourna, un sourcil levé.

— Oui, je sors, en effet. Ne m'attendez pas. Mes amis et moi allons passer la soirée au Cygne d'or. Ils tiennent à me faire leurs adieux avant mon départ pour le front. Je crains de ne pas les revoir avant longtemps...

— Mais vous partez demain ! s'indigna Avaline, choquée. Je pensais que nous aurions pu dîner en tête à tête.

Ne le reverrait-elle pas avant longtemps, elle aussi ?

Elle avait demandé au cuisinier de préparer les mets préférés de Fortis, un lièvre en ragoût accompagné de navets et de choux farci. Et ils n'avaient pas passé une seule soirée ensemble depuis leur mariage, trois semaines plus tôt. Au lieu du voyage de noces sur le Continent dont elle avait rêvé, toutes leurs soirées avaient été occupées par des dîners donnés dans les châteaux des environs en l'honneur des nouveaux mariés. Quand ce n'était pas par des expéditions de Fortis à Londres ou ailleurs pour y retrouver des amis.

Comment auraient-ils pu apprendre à se connaître, dans de telles conditions ? Mais Fortis semblait parfaitement heureux dans sa nouvelle vie. Et, à supposer qu'il ait eu l'intention de passer cette dernière nuit dans le lit de sa jeune épouse, il ne trahissait aucun regret de ce que ses amis en aient décidé autrement.

— Je vous attendrai, décréta-t-elle. Nous pourrons prendre ensemble une verveine avant votre coucher.

Fortis eut un soupir exaspéré.

— Inutile ! Comme je vous l'ai dit, mes camarades et moi, nous avons bien l'intention d'y consacrer la nuit. Je rentrerai avec le soleil. Ce sera bien assez tôt pour faire enlever ma malle. Le train part à 8 heures.

Son ton était vif, opérationnel, et ne révélait aucun état d'âme.

— Vos amis comptent-ils davantage pour vous ? insista Avaline, emportée par son amertume et sa déception. Un baiser d'adieu à votre épouse serait-il trop demander ?

En se mariant, elle ne savait pas ce qu'il convenait d'attendre d'un mari. Mais tout de même ! Un comportement d'une telle goujaterie, cela dépassait l'entendement !

Son ton acerbe parut enfin atteindre Fortis, concentré qu'il était sur ses préparatifs. Il se détourna de son image, les sourcils froncés.

— Avaline, vous n'allez pas jouer les enfants gâtées, n'est-ce pas ?

Il ajouta en écartant les bras, l'air faussement navré :

— J'avais bien dit à mes parents que vous étiez trop jeune. Mais ils ont insisté. Et vos parents aussi n'ont pas été en reste. C'était l'idée du siècle, ce mariage entre nos deux familles… Eh bien, il semblerait que l'avenir veuille me donner raison. Je suis marié à une gamine capricieuse qui espère que son mari restera jouer avec elle à la dînette ou à la poupée. Une enfant qui ne connaît rien aux affaires du monde.

C'étaient des mots choisis pour faire mal. Il la prenait pour une petite niaise immature, simplement parce qu'elle voulait l'empêcher de passer sa nuit à boire avec des amis !

Avaline ne baissa pas les yeux.

— Je ne suis plus une gamine. Mais j'avoue que je me faisais une autre idée du mariage.

Fortis sortit sa montre de son gousset avec un nouveau soupir.

— Vraiment ? Alors, que ce soit clair entre nous, Avaline. Notre mariage est un mariage de convenance. Pas un conte de fées où le prince et la princesse tombent amoureux pour toujours.

Il ajouta avec un petit rire cynique :

— « Ils furent heureux et eurent beaucoup d'enfants. » Quelle fadaise !

Sur ces mots, il prit son pardessus et quitta la pièce sans un adieu.

Pas même un chaste baiser sur la joue.

Il la rejetait une fois de plus. Sans acrimonie, sans colère. Il la poussait simplement de son chemin, comme un objet encombrant. Rien n'avait changé, finalement. Elle avait bien fait de rester sur la réserve en ce qui concernait l'homme qui était rentré du front. Elle s'évitait de se rendre de nouveau ridicule.

Tombant finalement de fatigue, Avaline souffla la lampe. Une dernière pensée traversa son cerveau avant qu'elle ne sombre dans le sommeil. Le vieil adage se vérifiait une fois de plus. Les mêmes causes produisent les mêmes effets.

Elle aurait tant voulu croire l'homme qui, dans le jardin illuminé par les ors de l'automne, prétendait désirer les mêmes choses qu'elle.

Croire qu'il pouvait l'aider à réussir cette fois leur mariage.

5

À ce rythme-là, il allait s'écrouler d'épuisement avant le repas. Avaline s'interrompit un instant de donner les ordres dans la cuisine pour la préparation du dîner pour regarder tout à son aise Fortis en train de refaire le chaume du toit d'une des dépendances. Mais c'était peut-être le but de son mari, finalement. Travailler dur pour sombrer dans le sommeil. Il faisait ainsi d'une pierre deux coups. La nuit, il évitait les cauchemars, et le jour, il évitait sa femme.

Rien n'avait changé, elle le savait maintenant. S'il lui avait demandé de l'accompagner aujourd'hui dans la visite du domaine, c'était pour qu'elle l'introduise auprès de leur personnel. Fortis n'avait jamais eu de temps à consacrer à son épouse et n'en aurait jamais. Plus tôt elle se résignerait à cette idée, plus tôt elle pourrait se construire une vie bien à elle, où son mari n'aurait guère de rôle à jouer.

Cela dit, il était difficile de se durcir le cœur devant le spectacle qu'il lui offrait. Elle avait été agréablement surprise de l'entendre proposer aux ouvriers de se joindre à eux pour ce dur labeur. Changer le chaume d'un toit n'était pas une mince affaire et, à son arrivée à Blandford après leur mariage, il n'avait jamais manifesté le moindre intérêt pour les travaux du domaine. Peut-être était-ce à cela qu'il faisait allusion quand il lui avait annoncé qu'il voulait aider au domaine. Ce qui suscitait en elle une autre forme d'espoir, finalement. Leur nouvelle vie ne serait sans doute pas le conte de fées dont elle avait rêvé mais elle entrevoyait la possibilité d'une vie commune, leur dévouement pour Blandford pouvant constituer entre eux un ciment qui reposerait sur le respect mutuel et une forme d'amitié. Plus d'un mariage était construit sur beaucoup moins que cela. Après tout, pourvu que le Ciel veuille bien lui accorder des enfants, elle pouvait apprendre à être heureuse ainsi. Il lui suffisait de tenir en bride ses stupides envies de romance sentimentale.

Plus facile à dire qu'à faire quand on avait sous les yeux ce magnifique spécimen masculin, songea Avaline, incapable de détacher son regard du torse dénudé de Fortis.

Elle mit machinalement une main en visière pour mieux voir les muscles qui jouaient harmonieusement sous la peau brunie. À un certain moment de la matinée, le veston de Fortis avait été jeté sur une barrière, son gilet l'avait rapidement suivi, puis sa chemise. Il faisait si chaud que son pantalon parsemé de brins de paille était trempé de sueur à la ceinture. Il se redressa un instant pour s'essuyer le front d'un revers de main. La réfection d'un toit de chaume est un travail exigeant et pénible, qu'on effectue en général par beau temps. Et en effet, le ciel était d'un bleu limpide et le soleil tapait durement sur le toit. Il n'y avait pas un coin d'ombre.

Avaline caressait du regard le corps souple de son mari. Les larges épaules tendues par l'effort, puis les longues jambes solidement campées sur le toit pour conserver l'équilibre, revêtues de ces vieilles culottes de chasse dont la flanelle usée collait à ses cuisses en soulignant leur musculature.

— Inutile de gâter de bons vêtements, n'est-ce pas ? avait-il expliqué ce matin en fouillant dans les vastes armoires de sa garde-robe.

Ça aussi, c'était nouveau, cet esprit pratique qu'il avait dû acquérir à l'armée. Frugalité et sens de l'économie. Le Fortis qu'elle avait épousé attachait beaucoup d'importance aux caprices de la mode. Pas tout à fait dandy mais très soucieux de sa toilette. Et il fallait admettre que le résultat était tout à fait séduisant. Mais Avaline l'imaginait mal avec de vieux pantalons déformés. Le nouveau Fortis, au contraire, paraissait tout à fait à l'aise dans cette tenue. Elle aimait bien l'air négligé, un peu bohème que cela lui donnait. Cela lui allait bien. Si bien, même, qu'elle en oubliait ses devoirs domestiques, comme d'aider les femmes à organiser le repas. Ce qui risquait, une fois de plus, de lui faire subir quelques déconvenues. Elle n'était pas si forte que cela, finalement. Il lui faudrait être sur ses gardes.

— Laissez-moi prendre cela, déclara Mrs Baker en lui ôtant d'autorité le panier de pommes qu'elle avait au bras.

Avaline se laissa faire, un peu honteuse de s'être laissé surprendre en train de s'emplir la vue du spectacle d'un homme qui l'avait mise à la porte de sa chambre la nuit passée.

— Oh ! merci, Mrs Baker. Justement, j'allais apporter ce panier de pommes pour ce soir.

La brave femme sourit d'un air entendu.

— Vous devez être toute heureuse de l'avoir de nouveau à la maison, dit-elle en suivant la direction qu'avait prise le regard d'Avaline un instant plus tôt. Y avait pas longtemps qu'vous étiez mariés quand il est parti ! Un si bel homme… Vous allez pouvoir rattraper le temps perdu, maintenant.

— Oui, bien sûr, répondit machinalement Avaline en sortant un compotier du dressoir pour que Mrs Baker y dépose les fruits.

Peut-être devrait-elle prendre exemple sur Fortis et se plonger dans le travail. Elle aurait moins de temps et d'énergie pour ressasser les conséquences de son retour. Peut-être devrait-elle accepter Fortis comme il était. Elle ne pouvait évidemment pas l'obliger à aimer sa femme. Et ce n'était tout de même pas de la faute du jeune homme si, jadis, elle avait cru être tombée amoureuse de lui. En fait, amoureuse de l'amour, comme il est normal pour une jeune fille de cet âge.

Les intentions de Fortis étaient claires. Au petit déjeuner, il s'était montré d'humeur aimable, se contentant de lui annoncer son intention de rencontrer les métayers, sans revenir sur les incidents de la nuit. Il avait posé mille questions sur le fonctionnement du domaine, manifestant un grand intérêt pour la manière dont elle avait organisé les choses depuis la mort de ses parents. Un intérêt à la fois bienvenu et contrariant. D'un côté, elle était soulagée de pouvoir se décharger quelque peu de ce fardeau. L'exploitation de terres agricoles et l'élevage de moutons n'étaient pas précisément la carrière vers laquelle elle se serait orientée si elle avait été un homme. Mais, étant fille unique, elle n'avait pas eu le choix. Et, finalement, MR Benning, son régisseur, et elle ne s'en étaient pas mal sortis. D'un autre côté, en remettant le gouvernail entre les mains de son mari, Avaline se sentait quelque peu dépossédée. Au bout de quelques années, elle avait commencé à éprouver une certaine satisfaction, et même une indéniable fierté en voyant la façon dont Benning et elle, conseillés parfois par Frederick, son beau-frère, avaient réussi tous les deux à maintenir le domaine à flot. Ils lui avaient notamment évité d'entrer dans le cercle infernal des dettes, comme commençaient à le faire maints exploitants voisins du fait du développement du système bancaire.

Cette lutte quasi quotidienne pour surmonter les obstacles et les innombrables satisfactions qu'elle en retirait lui manqueraient. Avaline allait redescendre maintenant au simple rôle de maîtresse de maison. Après sept ans passés aux commandes, ce n'était pas un changement anodin.

Un long bras jaillit à son côté et, vif comme l'éclair, saisit une pomme dans le compotier.

Fortis rit quand elle pivota sur elle-même, surprise.

— Je meurs de faim !

Il enfonça ses dents blanches dans le fruit et en croqua un gros morceau. Puis il dévora le reste de la pomme en trois autres bouchées. Il s'empara alors d'une deuxième pomme, avec le même sourire coupable et ravi qu'un gamin volant un fruit dans un verger. Il aurait tout aussi bien pu être le fils d'un fermier plutôt que fils de duc. Avaline aimait cette idée-là. Qu'il pût appartenir aux gens de Blandford. Quand il l'avait épousée, Blandford était pour lui un pensum, un service qu'il rendait à son père pour lui éviter le morcellement possible de ses terres. Mais certainement pas son foyer, la maison où il élèverait ses enfants. Avaline, au contraire, avait grandi ici. C'était le seul univers qu'elle connaissait vraiment. Sa première idée était peut-être la bonne.

Avec Blandford comme but commun, ils pourraient donner un sens à leur mariage.

— Nous avons aussi prévu un vrai repas, vous savez, remarqua-t-elle avec un sourire. De la viande, de bons légumes du potager et du pain. En quantité.

Il était difficile de ne pas sourire tant la bonne humeur, la joie de vivre de Fortis étaient contagieuses. Tant qu'elle serait honnête avec elle-même, tant qu'elle ne demanderait pas à ce mariage plus qu'il ne pouvait donner, pourquoi ne pas tenter de trouver un terrain d'entente ? Elle l'avait entendu rire avec les ouvriers du domaine, tandis qu'ils travaillaient ensemble sur le toit. Ça aussi, c'était nouveau. À moins qu'elle n'ait pas pris le temps de s'en apercevoir ? Cette bonne volonté, cet entrain étaient-ils déjà présents dans le Fortis d'avant la guerre ? Peut-être était-elle elle-même trop absorbée par ses propres déconvenues pour y avoir été attentive ?

— Je vais vous faire un sandwich, proposa-t-elle.

— Je peux très bien le faire moi-même.

De nouveau, Fortis tendit le bras avec un sourire. Il était tout près, maintenant, et le mélange de lotion de rasage et de sueur formait une combinaison de senteurs fortement pourvue en sex-appeal. Se servant de viande et de pain sur la table, il lui adressa un clin d'œil.

— Allez, venez. Tâchons de trouver un coin tranquille avant que John ne revienne nous persécuter.

— John ? s'étonna Avaline.

Se pouvait-il que le fils d'un duc appelle par son prénom un simple métayer ?

— Mais oui. John Wicks, renchérit Fortis en l'entraînant dans le jardin où il se laissa tomber sans cérémonie sous un poirier.

Avaline l'imita en serrant ses jupes autour d'elle.

— Je connais bien John Wicks. C'est quelqu'un de bien. Il joue un peu le rôle de porte-parole des autres métayers. Pendant votre absence, il n'a pas hésité à relever ses manches pour aider ceux qui en avaient besoin.

Elle sentit qu'on lui donnait un petit coup sur le bras.

— Qu'y a-t-il ?

Baissant les yeux, elle vit que Fortis lui tendait un morceau de pain garni d'une tranche de jambon.

— Qu'est-ce ?

— Votre pique-nique. Vous ne pensez tout de même pas que j'ai pris tout ça pour moi tout seul ?

Il insista en riant :

— Allez, mangez-moi ça.

— Merci. C'est très... gentil de votre part.

Il allongea devant lui ses jambes interminables.

— John a beaucoup d'estime pour vous. Il m'a dit que vous aviez fait un remarquable travail dans la propriété, toutes ces années. Et pour lui, Benning est aussi quelqu'un sur qui on peut compter.

— Sans doute voudrez-vous consulter les livres de comptes avant de prendre des décisions ? proposa Avaline avec toute la bonne grâce dont elle se sentait capable.

Mais elle avait apprécié le compliment. Il ne saurait jamais combien elle avait dû prendre sur elle pour lui faire cette proposition. C'était déjà comme si elle abandonnait un peu le domaine. Comme si la destinée de la propriété dans laquelle elle était née et avait grandi lui échappait. Après tout, même si Fortis et elle avaient grandi à quelques centaines de mètres l'un de l'autre, il n'était qu'un étranger. Il avait sept ans de plus qu'elle et ils n'avaient jamais joué ensemble, ne s'étaient jamais livrés ensemble aux frasques dont les gamins sont coutumiers à certains âges. Quand elle avait atteint ses treize ans, il était déjà à Sandhurst et avait laissé clairement comprendre à son père qu'aider Frederick sur leurs terres ne l'intéressait pas.

Fortis haussa un sourcil.

— Parce que c'est à moi de prendre des décisions ? Il me semble pourtant que je suis la dernière personne à qui il faudrait confier ce genre de choses. De nous trois, Benning, vous et moi, je suis celui qui connaît le moins ce métier-là. C'est à vous deux de continuer à mener le navire. Moi, je vous aiderai comme je pourrai.

Comme elle le dévisageait, stupéfaite, il lui prit la main et plongea les yeux dans les siens.

— Sincèrement, ma femme, j'apprécierais beaucoup que nous nous occupions de Blandford Hall ensemble. C'est même le conseil que je vous donnerais, si vous ne voulez pas que je le mène tout droit à sa perte.

Il s'interrompit, dans l'attente, et elle faillit avaler sa bouchée de travers.

— Vous... Vous voulez que je continue à m'occuper du domaine.

— Mais oui, bien sûr. À moins que vous n'en ayez pas envie. Peut-être en avez-vous assez de toutes ces responsabilités ?

— Oh non ! Non, non, pas du tout ! s'empressa de protester Avaline, de peur que Fortis ne lui reprenne ce magnifique cadeau. Je serai ravie d'être consultée. Je ferai tout ce que je peux pour être utile.

— Parfait, dit-il en achevant son sandwich en une bouchée avant de lui décocher un de ses irrésistibles sourires. John me fait déjà signe de retourner au travail.

Se redressant d'un bond, il lui tendit la main pour l'aider à se relever. C'était un geste spontané, parfaitement naturel. Pourtant, Avaline hésita, comme si prendre cette main tendue avait un sens plus fort, que cela constituait une sorte de pacte qu'ils étaient sur le point de conclure. Un partenariat, en quelque sorte.

Avaline était-elle prête pour cela ? Sans doute n'avait-elle pas le choix, de toute façon. Fortis était là, devant elle, la main offerte et, avec le temps, peut-être serait-il prêt à lui donner davantage. Elle tendit la main à son tour et prit la sienne, consciente de toutes les craintes et de tous les espoirs contenus dans ce simple geste.

6

Cette petite flamme d'espérance brilla vaillamment pendant toute la semaine, faisant entrevoir à Avaline des exemples de ce qui pourrait être. Les journées se déroulaient selon le même plaisant modèle : tous les jours Fortis se levait tôt, prenait son petit déjeuner avec elle tandis qu'ils discutaient de ce qu'il y avait à faire, puis il partait à cheval vers tel ou tel point du domaine.

Encore une nouveauté. Pendant leur courte vie commune, sept ans plus tôt, il ne serait jamais venu à l'idée de son mari de la consulter sur quoi que ce soit. Nouveau également son intérêt, sa passion même, pour tout ce qui concernait Blandford. Il passait ses journées avec les métayers, les aidant à effectuer tous les travaux d'automne avant la venue de l'hiver et, quand il rentrait le soir, épuisé, il allait se coucher immédiatement après le dîner pour recommencer le lendemain. Ça, par contre, c'était une routine qui appartenait au passé. Cette façon d'éviter Avaline systématiquement. Si ce n'est que, jadis, il partait faire la fête avec ses jeunes amis des propriétés voisines. Simplement, maintenant, il y mettait les formes. La guerre pouvait changer un homme, mais il en restait toujours quelque chose.

Fortis n'était pas le seul à avoir établi sa routine. Avaline aussi avait établi un programme de vie qui lui semblait apte à mener une vie normale. Après avoir pris son petit déjeuner avec son mari, elle passait sa matinée dans le bureau pour lire le courrier, s'entretenir avec MR Benning sur les travaux en cours ou à venir, sur les décisions à prendre quant à la vente ou à l'achat des bêtes, ou à la plantation des parcelles. En fin de matinée, sachant que Fortis ne rentrerait probablement pas pour le dîner, elle partait souvent se promener à cheval ou s'en allait rendre visite à sa belle-famille à Bramble, comme aujourd'hui, où elle avait prévu une agréable séance de couture avec ses belles-sœurs et la duchesse. Elle adorait les travaux d'aiguille et s'entendait très bien avec ses belles-sœurs. Du reste, la calme concentration de ce genre d'activité et l'affection que lui témoignaient tous les membres de sa famille avaient été sa bouée de sauvetage en tant que jeune mariée puis épouse délaissée, et enfin veuve potentielle. Durant toutes les épreuves que son mariage « de raison » lui avait fait traverser, les femmes du clan Tresham avaient été d'un grand soutien, sans jamais la critiquer.

Avaline rangea ses accessoires de couture et son canevas dans ses fontes et accepta l'aide du groom pour se mettre en selle, bien que sa jolie petite jument, de caractère pacifique, bougeât rarement au montoir. Elle arrangea ses jupes et prit les rênes, se délectant de l'air piquant qui annonçait l'hiver. Un hiver qui, à vrai dire, était presque là, avec sa couverture de givre sur les champs alentour.

Fortis et ses hommes seraient contents d'achever la réparation des toits de chaume aujourd'hui. Bientôt, il serait trop dangereux de grimper sur la paille recouverte de givre glissant. Pourvu que ce ne soit pas déjà trop risqué ! La jument partit dans un trot confortable en direction de Bramble et Avaline se laissa porter, bien décidée à jouir de cette chevauchée matinale. Le ciel bleu et les sorties en extérieures allaient se faire rares dans les mois à venir et un petit bonheur était toujours bon à prendre. Elle passerait l'après-midi à Bramble et rentrerait au domaine avant le retour de Fortis pour se changer avant le dîner.

Ses journées, comme celles de Fortis, étaient bien remplies et auraient dû lui suffire. Le retour de son mari dans son quotidien se passait finalement sans trop de heurts. Il n'aurait guère été raisonnable d'en demander davantage. Autant accepter de bonne grâce le programme agréable de leurs journées, même s'il n'était que très superficiel. À quoi bon réveiller les démons du passé et remettre en question le fragile équilibre de leur vie présente ?

Du reste, Fortis paraissait pleinement satisfait de sa nouvelle vie. Il allait d'une tâche à l'autre avec entrain sans se poser de questions. S'il ne manifestait aucun désir de questionner le statut intime de leur mariage, pourquoi s'autoriserait-elle à le faire ? Et s'il ne tenait pas à lui confier le moindre souvenir des sept ans qu'il avait passés loin d'elle, elle n'avait rien à dire non plus. Après tout, elle devait s'estimer heureuse d'avoir chez elle la nouvelle version du Fortis qu'elle avait connu. Une version nettement améliorée. Oui, bien sûr, Fortis quittait la maison tous les matins et ne rentrait pas avant la nuit. Mais ce nouveau Fortis attendait au moins qu'elle soit levée pour prendre son petit déjeuner avec elle avant de partir. Il lui demandait son avis sur toute chose et paraissait disposé à faire de la maison de son enfance leur maison à tous les deux. Son efficacité et son investissement dans le domaine lui valaient l'estime de tous leurs gens, à commencer par leur régisseur.

Certes, il se retirait chaque soir dans sa chambre tout seul, comme un loup solitaire, mais elle le surprenait souvent à l'envelopper d'un regard bleu intense, qui disait assez qu'il la trouvait belle. C'était ce regard-là qui entretenait en elle la petite flamme de l'espoir.

Jamais l'ancien Fortis ne l'avait regardée ainsi.

Et elle commençait à se demander si, puisqu'elle avait constaté de telles améliorations sans grand effort de sa part, il ne vaudrait pas la peine de s'investir davantage. Combien plus riche et plus belle serait sa vie de femme si Avaline avait un vrai mari, comme ses belles-sœurs ? Un homme avec qui elle partagerait toute chose ? Mais un tel résultat ne pouvait s'obtenir sans efforts considérables. À dire vrai, Avaline ne se sentait pas prête à en payer le prix. Elle n'accepterait pas que Fortis dévaste de nouveau son cœur. Il était bien difficile de résister à l'attirance qu'elle éprouvait pour ce nouveau Fortis et elle craignait que cette attirance ne se transforme en un sentiment beaucoup plus fort, à ses dépens.

Avaline arrêta son cheval dans la cour de Bramble et jeta

ses rênes au groom accouru avec un large sourire. Un jeune valet dévala les marches du perron pour venir la décharger de son matériel de couture et la fit entrer dans le petit salon où les femmes étaient déjà rassemblées.

— Désolée d'être en retard. Je n'ai pas résisté à faire un détour par la forêt.

— Mais certainement, ma chère, vous êtes tout excusée, s'empressa de la rassurer la duchesse tandis que les jeunes femmes échangeaient un regard entendu.

Avaline rougit. Elle pensait toutes qu'elle avait passé sa matinée au lit avec son mari. Ou qu'ils s'étaient accordé une petite sieste amoureuse.

Avaline se dandinait sur ses jambes, mal à l'aise.

— Oh ! vous me gênez, toutes autant que vous êtes. Ce n'est pas ce que vous croyez. Je me suis juste laissée aller à admirer le spectacle...

Son explication était si confuse que cela ne fit qu'aggraver les choses.

— Nous vous comprenons parfaitement, chère Avaline, dit Anne en riant. On ne peut pas dire que vous ayez eu grand-chose à admirer ces dernières années. Et le paysage en question est singulièrement... séduisant, il faut bien l'avouer.

Prenant la jeune femme en pitié, Helena tapota la place libre à côté d'elle sur le confortable sofa.

— Allons, venez vous asseoir et prenez une tasse de thé avant que nous nous mettions à nos travaux. Vous allez nous raconter comment va la vie à Blandford, maintenant que Fortis a repris ses marques. Frederick m'a dit qu'il travaillait beaucoup ?

On lui mit une tasse de thé entre les mains et elle leur donna la version de la semaine qui venait de s'écouler dûment mijotée sur le chemin. Elle ne dit rien des cauchemars de Fortis ni des réticences du jeune homme à aborder d'autres sujets de conversation que ce qui touchait au domaine. Elle ne dit pas davantage qu'il l'avait renvoyée de sa chambre et ne l'y avait plus jamais laissée entrer. C'était la seule zone d'ombre de cette semaine plutôt harmonieuse et pleine de bonnes intentions.

Mais quelle zone d'ombre !

— Eh bien, commenta Anne, qui se révélait avoir la langue bien pendue, voici un joli programme.

Y avait-il vraiment de la pitié dans le ton de la jeune femme ou était-ce un effet de la susceptibilité d'Avaline ? « Joli programme » n'était-il pas quelque peu condescendant ? Être assise là, parmi ces jeunes femmes heureuses dans leur couple, jetait une autre lumière sur cette première semaine à Blandford avec son mari. Elle qui avait été si confiante dans leur petite organisation ! En se refusant tous les deux à évoquer le passé, Fortis et elle ne compromettaient-ils pas également leur avenir ?

— Avez-vous décidé de ce que vous alliez offrir à Fortis pour Noël ? s'enquit Helena en ouvrant le panier à couture qu'elle avait posé sur ses genoux.

Il faisait en effet partie des traditions familiales, chez les Cowden, que les épouses confectionnent un cadeau pour leur mari à l'occasion des fêtes de Noël. Avaline refoula un sursaut de joie. Cette année, elle ne serait pas seule, dans son coin, à coudre quelque petit accessoire pour un de ses neveux. Elle avait enfin un vrai mari, en chair et en os, à qui faire un cadeau.

— Une chemise ! suggéra Anne, taquine. Ainsi, vous aurez aussi le plaisir de la lui enfiler.

— J'espère bien qu'Avaline n'a pas eu besoin d'attendre Noël pour aider son mari à se déshabiller, plaisanta à son tour Helena en riant.

— Et il me plaît à penser, intervint la duchesse en enveloppant ses belles-filles d'un regard affectueux mais sévère, qu'Avaline et Fortis sont bien assez grands pour mener à leur guise leur vie de couple. Ils n'ont certainement pas besoin de vos conseils.

Avaline adressa un regard reconnaissant à sa belle-mère. Ces jeunes femmes étaient ses amies. Elles n'avaient pas manqué de la soutenir de leur affection, Helena pendant toutes ces années et Anne depuis qu'elle était entrée dans le cercle de la famille. Aucune d'elles ne s'était permis une seule parole de blâme au sujet du départ de Fortis pour l'armée. Pourtant, elle ne tenait pas à se confier, de peur de paraître critiquer son époux.

Formuler à haute voix ses préoccupations paraissait déloyal à Avaline, tant à l'égard des Tresham que de Fortis. Aussi, tout en sortant fils de couleur, aiguille et tapisserie, préféra-t-elle demander des nouvelles des enfants d'Helena. La duchesse avait raison. C'était à Fortis et à elle de construire leur avenir. Elle regarda le bel après-midi d'automne par la fenêtre. Si elle désirait voir jusqu'où la vie commune pouvait aller avec Fortis, à elle de prendre le risque du premier mouvement. À elle de tâter la glace, en quelque sorte, pour voir jusqu'où elle pourrait avancer.

La charpente du toit pouvait craquer d'un moment à l'autre. Fortis avançait avec d'infinies précautions, prenant soin de poser son pied sur les intersections des chevrons afin de ne pas mettre en danger toute la structure. Il ne restait plus qu'une demi-heure de jour et, au fur et à mesure que la température allait baisser, la pente serait de plus en plus glissante. Cela allait devenir franchement dangereux.

— Il va falloir se dépêcher, John. Sinon, nous devrons allumer les lampes.

Et il n'aimait pas cette idée de travailler avec les lampes à pétrole. La moindre flammèche suffirait pour mettre le feu au chaume encore sec de l'été. Malheureusement, le temps beau mais froid de ces derniers jours avait joué contre eux et ils avaient pris du retard. Il fallait en finir. Une fois la pluie venue, ils ne pourraient plus rien faire.

— Je vais monter vous aider. À deux, nous irons plus vite.

John était déjà en train de grimper à l'échelle.

— Soyez prudent, John. Cette charpente est vraiment fragile, l'avertit Fortis.

Faute de temps, ils n'avaient pas pu remplacer tout le chaume de ce dernier cottage et il fallait se contenter de réparer les parties en mauvais état avant la mauvaise saison. Si possible avant ce soir car Dieu sait le temps qu'il ferait demain. Mais Fortis commençait à regretter cette décision. Il avait hâte de descendre de ce toit avant que John ou lui ne tombe dans le pot-au-feu que Mrs Dabner était en train de faire mijoter dans l'âtre.

Pour ce qui le concernait, le seul souper qui l'intéressait était ce qu'Avaline avait prévu pour lui. S'ils ne se dépêchaient pas, il serait en retard pour le repas, l'un des meilleurs moments de la journée.

Fortis aimait rentrer sur son cheval à la nuit tombante et voir apparaître au détour de l'allée les chaudes lumières qui brillaient derrière les fenêtres du manoir. Il lui plaisait qu'Avaline soit là-bas, à l'attendre. C'était comme un conte de fées peint sur les facettes d'une lampe magique et qui risquait de disparaître d'un moment à l'autre. Un jour, il craignait de découvrir en se réveillant que tout avait disparu. Sa femme, sa maison... Comme un rêve enchanté qu'il n'avait pas mérité.

Il n'avait aucun souvenir de la vie qu'il avait menée jusqu'ici mais celle qu'il vivait en ce moment le satisfaisait plus qu'il n'aurait jamais osé l'imaginer.

Et Avaline ? Qu'en pensait-elle ? Il s'était promis d'avancer doucement. De ne pas la brusquer. Elle se méfiait de lui et elle avait de bonnes raisons pour cela. Il lui fallait gagner sa confiance. Il devait lui montrer qu'il la méritait. Mais il voulait davantage que des conversations sur le domaine, aussi animées fussent-elles. Il désirait avec une ardeur croissante poursuivre ces longues conversations par des baisers plus longs encore. Il voulait prendre Avaline dans ses bras et l'emporter dans son lit.

Ils en avaient presque fini quand Fortis entendit l'horrible craquement. Il se retourna pour avertir son compagnon... Trop tard. John glissait déjà, tentant de se raccrocher désespérément au faîtage.

— John ! hurla Fortis en se jetant à plat ventre sur le chaume qu'ils venaient de remplacer. Prenez ma main. Vite !

Il rattrapa de justesse son compagnon par le poignet, l'assura de sa main libre.

— Tenez bon. Je vais vous sortir de là.

Lentement, avec moult contorsions et ahanements, il parvint à extraire John du trou béant et, l'instant d'après, les deux hommes étaient allongés à plat ventre sur le chaume, reprenant haleine.

C'est seulement quand ils eurent retrouvé tous les deux la terre ferme que Fortis se mit à trembler.

— Tresham ? Ça va aller ? s'inquiéta John au milieu des congratulations des autres ouvriers, qui s'étaient rassemblés autour du cottage.

— Non, haleta-t-il d'une voix que la peur rendait plus aiguë. Non, cela ne va pas. Il faut partir d'ici. Ils arrivent...

— Tresham, tout va bien, maintenant. Vous êtes sain et sauf...

Quelqu'un essayait de l'apaiser. Puis l'inconnu ajouta à l'intention de quelqu'un d'autre :

— Il faut aller chercher le Dr Tresham à Bramble. Vite !

Les détrousseurs de cadavres étaient partis chercher du renfort. Repoussant frénétiquement les hommes qui l'entouraient, Fortis tenta de s'enfuir. Quand il eut fait le vide autour de lui, il se mit à courir de toutes ses jambes. Mais ils le poursuivaient en criant. Alors, il se jeta à terre, plaqué au sol. Avec un peu de chance, dans la nuit tombante, ils ne le verraient pas. Il fallait qu'il sauve sa peau. Pas seulement pour lui mais pour aller au secours de l'homme blessé. Pas question de laisser le pauvre type sur le champ de bataille. Ces salauds l'achèveraient.

Il rampa sans bruit jusqu'à la plainte qui s'élevait doucement dans la nuit. Un homme gisait sur le sol, écrasé par le corps gigantesque d'un cheval.

— Je suis là, murmura-t-il. Tenez bon.

Mais, honnêtement, il ne voyait pas bien ce qu'il pourrait faire pour aider le pauvre type. Surtout avec un bras contusionné et une jambe déchiquetée par une baïonnette.

— Si je parviens à pousser ce cheval, croyez-vous que vous pourrez vous sortir de là et utiliser vos jambes ?

Bien sûr, il n'était pas possible de pousser complètement l'énorme bête. Mais s'il pouvait pratiquer un effet de levier, juste assez pour que l'inconnu puisse se dégager...

Il chercha du regard un instrument quelconque. Là, à quelques mètres à peine. Une planche, probablement tombée d'une carriole ou d'une ambulance.

— Aidez-moi à glisser ça sous cette pauvre bête, ordonna-t-il... Et maintenant, soyez prêt à vous dégager. Ce ne sera pas facile. Je n'ai plus beaucoup de force. Serrez les dents et mettez-y du vôtre. C'est une question de vie ou de mort.

Il devait lui-même se mettre debout pour faire levier avec la planche et, une fois debout, il sentit ses jambes trembler sous l'effort.

Un. Deux. Trois. Bandant toutes ses forces, il souleva un peu le corps de l'animal.

— Allez. Sortez de là, cria-t-il au blessé entre ses dents serrées.

L'homme commença à se tortiller maladroitement, puis, avec plus de conviction. Enfin, il fut libre.

Fortis se laissa tomber dans la boue à côté de lui.

— Pouvez-vous vous mettre debout ? haleta-t-il, la respiration coupée par l'effort.

Malgré le poids du cheval sur son thorax, l'homme paraissait indemne.

Alors, s'appuyant l'un sur l'autre, ils se redressèrent lentement et marchèrent vers la lisière du bois. Encore quelques minutes, et ils seraient sains et saufs. Son compagnon de misère se traînait à ses côtés, soufflant bruyamment, mais il avançait toujours.

Ils atteignirent enfin une crique au bord de la rivière et — ô miracle – il aperçut l'entrée d'une grotte dans la falaise de craie. Une grotte, c'était un abri et la possibilité de faire du feu, et l'eau leur permettrait de s'abreuver et de laver leurs blessures.

Ils étaient sauvés ! Pour le moment…

— Dieu soit loué. Nous avons trouvé un abri. Je vais m'occuper de vous.

Il cala l'homme contre la paroi, à l'intérieur de la grotte, et installa leur campement aussi confortablement que possible. Ils ne disposaient l'un comme l'autre que de leurs vêtements. Lui, par chance, avait encore son sac à dos dont il fit un rapide inventaire. Une tasse en fer-blanc, une assiette et des couverts de même matière. Un récipient pour faire chauffer de l'eau. Trois jours de ration, un paquet de biscuits, sa gourde et son couteau. Il se dirigea en boitillant jusqu'à la crique pour y remplir sa gourde d'eau et parvint à rassembler assez de bois pour faire un feu.

— Occupez-vous d'abord de vous, articula l'homme d'une voix rauque quand il s'approcha.

Il souffrait, à l'évidence, mais d'aucune blessure apparente.

Il hocha la tête et commença à retirer ses vêtements. Il devrait sacrifier sa chemise pour faire des bandages et son gilet servirait de serviette. Il entreprit de laver ses blessures, grimaçant sous la douleur.

Quand l'eau se glissa dans la longue estafilade sanguinolente qui entaillait son bras gauche verticalement, il ne put retenir un cri. Un coup de sabre cosaque habilement décoché, qui avait manqué de peu son visage. Son bras serait inutilisable pendant un moment. Mais la plaie finirait par se refermer. Il se confectionnerait une écharpe quand il en aurait l'opportunité. La blessure de sa jambe était plus ennuyeuse. Mais avec l'aide de Dieu, il s'en sortirait sans boiter.

Pansé et à peu près propre, il reporta son attention sur son compagnon. D'abord la blessure de la tempe.

— Juste une égratignure, constata-t-il d'une voix apaisante. Je vais la nettoyer et elle se refermera toute seule. Êtes-vous blessé ailleurs ? Avez-vous mal quelque part ?

Ouvrant la veste d'uniforme du jeune officier, il commença à tâter dans le noir. Puis il retint une exclamation.

— Votre cheval est tombé sur vous ?

C'était davantage un constat qu'une question. Le thorax de l'homme était partiellement déformé.

— Avez-vous du mal à respirer ? demanda-t-il encore. Vous devez avoir quelques côtes contusionnées...

Il choisissait ses mots avec précaution. Une côte brisée, dans ces circonstances, pouvait être une blessure grave. Mortelle, même. Mais pas question d'en informer aussi brutalement un soldat qui avait survécu à une telle débâcle.

Les yeux de l'homme, d'un bleu profond d'outre-mer, comme les siens, se levèrent vers lui. Le pauvre type n'était pas dupe. Il avait dû voir assez de batailles pour savoir ce que cela voulait dire.

— Contusionnées ? Vous êtes optimiste... Nous saurons assez vite ce qu'il en est exactement.

— Je vais vous bander le torse. Cela vous soulagera un peu.

Il s'employa à déchirer méthodiquement sa chemise en bandes régulières. Qui vivrait verrait, en effet. Il ne lui restait plus que sa redingote pour se maintenir à peu près au chaud. Dieu merci, la température était tiède. Les cieux de la Crimée étaient réputés pour leur clémence, contrairement à ses habitants.

— Ensuite, ajouta-t-il d'un ton pratique, je préparerai à dîner puis je vous arrangerai une litière avec des tiges de fougère.

— *Merci, dit l'homme en le suivant du regard tandis qu'il se livrait à ses tâches ménagères, tantôt boitant, tantôt marchant à genoux. Vous serez récompensé pour votre dévouement, sir.*

— *Je ne vous ai pas tiré de cet enfer pour obtenir une récompense, maugréa-t-il. Il faudrait être un monstre pour laisser un de ses semblables à la merci de ces sauvages.*

Un bruit à l'extérieur attira son attention et il fit taire son compagnon d'un geste de la main. Si quelqu'un les avait repérés, ils seraient bien incapables de se défendre. S'emparant de son fusil, il murmura une prière muette pour que l'ennemi soit seul. Les muscles bandés, tous ses sens en alerte, il écoutait les bruits de la nuit.

— Fortis ! Fortis ! Tout va bien, maintenant, vieux frère. Je vais m'occuper de toi. Allez ! Réveille-toi.

Fortis se sentait incapable de faire un mouvement. Et les mots qu'il entendait n'avaient pour lui aucun sens. Il lutta contre la torpeur qui l'envahissait, tenta de se redresser mais ne parvint qu'à ouvrir les yeux. Il y avait des arbres au-dessus de lui, qui tournaient comme un manège. Il se sentait nauséeux et il avait froid. Quand il voulut parler, seul un son inarticulé sortit de sa gorge. Les mains qui le secouaient un instant plus tôt tentaient maintenant de le redresser. On lui enveloppa les épaules d'une couverture. Sa vision devint plus nette. C'était Ferris qui s'occupait de lui. John et Avaline se tenaient juste derrière. Avaline était pâle comme un fantôme.

— Tu es dans les bois de Blandford Village, expliqua Ferris d'une voix douce en lui tâtant le poignet pour lui prendre le pouls.

Ce que disait Ferris n'avait aucun sens. Il était en Crimée, sur le champ de bataille.

— Sais-tu comment tu es arrivé ici ? demanda son frère.

Cette fois, il lui tâtait le front, pour voir s'il avait de la fièvre.

— Non.

Il avait répondu d'une voix nette, en un seul mot. Il n'avait rien d'autre à dire. Aurait-il dû ajouter quelque chose ?

S'agenouillant à côté de lui, Avaline lui prit la main.

— Quelle est la dernière chose dont vous vous souvenez, Fortis ?

Il se tourna vers John, le regard interrogatif.

— Vous étiez sur le toit, n'est-ce pas ? Et vous êtes tombé ?

Mais comment était-ce possible puisqu'il était en Crimée ? Il ne pouvait être en même temps ici, à Blandford, et en Russie, n'est-ce pas ?

Il parcourut les environs du regard.

— Où est l'autre homme ? Le jeune officier blessé ?

Ferris soutint son regard.

— Il n'y a pas d'autre homme, Fortis, affirma-t-il calmement.

Il fit un violent geste de dénégation.

— Si, il y avait quelqu'un d'autre avec moi. Un homme jeune, que j'ai réussi à tirer de sous son cheval. Nous avons gagné la forêt. J'ai trouvé une grotte, un cours d'eau où nous avons lavé nos blessures. Je ne peux pas le laisser seul, Ferris. Il est gravement blessé...

Il suppliait, maintenant :

— Conduis-moi à lui... Je lui ai promis de m'occuper de lui...

Il parvint à se mettre debout, repoussa la main de John, qui voulait le faire rasseoir.

— ... Ferris ! Il faut que j'y aille. J'ai donné ma parole !

Ferris le repoussa doucement dans l'herbe.

— Fortis, écoute-moi. Tu as eu un flash-back... Je vais t'expliquer. Tu étais en train de réparer le chaume de ce toit. La charpente a cédé et tu as retenu John qui était en train de tomber. L'émotion a provoqué un choc qui a fait renaître des souvenirs de la bataille de Crimée. Balaklava a eu lieu il y a un an. C'est fini maintenant, Fortis

Fortis fronça les sourcils. Vraiment ? Il n'y avait aucun homme blessé dans la forêt ? Tout cela avait paru si réel. Quelque chose n'allait pas. Il agrippa son frère par la manche.

— Ferris. Il y avait un homme avec moi. Je n'étais pas seul dans cette forêt, insista-t-il. Pas dans cette forêt, où nous sommes... Là-bas, en Crimée. Dans la grotte.

Avaline s'avança, fragile et forte à la fois.

— Rentrons à la maison, Fortis. Un bain chaud et un bon dîner te remettront d'aplomb.

Il avait l'impression qu'elle parlait autant pour elle que pour lui. Sa pauvre femme avait les traits tirés par l'anxiété. Une fois de plus, il lui avait fait peur. D'abord la nuit du cauchemar. Et maintenant, cette lamentable scène.

— Je suis désolé, Avaline. Je ne voulais pas t'inquiéter…

Quel piètre mari il faisait, incapable qu'il était devenu de distinguer le passé du présent, le réel des fruits de son imagination. Il se voyait soudain à travers les yeux de sa femme, ceux de John, des autres hommes du village. Il s'était enfui en courant dans la forêt, hurlant Dieu sait quels non-sens à propos de détrousseurs de cadavres et de blessés perdus dans la nuit. Il était souillé de terre humide, couvert d'aiguilles de pin et de feuilles mortes. Grand Dieu ! S'était-il traîné sur le sol comme un sanglier blessé ? Pourquoi diable, depuis son retour en Angleterre, ne pouvait-il se souvenir convenablement de ce qu'il faisait ou de ce qu'il avait fait ?

Avaline passa son bras dans le sien d'un geste décidé, lui communiquant un peu de sa force.

— Ne vous tracassez pas, Fortis. Vous n'y pouvez rien. Tout va s'arranger. Nous rentrons à la maison.

Il exhala un long soupir. La maison… Là où les lampes brillaient paisiblement derrière les fenêtres.

Son refuge.

7

Pour Avaline, c'était un cuisant échec. La vue de Fortis couché en position fœtale sous cet arbre, dans la forêt, rendait encore plus évidente la conclusion à laquelle elle était parvenue après sa séance de travaux d'aiguille à Bramble cet après-midi.

Elle ferma la porte qui conduisait à leurs appartements derrière elle et s'appuya contre le panneau de chêne, les yeux fermés. Depuis le moment où un message lui était parvenu à Bramble l'informant qu'un accident était survenu à Blandford jusqu'à ce qu'elle voie Fortis roulé en boule sur le sol, et qu'elle avait compris à quel point son mari était atteint, elle venait de passer deux heures horribles. Plus que l'accident en lui-même dont, après tout, il n'avait pas été victime, plus que le spectacle de ce grand corps prostré, c'était ce qu'il lui avait raconté, le monde d'illusion dans lequel il vivait, qui avait fait voler en éclats son espérance qu'ils puissent avoir ensemble une nouvelle vie.

Les espoirs qu'elle avait nourris ce matin en chevauchant sous le ciel bleu paraissaient dérisoires, et même ridicules en comparaison des souffrances de Fortis. Elle ne pouvait plus tenter de se persuader que, s'il partait tôt le matin et travaillait jusqu'à épuisement sur le domaine, c'était seulement parce qu'il tenait à s'investir complètement dans son rôle de propriétaire terrien. Un peu pour se faire pardonner sa désertion soudaine, quelques années plus tôt.

Non, s'il travaillait jusqu'à épuisement, c'était pour oublier, pour tenter de tuer dans l'œuf les cauchemars qui le terrorisaient la nuit. Malheureusement, tous ses efforts avaient été vains. Ces cauchemars avaient réussi à le rejoindre, même en plein jour.

Que faire désormais avec ce mari qu'elle avait à peine connu et qu'elle connaissait encore moins maintenant ? Être patiente, avait recommandé son frère. L'entourer d'amour. C'était facile pour Ferris de parler d'amour. Il avait Anne et tout le monde pouvait voir l'amour briller entre eux comme une lampe. Mais Fortis et elle ? Pourtant, Avaline ne manquait pas de compassion. Elle aurait menti en prétendant que l'homme qui lui était revenu ne suscitait pas en elle certains sentiments.

Combien de fois cette semaine, au petit déjeuner, s'était-elle surprise en train d'admirer l'élégance de ses gestes tandis qu'il se servait après avoir rempli son assiette à elle ? Ou sa tasse ? Combien de fois s'était-elle surprise à admirer le dessin élégant de son profil, la ligne de son nez, celle de sa mâchoire ? Et surtout, à se réchauffer à ce sourire qui éclairait tout son visage et plissait le coin de ses yeux quand il croisait son regard ?

Oui, il lui fallait bien se l'avouer, il était difficile de ne pas céder au charme de cet homme.

Il y avait aussi les petites attentions dont il faisait preuve à son égard. Il se souvenait de ses goûts, attendait toujours qu'elle fût assise avant de l'imiter, n'acceptait aucune des invitations des hommes du village à prolonger la journée de travail par une partie de fléchettes à l'auberge, arrosée de quelques pintes de bière. C'était là le comportement d'un vrai gentleman. Mais à côté de cela, il y avait aussi le soldat traumatisé par la guerre, la cervelle éclatée en fragments dépourvus de sens.

Oui, décidément, il faudrait beaucoup de courage pour l'aimer.

Quand Avaline entra chez elle, sa femme de chambre l'attendait pour l'aider à revêtir une tenue d'intérieur, plus confortable. Elle lui demanda de faire porter un souper léger dans la chambre de Fortis. Ils dîneraient ensemble au coin du feu, entourés par la douce lumière des bougies, et peut-être cela ramènerait-il un peu de paix dans l'esprit malade de son mari.

Une fois prête, Avaline rouvrit la porte et se glissa dans la chambre de son époux, où elle n'avait pas remis les pieds depuis la nuit du cauchemar. Mais elle ne s'était pas préparée au spectacle qui s'offrait à elle. Fortis, nu et rafraîchi par le bain qu'il venait de prendre, déambulait dans la pièce dans toute la gloire de son corps superbe.

Tout ce qu'elle avait imaginé en le déshabillant du regard pâlissait devant la réalité de ce qu'elle avait sous les yeux. Son torse large et musclé, doré par le soleil de ces derniers jours, ses hanches étroites, son abdomen plat, ses longues jambes, tout disait l'athlète habitué aux exercices physiques et à l'effort. Bien malgré elle, le regard d'Avaline se posa plus bas, là où il n'aurait pas dû le faire sans se détourner aussitôt. Et il y resta. Avaline regardait, fascinée par ce sexe virile, large et puissant comme le reste de sa personne.

— Suis-je toujours semblable au jeune mari de vos noces ? s'enquit Fortis en se retournant. Hormis ces quelques cicatrices, bien sûr.

Il ouvrit la jambe pour lui montrer une fine ligne blanche.

— Ça, c'est une baïonnette, qui a manqué de fort peu l'artère fémorale. Et ça, ajouta-t-il en lui montrant le gras de son bras barré d'une épaisse cicatrice, c'est un coup de sabre.

Mais Avaline l'écoutait à peine, empourprée jusqu'au front. Des années plus tard, le souvenir de sa nuit de noces était encore cuisant. Ce n'avait été qu'un événement furtif, un accouplement sans passion effectué par un mari pressé et peu soucieux de lui complaire.

Comme elle restait immobile, les yeux écarquillés, Fortis attrapa sa serviette et dit avec un sourire :

— Eh bien… Le spectacle vous plaît-il ? Avez-vous des réclamations à faire ?

— À dire vrai, bafouilla-t-elle enfin, je suis un peu prise de court. Je crois bien que c'est la première fois que je vous vois sans vêtements.

Autant saisir l'occasion pour définir clairement leurs rapports.

Fortis, perplexe, se frottait le visage et le cou méthodiquement. Sa femme ne l'avait jamais vu nu ? Et lui ? L'avait-il vue ? Il s'assit sur le lit, la serviette autour de la taille, et tenta de saisir la manche de sa chemise, disposée sur le pied du lit.

— Eh bien, il n'est jamais trop tard pour bien faire, plaisanta-t-il.

Et, comme par jeu, il tapota la place à côté de lui.

— Viendrez-vous vous asseoir ou ce qui s'est passé aujourd'hui vous a-t-il fait peur ?

Il ne se faisait pas d'illusion. Le spectacle qu'il offrait dans ces moments-là devait être effrayant. Il l'avait déjà terrorisée par ses cauchemars et maintenant, il déambulait nu dans sa chambre après avoir passé un bon bout de temps roulé en boule sous un arbre comme un renard blessé. C'était sans doute déjà miraculeux qu'elle se préoccupe encore de son sort. *Je t'en prie, Avaline, rejoins-moi. Je ne le mérite pas, mais j'ai tellement besoin de toi.*

Et, comme si elle avait entendu sa prière muette, Avaline s'approcha d'un pas hésitant. Avait-elle eu peur de ce qui s'était passé cet après-midi ? Ou de sa nudité ? Pourtant, elle venait à lui et c'était tout ce qui importait.

— Ai-je été un si mauvais mari ? chuchota-t-il en lui prenant la main.

Avait-il seulement pris le temps de lui donner du plaisir ? Elle était si jeune alors. Mais non, il n'avait pas dû se donner beaucoup de mal, puisqu'il ne s'était même pas déshabillé… Quel gâchis ! L'ennui, c'était qu'il ne savait pas exactement pourquoi. Il avait blessé jadis sa toute jeune femme, certes, mais de quelle manière ? Il détestait chaque jour un peu plus les lacunes de sa mémoire. Surtout quand ils concernaient sa femme. Comment reconstruire une union quand il ignorait tant de choses sur eux deux, et encore davantage sur lui-même ?

— Tu n'étais pas méchant, Fortis, simplement indifférent. répondit-elle d'une voix douce, sans acrimonie.

— L'indifférence peut faire autant de mal que des gestes ou des paroles blessantes.

Un souvenir remonta lentement de sa mémoire, fait d'amertume et de frustration. Des gens allaient et venaient devant lui sans le voir. Je suis là ! criait-il. Regardez-moi. Mais les gens avançaient toujours, sans se soucier de lui et disparaissaient lentement dans les brumes de sa mémoire. Puis le souvenir s'effaça aussi vite qu'il était né.

— Je suis sincèrement désolé, Avaline.

Fortis ne cessait de répéter cela, ces derniers temps. Plus il en apprenait sur lui-même, moins il appréciait le personnage qui prenait forme sous ses yeux. Rencontrant la main de la jeune femme sur la courtepointe, il mêla ses doigts aux siens. Tous les deux, ils étaient plutôt bons, à ce jeu-là. Il aimait sentir Avaline près de lui, sa main douce et tiède dans la sienne, il aimait le contact rassurant de son corps contre le sien.

— Savez-vous au moins de quoi vous vous excusez ? demanda-t-elle, les yeux posés sur leurs doigts entrelacés.

— Oui, parfaitement. Je m'excuse de vous avoir négligée. De ne pas avoir été le mari que vous espériez. D'être parti pour le front sans crier gare, sans même vous avoir demandé votre avis.

Il n'en était que trop conscient. Il avait dans son sac à dos six années de correspondance écrite de la main de sa femme. Des lettres qu'il n'avait pour la plupart même pas ouvertes. Auxquelles il n'avait pas répondu. Preuve tangible qu'il n'avait jamais jeté un regard en arrière.

— Suis-je coupable d'autres forfaits ? J'espère que non parce que cela fait déjà pas mal de remords en perspective. Il n'est pas possible de revenir en arrière, Avaline. Je le sais bien. Mais si je ne peux pas changer le passé, je peux au moins faire en sorte de m'améliorer pour l'avenir.

Tout en parlant, il faisait courir son pouce dans le creux de la paume d'Avaline. Si seulement elle pouvait le comprendre. Lui faire confiance !

Elle sourit, avec ce sourire d'ange qu'il aimait tant.

— Vous avez déjà beaucoup changé, Fortis. Vous n'êtes plus le même homme. Vous savez vous montrer affectueux, soucieux d'autrui, moins impatient...

— Si les hypothèses de Ferris sont exactes, la guerre change un homme. Physiquement et moralement.

Après tout, quand il s'était marié, il était encore très jeune, selon les normes de leur temps. Il avait quoi ? Vingt-quatre ?

Vingt-cinq ans ? Et Avaline, quant à elle, était encore plus novice. Elle avait dix-huit ans, tout au plus. Elle n'avait pas même encore fait ses débuts dans le monde. Que connaissaient-ils de l'amour, l'un et l'autre ? Cela n'excusait en rien son comportement, bien sûr, mais c'était un début d'explication.

— Je l'apprécie beaucoup, déclara Avaline avec conviction, en soutenant son regard. J'aime ce nouveau Fortis.

Son compliment réchauffa le cœur de Fortis, plus qu'il n'aurait su dire.

— Même s'il s'enfuit dans les bois pour sauver un soldat invisible ?

Il fallait qu'ils abordent aussi ce sujet-là, évidemment.

— Oui. Nous viendrons aussi à bout de ça. Je suis convaincue qu'un jour tous vos souvenirs vous reviendront. Le passé ne vous hantera plus de ses démons. Vous admettrez enfin que vous êtes rentré chez vous, à la maison, et que vous ne craignez plus rien.

— Je pourrais exiger de vous la même chose, Avaline. Quand serez-vous enfin capable d'admettre que je suis rentré et que vous, vous ne craignez plus rien ? Pas seulement de Tobin Hayworth, mais également de moi. Que notre passé et mes erreurs n'ont plus leur place dans le présent ?

Qu'elle se sente assez en confiance avec lui pour discuter d'autre chose que de l'exploitation du domaine et des soucis du quotidien ? Question audacieuse, dont la réponse fut épargnée à Avaline par l'arrivée du dîner.

Mais Fortis avait marqué un point. Il le voyait dans le regard de la jeune femme.

Les domestiques mirent le couvert sur une table près de la cheminée, disposant avec soin porcelaine et argenterie. Ils se déplaçaient dans la pièce avec le plus grand naturel et une aisance efficace, comme si leur maître dînait tous les soirs à demi nu, une simple serviette de bain autour des hanches. Leur détachement, leur maîtrise étaient impressionnants, vraiment. Pourtant, Fortis attrapa une robe de chambre sur le dossier d'un fauteuil et la passa rapidement tandis qu'Avaline servait le vin et qu'une servante remplissait leurs assiettes.

— Du ragoût de lièvre et des pommes de terre nouvelles, annonça-t-elle. C'était l'un de vos plats préférés.

Il s'assit en face d'elle, regardant avec plaisir la lumière des bougies jouer sur son visage.

— Après les rations militaires, tout ce que je mange ici me paraît être mon plat préféré, plaisanta-t-il. Nous mangions régulièrement, il faut leur rendre justice. Chaque homme pouvait compter sur ses trois repas par jour, pourvu qu'il n'exige pas, en plus, que ces repas soient bons.

— Même à la table des officiers ? s'enquit Avaline en levant les yeux de son assiette. Je croyais que les gradés étaient mieux traités...

Fortis la regarda, pris de court. Vraiment ? Il faudrait qu'il demande à Cam la prochaine fois qu'ils se verraient. Quand il était revenu au camp, ils avaient plutôt des difficultés d'approvisionnement. Au point que les pauvres gars crevaient littéralement de faim. Mais cela n'avait pas été toujours le cas.

Il prit une bouchée de son ragoût et, pour dissimuler son trouble, afficha un large sourire.

— Mieux traités ? C'est beaucoup dire, ma chère. Je ne connais rien de meilleur qu'un bon repas mijoté à la maison et dégusté en charmante compagnie.

Charmante, belle et bienveillante, en vérité. Sa femme incarnait tous ces épithètes. La lumière des bougies faisait de sa chevelure blonde un miel doré. De ses yeux d'un brun chaud, de brillantes obsidiennes. Et de la courbe de ses lèvres, un mystère dans lequel il brûlait de se plonger.

C'était un visage où se mêlaient force et douceur, un visage qui attirait aussitôt l'attention et suscitait son instinct de protection, qu'elle en ait besoin ou non. Il aurait voulu tendre la main au travers de la table, lui caresser la joue, laisser sa main descendre le long de la ferme et gracieuse colonne de son cou, poser son pouce dans le creux de son épaule, là où battait la lente pulsation de son cœur. Il aurait voulu repousser la légère cotonnade couleur lavande qui recouvrait la rondeur de ses épaules, y poser des lèvres impatientes, goûter le doux renflement de ces seins...

Fortis s'agita sur sa chaise. Oui, il voulait goûter à cette jolie femme qui était la sienne et qui ressemblait trait pour trait à la ravissante miniature qu'il avait trouvée dans le sac à dos, avec les lettres. Une jolie femme qui portait son âme dans son regard.

C'était rare.

Et infiniment précieux.

Avaline remplit de nouveau son verre de ce bon vin français qui leur venait de Bordeaux.

— Voilà que vous recommencez, Fortis. Vous ne cessez de me regarder. Ai-je changé à ce point ?

Comment répondre à pareille question ? Il la trouvait parfaite à tous points de vue. Mais comment lui déclarer cela en plein visage alors que, semblait-il, il avait clairement manifesté qu'il pensait le contraire sept ans plus tôt ? Mais pas question de prononcer une fois de plus aujourd'hui la phrase terrible : Je ne me souviens pas.

Sinon, il allait devenir fou, il le savait.

Il était si las de ne plus se souvenir, de se définir lui-même par ce qu'il ignorait plutôt que par ce qu'il savait.

— Je vous trouve exactement conforme à ce dont je rêvais.

Il leva son verre et ajouta :

— À ma chère femme. Et à notre avenir commun.

Ce toast surprit Avaline et la ravit. Elle rougit tandis qu'ils buvaient tous les deux une gorgée de vin en se regardant.

Peut-être valait-il mieux changer de conversation ?

— Nous avons fini les toits ce soir. Juste à temps, si on en juge par le froid qu'il faisait ce matin. L'hiver va arriver d'un jour à l'autre, je le crains. Y a-t-il d'autres travaux urgents avant que nous soyons empêchés par la mauvaise saison ?

— Il y a bien ces murets de pierre sèche qu'il faudrait consolider, mais nous avons des ouvriers pour le faire. Vous pourrez vous occuper à remplir le livre de comptes et à noter la rotation des cultures.

Avaline éclata de rire, amusée par sa propre remarque.

— Quel passionnant projet pour cet hiver, n'est-ce pas ?

Puis elle ajouta, redevenant sérieuse :

— Je crains que vous ne trouviez le temps terriblement long. La vie de gentleman-farmer n'a rien d'aussi exaltant que la vie militaire.

— Mais elle est aussi plus sure. Et c'est bien ce que j'espérais en venant ici.

Malgré sa force de caractère, Avaline avait ses faiblesses. Il était évident qu'elle s'inquiétait de le voir repartir. Eh bien... Fortis avait tout l'hiver pour la convaincre de ses bonnes intentions.

Se penchant par-dessus la table, il lui sourit.

— Dites-moi quels sont nos projets pour Noël. Je n'ai jamais connu les fêtes de fin d'année à Blandford.

Là, il était sûr de ne pas dire de bêtise. D'après ce qu'il avait compris, il s'était empressé de filer bien avant

Avaline rosit de plaisir. C'était le sujet parfait pour une nuit claire et froide. Fortis versait le reste du vin dans leurs deux verres. Elle le régala de plans de décoration pour le hall d'entrée et les balustrades de l'escalier avec les guirlandes et les étoiles rangées dans des cartons au grenier. Et puis, il faudrait aller cueillir du houx, ramasser des pommes de pin, dresser une liste de provisions, organiser des jeux... Et pour le nouvel an, une réception, peut-être, pour le présenter officiellement à leurs amis et voisins ?

— Naturellement, conclut-elle, les yeux brillants, nous irons fêter le réveillon à Bramble, ainsi que le jour de Noël pour être avec votre famille.

Il lui pressa la main.

— J'ai hâte d'y être.

Entre eux, les bougies s'éteignirent presque ensemble, consumées jusqu'à la base.

— Bon, déclara Avaline en se levant. C'est le signe que je dois me retirer. Je ne me rendais pas compte qu'il était si tard.

Fortis se mit debout lui aussi, submergé par la déception. Il n'était pas disposé à la voir partir.

— Quelle importance ? Nous n'avons de compte à rendre à personne, n'est-ce pas ? Pourquoi ne resterions-nous pas là, à parler toute la nuit, si le cœur nous en dit ?

À parler... Ou à faire autre chose. Le regard de Fortis se posa sur la bouche d'Avaline. Sur le doux renflement de ses lèvres. On pouvait occuper très agréablement son temps, quand le manteau de la nuit recouvrait la terre.

Et pour cette fois, Avaline ne trouva rien à répondre. Alors, il l'attira à lui, d'un geste doux mais résolu. S'ils voulaient laisser enfin derrière eux le passé, il était temps d'ouvrir les portes de l'avenir.

Il enserra son visage entre ses paumes, glissant les doigts sous la lourde tiédeur de sa chevelure. Sa bouche s'empara de la sienne et il l'embrassa longuement, s'enivrant du goût de ses baisers. Avait-il jamais désiré autre chose que cette femme dans ses bras ?

— Fortis ? souffla Avaline contre sa bouche.

— Ne vous inquiétez pas, ma douce. Vous ne risquez aucune forme d'indifférence cette nuit de ma part. Effaçons ensemble tous les torts que j'ai pu vous faire, voulez-vous ?

Comme il désirait cette femme, sa femme, de tout son corps, de toute son âme !

Il la berçait tendrement contre lui, et pourtant, bien que la bouche d'Avaline fût consentante, que son bras s'enroulât autour de son cou, il sentait sa réticence. Elle avait sans doute l'impression d'avancer dans des eaux obscures, de ne pas bien comprendre pourquoi cet homme, qui ne lui avait manifesté que mépris et indifférence pendant leurs quelques semaines de vie commune, s'ouvrait soudain à elle avec ferveur et tendresse. Lui avait eu un mois pour y songer, tandis qu'il attendait que Cam vienne le chercher. Mais elle ne l'avait retrouvé que depuis une semaine et il y avait encore tant de nœuds à dénouer entre eux. Tant de choses à éclaircir.

Elle secoua la tête, préparant déjà des excuses.

— Chut ! Ne dis rien, Avaline. Promets-moi seulement que tu resteras avec moi toute la nuit. Nous ne sommes pas obligés de nous aimer. Reste simplement à mes côtés, dors avec moi. Cette nuit, je ne te demanderai rien de plus.

Il sentit son corps se détendre contre le sien et plongea son regard dans le chaud regard brun, pour qu'elle y voie qu'il disait vrai.

8

Dès qu'elle ouvrit les yeux, Avaline pressentit qu'il se passait quelque chose d'inhabituel. Le lit dans lequel elle se trouvait ne semblait pas le sien, les odeurs de la pièce lui étaient étrangères. La chambre était emplie de senteurs masculines, un mélange de santal et d'épices. L'odeur de Fortis. Puis ses yeux s'ouvrirent en grand. Elle se rappelait, maintenant. Elle avait passé la nuit dans le lit de son mari. Et elle s'y trouvait toujours. Mais lui, non. Elle parcourut la chambre, battant des paupières, tandis que sa vue s'adaptait à la lumière du jour. Personne.

Se redressant sur les coudes, Avaline s'efforça de retrouver ses idées. Elle s'était endormie tout habillée, allongée à côté de Fortis qui lui parlait des réparations qui restaient à effectuer avant l'hiver. Son intention était d'attendre qu'il s'endorme pour se glisser hors de la pièce, mais elle avait sombré dans le sommeil avant lui. Maintenant, il faisait grand jour. Le temps était lumineux et glacé. Elle avait dormi très tard, contrairement à ses habitudes. La porte s'ouvrit sur Fortis, chargé d'un plateau garni de saucisses frites, d'œufs brouillés et d'un pot fumant. Il lui décocha un sourire éclatant et vint poser sa charge sur la table où ils avaient dîné la veille.

— Madame est servie, annonça-t-il avec une courbette de valet de comédie.

Il prit une tasse et commença à verser le chaud liquide. Une agréable bouffée d'arômes de cacao atteignit les narines d'Avaline.

— Mais, c'est du chocolat chaud !

Avaline fut hors du lit en une fraction de seconde. Il n'y avait rien qu'elle n'aimât mieux qu'une bonne tasse de chocolat chaud au réveil.

Cela ne fait pas une semaine que nous prenons notre petit déjeuner ensemble, et il sait déjà que j'aime le chocolat chaud.

— Il m'a semblé que c'était tout à fait une journée à chocolat chaud. Il a gelé cette nuit. Cela signifie que l'hiver est officiellement arrivé, je suppose, annonça-t-il en lui présentant sa chaise avant de poser sa tasse devant elle. Heureusement que nous avons fini de réparer ces toits.

Plongeant une cuillère dans le plat d'œufs brouillés, il en disposa une large portion sur un toast grillé. Avaline le regarda dévorer avec appétit tandis qu'elle dégustait son chocolat. Fortis était d'excellente humeur ce matin, ce qui signifiait qu'il avait bien dormi. Pas de cauchemars, pas de réveils nocturnes. Apparemment, il s'était parfaitement remis de l'incident de la veille. Ferris serait satisfait quand il rendrait visite à son frère.

— Avez-vous bien dormi, ma chère épouse ? s'enquit-il en se servant une deuxième portion d'œufs brouillés. Pour mon compte, j'ai passé une nuit magnifique.

Quand elle assura que oui, elle aussi avait bien dormi, il la gratifia d'un clin d'œil taquin.

— Vous m'en voyez ravi. Nous devrions sans doute dormir plus souvent ensemble. Ainsi, nous serions le couple le plus dispos et le plus fringant de tout le Sussex.

Elle rougit et il ajouta, tandis que son sourire se faisait plus tendre :

— Je parle sérieusement, Avaline. J'ai beaucoup apprécié de vous avoir à mon côté cette nuit. Même si vous vous êtes endormie au milieu de mon petit discours concernant les travaux…

Comme elle souriait, il ajouta encore :

— Je sais que vous avez encore besoin de temps avant de… de concrétiser de nouveau cet aspect de notre mariage. Et je ne vous presserai pas. Mais que ce soit bien clair entre nous, personnellement, j'y suis tout disposé. Je serai votre mari quand vous le déciderez.

Avaline baissa la tête, gênée par la franchise de leur conversation, et soulagée en même temps qu'ils puissent enfin l'avoir. Cet homme superbe voulait partager sa couche. Il voulait lui faire l'amour. Et il était prêt à attendre le temps nécessaire. Elle n'aurait pu imaginer le Fortis qu'elle avait épousé faisant montre d'une telle délicatesse. Ni même capable d'assez d'intuition, d'assez d'empathie, pour imaginer devoir le faire. Cela la rassurait autant que cela la tracassait. La question maintenant familière revenait à l'assaut. Qu'est-ce qui avait bien pu changer Fortis de la sorte ? Mais elle la repoussa aussitôt. La guerre changeait les hommes, lui-même l'avait dit. Il lui fallait l'accepter. N'était-ce pas la condition de leur réussite ?

Fortis se pencha vers elle.

— Mais je vous préviens, ma chère femme, annonça-t-il dans un chuchotement de conspirateur. Je ferai tout ce qui est en mon pouvoir pour vous attirer dans mon lit… Et pas seulement pour y dormir !

Et, brandissant le pot de chocolat, il lui proposa avec un clin d'œil malicieux :

— Encore un peu, ma chérie ?

Avaline ne put s'empêcher de rire.

— Oh ! mais je lis clairement dans votre jeu, monsieur mon mari. Vous pensez me séduire à grand renfort de chocolat.

Elle appréciait plus qu'elle n'aurait su dire cette matinée paresseuse et légère. C'était le genre de moment qu'elle avait jadis imaginé, en vain, partager avec son jeune époux. Mais tout cela était du passé, maintenant. Fortis était revenu et réformé de l'armée. Une chance leur était offerte de faire de leur mariage de convenance une union sincère et heureuse.

Ils s'attardèrent encore un long moment autour de leur petit déjeuner tardif et l'auraient peut-être fait durer jusqu'à l'heure du déjeuner si Ferris ne s'était pas fait annoncer. Fortis l'aurait bien renvoyé avec une excuse si ce n'était qu'il lui avait promis de revenir sur l'incident de la veille avec lui. Il s'habilla rapidement et rejoignit son frère dans le bureau du rez-de-chaussée.

Ferris l'enveloppa d'un regard exercé et, notant sa tenue un peu désordonnée, plaisanta avec un sourire :

— J'espère que… je ne suis pas arrivé au mauvais moment ?

—Malheureusement si, rétorqua Fortis, pince-sans-rire en prenant un dossier sur le bureau avant de tirer une chaise devant le feu.

Il fit signe à son frère d'en faire autant et proposa :

— Veux-tu quelque chose à boire ?

Ferris déclina l'offre d'un geste de la main.

— Non, merci. Le père d'Avaline avait une réserve d'excellent cognac mais il est encore trop tôt pour boire. Comment te sens-tu, ce matin ? enchaîna-t-il, le visage redevenu grave. Pas de séquelles d'hier ?

Fortis frappa du plat de la main sur le dossier qu'il avait posé sur ses genoux.

— Non, rien, à part des questions, bien sûr, dit-il, désireux lui aussi d'aller droit au but. Hier, pendant que j'avais cette espèce de rêve, ou d'hallucination – appelle cela comme tu voudras. Nous étions deux dans la forêt. Et deux aussi sur le champ de bataille à essayer de sauver notre peau dans tout ce capharnaüm. Nous avons rampé au milieu des trous de bombe, des balles de mousquet et des corps de nos camarades jusqu'à cette grotte. Pourtant, dans le rapport de Cam, il n'est fait aucune allusion à un autre homme.

— Tu étais seul, Fortis, quand tu es arrivé au camp militaire. Cam nous l'aurait dit, s'il y avait eu quelqu'un d'autre avec toi.

Ferris ne faisait que confirmer ce qu'il savait déjà, mais cela ne résolvait rien. Au contraire, le mystère ne faisait que s'épaissir. Parce que lui, Fortis, aurait mis sa main au feu qu'il n'était pas seul dans la grotte.

Il réfléchit un instant.

— Il y a encore quelque chose que je ne m'explique pas. Pendant ce que tu appelles mon flash-back, je n'étais pas moi-même. Ou peut-être s'agissait-il bien de moi mais je n'étais pas dans mon corps… Ça n'a aucun sens, n'est-ce pas ? J'ai aidé l'autre homme à se libérer du poids de son cheval.

— C'était toi qui étais sous le cheval, d'après le rapport de Cam. Il n'y a rien d'invraisemblable à ce que, au cours de ton flash-back, tu aies revu la scène de ton propre sauvetage. C'est assez fréquent dans les rêves. On ne les vit pas toujours à la première personne.

— Dans ce cas, je repose la question. Qui était l'autre homme ? Celui qui m'a sauvé ? insista Fortis, obsédé par cette question qui le hantait. Imaginons que quelqu'un, un inconnu, m'ait tiré de sous ce cheval et m'ait mis à l'abri... Que lui est-il arrivé ? Où est-il ?

— Peut-être a-t-il rejoint les lignes anglaises une fois qu'il a été rassuré sur ton compte ?

Reconnaissant lui-même la faiblesse de son raisonnement avant même d'avoir achevé sa phrase, Ferris eut un geste d'excuse.

— Et il aurait laissé un camarade blessé seul dans cette grotte pendant des mois ? Il ne lui serait pas venu à l'esprit d'envoyer des secours ?

Fortis secoua la tête, incrédule, et Ferris l'approuva.

— Oui, bien sûr. S'il a quitté cette grotte et qu'il n'est pas revenu, alors, c'est qu'il lui est arrivé quelque chose. Il a été blessé sur le chemin, ou il est mort de ses blessures.

Fortis réfléchit un instant à ces hypothèses. Cela tenait debout. Ils titubaient tous les deux, se soutenant mutuellement. Ils avaient été blessés l'un comme l'autre.

— Tu as dit tout à l'heure : « Imaginons qu'un inconnu m'ait tiré de sous ce cheval... » Cela signifie-t-il que tu n'es pas tout à fait sûr que quelqu'un l'ait fait ?

— Non, ce n'est pas ça... Je me demande en fait si j'étais vraiment coincé sous cette pauvre bête. Est-il possible que Cam se soit trompé dans son rapport ? Que le cheval ne me soit pas tombé dessus ? Pourquoi est-ce que je me souviens parfaitement d'avoir rampé dans la boue... Et de cette horrible douleur à la jambe et au bras ? Avaline a vu les cicatrices. Je peux te les montrer.

Ferris eut un petit gloussement.

— Franchement, mon vieux, je n'ai pas besoin de savoir ce que tu montres à ta femme...

— Sérieusement, Ferris ! J'ai deux cicatrices, une à la jambe et l'autre au bras, bien visibles et pas bien vieilles. Dans mon flash-back, l'homme qui était prisonnier sous son cheval n'avait pas de blessure apparente. Je commence à me demander si j'avais les idées bien claires quand je suis tombé sous le feu de l'ennemi. D'après Cam, des témoins m'auraient vu tomber. Mais Cam n'était pas sur le champ de bataille. Cela faisait des années qu'on s'étaient perdus de vue tous les deux. Alors, je réfléchis à ce qui est réellement arrivé après. Cam reconnaît qu'il ne le sait pas vraiment. Les témoignages sont confus. La seule chose qui paraît claire, c'est que j'ai disparu pendant un bon bout de temps.

— Parfait, déclara Ferris, conciliant. Admettons que tu n'aies pas été prisonnier sous ce cheval, que tu aies été laissé pour mort sur le champ de bataille et que, en cherchant à te sortir de là, tu aies rencontré un cavalier prisonnier du poids de sa monture et que tu auras voulu aider. Tout cela est tout à fait plausible. Ce qui explique que tu t'en souviennes.

Fortis opina du chef. Peut-être se faisait-il des illusions, mais l'opacité du brouillard qui lui emplissait la cervelle dès qu'il songeait à ces événements commençait à se dissiper.

— Maintenant, il est également possible que tu aies été blessé dans d'autres circonstances et que tu mélanges les deux scènes. Cela n'aurait rien d'inhabituel. Nous avons tous des rêves au cours desquels nous mélangeons plusieurs expériences, assura Ferris.

Se penchant vers son frère, il lui posa la main sur la cuisse.

— En attendant, mon cher vieux, ce qui compte, c'est que tu sois revenu sain et sauf parmi nous. Toutes les réponses te viendront en leur temps. Ce n'est qu'une question de patience.

Fortis savait que c'était la meilleure réponse qu'il pouvait espérer aujourd'hui. Après tout, cela se tenait. Mais il voulait savoir qui était l'autre homme et ce qui lui était arrivé. Était-ce lui, Fortis, qui était venu à son secours ou était-ce l'inverse ? Cet homme était-il toujours vivant ? Ou bien était-il mort de ses blessures dans la grotte ? Ou en allant chercher de l'aide ?

Ferris commença à s'agiter sur sa chaise.

— Si je suis venu ce matin, c'est pour prendre de tes nouvelles, bien sûr, annonça-t-il, le visage soudain assombri. Mais il y a quelque chose d'autre… Tobin Hayworth est venu rendre visite à Père.

Il n'alla pas plus loin dans ses informations. Un bruissement de jupons les informa de la présence d'Avaline sur le seuil. Elle avait revêtu une tenue de promenade qui lui allait à ravir, en laine du même bleu myosotis que le ciel d'automne.

— Avez-vous l'intention de refaire le monde, tous les deux ? les taquina-t-elle.

— Nous parlions de ce qui s'est passé hier, confessa Fortis, hésitant.

Il y avait déjà tant de choses à éclaircir entre eux, tant de non-dits ! Il ne lui semblait pas très loyal de la charger en plus de ses problèmes personnels.

Il marqua une pause puis se décida. Après tout, l'information que venait de lui donner Ferris la concernait aussi.

— Tobin Hayworth est venu rendre visite à Père, précisa-t-il. Vous arrivez juste à temps pour entendre la suite.

Il vit le sourire d'Avaline s'effacer.

— Mais il ne peut plus rien contre nous, maintenant, n'est-ce pas ? s'enquit-elle d'une voix qui trahissait son inquiétude.

Ferris, croisant les bras sur sa poitrine, reprit la parole.

— Il est venu nous voir sous prétexte qu'il se faisait beaucoup de souci pour nous. Il paraîtrait que notre famille, et plus particulièrement toi, Avaline, serait manipulée par un imposteur.

Avaline le dévisageait, stupéfaite.

— Mais c'est absurde. Quelle mouche l'a piqué pour avoir eu une idée pareille ?

— Cet homme s'est entiché de vous, vous le savez bien, cracha Fortis, assailli soudain par un sentiment de propriété quasi primitif. Vous avez vu comment il vous tournait autour, le soir du bal !

Avaline s'empourpra violemment, gênée qu'il ait fait cette révélation devant son beau-frère.

— Je n'ai rien fait pour susciter un tel intérêt, rétorqua-t-elle vivement. Cela fait des années que je me défends contre les assiduités de cet individu, avec pour seul bouclier le nom de mon mari fantôme.

Fortis serra les poings, frustré. Avaline se croyait accusée. Voilà donc le mariage qu'ils avaient eu ? Un mariage sans confiance réciproque, bâti sur la jalousie et les machinations ? Une fois de plus, il se sentit coupable.

Ferris, visiblement gêné de se trouver pris dans ce qui pouvait tourner à la querelle de ménage, s'empressa de calmer le jeu.

— Ce n'est pas Avaline qui l'intéressait – il s'empressa de corriger avec un sourire gracieux à l'intention de sa belle-sœur : Bien qu'elle soit toujours aussi ravissante... – ce sont ses terres. Mais maintenant, on dirait que ce n'est plus sa seule motivation...

Fortis saisit pleinement le sous-entendu contenu dans le regard de son frère tandis que celui-ci s'expliquait.

— C'est après toi qu'il en a, Fortis. Non seulement, depuis ton retour, tu es le seul obstacle entre lui et Blandford. Mais en outre, tu l'as humilié publiquement. Et sous son propre toit. Il s'est même probablement mis dans la tête que, sans toi, il pourrait être fait chevalier. Depuis le temps qu'il espère...

Fortis eut un gloussement.

— Pauvre fou. Comment pourrais-je l'empêcher d'obtenir un titre ? D'aucuns l'achètent, de nos jours.

— Il espérait utiliser les relations des parents d'Avaline, qui sont restés fidèles à ta femme après leur mort, pour l'aider à satisfaire ses rêves de grandeur, résuma Ferris. Il a déclaré tout à trac à Père qu'il trouvait que le hasard faisait un peu trop bien les choses en te faisant réapparaître précisément au moment où notre famille en avait le plus besoin.

— Et qu'a répondu Père ?

Ferris eut un large sourire.

— Tu le connais. Père n'est pas homme à se laisser marcher sur les pieds. Il l'a fait raccompagner. Mais, ajouta-t-il, le front soucieux, l'affaire n'est pas réglée pour autant.

Il se tourna vers Avaline :

— Ma chère sœur, je vous ai par trop retardée dans votre promenade. Je m'en vais. Je tenais à ce que vous sachiez ce que notre bon voisin a derrière la tête.

— Il n'osera pas mettre ses menaces à exécution, assura Fortis, confiant.

Avaline, pour son compte, n'en était pas si sûre. Fortis ne connaissait pas Hayworth comme elle le connaissait. Rien ne pouvait arrêter ce genre d'individu sur le chemin de ses ambitions, que ce soit un domaine, un titre, une femme ou une vengeance. Il avait beaucoup de choses à faire payer à Fortis Tresham et le meilleur moyen d'y parvenir, c'était de fournir la preuve qu'il n'était pas celui qu'il prétendait.

Comment Hayworth avait-il pu croire qu'il pouvait lancer une telle accusation ? Aussi culotté fût-il, il n'aurait jamais osé affronter le duc de Cowden sans motif. Avait-il des éléments plus tangibles que de simples soupçons ? Ou s'agissait-il d'un simple coup de bluff ? Cette dernière hypothèse était peu probable. Hayworth était un homme d'affaires. Il n'aurait pas hasardé sa réputation dans une telle histoire sans quelque chose de consistant.

Les doutes qui empêchaient Avaline de dormir ces derniers temps revinrent en force. Si Hayworth se posait des questions, cela signifiait qu'elle n'était pas seule à avoir remarqué des différences. Et lui n'avait aucun intérêt à leur trouver des explications raisonnables : la guerre, les longues années d'absence...

Une idée la frappa comme un coup de poignard en pleine poitrine. Et le duc ? Avait-il des doutes, lui aussi ? Comment réagirait-il si on l'attaquait sur ce terrain-là ?

— Prête pour notre petite promenade ?

Fortis prit son manteau et ses gants des mains du maître d'hôtel et ils sortirent bras dessus bras dessous dans l'air vif, tout ragaillardis à la perspective de cette sortie à deux. Ils dépassèrent en silence la chapelle dans laquelle ils s'étaient mariés et descendirent jusqu'à la mare où quelques colverts intrépides nageaient courageusement dans l'eau glacée. Plongeant la main dans sa poche, Avaline en sortit quelques croûtons de pain qu'elle tendit à son mari.

Il les lança aux canards.

— Vous tracassez-vous au sujet d' Hayworth ? s'inquiéta-t-il. Il n'y a pas de quoi. La société moderne ne va pas très bien certes, mais pas au point d'exiger d'un homme qu'il prouve qu'il est bien lui-même... Tout le monde est au courant maintenant de ce qui s'est passé au bal. Hayworth ne pourra plus ouvrir la bouche, en ce qui nous concerne, sans passer pour un mauvais perdant. Et la calomnie se paie très cher, devant un tribunal.

Fortis lança un morceau de pain entre deux canards qui se ruèrent l'un sur l'autre pour se l'arracher.

Avaline ne put s'empêcher de se sentir comme ce morceau de pain, une proie potentielle pour laquelle se battaient deux rivaux. Contrairement à Fortis, elle ne sous-estimait pas les menaces de Tobin Hayworth.

— Hayworth n'est pas homme à s'engager dans ce genre d'affaire à la légère, Fortis. Aujourd'hui, il s'est contenté de tâter le terrain, pour juger de nos réactions. Peut-être a-t-il entendu parler de l'incident d'hier...

L'odieux bonhomme pouvait aussi avoir entendu dire combien Fortis se dévouait pour le domaine. Il n'avait pas dû manquer d'être surpris d'apprendre que l'arrogant fils du duc de Cowden n'hésitait pas à retrousser ses manches pour donner un coup de main aux paysans. Son cerveau pervers avait dû s'empresser d'échafauder les pires hypothèses. Ce qu'Avaline avait imputé à l'évolution souvent bienfaisante des individus loin de chez eux, les leçons de la vie en quelque sorte, Hayworth l'avait interprété comme une supercherie.

Fortis soupira.

— Et quand bien même ? J'ai souffert d'une crise d'on ne sait trop quoi. Cela prouve simplement que je ne suis pas revenu indemne de la guerre mais ne démontre en rien que je ne suis pas Fortis Tresham. Cela prouverait plutôt le contraire, en fait. On ne disparaît pas pendant un an au fond des bois sans en revenir quelque peu perturbé.

Le cerveau d'Avaline fonctionnait à toute vitesse. Et si Hayworth avait d'autres cartes dans sa manche ?

— Et que s'est-il passé dans cette forêt, Fortis ? Vous souvenez-vous de cette année après Balaklava ?

La mâchoire de Fortis se durcit, ce qui signifiait, Avaline l'avait remarqué, qu'il ne souhaitait pas s'attarder sur la question.

— Pas grand-chose, en vérité. Des fragments de souvenirs qui n'ont pas beaucoup de sens. Je ne peux déjà pas me les expliquer à moi-même… Vous imaginez sans peine combien il peut m'être difficile de les expliquer à un tiers. Ferris m'a été d'une grande aide, ce matin. Mais je suis encore loin d'y voir clair.

— C'est précisément là que le bât blesse. Tobin Hayworth peut se servir de la confusion de vos souvenirs comme un argument à son avantage. Comment pouvez-vous faire la preuve que vous ne vous souvenez vraiment pas ?

Elle lança le dernier morceau de pain aux canards et conclut :

— Il faut que vous vous souveniez, Fortis. Il sera ainsi infiniment plus facile de déjouer les manigances de cet individu.

Elle lui sourit et glissa sa main gantée dans la sienne.

9

Fortis n'avait plus envie de parler de ses souvenirs. Il avait des choses plus intéressantes à prendre en considération qu'un voisin mal embouché et un passé dont il avait quasiment tout oublié. Il avait une épouse à reconquérir et dont il devait se faire pardonner pas mal de fautes.

Dans son manteau de laine bleue, avec le soleil qui faisait comme une couronne d'or dans ses cheveux, elle était tout simplement ravissante. Mais rien n'égalait l'image qu'il avait eue d'elle ce matin en se réveillant, endormie paisiblement à côté de lui, ses cheveux comme un halo doré autour de sa jolie tête.

Longtemps Fortis l'avait regardée dormir, fasciné par la paix qui se dégageait d'elle, par la régularité de sa respiration. Il lui avait fallu toute la maîtrise dont il était capable pour ne pas la réveiller de ses caresses. Mais il n'était pas question de briser par un comportement bestial le mystérieux accord qui régnait entre eux maintenant. Surtout quand tout indiquait que, sept ans plus tôt, son comportement avait largement laissé à désirer dans ce domaine.

Ils avançaient le long de l'étang tandis qu'Avaline agrémentait leur promenade de commentaires avisés sur la nature qui les entourait. Tantôt c'était un couple de geais perché sur une branche, tantôt la danse lente d'une carpe dans l'eau, quêtant quelque insecte. La jeune femme avait un talent naturel pour la conversation et connaissait la plupart des questions importantes concernant le domaine, depuis son exploitation jusqu'aux questions écologiques. Elle était passionnée par la terre sur laquelle elle était née et, bien conseillée par son père, avait beaucoup lu les physiocrates français[1]. Bien sûr, elle avait eu vingt-cinq ans pour apprendre à l'aimer, et le sentiment d'appartenance à sa terre, l'attachement à ses racines étaient si profondément établis en elle qu'ils avaient contribué à faire d'elle ce qu'elle était. Elle appartenait à Blandford autant que Blandford lui appartenait.

— Je vous envie votre relation avec votre terre. Je n'ai jamais éprouvé cela.

— Sans doute est-ce le lot du dernier-né. C'était à Frederick que revenait la responsabilité du domaine des Cowden. Et l'état militaire ne vous a pas encouragé dans ce sens non plus. Toujours parti. Toujours sous d'autres cieux. Bah ! Les voyages forment la jeunesse, dit un proverbe français.

Avaline lui adressa un beau regard doré et ce fut comme si l'air se réchauffait autour de lui. Elle avait ce don de le rendre heureux d'un seul regard. Comment avait-il pu, jadis, ne pas tomber amoureux de cette femme ?

— J'ai dû bien vous ennuyer avec mes histoires de geais et de poissons ?

— Bien au contraire. J'aime vous entendre parler de la nature, me confier votre amour pour votre domaine…

Quand sa femme lui parlait, les soucis de Fortis s'évaporaient miraculeusement. Il pouvait marquer une pause dans sa course épuisante à la recherche de ses souvenirs. Avec elle, il vivait dans l'instant.

Déjà, Blandford House réapparaissait au tournant de l'allée et une tâche l'attendait qui mettrait de nouveau ses problèmes de mémoire au centre de ses préoccupations.

Ils grattèrent soigneusement la boue de leurs chaussures à

1. École de pensée à l'origine des sciences économiques née en France au milieu du XVIIIe siècle. Opposée au mercantilisme, elle a pour principaux théoriciens François Quesnay et le marquis de Mirabeau et repose sur le principe que l'agriculture est la seule activité réellement productive et la seule légitime pour les aristocrates. En découle toute une série de techniques agricoles et de théories sur la répartition des richesses ainsi obtenues. Ce courant de pensée gagnera très vite toute l'Europe. (NdT)

la porte de derrière et Fortis aida sa femme à se débarrasser de sa pèlerine. Et, ce faisant, il déposa un baiser ardent au creux de son cou.

— Merci pour cette jolie promenade, lui chuchota-t-il à l'oreille.

Les narines emplies de son parfum, il avait du mal à relâcher son étreinte. Il aurait voulu emporter sa femme dans ses bras jusque dans sa chambre et lui faire l'amour longtemps, tendrement, dans ce bel après-midi finissant. Il aurait voulu se mettre nu sous ses yeux et sentir son regard le parcourir lentement, avec gourmandise, comme elle l'avait fait la veille. Bon sang ! Comme il avait aimé son regard sur lui, sur ses épaules, sur son torse, sur ses reins, sur son sexe lentement dressé.

Mais une chose était sûre. Malgré le trouble qu'Avaline ne parvenait pas à cacher quand il la touchait, il devait attendre qu'elle vienne à lui. Entre eux deux, il ne pouvait pas, il ne devait pas y avoir de contrainte.

— Je vous reverrai pour le dîner, ma chère femme.

Et Fortis s'éloigna, se demandant si elle avait conscience de la souffrance que cela représentait pour lui.

À peine entré dans le bureau, il se versa un verre de cognac. Pour la tâche qu'il s'était imposée, il lui fallait bien ça. Puis, il alla chercher le rapport de Cam dans l'un des tiroirs et s'installa dans un fauteuil, devant le feu. Le dossier était épais. Il contenait son propre récit, très confus, de la manière dont il était sorti de cette forêt, le rapport du chirurgien, et d'autres comptes rendus d'officiers qui s'ajoutaient au récit qu'un de ses compagnons d'armes, Paget, avait fait de la bataille de Balaklava. C'est ce document qu'il désirait relire.

« Nous avons voulu battre en retraite mais c'était trop tard. Les Russes tiraient sans discernement sur les troupes piégées devant les murailles. Fortis Tresham était à quelques mètres de moi. Nous essayions de rassembler nos troupes.

« Fortis, toujours sur le pauvre Khan, son cheval préféré, était pris au plus fort de la bataille. Le sabre levé vers le ciel, il essayait de rallier son bataillon à lui. Soudain, Khan a reculé, atteint par une balle en plein poitrail. Fortis a peut-être été touché lui aussi.

Khan s'est écroulé, et Fortis avec lui. J'ai essayé de le rejoindre mais le combat était trop intense. Impossible de se diriger d'un point à un autre sans une mort quasi certaine. Dans la mêlée, j'ai été séparé de Tresham et poussé en avant. De l'endroit où j'étais, je n'ai pas pu voir si Khan avait réussi à se relever, mais j'en doute. »

Fortis, luttant contre les émotions que le récit réveillait en lui, but une longue gorgée de cognac. Paget avait risqué sa vie pour venir à son secours. Cet acte courageux le touchait profondément. Il éprouvait de la pitié, aussi, pour son pauvre étalon, victime de la folie des hommes, et pour tout le carnage de cette sinistre journée. Nul besoin d'avoir beaucoup d'imagination pour revoir la boucherie. Ses yeux se portèrent sur les dernières lignes du récit de Paget. Le cheval était tombé sur lui, l'écrasant de tout son poids, et ni l'un ni l'autre ne s'étaient relevés.

Fortis avala une autre gorgée. Il avait déjà vu des hommes s'en tirer dans les mêmes circonstances. Il était impératif de se remettre debout sur-le-champ si on ne voulait pas être piétinés par un rouleau compresseur de sabots ou taillé en charpie par les sabres de l'ennemi. Les seuls combattants qui ne se relevaient pas étaient déjà morts ou en passe de l'être.

Fortis songea à l'explication que lui avait fournie son frère ce matin. Il avait dû réussir à éviter le poids de son cheval, probablement en roulant sur lui-même, et avait continué à se battre au corps-à-corps. C'est sans doute pour cette raison qu'il avait reçu ces coups de sabre au bras et à la jambe.

Il s'immobilisa un instant, son verre à quelques centimètres de ses lèvres. C'était sans doute pour cette raison que son cauchemar ne cadrait pas avec ce que le rapport disait des circonstances de l'accident. Ce ne serait pas la première fois que l'armée commettrait ce genre d'erreur. De toute façon, c'était l'un ou l'autre. Soit il était l'homme pris sous son cheval, et dans ce cas, il aurait été bien incapable de ramper sur plusieurs dizaines de mètres pour sortir du champ de bataille. Soit, en fuyant sous le feu de l'ennemi, il avait porté secours à un camarade tombé sous sa monture.

Et si c'était les deux ? S'il était tombé sous son cheval, était parvenu à se dégager puis était venu au secours d'un autre soldat victime du même accident ? Non, c'était techniquement impossible. Un homme ne pouvait soulever à lui seul cinq cents kilos de chair morte. Et puis, cela ne correspondait pas avec le flash-back de la veille. Quelqu'un était venu et avait soulevé le corps du cheval en faisant levier avec une planche ou Dieu sait quoi. Mais il aurait été prêt à jurer que c'était lui qui avait effectué cette manœuvre difficile. Alors, était-il la victime ou le sauveur ? À moins que, comme le prétendait Ferris, dans son flash-back, il ait observé la scène du point de vue d'une tierce personne ? Tant d'hypothèses ne signifiaient-elles pas qu'après tout il n'avait pas besoin de se tracasser ? Une chose était certaine. Cette scène sur le champ de bataille avait bien eu lieu. Il s'en souvenait, et c'était l'essentiel. Inutile de disséquer toutes les circonstances comme dans une enquête de police.

Fortis, la tête dans les mains, pressa les paumes sur ses yeux. Pourtant, Avaline avait raison. Il fallait qu'il se souvienne précisément. Comment pourrait-il être un mari digne de ce nom tant qu'il ne serait pas certain de ce qui s'était passé ? De qui il était vraiment ?

Mais pour le moment, il voulait oublier tout ça, Balaklava, l'année dans la forêt, le soldat disparu. Grand Dieu ! Ne pouvait-il être simplement un homme qui venait de rentrer chez lui, après une rude campagne militaire, et qui était en train de tomber amoureux de sa femme ?

Avaline ne cessait de penser à son mari. Depuis qu'il lui avait déclaré qu'il désirait consommer de nouveau leur mariage, elle ne pouvait plus lui échapper, aussi bien mentalement que physiquement. Ce que, du reste, elle ne tentait guère. Quand Fortis entrait dans une pièce, elle se surprenait à le déshabiller du regard et son imagination faisait renaître le spectacle de son corps dénudé au sortir du bain. Son visage s'empourprait à ce souvenir troublant.

Quand il n'était pas là, l'esprit d'Avaline vagabondait autour de son image. Il lui était devenu impossible de lire, de coudre ou même de rédiger sa correspondance sans que ses pensées vagabondent. Aujourd'hui en était la preuve. Penchée sur la broderie qu'elle faisait d'un coussin, elle se mordillait les lèvres, contrariée. Elle n'aurait pas dû mettre tant de bleu dans cette fleur. Il lui fallait retirer les fils un à un, ce qui requérait une attention minutieuse, et recommencer. Mais elle avait aperçu Fortis dans le potager, avec Mrs Pimm, la cuisinière, et le spectacle de son grand corps penché sur la terre, tandis qu'il était occupé à déterrer des pommes de terre, l'avait distraite.

Décidément, ces jours derniers, elle était incapable de s'intéresser à tout ce qui ne concernait pas Fortis. Il était partout autour d'elle, dans sa paume qui lui caressait la nuque ou se posait sur ses reins pendant la promenade, dans la manière qu'il avait de lui prendre un instant la main, tandis qu'ils conversaient au cours d'un repas qui se prolongeait autour d'un verre de bon vin. Ou de lui voler un baiser ici ou là au cours de la journée, chaque baiser plus audacieux que le précédent, comme l'était sa réponse.

Avaline commençait à s'accoutumer à ces brèves étreintes, d'autant plus délicieuses qu'elles étaient furtives. Et plus encore à ce Fortis amoureux qui, surgissant derrière elle, la prenait dans ses bras sans crier gare et couvrait de baisers son cou, sa gorge, ses joues tout en murmurant quelque plaisanterie à son oreille pour lui arracher un sourire. Les jours succédant aux jours, le plaisir de sa présence tendre et attentionnée devenait une douce habitude. Habitude aussi l'émoi qu'il suscitait en elle et qui ne lui faisait plus peur.

Avaline choisit une nuance d'un rose délicat parmi son assortiment de fils et, enfilant une longue aiguillée, se remit au travail. L'ensemble de coussins qu'elle était en train de réaliser était destiné à l'appartement privé du duc et à la duchesse et elle tenait à ce que son ouvrage soit parfait. Depuis la disparition de ses propres parents et le départ de Fortis, ils étaient devenus tout naturellement son père et sa mère d'adoption. Et voilà que maintenant, si vite, Fortis paraissait vouloir prendre leur place ! Jamais elle n'aurait cru cela possible !

— Ah ! vous voilà ! s'exclama Fortis en entrant dans le petit salon, plein d'énergie et sentant bon l'air du dehors. Étiez-vous par hasard en train de m'espionner par la fenêtre ? ajouta-t-il en remarquant la position de sa chaise. Il me semblait bien que je vous avais aperçue...

— Oh ! juste un coup d'œil ou deux, se défendit Avaline en riant. Mrs Pimm a-t-elle pu avoir toutes les pommes de terre dont elle avait besoin ?

Quelle différence, grand Dieu, avec l'ancien Fortis, qui supportait à peine sa présence.

— Oui, déclara-t-il en prenant un siège à côté d'elle. Nous ne mourrons pas de faim ce soir.

— Je ne vous savais pas si doué pour le jardinage.

La remarque était sortie avec plus de vivacité qu'Avaline ne l'aurait voulu. Elle n'avait pas oublié les souvenirs désagréables du passé.

Fortis arqua un sourcil interrogateur.

— Cela vous contrarierait-il, ma chère ?

Avaline se repentit aussitôt. Pourquoi continuer à se poser des questions ? Elle n'avait aucune raison de taquiner ainsi son mari. Mieux valait se réjouir de sa métamorphose.

— Non, bien sûr. Mais je ne puis m'empêcher de me demander ce qui vous a changé à ce point. Quand je le saurai, peut-être n'aurai-je plus si peur de vous perdre.

Saisissant son ouvrage, il le mit de côté et lui prit les mains dans un geste devenu habituel.

— Il n'est pas question que vous me perdiez. Est-ce encore une des fadaises de Tobin Hayworth ? Ou est-ce un effet de votre imagination ?

— C'est tout cela mêlé, Fortis, chuchota Avaline.

Elle plongea dans le beau regard bleu, si franc, si ouvert. Et son cœur manqua un battement. Comment pouvait-elle dire à cet homme si tendre, si attentif, combien il l'avait blessée autrefois avec son mépris sans le blesser à son tour ? Depuis son retour, il se comportait avec une telle bonne volonté dans tout ce qu'il entreprenait, y compris la reconquête de sa femme, que lui rappeler son comportement ancien ne pouvait que le blesser profondément. N'avait-il pas assez souffert depuis un an ? Il avait certainement payé pour ses fautes, quelles qu'elles soient. Avaline sentait les larmes se presser sous ses paupières.

— Vous êtes si différent de ce que vous étiez. Comment puis-je savoir si cela va durer ?

Une chose était sûre. Maintenant qu'elle l'avait découvert sous son meilleur jour, elle ne supporterait pas de voir réapparaître l'ancien Fortis.

Il jouait avec ses doigts, les sourcils froncés.

— Je peux comprendre ce sentiment plus que vous ne l'imaginez, dit-il avec ce sourire charmeur auquel Avaline était incapable de résister. Chaque jour que Dieu fait, quand le matin je vois en face de moi, à la table du petit déjeuner, cette femme ravissante, dans cette magnifique demeure entourée d'un domaine que tous mes voisins m'envient, je me demande si j'ai bien mérité tout cela. Alors, comme vous, je crains de tout perdre. Vous. Cette maison. Et ce bonheur tout neuf.

— Vous êtes fils de duc. Votre naissance vous donne droit à tout ceci.

Il faisait courir son pouce sur sa paume.

— Hum… En principe, oui. C'est ainsi que notre société fonctionne. Mais ce n'est pas ça qui compte vraiment. J'ai déjà failli vous perdre. À cause de ce que je ne peux appeler autrement que ma propre stupidité, j'ai fait les mauvais choix et cela a failli me coûter très cher. Je ne répéterai pas mon erreur. Je ne me souviens pas des détails de ce qui s'est passé, Avaline. Peut-être parce que je ne le désire pas vraiment. Peut-être suis-je trop lâche pour regarder en face ce que j'ai dit ou fait. Mais, de votre attitude, il ressort au moins une évidence : je me suis comporté de manière cruelle et injuste à votre égard. Et tout ce que j'espère, c'est que vous me laisserez consacrer le reste de ma vie à me faire pardonner. Et, ce qui serait le comble du bonheur, à me faire aimer de vous. C'est cela que j'ai vraiment peur de perdre. La possibilité de votre amour. En espérant qu'il n'est pas trop tard.

Il eut un petit rire d'autodérision et conclut :

— Alors, vous voyez, ma douce, moi aussi je peux comprendre ce que vous éprouvez. Un peu, tout du moins.

Plus qu'un peu, semblait-il. Les larmes qu'Avaline tentait de refouler commencèrent à couler sur ses joues. Il avait l'intention de gagner son amour. De la courtiser comme on le faisait jadis, à la cour des rois et des princes. Avec des paroles, des gestes tendres, des baisers légers... et surtout, avec sincérité. Autant de choses qui, aux yeux d'Avaline, avaient infiniment plus de valeur que des bouquets de fleurs rares et des palais de marbre. Hayworth avait étalé devant elle toutes ses richesses et elle ne les avait même pas regardées. Fortis avait mis son cœur à nu et elle avait été touchée jusqu'à l'âme.

Réduisant l'espace qui les séparait, Avaline posa ses lèvres sur les siennes, dans un baiser dans lequel elle se livrait tout entière. Leurs bouches commencèrent un lent jeu érotique et bientôt leurs baisers s'intensifièrent, bien au-delà du simple jeu. Ils comprirent en même temps que la capitulation n'était pas loin, pour l'un comme pour l'autre.

— Fortis, pourquoi ne monterions-nous pas dans votre chambre ? murmura Avaline très vite, avant de changer d'avis. Il est grand temps de mener votre femme dans votre lit.

— Êtes-vous bien sûre ?

Fortis mordillait gentiment sa lèvre inférieure, les paupières mi-closes et il avait ainsi un masque de faune irrésistible.

— Oui, affirma Avaline avec une assurance qu'elle était loin d'éprouver.

Si elle reculait maintenant, se présenterait-il une autre occasion, dans cette même atmosphère de complicité et de tendresse ? Plus elle reporterait ce moment, plus ses préventions passées paraîtraient difficilement surmontables.

Cette fois, elle savait que ce serait différent. Ce ne serait pas l'accouplement obligatoire, à demi vêtus, de deux jeunes mariés soumis à la loi de la famille. Ils seraient nus dans les bras l'un de l'autre, tant physiquement qu'émotionnellement, leur corps et leur âme livrés tout entiers au regard de l'autre. Perspective un peu effrayante mais si belle.

— Qu'il en soit ainsi.

Se mettant debout, Fortis lui tendit la main et, se laissant entraîner, Avaline le suivit en tremblant. Et si elle se livrait en vain, une fois de plus ? Et si elle n'était encore que la petite fille naïve qui avait dû tant le décevoir la première fois ?

Et si lui la décevait ? S'ils gâchaient ensemble leur seconde chance ? Après tout, ces quelques journées passées ensemble dans une parfaite harmonie pouvaient n'avoir été qu'une illusion. D'une certaine manière, le moment qui allait venir pouvait déterminer le reste de sa vie.

Fortis ferma doucement la porte de sa chambre et tourna vers elle son regard rempli de lumière.

— Ne t'inquiète pas, ma chérie. Je te promets de faire de ce qui vient un moment d'exception. J'ai trop envie de toi pour tout gâcher une seconde fois.

Quand il la regardait avec ces yeux-là, qu'il l'effleurait ainsi de ses lèvres, par tous les saints, Avaline le croyait de toute son âme. Elle se sentait désirée, choyée davantage que les plus grands trésors. Aussi, quand il dégrafa sa robe qu'il fit glisser de ses épaules, toutes ses velléités de résistance s'évanouirent.

La bouche chaude de Fortis traçait maintenant un chemin de baisers sur son cou tandis que ses mains expertes la libéraient de ses jupons, puis de son corset, qui allèrent rejoindre sa robe en tas à ses pieds sur le parquet. Il ne lui restait plus que sa chemise. Il l'attira alors contre lui, le dos contre sa poitrine, son sexe pressé contre les rondeurs de ses fesses tandis que ses mains se refermaient sur ses seins, caressant leur bourgeon turgescent. Se renversant en arrière, Avaline posa la tête sur une de ses épaules, les yeux clos, les seins offerts à la caresse.

Elle entrait enfin dans les terres inconnues du plaisir.

Rassemblant la chemise d'Avaline des deux mains, Fortis la lui passa par-dessus la tête et elle se retrouva entièrement nue devant la glace de la cheminée, son corps blanc réchauffé doucement aux braises de l'âtre.

— Tourne-toi, mon amour, chuchota-t-il contre son oreille en laissant tomber le léger vêtement sur le parquet.

Elle pivota sur elle-même et s'offrit entièrement nue à son regard, gênée et maladroite. Après tout, lors de leur nuit de noces, son mari tout neuf n'avait pas eu l'air impressionné par ses charmes.

— Regarde-moi, Avaline, exigea-t-il d'une voix douce.

Elle leva lentement les yeux, les bras croisés sur sa poitrine, inquiète de ce qu'elle allait lire sur le visage de son mari.

— Ne te cache pas, ma chérie. Tu n'as pas à être timide avec moi et je veux te voir.

Avaline s'offrit tout entière à ses yeux et il l'enveloppa d'un regard brûlant, avec un tel sourire de joie triomphante qu'elle laissa tomber ses mains et sourit à son tour. Son mari la trouvait belle. Il ne la rejetterait pas.

L'attirant à lui, Fortis l'embrassa à pleine bouche.

— Maintenant, à toi de me déshabiller, Avaline. Lors de leur nuit de noces, l'homme aussi doit être un cadeau pour la femme.

— Si ce n'est que nous sommes en plein jour, plaisanta-t-elle, consciente du spectacle qu'elle offrait dans sa nudité, à la claire lumière du bel après-midi d'automne.

— Je ne jouirai que d'autant mieux de tes attraits, ma douce, souffla-t-il en lui mordillant l'oreille. Eh bien ? Me retireras-tu ma chemise ?

Jamais Avaline n'avait déshabillé un homme et elle en goûta chaque détail. D'abord l'épingle d'argent qui retenait sa cravate, puis la montre, qu'elle ôta du gousset pour la poser sur la table de nuit. Il y avait encore quelque chose dans la poche de son gilet. Elle y glissa les doigts et en sortit un médaillon peint d'une ravissante miniature. Elle fit courir son pouce sur la surface peinte.

— Tu l'emportes vraiment partout avec toi ? Même maintenant que tu es rentré ?

— Cette miniature ne m'a jamais quitté, Avaline. C'est elle qui m'a ramené auprès de toi.

Fortis lui vola un baiser tandis qu'elle déboutonnait son gilet et sortait les pans de sa chemise de son pantalon. Il se débarrassa de sa chemise d'un mouvement souple des épaules et elle fit courir ses mains sur la peau douce et chaude, à peine recouverte d'une fine toison brune sur le thorax.

— J'aime sentir tes mains sur moi, ma femme.

Il mordilla le cou d'Avaline et elle rit. Elle aussi aimait le caresser, pas seulement parce qu'il avait la peau douce et qu'il était bien fait mais parce qu'il paraissait si heureux d'être avec elle. Chose inédite et riche de promesses à venir.

— Mon pantalon, je te prie ?

Fortis l'aida à faire glisser son pantalon le long de ses longues jambes et se tint enfin devant elle, entièrement nu, prêt à se livrer sans vergogne à ses caresses.

— Suis-je à ton goût, Avaline ?

Il l'avait poussée doucement sur le lit, sa bouche effleurant de baisers mouillés son cou, son visage, ses lèvres, tentant de capturer la pulsation chaude de son sang dans le creux de son épaule.

Puis, l'allongeant sur le lit, il la couvrit de tout son grand corps, baissant vers elle des yeux brûlants de désir.

— À moi de te rendre hommage, ma chérie. À moi d'adorer ce corps doux et parfumé.

Et c'est ce qu'il fit de sa bouche ensorcelée, de ses longues mains habiles, caressant ses seins, suçant leur mamelon tendu de désir, jusqu'à ce qu'Avaline se torde sous lui en gémissant. Une telle décadence pouvait-elle exister ? Avait-on le droit d'éprouver tant de bonheur, d'exaltation même, dans le simple plaisir des sens ? Elle se cambra sous son partenaire, son corps s'ouvrant de lui-même, et il joua avec elle, pressant et caressant son sexe tendu sur son ventre, dans un prélude qui la fit presque crier d'impatience. Alors Avaline s'abandonna à son désir, l'enserra de ses cuisses tandis qu'il la pénétrait avec un gémissement rauque.

Ils prirent leur temps, d'abord parce que, sans le formuler clairement, ils avaient décidé de profiter de cet instant si précieux, de racheter aussi sans doute ce qui avait été gâché autrefois. Mais aussi parce que Fortis faisait preuve de toute la considération, de tous les égards d'une passion naissante.

Avaline se laissait emporter par le rythme de l'amour, s'abandonnant aux vagues du plaisir, chacune d'elles la rapprochant un peu plus d'une extase qu'elle pressentait dans tout son corps. C'était à la fois bouleversant et d'une grande beauté et elle se laissait submerger, se noyait dans la volupté de ses sens. Plus vite, plus fort… Fortis l'emmenait maintenant dans un galop furieux, lui arrachant des cris de jouissance irrépressibles. Puis, penché sur elle, haletant, soulevé par une ardeur qui paraissait inépuisable, il la porta enfin jusqu'à l'acmé de la jouissance.

Ils retombèrent dans les bras l'un de l'autre avec un même cri.

Envahie soudain d'un bouleversant sentiment de reconnaissance et d'amour, Avaline retint là, serré contre son épaule, cet homme à la fois si fort et si fragile, le front et la nuque moites, la respiration rapide.

C'était donc ainsi que cela aurait dû se passer la première fois ? Deux êtres fusionnant dans le même élan d'amour et de joie… Partageant ensemble un même instant de rencontre et de paix.

Une formule sacrée, prononcée par le prêtre lors de son mariage, tant d'années plus tôt, tant d'années perdues… lui revint.

— « Avec mon corps je t'adorerai. »

Oui, c'était ce que Fortis avait fait. Il l'avait adorée avec son corps.

Comme une idole.

Comme une femme aimée.

10

Cette nuit-là, il rêva encore de la grotte. Mais Avaline, pour la première fois, faisait partie de son rêve.

Il était encore dans la grotte avec l'autre homme. Un feu de taille modeste brûlait en son centre et leurs litières de bruyère étaient installées de part et d'autre, assez loin du feu pour éviter tout danger d'incendie. Une provision de bois de chauffage était empilée près de l'entrée et son Enfield[1] *était posé en équilibre au-dessus. Il n'osait pas s'en servir pour chasser de peur qu'on l'entende. Ils étaient bien en deçà des lignes ennemies et la dernière catastrophe serait de se faire repérer par les Russes. Pour l'heure, ils étaient en sécurité. Ils avaient un bon abri et de la nourriture en abondance, grâce à la chasse au lacet. La grotte était confortable et il y faisait chaud. Il avait connu pire. Depuis le jour de leur arrivée, il avait largement eu le temps d'aménager leur nouveau « home » et lui-même était en bien meilleur état qu'à leur arrivée.*

Son bras et sa jambe blessés ne lui avaient pas causé de souci, grâce à Dieu. Ses blessures, bien nettoyées, s'étaient refermées d'elles-mêmes. On ne pouvait en dire autant de son compagnon, alité de l'autre côté du feu, contre la paroi. Il devenait chaque jour un peu plus évident qu'il ne se rétablirait pas. Le maintenir en vie, à défaut de le guérir, était devenu son obsession quotidienne, aussi préoccupante qu'absurde. Le seul moment où le pauvre bougre ne souffrait pas, c'était quand il restait parfaitement immobile, tel un gisant de pierre. Qu'il fût toujours vivant tenait du miracle. Mais pour combien de temps encore ?

1. Fusil militaire de type mousquet fabriqué par l'Arsenal Royal d'Enfield dans les années 1850 à 1870. (NdT)

Il se refusait à envisager l'éventualité de cette issue fatale. Il ne supportait pas l'idée de perdre un homme qui, après tous ces mois de vie commune, était devenu un véritable ami. Et même plus qu'un ami. Comme une partie de lui-même. Ils avaient vécu l'horreur tragique de la guerre sur le même front, ils pouvaient être découverts et exécutés du jour au lendemain. Et leur survie ne dépendait que d'eux-mêmes. D'une manière qu'il serait difficile d'expliquer à un étranger, depuis quatre mois qu'ils vivaient là, cette grotte, cette amitié étaient devenues toute sa vie. Et peut-être même son destin. Il se remit debout en essuyant ses mains sur son pantalon.

— Il va bientôt faire nuit. Il faut que j'aille relever les pièges.

Il n'aimait pas laisser son compagnon tout seul mais il avait coutume de vérifier ses lacets avant le soir. S'il ne le faisait pas, les carnassiers de la forêt s'en chargeraient à sa place.

L'homme tendit la main vers lui.

— N'y allez pas, restez avec moi, je vous prie. Nous avons assez de nourriture pour plusieurs jours.

Il s'immobilisa, en alerte. L'homme qu'il avait sauvé ne sollicitait jamais rien. Il formulait simplement d'une voix brève ce dont il avait besoin, tenant pour acquis qu'on s'empresserait de lui obéir. Tout à fait le comportement des classes supérieures. C'était la première fois qu'il suppliait pour qu'on lui accorde quelque chose. Ce n'était rien de moins qu'inquiétant.

— Comme vous voudrez.

Il s'assit près de son ami et lui prit la main. L'homme était très pâle, parce qu'il ne sortait jamais au grand air, mais aussi à cause de son état.

— Alors ? De quoi allons-nous parler ?

Depuis tout ce temps, ils avaient abordé beaucoup de sujets. C'était leur principale activité, du reste. Qu'auraient-ils pu faire d'autre ? C'est ainsi que la vie quotidienne des Tresham était devenue une vaste fresque vivante : Frederick, l'aîné des trois fils Tresham et son épouse Helena, continuellement enceinte ; Ferris et Anne, sa jolie jeune femme fraîchement épousée ; Tobin Hayworth, le propriétaire d'Indigo Hall, le noir démon de la famille, qui convoitait avec un infatigable appétit toutes les terres voisines. Puis étaient venues les anecdotes sans cesse ressassées d'une enfance heureuse au milieu de cette fratrie, le récit des nombreuses farces qu'ils se jouaient les uns aux autres pendant les longs étés passés dans leur propriété du Sussex, Bramble House. Pour répondre à la curiosité de son ami, lui aussi avait dû parler de son enfance. La campagne, certes, et la ville, avec tous ses divertissements... Tout s'entrelaçait si bien dans leurs récits, sans cesse répétés, qu'il devenait au fil des jours de plus en plus difficile pour lui de distinguer ses propres souvenirs de ceux qui appartenaient à son compagnon d'infortune. Il connaissait maintenant intimement la famille de son camarade et, secrètement, ne pouvait s'empêcher de l'envier. L'homme à qui il avait porté secours avait connu l'inestimable privilège de grandir au sein d'une tribu affectueuse et unie.

— Les femmes. Aujourd'hui, nous allons parler des femmes.

Même dans la douleur, l'évocation de la gent féminine apportait toujours un sourire sur le visage émacié de son ami. Ah ! c'était certes l'un de leurs sujets de conversation favoris ! Le décor frustre de la grotte s'estompa dans une brume indistincte, comme c'est souvent le cas dans les rêves, et il n'entendit plus que deux voix pleines d'entrain échanger des souvenirs heureux du passé. Il n'avait plus conscience que du bourdonnement sourd, infatigable, de leur conversation.

— Avez-vous quelqu'un qui vous attend chez vous ? Vous n'avez mentionné personne dans vos histoires.

— Non, en effet, je n'ai personne. Contrairement à vous, je n'ai pas de famille. Je vous l'ai déjà dit.

Mais qui s'exprimait alors ? Lui-même ? L'autre homme ?

— Je ne parlais pas de la famille au sens propre. Avez-vous une épouse ? Des enfants ? Une femme qui vous attend quelque part ?

— Je n'ai rien à offrir à une femme. Je ne souhaite à aucune de lier son destin à un militaire de métier, d'être par là même contrainte de partager avec lui une modeste solde, de le suivre partout où la guerre le demande, avec pour seule récompense de son dévouement l'éventualité que son mari, seule source de revenu pour elle et leurs enfants, tombe un jour sous le feu de l'ennemi, sans crier gare.

Ce discours cynique, était-ce lui ou son ami qui en avait été l'auteur ? Bah ! Dans un rêve, quelle importance ?

— Et pourquoi me demandez-vous cela ? Vous-même, avez-vous

une femme qui vous attend quelque part ? renvoya son interlocuteur sur un ton mi-moqueur, mi-amical.

Mais là encore, qui avait parlé ?

— Il se trouve que oui. En effet, je suis marié.

Cette fois le ton était sérieux. Grave, même.

— Vous devez tenir beaucoup à elle.

— Qu'est-ce qui vous fait penser cela ?

— Vous n'avez jamais fait aucune mention de son existence, depuis quatre mois que nous sommes confinés ici. Nul ne tient à exposer ses plus grands trésors à la vue d'un inconnu. Parlez-moi d'elle, je vous prie.

Son ami s'était tu un instant. Était-ce l'émotion qui faisait soudain briller son regard ?

— Elle s'appelle Avaline, dit-il enfin. Cela fait des années, maintenant, que nous sommes mariés. La cérémonie a eu lieu juste à ma sortie de l'école militaire... Sa famille possède un grand domaine adjacent à celui de mon père. Il paraissait évident aux deux familles qu'un mariage entre leurs deux rejetons serait avantageux pour tout le monde. C'est du reste souvent à quoi est destiné le fils cadet, n'est-ce pas ? À faire un bon mariage !

— Et il ne s'agissait que de cela ? D'un mariage de convenance ? N'aimiez-vous pas cette fille ?

— J'avoue que je ne lui portais pas grand intérêt.

Devant cet aveu, la grotte perdit un peu de son atmosphère chaleureuse. Comme c'était triste et vide, un mariage sans amour...

Il y avait pourtant du regret, et même une certaine nostalgie dans la voix de son interlocuteur.

— ... Nous n'avons eu que trois semaines de vie commune. J'étais jeune, trop jeune sans doute pour faire mes preuves...

Il y eut une pause, puis son ami eut un rire bref, sans joie :

— Non, pas dans le sens que vous croyez, rectifia-t-il. Le mariage a bel et bien été consommé. Mais c'est dans les autres détails qui font un bon mari que je me suis comporté de manière lamentable. Vous savez bien... Les petites attentions à l'égard de sa jeune épouse, un peu de temps consacré à mieux la connaître. Je me suis comporté comme un vrai butor. Égoïste, jouisseur, toujours prêt à faire la fête avec mes amis. Et je n'ai pas levé le petit doigt pour l'aider à s'occuper du *domaine. Pourquoi l'aurais-je fait ? J'allais repartir d'un jour à l'autre. Je m'étais engagé pour la guerre de Crimée. Ce domaine ne signifiait rien pour moi. Je n'avais pas la mentalité d'un gentleman-farmer. Ma femme s'y connaissait beaucoup mieux que moi en la matière. Et elle avait un excellent régisseur. Je sais... C'était un comportement tout à fait irresponsable. Pauvre petite... J'ai dû passablement la décevoir.*

Maintenant, il avait quelque chose dans la main. Comment était-ce arrivé là ? L'avait-il tiré de sa poche ? Il s'agissait d'une enveloppe froissée dont il tira un médaillon, du genre de ceux dans lesquels on enfermait une miniature ou des cheveux. Leur conversation se poursuivit avec la lenteur d'un rêve, sourde, parfois peu distincte.

— Peut-être l'ai-je déçue, et il y avait de quoi. Mais pour ce qui me concerne, je dois bien admettre que j'ai eu beaucoup de chance. Elle n'a cessé de m'écrire pendant toutes ces années. Une lettre chaque mois. Voici sa dernière missive, datée du mois d'octobre, juste avant Balaklava. Dans la lettre, il y avait ceci.

Il actionna avec précaution le délicat mécanisme et le couvercle du médaillon s'ouvrit soudain, dévoilant un ravissant portrait. Avaline le regardait de ses grands yeux mordorés, sa longue chevelure blonde encadrant un visage d'un ovale parfait. C'était un visage à la fois doux et fort, avec un regard perçant, à l'expression décidée. Un regard qui pouvait lire jusqu'au tréfonds de votre être.

Il passa la miniature à son camarade.

— N'est-elle pas ravissante ? Je donnerais mon âme au diable pour qu'il me soit octroyé une seconde chance avec une femme comme celle-là...

Fortis émergea lentement du sommeil. C'était la deuxième fois qu'il vivait un flash-back au travers du regard de son sauveur en même temps que d'un spectateur omniscient, étranger à la scène. Son esprit répugnait à quitter la grotte, comme s'il avait peur que le monde réel ne le déçoive...

Mais Avaline était là, chaude et douce, blottie contre lui dans le grand lit. Et il l'étreignait d'un bras possessif. Elle était sienne et son corps la réclamait de nouveau, tendu de désir. C'était grâce à elle qu'il avait survécu dans cette grotte. Son portrait avait nourri ses pensées, l'avait rempli de force.

— Avaline, chuchota-t-il contre son oreille, tandis qu'il sentait son désir croître dans son bas-ventre. Dors-tu toujours ?

Il lui mordilla le lobe de l'oreille et la jeune femme poussa un doux soupir tandis que son corps se frottait contre le sien, dans une invite inconsciente.

— Je dormais... Mais tu fais tout ce qu'il faut pour me réveiller...

Fortis ne pouvait plus attendre. La soulevant au-dessus de lui, il emprisonna ses seins de ses deux mains et les taquina d'une langue gourmande, les oreilles emplies de son miaulement de surprise ravie. Puis il la prit et, n'éprouvant plus de hâte, il bougea lentement en elle, savourant les petits cris que son plaisir arrachait à sa femme. Sa femme... Oui, il avait une seconde chance et il avait bien l'intention, cette fois, de réussir. Cette nouvelle vie, il s'engageait à la rendre bonne et heureuse pour Avaline chaque jour que Dieu fait.

Ils crièrent ensemble leur plaisir. C'était parfait.

— Voilà pourquoi je suis revenu, murmura-t-il contre son oreille tandis qu'ils restaient enlacés, retrouvant leur souffle. Pour te faire l'amour, pour me repentir de mes péchés et pour être un bon maître et un bon mari... Cette nuit, j'ai fait un rêve, Avaline. J'ai rêvé de la grotte et de toi. L'homme *que* j'ai sauvé et moi, nous parlions de la femme que j'avais laissée à la maison. Aussi incroyable que cela puisse paraître, j'avais ta miniature dans la poche de mon gilet... Le plus beau, dans ce rêve, c'est que, quand je me suis réveillé, tu dormais à mes côtés.

Avaline sourit.

— Eh bien, constata-t-elle en roulant sur elle-même pour le regarder. Au moins, tu ne fais plus de cauchemars. Le pire est peut-être derrière nous.

Il se mit à jouer avec une mèche de ses cheveux qu'il faisait glisser entre ses doigts comme un rayon de soleil prisonnier de sa main.

— Peut-être, en effet, répondit-il. J'ai pu sortir de cette grotte et rentrer chez moi. Mon ami n'a pas eu autant de chance. Il est mort là-bas.

Ferris s'était trompé. L'homme n'était pas parti tout seul, le laissant derrière lui. Ils avaient vécu dans la grotte ensemble pendant de longs mois. Mais lui, Fortis, avait été le seul à en sortir vivant.

— Te sens-tu coupable parce que tu as survécu ? demanda Avaline d'une voix douce.

— Oui. C'est le sentiment que j'ai, en effet. J'ai essayé de le sauver, mais c'était impossible. Il pouvait à peine bouger. Et marcher encore moins. Il aurait fallu lui faire passer la ligne russe pour tâcher de trouver un chirurgien britannique, qui n'aurait sans doute pu que constater son impuissance. Si les côtes cassées ont lésé les poumons, c'est souvent mortel.

Fortis resta un instant silencieux, puis reprit :

— Pourtant, ce que je ressens, ce n'est pas seulement de la culpabilité. Il y a quelque chose d'autre, qui est difficile à expliquer... D'une certaine manière, quand mon camarade est mort, c'est comme si j'avais perdu mon meilleur ami. Cela peut paraître absurde, parce que je le connaissais à peine. Ce n'était pas un des hommes de mon bataillon. Seul le hasard nous a fait nous rencontrer. Je l'avais aidé à se sortir du pétrin, c'est tout. Pourtant, je me sentais très proche de lui, plus proche même qu'avec mes propres frères. Quand il est mort, sa disparition a laissé en moi un vide que je ne parviens pas à combler. C'est comme si je savais d'avance que je ne l'oublierais jamais.

Il lut dans les yeux d'Avaline une telle compassion qu'il sentit les larmes embuer son regard.

— C'est ce qu'il aurait voulu pour toi, si vous étiez si proches. Que tu l'oublies. Connaissais-tu son nom ? Je ne crois pas que tu me l'aies dit. Sans doute pourrais-tu contacter sa famille ?

Fortis soupira.

— J'aurais voulu pouvoir le faire. C'était la moindre des choses. Mais il me semble qu'il était absolument seul au monde. Sa mère était morte quelques années plus tôt et il n'a jamais connu son père.

Comment savait-il cela ? Cela n'avait pas été dit au cours de leurs conversations. En tout cas, il ne s'en souvenait pas. Pourtant, il en était aussi sûr que si c'était écrit sur le mur en face de lui.

C'était peut-être bon signe. Et si Avaline avait raison ? S'il était en train de retrouver la mémoire. ?

Mais il n'était pas guéri pour autant. Il y avait encore de grands pans de ses souvenirs qui lui échappaient complètement. Sinon, il aurait été capable de répondre aux questions de sa femme. Il aurait pu évoquer tous les petits faits quotidiens qui s'étaient succédé pendant cette longue année de claustration volontaire. Il était encore amnésique. C'était humiliant et bien difficile de l'admettre, mais il le fallait.

Il reprit d'une voix sourde :

— Je ne me souviens pas de son nom, Avaline. Et pas du tout de son visage. Seulement de sa voix. Je revois aussi comme si j'y étais la configuration de la grotte, notre routine quotidienne. Mais te dire comment je suis sorti de là, et avec qui j'ai été enfermé pendant tout ce temps... Ça non, ça m'est impossible.

Avaline lui caressa le front.

— Mais tu te souviens de choses tellement plus importantes en ce qui le concerne, murmura-t-elle d'une voix apaisante. Tout le reste finira par revenir... Déjà, des détails émergent peu à peu. Réjouis-toi d'en être sorti vivant.

— Et d'avoir retrouvé la femme aimée, murmura-t-il en l'étreignant avec force. La seule femme que je pouvais aimer, rectifia-t-il en lui souriant.

Il sentit la main d'Avaline se crisper sur sa poitrine. Elle avait voulu protester, dire sans doute qu'il était trop tôt pour faire de telles déclarations. Il était parfaitement conscient qu'une partie d'elle-même voulait rester en retrait, se protéger d'une nouvelle déconvenue, bien qu'elle n'ait pas hésité à partager son lit.

— Chut ! souffla-t-il. Ne dis rien. Laisse-moi prononcer ces mots.

Il y avait si peu de vérités auxquelles il pût s'accrocher, en ce moment... Chacune d'elles était comme une pierre précieuse qui éclairait son chemin et l'amour qu'il éprouvait pour Avaline en faisait partie. Car il l'aimait. Il était né pour l'aimer. Il le sentait dans son cœur, dans ses os, dans tout son corps, comme il avait su, avec la même évidence, que l'homme de la grotte était seul au monde. Avaline avait peut-être raison. Il suffisait pour le moment de connaître ces vérités. Il serait bien temps, plus tard, de chercher ce qu'elles recouvraient vraiment.

La vérité était une créature bien fuyante et Tobin était allé à Londres pour tenter de l'attraper. Il se flattait d'être particulièrement habile dans ce genre d'entreprise. La plupart du temps, il est vrai, il suffisait de connaître les bonnes personnes et de savoir utiliser les bons arguments. C'est précisément grâce à l'une de ses relations, intéressée par la prise de parts sociales dans ses plantations d'indigo au Bengale, qu'il se trouvait maintenant dans les bureaux sinistres du sous-sol du Bureau de la Guerre[1], à Whitehall, en la présence d'un certain MR Marbury. Ce gentleman, qui faisait partie de la horde des sous-secrétaires du Bureau de la Guerre, refusait rarement une information, pourvu qu'elle soit discrètement rémunérée.

Marbury était un homme d'âge moyen, à la mâchoire carnassière et à l'œil incisif, dont l'estomac replet affichait l'appétit.

— La Crimée, disait-il en se renversant sur sa chaise d'un air satisfait, les mains croisées sur le ventre, a été un désastre organisé de bout en bout. Que ce soit les informations, les ordres ou les approvisionnements, c'était le diable pour faire arriver quoi que ce soit à destination. Encore aujourd'hui, pour y voir clair…

Hayworth reconnut cette entrée en matière pour ce qu'elle était : une discrète amorce de négociation.

— Il semblerait bien, en effet. L'armée a réussi l'exploit d'y perdre le fils d'un pair du Royaume pendant près d'un an. Je doute que le duc de Cowden apprécierait d'apprendre que la disparition de son fils fut le fait d'un simple manque d'organisation. Cette honorable famille a suffisamment souffert de ces cruels atermoiements. Apprendre que son fils a disparu, qu'il est sans doute mort, puis peut-être vivant est une terrible épreuve, comme vous pouvez l'imaginer. L'armée a d'abord été incapable de dire où était Fortis Tresham. Puis incapable d'affirmer, quand

1. Le Bureau de la Guerre (War Office) a été chargé de l'administration de l'armée de terre britannique du XVIIe siècle à 1964, date à laquelle il fut remplacé par le Ministère de la Défense. (NdT)

on l'a retrouvé, qu'il s'agissait bien de lui. Je suis donc ici pour m'assurer que cette fois, on ne s'est pas trompé.

En l'entendant mentionner le nom du duc, son interlocuteur s'agita nerveusement sur son siège.

— Parce que vous êtes mandaté par le duc de Cowden ? J'ignorais qu'il avait diligenté une enquête...

Hayworth toussota avec componction.

— Il le devrait. Mais puisqu'il ne le fait pas, moi, en tant que son plus proche voisin et ami – là, Tobin Heathrow savait qu'il y allait un peu fort mais qui irait vérifier ? – j'ai décidé de prendre les choses en main... Je ne voudrais pas que ce cher Cowden soit la victime d'un aigrefin, voyez-vous. Et puisque dans cette circonstance particulière les registres de l'armée britannique sont loin d'être irréprochables, j'ai doublement raison de m'inquiéter.

Se penchant vers son interlocuteur, il ajouta d'un ton de conspirateur :

— J'ai entendu dire que le duc lui-même aurait promis de récompenser généreusement toute personne fournissant de solides indices sur le fait que Fortis Tresham était toujours vivant... Ce genre de promesse suscite en général pas mal de vocations...

Les petits yeux noirs de Marbury se rétrécirent encore davantage.

— Que voulez-vous dire par là, sir ?

Hayworth gratifia son vis-à-vis d'un sourire froid.

— Rien que vous ne puissiez deviner par vous-même. Certains officiers peuvent très bien s'être mis d'accord pour témoigner que le Fortis Tresham qui a mystérieusement réapparu était bien leur camarade.

Il laissa planer quelques secondes de silence puis reprit la parole.

— Mais ce n'est pas là-dessus que je vous demande d'enquêter. Tout ce que je veux, c'est une copie du dossier contenant toutes les informations sur les circonstances de la réapparition de Fortis Tresham et ce qui s'est passé à l'état-major avant l'arrivée du major Lithgow.

Il fit glisser une petite liasse de billets de banque au travers du bureau et les yeux de Marbury s'allumèrent.

— J'aimerais également avoir une liste de tous les hommes portés disparus en même temps que le jeune Tresham.

Marbury, le regard toujours fixé sur les billets, parut prendre une décision. Il glissa les billets dans la poche intérieure de sa veste et se leva.

— Attendez-moi un instant, je vous prie. Je crois que j'ai les informations qui vous intéressent.

Se renversant sur sa chaise avec un sourire satisfait, Hayworth commença à organiser la suite de son plan. Il confierait cette liste à un Coureur de Bow Street[1]. N'importe lequel de ces gars-là serait infiniment plus efficace que la lourde administration militaire. Il lui suffirait de remonter la piste de tous les noms, l'un après l'autre, et il finirait bien par tomber sur un os. Or, le temps était la clé de tout, dans cette affaire. Plus l'usurpateur disposerait de temps pour accréditer son autorité auprès de la famille Tresham, moins les allégations d'Hayworth seraient prises en compte. Il ferait figure d'un homme jaloux et dépité et n'aurait plus qu'à ravaler sa bile. Pour l'heure, il était en position de force et Tresham était encore l'outsider, en observation. La société était toujours en train d'essayer de se faire une opinion sur ce retour miraculeux. Il y avait donc encore de la place pour le doute. Mais si le duc lui-même ne remettait pas en question l'identité de son fils prodigue, s'il le faisait accepter partout comme l'un de ses chers rejetons, le cercle des gens du monde se refermerait sur le soi-disant Fortis Tresham, le réintégrant définitivement parmi les leurs.

Hayworth ne pouvait pas risquer de perdre maintenant. Sans compter que, plus il attendrait, plus Fortis, s'il s'agissait bien de lui, risquait de retrouver la mémoire.

Il serait infiniment plus facile de confondre et de discréditer un homme qui n'était pas lui-même certain de qui il était.

Non, décidément, il n'y avait pas une minute à perdre.

1. Les Coureurs de Bow Street (Bow Street Runners) ont constitué le premier corps de police professionnel de Londres. Ils étaient à l'origine au nombre de six et faisaient office de patrouille volante. L'auteure commet un léger anachronisme puisque ce corps a été dissous en 1839, soit une quinzaine d'années avant l'époque à laquelle se déroule notre histoire. (NdT)

11

Son mari l'aimait. C'était une évidence chaque jour un peu plus forte et qui, paradoxalement, laissait Avaline complètement désemparée. C'était un peu comme d'avoir attendu un cadeau trop longtemps. Elle avait tant espéré être aimée. Tant désiré avoir un mari qui veuille construire avec elle une famille et un avenir. Fortis voulait tout cela, et même davantage encore. Chaque matin, il la réveillait de ses baisers et, chaque soir, elle s'endormait dans ses bras. Ils affrontaient ensemble les taches du jour, tantôt rencontrant Benning pour décider par exemple de la rotation des cultures pour l'année à venir ou pour gérer au mieux les investissements financiers de l'exploitation agricole. D'autres fois, se répartissant les rôles, ils allaient chacun de son côté à des activités diverses. Fortis allait superviser une visite vétérinaire ou aider à remonter une clôture, et elle assistait à une réunion de la paroisse.

D'autres fois encore, leurs activités étaient plus intimes. Fortis se débattait avec ses souvenirs et elle luttait à ses côtés, bien déterminée à ne pas le laisser seul dans cette longue et douloureuse quête.

Elle savait combien il souffrait de cette torture qui n'était pas loin de ressembler au supplice de Tantale. Parfois, c'était comme si les souvenirs de Russie se laissaient entrevoir, pour se volatiliser aussitôt qu'il croyait y voir clair. Tel était le nouvel enjeu : comprendre l'étrange énigme qui le déchirait et dont la réponse semblait dépendre de deux questions. Quel était le nom de l'homme qu'il avait sauvé ? Où et comment était-il mort ? S'il le découvrait, Fortis pourrait contacter la famille de ce pauvre garçon et leur rendre un peu de paix.

Et lui-même saurait enfin définitivement qui il était.

Il avait pris l'habitude, presque une manie, de lire et de relire les rapports qu'il avait rapportés avec lui, en sécurité dans son sac à dos, dans l'espoir qu'ils raviveraient ses souvenirs. Et Avaline le regardait faire, le cœur serré, consciente de ne pouvoir l'aider.

Cette quête finissait par attaquer Fortis moralement. Parfois, en rentrant de ses réunions, elle retrouvait son mari roulé en boule sous le bureau de la bibliothèque, profondément endormi. Il se réveillait en sursaut, l'esprit confus, en pensant qu'il était encore dans la grotte. Puis il reconnaissait Avaline, sa vision se précisait, il se rappelait qu'il était chez lui, en sécurité.

D'autres fois, quand le passé fugitif cessait de l'obséder, il y avait aussi de bonnes journées. Ils passaient l'après-midi devant la cheminée du bureau, buvant du thé et travaillant. Parfois, comme ce jour-là, trop affamés l'un de l'autre pour prendre le temps de monter dans leur chambre, ils faisaient l'amour sur le tapis. Elle restait ensuite lovée dans les bras de Fortis, le corps réchauffé par les flammes et le cœur réchauffé par ses paroles d'amour. « Je t'aime », répétait-il sans se lasser, attendant patiemment qu'un jour Avaline prononce d'elle-même les mots qu'il attendait.

Cet amant attentionné et ardent était si différent du mari qu'elle avait connu, sa tendresse si opposée à la froide indifférence qu'il lui avait toujours manifestée ! Alors, pourquoi ne pas lui faire confiance ? Pourquoi ne pas s'abandonner à son amour ?

Parce que c'était trop beau pour être vrai. Les graines du doute semées par Tobin Hayworth commençaient à germer. Si c'était trop beau, c'est donc que ce n'était pas vrai.

Et un autre syllogisme, encore plus pervers, s'imposait de lui-même. Fortis Tresham, cœur volage et esprit dissipé, ne l'aimait pas. Cet homme, travailleur et fidèle, l'aimait. Donc cet homme n'était pas Fortis Tresham.

Non. Pas question de se laisser glisser sur cette pente. La guerre changeait un homme. N'importe quel être humain, en vérité. Si vous en sortiez vivant, la guerre pouvait vous donner envie de prendre un nouveau départ. Avaline s'accrochait désespérément à cet espoir. Mais quelle que soit la force avec laquelle elle se battait contre les insinuations d'Hayworth, celles-ci revenaient sans cesse à la charge.

— À quoi penses-tu, ma douce ? s'inquiéta Fortis en remontant sur eux le plaid de douce laine brune qui les protégeaient de la fraîcheur de l'air ambiant.

— Je pensais combien j'aimerais rester ainsi pour toujours. Toi et moi devant le feu, à l'abri du monde extérieur.

S'ils pouvaient rester enfermés ici tous les deux, ses doutes, la malveillance d'Hayworth, l'amnésie de Fortis resteraient de l'autre côté des murailles épaisses du manoir, comme des spectres impuissants.

Il eut un rire bas, intime et mélodieux. Pourrait-elle jamais s'habituer à cette voix merveilleuse, si sensuelle et si douce ? Une voix en même temps si naturelle, sans ce ton affecté qu'ont les voix des aristocrates… Celle qu'avait Fortis sept ans plus tôt…

La couchant doucement sur le tapis, Fortis commença à l'embrasser.

— Il est bientôt l'heure de passer à table, murmura-t-il dans son cou. Mais il me semble que nous avons encore le temps de…

Il n'avait pas besoin d'achever sa phrase. Déjà consentante, Avaline s'ouvrit à lui, enroulant ses jambes autour de son corps si bien qu'on ne pouvait les distinguer l'un de l'autre. Et elle laissa le plaisir dissiper la peur qu'un jour ils puissent tous les deux être chassés du paradis.

Elle serait heureuse, envers et contre tout, elle s'en fit le serment. Elle vivrait dans le moment présent et le futur serait condamné à ne jamais advenir.

— Tu sembles plus heureuse que jamais, ma chérie, constata Helena en lui souriant par-dessus son ouvrage.

Elles étaient installées toutes les deux en tête à tête dans le confortable salon privé de la duchesse. Anne avait accompagné son mari en visite dans le domaine et Lady Tresham avait opté pour une courte sieste, excuse dont Avaline n'avait pas cru un traître mot. La duchesse, infatigable sexagénaire, ne se reposait jamais dans la journée. Ce qui ne pouvait signifier qu'une chose : la duchesse avait prié Helena de s'entretenir en privé avec sa belle-sœur.

— Mais je suis heureuse, en effet, assura Avaline.

— Pouvons-nous attribuer ce bonheur à Fortis ? Les choses vont-elles mieux entre vous ? s'enquit Helena avec une franchise embarrassante.

En employant le mot « choses », Avaline savait très bien à quoi sa belle-sœur faisait allusion. Elle noua solidement son fil et le coupa avec la pointe de ses ciseaux.

— Est-ce là la raison du petit somme de la duchesse ? Afin que tu puisses me demander si j'ai enfin réussi à mettre mon mari dans mon lit ?

Apparemment peu découragée par la vivacité de sa repartie, Helena rit doucement.

— Ma foi, la dernière fois que nous avons abordé le sujet, il semblait bien que c'était un point de désaccord entre vous, constata-t-elle avec une malice sans méchanceté. Cela fait deux semaines de cela. Dans une vie de couple, c'est une éternité. Je me souviens de l'époque où Frederick me faisait la cour. Chaque jour apportait ses surprises.

Avaline rit à son tour. Elle sentait sur elle le regard affectueux de sa belle-sœur.

— D'une certaine manière, c'est tout à fait ça, en effet. Mon mari me fait la cour… après sept ans de mariage !

Helena lui prit la main.

— Tu m'en vois ravie. Fortis semble vouloir rattraper le temps perdu. Et il paraît ne pas se débrouiller trop mal, d'après ton air radieux… J'espère que cela ne te gêne pas que nous abordions des sujets aussi intimes ? Nous sommes de vraies sœurs, après tout ce temps.

Avaline lui sourit avec affection. Pas sœurs de sang, bien sûr, mais sœurs par leurs expériences communes. Petites filles puis adolescentes, elles avaient fréquenté l'Académie des Jeunes Filles modèles de l'excellente Mrs Finlay. Puis, jeunes femmes, elles étaient devenues belles-sœurs et Avaline avait toujours été sensible à l'affection qu'Helena avait su lui témoigner dans les moments difficiles.

— Mais, après avoir été « la jeune fille modèle » de Mrs Finlay, c'est toi qui es devenue l'épouse modèle, plaisanta gentiment Avaline. Un mariage ducal et cinq garçons en huit ans de mariage… Qui dit mieux ?

Alors qu'elle-même n'avait épousé qu'un fils cadet, en troisième position, et que son union était restée stérile. Par la force des choses, il est vrai. Mais il n'y avait pas de place pour la jalousie dans le cœur d'Avaline. Helena était la bonté même, et la jeune femme avait dû livrer ses propres batailles.

Le regard d'Helena se fit de nouveau taquin.

— Eh bien, si Fortis tient de son frère, je parierais pour un premier bébé dans l'année.

Avaline se crispa. L'intention de sa belle-sœur était bonne, bien sûr. Elle ne pouvait connaître les tourments secrets d'Avaline. Mais un enfant en ce moment ne pourrait être que la pire et la meilleure des choses.

— Je suis très heureuse pour vous, remarqua Helena, mais, fine observatrice, elle marqua une pause puis s'enquit :

— Avaline… Quelque chose ne va pas, n'est-ce pas ? N'es-tu pas heureuse ?

— Trop heureuse…

Reposant son ouvrage sur l'une des petites tables en marqueterie qui jonchaient le salon, elle leva vers sa belle-sœur un regard noyé de larmes. Si quelqu'un pouvait comprendre, c'était bien Helena.

— Je crains que ce bonheur nouveau ne puisse durer bien longtemps. C'est trop beau pour être vrai… Et je ne sais pas ce que je deviendrais si tout s'arrêtait encore une fois.

Elle avala sa salive, la gorge contractée par l'émotion, et murmura d'une voix rauque :

— Helena, il m'a dit qu'il m'aimait.

Helena écarquilla ses beaux yeux couleur de myosotis.

— Grand Dieu ! Mais c'est une excellente nouvelle ! A-t-il retrouvé la mémoire ?

— En partie. Les souvenirs lui reviennent chaque jour un peu plus. Maintenant, il les partage avec moi…

Mais plus il se souvenait, plus Avaline craignait la fin de leur bonheur.

— … Helena, reprit-elle. Tu vas me trouver monstrueuse, sans doute. Mais parfois, je me surprends à souhaiter de toute mon âme qu'il ne se souvienne plus de rien. Que nous en restions là où nous en sommes. Heureux simplement de vivre ensemble au jour le jour.

Helena, les sourcils froncés, lui prit de nouveau la main.

— Est-ce cela qui te tracasse, ma chérie ? Tu crains qu'en se souvenant du passé il ne cesse de t'aimer au présent ? La guerre change un homme, nos grands-parents le disaient déjà. Mais pour ce qui concerne Fortis, elle l'a changé en mieux. C'était tout à fait inespéré… Fais-lui confiance, ma chérie. Il le mérite.

Avaline secoua négativement la tête. Helena ne comprenait pas. Elle faisait confiance à l'homme au côté de qui elle se réveillait tous les matins, elle croyait à son sérieux, à son dévouement, à son enthousiasme même. Elle croyait aussi à son amour. Et commençait même à oser s'avouer qu'elle aussi, elle l'aimait.

— C'est cette soudaine métamorphose qui m'inquiète, Helena. Il y a sept ans, quand nous nous sommes mariés, il n'était pas question d'amour entre Fortis et moi. En acceptant de m'épouser, il n'avait fait qu'obéir à son père et il ne s'en cachait pas. Il me l'a dit de manière très explicite la veille de son départ. Ce n'est pas la guerre qui l'a changé. Il a passé des années sur le front sans répondre à une seule de mes lettres. Et, jusqu'à Balaklava, il n'a jamais cherché à se justifier. Et soudain, au bout d'un an, il réapparaît, l'esprit confus, incapable de se souvenir de son propre nom. Et le voilà transformé en mari modèle, en gentleman-farmer idéal, adoré de tous ses fermiers. C'est une histoire invraisemblable, conviens-en !

Elle affronta le regard d'Helena, cherchant son approbation.

— Dans ce cas, décréta Helena, son regard bleu se faisant déterminé, ce sont ces mois d'isolement dans la forêt qui l'ont changé. L'essentiel, c'est le résultat.

Mais Avaline était aussi déterminée qu'elle. Elle voulait aller jusqu'au fond des choses.

— Je l'ai vu nu, je l'ai entendu parler dans ses cauchemars. Il a des cicatrices importantes, l'une sur la cuisse, l'autre au bras. Visiblement un coup de sabre ou de baïonnette. En aucun cas des blessures infligées par la chute d'un cheval. La pauvre bête l'aurait écrasé. Pas découpé en rondelles.

Elle essaya de rire, mais d'un rire sans joie.

Helena ne se laissait pas démonter pour autant.

— Fortis a passé sept ans à la guerre, Avaline. Balaklava n'est pas la seule bataille à laquelle il a participé.

— Mais dans ses cauchemars, il parle de coups de sabre. Il évoque le moment très pénible où il a dû ramper dans la boue, le bras et la jambe paralysés par la douleur…

Avaline, prise d'une soudaine panique, s'interrompit, la main sur la bouche. En prononçant ces mots, en se confiant à Helena, c'était comme si ses tourments devenaient bien réels. Comme s'ils étaient fondés sur une évidente vérité.

Helena elle-même la dévisageait maintenant avec un air horrifié, comme si elle venait de comprendre.

— Avaline ! Te rends-tu compte de ce que tu dis ?

Avaline rassembla tout son courage pour donner un nom à l'angoisse qui la rongeait.

— Je m'en rends parfaitement compte, Helena. Et si cet homme n'était pas Fortis ?

Helena tapa du plat de la main sur la table, le bleu de ses yeux maintenant couleur d'orage.

— Ah non ! Ça suffit ! Tu ne vas pas te laisser influencer par les manigances de Tobin Hayworth, maintenant ! Ce triste individu est à Londres. Qu'il y reste et qu'il nous laisse tranquilles. Fortis lui a donné une bonne leçon. Tu n'as plus rien à craindre de lui.

— Tant que Fortis est bien Fortis, rétorqua vivement Avaline. Mais si ce n'est pas le cas ? Imagine ce qui peut se passer si mon mari n'est pas mon mari ?

Le regard d'Helena se durcit.

— Non, décréta-t-elle. Je n'imagine pas. Et toi non plus ! Pas question de se laisser aller à ce genre de divagation. Si Hayworth savait à quel point il a réussi à t'atteindre, il serait ravi. Ne te laisse pas manipuler, Avaline. Ne sois pas l'arme dont il pourrait se servir pour se venger de ton mari. Comment pourrait-il ne pas s'agir de Fortis ? Quand il est arrivé à l'état-major, en sortant de cette fameuse forêt, il avait ta miniature dans la poche de son gilet, avec ta dernière lettre. Il t'a reconnue tout de suite, ainsi que Tobin Hayworth. Il vous a appelés par votre nom tous les deux sans aucune hésitation et s'est jeté sur Hayworth pour te défendre avec l'indignation d'un mari défendant l'honneur de sa femme. Sans compter que c'est son meilleur ami, le major Lithgow, qui l'a ramené à la maison. Crois-moi, ma chérie. Cet homme est Fortis. Du reste, il lui ressemble physiquement comme il ressemble à ses frères.

Avaline laissa échapper un long soupir.

— Oui, bien sûr. Cela fait du bien de te l'entendre dire.

Il fallait bien admettre que les arguments d'Helena rendaient ses soupçons parfaitement ridicules. Helena avait certainement raison et elle avait tort d'accorder crédit aux menaces de leur odieux voisin.

L'expression d'Helena se radoucit.

— Et puis, il y a autre chose. La famille est connue pour ne faire que des mariages d'amour, depuis plusieurs générations. Si Fortis dit qu'il t'aime, c'est bien qu'il suive la tradition familiale, qu'il le veuille ou non. Il a été un peu lent à s'y mettre, mais reconnaissons qu'il rattrape fort bien le temps perdu.

Elle adressa un sourire encourageant à Avaline, qui sourit en retour. D'un sourire pas bien assuré, un sourire tremblant s'il en était, mais un sourire malgré tout. Oh ! comme elle aurait voulu avoir la même foi.

Helena lui tapota gentiment la main.

— Je sais combien toutes ces années ont été dures pour toi, ma pauvre chérie. Ce mariage gâché, la mort tragique de tes parents, le domaine à gérer... Cela faisait beaucoup pour une toute jeune fille. Ces épreuves vous marquent, elles aussi. Autant que la guerre, probablement. Mais tout ça est derrière toi, désormais. De beaux jours s'étendent devant vous, maintenant... Il faut accepter ton bonheur, ma chérie. Ton mari est de retour, en bonne santé et heureux de retrouver sa place au sein de son foyer. Il souhaite donner à votre couple une seconde chance. Il faut la lui donner. À lui comme à toi-même. Accorde-toi un peu de bonheur. Débarrasse-toi de tes fantômes... Du reste, tu n'as pas d'autre choix, n'est-ce pas ?

Elle but un peu du thé que venait de leur apporter une domestique puis ajouta, un éclair joyeux dans le regard :

— J'ai oublié de te dire... Nos amis gitans sont de retour pour l'hiver et nous ont invités comme d'habitude pour une petite fête afin de nous remercier. Ils ont installé leur campement dans la prairie, à l'emplacement habituel, à la limite de nos deux propriétés. Venez avec nous. Il y aura de la musique et nous danserons.

Le retour des Gitans était un événement que les enfants des deux familles attendaient chaque année avec impatience. Cela signifiait la venue de l'hiver et de la saison des fêtes. Et pour Avaline, enfant unique, c'était l'occasion de revoir tous ses amis dans une ambiance joyeuse.

— Oui... Peut-être... Nous verrons...

Elle adressa un sourire presque gai à sa belle-sœur. Une visite au camp gitan les aiderait sans doute à chasser leurs soucis, à Fortis et à elle. La joyeuse tribu n'avait pas son pareil pour créer une ambiance chaleureuse et festive. Ce qui donna à Avaline une autre idée. La date anniversaire de Fortis approchait à grands pas. Pourquoi ne pas organiser un grand bal ? Après tout, comme l'avait déclaré Helena, elle n'avait pas d'autre choix que la réussite, n'est-ce pas ?

Elle y songea pendant tout le temps de son retour chez elle, ce qui n'était pas bien long mais, tout de même, représentait un grand tour par le parc quand on était à cheval. Oui, décidément, Helena avait raison. Continuer à nourrir des soupçons sur l'identité de son mari, ce serait apporter de l'eau au moulin de l'homme qu'elle détestait le plus au monde. Désormais, Avaline ne ferait ni ne dirait plus rien qui risquât de fragiliser la position de Fortis.

Même au prix de protéger un imposteur ?

Malgré la virulence du plaidoyer d'Helena, difficile de ne pas accorder toute l'attention nécessaire à cette objection.

Pourtant, Avaline y parvint. En fait, elle ne voulait même pas y réfléchir une seconde. Helena avait sans doute raison. Les années passées, qui n'avaient été qu'une succession de crises, avaient été si difficiles qu'elle avait une fâcheuse propension à ne plus croire au bonheur. Elle avait même l'impression qu'elle ne saurait plus vivre autrement que dans la contrainte et la frustration.

Eh bien ! Elle apprendrait.

C'était le seul moyen pour que Fortis et elles aient une chance de réussir leur vie de couple.

La petite ritournelle s'imposa de nouveau : Avait-elle seulement un autre choix ?

12

Fortis s'agenouilla devant sa cantine militaire et resta un moment immobile, les mains posées sur les systèmes de fermeture en cuivre. Il n'avait pas le choix. Il devait l'ouvrir. Il ne l'avait pas encore fait depuis qu'il était rentré. Il n'en avait pas eu besoin, ou s'était inconsciemment refusé à le faire. Il en connaissait parfaitement le contenu. Il s'en était servi quotidiennement quand il avait regagné le camp, en attendant l'arrivée de Cam. Le niveau supérieur était réservé à ses vêtements de rechange. Le premier tiroir, c'était le matériel pour la « popote », comme on disait là-bas. Ainsi que ses accessoires de toilette, rasoir, brosses, etc. C'était le deuxième et dernier tiroir qu'il redoutait. Là étaient les lettres d'Avaline.

Il avait lu ces lettres, bien sûr, tandis qu'il attendait qu'on vienne le chercher. Et elles avaient été pour lui d'un grand réconfort. Elles avaient réveillé en lui la douloureuse nostalgie de la maison, de la chaleur du foyer que la jeune femme avait si bien su peindre avec son style enjoué et pittoresque, tout en l'agrémentant d'anecdotes. Cela l'avait beaucoup aidé dans cette période de chaos.

Mais ça, c'était avant qu'il ait compris le sort pathétique de ces lettres. Elles étaient toutes restées sans réponse. Lui, Fortis, n'avait jamais pris la peine de répondre à aucune d'entre elles. Comment était-ce possible ? Comment avait-il pu ne pas y répondre ne serait-ce que par quelques mots, une fois de temps en temps ? Quelle sorte d'homme était-il pour manquer à ce point de respect à l'égard de son épouse ? S'il n'avait pas relu ces lettres depuis son retour, c'était sans doute pour ne pas trouver la réponse à cette question. Mais aujourd'hui, il voulait savoir. Il devait affronter la vérité, quelle qu'elle soit, ne serait-ce que pour sauver leur avenir.

La cantine, pareille à une boîte de Pandore, le guettait d'un air menaçant dans un coin de sa garde-robe. Il redoutait qu'en soulevant le couvercle il en laisse s'échapper de sinistres souvenirs qui lui sauteraient au visage comme des charognards. C'était tentant, malgré tout. Ces souvenirs étaient peut-être la pièce manquante pour donner un sens à son passé. Mais alors, il faudrait également accepter la douleur. Et le remords.

Fortis baissa la tête. Il ne tenait pas à en apprendre davantage sur la manière dont il avait offensé Avaline. Il était déjà assez pénible de savoir qu'il l'avait fait. Il avait été un mari égoïste, arrogant et lâche.

Pourtant, s'il se refusait à affronter ces souvenirs, il ne saurait jamais pourquoi il s'était comporté ainsi. Tout comme chasser systématiquement de sa mémoire son séjour dans la grotte signifiait qu'il devait renoncer à apprendre le nom de son ami défunt.

Non, il n'était pas de ces hommes qui fuient la vérité. Il allait ouvrir la cantine. Quels que soient les faits du passé qui y étaient enfermés, il aurait le courage de les affronter. Il avait été un soldat. Un officier, même, donc quelqu'un d'audacieux, capable de donner l'exemple. Seul un lâche pouvait se contenter de s'enfermer dans le présent. Il devait aussi se souvenir que cette boîte de Pandore recélait peut-être l'espérance.

S'il ne l'ouvrait pas, il ne le saurait jamais.

Fortis respira à fond et tira à lui le second tiroir. Les lettres étaient là, nouées d'un ruban bleu. C'était lui qui les avait ainsi rassemblées, en récupérant sa cantine une fois rentré au camp. Quand il avait ouvert ce tiroir la première fois, elles étaient éparpillées en désordre. Il les avait classées par date, lues dans l'ordre, puis les avait attachées avec ce ruban récupéré Dieu sait où. Pour les dénouer dès le lendemain et les relire, encore et encore. Les soixante-douze lettres, l'une après l'autre. Six longues années de correspondance. À raison d'une lettre par mois, y compris celle qu'il avait dans sa poche à la bataille de Balaklava.

Il devait malgré tout tenir un tant soit peu à cette femme pour avoir conservé ces lettres pendant tout ce temps. Mais alors, pourquoi n'y avoir jamais répondu ? Avaline n'avait jamais insisté pour avoir une réponse à cette question, depuis leur promenade dans le jardin. Mais elle devait se poser la question.

Fortis fit glisser le ruban du paquet et prit une lettre au hasard. Il la déplia avec soin et sourit de satisfaction en voyant la date. C'était une de ses lettres préférées, celle dans laquelle elle décrivait les fêtes de Noël à Bramble. La nourriture abondante, les bougies, les cadeaux... Il pouvait presque sentir la bonne odeur de l'oie rôtie sortant du four.

— Ah ! vous êtes là, Fortis ! Je vous cherchais partout.

Avaline fit irruption dans la garde-robe, les joues toutes roses de sa chevauchée depuis Bramble.

— J'ai quelque chose à vous dire, ajouta-t-elle.

Elle ne l'avait pas cherché bien longtemps, puisqu'elle portait encore sa veste d'équitation. Cet empressement à le retrouver sitôt qu'Avaline rentrait chez eux réchauffa le cœur de Fortis.

Elle retira ses gants et entreprit de déboutonner sa veste.

— Que faites-vous ?

Il brandit la lettre.

— Je lisais. Cela devrait pouvoir m'aider à me souvenir, aussi peu que ce soit.

Les doigts d'Avaline s'immobilisèrent. Le rose de ses joues s'évanouit.

— Ces stupides petites lettres ? Je suis surprise que vous les ayez conservées. Que pourraient-elles vous rappeler que vous ne sachiez déjà ?

La saisissant par la main, Fortis la fit asseoir sur le parquet à côté de lui.

— En premier lieu, ces lettres n'ont rien de stupide. Je les ai relues à mon retour dans le camp et elles m'ont fait beaucoup de bien. Elles m'ont apaisé. Après ma lecture, je n'avais plus qu'une envie. Rentrer à la maison. Vous retrouver.

Il poussa un soupir. Cela ne répondait pas exactement à la question d'Avaline. Il poursuivit :

— ... Aujourd'hui, j'espérais comprendre pourquoi je ne vous ai jamais répondu. Elles étaient toutes ouvertes, savez-vous ? Et ce ne peut-être que moi qui l'ai fait. La confidentialité de la correspondance est toujours respectée. Donc, je les ai lues. Alors, pourquoi sont-elles restées sans réponse ? On peut admettre que je n'ai pas répondu systématiquement à toutes. Pendant une campagne militaire, on n'a guère le temps de vaquer à ses occupations personnelles et ce qu'on a à raconter n'est pas toujours très agréable. Mais six ans sans réponse ? Cela paraît invraisemblable. Et cela ne me ressemble pas.

— Et ce que vous venez de lire vous a aidé ? s'enquit Avaline, le regard soucieux.

Il secoua négativement la tête, désolé de ne pas pouvoir lui donner de meilleures nouvelles. À dire vrai, à part le plaisir de relire les mots d'Avaline, de constater une fois de plus combien elle avait le cœur généreux, il avait l'impression d'avoir perdu son temps. Cela n'avait réveillé aucun souvenir.

— Cela m'a seulement rappelé combien ces lettres m'ont apporté de réconfort quand j'ai rejoint les lignes anglaises. À mon retour dans le campement, je n'ai rien reconnu. Ni ma tente ni ma cantine. Tout me paraissait complètement confus autour de moi. Mais vous, j'avais l'impression de vous connaître depuis longtemps. J'avais votre portrait en médaillon dans ma poche de gilet et vos lettres dans ma cantine. En lisant votre correspondance, j'avais l'impression d'être rentré à la maison. Je connaissais les gens dont vous parliez. Je connaissais Bramble, naturellement, mais aussi Blandford. Et même Hayworth éveillait en moi la même animosité qu'avant mon départ. Ces lettres m'ont littéralement servi de bouée de sauvetage. C'est la raison pour laquelle je ne comprends pas pourquoi je ne vous ai pas répondu.

S'emparant de la main d'Avaline, il emprisonna son regard dans le sien.

— Mais vous, vous savez pourquoi, n'est-ce pas ? Alors, dites-moi, je vous en supplie. Étais-je un si piètre mari ? Je suis convaincu, maintenant, que vous me cachez quelque chose à propos de notre mariage.

Il laissa échapper un soupir. C'était déjà bien assez de ne pas avoir pris la peine de donner du plaisir à sa jeune épousée pendant leur nuit de noces. Quelles autres fautes avait-il commises ? Lui avait-il menti ? Entretenait-il une maîtresse ? Jouait-il aux jeux de hasard ? Buvait-il ? Malheureusement, la liste des vices que pouvait cultiver plus ou moins discrètement un gentleman était longue.

Elle retira sa main, très pâle. Dieu du ciel ! Visiblement, elle n'avait pas l'intention de lui répondre, ce qui ne faisait qu'empirer les choses. Qu'avait-il fait de si terrible pour qu'elle se refuse à en parler ? Que lui dissimulait-elle ? Était-il violent ? Insultant ? Avait-elle peur de la manière dont il pourrait réagir ?

— Je saurai faire front, Avaline, quoi que vous ayez à me révéler. Inutile de chercher à me protéger.

Elle secoua la tête.

—Nous avons réussi à éviter ce sujet pendant tout un mois. Cela ne prouve-t-il pas que nous n'avons nul besoin de revisiter le passé ? Qu'y pourrions-nous changer, de toute façon ? Il me semble que le présent n'est pas si désagréable...

Il s'était trompé ! Ce n'était pas lui qu'Avaline cherchait à protéger mais elle-même. Elle semblait avoir peur que quelque chose n'arrive, si elle parlait.

— Avaline, je ne me mettrai pas en colère, je vous le promets. Dites-moi tout. Il ne doit pas y avoir de secrets entre nous.

Avaline leva vers lui un regard torturé. Il lut de la résignation dans ses yeux. Il avait raison, elle l'admettait enfin.

— Fortis..., commença-t-elle d'une voix lente, si vous n'avez pas répondu à mes lettres, c'est parce que vous n'éprouviez rien pour moi. Vous ne vouliez pas de moi pour épouse.

Elle se tut un instant, lui laissant le temps de mesurer l'importance de ses propos.

Fortis percevait dans le regard de la jeune femme la douleur toujours vive après sept ans. D'une certaine manière, il était soulagé. Il ne l'avait pas blessée physiquement ni ne lui avait fait honte par un comportement indigne en société. Mais il pouvait mesurer la gravité de la blessure qu'il lui avait infligée à la tristesse de son expression. Il l'avait blessée avec des mots. Et un mot peut vous faire aussi mal sinon plus qu'un coup donné avec ses poings.

Fortis se mit à faire les cent pas dans la pièce.

— Je ne puis y croire. Je ne veux pas y croire, Avaline. Comment pouvais-je ne pas vous aimer ?

Il se frotta le visage de ses deux mains, essayant de s'imaginer n'aimant pas sa femme. Nul besoin, à l'époque, d'une grande passion. L'amour peut prendre un grand nombre d'apparences, de la simple tendresse à la plus folle des passions. Mais l'indifférence ?

— J'éprouvais certainement une sincère affection, n'est-ce pas ?

Fortis avait besoin de le croire. Peut-être avait-elle mal compris ? Peut-être n'avait-il pas su exprimer ce qu'il éprouvait pour elle ?

— Fortis, faut-il que je vous le répète ? Il s'agissait d'un mariage de convenance. Un mariage arrangé par nos parents pour protéger le domaine et me protéger moi-même de la convoitise de Tobin Hayworth. Vous savez bien qu'il a toujours férocement désiré mettre le grappin sur cette terre mitoyenne de la sienne. En la joignant à Indigo Hall, il obtiendrait le plus grand domaine de tout le Sussex. Plus grand même que Bramble. Frustré sans doute de n'être qu'un homme du peuple, il a toujours rivalisé avec votre père. Les plus grosses opérations commerciales, la plus grosse fortune, la plus belle demeure... Et tant pis si elle fait « nouveau riche » ! Et il savait bien que le seul moyen d'obtenir Blandford, c'était par mariage. Mon père ne la lui aurait jamais vendue et, à sa mort, c'était un cousin qui devait en hériter.

Fortis écoutait avidement les explications de sa femme. Il voyait bien qu'elle cherchait à l'épargner.

— Beaucoup de mes camarades ont fait des mariages de cette sorte. Cela n'a rien de surprenant ni d'inhabituel...

— Oui, mais vous, cela ne vous plaisait guère. Vous me trouviez trop jeune, une gamine, disiez-vous. J'avais dix-huit ans, je n'avais pas encore été à Londres pour la Saison. Et il fallait faire vite. Vous n'étiez rentré à Bramble que pour quelques semaines avant de repartir pour le front. Mon père avait passé un mauvais hiver, il supportait de plus en plus mal le froid et le mauvais temps. Les récoltes avaient été mauvaises pour la troisième année consécutive. Et Hayworth, comme un charognard, devenait de plus en plus pressant. Nos deux familles ont décidé de précipiter les événements. Dieu seul savait quand vous reviendriez – la guerre est chose si imprévisible, comme la suite l'a démontré.

Les yeux d'Avaline, si chauds d'ordinaire, avaient pris une couleur d'orage. Elle détourna le regard, fixa son attention sur ses mains étroitement nouées dans son giron. Il y avait quelque chose d'autre. Quelque chose qu'elle hésitait à lui dire.

— Et vous ? Ce projet de mariage vous agréait-il ? s'enquit Fortis d'une voix contenue.

Un tourbillon d'émotions le traversait, à commencer par une violente indignation à son encontre. Il n'appréciait pas qu'on l'ait marié contre son avis et il s'était vengé sur cette pauvre jeune fille.

Elle secoua la tête. Mais elle gardait les yeux baissés.

— Non. J'éprouvais quelque appréhension, naturellement. Je venais tout juste d'achever le dernier trimestre de l'Académie de Miss Finlay et j'étais encore très naïve. J'avais des idées très romantiques sur le mariage. Et la perspective de sortir de l'école pour épouser le fils d'un duc, bien de sa personne et superbe dans son uniforme d'officier, avait tout pour séduire la jeune innocente que j'étais. Mon mari ne pouvait manquer de tomber amoureux de moi et, comme dans les contes de fées, nous serions heureux et aurions beaucoup d'enfants.

Le léger sarcasme qui donnait du tranchant à ses paroles le piqua au vif. La suite, en effet, avait cruellement mis à mal ses illusions.

— Je ne vous blâme pas, Fortis. On vous contraignait à épouser une enfant, et vous avez dit clairement et montré dans tous vos actes ce que vous en pensiez.

Mais elle, pauvre sotte, tandis qu'il noyait sa contrariété dans un tourbillon de fêtes et de divertissements avec ses camarades de beuverie, elle avait décidé de tomber amoureuse, comme dans les romans de Jane Austen[1] et de Charlotte Brontë[2], fort à la mode, et de faire de cette union un succès. Rien d'étonnant à ce qu'il ait repoussé ses efforts avec mépris.

Fortis opina du chef. Il connaissait déjà tout cela. Il savait combien il s'était montré cruel et égoïste et qu'il n'avait pas eu le comportement attendu d'un bon mari. Mais c'était les détails qui lui faisaient le plus de mal. Ils le contraignaient à regarder ses fautes en face d'une manière fort désagréable et humiliante. Maintenant, il savait exactement ce qu'il avait fait.

— Pourquoi ne pas m'avoir dit tout cela plus tôt, Avaline ? Me cachez-vous encore d'autres méfaits dont je me serais rendu coupable ?

Il espérait de toute son âme que ce ne soit pas le cas. Ces vérités étaient dures à accepter. Mais, s'il voulait vraiment se retrouver en face de lui-même, retrouver le vrai Fortis, capable du pire comme du meilleur, c'était une démarche indispensable.

Se levant soudain, Avaline secoua ses jupes et se dirigea vers la porte. Elle ne voulait pas le charger de trop de fautes, à l'évidence. Mais elle ne s'en tirerait pas comme cela.

En trois enjambées, Fortis avait atteint la porte et lui barrait le passage.

— Dites-moi tout, insista-t-il, les poings sur les hanches et le regard sévère.

Avaline soutint un instant son regard, le menton provocateur. Puis elle capitula.

— Si je ne voulais pas vous le dire, c'est pour moi, Fortis. Dans mon intérêt. Je ne voulais pas que vous vous rappeliez à quel point vous ne m'aimiez pas.

Elle fit un pas vers lui, avec l'intention très nette de passer, et conclut :

— Voilà. Êtes-vous satisfait ?

Fortis ne fit pas mine de bouger.

1. Dont le plus connu est *Orgueil et préjugés* publié en 1847. (NdT)

2. *Jane Eyre*, publié lui aussi en 1847, rencontre également un grand succès. (NdT)

— Pas tout à fait, répondit-il avec un sourire, attendri par cet aveu plus qu'il n'osait se l'avouer. Pourquoi ne vouliez-vous pas que je m'en souvienne ?

Il s'en doutait, bien sûr, mais il voulait le lui entendre dire. C'était lui, maintenant, qui se montrait égoïste.

Avaline le dévisagea un instant en se mordillant la lèvre. Mais Fortis avait déjà perçu l'émotion qui la faisait trembler. La bravoure d'Avaline était en train de fondre. Il vit la mâchoire de la jeune femme se serrer, sa gorge déglutir péniblement.

— Peut-être parce que... parce que je... j'appréciais l'homme qui était revenu de la guerre. L'homme qui était en train de tomber amoureux de moi.

D'un pas, Fortis fut sur elle et la prit dans ses bras.

Il comprenait mieux le comportement de sa femme, maintenant. Elle avait eu peur de le perdre, du moins, de perdre l'homme qu'il était devenu. Cette découverte réveillait l'espoir. Avaline avait eu peur parce que, elle aussi, elle l'aimait, même si elle se refusait à l'énoncer clairement. Il sentit les bras de sa femme s'enrouler autour de sa taille, son front s'appuyer sur sa poitrine. Décidément, même s'il n'aimait pas toujours l'homme qu'il était, ou du moins, s'il ne le comprenait pas, il avait beaucoup de chance.

— Fortis ? chuchota Avaline en renversant la tête pour plonger son regard dans le sien. J'aimerais que vous fassiez quelque chose pour moi.

Ses hanches bougèrent imperceptiblement contre les siennes, et, aussitôt, il se sentit réagir.

— Oui... Tout ce que vous voudrez, ma douce, répondit-il d'une voix rauque.

Comment pourrait-il lui refuser quoi que ce soit, quand elle se pressait ainsi contre lui, le regard brillant d'une flamme tendre ?

Pivotant sur elle-même, elle lui présenta son dos.

— Pourriez-vous me délacer, je vous prie ?

13

Avaline ne désirait plus que d'être nue, de laisser ses soucis tomber autour d'elle comme la robe qui glissait maintenant sur ses hanches pour former à ses pieds une flaque de soie. Une urgence la prenait tandis qu'elle enjambait le cercle d'étoffe chatoyante. Elle voulait que Fortis soit nu, lui aussi, qu'ils se tiennent peau contre peau comme si cette proximité physique pouvait chasser les fantômes du passé qui rôdaient autour de son bonheur, cherchant à le détruire en faisant naître le doute et la méfiance.

Elle tira sur sa chemise, se débattit maladroitement avec les délicats boutons de nacre. Elle était rentrée de Bramble avec la ferme intention de cueillir son bonheur sur l'arbre, comme un fruit bien mûr, et de mordre dedans à pleines dents, comme le lui avait conseillé Helena. De garder le passé à distance en vivant pleinement le présent.

Mais comment faire quand le passé faisait irruption partout, dans ces lettres répandues sur le parquet de la garde-robe, dans le regard bleu de son mari, lourd de questions muettes.

Elle fit glisser la chemise de fine toile blanche des épaules de Fortis. Lui prit avidement la bouche tandis que ses mains se débattaient avec la fermeture de son pantalon. Les questions de son mari étaient les mêmes que les siennes. Lui aussi, avec une obstination douloureuse, se demandait qui il était, quelle était la raison de ses actes. Il posait seulement la question différemment. Quand elle demandait pourquoi il l'aimait maintenant, lui s'étonnait de ne pas l'avoir aimée avant.

Deux regards différents sur le même problème. Et pas de réponse intermédiaire possible. Ni Fortis ni elle ne savaient ce qui l'avait transformé à ce point. Elle n'avait pas voulu lui répéter les mots cruels qu'il avait prononcés sept ans plus tôt, la veille de son départ. Pour ne pas le blesser, d'abord, mais aussi pour ne pas se livrer elle-même tout entière.

Mais pour l'heure, elle le désirait de tout son corps et de toute son âme. D'un désir presque désespéré. Dans l'union de leurs corps, tous leurs doutes s'évanouissaient comme par miracle.

L'entraînant avec lui sur le tapis, Fortis la prit dans ses bras tandis que sa bouche traçait sur son visage un chemin de baisers.

— Nos corps sont faits pour prendre du plaisir. Ils y parviennent d'autant mieux quand ce plaisir est donné par et pour ceux qu'on aime. Et je t'aime, Avaline, tu le sais bien.

Il murmura de tendres compliments tandis que sa bouche voyageait sur le corps d'Avaline.

— J'aime ton cou, si ferme, si élégant... Tes seins sont comme de délicieux cônes de crème glacée ornés d'une framboise à leur sommet.

Il les lécha avec gourmandise puis descendit encore. S'arrêta un instant sur son nombril.

— Là, il me faudrait du champagne..., murmura-t-il.

— Pourquoi ? chuchota Avaline, osant à peine respirer.

Il souffla doucement sur son ventre.

— Parce que cet endroit est comme un calice, mon amour. Réservé aux meilleurs vins. Un bon champagne que je dégusterais à petites lampées gourmandes.

Il s'interrompit et son regard, brûlant comme la braise, remonta jusqu'à celui de sa compagne.

— Veux-tu que je te goûte, Avaline ? Au plus secret de toi ? À la fontaine de ton plaisir ?

Curieuse, Avaline se redressa sur ses coudes.

— Est-ce possible ?

De petites flammes démoniaques dansèrent dans le beau regard bleu.

— Oui. Mais il me faut quelque chose en échange. Une

information. Pourquoi me cherchais-tu en rentrant, tout à l'heure ? Que voulais-tu me dire ?

— Qui dit que j'avais quelque chose à te dire ?

La repoussant doucement sur le sol, Fortis s'installa sur elle.

— Moi. Tu avais des nouvelles. Tes joues étaient rouges et tu n'avais pas pris la peine de dégrafer ton manteau. Tu es venue tout droit jusqu'ici, tant tu étais pressée, mais nous avons été distraits…

Avaline s'abandonna sous le poids de ce grand corps. Fortis l'embrassait de nouveau, mordillait doucement la peau tendre de son abdomen.

— Je… J'ai des nouvelles, en effet, articula-t-elle péniblement, ralentie par les spirales exquises du plaisir. Les Gitans sont de retour. Toute la famille est invitée chez eux ce soir pour une fête, comme tous les ans. Tu te souviens, n'est-ce pas… Helena a pensé que cela nous ferait plaisir de venir.

— Alors, nous irons, répondit Fortis en souriant.

Mais c'était un sourire poli, qui ne reflétait en rien l'enthousiasme qu'Avaline éprouvait à la perspective de cette soirée.

Une évidence la frappa. Il ne se souvenait pas des Gitans. Pas plus qu'il ne se souvenait d'un grand nombre de choses concernant le monde de sa jeunesse. La réalisation de tout ce que la guerre avait retiré à Fortis, de tout ce qu'elle lui avait dérobé, lui serra le cœur. Son mari avait perdu, peut-être à jamais, des pans entiers de sa mémoire, les souvenirs les plus importants, sans doute, parce que fondateurs de tout individu. Les souvenirs de son enfance, faits de joies et de peines, qui résonnent à jamais chez tout adulte et lui servent à la fois de socle et de repère. Les Gitans s'installaient pour l'hiver sur les terres des Tresham depuis plus de vingt ans. Les fils Tresham avaient grandi avec eux. Ils faisaient quasiment partie de la famille.

Avaline ne fit aucun commentaire. Elle ne voulait pas embarrasser Fortis avec d'autres souvenirs oubliés. Mais elle se promit à elle-même qu'ils passeraient la plus belle soirée de leur vie depuis leurs retrouvailles. Elle y veillerait. Elle s'efforcerait de lui rendre un peu de la joie qu'il avait perdue.

— Il y a encore autre chose, murmura-t-elle entre deux caresses. J'ai décidé de donner une grande fête pour ton anniversaire.

Fortis releva la tête, une expression de vulnérabilité infiniment touchante traversant fugitivement son regard.

— Vraiment ? Tu veux organiser une fête pour moi ? Cela me plaît beaucoup.

Avaline sourit gaiement. Elle était ravie que l'idée lui plaise. On aurait juré que jamais personne n'avait pensé à organiser une fête en son honneur.

— Oui. J'ai pris cette décision en revenant de Bramble. C'est l'occasion parfaite pour fêter ton retour. Les voisins se sont montrés très discrets jusqu'à présent par politesse. Mais ils doivent être dévorés de curiosité. Ils voudront voir ce que tu es devenu. Et nous n'allons pas vivre dans notre trou, comme des ermites, n'est-ce pas ?

Ou comme si nous avions quelque chose à cacher, ajouta-t-elle pour elle-même avant de conclure avec un large sourire :

— Tout le monde sera ravi de fêter le retour du fils prodigue.

Elle poussa un petit cri tandis que la main de Fortis se glissait entre ses cuisses. Les perspectives de fête d'anniversaire devenaient soudain beaucoup moins importantes.

— Ah ! je vois, remarqua Fortis tandis que sa caresse se faisait plus précise. Une sorte de fête de ma renaissance, en quelque sorte. Et quand cette cérémonie aura-t-elle lieu ?

Elle réprima un gémissement de plaisir.

— Le 12 décembre, bien sûr, à la date de ton anniversaire. Dans deux semaines... Cela me laisse juste... le temps de tout préparer et d'envoyer les invitations.

— Y aura-t-il des cadeaux ? s'enquit-il avec un sourire charmeur qui lui faisait presque autant d'effet que sa main. Je sais déjà ce que j'aimerais avoir.

— Hum... Vraiment ?

Toute à ce plaisir d'un genre nouveau, Avaline ne parvenait plus à se concentrer.

Elle ne put s'empêcher de rire, pourtant. À l'entendre, c'était comme s'il n'avait jamais eu de fête d'anniversaire. Elle se cambra sous l'audacieuse et insistante caresse.

— Tout ce que tu voudras, Fortis. Absolument tout…

— Vraiment ? Voilà ce que j'aime entendre… Laisse-moi te porter jusque dans ma chambre, mon amour.

Fortis regardait sa femme rose de plaisir, le visage détendu et les yeux brillants et il songea qu'ils auraient le temps de s'aimer, maintenant. Une fête pour célébrer sa renaissance, ou plutôt son retour à la vie, était une excellente idée. C'était un homme nouveau qui était rentré chez lui. Avaline serait fière de lui, désormais. Il était temps de profiter de la vie, sans plus se poser de questions. En ouvrant sa cantine aujourd'hui, en partageant le contenu de ces lettres avec Avaline et en affrontant certaines vérités, il avait commencé à couper les liens avec le passé. Demain, il avancerait dans l'avenir la tête haute, assumant qui il était, Fortis Tresham, troisième fils du duc de Cowden et heureux époux de la plus jolie femme du comté. Il était temps de profiter de tous les cadeaux que la vie lui avait faits et continuait à lui faire.

C'était une nuit glacée et le gel avait blanchi tout le paysage. Dans le ciel d'un noir de velours, les étoiles scintillaient comme des pierres précieuses. Nuit parfaite pour un voyage en calèche au travers du paysage en habits de fête. Fortis, assis à côté d'Avaline, tous les deux bien emmitouflés dans leurs fourrures, confia ses visions poétiques à l'oreille d'Avaline qui rit doucement.

— Des pierres précieuses, dites-vous ? N'est-ce pas un peu grandiloquent ?

— Mais ne sommes-nous pas nous-mêmes un peu grandiloquents ? plaisanta-t-il en montrant le cortège des voitures qui allaient devant eux et la charrette qui les suivait, remplie de victuailles et de couvertures en laine d'alpaga, envoyées par le vicomte Taunton, un ami de la famille qui possédait une filature dans le Somerset.

C'était en effet toute une procession dont le duc et la duchesse ouvraient la marche. Derrière suivaient Helena et Frederick avec leurs cinq garçons empilés dans leur propre calèche. Sans les bonnes d'enfants, Frederick ayant affirmé qu'ils étaient parfaitement capables de s'en sortir seuls.

— Et si nous n'y parvenons pas, avait-il insisté avec un clin d'œil tandis que tout son petit monde s'entassait sur les banquettes, nous pouvons compter sur les oncles et les tantes pour nous donner un coup de main, n'est-ce pas ?

Fortis avait toujours apprécié chez son frère cette volonté d'être un vrai père, proche de ses enfants. C'était le père qu'il espérait être, si le Ciel lui faisait ce cadeau. Chose qui, si Avaline et lui y mettaient autant d'ardeur et de conviction que cet après-midi, ne tarderait pas à se réaliser. Cette idée fit naître un sourire paisible sur ses lèvres. Avaline lui lança un coup d'œil interrogatif mais il garda ses pensées pour lui-même.

— Eh ! c'est qu'il ne faut pas moins de toute une écurie pour transporter le clan Tresham !

Ferris et Anne rirent avec eux.

— Et surtout les véhicules qui vont avec, rectifia Ferris en riant. J'imagine mal Père et Mère à cheval, eux qui n'ont plus monté depuis des lustres... Il fallait voir Père mener la chasse à courre, dans le temps. Et Mère qui suivait toujours quelque temps, pour rendre hommage à ses invités. Ils avaient tous les deux fière allure.

Il entreprit, la bouche en trompette, d'imiter le cor de chasse sonnant le départ et, tout aussitôt, de voiture en voiture, d'autres sonneries montèrent dans l'air glacé, imitées à tue-tête par les garçons de Frederick. Le défilé formait une joyeuse compagnie éclairée seulement par les lanternes fixées au-dessus des roues qui projetaient leur cône lumineux dans la nuit.

La scène remua en Fortis une profonde émotion. Son âme aspirait à de tels moments de paix, de communion. Il avait enfin l'impression d'appartenir à une vraie famille et il aurait voulu transformer ces précieux instants en images mentales que rien ne pourrait jamais effacer.

Soudain, Avaline lui étreignit le bras, tout excitée. D'autres lanternes les avaient rejoints et encadraient les voitures tandis que les voix des Gitans prenaient le relais et montaient dans l'ombre.

— Regardez, Fortis, tout le monde est venu nous accueillir. Vano va nous faire un discours, comme tous les ans. Il tient à remercier Père de son hospitalité depuis tant d'années.

Elle donna un petit coup de coude dans les côtes de Fortis.

— Et toi non plus, tu n'y échapperas pas, maintenant que tu es revenu. Après tout, tu es le maître de Blandford, maintenant.

Fortis opina du chef, conciliant, bien qu'il ne se fût pas attendu à ce qu'on exige de lui qu'il se comporte en maître des lieux.

Ferris et lui aidèrent les dames à mettre pied à terre et ce fut alors un tourbillon d'embrassades et de congratulations entre vieux amis qui ne s'étaient pas vus depuis un an. Une jolie jeune femme aux cheveux d'un noir de jais, de l'âge d'Avaline, se précipita sur elle pour l'étreindre affectueusement.

— Eh bien ! Cette année a bien meilleure tournure que la précédente, n'est-ce pas ? Ton beau mari est enfin revenu !

Se tournant vers Fortis, elle l'embrassa lui aussi sans façon.

Avaline éclata d'un rire joyeux.

— Fortis, tu reconnais Selina ? Tu te souviens, quand elle s'amusait à nous dire la bonne aventure dans une meule de foin ? Elle a fait des progrès, depuis tout ce temps. L'an passé, elle m'a prédit que j'allais bientôt trouver le bonheur. Elle ne s'est pas trompée, et je n'ai pas eu à aller bien loin !

Selina repoussa sur son épaule une longue mèche de cheveux noirs.

— Elle ne me croyait pas, milord. Pourtant, vous voyez que j'avais raison !

Les prenant tous les deux par la main, elle les entraîna vers le cercle des roulottes au milieu desquelles montaient très haut dans la nuit les flammes d'un feu de camp.

Aussitôt, Fortis fut englouti dans le tohu-bohu des retrouvailles. Il serra des mains, embrassa de belles joues brunes de femmes et d'enfants, plongea dans de beaux yeux noirs brillants, tous leurs hôtes tenant à manifester leur joie de le voir enfin revenu. Frederick, Ferris ou leur père n'étaient jamais bien loin, le soutenant dans cet afflux d'émotions. Avait-il jamais reçu autant de témoignages d'affection ? Il fit une petite prière muette. Grand

Dieu, si seulement il pouvait se souvenir de ces gens ! Comment les remercier avec sincérité de leurs congratulations et de leur hospitalité alors qu'aucun de ces visages expressifs, dont les dents blanches et le regard de feu trouaient la nuit, ne lui rappelait le moindre souvenir ? L'année prochaine, se promit-il en prenant place sur une botte de paille dûment garnie de tapis et de confortables coussins devant le feu de camp, Avaline à sa droite et Ferris à sa gauche. L'année prochaine, il se souviendrait d'eux et ils pourraient échanger leurs souvenirs de cette soirée.

Quelqu'un lui mit un bol de ragoût d'agneau dans les mains. Un homme au visage basané et à la voix forte, le dénommé Vano, porta un toast en l'honneur du duc de Cowden et de Lord Fortis Tresham pour les remercier devant tous les convives de leur hospitalité.

— C'est vous, ma femme, qu'ils devraient remercier, chuchota Fortis en se penchant vers son épouse. Vous et la mémoire de vos parents. Après tout, ils sont sur vos terres.

— Sur nos terres, Fortis, rectifia-t-elle. Et franchement, cela m'est bien égal, ajouta-t-elle en se serrant contre lui. Je suis contente de te voir heureux. J'étais certaine que cette soirée serait à ta convenance.

Fortis chassa résolument sa contrariété de ne se souvenir d'aucun nom, de se sentir finalement, malgré toute la chaleur humaine qui l'entourait, comme un étranger. En songeant à l'obstacle des lettres, qu'ils avaient vaincu ensemble cet après-midi, il se rasséréna. À deux, ils seraient assez forts pour vaincre toute autre forme d'adversité, quelle qu'elle soit.

— Pour être heureux, il me suffit d'être avec toi, Avaline.

Selina vint les rejoindre et, s'asseyant à côté d'Avaline, d'autorité, elle lui prit la main.

— Après le repas, Bonne-Maman va nous raconter des histoires. Mais je veux d'abord regarder ce qui se cache pour toi cette année dans la paume de ta main.

S'emparant de son poignet, elle tourna la paume de la main droite d'Avaline vers le ciel et, sans mot dire, suivit de son index le fin réseau de lignes. Puis, laissant retomber la main, elle resta silencieuse, les yeux fixés sur les flammes.

— Qu'avez-vous lu dans la main de ma femme ? s'impatienta Fortis, pris d'un désagréable pressentiment.

Selina eut un sourire énigmatique.

— Je ne suis pas bien sûre. J'ai vu là quelque chose qui n'y était pas l'an passé. Quelque chose d'étrange…

Reportant son attention sur Avaline, elle précisa :

— Je viens de lire quelque chose que je ne comprends pas, Avaline. Il est écrit ici ce soir – elle fit un geste du menton en direction de la main d'Avaline – qu'en acceptant le mari qui t'est enfin revenu, tu auras connu deux amours.

Avaline eut un rire insouciant.

— Je ne vois rien d'étrange à cela. J'aime le mari qui m'est revenu, en effet. Et le second amour, ce ne peut être qu'un enfant… Je devrais me faire diseuse de bonne aventure, moi aussi, ajouta-t-elle, riant encore.

Selina rit à son tour, mais il y avait une ombre nouvelle dans ses yeux. Comme si elle ne croyait pas à cette interprétation.

Autour d'eux, le cercle des convives s'était fait silencieux. La grand-mère de Selina s'était installée au centre du cercle, sur un vieux fauteuil de rotin agrémenté de coussins multicolores que venait de lui apporter un de ses fils. Après avoir parcouru l'assemblée d'un œil autoritaire, pour s'assurer de l'attention de tous, elle commença à raconter ses histoires. D'abord celle d'un garçon plein d'ardeur qui, partant à la découverte du monde, allait d'aventure en aventure. Puis celle d'une jolie sorcière aux yeux verts amoureuse d'un jeune et beau mortel. Les mots coulaient lentement de la bouche de la vieille femme, se répandaient dans la nuit, comme des volutes d'encens. La danse hypnotique des flammes, la voix rauque qui se transformait parfois en un chant puissant venant du plus profond de l'être, entraînaient Fortis ailleurs, loin des douces collines du Sussex, vers d'autres feux de camp, une autre voix, et d'autres histoires.

Vers un temps pas si lointain où seule cette voix amicale et lasse, les histoires qu'elle narrait le soir autour du feu, le retenaient à la vie.

Un temps où son compagnon d'exil était encore vivant et où le monde se réduisait à cette grotte perdue au fond de l'immense forêt de Russie.

14

Il apporta à son compagnon blessé du thé chaud et un des derniers biscuits de leur ration militaire.

— Le thé vous fera du bien. J'aurais voulu vous donner autre chose pour apaiser la douleur, mais, malheureusement, c'est tout ce que j'ai.

Le blessé aspira précautionneusement une gorgée de thé. Puis il leva vers son compagnon un regard brûlant de fièvre.

— Vous pouvez toujours me faire la conversation, si cela ne vous ennuie pas… Parlez-moi un peu de vous, que je puisse faire connaissance avec mon sauveur… Cela me distraira de mes douleurs.

Il haussa les épaules et s'assit sur la couche de fougères, à côté de son interlocuteur.

— Il n'y a pas grand-chose à raconter. Je me suis enrôlé dans l'armée il y a de cela huit ans. Ou plutôt, j'ai été vivement « incité » à le faire si je voulais éviter la prison. Mais je ne le regrette pas. Pour un jeune gars mal dégrossi comme moi, c'était une bonne opportunité pour apprendre la discipline et acquérir quelques compétences. J'ai pu découvrir pas mal de nouveaux horizons et je n'avais plus de soucis pour gagner ma pitance.

— Pourquoi deviez-vous aller en prison ? s'étonna l'homme, visiblement intéressé.

Pas question de mâcher ses mots. Si son compagnon voulait faire de lui un héros, il risquait d'être déçu. Quant à lui, il préférait s'en tenir aux faits. C'était une posture plus aisée à tenir.

— Pour flagrant délit de vol. J'ai été pris la main dans le sac, c'est le cas de le dire. Et dans ce sac, il y avait la superbe tiare ornée de rubis

d'une duchesse. Si une domestique n'avait pas fait irruption dans la chambre, à l'heure qu'il est, je mènerais la grande vie dans les îles Vierges ou à Bornéo. J'étais à mi-chemin de la fenêtre quand cette idiote est entrée et s'est mise à hurler.

— La main dans le sac, vraiment ! ricana son compagnon. Et cette duchesse, peut-on savoir comment vous avez réussi à pénétrer dans sa chambre ?

Mais son rire se transforma en une toux sifflante qui lui fit monter les larmes aux yeux. Aidan l'aida à se redresser pour soulager la douleur.

— Bon sang, que ça fait mal, souffla Tresham, soudain livide.

— Bon, plus d'histoires drôles, décréta Aidan, apitoyé. Vos côtes vous feront moins mal dans quelques jours.

À condition qu'il ne s'agisse que d'une simple contusion, ou de fractures sans complication. Bah... Si c'était plus grave, il serait toujours temps d'aviser.

— Alors ? insista Tresham quand la douleur se fut un peu calmée. Vous n'avez pas répondu à ma question. Quelles circonstances vous ont permis de vous trouver à portée de main du coffret à bijou d'une duchesse ?

— Oh ! l'histoire est plutôt amusante, en effet, gloussa Aidan en s'installant aussi confortablement que le permettait sa jambe blessée. Tout à fait le genre d'anecdotes que les gars adorent s'échanger au coin du feu. La duchesse dormait à poings fermés dans son lit. Je le sais d'autant mieux que j'étais précisément dans ce lit avec elle quelques minutes plus tôt. Et que c'est moi qui avais fait le nécessaire pour ça... Pour qu'elle dorme, je veux dire.

L'homme lutta pour ne pas rire de nouveau.

— Excellente histoire, en effet. Mais, voleur ou pas voleur, vous m'avez sauvé la vie. J'ai une lourde dette à votre égard.

— Vous ne me devez rien. Nous sommes des frères d'armes. N'importe qui en aurait fait autant. Comment vous appelez-vous ? demanda-t-il pour changer de conversation. Êtes-vous de la ville ou de la campagne ?

Mais son malade était têtu. S'emparant de son bras, il l'étreignit avec une force surprenante, étant donné sa condition d'extrême faiblesse.

— Mon nom est Lord Fortis Tresham, major au quatrième régiment *des Hussards de la Reine. Écoutez-moi attentivement, je vous en supplie. Je suis le troisième fils du duc de Cowden. Nous résidons à Portland Square, à Londres. Vous devrez aller là-bas pour leur dire...*

Il posa sa main sur celle de son compagnon et Aidan reconnut ce discours pour ce qu'il était. C'étaient les propos désespérés que tenaient les soldats gravement blessés quand ils se pensaient condamnés.

— Vous irez là-bas vous-même ou nous irons ensemble si cela vous importe, assura-t-il d'une voix apaisante.

Il ferait tout pour cela. Cet homme avait sur la terre des gens qui l'aimaient et qui attendaient désespérément de ses nouvelles. S'il était en son pouvoir de contribuer à les rassurer, il le ferait.

— Et vous ? demanda l'homme après avoir retrouvé son souffle. Quel est votre nom ?

— Je m'appelle Aidan Roswell. Régiment d'Infanterie. Engagé volontaire. Rien de bien glorieux, je vous l'ai dit...

La grand-mère achevait son histoire, à en juger par la cadence de son récit et le volume de sa voix. Mais Fortis aurait été bien incapable de répéter ce qui s'était passé. Son cerveau était plein du récit de ses propres souvenirs et des découvertes qui en découlaient. Cela s'était passé comme lors de ses autres flash-back, comme une histoire dont les images se déroulaient dans son esprit mais qu'il voyait par les yeux d'un autre. Mais cette fois, l'expérience avait été beaucoup plus précise et claire. Il n'y avait plus aucune confusion entre les voix. Et maintenant, il avait un nom, auquel il s'accrochait comme si sa vie en dépendait de peur qu'il ne s'échappe de sa mémoire. Il se leva lentement et, quasi titubant, quitta le cercle pour se réfugier dans la pénombre environnante.

Que signifiait tout cela ? Qu'avait-il découvert vraiment ?

L'exaltation et la peur le prenaient d'assaut à tour de rôle. Il possédait enfin le nom tant convoité, qu'il avait cherché en vain pendant de longs mois dans le fouillis de sa mémoire. Aidan Roswell. Un vif sentiment de soulagement l'envahit, comme s'il avait enfin bouclé la boucle. Il était persuadé depuis longtemps que découvrir ce nom résoudrait tous ses problèmes. Une chose était sûre, désormais. Le deuxième habitant de la grotte n'était pas le fruit de son imagination. Son esprit détraqué n'avait pas pris le pas sur ses vrais souvenirs. Maintenant, il avait enfin un objectif concret. Sa quête n'était plus hasardeuse. En mettant en œuvre toutes les ressources, financières et relationnelles, dont disposait sa famille, il pourrait se lancer sur la piste d'Aidan Roswell et découvrir ce qu'il était advenu de lui. S'il était encore en vie, alors, toutes les allégations de Tobin Hayworth se discréditeraient d'elles-mêmes.

Mais il ne fallait pas vendre la peau de l'ours avant de l'avoir pris. Comme Ferris l'avait suggéré il y avait plusieurs semaines de cela, il y avait de fortes chances pour que toutes les pistes mènent à une tombe. Pourtant, il fallait qu'il sache. C'était comme un point d'honneur. Cet homme l'avait tiré du champ de bataille, lui avait permis de retrouver sa famille et sa maison. Pour la première fois depuis son retour, les pièces du puzzle semblaient vouloir se mettre à leur place.

Mais alors, de quoi avait-il peur ? Car la peur était là, impossible de le nier. Pulsant sourdement dans sa poitrine, avec une force telle qu'il ne pouvait l'ignorer.

Que diable pouvait-il redouter de découvrir dans ces scènes de flash-back ? Les premières fois, la peur était engendrée par quelque chose d'extérieur. Les détrousseurs de cadavre sur le champ de bataille, la possibilité qu'ils soient découverts dans la grotte. Mais ce soir, la peur était de nature différente. Et plus redoutable encore.

Parce qu'elle venait du plus profond de lui-même.

Ce nom. Aidan Roswell. Voilà ce dont il avait peur. L'évidence le traversa comme un éclair éblouissant. Il se laissa tomber sur les marches d'une roulotte, anéanti par cette révélation. Il haïssait ce nom autant qu'il l'aimait, ce nom qui, croyait-il, serait pour lui synonyme de délivrance et d'achèvement. Cette peur qui le rongeait maintenant lui disait qu'il se trompait. Loin de lui donner toutes les réponses qu'il espérait, il posait d'autres questions. Des questions qui auraient dû lui venir à l'esprit bien plus tôt. Un seul des deux habitants de la grotte était sorti de la forêt. Pourquoi ? Qu'était-il advenu d'Aidan Roswell ? Pourquoi lui, Fortis Tresham, voyait-il tous les événements de la grotte au travers des yeux de Roswell ? Et surtout, pourquoi portait-il au bras et à la jambe les cicatrices des blessures d'Aidan ?

Il connaissait les réponses de Ferris à tout cela. Bien avant qu'on ait découvert le nom de « l'autre », il lui avait expliqué comment le cerveau fonctionnait, et le choix qu'il faisait de la manière dont il revivait le passé. Les flash-back révélaient parfois les étranges confusions opérées par le cerveau dans la matière des souvenirs. Son frère devait avoir *raison, n'est-ce* pas ? Lui, Fortis, n'avait pas les compétences adéquates pour mettre en doute les allégations d'un jeune médecin brillant et promis à un grand avenir.

Pourtant, il pouvait y avoir une autre explication. Une explication qui ne lui avait même pas effleuré l'esprit. Et pourquoi l'aurait-elle fait ? Il avait déjà dû relever pas mal de défis depuis son retour. Sauver son mariage – qui eût cru que ce serait en tombant amoureux de sa femme ! —, reprendre contact avec la routine de son quotidien de gentleman-farmer, renouer des liens d'affection avec sa propre famille... Pourquoi et comment aurait-il pu en outre remettre en question ce que tout le monde autour de lui, depuis l'état-major et son meilleur camarade d'étude, Cam Lithgow, en passant par sa propre épouse et ses parents, tenait pour acquis, à savoir qu'il était bel et bien Fortis Tresham, troisième fils du duc de Cowden ?

Pourtant, n'aurait-il pas dû, dès le premier jour, se poser la seule question qui comptait ? Et si l'homme qui était sorti vivant de la grotte n'était pas Fortis Tresham ?

Si cet homme n'avait pas seulement fini par s'en persuader ?

Il commença à trembler. Quelle cruelle plaisanterie, pour un cerveau pervers, que de persuader son propriétaire qu'il était quelqu'un d'autre ! Ainsi Tobin Hayworth aurait raison ? Ce ne serait pas lui, Hayworth, le « méchant » de l'histoire, le vilain calomniateur ? Mais bien au contraire, lui, Aidan Roswell, et Hayworth deviendrait un héros ? Fortis se prit la tête entre les mains. Un chat noir, descendu de la roulotte, vint s'enrouler autour de ses jambes en miaulant. Il tenta de se raisonner. Cette nouvelle explication n'était ni pire ni meilleure que celle de Ferris.

Il n'avait aucune preuve qui l'oblige à lui porter crédit. Il ne fallait pas céder à la panique.

Il y eut un bruit de pas dans la nuit.

— Fortis ? appela la voix d'Avaline, à peine un chuchotement. Tout va bien ?

Il la sentit s'asseoir sur la marche, à côté de lui.

— Est-ce que tu viens de te rappeler quelque chose ? ajouta-t-elle en tournant vers lui son visage éclairé par un rayon de lune. Je voulais te laisser un peu de temps, mais comme tu ne revenais pas, j'ai commencé à m'inquiéter. Veux-tu que j'aille chercher Ferris ?

— Non, c'est inutile.

Les mots étaient sortis avec une virulence que Fortis regretta aussitôt. Il prit la main de sa femme et exhala un long soupir.

— J'ai seulement besoin de toi.

Et c'était vrai. La seule présence d'Avaline à ses côtés, tandis qu'il essayait d'y voir clair dans ses pensées, suffisait à l'apaiser.

— Est-ce que c'était si terrible que cela ? souffla-t-elle au bout d'un moment.

Plus loin autour du feu, la danse avait commencé. On entendait les arpèges puissants des guitares et le bruit de sonnailles des tambourins.

— Difficile à dire. Peut-être n'est-ce qu'un effet de mon imagination... C'est surtout ce que j'en ai déduit.

Il y voyait clair, maintenant. Rien n'était dit expressément, dans la scène qu'il avait revécue. C'était lui qui avait sauté sur les conclusions. De bien dangereuses conclusions.

— De quoi s'agit-il, Fortis ? Peux-tu me raconter ?

Mais la peur, même issue de l'imagination, n'était pas si facile à vaincre. Il ne faudrait pas grand-chose pour que l'épouvante s'empare de lui de nouveau.

— ... La scène que je viens de revivre semblait indiquer que... que je ne suis peut-être pas Fortis Tresham. Que je suis l'autre homme. Le deuxième habitant de la grotte.

Les horribles mots étaient tombés entre eux comme une pierre.

Mais Avaline avait le droit de savoir. De comprendre pourquoi il était à ce point abattu.

Elle ne répondit pas tout de suite, comme le premier jour dans le jardin, quand il lui avait demandé si elle était heureuse qu'il soit revenu. Fortis en fut un peu inquiet, comme alors. La réponse pouvait ne pas lui plaire.

— Qu'est-ce qui te fait dire cela ?

— Le nom de cet homme. Je m'en suis brusquement souvenu.

Il sentit plutôt qu'il ne vit sourire Avaline dans l'obscurité. Il perçut aussi sa joie.

— Mais c'est merveilleux ! C'est bien ce que tu voulais, n'est-ce pas ?

— Oui. Si ce n'est que, maintenant, je me demande si c'est pour cela que je revis toutes ces scènes de son point de vue à lui. Et pourquoi les cicatrices que je porte au bras et à la jambe ne correspondent pas au rapport de Cam, qui précise bien que j'aurais été extirpé de sous mon cheval.

— Mais l'un des deux protagonistes de ces scènes a bel et bien les côtes fracturées, objecta Avaline. Ce qui correspond à un accident de cheval.

— Certes, mais cet homme, était-ce vraiment moi ? Pourquoi ne vois-je jamais la grotte et ce qui s'y passe avec les yeux de mon camarade, qui était la plupart du temps couché ?

Avaline s'obstinait à vouloir le rassurer.

— Ferris te l'a pourtant expliqué. Ne lui fais-tu plus confiance ?

C'était bien la question qui se posait ce soir, aussi menaçante qu'une épée de Damoclès suspendue au-dessus de sa tête.

— Je ne sais pas, reconnut-il d'une voix sourde. Et si je n'étais pas celui que je crois ?

— Et si tu es bel et bien toi-même mais que tu te tortures avec une fausse allégation impossible à démontrer ? Et si tu t'acharnais à détruire ton bonheur, notre bonheur à tous les deux, avec une affabulation sortie de ton cerveau malade de toutes ces épreuves ?

Se jetant à genoux devant lui, Avaline lui serra convulsivement les mains. Sa voix avait pris un ton farouche.

— Regarde-moi, Fortis. Tu es devant un choix important. Soit tu passes ta vie à te poser des questions sur ton identité, attendant avec résignation que tes souvenirs te reviennent avec certitude. Soit tu décides de prendre un nouveau départ maintenant. De recommencer une nouvelle vie en tant que Lord Fortis Tresham, une fois pour toutes.

— Pourtant, Avaline, si...

Elle ne le laissa pas achever sa phrase.

— Il n'y a pas de « si » qui tiennent. Nous n'avons pas de place pour eux. C'est justement ce que Hayworth espère. Il serait si content d'apprendre que les graines empoisonnées qu'il a semées sont en train de germer ! Nous ne pouvons pas le laisser gagner, Fortis. Les enjeux sont trop importants.

Fortis, bouleversé, retint un sourire. Sa douce épouse se transformait sous ses yeux en un général exhortant ses soldats à la victoire. En un démon vengeur combattant le sabre à la main. Il comprit soudain qu'elle était à ses genoux, luttant avec la dernière énergie pour sauver leur bonheur. Dieu sait que, depuis son retour, Avaline avait eu ses propres batailles à mener. N'avait-elle pas dû accepter chez elle l'installation d'un mari qui ne l'aimait pas et *qu'elle* n'attendait plus ? Et maintenant, voilà qu'elle décidait de lui donner sa confiance. Elle jugeait qu'il en valait la peine.

Fortis espérait seulement qu'elle avait raison.

Était-ce Hayworth qui avait réussi à le manipuler ? Où était-ce son propre cerveau qui lui jouait des tours ? Et dans tout cela, où diable se cachait la vérité ? À supposer qu'il y en ait une...

Et si ces prétendus souvenirs n'étaient qu'un dysfonctionnement cérébral dû à ce qui s'était passé sur le champ de bataille, comme le suggérait Ferris ? Un dysfonctionnement qui lui resterait peut-être à vie comme ces soldats qui y laissaient une partie de leur personne, une jambe ou un bras ?

Allait-il se laisser paralyser ainsi encore longtemps ? S'empêcher lui-même de jouir de la vie avec sa femme ?

Avaline avait raison. Les enjeux étaient immenses. S'il n'était pas Fortis Tresham, cela ruinerait leur mariage et la réputation de la famille. Il n'avait pas le droit de compromettre par ses doutes l'honneur et le destin de gens qui l'avaient accueilli avec affection et confiance. Il les combattrait comme Avaline l'avait fait, en acceptant le bonheur qu'elle lui offrait.

— Tu es Fortis Tresham, mon époux devant Dieu et les hommes, déclara Avaline d'une voix farouche. Maintenant et pour toujours. C'est la seule vérité que je connaisse.

Et c'était la seule vérité qui pouvait les sauver. Se remettant sur ses pieds, Fortis aida Avaline à en faire de même.

— Venez, ma femme, dit-il en lui souriant dans le noir. Allons danser.

Il reçut comme une bénédiction son regard reconnaissant. Le passé était révolu à jamais. Devant eux s'ouvrait un chemin plein de lumière. Cette nuit, avec Avaline pour le soutenir, il s'était enfin retrouvé.

On avait enfin retrouvé la trace d'Aidan Roswell. La revanche avait maintenant un nom et une histoire. Pas très honorable, à vrai dire. Mais qui pouvait s'en étonner ? Toutes les pièces du puzzle étaient enfin rassemblées, et juste dans les temps. Durant les deux semaines que Tobin Hayworth avait passées à Londres, il avait eu vent du projet qu'avait concocté Avaline de donner une grande réception pour l'anniversaire du mari prodigue. Eh bien ! Fortis et elle ne seraient pas déçus. Il leur réservait un fameux cadeau !

Il jeta un coup d'œil au dossier posé sur son bureau avec une allégresse non dissimulée. Le bonheur n'était pas une émotion qui lui était familière. Mais ce qu'il éprouvait en ce moment n'en était pas loin. Moyennant quelques billets de banque judicieusement distribués au War Office, il avait obtenu un nom. Et maintenant, grâce au talent des Coureurs de Bow Street, dûment rémunérés eux aussi, il avait plus qu'un nom. Il avait une histoire. Une histoire des plus pittoresques… Quoique certainement pas du goût d'une des familles les plus anciennes du royaume.

Il adressa un sourire froid au Coureur assis de l'autre côté de son bureau d'acajou, qui attendait d'autres instructions. Bow Street avait dit expressément que le nom qu'ils avaient découvert avait émergé par défaut. Tous les soldats qui figuraient sur la liste des portés disparus après la bataille de Balaklava avaient été identifiés d'une manière ou d'une autre. Certains étaient morts au combat, d'autres ne correspondaient pas au portrait que lui, Hayworth, en avait fait, d'autres enfin s'en étaient retournés chez eux. Tous avaient en commun au moins un détail décisif : quelqu'un, quelque part, les connaissait et pouvait répondre d'eux : un parent, des frères et sœurs, une épouse ou une fiancée, un ami. Mais personne ne connaissait Aidan Roswell. Aucune femme, aucune sœur, aucune mère, ni frère ni ami ne l'attendait quelque part. En règle générale, les soldats que personne ne réclamait étaient issus de milieux très modestes. Fils naturels de filles de mauvaise vie, ou, dans le meilleur des cas, de pauvres veuves incapables de subvenir aux besoins de leur trop nombreuse progéniture.

Hayworth était un homme à l'esprit pratique, on ne pouvait pas lui retirer ça. Il ne croyait pas à la génération spontanée. L'explication était simple. Certains avaient simplement plus de talent que d'autres pour se cacher. Mais leur passé finissait toujours par les rattraper. Même pour ce qui concernait des individus comme Aidan Roswell. Il avait envoyé un gars de Bow Street examiner les registres de la prison, les maisons de jeu plus ou moins clandestines, les lupanars, et l'homme avait fait un travail remarquable. Les arnaqueurs, même les plus malins, étaient tellement prévisibles !

Hayworth se mit à feuilleter le dossier tandis que son visiteur patientait. On avait retrouvé la trace de Roswell sur les minutes du tribunal de petite instance pour un vol de bijoux. Une tiare en rubis, semblait-il. Appartenant à une duchesse. La duchesse en question, Lady Chichester, se portait bien et avait pignon sur rue. Il ne serait pas difficile de l'interroger si besoin était. Ce qui ne manquerait pas d'être une source de contrariété pour notre bon duc de Cowden. Hayworth se retint de se frotter les mains. De mieux en mieux, n'est-ce pas ? Le prétendu fils d'un duc et pair du royaume pris la main dans le sac pour vol de bijoux !

— Il semblerait que notre petit ami ait accepté de troquer sa peine de prison contre un engagement dans l'armée pour une durée indéterminée, réfléchit-il à voix haute.

Ce qui l'avait probablement sauvé de la pendaison. On ne plaisantait pas avec les biens des grands de ce monde, n'est-ce pas ? Et malheureusement pour lui, maintenant qu'il avait déserté, l'animal risquait fort de se voir imposer la même sentence... et le traitement qui en découlait.

De nouveau, Hayworth faillit se frotter les mains.

— Vous vous êtes montré discret, bien sûr ? s'enquit-il en refermant le dossier avec un petit claquement sec. Personne ne doit savoir que vous enquêtez pour moi.

Si on apprenait qu'il avait cherché de quoi incriminer le fils d'un duc, cela serait du plus mauvais effet. Ses ambitions risquaient de s'en trouver fort compromises. Par contre, si ses soupçons étaient fondés, tout le monde l'applaudirait des deux mains. Alors, Tobin Hayworth serait considéré comme le sauveur de toute une caste dont il aurait préservé les générations à venir d'une flétrissure honteuse. Sans lui, ses dignes rejetons auraient été contaminés par l'introduction d'un individu qui était non seulement d'une caste inférieure mais en outre un repris de justice.

— Oui, assura l'homme. J'ai l'habitude.

— Dans ce cas, votre mission est terminée.

Hayworth renvoya le Coureur et se frotta pensivement la mâchoire. C'était presque trop beau pour être vrai. Qu'est-ce qui avait bien pu pousser Roswell à prendre de tels risques ? Il devait bien se douter que, si son imposture était découverte, il encourrait la peine de mort ? Personne ne le soutiendrait, et surtout pas la famille dans laquelle il s'était introduit par la fraude ! Les Cowden seraient effondrés. Avaline, défaite et humiliée, serait enfin à sa portée.

Encore fallait-il qu'il prouve aux yeux de tous, et surtout de la justice, ce qu'il venait de subodorer.

Car, s'il avait déterré Aidan Roswell, rien ne prouvait que c'était l'individu en question qui se faisait passer pour Fortis Tresham.

Cela dit, il n'était pas indispensable que l'homme soit réellement un imposteur. L'essentiel, c'était que les gens le croient. Ce serait suffisant pour envoyer Fortis Tresham à la potence. Et lui, Tobin, n'aurait plus qu'à tirer les marrons du feu. Comment Avaline pourrait-elle le refuser, cette fois ? L'épouser serait pour elle le seul moyen d'échapper au scandale et de conserver ses terres. Aucun juge n'accepterait en effet de laisser la libre administration d'un domaine d'une telle importance à une jeune veuve incapable de s'apercevoir que son prétendu mari était un imposteur ! Oui, Avaline serait à ses genoux et le duc serait bien content de se débarrasser de la tutelle d'une brebis galeuse.

N'y tenant plus, Hayworth bondit de son siège et se mit à arpenter la pièce de long en large. Oui, l'heure de son triomphe allait bientôt sonner. Il ne lui restait plus qu'à faire ses bagages et à regagner le Sussex à temps pour contribuer à sa manière à un certain anniversaire.

Il poussa un petit gloussement amusé. Décidément, les invitations n'étaient plus ce qu'elles étaient. Fortis n'avait pas été invité à son bal des Moissons et pourtant, cela ne l'avait pas empêché de faire irruption à Indigo Hall et de tout gâcher. Et lui, qui n'avait pas été convié à son anniversaire, se ferait un plaisir de s'inviter avec fracas à sa belle fête d'anniversaire pour lui rendre la monnaie de sa pièce.

Il savait exactement comment il allait procéder...

Et ce serait tout simplement parfait.

15

Cette journée d'anniversaire avait merveilleusement bien commencé, songeait Fortis en se regardant dans la glace tandis que son valet le rasait. Et, avec les festivités qui les attendaient, cela ne pouvait qu'aller de réjouissances en réjouissances.

Le souper et le bal, les deux derniers événements de cette merveilleuse journée préparée avec amour par sa femme, étaient encore à venir et ne pouvaient que constituer un magnifique point d'orgue à toutes ces célébrations. Il sourit pour lui-même en se remémorant la manière dont la journée avait commencé. Au lit avec Avaline qui l'avait réveillé de ses baisers.

Et, selon toutes probabilités, c'est ainsi qu'elle se terminerait,

— Cessez donc un peu de bouger, milord, gronda le valet, exaspéré. Nous ne pouvons tout de même pas nous présenter au souper avec une balafre au milieu de la figure. Milady ne me le pardonnerait jamais. Elle a bien insisté pour que vous soyez irréprochable.

Fortis ravala son sourire et s'efforça de rester aussi immobile qu'un piquet de cricket le temps que le brave garçon achève son ouvrage. Mais il lui était bien difficile de rester impassible quand il songeait à tous les plaisirs qui ne cessaient de se succéder depuis son lever. Ses frères, tout d'abord, étaient arrivés dès potron-minet après une agréable chevauchée dans les bois blanchis de givre et un petit galop dans la prairie. Ensuite, ce fut le tour de ses parents avec le reste de la tribu, à l'allure plus respectable du carrosse familial, les deux épouses cornaquant non sans mal les cinq garçons d'Helena et de Frederick, surexcités par la perspective des réjouissances organisées en l'honneur de leur jeune oncle.

Tout ce beau monde s'était réuni dans la salle à manger familiale de Blandford House autour d'un monumental breakfast.

Fortis n'oublierait jamais le spectacle de cette longue table autour de laquelle s'alignaient treize représentants de la lignée des Tresham, depuis le plus âgé, son père, qui approchait des soixante-dix ans, au plus jeune, un adorable bambin joufflu et rose qui venait tout juste de dépasser son premier printemps et s'amusait beaucoup à lancer ses biscuits sur le parquet, déchaînant les rires des convives.

Si Dieu le voulait, Avaline et lui pourraient bientôt ajouter à leurs invités quelques rejetons de leur propre facture, filles et garçons aussi nombreux que ceux d'Helena et Frederick. Plus, peut-être. Avaline et lui n'en avaient pas encore discuté. Il espérait pourtant qu'ils ne devraient pas attendre trop longtemps. Même si cela faisait du bruit, une grande famille serait une bénédiction qui cimenterait pour longtemps leur amour tout neuf.

Deux mois s'étaient écoulés depuis qu'il était rentré et il ne se fatiguait pas de ses neveux et encore moins des visites impromptues de ses deux frères qui venaient seuls ou séparément discuter d'un projet ou d'un autre autour d'un bon café ou, selon l'heure, d'un vieux whisky. Et il adorait chevaucher jusqu'à Bramble pour discuter avec son père des améliorations à apporter à Blandford pendant que sa mère les écoutait en se livrant à ses travaux de broderie.

Après le petit déjeuner, il était allé accueillir sur le perron les métayers de Blandford qui venaient lui faire leurs compliments. Puis Avaline et lui s'étaient joints à eux pour faire le tour des paddocks avec des friandises pour les chevaux. C'est alors, tandis qu'il se promenait avec ses employés sur ses terres, chaudement vêtu pour se protéger du froid, son épouse à son bras, emmitouflée dans ses fourrures, qu'il avait vraiment compris ce que signifiait s'appeler Fortis Tresham, fils du duc de Cowden.

Tout lui souriait. Il était jeune, en bonne santé et tendrement aimé.

Il avait le monde à ses pieds.

L'après-midi avait été consacré à des jeux et à des compétitions. Fortis s'était arrangé pour gagner contre Avaline aux fléchettes et avait réclamé pour toute récompense un baiser de sa femme qui le lui avait donné en rougissant. Et de cela aussi, il avait été heureux. Jamais il ne s'était senti davantage à sa place, davantage lui-même que lorsque Avaline avait levé vers lui des yeux remplis d'amour. Il était en vie et en bonne santé. La guerre était finie. Il était rentré chez lui, physiquement et psychologiquement.

Oui, plus qu'un anniversaire, c'était bien une renaissance.

Maintenant, ils avaient tous une bonne heure de répit avant que les grandes familles du comté arrivent pour les festivités du soir. À dire vrai, Fortis aurait de loin préféré se contenter de faire un bon feu de bois dans la cour des écuries, de vider avec ses gens un tonneau de bière et de danser sous les étoiles au son d'une vielle. Il les connaissait bien. Il avait travaillé avec eux et ils s'estimaient mutuellement. Il avait été très ému de recevoir les félicitations de John.

Son valet était en train de lui tapoter les joues avec une serviette de coton fin.

— Voilà, milord, j'en ai terminé. Allons-nous nous habiller, maintenant ? Votre habit est étalé sur le lit. Votre pantalon a été repassé de frais et j'ai moi-même ciré vos souliers.

Un nouvel habit avait été spécialement commandé pour l'occasion. L'ancien, que Fortis trouvait parfaitement convenable, avait été jugé démodé. Pourquoi, il n'aurait su le dire. Un habit noir est un habit noir, n'est-ce pas ? Mais Avaline avait insisté. Et il lui avait fallu se lancer dans une expédition jusqu'à Londres pour une longue séance de torture chez un tailleur.

Mais quand Robert avait ouvert l'encombrant carton arrivé deux jours plus tôt, il était sorti de sa réserve habituelle pour le féliciter.

Fortis attendit stoïquement que Robert joue complaisamment son rôle jusqu'au bout en revêtant son maître de la chemise la plus fine, du jabot de dentelle le plus délicat. Il était à demi vêtu quand on entendit un léger heurt à la porte. Avaline entra dans la pièce, superbe dans une robe du soir de couleur Mazarine, un bleu étonnant à mi-chemin entre le vert et le violet, bordée de dentelle d'argent aux épaules et au décolleté. Des perles accrochées à un fil d'argent ornaient ses oreilles et trouvaient leur écho dans un collier qui soulignait l'élégance de son cou. Ses cheveux relevés en un chignon raffiné mettaient en valeur son port de tête.

— Laissez-nous, Robert, je vous prie. Je vais finir. J'espère qu'il n'a pas été trop pénible ?

Robert s'inclina gravement.

— Non, milady. Tout s'est bien passé. À part le rasage, sur la fin, où milord a commencé à s'agiter comme un adolescent dont ce serait la première fois...

Fortis rit, heureux de se voir taquiné.

— C'est que vous me traitez comme un impotent. Je suis capable de m'habiller tout seul, figurez-vous. Si vous croyez que, sur le front, nous avons nos valets de chambre !

— Ce n'est peut-être pas le meilleur moment pour nous en faire la démonstration, mon ami, dit Avaline en sortant les boutons de manchette de leur écrin tandis que Robert s'éclipsait discrètement.

Fortis pouvait sentir la douce senteur d'eau de rose de ses cheveux, relevée peut-être d'une pointe de jasmin au creux de son cou.

— Vous a-t-il fallu beaucoup de temps pour entrer dans cette robe ? murmura-t-il contre son oreille.

— Pas tant que cela, répondit Avaline, concentrée sur les boutons de manchette qu'il fallait introduire dans ces minuscules boutonnières. Pourquoi me posez-vous cette question ?

Elle en avait fini avec le dernier bouton et s'intéressait maintenant à son col de chemise.

— Eh bien... Je me demandais si j'aurais le temps de vous la retirer avant que nous soyons contraints de descendre.

À dire vrai, il n'avait pas envie de descendre du tout. La journée en famille avait été si belle ! Et la soirée passée dans l'intimité de leur chambre avec sa femme pourrait être plus belle encore. Il n'avait plus qu'un désir. S'allonger peau contre peau dans ce lit avec Avaline et la respirer tout entière, comme une fleur dont on voudrait s'enivrer.

Elle lui boutonna son col de chemise avec une ferme détermination.

— Nous ne pouvons faire attendre nos hôtes et je vous connais...

Avaline sourit pour elle-même. Oui, elle pouvait dire qu'elle connaissait son mari, maintenant. Cela n'avait pas été sans lutte, et elle en était fière. Il se pencha sur elle, les mains posées sur ses hanches, et prit sa bouche.

— Accordez-moi au moins un baiser, jolie dame. Sinon, je ne pourrai tenir toute la soirée.

Il se colla à elle dans un geste très suggestif et lui murmura à l'oreille :

— Si je descendais l' escalier dans l'état où vous m'avez mis, je craindrais de créer un scandale parmi nos respectables invitées.

Avaline ne put s'empêcher de rire.

— Fortis ! Mais, pour l'heure, c'est moi qui suis scandalisée...

Elle ajouta en le repoussant doucement, les deux mains sur sa poitrine :

— Du reste, ce n'est pas pour cela que je suis venue, mais pour vous offrir mon cadeau avant que nous descendions.

Le regard souriant mais sévère de sa femme ramena Fortis à plus de raison. Décidément, il fallait être sérieux. Il s'assit sur le lit.

— Je ne vois pas ce que vous pouvez m'offrir de plus, ma mie. Vous m'avez déjà fait présent d'une merveilleuse journée, entouré de ma famille et de la femme que j'aime... Au milieu de nos terres et de nos gens, qui sont devenus des amis.

S'accroupissant devant lui, Avaline prit un petit paquet posé sur le tapis.

— Voici quelque chose qui fera de cette journée une parfaite réussite. Du moins je l'espère.

Ses mains tremblaient tandis qu'elle lui tendait le cadeau. Fortis comprit seulement à ce moment-là combien elle était émue.

— De quoi s'agit-il, ma chérie ?

Le paquet, qui semblait contenir une petite boîte, était plus lourd qu'il ne le paraissait au premier abord. Fortis le déballa précautionneusement et en souleva le couvercle. Un *cube de* cristal, pareil à ceux des jeux d'enfants, apparut, scintillant dans la lumière de la lampe à huile. Ceint d'un élégant ruban bleu, il était habilement taillé de sorte à imiter le drapé d'une couverture. Et sur chaque face était gravée une lettre en majuscule. Faisant bouger le cube translucide sous la lampe, Fortis déchiffra chaque lettre à haute voix. BABY… Il faillit lâcher le cube en prononçant la dernière lettre : Y.

Bébé ?

Grand Dieu ! Il allait être père.

Son regard parcourut le visage d'Avaline, se posa sur son sourire tremblant, plongea dans son beau regard inquiet.

— Est-ce vrai ? Un enfant ? Quand ? Mon Dieu, comment… ?

Il était si ému, si heureux que les mots sortaient d'eux-mêmes de sa bouche, presque incohérents. Laissant glisser le cube sur la courtepointe, il tomba à genoux à côté de sa femme et l'entoura de ses bras. Au diable la belle toilette et la coiffure élaborée. Il voulait la serrer contre lui, lui dire combien il était heureux… Mais la parole lui manquait. Le passé ne semblait plus avoir d'importance, maintenant. La guerre, la souffrance, tous ces jours sombres passés dans cette grotte, rien ne comptait plus que l'immense bonheur que venait de lui procurer sa femme.

Avaline riait et pleurait contre son épaule.

— Es-tu content ? Ce n'est pas trop tôt pour toi ? Je craignais tant que tu…

Elle devenait aussi incohérente que lui, souriant au milieu de ses larmes, et il la fit taire d'un baiser.

— Je suis l'homme le plus heureux du monde, chuchota-t-il entre ses baisers.

— Assez heureux et satisfait maintenant pour descendre accueillir bien poliment tes invités ?

Fortis rit.

— Puisque tu y tiens, oui, ma femme. Je le ferai.

Mais il comprenait Avaline et son désir d'entretenir de bonnes relations de voisinage. C'était plus important encore maintenant qu'il y avait cet enfant à venir. Blandford allait devenir le foyer de ce petit être tout neuf. Les enfants de leurs voisins allaient devenir ses camarades de jeux. Ils grandiraient ensemble et uniraient peut-être eux aussi leurs destins. Il était important qu'il fasse bonne impression auprès d'eux, pour compenser l'image qu'il avait dû donner sept ans plus tôt, d'un joyeux drille toujours disposé à s'amuser et qui n'avait pas hésité à préférer la guerre de conquête à sa femme. Il tenait à ce qu'ils le voient désormais comme un respectable propriétaire terrien, un bon sujet de Sa Majesté autant qu'un bon voisin et un bon père. Et plus que tout, il voulait que tous soient témoins de l'amour qu'il portait à sa femme. Quoi qu'aient pu penser jadis les gens de leur mariage, il voulait que tous les soupçons soient définitivement balayés.

Avaline vérifia une dernière fois que sa tenue était irréprochable et ils se dirigèrent vers le grand escalier du hall main dans la main. Avant d'entreprendre la descente des marches, Fortis embrassa du regard les décorations bleu et argent qui ornaient les murs, les portes, les fenêtres, et jusqu'à la rampe. Le hall de Blandford House étincelait comme un royaume magique plongé dans un éternel hiver. C'était magnifique ! Qu'avait pu imaginer Avaline pour la salle de bal et celle du souper ?

— Peut-être pourrai-je annoncer la nouvelle à mes frères ? Discrètement, bien sûr.

Elle lui sourit, les yeux aussi étincelants que les lustres garnis de milles bougies.

— Oui, tu le peux. De toute façon, tu serais incapable de le leur dissimuler. Tu peux leur annoncer qu'il y aura un Tresham de plus cet été. Mais motus et bouche cousue pour les autres invités. Laissons-les se creuser la cervelle pour tenter de deviner la raison de ce large sourire qui, j'en suis bien sûre, va rester accroché à tes deux oreilles pendant toute la soirée.

Il pouvait y avoir pas mal de raisons pour expliquer ce sourire, conclut Fortis à la fin du souper. Les mets délicieux, les bons vins, l'aimable compagnie, et même le plaisir qu'il aurait à découper cette extraordinaire pièce montée trônant au milieu de la table des rafraîchissements.

— Quels sont les parfums de cette pâtisserie ? demanda Fortis en conduisant sa femme dans la salle de bal pour ouvrir la danse.

— Gourmand comme vous l'êtes, je suis étonnée que vous n'ayez pas trouvé tout seul, monsieur mon mari. Vous la dévorez littéralement du regard. Cela dépend des couches. Chocolat, citron glacé, menthe glacée...

Elle rit en voyant son expression éblouie.

— On dirait un collégien. Je suis ravi que ce repas vous ait plu.

Fortis lui mordilla l'oreille, indifférent aux regards.

— Dites-moi qu'il y a de la vanille, je vous en supplie, ne put-il s'empêcher de demander tandis qu'il conduisait sa femme sur la piste de danse.

Il aurait voulu dévorer Avaline comme il avait dévoré des yeux la pièce montée.

— Oui, vilain garçon. Il y a aussi de la vanille.

Elle rougit violemment et il comprit qu'elle pensait à quelques manières plus audacieuses de la déguster. L'orchestre entama les premiers accords. La danse qui allait ouvrir le bal serait une valse, bien sûr, car c'était le souhait qu'avait émis l'hôte d'honneur de la soirée. Fortis entraîna Avaline dans un lent tourbillon, la serrant contre lui plus que la décence ne l'autorisait.

— Savez-vous, ma femme, l'avantage le plus important du mariage ? C'est que je peux danser avec vous toute la nuit sans que personne ait rien à y redire.

— La fête vous a-t-elle plu ? murmura Avaline, le regard perdu dans le sien.

— Tout était parfait. Absolument parfait.

Fortis lui décocha un sourire éclatant.

Sa fête d'anniversaire était parfaite, en effet. Sa femme était parfaite. Sa vie était parfaite. Que pouvait demander un homme de plus ? Et pas question de gâcher cette soirée avec ces proverbes stupides, comme : « Et plus dure sera la chute » ou « Après le beau temps, la tempête ».

Ce serait d'une telle indécence !

16

Tobin Hayworth tendit sa cape et son haut-de-forme à l'un des valets qui flanquaient la double porte de l'entrée et embrassa du regard le spectacle du hall inondé de lumières. C'était le décor parfait pour mettre en scène le petit impromptu qu'il avait mis au point. On n'aurait pas fait mieux à Drury Lane[1].

Bien sûr, ce n'était pas si grand qu'à Indigo Hall, ni aussi opulent, mais pour une demeure de construction ancienne et qui n'avait jamais bénéficié d'aucune rénovation, Blandford Hall ne s'en sortait pas si mal. Il se dirigea tout droit vers la salle de bal en attrapant au vol une coupe de champagne sur le plateau d'un valet de pied. Il le goûta avec gourmandise et claqua la langue. Hum… Bon champagne. On n'avait pas lésiné sur la dépense. À juste titre. Ce n'était pas tous les jours qu'un fils de duc se levait d'entre les morts.

Hayworth, tout en se frayant un passage dans la foule, dut saluer plusieurs personnes de sa connaissance. Il ne s'agissait décidément pas du petit peuple des environs. La plupart des invités appartenaient au grand monde. Il fallait que Fortis Tresham soit reconnu et adoubé par ses pairs. Eh bien ! Il n'allait pas être déçu !

1. Drury Lane est une rue de Londres dans laquelle se situe le théâtre du même nom, probablement le plus ancien de la capitale. Reconstruit plusieurs fois depuis 1663, le Théâtre Royal de Drury Lane était un des rares théâtres patentés par la Cour et l'un des plus prestigieux. Les pièces de Shakespeare constituaient son répertoire privilégié.

L'édifice actuel date de 1812 et on y joue maintenant surtout des comédies musicales. (NdT)

Un homme lui heurta le bras et s'excusa du champagne qui s'était répandu.

Hayworth se tourna vers lui avec un sourire affable.

— Je vous en prie... Quelle cohue, n'est-ce pas ? remarqua-t-il, désireux d'engager la conversation. Tous les gens qui comptent dans les environs ont été invités, on dirait.

Exactement ce qu'il espérait.

— Pas grand-chose à faire à cette saison, il faut bien l'avouer, renchérit le jeune homme en riant. Je suis Elias Paul, ajouta-t-il en tendant la main à son interlocuteur. Mon père est magistrat. Je rentre tout juste d'Oxford pour les fêtes de fin d'année. Vous avez vu cette pièce montée !

— Ah ! oui. Magnifique. Les Tresham n'ont pas lésiné, n'est-ce pas ? Et on les comprend. Ce retour du fils prodigue, ça tient du miracle.

Ces mots eurent l'effet désiré.

Elias Paul, qui avait vécu au loin ces derniers mois, ne semblait pas connaître les circonstances dans lesquelles cette fête avait été organisée. Ce n'était pas un anniversaire ordinaire. Loin de là.

— Un miracle ? Que voulez-vous dire ?

Hayworth n'attendait que cet encouragement pour confier ses soupçons à son interlocuteur sans lui épargner les détails.

— Bien sûr, je leur souhaite tout le bonheur possible, conclut-il. Mais je ne voudrais pas que mon voisin de toujours soit par trop abusé.

Il secoua gravement la tête pour accentuer l'effet de ses propos et compléta d'un air sentencieux :

—C'est pourquoi, à sa place, je ne me serais pas hâté de célébrer l'événement. Certaines questions se posent qui attendent des réponses. Tout cela est arrivé un peu vite. Un bon imposteur pouvait organiser la chose sans se donner trop de mal... Toutes ces coïncidences, c'est tout de même un peu troublant, n'est-ce pas ?

Comme le jeune Elias Paul semblait attendre la suite, Hayworth se lança dans les conjectures.

— Le fils d'un duc porté disparu au cours d'une opération militaire, une famille en peine qui aspire désespérément à voir le jeune homme revenir, enquêtant partout pour avoir des informations, une jeune veuve hypothétique, dont la vie s'est arrêtée dans la fleur de l'âge… Tous sont prêts à gober n'importe quel mensonge.

Elias opina du chef, les yeux fixés sur l'élégante silhouette de Fortis, entraînant dans d'impeccables volutes sa gracieuse partenaire.

— Pensez-vous qu'il y ait vraiment une possibilité qu'il ne s'agisse pas de Fortis ? Je l'ai peu connu mais, pour autant que je puisse en juger, la ressemblance est frappante…

Hayworth haussa les épaules.

— Je ne peux rien affirmer. Tout ce que je sais, c'est que cette famille est vulnérable et quand tout paraît trop beau pour être vrai, c'est que c'est le cas. Regardez-les… Elle est complètement sous son emprise. Honnêtement, je crains pour elle.

— Ils paraissent si heureux ensemble, s'étonna Elias tandis que le couple passait non loin d'eux, les yeux dans les yeux. Comment une femme ne reconnaîtrait-elle pas son mari ?

Les rouages du mécanisme tournaient tout seuls, maintenant. Hayworth n'avait même pas eu besoin de semer cette graine.

— Une femme désespérée, je suppose, répondit Hayworth, d'un ton faussement apitoyé qui ne trahissait pas sa hargne devant le spectacle du bonheur des deux jeunes époux.

Tout serait plus facile s'il était parvenu à susciter le doute dans l'esprit d'Avaline. La jeune femme prendrait la défense de son mari, à coup sûr. Elle voyait toujours le bien partout. Il faudrait un miracle pour qu'elle change d'avis… Et c'était là qu'Hayworth jouait le rôle décisif. Quand Avaline connaîtrait la carte qu'il détenait dans sa manche, si elle voulait sauver son mari, elle ne pourrait faire autrement que d'obtempérer.

Hayworth s'excusa auprès d'Elias Paul et se mit à circuler dans la vaste salle pour y répandre, à peu près dans les mêmes termes, sa redoutable rumeur, insistant plus particulièrement auprès de ceux qui étaient venus admirer le héros sans connaître les détails de sa surprenante réapparition : Quelle heureuse coïncidence, n'est-ce pas, ce retour inespéré du jeune Tresham ? Presque trop beau pour être vrai, diraient les mauvaises langues.

Puis il attendait. Il attendait que la rumeur fasse son chemin. Il attendait que les Tresham viennent à sa rencontre. Et il allait leur faciliter la tâche. Il n'avait pas l'intention de se cacher, bien au contraire. Il fallait qu'ils le trouvent et qu'ils le traînent devant le duc où il serait sommé de s'expliquer. À ce moment-là, avec tous les témoins à proximité, il pourrait faire pression sur Cowden pour négocier sa discrétion.

Sinon, il était bien décidé à en révéler beaucoup plus.

Ce salopard, qui tourbillonnait autour du buffet depuis une bonne demi-heure, s'empiffrait de petits-fours au foie gras et de salade de homard tout en répandant sa sale rumeur. Fortis, qui observait de l'autre extrémité de la salle l'arrogant personnage, sentait son sang bouillir. Hayworth, visiblement bien décidé à gâcher la fête organisée par Avaline, n'avait aucun droit d' être là. Et si Fortis ne s'était pas contenu pour l'amour de sa femme, il n'aurait pas hésité à le prendre par le fond de son pantalon et à le jeter dehors.

— Restons calmes, frérot, intervint Frederick en lui posant la main sur le bras. Pas de scandale. C'est justement ce qu'il espère. Laissons-le avoir le mauvais rôle.

— Mais il me calomnie ! Je ne peux pas le laisser faire.

Fortis serra les mâchoires. Les propos maléfiques d'Hayworth avaient fini par arriver jusqu'à ses oreilles dix minutes plus tôt. À son avis, il avait déjà attendu neuf minutes de trop pour aller acculer Hayworth dans un coin et lui faire rendre gorge. Ne serait-ce que pour lui faire payer le mal que ces rumeurs étaient en train de faire à son équilibre mental. La confiance et la sérénité sous lesquelles il avait réussi ces derniers jours à masquer son anxiété s'étaient dissipées au premier assaut d'Hayworth.

Son cerveau était de nouveau assailli par le doute. Toutes les questions qu'il avait réussi à refouler tout au fond de lui depuis la fête chez les Gitans étaient revenues à l'assaut, abattant les remparts qu'il avait réussi à élever pour se protéger.

Et de nouveau, la même question le torturait, comme un fer

dans la plaie. Et s'il n'était pas Fortis Tresham ? S'il avait mal interprété les scènes qu'il revivait comme dans un rêve ? Serait-il jamais libéré de ses doutes ? Il espérait avoir vaincu le dragon, mais voilà qu'il se dressait de nouveau devant lui, le narguant de sa tête hideuse.

Non, décidément, il ne pouvait laisser Hayworth le manipuler à chaque fois que la fantaisie l'en prenait comme un pauvre pantin. S'il le laissait répandre ses calomnies, les choses iraient de mal en pis. Il chercha Avaline du regard. Avait-elle eu vent de quelque chose, elle aussi ? Ils s'étaient tellement battus pour arriver à cet état de bonheur partagé ! De plénitude presque absolue !

Pourtant, l'édifice était fragile. Il suffirait d'une légère poussée pour que tout s'écroule... Mais pas question d'offrir à Hayworth cette satisfaction.

— J'ai envoyé Anne et Helena auprès d'elle, murmura Frederick à voix basse, comme s'il lisait dans ses pensées. Si par malheur elle a entendu quelque chose, elles seront là pour la soutenir. Et si ce n'est pas le cas, il vaut mieux qu'elle apprenne ce qui se trame de leur bouche. Elles sauront y mettre les formes.

Fortis hocha la tête.

— Je préférerais qu'elle n'entende rien du tout... Bien, mes amis, ajouta-t-il en serrant les poings, les yeux braqués sur l'intrus, il me semble qu'Hayworth a mangé assez de notre pain. Allez-vous m'aider à le mettre à la porte ?

— Allons-y doucement, avertit Frederick. Tu as raison, Fortis. Nous ne pouvons pas le laisser faire. Mais c'est justement ce qu'il espère. Il attend notre venue. Il est prêt au scandale. Et il est plus que probable qu'il a d'autres surprises pour nous. Nous devons penser avec notre tête, pas avec nos poings.

Fortis opina du chef. Il était heureux de sentir la cohésion qui les unissait, les rendant plus forts tous les trois.

— Message reçu, Fred. Y allons-nous, maintenant ? Avant que cet olibrius ait dévoré tous les choux à la crème ?

Ils traversèrent la pièce d'un pas tranquille, s'arrêtant de temps à autre pour échanger quelques propos aimables avec tel ou tel invité, afin de montrer que les frères Tresham étaient plus unis que jamais. Les rumeurs insensées de Tobin Hayworth n'auraient d'autre résultat que de montrer aux yeux de tous son manque d'éducation et le mauvais goût qu'il avait eu d'en faire étalage lors d'une fête d'anniversaire. Mais, de l'avis de Fortis, le mal était fait. Il sentait une indéniable tension chez les invités avec qui ils conversaient ici et là et il surprit à plusieurs reprises le regard spéculatif qu'ils posaient sur lui.

Quand ils parvinrent enfin devant le buffet des desserts, Hayworth les accueillit avec un sourire par trop suffisant pour l'opinion de Fortis.

— Vous n'étiez pas invité, ce me semble, lança-t-il sans préambule.

Il n'avait pas l'intention de chercher la bagarre, mais pas question non plus de feindre d'ignorer ce que le sinistre personnage était en train de faire.

— Vous non plus, si ma mémoire est bonne. Vous avez fichu en l'air ma petite fête. Alors, mon vieux, œil pour œil, dent pour dent.

Hayworth tendit la main vers un délicieux chou abondamment fourré de crème au caramel avec une insultante nonchalance.

— Je n'ai pas joué au pique-assiette, pas plus que je n'ai cherché à salir votre réputation, gronda Fortis en s'interposant entre Hayworth et le buffet. Je n'ai fait que revendiquer ce qui était mien. Il n'y a rien ici qui vous appartienne, que je sache. Je vous suggère donc d'aller récupérer vos effets au vestiaire et de prendre le chemin de la sortie.

Hayworth eut un ricanement sec. Presque un aboiement.

— Vous suggérez, dites-vous ? Par Dieu, vous avez acquis une certaine morgue, ces derniers temps. Tout à fait assortie à vos jolis habits. Vous pourriez presque passer pour le fils d'un pair du royaume. Et c'est bien ce que vous espérez, n'est-ce pas ?

Fortis contre-attaqua.

— Mais c'est ce que je suis en effet. Fils d'un duc et pair du royaume.

Ainsi c'était la surprise qu'Hayworth avait concoctée. Une contestation de son identité. Mais pas question de lui montrer combien cette attaque le déstabilisait.

— En êtes-vous si sûr ?

La voix de son interlocuteur n'était plus qu'un grondement sourd. Ils se mirent à tourner l'un autour de l'autre comme deux loups se préparant au combat.

Fortis évaluait son adversaire du regard. S'ils en venaient aux mains, il voulait être certain de l'emporter. Pas question de se rendre ridicule aux yeux de ses invités. Hayworth était un homme trapu, non sans une certaine grâce athlétique. Il pratiquait très probablement la boxe en amateur pour se garder en forme, ou tout autre sport de combat à la mode.

Mais ce n'était pas un soldat entraîné au combat.

— Seriez-vous en train de suggérer que je ne suis pas celui que je prétends être ?

— Je ne suggère pas. J'affirme. Vous n'êtes rien de ce que vous prétendez être. Probablement ne savez-vous même pas qui vous êtes réellement. Vous êtes un homme brisé surgi de la forêt au bout d'un an, comme une bête sauvage, sans même un nom jusqu'à ce que l'état-major vous en attribue un. À la minute où je vous parle, vous n'êtes même pas sûr de votre cervelle.

Hayworth poursuivait implacablement son discours calomnieux et Fortis sentait monter sa rage en lui, de plus en plus incontrôlable. Ce que disait Hayworth, n'était-ce pas mot pour mot ce qu'il avait pensé de lui le soir de la fête des Gitans ? Qu'il n'avait fait que s'imaginer qu'il était Fortis ? Mais pas question de se laisser abattre. Il n'était pas un imposteur.

— Si vous avez des accusations à lancer – à quel titre, je vous le demande ? – vous pourriez choisir un lieu et un moment plus appropriés qu'une fête entre amis ! Je ne crois pas que ma femme vous pardonnera jamais d'avoir gâché une journée qu'elle avait pris tant de peine à organiser.

Du coin de l'œil, il voyait Avaline se diriger vers eux, Anne et Helena dans son sillage. Elle avait le visage pâle, les traits tirés, et il s'en voulut de lui faire vivre une telle scène, une fois de plus. Cette journée de réjouissances avait si bien commencé !

Hayworth eut un gloussement aigu.

— Avaline ? Elle me remerciera quand j'aurai démontré qu'elle accueillait une fripouille dans son lit. Mais c'est sans doute trop tard. Si vous n'êtes pas Fortis Tresham, vous avez déjà fait d'elle une putain... Ou en tout cas, une femme adultère.

De plus en plus de regards convergeaient vers eux. Des chuchotements commençaient à s'élever.

— C'en est assez, Hayworth ! intervint Frederick, les yeux brillants comme deux saphirs. Sortons pour régler cette affaire-là en privé. À moins que vous ne soyez trop lâche pour vous expliquer les yeux dans les yeux ?

Hayworth gloussa de nouveau, d'un rire que l'abus de champagne l'empêchait de contrôler.

— À trois contre un ? Bien vu de votre part mais ce ne serait pas très fair-play. Non. Je tiens à régler cette affaire devant témoins, en public, afin que nul n'en ignore.

Il s'interrompit, puis ajouta, narquois :

— À moins que vous n'ayez quelque chose à cacher ?

Fortis le toisa d'un regard glacé.

— Je ne vois pas de quoi vous parlez. Tout ce que nous vous demandons, c'est de quitter cette demeure avec votre sac de ragots. Vous vous déshonorez en vous introduisant ici pour discréditer un homme de bien avec des calomnies.

— Des calomnies, dites-vous ? releva Hayworth, sa bouche mince s'étirant en un sourire mauvais. Des mensonges ? En êtes-vous si sûr ?

Plantant son regard dans celui de son adversaire, avec l'intention visible de lui porter le coup décisif, il précisa :

— Je sais tout à votre sujet. Et je n'ai pas peur de dire devant tout le monde qui vous êtes. Vous vous appelez Aidan Roswell. Profession : voleur de bijoux.

Fortis sentit un grand froid l'envahir. Non ! Ce n'était pas possible. Il n'était pas Aidan Roswell. Il n'avait jamais rien volé de sa vie. Cet homme dont parlait Hayworth était mort dans la grotte.

Mais le doute, une fois de plus, franchissant les barrières de sa volonté, s'insinuait dans les failles de sa conscience.

Tu pourrais l'être et tu sais parfaitement pourquoi.

Cela expliquait tout. Et en particulier pourquoi il ne voyait pas les flash-back au cours desquels il revivait les scènes de la grotte du point de vue de Fortis Tresham mais de celui de Roswell. Pourquoi parfois il n'était pas certain de l'identité de celui qui parlait, ni à qui appartenait l'anecdote qu'il racontait. Pourquoi aussi il avait eu tant de mal à comprendre pourquoi il n'avait jamais répondu aux lettres d'Avaline, et pourquoi, sept ans plus tôt, il ne l'avait pas aimée dès le premier regard...

Parce que ce n'était pas lui. Il n'était pas Fortis Tresham.

Non. Il n'était pas d'accord. Il y avait d'autres explications et il s'accrochait à elles comme si sa vie en dépendait. Et peut-être qu'elle en dépendait, en effet. Il fut secoué d'un violent frisson et se mit à se répéter comme une litanie qu'il était Lord Fortis Tresham, fils du duc de Cowden, frère de Frederick et Ferris, qui étaient là, à ses côtés pour le soutenir. Il était l'époux d'Avaline et maître de Blandford Hall. Il savait qui il était. Mais inutile de continuer à relancer la balle à Hayworth. Personne ne pourrait faire taire cet énergumène. Il n'y avait qu'un seul moyen de le réduire au silence et de regagner l'estime de tous. Et d'abord la sienne.

— Je suis Fortis Tresham et vous allez sortir de ma maison.

Se précipitant sur son détracteur, il lui asséna un formidable uppercut à la mâchoire qui envoya Hayworth s'écrouler sur un des cygnes de glace qui flanquaient la pièce montée. Dans un geste désespéré, Hayworth tenta de se rattraper à la monumentale figure qu'il entraîna dans sa chute, ainsi qu'une bonne centaine d'assiettes à dessert empilées là pour le service. Le fracas déclenché par cette chute en cascade plongea l'assistance dans un silence ébahi.

On entendit alors un grand cri.

— Non, Fortis, non ! Je t'en supplie...

Sa tête pivota sur ses épaules et il chercha d'où venait la voix. Mais il ne la voyait pas. Elle, sa femme. Avaline... Où se dissimulait-elle ? Le décor s'estompait autour de lui, les murs laissaient place à la forêt, puis à la grotte. Fortis ferma les yeux, serrant très fort les paupières. Il priait de toute son âme pour que la salle de bal revienne. Il ne se laisserait pas embarquer, cette fois. Pas devant Avaline, avec tous les autres pour témoins !

Mais quand il rouvrit les yeux, la salle de bal n'était plus là.

17

Aidan traça avec son morceau de craie un bâton supplémentaire à la suite de la longue rangée qui s'alignait maintenant sur la paroi.

— Quel mois sommes-nous ? s'enquit Fortis depuis sa couche de fougère qu'il avait fallu rapprocher encore du feu.

— Février.

Cela faisait maintenant trois mois qu'ils étaient enfermés dans cette grotte et l'état de Fortis ne s'était pas amélioré. Tâcher de sauver son camarade était devenu un exercice aussi difficile que futile. Son bon sens lui imposait de regarder la vérité en face. Il n'y avait plus d'espoir. Les côtes de son patient ne se ressoudaient pas. Le seul moment où Fortis ne souffrait pas trop, c'était quand il restait parfaitement immobile. Il ne pouvait pas se déplacer sans risquer une grave hémorragie. C'était déjà un miracle que l'infection ait pu être jugulée.

— Février..., répéta Fortis d'une voix faible, quasi transparente. Aussi court que soit ce mois, je n'en verrai pas la fin... (une pause)... Vous pouvez partir, si vous voulez. Je vous ai retenu assez longtemps ici. Et tout ça pour rien. Je finirai par mourir, de toute façon. Faites un feu d'abord, pour que je n'aie pas trop froid. Et quand il mourra, je mourrai avec lui. Il suffira que je me redresse, et c'en sera fini. Vous pouvez laisser votre pistolet, si vous voulez que ça aille plus vite.

— Je ne veux pas entendre de pareilles sottises. Je reste ici et vous sortirai de là. Si vous avez tenu bon pendant trois mois, c'est que vous pouvez guérir.

Il prit la main de son camarade et lui adressa un sourire rassurant. Mais il ne se faisait pas d'illusion. La veille, en toussant, Fortis avait pour la première fois craché du sang. Le pire venait de se confirmer. Une côte, au moins, était brisée et avait pénétré dans le poumon. Cela ne pouvait plus être très long, maintenant Cette évidence déchira le cœur d'Aidan. Il ne pouvait pas, il ne voulait pas perdre Fortis. Le jeune homme était devenu son ami. À vingt-huit ans, Aidan pouvait compter sur les doigts de la main ceux qu'il avait le droit de considérer comme tels.

Fortis lui rendit son sourire. Un sourire si faible qu'on aurait dit une grimace.

— Tu es un véritable ami, Aidan, lui dit-il en le tutoyant pour la première fois. Grâce à toi, j'ai eu quelques mois de sursis. Cela m'a permis de revenir un peu sur moi-même. De prendre conscience de mes fautes, et d'essayer de me les pardonner... Maintenant, je suis prêt à partir. Il reste pourtant encore quelque chose à régler. Je t'ai parlé de ma femme, tu t'en souviens ? Tu veux bien sortir sa miniature ? Elle est là, dans la poche de ma veste.

Aidan fouilla dans la poche indiquée et y trouva le médaillon, qu'il ouvrit pour lui.

— Elle est vraiment très belle. Tu es un heureux homme, Fortis.

Il fallait absolument croire à un avenir. L'espoir fait vivre, prétendait un vieux dicton.

— Pas si heureux que ça. Je ne la reverrai pas, je le sais bien. Pas de seconde chance, comme je l'avais espéré... Excuse mon indiscrétion, Aidan, mais je suis obligé de te poser de nouveau la question. As-tu une femme qui t'attend quelque part ? Une femme qui t'aime et que tu aimes en retour ?

— Je te l'ai déjà dit, Fortis. Personne ne m'attend. Nulle part.

Il posa sa main sur le front de son compagnon, craignant que, pris par la fièvre, il ne se soit mis à délirer. Ils avaient déjà eu cette conversation, presque mot pour mot.

— Alors, il faut que tu fasses quelque chose pour moi. Tu dois me le promettre.

Fortis agrippa le poignet d'Aidan et le serra convulsivement.

— Cessons cette comédie, reprit-il, haletant. Tu sais aussi bien que moi que je n'ai plus aucune chance de m'en tirer. Je serai mort bientôt.

Ce soir ou demain. J'ai déjà exigé beaucoup de toi. Mais je voudrais te demander encore une chose.

— *Tout ce que tu veux, tu le sais bien, promit désespérément Aidan, comme si cela pouvait conserver son ami en vie plus longtemps.*

Fortis le remercia d'un regard brûlant de fièvre.

— *Je veux que... quand je ne serai plus là... tu ailles la voir.*

— *Fortis ! Mais pourquoi faire, grand Dieu ! Cela n'a pas de sens. Tu iras, toi, quand tu seras rétabli...*

Mais inutile de se mentir, en effet. Fortis n'en avait plus pour longtemps. Il s'affaiblissait à vue d'œil. Ils n'avaient plus de temps à perdre.

— *C'est entendu, Fortis. J'irai. J'irai et je lui dirai tout ce que tu aurais voulu qu'elle entende. Combien tu aurais aimé la revoir. Combien tu aurais voulu avoir une seconde chance avec elle, pour la rendre heureuse et être heureux.*

Fortis eut un geste de dénégation.

— *Non, non... Pas comme ça. Elle a accepté de m'épouser pour se protéger, elle et son domaine, de la convoitise d'un vieux voisin, Tobin Hayworth. Elle a encore besoin de mon nom. Et de moi. Veuve, elle serait de nouveau menacée...*

Il toussa, épuisé par le flot trop rapide de ses paroles. Le linge avec lequel Aidan lui essuya les lèvres était teinté de sang. Il lui fallut de longues minutes avant de pouvoir reprendre la parole, haletant, tandis qu'une lueur de panique s'allumait dans ses yeux. Il craignait de ne pas avoir le temps de mourir avant d'avoir pris des dispositions qui, pour lui, étaient essentielles.

— *Cette vie que je vais perdre, je veux te la donner, mon ami. Écoute-moi attentivement. Nous sommes de la même taille, à peu près du même âge et nous avons tous les deux des cheveux bruns et des yeux bleus. Des yeux d'une nuance rare, comme si Dieu l'avait voulu ainsi pour servir mon propos. Je t'ai parlé de ma famille, de chacun de ses membres. Je t'ai dit où les trouver. Je t'ai raconté maintes anecdotes sur mon enfance, sur ma complicité avec mes frères. Sur nos jeux et nos disputes. Tout cela te fait plus de preuves qu'il ne t'en faut.*

Il esquissa un faible sourire et reprit :

— *Qui d'autre que moi pourrait savoir comment nous avons enfermé notre professeur de latin dans sa chambre pendant tout un après-midi pour échapper à sa leçon ? Des histoires comme celle-là, maintenant, tu en connais cent, tu en connais mille ! Et quand un détail t'échappe, ou même quelque chose d'important, il te suffira de prétendre que tu ne te souviens plus. Un choc traumatique, on appelle ça. J'en ai déjà été témoin, parmi mes soldats.*

C'était un plan complètement insensé.

— Cela fait combien de temps que tu mijotes tout ça ? s'enquit Aidan d'une voix mesurée.

— Depuis le jour où j'ai compris que je ne m'en tirerais pas vivant. Mes parents désirent si fort mon retour qu'ils voudront te croire. Et puis, sept ans, ça change un homme, n'est-ce pas ?

— Et Avaline, ta femme ? De quel œil va-t-elle considérer le retour d'un mari qu'on lui avait imposé ?

Fortis eut un petit rire sans joie.

— À toi de la convaincre, mon vieux. Nous sommes plutôt séduisants, tous les deux. Ne me dis pas que tu n'as pas de succès avec les femmes ! Et je suis certain que tu feras un bien meilleur mari que moi.

Son étreinte se resserra sur le bras d'Aidan.

— Je compte sur toi, souffla-t-il entre ses lèvres desséchées par la fièvre. Avaline est une douce et gentille créature, quoiqu'elle ait du caractère. Elle désirait fonder une famille. Elle voulait jouer le jeu... Elle faisait tant de rêves, la pauvre petite ! Franchement, je ne la méritais pas. Moi, je ne rêvais que d'exploits guerriers, de gloire et de médailles. Elle n'était qu'un ornement à mon bras, une jolie poupée nantie d'un beau domaine...

Il poussa un soupir et dit encore :

— Je regrette cette fin lamentable... J'aurais bien aimé tenter ma chance de nouveau.

Aidan secoua la tête, désorienté. La proposition était aussi énorme que tentante.

— L'usurpation d'identité est un crime, dit-il d'une voix presque brutale. Et qu'est-ce qui te fait dire que je réussirais mieux que toi ? Je ne suis qu'un repris de justice, après tout.

Fortis émit un petit gloussement amusé qui lui coûta une cruelle quinte de toux.

— Bah ! Tu fais partie de ces voleurs au grand cœur, comme notre

histoire anglaise en a connu. Et tu es de plus noble caractère que beaucoup de mes compagnons au sang bleu, je te le garantis. Ne m'as-tu pas soigné et nourri pendant tous ces mois ? N'as-tu pas fait passer ta sécurité après la mienne quand tu m'as tiré de sous mon pauvre Khan ? Et, depuis le temps que nous moisissons ici, tu aurais pu filer sous n'importe quel prétexte pour rejoindre nos lignes. Tu es seul au monde, dis-tu, mais tu sais ce que c'est que l'amitié et la loyauté. Crois-moi, mon ami, je n'aurais pas pu trouver mieux que toi.

Fortis toussa encore, incapable, cette fois, de retrouver sa respiration. Aidan l'encourageait comme il pouvait, lui murmurant des mots de réconfort absurdes.

— Là, là, mon vieux... Ça va aller, maintenant...

La toux s'apaisa enfin, laissant Fortis exténué. Quand Aidan le réinstalla sur ses coussins de feuille sèche, il avait les yeux clos. Mais sa main le serrait avec la même force.

— Promets-moi, Aidan ! Jure-moi que tu vas y aller. Il y a d'autres lettres dans ma cantine, au campement. Jure-moi que, quand je ne serai plus, tu rejoindras l'état-major anglais et que tu leur diras qui tu es : Fortis Tresham, officier des Hussards de Sa Majesté, perdu pendant tout ce temps dans la forêt, où tu as survécu comme tu as pu. Tes cicatrices prouveront que tu as participé au combat. Ta plaque militaire — il montra la chaîne qu'il avait autour du cou, avec la plaque à son nom — confirmera ton identité. Demande-leur de te renvoyer chez toi. Et, d'un coup de baguette magique, tu auras tout ce que tu pouvais désirer. Une belle demeure, une jolie femme, une famille adorable... Plus le souci du lendemain, jamais...

La voix de Fortis se brisa. Cette fois, c'était les pleurs, des sanglots rauques et douloureux, qui lui ôtaient la voix.

La tentation était forte, en effet. Quand Aidan pensait à la vie qu'il avait eue avant...

— Cesse de parler, Fortis. Tu vas t'épuiser... Garde des forces...

— Pour quoi faire ?

Les yeux de Fortis se rouvrirent et il plongea un regard ferme, incisif, dans celui de son compagnon.

— J'attends seulement ta promesse, Aidan. Et je ne suis pas sûr de pouvoir attendre encore bien longtemps.

Son souffle crépitait et roulait dans sa poitrine comme le feu d'une forge. Le souffle de l'enfer, comme disaient les médecins d'antan. La parole devenait de plus en plus difficile. Les poumons s'efforçaient de garder le peu d'air qu'ils parvenaient à aspirer pour tenter de faire fonctionner encore un peu la machine.

— Fortis, mon ami !

Aidan sentait les larmes se presser derrière ses paupières. Cela ne pouvait pas se terminer comme cela. Y avait-il quelque chose qu'il n'avait pas fait ? Quelque chose qui aurait pu sauver son compagnon ? Tout était arrivé si vite. Il n'était pas prêt à voir Fortis le quitter.

Pendant tout ce temps, ils avaient été si proches l'un de l'autre.

— Promets-moi, Aidan. Tu vois, je te donne ma vie. Fais— en quelque chose de bien. Mieux que ce que j'aurais fait. Je te donne Avaline. Rends-la heureuse. Tu me le promets ?

Aidan prit la main de son ami dans la sienne et, luttant contre son désespoir, soutint fermement son regard.

— Oui, je te le promets, Fortis. Je ferai ce que tu m'as demandé.

Aidan ne détourna pas le regard, ne faillit pas une seule seconde dans son attention jusqu'à ce que la dernière étincelle de vie ait déserté les yeux de Fortis Tresham. Alors, la première larme roula lentement sur sa joue et il murmura pour lui-même, la bouche tordue par la douleur :

— Fortis Tresham est mort. Longue vie à Fortis Tresham.

Ainsi, il n'était pas Fortis Tresham. Fortis Tresham n'était plus. Il était mort sous ses yeux, dans la grotte. Tout *lui* revenait, maintenant, clair et précis comme si la scène se déroulait de nouveau devant ses yeux. Et cette prise de conscience était dévastatrice. Aidan se mit à trembler violemment, à la fois sous le choc de la réalité de la scène, son ami était mort, il ne le reverrait plus, et devant la révélation qui venait de s'imposer à lui. Quelqu'un s'approcha de lui, lui enveloppa les épaules dans un plaid en lui murmurant des paroles apaisantes. Ce devait être Ferris, son frère. Il se corrigea sèchement. Non, pas son frère, celui de Fortis, le mari d'Avaline. Lui, il n'avait pas de frère, ni de neveux, pas même un père, et surtout pas un père duc d'Angleterre.

Aidan Roswell était un être solitaire et rejeté de tous.

Un paria.

— Fortis, ouvre les yeux. Tout va bien. Je suis là

Cette voix, c'était celle d'Avaline. Sa femme. La mère de leur enfant à naître. Non, pas sa femme. Mais l'enfant était bien de lui. Grand Dieu ! Le pauvre gamin. Un enfant illégitime. Un bâtard. Déjà un exclu, lui aussi, avant même d'être né. Il poussa un gémissement de douleur à cette idée. Les conséquences de ce qu'il venait de découvrir dans ce dernier flash-back étaient insupportables.

Comment aurait-il la force d'ouvrir les yeux ? Comment pourrait-il tout révéler à Avaline ? Qu'allait-il se passer pour eux deux ? Pour leur couple ? Le flot de cet amas de catastrophes, de ce raz-de-marée faillit l'engloutir. Non. Il ne se laisserait pas faire. Il fallait être fort. Avaline allait avoir besoin de lui. Son devoir était de la protéger. Et puis... Il avait promis à Fortis. Il lui avait donné sa parole. Il chassa une par une les révélations qui menaçaient de les détruire, lui et la femme qu'il aimait, et les renferma dans leurs cages, comme des bêtes fauves. Il vaincrait cette crise comme il avait vaincu les autres, il ferait front comme sur le champ de bataille : un pas après l'autre, un ennemi à la fois.

Il se concentrerait sur l'épreuve qui l'attendait et la surmonterait.

Ouvrant les yeux, Aidan enregistra les détails de la scène dont il était le lamentable héros. Ferris et Avaline étaient agenouillés à ses côtés sur le tapis persan du petit salon qui servait de bureau à Avaline. Il sentait sur ses épaules le poids léger du plaid de laine. Les doigts d'Avaline, entrelacés aux siens, exerçaient une pression rassurante.

— Fortis... Là... Cela va aller maintenant, murmura-t-elle, un doux sourire jouant sur ses lèvres.

Il ne devait pas la laisser l'appeler ainsi. Mais il ne se sentait pas le courage de lui révéler la vérité tout de suite. Il y avait d'autres choses plus urgentes à régler. Et, égoïstement, il voulait jouir encore un peu de ce joli visage penché sur lui avec amour. Quand elle saurait, cette expression-là, tendre et inquiète, disparaîtrait à jamais.

Plus personne, jamais, ne lui sourirait.

— J'ai gâché la fête, mon pauvre amour, articula-t-il avec difficulté.

Il avait un mal fou à traduire en mots les idées confuses qui bouillonnaient dans sa tête.

— Ne dis pas de bêtises, mon chéri. On parlera de cette fête dans le comté pendant des mois. Et Hayworth t'avait provoqué. Tu n'as rien à te reprocher. Il est venu ici pour causer un esclandre. Il a essayé de semer le doute là où il n'y avait aucune raison d'en avoir. Il n'y a que lui pour remettre en question ton identité.

Sauf lui. Il s'était bel et bien demandé qui il était, le soir de la fête au camp des Gitans. Et, finalement, il avait eu raison de le faire.

— A-t-il réussi ? s'inquiéta Aidan, affrontant courageusement le regard de sa femme.

Les gens, ses proches, surtout, doutaient-ils de son identité ? La parole d'un duc suffirait-elle à défendre l'honneur de son prétendu fils ? À la vérité, Aidan se souciait moins de ce que pouvait penser une foule de notables que de l'avis d'Avaline. Prêtait-elle foi au discours haineux de leur exécrable voisin ? Elle s'était battue avec tant de courage, ce soir-là, chez les Gitans, pour le convaincre qu'il était Fortis Tresham ! Qu'il fallait qu'il le soit ! Il la revoyait, à genoux devant lui, lui étreignant les mains avec force, comme pour lui communiquer son courage et sa volonté.

Mon Dieu ! Et dire qu'elle s'était battue pour un homme qu'elle ne connaissait pas ! Comme il l'avait trahie, elle aussi !

— Il est avec votre père et Frederick, en ce moment. Entre la fureur du duc et la raclée que vous lui avez administrée, il va regretter de s'être invité.

Avaline essayait de le rassurer, bien sûr. Mais rien ne pouvait l'apaiser. Il connaissait la gravité de ce qu'il avait fait. Il avait frappé un homme pour le punir d'avoir dit la vérité. Bien sûr, Hayworth aurait pu agir de façon plus élégante. Il s'était conduit comme un éléphant dans un magasin de porcelaine. Mais son intention était de choquer, de faire du mal.

Pourtant, la pilule était amère à avaler.

— Et nos… Les invités ?

Il commençait à se calmer. Il parlait presque normalement, à présent.

— Helen et Anne se sont chargées de les raccompagner les uns après les autres et de leur transmettre nos salutations.

Avaline déglutit, puis demanda, les yeux élargis :

— Que s'est-il passé, Fortis ? Qu'as-tu vu, cette fois ? De quoi t'es-tu souvenu ?

— Je... Je ne sais pas exactement. J'ai entendu un grand fracas, comme si un grand nombre d'objets tombaient sur le sol.

— Oui, le cygne de glace... Et toutes les assiettes, expliqua Avaline, le regard anxieux.

— Et tout à coup, je me suis retrouvé une fois de plus dans la grotte.

Mais en réalité, comme les autres fois, il n'avait pas quitté l'endroit où il était. Dieu du ciel ! Qu'avait-il fait, exactement ? Une autre forme de peur l'assaillit.

— Ai-je blessé quelqu'un ? Me suis-je donné en spectacle ? Cela a dû être affreux à voir !

Une fois de plus, il avait embarrassé la pauvre jeune femme, qui n'avait voulu que lui faire plaisir.

Ferris prit le relais.

— Frederick et moi t'avons arraché au lamentable Hayworth et t'avons amené ici. À mon avis, personne n'a soupçonné autre chose qu'une simple querelle.

Aidan respira plus librement, reconnaissant pour l'indulgence de Ferris. Après, après... Quand la vérité aurait été découverte et que le scandale aurait éclaté, Avaline devrait vivre au milieu de tous ces gens. Car il y aurait un scandale. Tobin Hayworth ne se le tiendrait pas pour dit.

Il secoua vivement la tête. Il ne fallait pas penser à ça. Il y avait des questions plus pressantes à régler.

Avaline revint à la charge.

— Fortis, qu'est-ce que tu as vu dans la grotte, cette fois ?

Il soupira. Cela ne servait à rien ni personne, même pas à lui-même, de dissimuler plus longtemps la vérité. Il jeta un coup d'œil à Ferris qui, comprenant aussitôt, se remit sur ses jambes et se dirigea vers la porte.

— Je vous laisse un peu entre vous, dit-il, une fois sur le seuil. J'attends dans l'antichambre, au cas où vous auriez besoin de moi.

Il leur sourit, d'un sourire qui se voulait rassurant, puis, referma soigneusement la porte derrière lui.

Aidan avait compris à demi-mot. Son « frère » tenait à rester à portée de voix, au cas où il serait pris d'une nouvelle crise.

Il attendit quelques secondes avant de reprendre la parole. Il avait besoin de mettre de l'ordre dans ses idées. Comment annoncer à la chère créature toujours agenouillée près de lui, les yeux pleins d'une tendre inquiétude, qu'il n'était qu'un fraudeur ? Un imposteur ? Qu'ils avaient vécu toutes ces semaines de bonheur dans l'illusion ? Pourtant, si elle consentait à lui donner une chance, leur amour, la seule chose qui comptait, était toujours sincère.

— Avaline, il faut que je te parle de choses difficiles. De choses que tu ne seras guère heureuse d'entendre comme je ne le suis guère de les dire. Cela va changer beaucoup de choses entre nous, sauf la plus importante : Je t'aime. Et j'aime déjà très fort l'enfant que nous avons fait ensemble. Je me battrai pour vous avec toute la force que Dieu voudra bien me donner.

Si la pauvre jeune femme s'accrochait à cette vérité, peut-être cela l'aiderait-il à supporter le reste de ses révélations ?

Il prit une profonde aspiration et ajouta gravement :

— Quand je t'aurai tout dit, nous déciderons ensemble de ce qu'il y a de mieux à faire.

Avaline posa sur son bras une main frémissante.

— Tu me fais peur, Fortis. Que se passe-t-il ? Mais non, je refuse d'avoir peur. Affrontons ce que tu as découvert ensemble.

Aidan se dégagea vivement.

— Ne m'appelle plus Fortis, je t'en supplie ! lança-t-il d'une voix aiguë. Je me souviens de tout, maintenant. Je sais qui je suis sans aucune équivoque.

Le temps cessa de s'écouler, comme suspendu. Puis il déclara tout à trac :

— Je sais avec toute la certitude possible que je ne suis pas Fortis Tresham.

Avaline le dévisageait, ses yeux immenses semblant dévorer tout son visage.

— Mais c'est impossible ! Bien sûr que tu es Fortis. Tu as mes lettres, ma miniature, son uniforme, sa cantine. Ta mémoire est encore perturbée, mais tu en connais la cause. Ferris te l'a expliqué…

Elle plongea son regard dans celui de son compagnon et s'abattit contre son épaule en pleurant :

— Bien sûr que tu es Fortis, mon amour, répéta-t-elle dans un souffle.

Mon amour. Aidan savoura ces deux mots. C'était sans doute la dernière fois qu'elle l'appelait ainsi. Mais, malgré la véhémence d'Avaline, il sentait déjà dans la voix de la jeune femme que le doute faisait son chemin. Sa protestation n'était que de pure forme. Il lisait dans ses beaux yeux d'or sombre que, déjà, elle ne croyait plus à ses propres dénégations. Elle n'y avait du reste peut-être jamais cru tout à fait. Peut-être que, comme lui, elle avait eu ses propres doutes et les avait chassés pour sauver cette union qui reposait maintenant sur de nouvelles bases : celles d'un sentiment tendrement partagé et d'un enfant à naître.

Mais il était impossible de refouler ces vérités plus longtemps.

— Non, Avaline. Tu dois m'écouter. Mon nom est Aidan Roswell. La raison pour laquelle tous ces flash-back étaient vus au travers de mon regard, c'était parce que c'était moi qui les vivais. Ferris s'est trompé. C'est moi qui ai tiré Fortis de sous son cheval et qui l'ai mis en sécurité dans la grotte…

Exactement comme il l'avait pressenti à plusieurs reprises.

L'histoire se déroulait avec aisance maintenant, les mots se succédant aux mots sans qu'Avaline l'interrompe. Seules ses mains, légères et frémissantes comme des oiseaux, étaient venues se glisser dans les siennes. Elle l'écoutait, prise d'une soudaine fascination pour cette étrange vie à deux dans la grotte, lui, Aidan luttant pour sauver Fortis, jours après jours, semaine après semaine, mois après mois.

— Nous avons beaucoup parlé, lui et moi. Il était vraiment désolé de ce qu'il avait fait de votre mariage. Il regrettait amèrement son comportement à ton égard. Il aurait voulu avoir une seconde chance avec toi. Mais quand il a compris qu'il allait mourir, c'est lui qui a voulu que je prenne sa place. Il savait que tu avais besoin d'être protégée de Tobin Hayworth, et, que, lui mort, tu risquais d'être à sa merci.

Comment faire comprendre à Avaline qu'il n'avait pas eu l'intention de la tromper ? Qu'il avait agi exactement selon les dernières volontés de Fortis ? Que c'était son mari qui avait voulu lui faire ce dernier cadeau ? Le seul qu'il lui ait jamais réellement fait, du reste ? Comme pour se faire pardonner.

— Je t'en supplie, Avaline, reprit-il d'une voix sourde. Il faut me croire !

Mon Dieu ! Et si elle se refusait à le croire ? Il ne pouvait pas la perdre. Il acceptait de tout perdre sauf elle. Sauf son amour. Elle était son ancre, l'amour qu'il éprouvait pour elle était la seule force qui l'empêchait de perdre la raison. La seule chose qui donnait un sens à sa vie.

Pourtant, quand il sentit les mains d'Avaline se dégager de son étreinte, il la laissa faire.

Il n'avait pas le droit de la retenir.

18

Avaline quitta la pièce en courant, indifférente au regard des autres, et alla se réfugier dans sa chambre. Les domestiques, les quelques invités qui prenaient encore congé, pouvaient bien suivre sa fuite, bouche bée et l'œil rond. Elle n'en avait cure. Tout ce qu'elle désirait, c'était retrouver la sécurité de sa chambre avant de s'effondrer. Son contrôle ne tenait plus qu'à un fil mais elle parvint à se contenir jusqu'à ce qu'elle ait pu refermer soigneusement la porte derrière elle. Alors seulement, elle laissa libre cours à ses émotions.

Se jetant sur son lit, Avaline éclata en sanglots. Un maelström de pensées tourbillonnait dans son cerveau et elle tenta de les rattraper comme des chapeaux dans un vent d'orage. Elle en saisit une, peut-être la seule vraiment importante. Son mari n'était pas son mari… Non, cela ne se pouvait pas ! Sinon, cela signifierait qu'elle avait été dupée deux fois. Elle s'était mariée jadis avec un homme pour qui elle ne comptait pas et maintenant, elle était tombée amoureuse d'une chimère. D'un imposteur. Il n'y avait pas de conte de fées. Fortis… Ou plutôt, cet Aidan ne l'avait jamais aimée. Et cette fois, c'était plus grave que la première fois. Un étranger avait pris la place de son mari et lui avait joué la comédie de l'amour.

Dans quel but ? Pour mettre la main sur ses terres ? S'offrir à bon compte une vie confortable et la considération des riches notables alentour ? Profiter d'elle ? Des sanglots se formèrent de nouveau dans sa gorge, incontrôlables et douloureux. Elle avait eu si peu de temps après leur mariage pour apprendre à connaître son mari qu'il avait été facile de la duper. L'étranger avait dû bien rire. Que devait-il penser de cette pauvre fille assez naïve pour lui céder dans les domaines les plus intimes sans se poser plus de questions ? Il avait dû la trouver bien sotte et il avait eu raison. Avaline se trouvait dans une situation si désespérée qu'elle s'était accrochée à la première illusion qui se présentait. Et le résultat était là. L'homme qu'elle aimait était un menteur, dans tous les domaines. Au moins, Fortis s'était montré sincère, même dans l'indifférence qu'il éprouvait pour elle.

Oui, elle s'était bien aisément laissé abuser. Et le pire, c'est qu'elle ne pouvait pas jeter totalement le blâme sur l'étranger qu'elle avait en face d'elle. Si elle lui avait résisté, si elle ne s'était pas laissé prendre à son charme, elle aurait suspecté la tricherie. Et elle ne se retrouverait pas maintenant acculée dans une impasse, enceinte d'un parfait inconnu.

Mon Dieu ! Et le bébé ! Cette pensée déclencha une nouvelle crise de pleurs. Qu'allaient-ils faire désormais ? Y avait-il seulement une solution à ce dilemme ? Que pouvaient-ils décider, tous les deux ? Devait-elle seulement considérer qu'ils étaient dans la même galère, cet étranger et elle ? Que devait-elle faire de cet Aidan Roswell ? Avait-elle seulement le choix ?

Avaline se rappela avec quelle force elle avait voulu convaincre son prétendu mari, à la fête des Gitans, qu'il n'avait pas d'autre choix. Il fallait qu'il soit Fortis Tresham. Ils n'avaient pas plus le choix aujourd'hui. La seule alternative qui s'offrait, c'était de trouver un modus vivendi acceptable : soit ensemble, soit chacun de son côté. Et c'était la dernière option qui s'imposait. Elle ne se sentait pas capable de vivre avec un menteur. Avec quelqu'un qui, jour après jour, l'avait trompée froidement, avec un épouvantable naturel. Peut-être, s'il acceptait de partir sans faire de scandale, les Tresham décideraient-ils de lui donner une certaine somme d'argent ?

Mais il serait bien temps de penser à tout cela quand cette perspective ne déclencherait plus chez elle un torrent de larmes. Et surtout, quand elle se sentirait capable de réfléchir clairement.

Parce que, hélas, le chagrin était plus fort que la colère.

Avaline gisait sur son lit, les yeux au plafond, tandis que ses larmes séchaient sur son visage. Elle aurait été incapable de dire combien de temps s'était écoulé depuis le scandale provoqué par Tobin Hayworth. Des heures, sans doute. Mais la douleur ne s'apaisait pas. Une douleur terrible, comme un coup de hache tranchant son âme en deux. Elle avait tant perdu en quelques minutes : son bonheur, son amour, le sentiment de plénitude qui s'était emparé d'elle depuis qu'elle savait qu'elle attendait un enfant... Elle avait tant aimé le monde dans lequel le mensonge de son « mari » la faisait vivre. Pendant deux longs mois, elle avait connu le bonheur parfait, comme dans un conte de fées. Et maintenant, tout cela s'était évanoui laissant place à un véritable cauchemar.

Quand son mari était parti à la guerre, elle avait tout de suite su comment continuer à vivre. Elle était l'épouse d'un soldat parti sur le front pour défendre les intérêts de son pays et n'avait plus qu'à l'attendre. Et, si elle avait patienté toutes ces années, c'était parce qu'elle était malgré tout habitée par l'espoir. Un espoir absurde, sans doute, mais qui lui permettait de garder la tête haute.

Désormais, son monde ne serait plus jamais le même.

Elle n'avait plus aucune raison d'espérer.

Peu avant l'aube, un léger heurt se fit entendre contre sa porte. Avaline ne répondit pas. Elle ne voulait même pas voir sa servante.

Elle ne voulait plus voir personne.

— Avaline, je t'en supplie... Laisse-moi au moins m'expliquer...

Ce n'était pas sa femme de chambre. C'était lui, Fortis. Ou plutôt, Aidan, le menteur. L'homme qu'elle aimait. Elle s'était convaincue qu'elle ne voulait plus le voir et pourtant, elle se jeta hors du lit, et, titubante, épuisée par une nuit sans sommeil, alla lui ouvrir. Lui aussi offrait un terrible spectacle, avec les pans de sa chemise hors de son pantalon, sa cravate dénouée, ses cheveux en broussaille et ses yeux rougis par le manque de sommeil. Pourtant, elle ne se sentait prête ni pour la pitié ni pour le pardon.

— Vous m'avez menti ! hurla-t-elle sans même lui laisser

ouvrir la bouche. Vous m'avez joué la comédie pendant tout ce temps ! Vous m'avez fait croire que vous m'aimiez.

Elle claqua la porte derrière lui, pour que personne ne surprenne leur dispute.

— Je ne suis pas un menteur, Avaline. Ce n'est pas ce que vous croyez. Laissez-moi vous expliquer… Je vous en supplie ! la pria-t-il d'une voix qui se brisa dans un sanglot.

Et elle comprit qu'elle ne pouvait lui refuser sa prière, pas plus qu'elle n'avait pu lui refuser sa porte.

— Eh bien… Si vous y parvenez, cracha-t-elle en allant se jeter de nouveau sur son lit, expliquez-moi pourquoi toute cette histoire n'est pas un énorme mensonge. Prouvez-moi que ce que nous vivons en ce moment n'est pas un cauchemar infernal, conséquence de vos misérables manigances.

Combien de mensonges avait-il encore en réserve ? Se rendait-il compte des préjudices qu'il avait causés à lui-même, d'abord, et à elle ensuite ? S'en souciait-il seulement ? Comment pourrait-elle se défendre, maintenant, contre les manigances de Tobin Hayworth, contre toutes les abominables accusations qui allaient suivre ?

Elle se sentait trahie, exposée au regard de tous comme une criminelle.

Il s'appuya contre le pied du lit, visiblement épuisé. Et pourtant, toujours aussi merveilleusement beau, avec ses traits harmonieux, et son regard bleu si expressif.

— Quand Fortis est mort, je me suis senti complètement abattu. Je ne sais pas comment expliquer, encore moins faire comprendre, ce que ces mois dans la grotte ont représenté pour moi. Ma vie s'était resserrée autour de cet étroit espace, autour de cet homme malade. Chaque jour, mes activités se résumaient à partir en quête de nourriture, puiser de l'eau, ramasser du bois pour le feu, et soigner mon infortuné compagnon. Chaque soir, en me couchant, je faisais une prière muette pour remercier Dieu d'avoir gagné encore une journée sur la maladie. Puis une autre pour qu'il en soit de même le jour suivant. Là se bornait mon univers. Nous n'avions d'autre distraction que nous-mêmes. Nous passions la journée à nous raconter des anecdotes de notre vie et, moi qui n'avais pas de famille, j'ai fini par tomber amoureux de la sienne, si affectueuse, si présente, si originale. J'étais sans doute aussi un peu jaloux. Je n'avais rien connu de tout cela, pas de vrai foyer, une affection maternelle très volage… Lui, il avait tout.

Il s'interrompit, submergé par l'émotion, et Avaline lut dans ses yeux une souffrance poignante. Il s'éclaircit la gorge et reprit :

— Avant la bataille, le soir, autour du feu, les soldats racontent un peu leur vie, comme pour prolonger cette existence qui risque de s'interrompre le lendemain. Nous le faisions tous, aussi un peu de peur de sombrer dans l'oubli. Comme une minute d'éternité, en quelque sorte. Ou du moins, une conjuration contre la mort. Durant tous ces mois passés dans la grotte, tandis que j'espérais un miracle, Fortis me confiait chaque jour un peu de son histoire.

Il ne la quittait pas des yeux, peut-être dans l'espoir de la convaincre. Ou pour juger de l'effet qu'il produisait sur elle. Mais qui pouvait-elle croire ? L'homme qui lui avait menti dès le début ? Ou celui qu'elle avait appris à connaître ? Ce dernier, sans doute. Mais à condition qu'il existe vraiment.

— Et quand il est mort ? insista-t-elle, sa curiosité en éveil.

— Il a emporté notre univers avec lui. Cela faisait des mois que je concentrais toute mon énergie, tous mes soins à sauver Fortis, et j'avais échoué. Je l'avais perdu. Une côte cassée avait eu raison de lui et je suppose qu'il s'en doutait depuis un certain temps… C'est lui qui a tout organisé, Avaline. Je m'y suis opposé de toutes les façons, naturellement. Son idée était complètement folle. Mais même blessé et mourant, il avait une force de persuasion extraordinaire. Ses hommes devaient l'adorer. J'avais vu votre portrait dans le médaillon. J'avais entendu toutes ses histoires. Fortis m'offrait une vie dont je n'aurais pas osé rêver. Il était difficile de résister à une telle offre et il était mourant. J'étais déjà à moitié amoureux de vous. Il ne me demandait rien d'autre que de bien vouloir vous protéger. Mais je ne suis pas un imposteur, Avaline. Je ne vous ai pas sciemment trompée, je vous le jure. Jusqu'à ce soir, je pensais sincèrement que j'étais Fortis Tresham. Vous me croyez, n'est-ce pas ?

Quittant le lit, Avaline alla jusqu'à la fenêtre. Elle tira les rideaux et s'absorba dans la contemplation de cette période indécise de la nuit, juste avant la naissance de l'aube. Tout reposait sur cela. Sur le fait qu'il ignorait sincèrement qui il était vraiment. Si c'était vrai, alors, cela changeait tout. Elle avait de nouveau droit à l'espoir. Mais le croyait-elle ? Elle ne mettait pas en doute la sincérité de ce qu'il lui avait confié au camp gitan. C'était la première fois où il avait vraiment douté de qui il était. Un homme qui avait délibérément entrepris d'usurper l'identité d'un autre n'essayait pas de se remettre en question avec une telle force de persuasion. Et Dieu sait qu'il avait été extrêmement virulent à ce sujet ce soir-là. Mais dans quel but ? S'il était un imposteur, faire éclater la vérité au grand jour ne pouvait que le desservir.

— Me croyez-vous, Avaline ? répéta-t-il d'une voix brisée.

Avaline se retourna vers l'intérieur de la pièce. Sa réponse allait déterminer leur avenir. Elle regarda Fortis... non, Aidan – Mon Dieu, comment le nommer désormais ? —, les yeux gonflés de larmes. Ce n'était pas seulement les doutes qu'il lui avait confiés au camp gitan qui la faisaient hésiter. C'était tout le reste. Tant de fois au cours des deux mois de leur vie commune elle avait été témoin de sa nature désintéressée ! De sa générosité à son égard ! Elle savait tout au fond de son cœur que peu importait le nom dont elle l'appellerait désormais. L'homme qu'elle avait en face d'elle était un être sincère. Digne de son estime. Ne s'était-il pas efforcé, avec un dévouement hors du commun, de sauver Fortis et de le ramener chez lui ? N'avait-il pas souffert de sa mort comme s'il avait perdu son propre frère ? Elle n'avait jamais aimé son mari. Le seul homme qu'elle avait aimé, qu'elle aimait encore, c'était Aidan Roswell. Un homme loyal et bon.

Hochant lentement la tête, elle prononça les mots qu'il attendait.

— Oui, je vous crois.

Elle le croyait. Sous le coup de l'émotion, Aidan faillit s'écrouler sur le lit.

— Merci, Avaline. Vous ne pouvez imaginer à quel point c'est important pour moi.

La seule personne qui comptait à ses yeux n'avait pas perdu foi en lui. Y avait-il seulement quelqu'un, depuis sa naissance, qui ait eu foi en lui à ce point ? Oui, une seule personne. Fortis Tresham. Et Fortis comptait sur lui pour accomplir jusqu'au bout la mission qu'il lui avait confiée.

Il ne faillirait pas.

Avaline était restée près de la fenêtre et il brûlait d'envie de la prendre dans ses bras. De lui communiquer la force de son amour et sa joie. Mais la situation était différente, maintenant. Ils n'étaient plus, comme avant aux yeux de tous, Avaline et Fortis, mari et femme. Ils étaient Avaline et Aidan, même si le reste du monde l'ignorait. Et si lui la connaissait bien, Avaline, elle, ne connaissait pas Aidan, cet étranger. Et cette différence était de taille. Lui n'était qu'un gars de la rue, fils d'une demi-mondaine et d'un illustre inconnu alors qu'Avaline appartenait à l'aristocratie. Elle se trouvait si haut au-dessus de lui, que, si les circonstances n'en avaient pas décidé autrement, il aurait été ridicule de sa part d'oser même imaginer qu'il pût avoir l'occasion d'adresser la parole à la jeune femme. Seule la volonté de Fortis avait pu accomplir ce miracle. Cela dit, même si elle le croyait, ce n'était pas pour autant qu'Avaline voulait encore de lui. Elle était faite pour une plus haute destinée. C'est pourquoi Aidan ne l'invita pas à s'asseoir à côté de lui sur le lit. Il ne la rejoignit pas davantage à la fenêtre. Il se contenta de rester silencieux, lui laissant le temps dont elle avait besoin pour lui poser des questions et écouter ses réponses.

— Pourquoi avez-vous accepté de faire ce que vous demandait mon mari ? Vous avez d'abord refusé, d'après ce que vous m'avez dit. Alors, pourquoi avez-vous fini par accepter ?

— Je ne sais pas quand j'ai consciemment fini par accepter. Quand Fortis est mort, je n'ai pas quitté la grotte tout de suite. Je n'arrivais pas à me décider à retrouver le monde des vivants. Celui de la guerre, devrais-je dire. Je n'avais pas d'outil pour creuser une tombe et je n'étais pas prêt à quitter mon ami aussi vite. À le laisser dans la nuit, à la merci des bêtes sauvages. Je ne pouvais pas lui donner une sépulture décente mais je pouvais le pleurer. Alors, je me suis étendu sur le sol, Fortis dans mes bras, et j'ai pleuré. Pleuré mon incapacité à le sauver. Pleuré le seul ami que j'avais eu depuis longtemps. Pourquoi était-il mort ? Il avait tout pour être heureux. Pourquoi n'était-ce pas arrivé à moi ? Ma vie n'avait aucune valeur. Je n'étais utile à personne et personne ne m'attendait. Lui, si.

— Vous avez de la valeur, Aidan, protesta Avaline. Comme tout le monde.

Il rencontra son regard, profondément ému. Elle l'avait appelé par son prénom. Pour la première fois. Pour être aimable, sans doute. Ignorant l'interruption, il poursuivit :

— Je ne sais pas combien de temps je suis resté là. Mais il fallait partir. Je n'avais plus de nourriture et plus rien ne me retenait. Alors, j'ai revêtu son uniforme, j'ai rassemblé ses quelques affaires et, après avoir obstrué la grotte avec des rochers et des broussailles, je suis parti. J'ai fini par retrouver mon chemin dans la forêt, tremblant sur mes jambes à cause du manque de nourriture, aveuglé par le chagrin. Je savais à peine qui j'étais et où j'allais. Je n'avais plus qu'une certitude. Je devais vous retrouver…

Il s'interrompit, tendant vers elle ses mains, paumes offertes, comme dans un geste d'offrande, et conclut :

— Voilà. Vous connaissez la suite et vous savez maintenant qui je suis. Cela change tout, évidemment.

— Cela change beaucoup de choses, le corrigea Avaline. Mais pas tout. Pas ce qui compte le plus, en tout cas. Vous l'avez dit vous-même. Vous m'aimez. Vous aimez déjà l'enfant que je porte. Notre enfant…

Elle hésita un instant puis dit d'un ton ferme, en soutenant son regard :

— Et moi… Moi aussi, je vous aime. J'aime Aidan Roswell. À votre manière, vous avez donné votre vie à Fortis. Je ne connais pas de plus grand sacrifice.

Il secoua la tête. Il ne pouvait pas accepter.

— Vous ne savez pas qui je suis, Avaline. Je ne mérite pas votre amour. J'en prends conscience, maintenant. Si vous saviez ce que j'ai fait avant de vous connaître, avant de rencontrer votre mari… Si vous saviez ce qu'était ma vie avant de m'engager dans l'armée… Vous me feriez jeter dehors par un valet.

Avaline, qui s'était mise à arpenter la chambre, le cerveau en ébullition, fit volte-face.

— Vous me raconterez cela plus tard. Et, avec le temps, nous surmonterons cet obstacle-là comme les autres. Nous avons des problèmes plus importants à régler pour le moment et pas beaucoup de temps pour le faire. Hayworth et ses rumeurs sont à nos portes !

N'y tenant plus, Aidan se précipita sur elle, et, l'arrêtant au vol, lui prit les mains.

— C'est important, certes, mais pas plus que notre mariage. Nous devons d'abord voir ce que nous décidons pour nous... Pour notre couple... Je m'en remets à vous, Avaline. C'est vous qui pâtissez le plus de tout cela, même si je ne l'ai pas voulu.

Il avait eu le temps d'y réfléchir tandis qu'il attendait, assis sur le parquet du boudoir adjacent à la chambre, la tête sur les genoux. Il savait en tout cas ce que lui, il devrait faire. Il devrait libérer Avaline de toute forme d'obligation à son égard et aller tout confesser à Cowden. Puis il se jetterait aux pieds du duc et le supplierait de décider de son sort.

— Je m'en irai si c'est ce que vous voulez, ajouta-t-il d'une voix ferme. Je sortirai de votre vie et vous n'entendrez plus jamais parler de moi.

Elle secoua vivement la tête.

— Voilà ce que je redoutais d'entendre ! Avez-vous pensé à votre enfant ? Devra-t-il grandir sans connaître son père ? Que devrai-je lui dire ?

Les épaules d'Aidan fléchirent. C'était un bon argument.

— Vous lui direz que je suis mort. Que j'étais soldat et que je suis mort sur-le-champ d'honneur. Il sera fier de moi.

— Il n'est pas question que je mente à notre enfant. Ce n'est pas nécessaire. Il y a d'autres solutions...

De nouveau, Avaline concoctait une stratégie.

— Gardons tout cela pour nous. Nul n'a besoin de savoir ce que vous venez de me dire. Le duc vous défendra bec et ongles, surtout si c'est contre Hayworth. L'odieux personnage ne se doute pas de ce que cela peut lui coûter d'avoir osé remettre en question la parole d'un duc. Il n'a pas encore pris la mesure des privilèges de l'aristocratie. Nous pouvons épargner à mon cher beau-père la douleur de perdre son fils une seconde fois.

Aidan dévisageait sa femme avec admiration. Même désespérée et à bout de force, elle était belle. Et elle pouvait rester sienne. Sienne pour toujours. Il suffisait qu'il accepte encore une fois de mentir.

En théorie, la perspective était fort tentante. Oui, il y avait beaucoup de bonnes raisons de garder les révélations qu'il venait de faire à Avaline pour eux deux. Pourtant, les conséquences n'étaient pas négligeables.

— Vous voulez vraiment me garder, Avaline ? Moi, un homme venu de nulle part, dont vous ne savez rien ? Une fois votre décision prise, une fois l'enfant né, vous savez que vous ne pourrez plus revenir en arrière ?

— J'en connais assez sur vous pour savoir ce que vous représentez pour moi. Si je vous avais perdu cette nuit, je ne crois pas que j'y aurais survécu. Je ne sais pas ce que j'aurais fait si vous n'étiez pas venu frapper à ma porte.

Aidan mesura la force de l'amour qu'Avaline éprouvait pour lui à cet aveu. Et sa confiance, car elle se montrait ainsi infiniment vulnérable.

— Vous ne me trahirez pas, Aidan. Un véritable amour ne ment pas.

Il hocha la tête avec un soupir. C'était précisément pour cela qu'il éprouvait une réelle réticence à mentir encore une fois aux Tresham et surtout au duc, qui, dès le premier jour de son retour, lui avait manifesté une affection paternelle.

Il hocha de nouveau la tête, pensif.

— Réfléchissez, Avaline... Il faudrait que je devienne définitivement Fortis Tresham. Que je ne sois plus jamais moi-même. Il n'y aurait plus d'Aidan Roswell. Il serait mort dans la grotte. Nous vivrions jusqu'à la fin de nos jours dans le mensonge...

Il ne souhaitait pas cela pour Avaline. Il ne voulait pas la salir avec ses secrets.

Avaline baissa les yeux.

— Peut-être est-ce trop vous demander, en effet. Je n'avais pas vu les choses sous cet angle. En somme, c'est comme si je vous demandais de mourir pour moi.

— Non, ce n'est pas cela. Moi, je ne compte pas... Mais je ne veux pas que vous soyez salie à cause de moi. Vous êtes tout ce qu'il y a de pur et de beau dans ma vie et c'est le souvenir que je veux garder de vous.

Aidan resta un long moment silencieux. Puis il murmura :

— Franchement, ma chérie, je crois que je préférerais mourir. Au moins pour vous.

Elle tendit une main pour lui caresser la joue.

— Et moi, je préférerais que vous viviez pour moi. Si ce n'est pas trop vous demander...

— Alors, nous avons notre réponse. Il n'est pas question que je trompe les Tresham. Nous devons les mettre dans la confidence. Les frères de Fortis, le duc et la duchesse, tous méritent la vérité. Ils doivent savoir comment Fortis a passé ses derniers jours. Ils doivent connaître ses dernières volontés.

Avaline pâlit, prise d'une soudaine panique.

— Et s'ils vous rejettent ?

— Je préfère en prendre le risque. Je serais incapable de leur mentir. Je suis un honnête homme, maintenant, Avaline. Je leur dois cette marque de respect.

— Même au prix de notre bonheur ? Avez-vous pensé à moi ? À notre enfant ?

Avaline laissa échapper un long soupir tremblant. Il lui posa un doigt sur les lèvres.

— Chut ! Ne dites plus rien, mon amour. Je comprends la position inconfortable dans laquelle cela vous met mais nous ne supporterions pas de vivre ensemble autrement.

Si Cowden refusait de les soutenir, Avaline devrait choisir entre lui, un quasi-inconnu à la réputation douteuse, et l'affectueuse protection de sa belle-famille. Elle perdrait son nom pour prendre celui d'un voleur de basse extraction. Et la jeune femme devrait faire ce choix pour deux : elle-même et l'enfant à naître.

Il espérait de tout son cœur qu'il ne faille pas en arriver là.

S'il ne s'était pas trompé sur le caractère du duc, le père de Fortis lui serait reconnaissant d'avoir préféré la vérité au mensonge.

— Ne perdons pas de temps. Allons tout leur raconter. Ils sont toujours en bas, je crois. La dernière fois que je suis allé jeter un coup d'œil, Mrs Pimm leur servait du café.

Il lui pressa la main.

— Ensemble, nous serons plus forts, Avaline.

Avec elle à ses côtés, il se sentait capable d'affronter même les flammes de l'enfer.

19

— Fortis est mort bravement. Ses dernières pensées ont été pour sa famille et pour sa femme.

Aidan avala la boule d'émotion qui lui obstruait la gorge. Revivre ce qui s'était passé dans la grotte pour la troisième fois en vingt-quatre heures était une épreuve qu'il espérait pouvoir supporter jusqu'au bout. D'abord ce dernier flash-back, puis le récit qu'il avait dû en faire à Avaline tandis qu'il voyait le monde de la jeune femme s'effondrer, et enfin avec les Tresham pour auditeurs, assis autour de lui comme un tribunal. Il n'était plus le très attendu fils prodigue mais un simple messager dont le sort dépendait de leur jugement.

Aïdan était à bout de force. Mais pas question de se laisser aller. Pas tout de suite. Il y avait encore trop de problèmes à régler et surtout il y avait Avaline et leur enfant. Il ne pouvait pas aller se coucher tant qu'il ne connaîtrait pas les conséquences de ses révélations. Il était prêt à se battre jusqu'au bout pour celle qui avait été sa femme et pour le petit être qu'ils avaient engendré.

Son récit fut accueilli par un silence effrayant. Tous les visages qu'il avait en face de lui exprimaient à la fois l'indignation et le désespoir. Ils devaient affronter la nouvelle de la mort de leur fils ou de leur frère pour la deuxième fois. Cette fois, Fortis ne reviendrait plus. Frederick et Ferris n'avaient plus de frère. Ils n'avaient plus le droit de se réjouir de devenir bientôt d'heureux oncles. Le duc et la pauvre duchesse, qui se tamponnait les yeux avec un mouchoir, encore incrédule, avaient définitivement perdu leur dernier fils. Ils ne seraient plus grands-parents pour la sixième fois cet été.

C'était cette dernière considération qui le peinait le plus. Il n'avait aucun lien réel avec cette famille. Et, en dehors des liens du mariage avec Fortis, Avaline non plus. Leur enfant ne serait apparenté à aucune des personnes présentes dans cette pièce, hormis eux. Ce qui avait été une joie quelques heures plus tôt devenait une source supplémentaire de chagrin. La vérité coûtait bien cher. Fortis Tresham aurait pu offrir à son fils tout ce dont il pouvait rêver : un foyer confortable, une famille aimante, le soutien de la richesse et du pouvoir. Lui, Aidan Roswell, ne lui apporterait rien d'autre qu'un nom sali par ses erreurs passées et la misère.

Ce fut le duc qui prit la parole le premier, le visage grave.

— Vous n'étiez pas obligé de nous raconter tout cela, dit-il d'une voix lente, comme s'il pesait chacun de ses mots. D'aucuns diraient même que vous nous auriez évité un grand chagrin. Pourquoi ne pas avoir continué à nous laisser croire que Fortis nous était revenu ? Vous auriez pu continuer à profiter de tous les avantages de votre position et nous ne serions pas en peine.

Aidan se raidit. Le duc allait-il le rejeter, finalement ? Bien sûr, il ne méritait rien d'autre. Il savait bien comment l'aristocratie fonctionnait. Seuls eux-mêmes avaient de l'importance. Il se souvenait de ce qu'il avait vécu avec sa mère. Demi-mondaine depuis le plus jeune âge, et belle comme le jour, elle avait été rejetée, vieillissante et malade, par ses amis les plus proches et ses anciens amants. Il leur avait en vain demandé de l'aide et s'était vu partout claquer la porte au nez. Non, il n'attendait pas de Cowden un comportement différent. Pourtant, il avait préféré lui dire la vérité, quel que soit le prix à payer.

— Nous, les gens pauvres, si nous n'avons pas la vérité, nous n'avons rien, répondit-il d'une voix égale. Je suis désolé de ne pas avoir pu sauver Fortis. Sincèrement.

Il aurait voulu leur dire combien il comprenait leur peine. Parce qu'il l'avait éprouvée, lui aussi. Au plus profond de son cœur.

— Comment aurais-tu... auriez-vous pu le sauver ? objecta

Ferris avec une grimace de compassion. Il est fort probable que même un médecin n'aurait pu le tirer de là. Un poumon perforé, ça ne pardonne pas.

Le suc hocha la tête.

— Il faut beaucoup de courage pour dire la vérité quand le prix à payer est si élevé. Je dois vous remercier, mon garçon.

Son regard las fit le tour de l'assemblée, s'arrêta un instant sur sa femme qui pleurait sans bruit, le visage dans son mouchoir, puis sur ses fils, qui faisaient face stoïquement à ce nouveau coup du sort.

— Maintenant, reprit-il avec le ton mesuré qui le caractérisait, il nous faut prendre une décision. Nous avons un enfant à naître et Hayworth qui court les chemins, brandissant comme une arme son interprétation des faits.

— Laquelle ? s'enquit Aidan d'une voix prudente.

« Vais-je leur dire qui vous êtes vraiment ? » avait menacé Hayworth. S'il connaissait son véritable nom, savait-il autre chose sur son compte ? Ou y avait-il une chance qu'il se contente de ce qui n'était que du bluff ?

Cowden prit un dossier sur la table et le lui tendit.

— Je dois dire que… l'histoire n'est pas très reluisante. D'après les renseignements que notre cher voisin aurait rassemblés, Aidan Roswell, né de père inconnu, serait le fils d'une demi-mondaine. Très jeune, il serait devenu un… séducteur professionnel. Ses proies favorites étaient évidemment de jolies femmes riches en mal d'affection qui avaient l'immense qualité d'être propriétaires de joyaux de grande valeur. Malheureusement, son dernier coup a échoué et il a été pris la main dans le sac.

La tiare de rubis. Oui, Aidan savait cela. C'était cette fichue tiare qui avait été le début de toute cette histoire.

Aidan hasarda un coup d'œil vers Avaline. Comment prenait-elle cette dernière révélation ? Cette soirée avait été pour elle fertile en événements. Non seulement elle avait appris que son mari n'était pas son mari… Et maintenant, son propre père lui révélait que l'imposteur était un voleur de bijoux.

— Avaline ?

Elle avait pris sa décision avant de savoir cela. Si elle changeait d'avis, si elle préférait reprendre sa liberté, il valait mieux le savoir tout de suite. Leur enfant grandirait dans de meilleures conditions sous la protection, même lointaine, du duc qu'en partageant la vie d'un ancien repris de justice.

— Oui, vous avez raison, intervint Cowden. L'avis d'Avaline d'abord.

Cowden se tourna vers sa belle-fille.

— Eh bien, mon enfant ? Qu'en pensez-vous ? Il me paraît que c'est vous qui êtes le plus pénalisée, dans cette affaire. Deux maris vous ont été imposés, et aucun des deux n'était le bon.

Aidan fronça les sourcils. Peut-être devrait-il prendre la décision à la place de la jeune femme. Renoncer de lui-même à continuer plus avant ? Elle avait sans doute l'esprit trop confus, après toutes ces émotions, pour décider toute seule. Jamais elle n'oserait renoncer de son propre fait. Voilà donc le dernier service qu'il pouvait lui rendre. Renoncer à sa place.

— Avaline, si vous voulez que je sorte de votre vie, vous n'avez qu'un mot à dire, vous le savez. Je partirai sur-le-champ, dans la plus grande discrétion, et vous n'entendrez plus jamais parler de moi.

Avaline lui adressa un sourire incrédule et tendre à la fois.

— Dans la plus grande discrétion ? Pensez-vous vraiment qu'Hayworth vous laisserait faire ça ? Non, ni lui ni moi ne vous laisserons partir sur la pointe des pieds, soyez-en sûr, même si nos raisons ne sont pas les mêmes.

Un instant, elle ne parut s'adresser qu'à lui seul.

— Nous avons déjà discuté de cela. Vous le savez bien, c'est vous que je veux pour mari. Sous le nom de Fortis ou d'Aidan, peu importe.

Aidan en aurait pleuré de joie, même s'il pensait qu'Avaline pourrait regretter un jour sa décision. Mais il ne pouvait pas se laisser aller. Pas ici. Plus tard, peut-être. Quand Avaline serait en sécurité. Quand ils seraient tous les deux en sécurité. Et pour cela, le chemin était encore long.

Le regard du duc alla de l'un à l'autre, attentif et prudent.

— Il ne peut pas être Aidan, ma fille. Il ne pourra plus jamais être Aidan. S'il venait à être retrouvé, Aidan Roswell serait jeté en prison, traduit en justice pour imposture ainsi que pour d'autres crimes commis... dans une autre vie. Et il se pourrait bien qu'il soit reconnu coupable.

Cowden parlait vrai. Aidan risquait bel et bien la potence et Hayworth veillerait personnellement à ce qu'il n'y échappe pas.

Ainsi, voilà à quoi le duc voulait en venir. Aidan Roswell n'avait plus d'avenir. Sinon la mort. Par contre, Fortis Tresham, lui, pouvait encore vivre. Cowden passa en revue tous les membres de sa famille, attendant qu'ils se prononcent, tandis qu'Aidan retenait son souffle.

— Frederick ?

— Mon avis est qu'Hayworth a commis une grave erreur en prenant mon frère pour un voleur.

Frederick sourit à Aidan et ajouta :

— Jamais je n'ai vu Avaline aussi heureuse. Après tout ce qu'elle a subi, personne n'a le droit de lui retirer ce bonheur. Et jamais le domaine de Blandford ne s'est mieux porté. Pour la deuxième année depuis le décès du père d'Avaline, il redevient rentable et l'humeur de ses gens est au beau fixe. Que demander de plus ?

Aidan faillit hocher la tête. Frederick raisonnait en gentleman-farmer. Lui n'avait même pas pensé à Blandford, auquel il s'était pourtant attaché. Il prenait conscience des limites de son raisonnement. Blandford était certes la maison familiale d'Avaline, mais c'était lui qui, en tant que son mari, en avait maintenant la responsabilité. Mettre Blandford sous la protection de Fortis était la raison essentielle de ce mariage. Blandford appartenait à Avaline par héritage mais il appartenait à Fortis par la loi. Si Fortis était mort, Avaline pouvait perdre son domaine.

Cowden approuva le raisonnement de son aîné d'un vigoureux hochement de tête.

— Bien vu, mon fils. Et toi, Ferris, ton avis ?

Ferris jeta un bref regard à Aidan.

— Je pense que l'homme qui est sorti de cette forêt de Crimée est quelqu'un de remarquable et je suis fier de pouvoir l'appeler

« mon frère ». Il a mis la vie et les intérêts de son prochain avant les siens et c'est tout à fait le mari dont notre chère Avaline a besoin.

Il s'interrompit pour adresser un sourire ému à l'assistance puis reprit, les larmes aux yeux :

— Nous aimions tous Fortis mais nous connaissions ses défauts. Il avait l'arrogance de celui qui se croit supérieur et l'égoïsme d'un aristocrate. Il a fait son devoir envers Avaline mais rien de plus. C'était un couple mal assorti, non pour la beauté, dont ils étaient amplement pourvus tous les deux. Mais pour le caractère et les valeurs. Il faut néanmoins accorder à notre cadet qu'il a cherché à se racheter et qu'il a réussi. Il nous a envoyé cet homme aimable et de bonne volonté que nous avons immédiatement reconnu comme l'un des nôtres. Il ne faut pas que son sacrifice soit vain.

Le discours de Ferris était celui d'un homme de science, qui a fait le serment de se mettre au service des autres.

Aidan fut profondément ému qu'il ait reconnu sa valeur.

— Merci, dit-il simplement, la voix étranglée par l'émotion.

— Et vous, ma femme ? s'enquit Cowden en se tournant vers la duchesse.

Lady Cowden sourit au travers de ses larmes.

— Il me semble que Fortis est revenu d'une manière très inattendue mais non sans gloire..., dit-elle simplement.

Et, se levant, elle se pencha sur Aidan pour l'embrasser :

— Bienvenue, mon fils. Nous sommes heureux que tu sois de retour.

Alors, toute la retenue qui figeait le petit groupe fondit comme neige au soleil. Tous se précipitèrent sur Aidan pour le féliciter et l'embrasser. Rires et larmes se mêlaient et toute la joie des jours précédents éclata de nouveau tandis que les premiers rayons du soleil levant envahissaient la pièce. Il avait passé un bras autour des épaules d'Avaline, bien décidé à ne plus la laisser partir, savourant la joie et le soulagement qui brillaient dans ses yeux.

Puis Frederick entreprit de servir à boire et proposa un toast :

— Notre cher frère n'est plus. Mais il ne nous a pas oubliés et c'est avec joie et reconnaissance que nous pouvons dire : Longue vie à Fortis Tresham !

Ils répondirent tous en chœur :

— Longue vie à Fortis.

Puis ils burent de concert, joie et peine faisant briller leurs yeux de larmes retenues. Jamais il n'avait été aussi ému. Ni le chagrin qu'il avait éprouvé à la mort de sa mère, pourtant sincère, ni la mort de Fortis ne l'avaient ébranlé comme l'instant qu'il était en train de vivre. Il avait enfin une famille, une femme qui se serrait contre lui et qui portait son enfant. Le début d'une longue descendance.

Il but une dernière gorgée de cognac et murmura pour lui-même :

— Merci, Fortis. Merci pour tout.

Puis Cowden attira de nouveau leur attention.

— Il faut que chacun prenne bien conscience de ce à quoi nous venons de nous engager. Ce que nous avons décidé, ce n'est pas seulement pour contrer Hayworth. C'est un engagement à vie. Nous avons atteint un point de non-retour. Impossible de revenir en arrière.

Il fit un geste en direction d'Aidan.

— Vous non plus, vous ne pouvez pas revenir en arrière.

Aidan hocha la tête. Il avait parfaitement compris à quoi tout ceci l'engageait. Et il le comprenait. En endossant l'identité de Fortis Tresham, il tirait un trait sur son passé. Il désavouait vingt-huit années de vie tempétueuse mais pittoresque... Ou plutôt, trente-trois... Eh bien, soit. Il avait vieilli de cinq années en devenant Fortis. Mais ce n'était pas cher payé.

Se penchant sur sa femme, il lui baisa la tempe. Elle leva les yeux et lui sourit.

— Il nous faudra sans doute mettre quelques personnes dans la confidence, dit encore le duc. Le major Lithgow, évidemment. Sans doute aussi le vicomte Taunton et Sutton Keynes.

Aidan hocha encore la tête. Oui, bien sûr. Les amis de Fortis. Il n'avait pas encore rencontré les deux derniers. Et Lithgow ? Qu'allait-il penser de tout cela ?

— Bien sûr, poursuivait Cowden, avant que tout ne s'arrange, nous devons nous attendre à ce que cela aille de mal en pis.

Frederick reprit la maîtrise de la conversation.

— Hayworth ne lâchera pas le morceau comme ça. Ce soir, nous l'avons humilié une fois de plus. C'est un coriace. Il tient à sa vengeance et il reviendra à la charge. N'oubliez pas qu'il nous a accusés de protéger sciemment un imposteur. Et le pire, c'est que maintenant, il a raison.

Ferris haussa les épaules.

— Que peut-il faire contre nous ? C'est sa parole contre celle d'un duc. Autant dire, rien.

Cowden reprit :

— Il peut porter plainte et faire arrêter Fortis, car c'est Fortis dont il s'agit pour nous maintenant, pour usurpation d'identité. S'il parvient à le prouver, Fortis alias Aidan sera inculpé de vol aggravé et c'est le chemin le plus court vers la potence. Il essaiera de nous impliquer, bien sûr, mais il a mal pris la mesure de notre pouvoir. L'aristocratie et ses privilèges ne sont pas morts et elle fera corps contre des individus malveillants de son espèce. Mais nous ne pourrons empêcher le scandale. Au moins le temps qu'on le neutralise. Pourrez-vous le supporter ? demanda-t-il à Avaline en se tournant vers elle. Vous serez en première ligne, ma pauvre enfant. Et il faudra faire front.

— Je la protégerai, affirma Aidan d'un ton ferme.

— Il le faudra. Vous devrez tenir ferme dans votre rôle. La seule chance pour Avaline de s'en sortir la tête haute, c'est de convaincre toutes les parties intéressées, à commencer par la justice, que vous êtes bel et bien Fortis Tresham. Sans l'ombre d'un doute. Si vous échouez, les Tresham en sortiront la tête haute. Mais pas Avaline.

Aidan resserra son étreinte autour des épaules d'Avaline.

— Je comprends. Je réussirai.

Comme toutes les batailles, il n'y avait pas de moyen terme. Il fallait perdre ou gagner.

— La nuit a été longue, ajouta-t-il, sentant Avaline vaciller contre lui. Il y a encore beaucoup de points à régler, je le sais, mais il faut que ma femme aille se reposer. Vous êtes les bienvenus dans cette maison. Je vais donner des ordres pour qu'on vous prépare des chambres. Et nous pourrons revenir sur tout cela quand tout le monde aura pris un peu de repos. J'enverrai quelqu'un prévenir à Bramble et votre cocher sera hébergé dans les communs.

Les mots venaient tout seuls. Il se demanda si, un an plus tôt, il aurait été capable de donner des ordres avec un tel naturel. Désormais, il se sentait parfaitement à l'aise dans le rôle du maître de Blandford. C'était comme une seconde peau, confortable et permanente. Peut-être la métamorphose d'Aidan Roswell en Fortis Tresham était-elle enfin achevée ?

Helena vint lui serrer la main.

— Oui, mon cher frère, emmenez Avaline dans sa chambre. Les premiers mois de la grossesse peuvent être si fatigants.

Elle les embrassa tous les deux sur les joues, et un autre costume, tout aussi nouveau mais bien plus précieux que celui de maître d'un domaine, se posa sur les épaules d'Aidan. Celui de membre d'une famille unie et aimante. Ils avaient promis de le soutenir envers et contre tout et il ferait de même. Ils ne regretteraient pas leur engagement. Il défendrait Avaline et les Tresham contre vents et marées.

La position d'Aidan Roswell était indéfendable.

Tobin Hayworth, confortablement assis derrière son bureau, écoutait l'avocat sur lequel il avait jeté son dévolu lui exposer toutes les étapes de son accusation. Il lui faudrait d'abord gagner le procès civil devant la *Court of Common Pleas*. Puis, si tout se passait comme prévu, il y aurait un second procès devant le Banc de la Reine, qui avait le pouvoir de décider si l'imposteur serait pendu. Se laissant aller avec un soupir d'aise dans son confortable fauteuil de cuir, il savourait les détails de la stratégie qu'avait mise au point pour lui Clarence Montgomery, un garçon distingué et très efficace. Une main de fer dans un gant de velours. Exactement ce qu'il fallait quand on avait en face de soi un spécimen particulièrement haut placé de cette prétentieuse aristocratie anglaise.

Montgomery, qui venait tout juste de passer le cap de la quarantaine, avait derrière lui une carrière déjà bien remplie.

Rasé de près, le cheveu coupé court et légèrement grisonnant, il s'habillait chez les meilleurs tailleurs de Savile Row, portait des lunettes cerclées d'or et avait le sourire affable et distant d'un homme qui connaît son monde et son métier. Bref, la panoplie parfaite pour inspirer confiance auprès des gens de la haute. Ceux que Tobin devait convaincre. Cette affaire devait être présentée comme la défense des intérêts de l'aristocratie contre des infiltrations indésirables. Surtout pas comme une attaque contre l'aristocratie elle-même. Ce qu'elle était en vérité.

Les Tresham l'avaient assez méprisé comme cela. Désormais, ils allaient devoir traiter avec lui sur un pied d'égalité. En alliés ou en ennemis.

— L'affaire se présente plutôt bien, supputa-t-il à voix haute en caressant du regard la luxueuse tapisserie murale représentant les possessions de la Compagnie des Indes orientales, qu'il avait fait faire à grands frais par le plus prestigieux atelier de Bruges, en Flandre. L'individu en question n'est qu'un voleur de bijoux. Il a séduit un certain nombre de dames du monde avant de finir dans l'armée. Il devrait être facile de prouver qu'Avaline Tresham n'est qu'une autre de ses nombreuses victimes.

Franchement, songea-t-il à part lui, Aidan Roswell n'aurait pu mieux agir s'il avait voulu se faire pendre. Les gens étaient tellement prévisibles ! Et ce pauvre Roswell n'échappait pas à la règle. Il adoptait toujours la même méthode. Des femmes riches et vulnérables, des délits qui rapportaient gros... Si ce n'est que cette fois, il avait visé un peu trop haut. Fallait-il être naïf pour croire pouvoir incarner le fils d'un duc jusqu'à la fin de ses jours !

Montgomery haussa un sourcil sceptique.

— Facile ? Ce n'est pas si sûr. Vous demandez tout de même à un duc de dénoncer son propre fils, ce qu'il semble peu disposé à faire. Il vous a déjà affirmé sans équivoque qu'il n'avait pas douté une seconde de son identité.

— J'ai des témoins tout disposés à affirmer le contraire. À commencer par la duchesse de Chichester, à qui il a volé la fameuse tiare de rubis.

Montgomery eut un rire bref.

— La duchesse de Chichester ? Comme témoin ? Attendez-vous à ce qu'elle se rétracte sans tarder. Je doute qu'elle soit prête à témoigner qu'il y avait un homme autre que son mari dans sa chambre cette nuit-là. Ce serait confesser un adultère et vous savez ce que cela coûte, même à une femme du monde. Si elle prétend qu'il ne s'agissait que d'un voleur, Roswell affirmera le contraire, il donnera des preuves. Et elle sera à la fois ridicule et parjure. C'est là que les choses se compliquent, Mr Hayworth, ajouta-t-il avec un soupir quelque peu condescendant. Je ne doute pas que nous ayons des témoins... Mais je doute de leur capacité, et même de leur volonté à bien vouloir témoigner.

— Proposez-leur de l'argent, lança Hayworth, exaspéré. C'est plutôt efficace, en règle générale.

Bon sang ! Fallait-il qu'il pense à tout ?

Il ajouta avec hargne :

— Cette personne n'est pas notre seul témoin, ce me semble. Il y a eu d'autres victimes. Et qui ne sont pas toutes de bonne naissance ni aussi désireuses de ménager leur réputation. Surtout s'il y a quelques espèces sonnantes et trébuchantes à la clé.

C'était le problème, avec des pharisiens[1] comme ce Montgomery. Ils brandissaient leur éthique comme un étendard. Quand cela les arrangeait, évidemment.

Montgomery referma sans bruit son lourd portefeuille de cuir.

— Parfait, MR Hayworth. Il me semble que nous nous sommes tout dit. Je vais mettre la dernière main à notre dossier et faire en sorte que la date de notre procès soit fixée au tout début du mois de janvier. En attendant, je vous souhaite de bonnes fêtes de fin d'année.

— Il est bien question de fêtes ! protesta Hayworth en ponctuant ses propos d'un claquement sec de la main sur la surface polie de son bureau. Je veux que cet individu soit arrêté le jour même où vous aurez déposé notre plainte. Quand il aura passé

1. Les *Pharisiens*, membres d'une secte puritaine d'Israël, étaient considérés comme formalistes et hypocrites. (NdT)

Noël entre les murs d'un cachot de Newgate[1], notre prétendu Fortis sera sans doute devenu son pire ennemi.

Tobin eut un sourire froid. Décidément, l'affaire prenait bonne tournure. Il ne voyait vraiment pas comment Roswell, pas plus que Cowden du reste, pouvaient s'en sortir.

Il avait paré à tout.

1. Newgate, la plus vieille prison de Londres (XIIe siècle) ferma ses portes en 1902. Les conditions de détention y étaient particulièrement déplorables (manque d'aération qui provoquait la fameuse « fièvre des prisons » et sept à huit décès par semaine). Pour la « petite » histoire, au cours du XIXe siècle, elle fut le théâtre de plus de mille exécutions. (NdT)

20

— Échec et mat ! s'exclama joyeusement Avaline tandis que son cavalier lui assurait la victoire.

Aidan renonça à son roi dans un grand rire. Il avait gagné la première partie et ils étaient donc à égalité : un partout.

— Comment se fait-il que vous soyez si bonne aux échecs ? C'est plutôt rare, pour une femme.

— Il faut vous en prendre à l'Académie de Mrs Finlay. Elle a pris sa retraite, maintenant, mais elle avait des principes éducatifs bien établis. Et l'un d'eux était qu'une femme devait cultiver son esprit autant que son corps afin que son mari puisse prendre son plaisir avec l'un comme avec l'autre. De la bonne manière et au bon moment.

Tout en parlant, Avaline remettait les pièces sur l'échiquier d'une main experte. La troisième partie n'était pas gagnée d'avance, contrairement à ce qu'elle avait cru en acceptant de jouer avec lui. Aidan s'était révélé un adversaire plutôt coriace.

— Nous avons toutes fréquenté ce vénérable établissement, commença-t-elle à expliquer. Enfin, presque toutes. Elidh n'y a pas été, par exemple. Voilà une chose que toutes les épouses et les sœurs de vos amis ont en commun, le saviez-vous ? Nous n'y étions pas au même moment, bien sûr, mais cette éducation sur le même moule n'est pas sans signification. La même tournure d'esprit, de bonnes aptitudes sportives, un bagage culturel non négligeable... Oui, c'était une bonne école, dont j'ai gardé un excellent souvenir... Saviez-vous qu'Helena est devenue pour nous une légende, parce qu'elle a épousé un duc ? Je ne suis pas de la même promotion qu'elle, évidemment, mais Sofia Conall, la femme du vicomte Taunton, était dans la même classe. Puis, plus tard, ce fut le tour de Pavia, la femme de Cam. Et enfin, le mien.

— Je sais parfaitement qui est Taunton, je connais tous les amis de Fortis, intervint Aidan, et elle ne put retenir une petite grimace, furieuse de sa bévue.

— Oh ! excusez-moi.

Depuis la nuit où toute la famille réunie avait appris qu'il n'était pas Fortis, elle ne pouvait s'empêcher de lui donner toutes les informations possibles et imaginables sur le passé de son défunt mari. Elle savait que cela contrariait Aidan, mais elle ne pouvait s'en empêcher. Aidan avait besoin d'être protégé et la seule manière de le faire, c'était de lui fournir la plus grande quantité d'informations possibles. Maintenant que toute la famille s'était mise d'accord pour le soutenir, il ne fallait rien laisser au hasard. Il pouvait bien la haïr, pourvu que cela leur évite à tous le pire.

Pourtant, Avaline sentait bien que cela créait une distance entre eux. Rien de bien important, mais une sensation de malaise qui risquait de s'aggraver s'ils n'y prenaient pas garde.

Déjà, depuis que la décision avait été prise dans la petite salle à manger de Blandford, lors de cette mémorable soirée d'anniversaire, Aidan paraissait plus distant, plus silencieux, comme s'il voulait marquer la distance entre lui et la belle-famille d'Avaline. Sa belle-famille, désormais. C'était sans doute bien naturel. Il faudrait du temps avant qu'il ne se sente de nouveau complètement intégré au clan des Tresham. Et elle imaginait sans peine le choc que cela avait dû être pour lui de comprendre brutalement qu'il n'était pas des leurs. Qu'il n'était qu'un orphelin sans nom et sans moyens de subsistance.

Mais le plus douloureux pour elle, c'était la manière dont il s'était également éloigné d'elle. Quelques jours auparavant encore, quand il se battait pour retrouver la mémoire, il partageait ce combat avec elle. Aujourd'hui il ne lui confiait plus rien. Le supplier pour qu'il lui raconte des anecdotes de son vrai passé, c'était comme essayer de soutirer de l'or à un pauvre. Il déclinait ses prières avec des formules polies : « Grand Dieu, Avaline ! Pourquoi faire ? Cela ne vous intéresserait pas... » Ou bien : « Quelle importance peuvent avoir toutes ces choses-là, je vous le demande ? »

Mais pour elle, c'était important. Elle voulait connaître son mari pour mieux le comprendre. Et pour l'aimer encore davantage si c'était possible. Elle savait pourquoi il réagissait comme cela. Il estimait que sa vie d'avant n'avait pas de valeur. Pis encore, que lui-même n'avait pas de valeur. Il n'était qu'un enfant naturel, grandi dans un milieu frelaté.

C'était à elle, Avaline, de le réconcilier avec son passé.

Elle avait fini d'installer les pièces sur l'échiquier. Derrière les vitres, la pluie tombait sans discontinuer, drue et froide. Mais à l'intérieur, bien à l'abri des murs épais du manoir, il faisait chaud et on se sentait en sécurité. Jouer aux échecs devant le feu était le meilleur moyen de passer une soirée d'hiver. Peu importait à Avaline qu'il pleuve ainsi pendant des semaines. Aidan ne serait pas dérangé. Même un Tobin Hayworth réfléchirait à deux fois avant de s'aventurer dehors.

— Ne vous excusez pas, ma chérie. Je n'aurais pas dû m'emporter. Je sais que c'est dans une bonne intention... Mais je voudrais que vous cessiez de vous en faire. C'est mauvais pour le bébé. Helena vous l'a assez répété.

Il lui sourit et son sourire suffit à faire fondre la tension qui s'installait trop souvent entre eux depuis que tous connaissaient la mort de Fortis. C'était une manière étrange de faire son deuil en même temps que de se réjouir de l'avenir sans savoir exactement ce qu'il serait. Hayworth bluffait-il ? Avait-il décidé de jouer avec leurs nerfs ? S'il devait frapper, quand le ferait-il ? Cela faisait deux semaines maintenant que le scandale de ses révélations publiques avait eu lieu et personne n'avait de nouvelles de lui.

Avaline en était à la fois rassurée et terrifiée.

Elle lui prit la main par-dessus la petite table de salon.

— Et vous, où avez-vous appris à jouer si bien aux échecs ?

— C'est un camarade de régiment qui me les a enseignés. Il

avait avec lui un petit échiquier de voyage. Nous jouions presque tous les soirs.

Le sourire d'Aidan s'évanouit et il dit encore :

— Il a été tué à la bataille d'Alma. Juste un mois avant Balaklava. Le jeu est dans ma cantine, où qu'elle soit maintenant. Il avait plaisanté là-dessus la nuit d'avant sa mort ; s'il lui arrivait quelque chose, l'échiquier devait me revenir. Drôle de sujet de conversation, me direz-vous. Mais, d'une certaine manière, savoir où vont nos affaires a quelque chose de réconfortant. Et puis… Je ne croyais pas qu'il allait mourir. Il faisait partie de ces gens qui semblent bénéficier d'une sorte de protection magique…

— Comme Fortis, intervint Avaline.

— Oui, comme Fortis.

La bouche d'Aidan n'était plus qu'une ligne dure. C'était sa manière à lui de contenir ses émotions, Avaline le savait, maintenant.

Il secoua la tête.

— La vie est injuste. Moi, orphelin, et seul au monde, je pouvais mourir sans que cela dérange qui que ce soit. Mon camarade, lui, il avait des parents, une femme, de jeunes enfants. Et c'est lui qui est mort. Tout cela n'a aucun sens, n'est-ce pas ?

— Pour moi, cela a un sens. J'ai besoin de vous, notre enfant a besoin de vous. Et Fortis aussi, avait besoin de vous. Vous lui avez permis de vivre et de mourir décemment. Pas au milieu d'un champ de boue, dans d'atroces souffrances.

Avaline lui adressa un sourire encourageant. Elle aurait tant voulu le soulager de sa peine. Mais elle n'avait pas les mots pour le faire. Il était encore trop enfoncé dans les sables mouvants de son passé.

Aidan reporta son attention sur l'échiquier.

— La reine en D4, annonça-t-il en déplaçant sa pièce.

— Une ouverture avec la reine n'est pas très académique… Vous prenez un gros risque.

— C'est pourtant ce qui me convient. Je ne suis pas très conformiste, au cas où cela vous aurait échappé.

Avaline se pencha sur l'échiquier pour mieux l'étudier. Puis elle déplaça un pion noir en E6. Un coup pour rien, en quelque sorte.

Aidan eut un petit gloussement.

— Ah... Ah ! vous voulez que je me découvre, on dirait.

La lueur du feu ciselait ses traits, magnifiant leurs proportions, les transformant en un superbe profil de médaille. Il était facile de comprendre comment son bel inconnu avait séduit toutes ces dames.

— Je suppose qu'il y a eu pas mal de femmes pour n'attendre que cela, plaisanta-t-elle, mi-figue, mi-raisin.

Le passé de séducteur mondain d'Aidan Roswell, détaillé sans ménagement dans le rapport de Tobin Hayworth, ne l'avait pas choqué. Au contraire, il n'avait fait que renforcer sa fascination pour Aidan. Au point qu'Avaline regrettait de ne pas en savoir davantage. Mais Aidan n'en dirait pas plus, elle l'avait bien compris.

— Avez-vous connu beaucoup de femmes, Aidan ?

La main d'Aidan s'immobilisa au-dessus de l'échiquier.

— Êtes-vous en train de me demander si le rapport qu'Hayworth a fait établir est véridique ? Ou s'il l'a quelque peu embelli ?

— Il est vrai, vous le savez bien. Mais a-t-il sciemment exagéré ?

Aidan claqua la langue.

— En fait, vous ne désirez pas vraiment le savoir. Et à quoi cela servirait-il ? rétorqua-t-il, provoquant un Gambit Dame avec son mouvement suivant.

Elle déplaça son pion pour l'accepter.

— J'ai besoin de savoir. Je veux tout savoir sur vous, comme vous savez tout sur moi. Le bon comme le mauvais. Inutile de me cacher quoi que ce soit. Je tiendrai le choc.

Aidan soutint un instant son regard.

— Je sais que vous êtes forte, Avaline. Mais le passé n'a plus d'importance pour nous, maintenant. À quoi bon y revenir sans cesse ? Si Hayworth met ses menaces à exécution et qu'il porte cette affaire devant les tribunaux, s'il obtient gain de cause en parvenant à prouver ses dires, la seule chose qui peut vous sauver, c'est votre ignorance. Vous devrez alléguer que vous ne connaissiez pas mon identité, que je vous ai trompée. Il faudra couper toute relation avec moi, me renier complètement.

Il lui prit les mains par-dessus l'échiquier et dit d'une voix pressante :

— Promettez-moi que vous le ferez, ma chérie.

La partie d'échecs était oubliée, maintenant. Quittant sa chaise, Avaline vint s'asseoir sur les genoux d'Aidan.

— Je vous en supplie, mon amour. Ne parlez pas comme cela.

Elle savait qu'il ne dormait pas la nuit. Plus d'une fois, elle s'était levée et l'avait surpris debout devant la fenêtre, y restant parfois pendant des heures.

Parfois, quand elle se réveillait le matin, il était toujours là, contemplant le lever du soleil. Il occupait ses journées à accomplir de petits travaux, à visiter la propriété, vérifiant les enclos, allant rendre visite aux chevaux, discutant avec ses fermiers. Jamais en paix.

Avaline savait pourquoi il faisait ça. Pour s'occuper l'esprit, sans doute, autant que le corps. Mais surtout pour vérifier que tout était en ordre. Au cas où il devrait partir. Il voulait vérifier qu'elle n'aurait besoin de se soucier de rien. Encore une preuve de la générosité de sa nature. Et une raison de plus pour l'aimer. Elle haïssait Hayworth de toute son âme pour le mal qu'il leur faisait. L'attente était en train de détruire leur couple, lentement mais sûrement. La peur de l'avenir, l'incertitude, l'attente leur rongeaient à tous les deux le cœur.

— As-tu peur, Aidan ? souffla-t-elle.

Il s'était montré toujours si fort, si inébranlable dans son corps comme dans sa volonté, et ce depuis le jour où il l'avait emportée dans ses bras, le soir du bal des Moissons chez Hayworth, et pourtant craignant toujours de ne pas l'être assez.

— Un bon soldat a toujours peur. C'est ce qui lui permet de rester en alerte. Et donc de rester vivant... C'est ce qui lui permet de protéger ceux qu'il aime.

La main d'Aidan se glissa dans ses cheveux, sa bouche s'approcha tout près de celle d'Avaline et il murmura, mêlant son souffle à celui de sa femme :

— Parle-moi, Avaline. Distrais-moi un peu. Je voudrais tellement pouvoir penser à autre chose. Ne plus avoir peur, au moins pendant quelques minutes.

C'était pour ces moments-là qu'elle vivait maintenant, ces moments précieux où, ensemble, ils parvenaient à repousser la menace de Tobin Hayworth hors de leur vie.

Lui rendant son baiser, elle s'installa à califourchon sur ses cuisses et se débattit avec la fermeture de son pantalon, tandis que les mains d'Aidan dénudaient ses jambes. Elle le sentit la caresser dans la partie la plus intime d'elle-même.

— J'aime te sentir comme cela, murmura-t-il d'une voix rauque. Toute prête, pour moi tout seul.

— Moi aussi, chuchota-t-elle dans un soupir tandis qu'il la pénétrait doucement. Plein de désir et de force. Pour moi toute seule.

Il avait eu d'autres amantes dans son passé, certes, mais elle était la dernière, et la seule qui comptait. De cela au moins, elle avait la certitude.

Ils parvinrent bientôt à l'extase, les mains d'Aidan étreignant ses hanches, les siennes crispées sur les épaules musclées de son partenaire. Puis ils se laissèrent glisser sur le tapis et restèrent enlacés devant la cheminée, se laissant envelopper par la douce chaleur des flammes.

Au bout d'un long moment de silence apaisé, Avaline entendit la voix d'Aidan contre son oreille.

— Raconte-moi Noël à Bramble, Avaline. Dis-moi à quoi ressemblent les fêtes de fin d'année là-bas.

Elle eut un rire très doux.

— On dirait un enfant, comptant les jours sur son calendrier de l'Avent. Ne fêtait-on pas Noël, quand tu étais petit ?

— Non, ma chère. Pour les femmes comme ma mère, Noël et les fêtes de fin d'année sont une période très occupée. Beaucoup de bals, de sorties, d'invitations au spectacle… Même quand elle avait un protecteur attitré, ce qui lui est arrivé souvent, elle devait être disposée à le suivre partout. Les gens n'aiment pas être seuls, à ce moment-là. Et pas question d'avoir un gamin dans les jambes.

Avaline, émue, se redressa sur un coude.

— Pourtant, sans les enfants, que serait Noël ? Ce sont eux qui rendent la fête si joyeuse, si complète !

— Les enfants rappellent surtout à ces messieurs les devoirs qu'ils négligent trop souvent chez eux. Alors je passais Noël dans la rue, en attendant que ma mère revienne ou que ses amants s'en aillent. Cela dit, c'était aussi une période qui rapportait gros. Les hommes se sentaient coupables et ils me payaient bien pour que je garde leurs attelages. Une fois, j'ai même eu assez d'argent pour nous acheter des oranges, à ma mère et à moi. Deux grosses oranges bien juteuses. Un vrai miracle !

Deux oranges... Il en parlait comme d'un vrai luxe. Jamais Avaline n'aurait imaginé qu'une telle pauvreté pût exister. Combien de fois avait-elle dévoré deux ou trois oranges sans même y penser. À Noël, ils en avaient de pleines corbeilles, à Blandford. Même les domestiques pouvaient se servir. Elle caressa les cheveux d'Aidan, profondément bouleversée. Elle garderait cette anecdote comme un trésor au fond de son cœur. Il était si rare qu'il se confie ainsi. Et cela révélait tant de la misère dans laquelle il avait grandi et de sa générosité.

— Tu ne passeras plus jamais les fêtes seul dans la rue, mon amour. Noël à Bramble est un émerveillement. Il y a des décorations partout, une énorme bûche, un vrai tronc d'arbre, dans la cheminée, un sapin gigantesque dans le hall et un réveillon gargantuesque, fait pour un peuple de géants. La messe de minuit est célébrée dans la chapelle du château et le lendemain matin, des cadeaux s'empilent sur la table du petit déjeuner. Toutes les épouses ont confectionné quelque chose pour leur mari.

Et, cette année, elle-même pourrait satisfaire à cette tradition. Elle n'était plus seule. Elle aussi avait un mari.

Se glissant sous sa chemise, la main d'Aidan se referma sur son sein.

— J'ai déjà eu mon cadeau, plaisanta-t-il avec un petit rire gourmand.

Elle ne put s'empêcher de rougir.

— Oui, mais j'ai prévu autre chose...

— Qu'est-ce que c'est ?

— Tu verras. Plus que deux jours à attendre. Tu dois pouvoir patienter jusque-là !

Déjà, il se jetait de nouveau sur elle, quand on entendit un bruit dans la cour. Ils se figèrent tous les deux, l'oreille tendue.

— Qu'est-ce que c'est ?

— Le vent qui se lève, suggéra Avaline, aussi alarmée que lui.

— Non, affirma Aidan après un coup d'œil à la fenêtre. Il n'y a pas de vent et la pluie a cessé. Non, on frappe à la porte.

Il se leva d'un bond et commença à se rhabiller. Toute forme de bonne humeur avait fui la pièce. La tension était de retour. Ils échangèrent un regard lourd de non-dits.

— Personne ne sortirait par un temps pareil.

Avaline se leva à son tour et rajusta ses jupes. On entendait maintenant un bruit de voix dans le corridor. Des hommes. En assez grand nombre.

Le maître d'hôtel entra dans la pièce mais Tobin Hayworth, qui préférait s'annoncer lui-même, était déjà sur ses talons. Vêtu d'un manteau de pluie détrempé, il repoussa brutalement le domestique.

— Ne bougez plus, Aidan Roswell ! Je suis ici avec un mandat pour faire procéder à votre arrestation.

— Non ! hurla Avaline en se précipitant sur lui.

Mais Aidan s'interposa, la protégeant de ses larges épaules.

— Pour quel motif ?

— Pour usurpation d'identité. Vous avez prétendu être le fils cadet du duc de Cowden, Fortis Tresham, dans le but de profiter des biens du disparu et de ceux de sa femme. Je dispose de témoignages irréfutables et de preuves que vous êtes un dangereux criminel récidiviste. Cela suffit largement à vous conduire sur-le-champ à Newcastle où vous serez incarcéré. Vous y attendrez là votre jugement.

— Non ! cria encore Avaline en contournant Aidan pour affronter Hayworth. Vous faites ça par pure jalousie, accusa-t-elle à l'intrus en tremblant de rage et de peur. Ce ne sont que des calomnies. Vous n'avez pas le droit de l'emmener. Nous sommes presque à la veille de Noël.

Quel monstre fallait-il être pour emmener quelqu'un en prison à deux jours de Noël ? Elle cherchait fébrilement les bons arguments dans sa cervelle affolée.

— Il va donner sa parole. Nous paierons une caution.

Étaient-ce les termes appropriés ? Elle s'était efforcée d'écouter avec attention les concertations entre les Tresham, en prévision d'un moment comme celui-là. S'était-elle montrée imprudente ? Avait-elle reconnu en parlant ainsi qu'il y avait bel et bien eu un délit ? Mon Dieu ! Si seulement Frederick était là ! Lui saurait ce qu'il fallait faire, comment chasser cet horrible Hayworth de leur maison… Quel piètre défenseur elle faisait !

— Madame, je dois vous demander de ne pas vous mêler de cette affaire, intervint encore Hayworth, lui décochant un regard dénué de toute expression. Nous emmènerons cet homme, que vous le vouliez ou non. Je préférerais ne pas me trouver dans l'obligation de vous emmener vous aussi. Newgate n'est pas un endroit très hospitalier pour les dames. Mais si vous vous obstinez à faire obstacle à la justice, je serai dans l'obligation de le faire.

Avaline sentit son cœur s'arrêter de battre.

— Vous… Vous allez… faire enfermer mon mari à Newgate ? s'écria-t-elle, la main sur le ventre, comme pour protéger son enfant. Mais il n'a rien fait de mal. Il est innocent ! Il faut d'abord prouver sa culpabilité ! C'est la loi, n'est-ce pas ?

La pièce tournait autour d'elle. Les mots lui manquaient.

— Cet homme n'est pas votre mari. Son vrai nom est Aidan Roswell. Nous avons des preuves significatives de ses différents délits de fraude et de vol. Assez de preuves pour le faire enfermer en attendant son procès. Il s'agit d'un dangereux criminel et vous n'avez pas le droit de le protéger, Avaline.

Elle sentit Aidan se hérisser dans son dos devant tant de familiarité. Hayworth l'avait fait à propos, bien sûr, mais Aidan n'aurait pas dû réagir. Pourtant, fort imprudemment, il le fit :

— Vous êtes prié de vous adresser à ma femme en l'appelant par son titre et son patronyme, Hayworth. Vous devez témoigner à Lady Fortis Tresham le respect auquel elle a droit. Vous vous sentez très fort parce que vous êtes venu en nombre, mais ce n'est qu'un pouvoir matériel, ou plutôt un abus de pouvoir, dont il sera facile de démontrer l'illégitimité.

Mais Hayworth ne se laissa pas démonter pour autant.

— La veuve Fortis Tresham, vous voulez dire. Du moins, Roswell, vous savez que c'est plus que probable.

— Arrêtez vos élucubrations. Si vous cherchez Fortis Tresham, vous l'avez devant vous.

— Cela reste à démontrer... Bon, nous avons perdu assez de temps, trancha-t-il en faisant signe au policier qui attendait derrière la porte. Appelez vos hommes, Evans, et finissons-en. Les routes pour venir jusqu'ici sont assez mauvaises pour qu'on n'ait pas envie de les pratiquer de nuit.

— Alors, revenez demain matin, tenta Avaline, au bord du désespoir.

Mais les hommes encadraient déjà Aidan. Un bruit de ferraille se fit entendre tandis qu'un des agents refermait deux lourdes menottes autour des poignets de l'inculpé. Un cri d'horreur échappa à la jeune femme. Ils n'allaient tout de même pas l'emmener comme un prisonnier de droit commun ! Il n'avait rien fait de mal. Son seul tort avait été d'essayer de sauver un homme de la mort. Puis d'exécuter son dernier souhait.

Aidan se pencha sur elle pour lui chuchoter à l'oreille :

— Il faut que je les suive, ma chérie. Pour le moment, je ne peux pas faire autrement.

— Non !

Elle ne voulait pas pleurer. Elle voulait se montrer forte. Il ne fallait pas qu'Aidan s'inquiète pour elle. Mais les larmes coulaient toutes seules.

— Nous... Nous devions fêter Noël tous ensemble... Nous devions déballer nos cadeaux et chanter des chants de Noël avec les garçons. Frederick a une si belle voix ! Et... Et après, ajouta-t-elle dans un sanglot incoercible, nous devions aller à la messe dans la chapelle, et marcher ensemble sous le ciel plein d'étoiles...

Elle sanglota plus fort et acheva d'une voix brisée :

— Oh ! cela faisait si longtemps que j'attendais ce moment...

Elle avait enfin quelqu'un à aimer. Quelqu'un qui l'aimait vraiment en retour. Et maintenant, tout était fini. Qu'adviendrait-il d'Aidan derrière les terribles murailles de Newgate ? Tiendrait-il seulement jusqu'au procès ? Hayworth voulait-il vraiment un procès public, avec tout le scandale qu'il pouvait susciter ? Ou ne cherchait-il à obtenir que la mort d'Aidan ? Une mort qui aurait au moins le mérite à ses yeux de régler rapidement les choses, même si ce monstre ne pouvait ainsi obtenir une revanche publique sur le duc.

Aidan mort ?

Avaline se révolta avec l'énergie du désespoir.

— Non, vous ne pouvez pas quitter cette maison ! Il ne faut pas !

Elle se précipita sur Aidan, le corps secoué de sanglots et il la serra dans ses bras, étouffant ses pleurs contre son épaule. Elle s'accrochait à sa chemise, serrait convulsivement l'étoffe jusqu'à ce que ses ongles pénètrent dans les paumes de ses mains. La chemise avait son odeur et elle y enfouit son visage, les yeux clos, pour enfermer dans sa mémoire la moindre parcelle du corps de l'homme qu'elle aimait.

— Avaline, ne pleure pas, mon amour. Ne donne pas à Hayworth cette satisfaction, dit-il d'une voix claire, sans tenter de baisser la voix. Il est heureux de te voir souffrir, ma chérie, mais il le paiera très cher.

Avaline ne put réprimer un violent tremblement. Aidan n'aurait pas dû dire cela. Il n'aurait pas dû menacer Hayworth. Il n'était pas en position de le faire. Des mains brutales s'emparèrent de lui et il lui fut retiré sans ménagement. Puis il y eut le bruit métallique des chaînes des menottes sur ses poignets.

Elle allait s'élancer de nouveau, folle de rage à l'idée qu'il pût être traité comme un voyou, mais Hayworth se précipita sur elle pour la retenir.

— Retirez vos sales pattes de là ! hurla Aidan en se débattant. Ma femme est enceinte. Vous n'avez pas le droit ! Mon père avait raison. Vous n'avez aucun sens de l'honneur. Seulement de la jalousie. L'ignoble et répugnante jalousie de ces parvenus qui croient que tout s'achète.

— Votre père ? ricana Hayworth, les yeux luisants de rage. Vous seriez bien en peine de dire qui il est. Et, une fois qu'on en aura fini avec vous, le morveux que cette femme perdue porte en elle n'aura aucune chance de connaître le sien lui non plus. Allons-y maintenant. Sinon, j'appelle des renforts.

Il repoussa Avaline qui s'élançait encore en la pinçant cruellement au sein, espérant la faire crier. Mais Avaline eut la force de se retenir.

— Son manteau, dit-elle simplement. Il a besoin de son manteau pour sortir, par ce froid.

— Tout ira bien, Avaline. Prenez soin de notre enfant. Je serai bientôt de retour et toute cette folie sera derrière nous.

Hayworth le poussa sans ménagement vers la porte et il eut encore la présence de crier :

— Allez prévenir mon père à Bramble, Avaline. Ne perdez pas de temps. Il saura ce qu'il faut faire. Et surtout, prenez bien soin de vous.

— J'y vais sur-le-champ, Fortis. Nous serons à Londres en même temps que vous, répondit-elle d'une voix forte tandis qu'on poussait Fortis dans la voiture aux minuscules fenêtres grillagées. Nous irons tous là-bas pour vous défendre.

Il n'y avait plus rien d'autre à dire. La portière du fourgon se referma sur l'homme qu'elle aimait et elle le regarda s'éloigner vers un futur incertain. Jamais Avaline ne s'était sentie aussi impuissante. Ni dans un tel état de faiblesse.

Pourtant, il fallait agir sans tarder.

— Préparez la calèche, ordonna-t-elle au maître d'hôtel qui avait assisté à la scène, impuissant. Je dois me rendre à Bramble. Vite ! Et dites à Candice de préparer mes bagages. Qu'un valet prépare également la malle de Lord Tresham. Je vérifierai. Tout cela doit être prêt pour que je l'emporte.

Donner des ordres aidait Avaline à retrouver son calme, elle avait l'impression de reprendre le contrôle des événements.

Elle prit une profonde inspiration, appelant à elle toute la force qui lui restait.

Il suffirait d'aller de l'avant pas à pas.

Et chaque pas la rapprocherait d'Aidan.

21

Chaque tour de roue l'éloignait d'Avaline et de la protection des Tresham. Désormais, Aidan était entre les griffes de son pire ennemi. D'un homme qui ne rêvait que de le voir humilié et pendu. Il s'appuya de l'épaule contre le montant du fourgon pour garder son équilibre sur la route défoncée. Il était seul, maintenant, sans plus de titre pour le protéger. Il ne lui restait que sa cervelle et ses poings. Des poings durs comme du fer et prêts pour la bagarre. Oui, il était seul comme il l'avait toujours été depuis sa naissance. Rien d'extraordinaire à cela. C'était le contraire qui était extraordinaire. Faire partie d'une grande famille, se sentir protégé… Pourtant, il fallait se contraindre pour se souvenir de ça. Depuis quand le sentiment de faire partie d'une famille était-il devenu la norme pour lui ? Quand cette conviction avait-elle pris la place de sa vieille habitude de se débrouiller seul ?

Bah ! Quelle importance ? C'était fini, maintenant. Son savoir-faire, ou plutôt son savoir survivre de gamin des rues avait eu vite fait de lui revenir. Sans doute un signe de dame Fortune pour lui rappeler qu'on n'échappait pas à son passé. Il était Aidan Roswell, enfant du trottoir, et, quoi qu'il advienne, il en resterait toujours quelque chose. Combien de fois avait-il dû se battre dans les rues de son quartier à mains nues ? Ou armé de tout ce qui lui tombait sous la main, tessons de bouteille acérés comme une lame, bâtons brandis comme des massues, chaînes volées à une grille, planches hérissées de clous rouillés trouvés dans une décharge. Son imagination d'enfant avait été d'une remarquable inventivité quand il s'était agi de se défendre ou de marquer son territoire. Dans ces quartiers désertés depuis longtemps par les forces de l'ordre, c'était ça ou la mort.

Même maintenant, dans la boîte sombre du fourgon de police, il cherchait mentalement ce qui pourrait lui servir pour attaquer. Il y avait les chaînes de ses menottes, bien sûr. Il pourrait s'en servir pour étrangler l'un des agents de police. Mais il faudrait d'abord désarmer Hayworth qui avait eu la sottise de sortir son couteau, tout à l'heure, tandis qu'Aidan se débattait. Maintenant, Aidan savait exactement à quoi il fallait s'attendre. Mais une lame, c'était toujours un vrai danger. Surtout dans le noir et dans un espace aussi étroit. Cela dit, ce serpent était assez malin pour comprendre qu'il avait intérêt à garder son prisonnier vivant. Et lui, Aidan, il avait intérêt à le rester. Pour Avaline et pour leur enfant.

Bon sang ! Ce n'était pas le moment de penser à elle. Cette scène de tragi-comédie avec Hayworth l'avait bouleversée. Quand elle s'était effondrée dans ses bras, il avait dû faire appel à toute la maîtrise de lui-même dont il était capable pour ne pas s'attaquer physiquement aux intrus qui l'avaient mise dans cet état. Passer la chaîne de ses menottes autour du cou de l'un de ces escogriffes pour l'étrangler eût été un jeu d'enfant.

Mais il aurait été inculpé de meurtre. Et, outre que cela n'aurait fait qu'aggraver son cas, rien n'en serait sorti de bon pour eux deux... Dieu comme il avait été heureux de soutenir Avaline un instant dans ses bras ! De sentir une dernière fois son doux corps de femme blotti contre le sien. De jouir du bonheur de lui apporter un peu de réconfort. Sa courageuse petite femme ! Elle devait être à Bramble, maintenant, sonnant le branle-bas de combat. Frederick et Cowden prendraient la route dès le lever du soleil. Ferris aussi, peut-être, s'ils pensaient avoir besoin d'un médecin. Pourvu que le duc parvienne à persuader les femmes de rester au manoir !

Aidan connaissait bien Newgate. Il y avait passé un mois à l'occasion du petit incident du vol de la tiare, avant de s'enrôler dans l'armée. Ce n'était pas le genre d'expérience qu'on aspirait à revivre, mais il tiendrait le coup. Il ferait tout pour qu'Avaline n'y soit pas enfermée à son tour. Hayworth avait au moins raison sur un point. Ce n'était pas un endroit pour les femmes. Outre les déplorables conditions de séjour, toutes les dépravations, toutes les misères du monde s'y trouvaient concentrées.

Mais inutile de penser à ça pour le moment. Ça ne ferait que le vider de son énergie, et il en avait besoin pour Avaline et pour le petit. Maintenant, il avait une raison de vivre.

Hayworth remua sur le banc en face de lui.

— Vous feriez mieux de dormir. Là où vous allez, c'est un exercice plutôt difficile. S'abandonner au sommeil, précisa-t-il en faisant de la main le geste de se trancher la gorge, c'est prendre le risque de ne pas se réveiller.

— Ne me dites pas que cela vous ennuierait ? ironisa Aidan.

Provoquer un peu Hayworth, voir ce qu'il avait dans le ventre l'aiderait à passer le temps. L'animal n'avait sans doute pas envie de se salir les mains. Il était bien capable de payer un des gredins enfermés avec lui dans un cachot pour lui régler son compte. Bien sûr, il n'y aurait pas de procès. Mais cela simplifierait les choses. Et personne ne pourrait prouver qu'il était à l'origine de la mort du prévenu. Maintenant qu'Hayworth avait trouvé un prétexte pour faire incarcérer son rival, il n'avait qu'à laisser s'exercer la loi, ou plutôt l'anarchie de Newcastle. Il serait bientôt débarrassé de lui. En toute impunité.

— Si vous me faisiez tuer maintenant, cela vous permettrait d'en finir plus vite, réfléchit-il à voix haute. Vous vous retrouveriez à la case départ, avant mon arrivée en octobre. Avaline veuve, sans protection, et vous tombant à point pour la demander en mariage...

Il n'aimait pas penser une chose pareille, encore moins l'énoncer devant son ennemi. Si cela arrivait, il aurait échoué dans la mission que Fortis lui avait confiée.

— Et ma vengeance, qu'en faites-vous ? protesta Hayworth d'une voix nette, sans la moindre trace de fatigue malgré l'heure tardive. Non, non, je préfère de loin vous garder vivant pour vous faire comparaître au tribunal. Vous imaginez le scandale ? Si Cowden s'obstine à vous soutenir, il se discréditera avec vous.

Aidan ricana.

— Bien sûr qu'il me soutiendra. Scandale ou non, il épaulera toujours son fils. Vous vous égarez, mon cher. Vous avez perdu de vue les données du problème.

— Vous au moins, vous ne manquez pas de culot, gloussa son vis-à-vis. On ne peut pas vous retirer ça. Mais on verra dans quel état vous serez après quelques semaines à Newgate. Avec les fêtes, le procès ne pourra pas se tenir avant la fin janvier et le régime n'est pas ce qu'il devrait être...

Il se tut, guettant de ses petits yeux durs la réaction d'Aidan.

— Pas sûr que je sois toujours vivant. Newgate risque bien d'avoir ma peau avec ou sans votre autorisation.

Aidan se redressa sur son banc. Il ne fallait pas montrer à son adversaire à quel point cette perspective, hélas fort réaliste, pouvait l'affecter. Un fils de duc, cela devient vite un bouc émissaire.

— Vous n'êtes pas un fils de duc. Vous êtes un troupier comme les autres. Et juste un survivant. Mais vous êtes solide. L'instinct de survie ou les charmes d'Avaline – il ponctua ces mots d'un geste expressif de la main – vous permettront de tenir.

— Ou, peut-être, le désir de vous confondre et de vous ridiculiser aux yeux de tous. Vous n'épouserez jamais Avaline.

— Quand j'aurai eu gain de cause, elle sera bien contente de retrouver un mari. Tout le monde saura que son enfant ne peut pas être le fils de Fortis, puisqu'elle ne l'a pas revu depuis sept ans ! Ce gamin peut être déclaré bâtard avant même qu'elle ait eu le temps de battre un cil. Croyez-moi, un argument pareil la rendra douce comme un agneau.

Il balaya l'air devant lui d'un autre geste et reprit, un lent sourire jouant sur ses lèvres minces :

— Mais nous parlons pour ne rien dire. Vous tiendrez le coup parce que vous espérez vous tirer de ce procès avec vos boniments. Et moi, parce que j'ai des preuves. L'un de nous deux sortira de cette affaire la tête haute, et l'autre, inculpé. Si la justice fait son travail, je sais déjà qui ce sera.

Il n'y avait rien à répondre à cela.

La prison de Newgate était telle que dans ses souvenirs. Humide, sombre et dangereuse. Il n'y avait pas d'espoir, ici. Seulement une attente résignée.

Tandis que le fourgon franchissait les grilles, ses roues cerclées de fer déclenchant un tintamarre assourdissant qui résonnait contre les murs, Aidan sentait les derniers vestiges de son optimisme s'évanouir. Les échos du passé remontaient dans ses os, avec le souvenir du froid insidieux et de la faim. Newgate ne perdait pas son temps dans sa volonté de le détruire. Mais il ne se laisserait pas faire. Sa brève carrière de soldat dans l'armée de Sa Majesté lui avait appris à se battre. Oui, c'était vrai. Il n'était plus seulement un repris de justice. Il s'était comporté avec courage sur les champs de bataille, il y avait appris la discipline du corps et de l'esprit. Le monde voyait peut-être en lui Tresham ou Roswell mais lui savait qui il était vraiment. Un homme courageux, honorable et digne d'estime. Il n'avait plus rien de commun avec le pauvre gamin qui avait traîné à longueur de journée dans la rue, jusqu'à ce qu'un amant de sa mère, plus consciencieux que les autres, ait décidé de lui payer son éducation. Quelques années dans l'école religieuse du quartier lui avaient appris à lire et à écrire, et même comment se comporter en société.

Mais c'était l'armée qui lui avait appris l'essentiel. Et surtout, à juger les hommes et à aimer son prochain.

Quand il était aimable, corrigea-t-il pour lui-même en croisant le regard torve et malin de son compagnon de route.

— Alors, Roswell ? Ça vous rappelle de bons souvenirs ?

— Pourquoi ? rétorqua Aidan sur le même ton. Vous savez aussi bien que moi que je n'ai jamais mis les pieds ici.

Mensonge flagrant pour ce qui concernait Aidan Roswell. Mais pure vérité pour Fortis Tresham. Il fallait qu'il se répète cela. Il devait jouer son rôle sans faiblir. Une seule fissure dans la façade et Hayworth s'y infiltrerait pour le détruire.

Les grilles se refermèrent derrière la voiture, comme les portes d'un autre monde, et tous les bruits de Londres s'éteignirent. Il était encore très tôt mais les rues qu'ils avaient empruntées étaient grouillantes de vie humaine, véhicules divers, piétons pressés ou le nez au vent, porteuses de lait, vendeurs de petits pâtés et de pains aux formes innombrables. Il connaissait par cœur le rythme quotidien de ce quartier, comme s'il battait encore dans ses veines. Il avait grandi non loin de là. Et peut-être ne l'oublierait-il jamais, en effet. Comme si cette vie-là lui collait à la peau. Peut-être qu'un homme n'échappait jamais à sa destinée, quelle que soit sa volonté pour en sortir. Aussi loin qu'il aille pour lui échapper. Après dix ans d'efforts, il en était revenu au même point.

Non ! Il ne pouvait pas se permettre de penser des choses pareilles. Dans leur intérêt à Avaline et à lui. Le cocher rabattit le marchepied et Hayworth sauta sur le pavé avec un soupir de satisfaction. Les deux agents de la force publique qui avaient fait le voyage assis derrière le cocher, s'emparèrent des avant-bras du prévenu et l'extirpèrent sans ménagement de la voiture, le traitant comme un criminel de droit commun. Ce n'était que la première humiliation de la journée, Aidan le savait. Mais il tiendrait le choc, jusqu'au bout. Renversant la tête, il contempla le ciel, la splendeur de la lumière du froid soleil d'hiver. Bientôt, tout cela ne serait plus qu'un luxe appartenant au passé. Un lointain souvenir.

Il devait survivre. Pour Avaline. Avec un peu de chance, il n'aurait à endurer le pire de Newgate que quelques heures, une journée tout au plus, jusqu'à l'arrivée de Frederick. Il se concentra sur cette espérance tandis que les gardiens procédaient à une fouille au corps particulièrement acharnée, à la recherche d'armes et de biens personnels qu'ils pourraient confisquer. Comme ils ne trouvaient rien, celui qui semblait être le chef lui envoya en traître un coup de poing dans l'estomac. Même plié en deux sous l'effet de la douleur, Aidan esquissa un sourire de satisfaction. Il s'était préparé à tout ce rituel dès le lendemain de sa fête d'anniversaire, s'attendant au pire. Aucun objet de valeur, ni épingle de cravate ni montre de gousset. La miniature d'Avaline était en sécurité chez eux, à Blandford, dans le tiroir de son bureau. S'il n'avait pas préféré rouler les manches de sa chemise pour jouer aux échecs avec Avaline, le soir de son arrestation, ils auraient tout de même pu récupérer ses boutons de manchette en onyx.

Ce ravissant cadeau d'Avaline devait être là où il l'avait laissé, à côté de l'échiquier.

Quand les geôliers le reconduisirent à Hayworth, celui-ci avait eu le temps de convaincre le directeur de la prison qu'il venait de recevoir un pensionnaire particulièrement dangereux.

— Il s'en est même pris à nous quand nous avons voulu l'emmener.

— C'était pour défendre ma femme, protesta Aidan, indigné. Vous lui avez fait mal. Volontairement. Une femme enceinte !

— Insolent, en plus ! commenta ironiquement Hayworth en rectifiant le nœud de sa cravate.

— Vous savez qui je suis et ce traitement pour quelqu'un de ma condition est inacceptable, décréta Aidan avec toute la force de conviction dont il se sentait capable.

Le gardien le dévisagea, stupéfait.

— Encore un qui a perdu la tête, commenta-t-il avec philosophie. Des gars qui se prennent pour la reine d'Angleterre, ici, on en voit tous les jours.

Ce qui n'eut pas l'heur de plaire à Hayworth. Il n'était pas question de trouver des circonstances atténuantes à son prisonnier.

— Ce n'est pas un malade mental, je vous le garantis. Il a usurpé l'identité d'un mort, Lord Fortis Tresham, pour mettre la main sur les terres, la fortune et la veuve. Sans compter la famille, qu'il a réussi à mettre dans sa poche.

Hayworth paya la somme demandée qu'il agrémenta d'un bon pourboire. Un fou ne pouvait être pendu. Lui tenait à ce que son ennemi le soit, haut et court.

Le directeur empocha l'argent avec un hochement de tête. Après tout, le motif pour lequel ses pensionnaires étaient là ne le regardait pas. Tout ce qui importait, c'était ce qu'il pouvait gagner dans l'opération. Aidan haussa imperceptiblement les épaules. Qu'on puisse croire que la justice était convenablement rendue parce qu'on avait fait payer le prisonnier pour le jeter dans un cachot le dépassait complètement.

Le gardien ouvrit une grille avec son énorme trousseau de clés et le poussa dans un long couloir sombre et humide sur lequel donnaient des cellules surpeuplées. De sinistres individus coupables de meurtres de sang cohabitaient avec de pauvres hères qui, poussés par la faim, étaient coupables du vol à l'étalage d'un pain ou d'un œuf. Ils s'arrêtèrent au bout du couloir, devant la dernière cellule et, déverrouillant la grille, l'homme poussa Aidan à l'intérieur.

— Voilà, mon gars, amuse-toi bien, lança-t-il avec un gros rire. Mais j'te dis tout d'suite, si tu t'prends pour la reine d'Angleterre, tu vas trouver à qui parler, l'avertit-il en indiquant d'un coup de menton un gros homme luisant de graisse assis sur l'unique tabouret de la cellule, comme s'il s'agissait d'un trône. Lui, là-bas, c'est King Jimmy, le maître de ces lieux.

Les autres occupants se tenaient en cercle autour de lui, comme les courtisans à la Cour. Même dans les endroits les plus déshérités et les plus sordides, la force physique et les largesses habilement distribuées vous procuraient protection et obéissance comme cela l'avait toujours été.

—Qu'est-ce qu'on va faire de lui, les gars ? éructa King Jimmy quand le gardien se fut éloigné non sans avoir verrouillé de nouveau la grille derrière Aidan.

— Sûr qu'il est bien mignon, avec sa jolie chemise à jabot bien propre, lança d'une voix sifflante un long gars émacié, qui flanquait Jimmy sur sa droite.

Aidan identifia le type tout de suite. L'homme à tout faire du gros Jimmy. Le genre de gars qui avait le couteau facile. Déjà, Newgate le reprenait et il sentait remonter à sa mémoire tous les codes qui devaient lui permettre de survivre jusqu'à son procès sans y laisser trop de plumes. N'empêche que, s'il fallait régler son compte à quelqu'un, ce serait celui-là. Avec sa paupière lourde, son regard luisant et sa bouche serrée comme l'entrée d'une tirelire, il était capable de saigner un homme sans même y penser.

Un grand homme barbu émergea de la pénombre, à la limite du cercle des courtisans.

— Méfie-toi, Sligo. Çui-là, il est trop costaud pour toi, Sligo. Tu f'rais pas l'poids.

King Jimmy et ses acolytes ne faisaient donc pas l'unanimité. C'était toujours bon à savoir.

Aidan se faufila jusqu'à son nouvel allié et le remercia d'un signe de tête. Il avait quelqu'un sur qui compter en cas de besoin. Il espérait de toute son âme que Frederick était en chemin. Déjà, en dépit de ses efforts, il sentait Newgate le reprendre, ses tentacules s'enrouler autour de son corps et le tirer vers le bas. Il se laissa glisser contre le mur et s'assit sur le sol, dans la meilleure posture pour protéger ses arrières. Puis, le menton sur ses genoux repliés, il laissa dériver ses pensées jusqu'à Blandford.

Jusqu'à Avaline.

Il aurait voulu avoir la force de ne pas penser à elle dans cet endroit abject. Mais c'était son meilleur bouclier contre la nuit qu'il sentait monter en lui, opaque et menaçante. Avaline, avec sa lumière, la gaieté de son rire, sa confiance. Il avait mille images d'elle dans la tête. Avaline au pique-nique des ouvriers de la ferme, disposant sur la table des corbeilles de pommes. Avaline l'épiant discrètement par la fenêtre tandis qu'il travaillait sur le toit, croyant qu'il ne la voyait pas. Avaline assise au bord de son lit, apaisant ses cauchemars. Avaline, toute vêtue de lumière, dansant avec lui lors de sa soirée d'anniversaire, son regard plein d'amour. Quelle nuit cela avait été ! Il s'en souviendrait longtemps. Tant pour sa part d'ombre que pour sa part de lumière. Hayworth et Newcastle étaient la nuit. Avaline et Blandford étaient la lumière. Par la grâce de Dieu et de Cowden, il les retrouverait bientôt.

Le geôlier réapparut au milieu de la matinée, jurant et bougonnant, et entreprit de déverrouiller la grille.

— Vous, dit-il avec un geste du menton en direction d'Aidan en déverrouillant la grille. Levez-vous. Semblerait qu'vous avez vraiment des r'lations, finalement... Vous m'r'vaudrez ça. M'avez fait perdre un paquet de tabac...

— Bien fait pour vous. Vous n'aviez qu'à pas parier contre moi, ne put s'empêcher de rétorquer Aidan, dans son soulagement.

Il suivit son guide, les jambes raides et le cœur léger. Frederick était là. Il avait dû partir à l'aube. Ils arrivèrent bientôt dans la cour inondée de lumière. Encore un étage et l'homme ouvrit une des portes donnant sur un large palier aux dalles lavées de frais. Aidan poussa un soupir de soulagement. Une chambre, petite, mais pour lui tout seul. Une paillasse, une table de bois nu et deux escabeaux occupaient presque tout l'espace. Il n'y avait ni fenêtre ni lumière mais à Newcastle, une cellule privée, c'était déjà un vrai luxe.

Il y eut un bruit sourd sur le palier, comme un objet lourd qu'on dépose, puis Ferris apparut dans l'encadrement de la porte, suivi d'un homme chargé d'une grosse malle.

— Ah ! enfin, te voilà, vieux frère. Quel horrible endroit !

Ferris le gratifia d'une chaleureuse accolade. Puis, le tenant à bout de bras pour mieux l'examiner, il fit une grimace.

— Tu as une mine horrible… Il faut dire qu'à la lueur de cette misérable lanterne ! Gardien ! Lord Brixton avait stipulé de manière très claire que vous deviez ôter ces menottes !

Un regard de connivence passa entre eux tandis qu'Aidan tendait ses poignets pour qu'on le libère. Si la situation n'avait pas été aussi dramatique, il aurait éclaté de rire devant le grotesque de la situation. Ainsi Frederick et lui étaient venus ensemble et ce dernier n'avait pas hésité à lancer toute la famille ducale dans la mêlée. Brixton était son titre, du vivant du duc. Les menottes tombèrent sur les dalles de pierre avec un bruit de ferraille et Ferris renvoya le geôlier d'un geste impérieux.

— Comment osent-ils te traiter ainsi ! s'exclama-t-il en le serrant de nouveau dans ses bras. Frederick est en train de faire des miracles avec le directeur. Il ne devrait pas tarder à venir.

S'asseyant au pied de sa paillasse, Aidan frotta ses poignets douloureux.

— Comment va Avaline ? Ces salopards l'ont bousculée, quand ils sont venus me chercher… J'ai essayé de la défendre…

Ferris s'assit sur l'un des escabeaux.

— Elle va bien. Elle est venue à Bramble tout de suite après. C'est elle qui s'est occupée de ta malle.

Il désigna du menton la monstruosité qui encombrait la moitié de l'espace.

Aidan eut un rire bref.

— Une malle pour vivre à Newgate ? Elle a vu grand ! Ce n'est pas le Grand Tour...

Il savait, bien sûr, qu'il fallait payer pour avoir droit à ses propres vêtements et à une nourriture améliorée. Contrairement à toute attente, un riche prisonnier pouvait s'offrir à Newgate les raffinements les plus inattendus. Il lui suffisait de payer.

— Avaline a veillé à ce que tu disposes de tout le nécessaire.

Ferris déboucla les sangles et rabattit le couvercle. L'odeur puissante du bois de cèdre envahit aussitôt l'air confiné de la pièce. Aidan s'en emplit les narines avec volupté.

— Elle t'envoie tout son amour, ajouta Ferris avec un bon sourire.

Aidan sentit les larmes lui monter aux yeux. L'amour de sa femme était visible dans les moindres détails. Dans le choix des articles, sélectionnés non seulement pour le confort qu'ils pouvaient lui apporter mais aussi pour le message qu'ils délivraient : Avaline était toujours avec lui, présente par la pensée. Il y avait là des chemises propres, fraîchement repassées, des cravates, des gilets, des vestes, des pantalons, au milieu desquels étaient glissés des sachets de lavande et des billes de bois de cèdre. Il y avait aussi de lourds draps de lin marqués au chiffre de la famille, deux oreillers dans leur enveloppe de lin brodée par ses soins. Aidan profita d'un instant où Ferris ne le regardait pas pour porter à ses narines l'un des oreillers, encore embaumé du parfum des cheveux d'Avaline. Rose et vanille. Il s'oublia quelques secondes de trop et Ferris le surprit. Il rejeta vivement l'oreiller dans la malle.

Ferris le gratifia d'une claque affectueuse sur l'épaule.

— Ne sois pas gêné, vieux frère. C'est normal qu'elle te manque. Elle va venir bientôt.

— Non, il ne faut pas. Je ne la mérite pas. J'ai essayé de le lui dire, mais tu la connais. Pourtant, il faut qu'elle prenne ses distances. C'est trop dangereux. Je ne veux pas la voir ici.

Feignant de se plonger dans l'examen du contenu de la malle, il ajouta d'une voix assourdie :

— Dis-lui de rester à Bramble. D'y passer les fêtes de Noël en famille, sans rien déranger à ses habitudes.

Ferris sourit.

— Elle est déjà en route. Ces dames arrivent aujourd'hui. Si tu crois qu'il est facile de les convaincre quand elles ont une idée en tête ! Avaline habitera à Portland Square avec nous, comme à chaque fois qu'elle séjourne à Londres. Nous nous occuperons bien d'elle, ne t'inquiète pas.

— Merci.

Aidan sentit l'étau qui serrait son cœur relâcher un peu son étreinte. Avaline ne serait pas loin de lui. Il n'avait pas eu conscience de l'importance que cela avait pour lui.

— Bon, il faut que j'y aille, maintenant.

Ferris se leva d'un bond et les deux hommes s'embrassèrent.

— Une fois, seulement, l'avertit Aidan. Dis-le-lui bien. L'endroit est vraiment horrible. Tout le monde est malade ici. Il faut penser à l'enfant.

C'était la première fois qu'il prenait vraiment conscience du poids de ses responsabilités. Aimer et être aimé étaient une bénédiction. Mais c'était aussi un poids immense. Cela rappelait par trop à chaque heure du jour ce qu'on risquait si cet amour venait à disparaître.

Tout ce qui comptait pour un homme dans le monde était remis sans cesse en jeu, quand on aimait comme il aimait Avaline.

22

Avaline vint le voir le jour de Noël. Il avait revêtu en son honneur des vêtements propres. Il avait même pu se raser après avoir découvert son nécessaire de rasage enfoui tout au fond de la malle. Il n'osait pas imaginer la somme d'argent que Frederick avait dû débourser pour obtenir qu'on l'y laisse. À Newgate, un rasoir valait de l'or. Avec son élégante jaquette noire, son pantalon gris au pli impeccable et sa cravate blanche artistement nouée autour du cou, il aurait tout aussi bien pu se rendre à une sortie mondaine. Mais ce n'était qu'une comédie. Pour faire comme si recevoir Avaline dans cet endroit sinistre était acceptable, presque normal.

Quand il entendit la clé tourner dans la serrure, il se leva vivement et rajusta pour la centième fois son gilet de satin fauve. L'instant d'après, elle était dans ses bras, riant et pleurant, l'embrassant avec passion avant même d'avoir posé un panier clos sur la table. Il entendit à peine le geôlier crier d'une voix rude avant de refermer la porte :

— Deux heures. Pas une minute de plus.

Il aida Avaline à retirer sa cape doublée de fourrure, qu'il alla poser au pied du lit.

— Laisse-moi te regarder...

Il lui écarta les bras pour mieux la voir. Elle aussi s'était vêtue avec soin d'une jolie robe de soie rouge au bustier incrusté de dentelle blanche. Elle portait un collier de perles autour du cou, deux perles dansaient à ses oreilles et ses cheveux étaient rassemblés sur sa tête en un échafaudage savant de boucles blondes. Dieu du ciel ! Cela faisait-il seulement deux jours qu'il avait été arraché à Blandford ? À Avaline ? Pour lui, cela avait été comme une éternité.

— Tu es Noël personnifié, mon amour, chuchota-t-il en se penchant sur elle pour la sentir. Et tu sens aussi les odeurs de Noël.

Elle rit et la pièce s'illumina.

— Ce doit être à cause du panier. J'ai apporté toutes sortes de bonnes choses… Aide-moi à mettre la table, veux-tu ? le pria-t-elle tandis qu'elle ouvrait le panier. Nous allons faire un pique-nique de Noël. J'ai même apporté une nappe et des chandelles.

Il l'aida à étendre la nappe sur la table.

— Je suis surpris que notre comité d'accueil ne t'ait pas confisqué tout cela. Ici, toutes ces victuailles sont un luxe extraordinaire. Des hommes meurent pour moins que ça.

— Ils ont leur propre panier, expliqua Avaline en fronçant malicieusement le nez. De la part d'Anne et d'Helena. Ils ne sont pas différents de chiens de garde. Il suffit de leur donner un os à ronger.

« Ils », c'était bien sûr leurs geôliers. Ils s'efforçaient tellement, Avaline et lui, de nier la réalité de la prison, de faire comme si Hayworth n'était pas en train de tout mettre en œuvre pour détruire leur vie !

Après avoir disposé sur chaque assiette une tranche de pâté aux truffes, du foie gras et une figue coupée en deux, le tout agrémenté de confiture d'oignon doux, Avaline entreprit d'allumer les chandelles.

— Voilà. C'est beaucoup mieux avec la lumière des bougies. Et, regarde, s'exclama-t-elle en sortant une bouteille de vin de bordeaux du fond du panier, nous avons même de quoi trinquer !

— Je crains que la table finisse par céder, plaisanta Aidan. Elle n'en a probablement jamais vu autant…

Il regretta aussitôt ces paroles, qui leur rappelaient le lieu détestable où ils étaient, et, s'asseyant au bord du lit, il s'empressa de changer de conversation.

— Ce n'est pas le Noël que nous avions prévu, je le crains.

— Mais c'est Noël tout de même, se réjouit Avaline qui s'était assise en face de lui.

Et, se penchant par-dessus la table, elle lui prit la main.

— Alors, faisons contre mauvaise fortune bon cœur !

Ils n'avaient que deux misérables heures à passer ensemble. Pas question de les gâcher par ses récriminations. Ce soir était consacré à la fête.

Ils burent et mangèrent et burent encore tandis qu'Avaline le régalait des exploits de ses neveux et qu'ils riaient gaiement. Ils achevèrent la bouteille de vin, repus et contents d'être en compagnie l'un de l'autre. Aidan prit la main de sa femme.

— Tu ne peux savoir le bonheur que m'a donné ta visite, ma douce. De penser un peu à autre chose qu'à...

Il n'acheva pas sa phrase. Tous deux savaient bien à quoi il faisait allusion.

— Moi aussi, j'ai été si heureuse...

La bouche d'Avaline tremblait. C'était la première fois depuis son entrée dans la geôle qu'elle montrait son émotion.

— Ne pleure pas, mon petit, je t'en supplie, ne pleure pas. Je ne veux pas rester sur le souvenir de tes larmes.

Elle s'essuya bravement les yeux d'un minuscule mouchoir de dentelle.

— C'est à cause du bébé. Je pleure facilement, ces derniers temps. Helena dit que c'est tout à fait normal.

Elle essaya de rire, sans conviction. Mais, lentement, son sourire renaquit au travers de ses larmes.

— Noël ne saurait être complet sans un cadeau. Et je n'ai pas oublié le tien. Ferme les yeux !

Elle plongea de nouveau la main dans son panier et en sortit quelque chose. Puis, venant s'asseoir sur ses genoux, elle le lui mit sous le nez. Une douce odeur d'agrume s'en dégagea.

— Devines-tu ce que c'est ?

Grand Dieu, s'il devinait ! C'était la meilleure odeur du monde. Il ouvrit les yeux avec un sourire d'enfant émerveillé.

— Une orange de Noël ? Tu as pensé à m'apporter cela !

— Oui. Je t'en ai même apporté deux. Une pour maintenant

et une pour plus tard, le taquina-t-elle tandis qu'elle commençait à peler le fruit juteux et parfumé.

Aidan lui posa un léger baiser sur la bouche.

— Merci. Mais moi, je n'ai rien à t'offrir.

Avaline lui mit dans la bouche le premier quartier d'orange.

— Mais si, tu peux me faire un cadeau. Tout ce que je te demande, c'est de me raconter une histoire. Dis-moi comment tu es devenu voleur de bijoux. C'est tellement extraordinaire !

— Oh ! Avaline... Cela ne peut pas t'intéresser.

Elle lui baisa les lèvres à son tour et y glissa une nouvelle tranche.

— Moi, cela m'intéresse. C'est tout à fait excitant. C'est un peu comme d'être mariée à Robin des bois, n'est-ce pas ?

Il ne put retenir un gloussement amusé.

— Pour l'avoir vécu, je te garantis que c'est beaucoup moins amusant que dans le livre. Si je me suis mis à voler, c'était parce que je ne pouvais pas faire autrement. Après la mort de ma mère, j'ai dû quitter notre appartement. J'ai dû vivre d'expédients, rendant de petits services ici et là contre de la nourriture ou quelques pièces. Je dormais où je le pouvais. Quand le boulanger me laissait dormir près de son four, c'était le paradis... Puis, un jour, on m'a demandé de porter un message dans un hôtel de Mayfair. Ma mission accomplie, je suis resté un moment sur le trottoir d'en face, à regarder entrer et sortir les belles dames et les beaux messieurs. Plusieurs de ces dames arboraient un superbe collier de perles. Je n'ai pas pu m'empêcher de penser qu'une seule de ces perles suffirait à assurer mes besoins pendant plusieurs mois. Un groom a fini par me repérer et m'a demandé de partir. Je n'avais pas seize ans et j'ai compris que, si je voulais m'en sortir, je ne pouvais compter que sur moi.

Avaline s'agita un peu sur ses genoux et lui offrit encore un quartier d'orange.

— Alors ? Qu'as-tu fait ?

— J'ai commencé à traîner devant l'hôtel, proposant de rendre de petits services, tenir un cheval, aider une dame à descendre de calèche, faire de petites courses. Tout était bon pour gagner quelques pence. En observant tous ces gens du beau monde, j'ai appris comment il fallait s'habiller, j'ai cultivé mon langage. J'étais à bonne école, cela dit. Ma mère était une femme belle et élégante. Et, demi-mondaine, elle fréquentait des gens qui maniaient le beau langage. J'ai proposé mes services aux messieurs auprès de ces dames. Leur porter des fleurs, de petits cadeaux, des billets doux. À dix-neuf ans, j'étais à la tête d'une belle garde-robe et j'avais acquis une certaine aisance. Je faisais partie du paysage et on ne me remarquait plus, sauf quand on avait besoin de moi. Les femmes commençaient à me remarquer. Une femme disons... d'un certain âge m'a pris sous son aile...

Il rougit, gêné, et Avaline eut un petit gloussement amusé.

— Je laisse le reste à ton imagination. Je ne prétends pas être fier de ce que j'ai fait Mais avais-je vraiment le choix ? Il se trouve que je n'avais pas envie de trimer à l'usine avec d'autres gamins du même âge... Crever de faim, mourir à la tâche... Ce n'est pas un sort enviable. C'est cette dame qui m'a fourni mon premier travail. Je lui ai... emprunté un bracelet serti d'émeraudes. Je ne suis même pas sûr qu'elle s'en soit aperçue. Je ne l'avais jamais vue le porter. Je l'ai revendu. Tout l'argent était pour moi, je n'avais pas besoin de donner sa part à un patron ou à un complice. Pour la première fois depuis longtemps, je n'avais plus faim, je n'avais plus froid, je ne dormais plus dehors. J'étais en sécurité comme jamais je ne l'avais été. C'était trop facile et ce fut une bonne année... Jusqu'à ce que je sois pris en flagrant délit pour cette fichue tiare. C'est comme ça que j'ai fait connaissance avec Newgate.

Il enveloppa d'un geste emphatique l'endroit lugubre dans lequel ils se trouvaient.

— Quand on m'a offert la possibilité d'en sortir, à condition de m'enrôler dans l'armée, tu comprends aisément que je n'ai pas hésité. C'est la meilleure décision que j'ai pris. L'armée m'a donné la discipline et l'endurance, Fortis m'a donné l'occasion de m'élever au-dessus de ma position et ton amour m'a apporté tellement plus ! Si cela tourne mal, je ne regrette rien. J'aurais eu au moins le bonheur de t'avoir connue.

— Je t'en supplie, ne parle pas comme cela. Je peux supporter beaucoup de choses, mais pas ça. Pas que tu doutes de nous, de notre volonté à tous de te sortir de là.

Avaline posa son front sur le sien et le dévisagea de ses grands yeux, comme pour lui communiquer sa force. Aidan se pencha sur elle pour l'embrasser mais déjà, on entendait les pas du gardien dans l'escalier.

— Dois-je revenir quand nous aurons plus de temps ? chuchota-t-elle avec un sourire tentateur.

— Non, ma chérie. Je ne veux pas que tu remettes les pieds ici. Ce n'est pas bon pour toi. Promets-le-moi. J'ai besoin d'avoir la certitude que vous êtes en sécurité, l'enfant et toi.

Il lui décocha un baiser ardent mais bref tandis que la clé tournait dans la serrure pour venir lui retirer toute la lumière de Noël.

— Merci pour cette histoire, eut encore le temps de murmurer Avaline. C'était un joli cadeau, qui m'a permis de mieux te comprendre. À bientôt, mon amour.

Elle glissa la deuxième orange dans la main d'Aidan qui referma les doigts dessus.

C'était la preuve, ronde et odorante, qu'il n'avait pas rêvé.

23

Avaline tint parole. D'abord pour respecter la promesse qu'elle avait faite à Aidan. Ensuite parce qu'elle préférait éviter d'attirer davantage l'attention sur les Tresham, et sur elle-même. Durant les quatre semaines qui les séparaient du procès, la rumeur s'enfla. Avides de divertissements après la torpeur des fêtes, les Londoniens, du petit peuple aux hautes sphères de l'aristocratie, alléchés par les scandaleuses révélations qui avaient défrayé la chronique à la veille de Noël, suivaient de près les événements. La comparution en justice d'un jeune imposteur se proclamant indûment fils d'un duc était assez romanesque et scandaleuse pour captiver tout le monde.

Les journaux, en panne d'informations, maintenaient constamment en éveil l'attention de leurs lecteurs en publiant des caricatures grossières de Fortis Tresham et de son imposteur côte à côte, décrivant longuement les caractéristiques physiques de chacun et glosant sur la possibilité qu'il s'agisse ou non du même homme, nonobstant que personne n'avait vu Lord Fortis Tresham en chair et en os depuis sept ans. Ils avaient déterré des détails sur la carrière militaire de Fortis, avaient réussi à obtenir des interviews de ses différents supérieurs. Cam Lithgow fit descendre de son perron plus vite qu'il n'était monté l'intrépide reporter qui était venu réclamer un témoignage de son meilleur ami. Le duc et ses fils subissaient l'assaut quotidien des mêmes reporters à la sortie de White's[1]. La duchesse et ses belles-filles ne sortaient plus qu'en carrosse et Avaline n'allait nulle part sans son voile et une escorte.

— Avec tout le bruit autour de cette affaire, observa Avaline un matin tandis qu'elle rédigeait sa correspondance en compagnie d'Helena et Anne dans le petit bureau de l'hôtel particulier du duc, les journaux sont contre Fortis, à l'évidence.

Les hommes s'étaient rendus comme de coutume à un rendez-vous de travail avec l'avocat que Cowden avait engagé pour assurer la défense de Fortis.

— Ils sont surtout intrigués par le personnage, intervint Helena, qui cherchait toujours à arrondir les angles. Fils de duc ou imposteur, jeune et bien de sa personne, aux yeux des lecteurs, c'est un personnage romanesque.

Avaline soupira.

— Oui, sauf qu'ils font surtout le portrait de l'imposteur. Ils ne lui laissent aucune chance. C'est à lui de prouver son innocence... Alors que ce devrait être à Hayworth de justifier sa demande d'incarcération.

— Si Hayworth veut du spectacle, il risque de ne pas être déçu, rétorqua Helena en levant les yeux de son courrier. Se doute-t-il seulement que toute cette affaire peut se retourner contre lui ?

— Si seulement je pouvais quelque chose, soupira de nouveau Avaline en se tordant les mains. Le plus pénible, c'est de devoir rester enfermée ici, pieds et poings liés. Je me sens tellement impuissante.

C'était là le vrai problème. Elle s'était laissé enfermer dans le rôle de victime, laissant les autres prendre les décisions à sa place. Elle portait un voile et limitait ses sorties pour ne pas être harcelée et restait enfermée parce que les journaux faisaient d'elle le portrait d'une victime ou d'une écervelée qui connaissait si peu son mari qu'elle s'était laissé abuser par un imposteur. Ou encore, à cause d' une presse qui ne craignait pas la diffamation,

1. 14. White's, situé dans St James Street, est le plus ancien club privé de Londres (1693) et probablement le plus exclusif. Les femmes n'y sont toujours pas admises, à l'exception de la reine Elizabeth II qui y fut reçue en 1991et en 2016.

celui d'une putain tombée sous le charme d'un séducteur dont elle était devenue la complice. Alors qu'Avaline n'était ni l'une ni l'autre mais seulement une femme qui avait enfin trouvé le bonheur après avoir vécu des années dans un douloureux sentiment de déréliction et d'échec.

Elle ne pouvait pas perdre Aidan. Pas maintenant qu'elle avait découvert avec lui le goût du bonheur. Elle avait besoin de lui. Blandford avait besoin de lui. Et le bébé aussi.

Anne posa sa plume.

— Nous pouvons peut-être faire quelque chose. Helena ? Où sont les invitations ? Tout le monde nous veut partout. Thés, maison ouverte, expositions. Pourquoi ne pas nous y rendre au lieu de nous terrer ici comme des coupables ? Pourquoi ne pas plaider la cause de Fortis ?

À la perspective de pouvoir agir, enfin, Avaline retrouva un peu de courage. Elle regarda Helena qui passait déjà en revue la pile de cartons.

— Franchement, dit l'épouse de Frederick avec une petite moue dubitative, je n'y crois pas trop. Il y a tant de médisances…

— Nous pourrons y rencontrer des femmes influentes, approuva Anne au contraire. Elles ne demanderont qu'à recueillir des informations à la source sur une affaire dont tout le monde parle. Et elles s'empresseront de répéter à leur mari ce que nous leur aurons dit. Nous pouvons faire changer l'opinion des gens, j'en suis sûre !

Avaline comprit tout de suite l'intérêt de l'opération.

— En nous montrant en public, nous prouvons aux yeux de tous que nous n'avons rien à nous reprocher et rien à cacher. Nous montrerons qu'Hayworth n'a fait que déclencher une tempête dans une tasse de thé. Par pure malveillance.

Voyant ses belles-sœurs opiner du chef, elle conclut :

— Donne-moi ces invitations, Helena. Celles que tu juges les plus appropriées. Je vais y répondre par l'affirmative. Ça vaut vraiment la peine d'essayer.

Durant les semaines qui suivirent, Avaline acquit un talent incomparable pour transformer le cérémonial des visites mondaines, souvent vain, en habile plaidoirie. Elle choisissait délibérément ses toilettes de manière à respecter la mode particulièrement conservatrice des dames qui fréquentaient la Cour. Depuis la dentelle précieuse du fichu qui dissimulait son décolleté, jusqu'aux couleurs automnales de ses toilettes, elle avait tout d'une jeune dame respectable, épouse d'un héros de la guerre, fille d'un baron et belle-fille d'un duc.

Et bien sûr, malgré sa situation délicate, pas question de faire tapisserie. Elle circulait partout dans les salons, papillonnant de groupe en groupe, toujours prête à jeter la petite graine qui permettrait à Aidan de sortir de prison la tête haute. Quand une femme plus ou moins charitable la plaignait de s'être laissé abuser par un aventurier sans vergogne, elle rectifiait aussitôt, affirmant que ceux qui avaient été abusés dans cette affaire, c'était ceux qui s'étaient laissé prendre aux manigances d'Hayworth. Et celui qui avait subi de graves dommages, c'était Fortis, privé abusivement de sa liberté et dont le nom avait été traîné dans la boue. Situation qui avait été envenimée par des journalistes sans vergogne afin de faire de l'argent. Elle parlait avec assurance, la tête haute et les yeux dans ceux de son interlocutrice et concluait sans faiblir qu'elle était la plus heureuse des femmes. Son époux était revenu du front vivant et en bonne santé, contrairement à beaucoup d'autres, ils s'aimaient toujours, et elle l'aurait bientôt de nouveau à ses côtés.

Lentement mais sûrement, l'opinion commença à changer de bord, comme Anne l'avait prévu. La rumeur s'amplifia. Les maris répétèrent dans leur club ou à la Chambre ce que leur femme leur avait dit. Une nouvelle thèse émergeait, selon laquelle les Tresham ne soutenaient en rien l'initiative de Tobin Hayworth. Ils ne soupçonnaient absolument pas le jeune officier revenu de Crimée d'être un autre que leur propre fils et frère, qui leur avait enfin été rendu. Depuis quand un individu devait-il prouver qu'il était lui-même ? Si le duc et la duchesse ne remettaient pas en question l'identité de leur propre fils, qui d'autre avait le droit de le faire ? Non parce qu'il était duc, naturellement, mais au nom de la liberté individuelle. Le coupable, finalement, ce n'était pas l'homme enfermé à Newcastle mais Hayworth.

Aux yeux de certains, Fortis Tresham se transforma même en une sorte de héros, il devint l'égérie d'une nouvelle ère de justice. Loin de se considérer comme supérieur au commun des mortels du fait de sa naissance, il avait voulu prouver aux yeux de tous sa bonne foi en acceptant d'être incarcéré comme n'importe quel présumé coupable à Newgate et de comparaître devant un tribunal. C'était ce genre de fable qui impressionnait plus particulièrement les gens du peuple. Si Hayworth avait voulu dresser le vieux monde contre le nouveau, il avait échoué.

Quand arriva le jour du procès, l'affaire Tresham *versus* Hayworth avait dépassé le simple jugement d'un homme soupçonné d'usurpation d'identité. Fortis Tresham, par sa comparution, incarnait l'idée nouvelle que tous les hommes étaient égaux devant la loi. Et les politiciens les plus retors, les jeunes contestataires les plus enfiévrés attendaient avec impatience de voir ce que le vieux système judiciaire anglais ferait de cette idée.

Avaline, jouant nerveusement avec le ruban couleur cerise de son chapeau, observait avec un sourire doux-amer les observateurs qui se disputaient les places voisines de la sienne. C'était aujourd'hui que le sort d'Aidan serait décidé et le sien avec. Serait-elle déclarée veuve, abusée par un malfrat et donc victime sur laquelle il convenait de s'apitoyer ? Elle deviendrait objet de pitié aux yeux de tous. Mais d'une pitié teintée de mépris. Parce que, bien sûr, avec l'élégance qui ne le caractérisait pas, Hayworth s'était bien gardé de taire le fait qu'elle était enceinte. Les journaux s'étaient empressés de répandre l'information, glosant à l'infini sur ses conséquences.

Quand elle sortirait de cette salle, l'enfant qu'elle portait dans son sein serait-il le fils d'un criminel ?

Elle prit une longue inspiration, dans l'espoir de se calmer. Aidan la verrait-il ? Elle l'espérait de tout son cœur. Elle s'était tout exprès vêtue de bleu. Bleu comme les yeux d'Aidan, bleu, la couleur de la loyauté et de la vérité. C'était devenu sa couleur emblématique et elle la portait dans toutes ses visites.

Aujourd'hui, Anne, Helena, leurs maris, le duc et la duchesse, et même les amis de Fortis, tous arboraient comme un étendard la couleur bleue, qui une cravate, qui un ruban dans les cheveux ou à son chapeau, qui un fichu de dentelles, signifiant tous ainsi clairement à quel camp ils appartenaient.

Elle était entourée d'amis. Le vicomte Taunton et sa femme, Sofia, avaient pris place à côté de Frederick. Le major Lithgow et sa femme, Pavia, enceinte elle aussi, flanquaient Ferris et Anne. Sutton Keynes, probablement l'un des hommes les plus riches et les plus puissants d'Angleterre, était assis avec sa femme Elidh à sa droite tandis qu'Helena s'était assise à sa gauche. La famille Tresham était protégée et soutenue par ses amis de toutes parts, comme une forteresse de sa muraille. La masse indistincte et pas toujours bienveillante du reste de l'humanité ne pouvait pas les atteindre.

Étant donné l'affluence prévisible, on leur avait assigné la salle d'audience la plus ancienne et la plus vaste d' Old Bailey. Avaline n'avait guère besoin de tourner la tête pour savoir que les galeries réservées au public étaient pleines à craquer. Elle agita en vain son éventail pour tenter de se rafraîchir. Les lustres de bronze, brillant de toutes leurs chandelles, diffusaient dans la salle à l'atmosphère confinée une chaleur étouffante. Et la séance n'était pas encore ouverte ! Mais cela n'allait pas tarder. Hayworth et son avocat étaient déjà en place. Le pouls d'Avaline s'accéléra. Cela faisait près d'un mois qu'elle n'avait pas vu Aidan, maintenant. Une porte dissimulée dans le mur s'ouvrit et l'avocat de la défense requis par le duc apparut. Kenneth Wall, déjà âgé, était célèbre pour sa rhétorique implacable et son humour caustique. Aujourd'hui, il en aurait bien besoin.

Mais l'attention d'Avaline ne s'attarda guère sur Wall, pas plus que le public. Derrière lui venait d'entrer celui que tous attendaient. L'accusé. Aidan marcha jusqu'à la place qu'on lui désignait, beau comme dans ses souvenirs. Plus beau encore si c'était possible. Grand, large d'épaules, vêtu d'un habit impeccablement repassé, rasé et coiffé de frais. Mais il était pâle et il avait perdu du poids, malgré tous les efforts de la famille pour qu'il soit bien nourri. Son arrivée fut saluée par des sifflements et des huées.

Regarde-moi, mon amour, supplia Avaline *in petto. Ne les écoute pas. Regarde-moi, je t'en supplie.*

Elle ne désirait qu'un regard, un seul, pour qu'il voie bien qu'elle était là, entourée de sa famille et de ses amis. Mais les yeux d'Aidan étaient fixés sur l'une des hautes fenêtres du tribunal, juste devant lui.

La porte latérale s'ouvrit de nouveau. Le jury fit son entrée et s'installa dans un remue-ménage de fauteuils et de toges qui trahissait une certaine excitation. Le président du tribunal parut enfin, l'air grave et renfrogné, conscient sans doute que, ce jour-là, il aurait du mal à maintenir le calme. Mais c'était un vétéran, qui avait déjà fait ses preuves dans des circonstances autrement plus graves. Après avoir pris place dans le large fauteuil qui lui était réservé, il salua ses collègues puis abattit son marteau sur son immense pupitre et déclara la séance ouverte.

— Nous sommes ici pour établir sans l'ombre d'un doute l'identité de l'homme qui comparaît devant nous. Cet homme est-il bien Fortis Tresham ou bien sommes-nous en face d'une tentative d'imposture ? Une fois démontrée l'imposture, il nous revient également de décider si l'imposteur ne serait pas le dénommé Aidan Roswell, jugé et condamné il y a dix ans à une peine d'emprisonnement pour vol et abus de confiance. Auquel cas, l'inculpé serait coupable de récidive, qu'il nous conviendrait également de juger. Si la preuve est faite qu'il s'agit bien d'Aidan Roswell, il retournera immédiatement en prison en attendant la sentence, qui peut aller jusqu'à la peine de mort.

Avaline porta vivement son mouchoir à sa bouche pour étouffer un cri. Elle savait, bien sûr, mais entendre les mots prononcés à haute voix dans un tribunal était quelque chose d'absolument terrifiant. Si la culpabilité d'Aidan était reconnue, elle ne pourrait même pas le voir. Encore moins le serrer dans ses bras. Il serait traîné hors du tribunal, menotté et escorté de deux policiers. À sa droite, Sutton lui tapota l'avant-bras et prodigua quelques paroles d'encouragement. À sa gauche, Helena lui prit la main.

— Ne t'inquiète pas, ma chérie. Frederick m'a assuré que toutes les conditions étaient réunies pour que nous l'emportions.

Avaline ne demandait qu'à les croire. Elle s'était efforcée de se convaincre, pendant toutes ces semaines, que toutes les chances étaient de leur côté. Mais, en écoutant Clarence Montgomery exposer les circonstances de la disparition puis du retour de Fortis Tresham, elle ne pouvait s'empêcher de le trouver terriblement efficace. Fortis Tresham était mort à la bataille de Balaklava, écrasé par son cheval. Des camarades avaient été témoins de l'accident. L'homme qu'ils avaient sous les yeux était un opportuniste malhonnête qui avait profité du fait qu'on n'avait jamais retrouvé le cadavre de Tresham pour prendre sa place. Il avait su jouer sur les sentiments d'une famille en peine depuis qu'on lui avait annoncé la mort de leur fils et parent mais qui n'avait jamais perdu espoir. Aveuglés par le chagrin, ses père et mère, le duc et la duchesse de Cowden – là, Montgomery s'autorisa un salut révérencieux en direction du duc et de son épouse – n'ont pas vu la supercherie.

Il ajouta qu'il pouvait prouver ce qu'il affirmait. Il avait des témoins, qu'il fit appeler à la barre. Une prostituée, d'abord, qui affirma qu'Aidan Roswell avait été son amant. Un revendeur de biens volés, bien connu sur le marché de St Giles, affirma qu'il avait recelé et revendu des bijoux volés pour le compte du même Aidan Roswell.

Wall demanda aussitôt la parole pour les disqualifier. Ces témoins, une prostituée et un voleur, n'avaient aucune crédibilité. Ils étaient prêts à tout pour gagner un peu d'argent. Et comment pourraient-ils se souvenir avec une telle précision de faits survenus dix ans plus tôt ? Du temps où ils l'avaient connu, le dénommé Roswell n'avait pas plus de dix-huit ans. Un tel témoignage ne pouvait être recevable.

Le président du tribunal lui donna gain de cause mais le dommage était fait. Le portrait du présumé Roswell était déplorable : fréquentation des milieux de la pègre londonienne, vol et recel de vol. Probablement même avait-il quelques commanditaires ?

Avaline n'était pas complètement prise au dépourvu par ces

révélations. Aidan lui avait raconté quelques épisodes de sa jeunesse difficile et pas toujours glorieuse. Le jour de leur fameux pique-nique de Noël.

Tourne-toi, Aidan, supplia-t-elle en son for intérieur. *Vois dans mes yeux que rien de tout ceci n'a d'importance pour moi. Rien de ce que j'ignorais ou que j'avais deviné. Je t'ai déjà pardonné. En vérité, y avait-il seulement quelque chose à pardonner ?*

Mais Aidan ne se retourna pas. Avait-il honte ? Était-il aussi inquiet qu'elle-même de l'accueil que le jury ferait à ces témoignages ?

— Ne faites pas cas de ce que raconte Montgomery, chuchota Sutton. Tout cela, c'est du passé. Un gamin se débrouille comme il peut, quand il n'a pas eu la chance d'avoir une famille digne de ce nom pour l'aider à grandir.

— Le jury partagera-t-il notre point de vue ? chuchota Avaline en retour. Comment débouter Hayworth après de tels témoignages ?

Ils ne connaissaient pas Aidan comme elle le connaissait. Seraient-ils sensibles à la tragédie d'une telle jeunesse ou bien les délits évoqués ici seraient-ils la preuve que l'homme qu'ils avaient sous les yeux était un comédien et un manipulateur hors pair ? Perverti dès le plus jeune âge ?

Sutton sourit.

— Haut les cœurs, Avaline. Ils ont tout le temps de se faire une opinion. Un peu de patience !

Mais comment faire montre de patience quand manquait cruellement la seule chose indispensable pour cela ? Le temps qui filait entre ses doigts.

Il fallut à Montgomery la majeure partie de la matinée pour exposer les charges contre l'inculpé. Le président du tribunal parvint tout de même à l'interrompre pour la pause du déjeuner et la cour quitta la salle dans une tension sensible. Montgomery avait produit une argumentation d'une grande efficacité. Si efficace qu'Avaline craignait maintenant le pire. Ils allaient perdre. Elle en était sûre. Quand elle se leva, elle crut qu'elle allait défaillir. Sutton lui proposa de la reconduire chez elle mais elle refusa.

Au moment du verdict, Aidan aurait besoin de sa présence. Il la chercherait du regard dans la foule.

Elle devait être là.

Après la pause de deux heures, la foule envahit de nouveau le prétoire, toujours aussi importante. Aidan reprit sa place à côté de Kenneth Wall. Avaline était revenue, malgré le message qu'il lui avait fait passer par le truchement de Frederick. Il sentait le regard de sa femme posé sur lui, comme il l'avait été durant toute la matinée, lui brûlant la nuque, le suppliant de se retourner et de lui faire un signe de reconnaissance. Mais, tel l'Orphée de la légende, il n'avait pas le droit de se retourner pour regarder son Eurydice. Elle ne pouvait imaginer à quel point l'envie de tourner la tête, même imperceptiblement, de saisir une image d'elle, si brève fût-elle, le dévorait. Mais il ne voulait pas qu'elle voie à quel point ce procès avait entamé sa résistance. Combien il avait peur de la perdre. Aussi restait-il immobile comme une statue, le regard fixé devant lui. Dans l'intérêt d'Avaline et celui de son bébé.

Si les choses tournaient mal, l'enfant serait le réconfort de la jeune femme. Dieu merci, ce bonheur-là, il ne pouvait pas le lui retirer. Grand Dieu, il avait déjà causé tant de torts à Avaline, lui qui voulait lui donner tant ! Lui donner tout ce que Fortis ne lui avait pas apporté en l'épousant. Mais cela ne s'était pas passé comme prévu. Il entendait encore la voix de Fortis dans la grotte, chaude, persuasive. Personne ne découvrirait la supercherie, avait-il argumenté pour le convaincre de prendre sa place, jouant habilement de la beauté d'Avaline en lui mettant le médaillon sous le nez, évoquant sa famille, si unie et si aimante.

Et Aidan s'était laissé prendre au piège.

Dieu qu'ils avaient été naïfs, tous les deux, pour croire qu'un tel projet était réalisable ! Et combien désespérés !

Mais le passé ne mourait jamais complètement. Aidan espérait seulement qu'il était bien enterré. Et cela aurait pu marcher si ce maudit Hayworth n'avait pas eu des vues sur Avaline et sur ses terres.

Kenneth Wall l'encouragea du regard tandis que le président

du tribunal regagnait sa place, solennel et bedonnant. Tout ce « déballage » pouvait aussi provoquer la défaite de Tobin Hayworth. Malgré les éléments accablants dévoilés ce matin par l'avocat de l'accusation, Wall restait confiant. Et il avait passé les deux heures de suspension de séance à remonter le moral de son client, d'autant plus en berne que lui, Aidan, connaissait la vérité.

Montgomery avait raison en tout point sauf un. Ce n'était pas pour frauder la loi qu'Aidan s'était fait passer pour quelqu'un d'autre. Son seul but, c'était de respecter la volonté d'un mourant. C'était, comme Fortis Tresham le lui avait demandé, pour protéger sa femme contre toutes les convoitises, et notamment celles de celui qui, aujourd'hui, était parvenu à traîner Aidan Roswell en justice. Le vilain dans cette affaire, c'était Tobin Hayworth et non l'inculpé. Bon, pour être tout à fait honnête, Aidan avait accepté de jouer ce rôle dans un autre but. Celui de connaître enfin à son tour la vie des grands de ce monde. Une vie qu'il n'aurait eu aucune chance de connaître autrement. Il avait voulu voler trop haut et, comme Icare, il tombait à pic des hauteurs de son ambition.

C'était au tour de l'avocat de la défense. Se levant sans précipitation, Wall rejoignit la barre.

— Je souhaiterais commencer par vous poser une question. Qu'est-ce qui peut bien conduire un sujet lambda de Sa Majesté à faire ceci ? À contester l'identité d'un autre sujet ? Très honorables membres du jury, il me semble que la réponse est simple. Parce que ce brave sujet lambda a quelque chose à gagner dans l'affaire. Puisque la parole m'est donnée en ce début d'après-midi, alors que tout le monde a pu prendre un peu de repos et réfléchir à ce qu'il s'est dit ce matin, je vais vous démontrer que Lord Fortis Tresham, qui comparaît aujourd'hui devant vous, est accusé à tort d'usurpation d'identité par un individu qui considérait que son obstination à rester vivant était un regrettable obstacle à la conquête de la femme et du domaine qu'il convoitait depuis longtemps. Quand j'en aurai terminé, vous aurez toutes les raisons, me semble-t-il, de croire qu'une grave injustice a été commise.

Aidan retint son souffle. Voilà. La bataille avait commencé. C'était le début de la fin.

Wall prit tout son temps pour exposer au jury, avec une remarquable méticulosité, les données qui étaient en sa possession. Il commença par souligner le fait que, en dépit des arguments filandreux de Montgomery, il n'avait pu être établi à aucun moment que l'homme qui comparaissait ce jour n'était pas Fortis Tresham. On avait seulement émis l'hypothèse qu'il pouvait s'agir d'Aidan Roswell, hypothèse corrélée par des témoins fort peu dignes de foi.

Puis il commença à interroger le prévenu sur sa famille, sur les souvenirs qu'il avait gardés de son enfance et de sa jeunesse. Enfin, il entama la pièce de résistance : l'intérêt que pouvait avoir Tobin Hayworth à concocter toute cette affaire. Le plaidoyer était effectué sans effets de manches, avec une maîtrise admirable et dans la plus grande clarté. Derrière lui, la salle écoutait avec un silence religieux, sans plus aucune manifestation intempestive. Tout l'auditoire était suspendu aux lèvres de l'avocat. Quand Wall eut fini de dresser le portrait le plus noir de Hayworth, sa cupidité en affaires ainsi que son manque de rigueur morale et sa propension à la violence, puis explicité les avantages qu'il pouvait tirer d'un mariage avec la veuve Fortis Tresham, si veuve il y avait, le crédit d'Hayworth était très sérieusement ébranlé.

Puis Wall apporta le coup de grâce en faisant appeler les témoins.

— Je souhaiterais faire comparaître à la barre quelques personnes aptes à confirmer l'identité du prévenu.

Aidan se contracta sur sa chaise. Il ne s'attendait pas à cela. On n'en avait pas discuté avec lui. Le président du tribunal opina du chef et Wall appela le premier d'une longue liste de familiers et de proches de Fortis.

— J'appelle Conall Everard, vicomte Taunton.

Grand Dieu ! Mais il ne connaissait pas cet homme. Il ne l'avait jamais rencontré ! Taunton pouvait le détruire d'un seul mot.

24

Conall Everard vint s'installer derrière la barre des témoins et prononça le serment habituel. Fortis lui avait parlé de lui, de leur camaraderie de collège qui s'était muée en amitié virile avant son départ pour l'armée. Mais, depuis son arrivée à Bramble, Aidan n'avait jamais eu l'occasion de le rencontrer. Conall planta son regard dans le sien et lui sourit. Tout le monde remarqua ce sourire, un sourire amical, entre personnes de connaissance et contentes de se revoir. Un sourire qui se voulait aussi rassurant.

— Merci d'avoir bien voulu comparaître, Lord Taunton, et d'avoir fait le voyage depuis le Somerset. Je ne vous poserai qu'une question. Reconnaissez-vous en cette personne Lord Fortis Tresham ?

Le pouls d'Aidan s'accéléra.

—Absolument.

— Merci. Vous pouvez retourner à votre place.

Wall le salua d'un signe de tête et appela le témoin suivant.

MR Sutton Keynes.

Le major Cam Lithgow.

Le marquis de Brixton, Frederick Tresham, le frère aîné de l'accusé, le Dr Ferris Tresham, le deuxième frère de l'accusé, la duchesse de Cowden, sa mère, le duc de Tresham, son père, tous se virent poser la même question. Et tous répondirent par l'affirmative, le brouhaha augmentant à chaque réponse dans la salle. Aidan n'en revenait pas. Comment se faisait-il que tous ces hommes qu'il ne connaissait pas, ou connaissait à peine, avaient accepté de témoigner en sa faveur ?

Puis il comprit en une fulgurante illumination. C'était les amis de Fortis, sa famille, et puisque telle était la dernière volonté du disparu, ils tenaient à la respecter.

Il se mit à passer en revue le jury, chose qu'il s'était interdit de faire jusqu'à présent, pour éviter de subodorer leur position.

Enfin, Wall appela :

— Lady Fortis Tresham.

Aidan posa une main sur la manche de Wall.

— Non, elle n'a pas besoin de témoigner. Ma femme ne doit pas subir cela.

— Elle a insisté pour le faire, assura l'avocat tandis qu'Avaline prenait place à la barre des témoins.

Tandis qu'elle posait sa main sur la bible pour prêter serment, elle ne quittait pas des yeux Aidan. Il remarqua que l'étoffe de sa robe comprimait ses seins gonflés, serrait sa taille qui commençait à épaissir. Mon Dieu ! Elle était restée assise comme dans un carcan sur son banc toute la journée, dans un terrible inconfort. Et c'était pour lui qu'elle avait supporté tout cela.

— Lady Fortis Tresham, pouvez-vous nous dire si ce monsieur est bien votre mari ?

Avaline ne répondit pas tout de suite. Ellc se contentait de dévisager Aidan avec des yeux pleins d'amour, laissant la cour contempler cet amour et se faire sa propre opinion avant même qu'elle donne sa réponse :

— Absolument. Cet homme est mon mari, que j'aimerai jusqu'à la fin de mes jours.

— Ce sera tout. Je vous remercie.

Wall, l'air satisfait, regarda Avaline se glisser entre les bancs pour regagner sa place, la tête haute et le menton provocant. Puis il entreprit de résumer les témoignages et ce qu'ils apportaient à la défense de l'accusé pour en venir à la conclusion qui était devenue soudain une évidence pour tout le monde : la famille et les amis de Fortis Tresham n'avaient aucun doute sur l'identité de l'homme qu'ils avaient en face d'eux. Dans ce cas, qui pouvait se croire autorisé à en douter ?

Et quelle curieuse coïncidence que l'homme qui avait intérêt à prouver le contraire, et dont la mauvaise réputation n'était plus à faire, convoitait précisément la femme de l'accusé et les terres dont elle avait hérité.

Aidan écouta à peine la suite du débat. Il était encore sous le coup de l'émotion qui l'avait envahi en voyant tous ces gens qui s'étaient mobilisés pour Cowden, pour Avaline, et pour lui.

Mais cela serait-il suffisant pour faire pencher la balance ?

Le président proposa au jury de se retirer, mais leur chef secoua négativement la tête.

— C'est inutile, Votre Honneur. Notre décision est prise.

Il fit glisser vers le président une feuille de papier tandis que la pensée d'Aidan alla vers sa chère femme. L'instant devait être terrible pour elle. Tant de choses en dépendaient !

Que le jury ait refusé de se retirer pour délibérer était-il de mauvais augure ? Il n'osait plus regarder Avaline. Il espérait que Sutton ou Ferris, ou les femmes qui l'entouraient, sauraient lui apporter assez de réconfort, si l'issue n'était pas ce qu'ils espéraient.

Un puissant coup de marteau retentit.

— En ce qui concerne l'affaire Hayworth contre Tresham, annonça la voix de stentor du président, la cour reconnaît à Fortis Tresham son indiscutable identité. Toutes les autres plaintes concernant cette affaire sont donc nulles et non avenues.

Le marteau retentit de nouveau et le public explosa en cris de joie et en applaudissements. Quelques protestations s'élevèrent de la part des rares partisans qu'Hayworth était parvenu à embrigader, vite couverts par un regain d'applaudissements.

Mais tout cela importait peu à Aidan. Il était libre. Le procès était terminé. Il allait pouvoir rentrer à Blandford.

Avant même qu'il ait pu prendre pleinement conscience de ce que cela signifiait, Avaline était dans ses bras. Puis toute sa famille, ses amis se précipitèrent sur lui pour le féliciter tandis que les gens du duc formaient autour d'eux un cordon de sécurité. Il gratifia Avaline d'un long baiser et murmura à son oreille d'une voix enrouée par la tension abominable de cette longue journée :

— Allons-y, mon amour. Rentrons à la maison.

Épilogue

Blandford – août 1856

L'intérieur de la chapelle de pierre était agréablement frais après la chaleur oppressante qui régnait dans le parc. Aidan referma la lourde porte derrière eux et aida Avaline à s'asseoir. Elle arrivait au terme de sa grossesse et son tour de taille était devenu impressionnant. L'heureux événement pouvait survenir d'un jour à l'autre. Le matin même, elle s'était plainte de douleurs dans le bas du dos. Comme la marche la soulageait un peu, il l'avait emmenée dans une promenade tranquille dans les jardins qui entouraient le manoir. La chapelle était l'endroit parfait pour reprendre son souffle et, de plus, elle servait ses intentions. Il y avait quelque chose qu'il désirait faire depuis longtemps et il brûlait d'impatience de le réaliser enfin. Il tenait à ce que cela fut fait avant la naissance de l'enfant.

Il s'assit à côté d'Avaline.

— Te sens-tu mieux ?

Avaline secoua la tête.

— Oui. Non… Je crois que je ne pourrai plus jamais me sentir bien tant que ce bébé ne sera pas né. J'ai l'impression qu'il occupe tout l'intérieur de mon corps et que je n'ai même plus assez de place pour respirer.

Elle rit pourtant, d'un rire joyeux et tendre.

Aidan lui prit la main et la regarda dans les yeux.

— Avaline… Je voudrais te demander quelque chose.

— Je t'écoute, répondit-elle complaisamment en posant la tête sur son épaule. Mais ne regarde pas mes pauvres doigts comme ça. Ils sont tout boursouflés... Je suis gonflée comme une baudruche ! Jamais je n'aurais cru que de simples doigts puissent enfler autant.

— Moi, je te trouve belle de partout. Surtout tes doigts...

Aidan rit à son tour, mais sans la libérer, et poursuivit :

— Et, pour te dire ce que j'ai à te dire, il faut que je te tienne la main...

Se laissant tomber sur un genou dans le rayon de soleil multicolore qui filtrait au travers des vitraux, il leva les yeux vers elle.

— Avaline, avec tes cheveux d'or, en ce moment, tu ressembles à la Madone.

— Et surtout avec mon gros ventre, gloussa Avaline. Bizarre qu'on ne représente jamais Marie dans mon état sur les vitraux.

— Tu me plais comme cela. La grossesse te va bien. Je regretterai presque ce ventre quand il ne sera plus là.

Il avait aimé ces mois paisibles passés en tête à tête à Blandford tandis que le bébé croissait et prospérait dans le ventre de sa mère, se dépêchant de mûrir avant que l'hiver ne vienne refroidir la terre.

Tout à coup, Avaline poussa un petit cri et porta la main à ses reins.

— Si tu as quelque chose à me demander, peux-tu te dépêcher, s'il te plaît ? Il me semble que marcher encore un peu me ferait du bien.

— Avaline, ma chérie, veux-tu m'épouser ?

— Co-comment ? Mais nous sommes déjà mariés !

— Pas réellement. Tu sais très bien ce que je veux dire, murmura Aidan en la dévisageant de son regard bleu, intense, brillant comme un rayon de soleil sur la mer. Je veux que toi, Avaline, tu m'épouses, moi, Aidan.

Avaline comprit soudain et ses yeux se remplirent de larmes.

— Fortis et moi, nous nous sommes mariés dans cette chapelle.

— Je sais. C'est pour cela que je veux t'épouser moi aussi ici. Il faut que nous prononcions nos vœux, Avaline. Je veux te faire ma femme devant Dieu.

Il n'y aurait pas de prêtre, bien sûr, il n'y aurait pas d'enregistrement de leur mariage sur le livre de la paroisse, pas de signature devant témoins. Cela ne pourrait jamais arriver. Mais il y aurait au moins cet engagement l'un envers l'autre dans un lieu consacré.

Aidan sortit une alliance de sa poche, un anneau d'or tout simple suspendu à une fine chaîne d'or, et le lui présenta.

— Avaline, veux-tu me prendre pour époux devant Dieu et devant les hommes ?

Elle lui décocha un sourire éblouissant.

— Oui, je le veux. Tu le sais bien.

Lui passant la chaîne autour du cou, il laissa l'anneau glisser entre ses seins.

Puis il effleura les lèvres d'Avaline d'un baiser. Il était enfin marié à cette femme qu'il aimait plus que tout au monde, et qu'il passerait le reste de sa vie à rendre heureuse.

— Aidan, chuchota-t-elle de nouveau en essayant maladroitement de se remettre sur ses pieds, pouvons-nous rentrer, s'il te plaît ?

Soudain inquiet, Aidan l'aida à se lever.

— Tu ne te sens pas bien ? Quelque chose ne va pas ?

Elle lui adressa un sourire tremblant.

— Non, non... Ça ira... Mais je crois que nous nous sommes mariés juste à temps.

Aidan comprit enfin et la panique s'empara de lui. Le bébé était sur le point d'arriver ? Grand Dieu ! Il allait être père ? Maintenant ?

— C'est... C'est le bébé ? Il arrive ?

— Oui... Je crois...

Avaline se plia en deux avec un gémissement.

— Dans ce cas, décida Aidan en joignant le geste à la parole, il vaut mieux que je te porte... C'est curieux... Tu me paraissais plus légère, la première fois.

Avaline rit avec lui.

— C'est que, maintenant, nous sommes deux à porter, la mère et l'enfant.

Aidan sentit un grand mouvement de joie l'emporter comme

une vague. Oui, bientôt ils seraient trois. Ils formeraient une vraie famille.

C'était pour cela qu'il avait survécu à la guerre.

Pour cela qu'il était revenu à la maison.